W0460874

PETER O. CHOTJEWITZ

MEIN FREUND KLAUS

ROMAN

VERBRECHER VERLAG

Die Arbeit an diesem Roman wurde vom *Deutschen Literaturfonds e. V.* gefördert.

Überarbeitete Neuausgabe
Verbrecher Verlag Berlin 2008
www.verbrecherei.de

© 2007, 2008 Verbrecher Verlag
Einbandgestaltung: Sarah Lamparter
Satz: Christian Walter
Druck: Dressler, Berlin
ISBN: 978-3-935843-89-8

Printed in Germany

Der Verlag dankt Julia Walter, Marlen Bialek und Konrad Krämer.

Alles dauert lang, das Leben hat es nicht eilig. Die großen Entscheidungen mögen in einem dramatischen Augenblick gefasst werden, aber sie materialisieren und entwickeln sich nur allmählich; es dauert Monate oder Jahre, bis sie die Bedeutung und die vertraute Gestalt der Realität annehmen.

Klaus Mann, Der Wendepunkt

Von meiner nächsten Reise werde ich Bierfilze und Kieselsteine, Servietten und Urinproben, Kaufmannsrechnungen und klimatische Daten, Zeitungsausschnitte und Schnapsflaschenetiketten, vor allem aber das unvermeidliche Photoalbum mitbringen und diese Gegenstände, so wie sie sind, dem Leser überreichen: mit der Bitte, sich eine eigene Literatur anzufertigen.

Peter O. Chotjewitz, Die Insel

The most truthfull detail is what could have happened, or what should have.

John Irving, Trying to Save Piggy Sneed

1 KIRCHHEIM UNTER TECK, EDENKOBEN 1931 BIS 1951

Geschmacksachen

Herr Zimmermann habe ihn gekannt, hatte man mir gesagt.

Herr Zimmermann habe eine Buchhandlung in Nürtingen.

Nürtingen ist eine Kleinstadt am Rand der schwäbischen Alb.

Auch mein Freund Nikolaus Born, der bekannte Dichter, soll ein Jahr in Nürtingen verbracht haben.

Ein Foto zeigt ihn zusammen mit meinem Freund Piwitt, ein Dichter auch er, beim Faxenmachen auf einer Berggasse in Nürtingen.

Wie jung sie sind.

Warum sollte mein Freund Klaus den Buchhändler Zimmermann gekannt haben?

Vielleicht gab es keine gescheite Buchhandlung in Kirchheim, wohl aber in Nürtingen.

In unserer Jugend fuhr man auch schon mal zwanzig Kilometer mit dem Fahrrad, um ein gutes Buch zu kriegen, und von Kirchheim nach Nürtingen ist es nicht einmal halb so weit.

Ich entschließe mich für folgende Option:

Jemand hat den Gymnasiasten Klaus auf Robert Musil hingewiesen. Auf Musils Roman Der Mann ohne Eigenschaften, der nach Aussage etlicher Zeugen eines seiner Lieblingsbücher gewesen sein soll.

Jemand hatte ihn darauf hingewiesen und gesagt, in Nürtingen gebe es eine Buchhandlung, zu der ein ansehnliches Antiquariat gehöre, und da könne er Musils Schwarte wohl finden.

Mein Freund Klaus radelt hin, das Buch ist da, und der Kauf desselben ist der Beginn einer wunderbaren Freundschaft zwischen ihm und dem fast gleichaltrigen Sohn des Buchhändlers, der später ebenfalls Buchhändler werden wird.

Herr Zimmermann also.

Doch dann gibt auch diese Option den Geist auf. Besser gesagt: Herr Zimmermann.

Er wisse nichts über Klaus.

Er, Zimmermann, stamme ja auch aus Nürtingen.

»Ihr Klaus hingegen aus Kirchheim.«

Es gebe aber in Kirchheim »so eine Patriziergesellschaft«, an die ich mich wenden könne.

»Die wird den Croissant mit Naserümpfen verfolgt haben.«

Die könnten mir sicher einiges erzählen.

»Und können Sie mir da jemand empfehlen?«

»Empfehlen? Wie meinen Sie das?«

Herr Zimmermann nennt eine Reihe möglicher Informanten – Dr. Klaus Gottlieb, früher Chefredakteur des Teck-Boten. Dr. Riethmüller von der Firma C. Riethmüller. Den früheren Kirchheimer Oberbürgermeister Hauser. Dr. Oskar Vogel, der lange bei der Volksbank war –, bricht plötzlich ab und fragt:

»Wie war noch mal Ihr Name?«

»Chotjewitz.«

»Sind Sie der Chotjewitz, der die Romane schreibt?«

»Wieso?«

»Dann müssen Sie verzeihen, dass ich einen etwas anderen Geschmack habe. Nehmen Sie es mir nicht übel. Ich habe jedenfalls einen etwas anderen Geschmack.«

Dies sagend legt er auf.

Ich aber lade mein Handy auf und telefoniere noch ein paar Stunden.

»Guten Tag mein Name ist Chotjewitz, ich hätte gerne Herrn Oskar Vogel gesprochen. Ich rufe an auf Empfehlung von Herrn Zimmermann, dem Buchhändler aus Nürtingen. Herr Zimmermann meinte, Herr Vogel könnte mir vielleicht eine Auskunft geben den verstorbenen Rechtsanwalt Dr. Klaus Croissant betreffend, der in seiner Kindheit in Kirchheim ansässig war.«

»Guten Tag mein Name ist Chotjewitz, ich rufe an auf Empfehlung von Herrn Zimmermann, dem Buchhändler aus Nürtingen. Ich hätte gerne Herrn Riethmüller gesprochen. Herr Zimmermann meinte, Herr Riethmüller …«

»Guten Tag, mein Name ist Chotjewitz, ist Herr Hauser zu sprechen?«

»Tach, Chotjewitz, Herrn Gottlieb bitte.«

Warum überhaupt Klaus

Advokat des Teufels.
Angehimmelt, angeklagt.
Anstifter, Ästhet.
Aggressiv, antifaschistisch, antideutsch, ausgeschlossen.
Apo-Anwalt, Atheist.
Beargwöhnt, berüchtigt, berühmt, beschuldigt, beschimpft, bespieen, bespitzelt, bestellt, bewundert, bezichtigt, bisexuell.
Bonvivant, Chaotenfreund.
Charmant.
Denunziant.
Dickköpfig, diffamiert, differenziert.
Drahtzieher, Ehebrecher, Ehemann.
Eigensinnig, eingesperrt, eitel, enttäuscht, evangelisch, fanatisch.
Flaneur, Flüchtling.
Francophil.
Frauenheld, Freund.
Freundlich, furchtlos, gehätschelt, gehasst, geküsst, geliebt, gelobt, gepriesen, getätschelt, gottlos.
Gourmet.
Gutmütig.
Häftling, Held, Hochverräter, Hugenot.
Idiot nützlicher, Jazzfan, Jurist.
Kaputtgemacht.
Kunstfreund, Leseratte.
Liberal, liebgewonnen.
Liebhaber, Linksanwalt, Lügner, Mitarbeiter informeller.

Missachtet.
Musterschüler, Muttersöhnchen, Onkel.
Optimistisch.
Organisator des Terrors, Paranoiker, Prozessverschlepper, Querulant, RAF-Anwalt.
Rausgeekelt, rausgeworfen.
Rechthaber.
Resigniert, sanftmütig.
Scheidungsanwalt, Schickeria, Schuft, Schurke, Sohn, Spitzel, Sportsmann, Staatsfeind, Stalinist, Staranwalt.
Stark, starrsinnig.
Strippenzieher.
Sympathisch.
Terroranwalt, Testamentsvollstrecker, Torschützenkönig.
Unerbittlich, uneinsichtig, unvernünftig.
Vater.
Verehrt, versockelt, verachtet, verfolgt, verurteilt, vielzitiert.
Wahlpflichtverteidiger, Weinkenner, Wirrkopf, Würstchen armes.
Zärtlich …

Zwei alte Tanten gehen essen

Linde nickt telefonisch.

Linde weiß, wovon ich rede.

Linde hatte eine alte Tante namens Helene, die einen Elektroladen besaß.

Manchmal besuchte meine Freundin Linde ihre Tante Helene.

Dann stand die Tante vor ihrem Laden und schaute den Leuten zu, die auf der Marktstraße spazieren gingen. Oder einkaufen.

Auf der anderen Straßenseite stand Tante Helenes Freundin Luise vor der Drogerie, die sie von ihrem Mann geerbt hatte.

Wenn meine Freundin Linde sich an die beiden Frauen erinnert, stehen sie vor ihren Läden und reden miteinander.

Frau Croissant ist ziemlich klein, ziemlich rundlich und hat eine wunderbare Lache.

Um die Mittagszeit gehen die zwei eher alten als jungen Geschäftsfrauen gemeinsam Mittagessen. Meistens ins Gasthaus Zum Bären.

»Frau Croissant«, sagt Linde, »hat mir gut gefallen. In erster Linie wegen der Lache.«

»Hatte Klaus auch so eine Lache?« frage ich.

Linde erinnert sich nicht.

»Das müsstest du doch wissen«, sagt sie, aber auch ich erinnere mich nicht.

»Er lächelte oft und seine Heiterkeit war ansteckend«, sage ich.

»Vielleicht war das Lächeln jener Teil seines Lachens, den er zeigen wollte«, sagt Linde.

Wir plaudern also ein Weilchen hin und her, bis ich das Gefühl habe, dass wir jetzt genug darüber geredet haben, dass Klaus sehr nett und charmant war und überhaupt nicht aufdringlich, dass Linde damals in Franken wohnte und ich sie ganz unverblümt frage:

»Also wie war das jetzt mit Klaus und dir. Raus mit der Sprache.«

Es war so. Eines Tages hatten die zwei Geschäftsfrauen den Plan, Klaus und Linde zu verkuppeln.

Man warf sich also in Schale, stieg ins Auto und fuhr los.

In dem üblichen Ausflugslokal angekommen, gingen die zwei Alten ein wenig auf und ab, während die zwei Jungen auf Vorschlag der zwei Alten einen Spaziergang absolvierten.

»Nun und, wie war's?« drängele ich.

»Es war schrecklich«, gesteht Linde.

»Der reife, ältere Student aus der Großstadt Heidelberg, und das dumme junge Gänschen aus dem Frankenland. Ich war hoffnungslos overdressed.«

»Und Klaus? Wie war der?«

»Der hat bestimmt einen Anzug angehabt.«
»Einen Anzug?«
»Ja. Nehme ich an.«
»Habt Ihr's getrieben?«
»Wo denkst du hin?«
»Hat er wenigstens gebaggert?«
»Was für ein Ausdruck. Dafür war er viel zu gebildet. Viel zu elegant.«
»Ihr habt nichts gemacht?«
»O, doch, natürlich.«
»Was?«
Nach ihrer Erinnerung hätten sie Konversation gemacht.

Die Verschmutzung

Wie war Klaus?
Ich weiß es nicht, antworte ich.
Du weißt es nicht? fragen die Leute erstaunt.
Du hast drei Jahre lang recherchiert. Hundert Leute befragt. Seine Reden und Aufsätze gelesen. Die Haftbefehle, Anklageschriften und Urteile. Hundert Zeitungsartikel und Aufsätze über ihn.
Du hast ihn gekannt.
Ihr hattet die gleichen Ideale.
Vielleicht wart Ihr Freunde.
Wie ein Schatten bist Du ihm gefolgt, als er tot war.
Alle seine Orte hast du besucht.
Kirchheim, Edenkoben, Heidelberg, Stuttgart, Paris, Wien, Frankfurt am Main, Brüssel, Westberlin und Groß-Berlin.
Seine Wohnungen besichtigt.
Die Gefängnisse.
Die Kneipen.

Und Du weißt es nicht? Sag mal, willst Du mich verarschen?

Ach, sage ich, weißt Du. Die zwei, drei Dinge, die ich über ihn weiß, wie Godard gesagt hätte. Was ist das schon?

Das Bild, das ich von ihm habe, erinnert an die alten Schinken, die in den Museen, Kirchen und Palästen hängen.

Der Firnis, der sie konservieren sollte, hat sie fast unkenntlich gemacht. Das Licht, das Wetter, das Innenklima, der Atem der Betrachter haben sie vergiftet und dieser Vorgang hat ihnen die Farben genommen, die Konturen, die Tiefen, die Kontraste.

Was auf ihnen zu sehen war, ist verschwommen wie eine Figur in einer Landschaft im Abendnebel.

Natürlich, man kann die Bilder reinigen, restaurieren. Doch das gereinigte Bild bietet bestenfalls eine Vorstellung davon, wie das Original einmal ausgesehen haben könnte.

Etwas ähnliches geschieht mit den Figuren der Zeitgeschichte.

Auch ihr Bild wird verschmutzt und je mehr über sie geschrieben wird, desto schmutziger wird es, und je mehr ich mich bemühe, diesen Schmutzfilm zu entfernen, desto größer wird das Risiko, die Person zu idealisieren und dadurch abermals zu verschmutzen.

Bekanntlich betrifft dieser Vorgang alle und alles. Er ist also nicht auf meinen Freund Klaus beschränkt.

Er beruht auf einem Wahrnehmungsproblem.

Keine Biografie ist frei von den Interpretationen ihres Autors und kein Autor vermag eine Person oder ein Ereignis objektiv darzustellen.

Jeder Autor wird seine persönliche Einstellung in die Darstellung einfließen lassen.

Was Klaus angeht, so ergibt sich daraus folgendes Problem:

Es kann keine unvoreingenommenen Zeugnisse über ihn geben. Auch was er über sich selbst gesagt und geschrieben hat, ist nicht frei von der Situation, in der es formuliert wurde.

Das versteht sich von selbst.

Ich kann von einem Angeklagten in einem Strafprozess und von einem Anwalt in einem politischen Verfahren nicht erwarten, dass er sich zweckfrei äußert.

Mit allem, was wir sagen und tun, nehmen wir Rücksicht auf die Situation, in der wir uns befinden.

Es war ein Irrtum als ich mit den Recherchen anfing, zu meinen, ich könnte herausfinden, wer Klaus war, und es wäre unlauter, wenn ich jetzt behaupten würde, ich hätte es herausgefunden.

Klaus ist dank der politischen Auseinandersetzungen, in die er verstrickt wurde, zu einer Doppelfigur geworden.

Durch das Bild, das andere sich von ihm gemacht haben, schimmert, wenn man so wohlwollend ist wie ich, noch immer ein starker Rest der Figur, die er tatsächlich gewesen sein könnte.

Die andere Figur ist jene Form der Erscheinung, die uns in den Quellen entgegentritt – Quellen, die von Anfang an nur den Zweck hatten, sein Bild zu verzerren, zu verschmutzen, mit dem Ziel, ihn zu diffamieren.

Ich kann nur versuchen, jene Ideologeme, Voreingenommenheiten, Opportunismen, Willfährigkeiten, Gefälligkeiten, Speichelleckereien, bewusste Lügen und Verzerrungen, die als solche erkennbar sind, herauszufiltern und im Kaffeesatz, den ich dadurch erhalte, nach den Spuren der Wirklichkeit zu suchen.

Diese zu ergänzen durch Quellen, denen eine weniger schmutzende Tendenz innezuwohnen scheint.

Alle diese Spuren zusammenzufügen wie ein Mosaik, und aus dem auch dann noch lückenhaften Gebilde Schlüsse zu ziehen, wie Klaus wirklich gewesen sein könnte, bevor sein Porträt so verschmutzt wurde.

Gespräch mit Herrn Merkle junior über Herrn Merkle senior

Versuchen wir nun, mithilfe von Herrn Merkle senior, uns ein Bild zu machen von jener Ortschaft, deren Namen wir gelegentlich auf einem Schild an der Autobahn München–Stuttgart lesen: Kirchheim unter Teck.

Herr Merkle senior ist der Vater von Merkle junior.

Merkle jr. hat eine Kunstgalerie im Stuttgarter Westen.

Wir kennen uns durch meinen Freund Fritz Panzer, den in Wien lebenden Zeichner, mit dem ich vor dreißig Jahren in Rom ein paar schöne Wochen oder Monate verbrachte, nach dem Motto »remember the good times we wasted having good times«.

Fritz Panzer wohnte und arbeitete damals in einem aufgelassenen Kloster bei Orvieto.

November 2006

Gespräch mit Merkle jr. in einem Pub in Stuttgart-Gablenberg. Viele Emailschilder an den Wänden, dunkles, gebeiztes Mobiliar. Irische Biere, junge Serviererinnen. Hoher Geräuschpegel. Satzfetzen.

Merkle jr. erzählt gegen alle akustischen Widrigkeiten vier oder fünf große Biere lang:

Er habe in Kirchheim unter Teck die Realschule besucht. Seine Großmutter habe im Hause Croissant einige Jahre als Haushälterin gearbeitet. Sein Vater sei zwar schon recht alt, aber noch recht munter. Er könne mir einiges über das Haus Croissant erzählen.

Kaum Misthaufen

Herr Merkle sr. gehört zu den Menschen, die gerne abschweifen, sich jedoch leicht wieder auf den rechten Weg zurückführen lassen. Auf konkrete Fragen antwortet er zielgenau, wie er es gelernt hat. In der Aussprache schwankt er zwischen seinem heimatlichen Idiom und der Sprache Luthers. Im Hintergrund hört man es werkeln. Gelegentlich wird er von einer Frauenstimme korrigiert. Vermutlich Merkle juniors Mutter.

Wesentliches Ergebnis der Befragung:

Nicht bei Frau Croissant habe seine Mutter im Haushalt gearbeitet, sondern bei deren Tochter Liesel, die mit ihrer Familie im gleichen Haus gewohnt habe.

»Wieder bei ihren Eltern also.«

Das könne man so sagen, aber über die Croissants und ihre Geschäfte wisse er nicht viel zu sagen, da er dort nur gelegentlich eingekauft habe. Erst kürzlich habe er jedoch im Supermarkt einen Herrn Herbst getroffen, einen Flüchtling aus dem Sudetenland, der gleich nach seiner Ankunft in Kirchheim eine Stellung in der Drogerie der Croissants angetreten habe.

»Der sagt Ihnen alles, was Sie wissen wollen.«

»Seit wann arbeitete Herr Herbst für die Croissants?«

»Da muss ich überlegen. Wann kamen die Flüchtlinge?«

»So ab Frühsommer 1946.«

»Dann hat er 1946 angefangen, in der Drogerie zu schaffen.«[1]

Auf weiteres Befragen:

Er selbst sei 85. Die Drogerie habe sich über das gesamte Erdgeschoss erstreckt. In den drei Etagen darüber wohnten die Familien Croissant, Humburg und Lessing. Einer der Humburgbuben habe mal in der Zeitung gestanden.

»Er war ein Genie. In München soll er einen Richter erschossen haben.«

Es sei richtig, ein anderer Croissant habe auch mal die Terroristen in Stammheim verteidigt.

»In der Zeitung stand, er habe mit ihnen gemeinsame Sache gemacht.«

1 Anruf bei Herrn Herbst. Er ist nahezu gehörlos und erinnert sich nicht, wann er in der Drogerie Croissant tätig war.

Auf weiteres Befragen:

Über die Eltern Croissant könne er nichts sagen. Es seien geachtete, wohlhabende Leute gewesen.

»Auch der alte Humburg war ein feiner Mann.«

Nicht direkt ein Lebemann, der Ausdruck sei falsch, aber ein Herr eben.

Er (Merkle) habe ihn zuweilen in der Sauna getroffen.

Humburg habe ein Reitpferd besessen und sei viel geritten.

Seine Mutter (also Frau Merkle senior II) habe er kostenlos in einem Rechtsstreit gegen einen betrügerischen Architekten vertreten.

»Dabei ging es um den Bau von Garagen.«

Wie kam nun aber Merkle seniors Mutter ins Haus Croissant?

Frau Merkle war früh Witwe. Sie lebte im Stuttgarter Westen. Nach einem Bombenangriff gelang es ihr, durch unterirdische Gänge aus dem Keller zu flüchten. Draußen angekommen, sah sie, dass ihr Haus zerstört war. Nur die Vorderfront mit dem Wohnzimmer stand noch. Sie zog deshalb zu ihrer unverheirateten Schwester nach Kirchheim unter Teck.

Und wie kam Herr Merkle sr. nach Kirchheim?

Im Herbst 1945 ließ er sich aus amerikanischer Gefangenschaft nach Stuttgart entlassen, da er annahm, dass seine Mutter dort noch wohnte. Nun war Stuttgart aber französische Besatzungszone und auf der Fahrt nach Hause hörte er, die Franzosen würden alle arbeitsfähigen jungen Männer aus dem Zug holen und zur Zwangsarbeit nach Frankreich deportieren. Deshalb verließ er den Zug in Plochingen und wanderte zu Fuß nach Kirchheim, wo er seine Tante wusste. Dort begegnete ihm zu seiner Überraschung seine Mutter und bald danach kam auch sein Bruder aus dem Krieg zurück.

Wie wurde Herr Merkle Polizist?

Im selben Haus wohnte der Polizeichef und so erfuhren die Brüder Merkle, dass Polizisten gesucht wurden.

»Die alten hatte man entlassen müssen, da sie allesamt in der Nazipartei gewesen waren.«

Herr Merkle machte einen Lehrgang in Stuttgart, dann wurde er nach Bissingen versetzt.

»Das war 1946.«

Er fuhr jedoch oft zu seiner Mutter und auch sein Bruder wurde Polizist und habe bis zur Aufhebung der Besatzungszonen bei der Grenzpolizei gedient.

Er selbst sei nur aushilfsweise Grenzer gewesen.

Die französische Zone war nur etwa fünfzehn Kilometer entfernt.

Seine Hauptaufgabe war es, den Schmuggel zu unterbinden.

Geschmuggelt wurden Obst, Fleisch, Kartoffeln, vor allem Lebensmittel.

Der Stützpunkt der Grenzpolizei lag in der Gaststätte Schlatterhöhe unweit der Ortschaft Schopfloch, wo auch die Kirchheimer Jugend oft gewandert sei.

Das Dorf Donnstetten[1] war schon französische Zone.

Wie sah der Ort aus, in dem Klaus Kindheit und Jugend verbrachte und den er auch danach häufig besuchte?

»Kirchheim ist ja eigentlich eine schöne alte Stadt mit einer bemerkenswerten Geschichte. Kirchheim unter Teck muss man sagen, weil es gibt viele Kirchheims. Kirchheim hat sogar mal einen Bundespolitiker hervorgebracht. Einen gewissen Gerstenmeier. Aus einfachen Verhältnissen. Das waren Urkirchheimer. Der Vater war Arbeiter in der Harmoniumfabrik, der Junge hat in einer Färberei gelernt. Abitur nachgemacht. Theologie studiert. Oberkonsistorialrat gelernt.

Geendet hat er als Bundestagspräsident.«

Auf Befragen:

»Nein, nein, Kirchheim war Oberamt, da lagen keine Misthaufen vor den Häusern.

1 Alles irgendwo auf der schwäbischen Alb …

Da gab es höchstens fünfzehn oder zwanzig Kleinbauern. In Bissingen, wo wir wohnten, hatte fast jedes Haus noch eine Kuh oder ein Schwein im Stall.

Kirchheim dagegen war eine richtige Stadt mit vielen schönen Betrieben. Von denen gibt es kaum noch welche.

Natürlich war alles etwas primitiver als heute, nicht so viel renoviert und es gab noch keine Kanalisation. Das Wasser floss einfach so ab, das waren so kleine Bäche neben der Straße und alle Vierteljahr kam das Latrinenauto, um die Sickergrube leerzupumpen. Die Klärgrube.«

Auf Befragen:

»Nein, nein, in Kirchheim war nicht viel kaputtgegangen. Dettingen war zerstört, aber Kirchheim war glimpflich davon gekommen. Die Straßen waren gepflastert und in der Innenstadt gab es sogar Bürgersteige.«

Auf Befragen:

»Fließend Wasser gab es schon in den meisten Häusern, aber die meisten hatten noch kein Badezimmer und auch kein Warmwasser.«

Auf Befragen:

»Doch, doch. Dass es im Hause Croissant ein Badezimmer gab, will ich doch annehmen, wahrscheinlich sogar mehrere.«

Auf Befragen:

»Natürlich waren die Wohnverhältnisse in den meisten Häusern beengt, nicht nur wegen der vielen Flüchtlinge und Ausgebombten. Soviel Platz wie die Croissants hatten die wenigsten.«

Kleine Statistik von Kirchheim so um 1950:
Drei Kinos, drei Hotels, viele Gasthäuser, auch für den gehobenen Bedarf. Etliche Kaffeehäuser (die gibt's heute auch alle nicht mehr), zwei Gymnasien, drei Realschulen.

»Wohin ging man zum Tanzen?«

»Überall hin.«

»Theater?«

»Es gab ein Gasthaus mit einer großen Bühne. Da kam ziemlich oft eine Theatergruppe aus Ulm. Ich war mal in Shakespeare.«

»Fuhr man nach Stuttgart?«

»Natürlich, sogar oft.«

»War das nicht umständlich, ohne Auto oder S-Bahn?«

»Natürlich. S-Bahn gab es damals noch lange nicht. In Wendlingen musste man umsteigen. Dann Plochingen, Esslingen, Stuttgart und die vielen Dörfer dazwischen. Der Zug hielt praktisch an jedem Misthaufen. Eine knappe Stunde Fahrt.«

»Wozu fuhr man dann nach Stuttgart?«

»Alles mögliche. Frühlingsfest auf dem Cannstatter Wasen, Weihnachtsmarkt, die großen Kaufhäuser.

»Herr Merkle, Sie haben mir sehr geholfen mit Ihren Auskünften.«

»Kommen Sie vorbei, wenn sie noch Fragen haben.«

Der Alte vom Berge

Eine Schautafel,[1] großformatig, zeigt Klaus als Reinkarnation jenes syrisch-persischen Ismailiten, der seit tausend Jahren Meuchelmörder ins friedliebende Abendland aussendet – der Alte vom Berge.

Dreiunddreißig Fäden verbinden ebenso viele Namen mit Klaus, dem großen Drahtzieher in der Mitte der Tafel wie die Spinne im Netz.

Von seiner bescheidenen Anwaltskanzlei aus dirigiert er den Terror.

Das war die Message, die verbreitet und wahrgenommen wurde.

1 Dokumentation zu den Ereignissen und Entscheidungen im Zusammenhang mit der Entführung von Hanns Martin Schleyer und der Lufthansa-Maschine »Landshut«, herausgegeben vom Presse- und Informationsamt der Bundesregierung, Bonn, 1977, Materialien Blatt 12, S. 132 f.

Aber waren die dreiunddreißig Figuren in diesem fiktiven Beziehungsgeflecht, das angeblich von März 1975 bis Juni 1977 bestand, tatsächlich »Baader-Meinhof«?

Worin bestanden die Kontakte zu den meist unbekannten und strafrechtlich unbedeutenden Figuren am Rand der Schautafel?

Dienten die sporadischen Besuche und Korrespondenzen tatsächlich der Organisation strafbarer Handlungen oder lediglich der Anbahnung von Mandantschaften, die nicht zustande kamen?

Es gab ein paar waschechte RAFler unter den dreiunddreißig Randfiguren.

Aber warum deutete das Organ der Bundesregierung nicht wenigstens an, worin die Gefährlichkeit der anwaltlichen Beziehung zu ihnen bestand?

Weil es nicht opportun war.

Die Zeiten waren hart.

Also musste ein Schaubild her, um den Mann in der Mitte zu diffamieren. Ein Netz musste konstruiert werden, eine Hierarchie des Bösen, die das Land angeblich bedrohte wie eine Pandemie.

Funktionieren konnte das nur, weil willfährige Meinungsmacher bereitstanden, um das Konstrukt millionenfach in die Köpfe zu hämmern.

Keine Irreführung der Öffentlichkeit, keine Denunziation, keine Übertreibung, die nicht geglaubt wurde und häufig brauchten Justiz, Polizei und die anderen Staatsschutzorgane die Falschmeldungen nicht selbst in die Massenmedien zu lancieren, um das aufgeschreckte Volk zu desinformieren.

Häufig erfand die Presse Schreckensmeldungen, die von politischen Organen dankbar aufgegriffen wurden.

Damals als Klaus den Alten vom Berge geben durfte.

Der Spiegel nahm, wie stets seit seiner Gründung, die deutschnationale Verantwortung, vor der keiner sich drücken sollte, besonders ernst.

Ich habe mir den Spaß erlaubt, die Jahrgänge 1968 (das Jahr in dem Klaus erstmals in einem APO-Verfahren auftaucht) bis 2002 (das Jahr, in dem er starb) nach dem Stichwort Croissant zu durchsuchen.

Hundertzweiundachtzig Nennungen. Die meisten zwischen 1974 und 1979.

Wie ein Popstar beherrschte mein Freund Klaus in dieser kleinen Zeitspanne die Medien.

Endlose Artikel, nicht nur im Spiegel, sollten belegen, wie er in die Untaten der RAF verstrickt war.

Dazu immer wieder sein Foto.

Klaus mit Schily, Ströbele und anderen Anwälten bei Pressekonferenzen.

Klaus in Begleitung von Angelika Speitel und Christoph Wackernagel vor den militärischen Sicherungsanlagen der Festung Stammheim.

Klaus im französischen Fernsehen, wo er die Bundesrepublik Deutschland verunglimpft. Klaus in Handschellen.

Klaus, der von Beamten der Sicherungsgruppe Bonn zu einer Wanne geführt wird.

Eine Szene vor allem: Klaus, der Sartre in den Hochsicherheitstrakt geleitet.

Am größten aber: Klaus auf dem Cover.[1]

Weicher als auf den Jugendfotos, Kinn und Nase noch immer markant, die Tolle weg, bis auf den Haarkranz und die Koteletten, ein lustiges Büschel oben drauf, die randlose Brille getönt, der Ausdruck mild, wenn auch nicht so freundlich lächelnd wie auf dem Foto, das die Zeitschrift zu seinem Tod brachte.[2]

Das Foto auf dem Cover von 1977 ist korrekt, doch der Text dazu ist perfide. Links der Name, damit man ihn ansprechen kann, wenn man ihn auf der Straße trifft.

1 »Der Spiegel« Nr. 42, vom 10. 10. 1977. Vorderseite, Außenumschlag.

2 »Der Spiegel« Nr. 15, vom 8. 4. 2002, S. 232.

»Herr, Croissant?«

»Ja, bitte?«

»Bum, bum!«

Im Hintergrund als Schattenriss eine großkalibrige Waffe. Der Text in großen Lettern verheißt:

»Sympathisanten II. Terroristenanwälte.«

Nach diesem Cover konnte mein Freund kein Brötchen holen, ohne befürchten zu müssen, von einem durchgeknallten Bachmann erschossen zu werden.

Will sagen: Ich hätte in der Situation ebenfalls versucht, in meiner geistigen Heimat Asyl zu finden.

Erst Anfang der achtziger Jahre wurde es ruhiger um ihn, bis zehn Jahre später, 1992/93, sein Prozess wegen geheimdienstlicher Agententätigkeit vor dem Kammergericht Berlin noch einmal für Aufregung sorgte, mit dem entsprechenden Output an Medienberichten.

Kurz: Über so einen Mann muss man einfach einen Roman schreiben.

Nr. 2.13

Das Haus Marktstraße 4 ist stattlich, einige hundert Jahre alt, offensichtlich erst kürzlich restauriert. Im Parterre zwei Einzelhandelsgeschäfte. Davor ein Fahrrad. Lage und Größe des Gebäudes legen die Vermutung nahe, dass die Erbauer wohlhabende Stadtbürger waren. Vermutlich Kaufleute.

Das also ist sein Elternhaus.

Beim Fotografieren fällt mir das Schild neben der Haustür auf. Drei Namen. Wirtschaftsprüfer, Steuerberater, Rechtsanwalt. Einer heißt Hartmut Humburg. Jetzt macht es Klick. Ein Herr Humburg, hatte der freundliche Kundenberater im Stadtarchiv gesagt, könne mir sicher Auskunft geben.

Ich also rein.

»In diesem Haus soll früher eine Familie Croissant gewohnt haben.«

»Ich weiß nicht. Ich bin gerade dabei Mittagspause zu machen.«

»Herr Humburg, ist der vielleicht noch zu sprechen?«

»Ich glaube, der ist auch schon nach Hause.«

Von oben eine kräftige Stimme:

»Wer wünscht mich zu sprechen?«

»Ich.«

»Na, dann kommen Sie mal rauf.«

Wir sitzen in einem kleinen Besprechungszimmer.

Draußen Fußgängerzone. Gemächliches Schlendern.

Humburg, leger gekleidet, wirkt nicht wie ein Steuerberater. Eher wie ein Weinbauer. Umgänglich, bieder. Nicht groß, nicht schlank. Ein Mensch, dem man sein Alter nicht ansieht. Nur, dass er nicht mehr fünfzig ist.

»Was wollen Sie wissen.«

»Ich schreibe ein Buch über Klaus Croissant. Kannten sie ihn?«

»Er war mein Onkel.«

»Das müssen Sie mir erklären.«

»In gewisser Weise waren wir eher wie Brüder.«

Überraschung.

Einen neuen Hauseigentümer hatte ich erwartet, der mich vielleicht in ein paar Zimmer gucken ließ. Nicht aber einen Verwandten zweiten Grades.

Herr Humburg redet nicht lange drum herum. Erzählt keine langen Geschichten. Kommt, wie alle, die von Berufs wegen mit Geld zu tun haben, rasch auf den Punkt. Hat keine Flausen im Kopf. Deutet an durch auffälliges Schweigen, wenn er die nächste Frage hören will.

»Dann kannten Sie vielleicht auch die Croissants in Edenkoben.«

»Aber sicher.«

Humburg jr. kannte sie. Ab Silvester 1950, im Alter von neun, verbrachte er mehrere Monate bei Onkel Rudolf und Tante Babette und deren Tochter Lieselotte. Vermutlich aus gesundheitlichen Gründen. Auch später noch war er gelegentlich in der Südpfalz.

»Was waren Klaus' Eltern für Menschen?«

»Mein Großvater war ein netter, intelligenter Mensch. Hochgewachsen. Der war eine Persönlichkeit. Angesehen, gesellschaftlich aktiv. Auch im Vorstand des Fußballvereins.«

»Spielte er selbst?«

»Das nicht. Er war ja schwer kriegsbeschädigt, seit dem Ersten Weltkrieg schon. Trug eine Prothese. Einen Stützapparat am Bein und ging am Stock.«

Hermann und Luise Croissant, Klaus' Eltern also, seien gebildete Leute gewesen, mit literarischen und philosophischen Interessen.

»Auch politisch?«

»Ja, aber nicht parteipolitisch.«

Vom Nationalsozialismus seien sie beide enttäuscht gewesen.

»Wie war Ihr Verhältnis zu Klaus?«

Klaus sei für ihn und seinen Bruder Jürgen nicht wie ein Onkel gewesen. Habe ihnen, wenn er an den Wochenenden oder in den Semesterferien nach Kirchheim kam, geholfen, sich mit ihrem Vater und dem großen Bruder zu arrangieren, der mehr nach dem Vater geschlagen sei. Habe ihnen durch sein Wissen und seine Überlegenheit imponiert.

Ob sie auch über Politik geredet hätten?

»Sehr. Jedenfalls später, als wir in das Alter kamen, wo man sich dafür zu interessieren beginnt.«

»Religion? Kirche?«

»Klaus war ein überzeugter Atheist.«

Was seine Eltern dazu gesagt hätten?

»Nichts. Die seien selbst nicht fromm gewesen. Der Vater Freidenker und die Mutter auch keine bigotte Christin.«

»Erzählen Sie mir was über Klaus. Was war er für ein Mensch?«

»Er war kolossal eitel.«

Klaus sei von seinen Eltern aber auch sehr verwöhnt worden. Zum Studium habe er ein Auto erhalten. Sein Vater, Humburg sr., habe sich darüber aufgeregt. Dem Jungen ein Auto zu schenken, eine teure Brille zu bezahlen. Aber der alte Croissant habe abgewunken.

»Geld spielt keine Rolle.«

In den Sechzigerjahren, als Klaus anfing, selbst Geld zu verdienen, habe er den Luxus geliebt.

»Wie war das Verhältnis zu den Eltern?«

»Klaus hatte einen Mutterkomplex.«

Die Mutter habe ihn verwöhnt. Sie sei eine gute Köchin gewesen. Mit einem Faible für die gute französische Küche.

Nach dem Tod des Vaters habe Klaus sich intensiv um sie gekümmert. Bis zuletzt. Sei mit ihr ins Elsass zum Essen gefahren. Mit ihr verreist. Nach Davos zum Beispiel. Habe ihre Vermögensverwaltung gemacht.

»Und zum Vater?«

»Durchwachsen. Mit dem hatte er sich in den letzten Jahren überworfen. Den konnte er nicht mehr akzeptieren unter geistigen Gesichtspunkten.«

»Gab es Liebschaften?«

»En masse.«

Schon in den fünfziger Jahren habe Klaus mit seinem Liebesleben geprahlt, aber das habe er vielleicht auch nur getan, um seinen Neffen zu imponieren, denn sie seien ja doch erheblich jünger gewesen.

»Sie und ihre Brüder.«

»Mein Bruder Jürgen und ich. Wir haben uns immer gleich auf ihn gestürzt, wenn er nach Hause kam.«

Seit dem Ende der 50er Jahre habe Klaus in Heidelberg eine Geliebte gehabt. Eine verheiratete Frau, mit der er zwei Töchter gezeugt habe.[1] Er habe sie ins Elternhaus mitgebracht.

1 Umstritten, ob die Mädchen Klaus' leibliche Töchter waren. Humburg ist davon überzeugt. Andere bestreiten es.

»Die Luise hat das toleriert. Die Luise war nicht kleinbürgerlich.«

»Kannten Sie die Ehefrau?«[1]

Die Ehefrau sei ein Glücksfall für Klaus gewesen. Die habe ihn aus seinem Tief herausgeholt. Die habe ihn wieder aufgebaut.

»Woher kannten Sie die Dame?«

Klaus sei mit ihr in Kirchheim gewesen.

»Bei der Beerdigung meiner Mutter.«

»Seiner Schwester.«

»Ja, die Liesel.«

Ich schreibe, er erzählt, ich schreibe. Herr Humburg erzählt schnell. Seine Sätze sind kurz. Manche Sätze bestehen nur aus einem Substantiv, einem Adjektiv, einem Verb, einem Zahlwort. Was in seiner Gefühlswelt eine Mutter ist, ist in meiner Kladde eine Schwester.

»Was hat Klaus mit seinem Erbteil gemacht? Wissen Sie was darüber?«

»Das hat er mir verkauft.«

»Warum das?«

»Er wollte es loswerden.«

»Und das Geld? Was hat er mit dem Geld gemacht?«

»Das habe ich für ihn verwaltet. Eine Zeit lang. Er wollte es so. Dann habe ich es ihm ausbezahlt.«

»Haben Sie eine Ahnung, was er damit gemacht hat?«

»Keine Ahnung.«

»Vielleicht hat er die beiden Wohnungen in Stuttgart damit bezahlt.«

»Was für Wohnungen?«

»Die im SI-Center und am Asemwald.«

»Nein, nein, die hat er dann ja auch verkauft. Klaus hat sein Erbteil verkauft, weil er keine Bindungen mehr haben wollte. Kein ihn bindendes Eigentum.«

1 Klaus heiratete kurz vor seinem Schlaganfall, vermutlich Mitte der 90er Jahre.

»Wie haben Sie seine Arbeit als Strafverteidiger in Stammheim interpretiert?«

»Ach, wissen Sie. Der Mann war schizophren. Der hat nicht mehr richtig getickt.«

»Und die Mutter?«

»Die ist ja schon 1976 gestorben. Die hat gesagt: Was der Bub macht, kann nicht schlecht sein.«

Ich trieb mich dann noch ein Weilchen vor seinem Haus herum, um zu schauen, was er für ein Auto fuhr. Vertrieb mir die Zeit, indem ich mir die Drogerie vorstellte. Das Käthchen vor seinem Laden.

Drogerie weg. Das Käthchen weg. Tante Helene weg. Ihr Elektroladen weg.

Nummer 213 kommt aus der Tür. Sieht mich, lächelt, winkt, steigt auf ihr Fahrrad.

Nun ist Herr Humburg weg.

Und vielleicht bald auch Kirchheim.

Vermutlich Kaufleute

Es erscheint mir wichtig, dass Klaus in einem Haus aufwuchs, in dem ein langer Geschichtsprozess spürbar war.

So etwas kann Emotionen erzeugen, die die Persönlichkeit formen.

Das Haus stand schon, als es 1792 von dem Provisor Veil und seiner Frau übernommen wurde.

1789 wird es als »schlechtes, 2stöckiges Häuslein mit einem geringen Dach« bezeichnet.

Seine jetzige Gestalt wird es nach 1790 unter der Familie des »Nadler« Christian Groß erhalten haben.

Was ist ein Nadler?

»Ich mach Nadel auß Eysendrat.
Schneid die lang jeder gattung glatt.
Darnach ichs feyl, mach öhr und spitzn.
Alßdann hert ichs ins Feuwers hitzn.
Darnach sind sie feil, zu verkauffn.
Die Krämer holen sie mit hauffn.
Auch grobe Nadel nemmen hin
die Ballenbinder und Beuwerin.«
Das heißt: Der Nadler Groß brauchte ein großes Haus.
In jeder Kammer ein Dutzend Gesellen und viel Lagerraum.

Wilhelm und Manfred

Der älteste Croissant, der mir übern Weg lief, bei Recherchen für meinem Roman »Alles über Leonardo aus Vinci«, hieß Wilhelm Croyssant – mit Y, statt mit I.

Er war Pfarrer und Kaplan an der Loire – in Amboise genau gesagt, der um fünfzehnhundert erbauten Residenz, wo Franz I. seinen Freund Leonardo da Vinci bewirtete.

In welchem katholischen Sprengel er amtierte, wird nicht erwähnt in dem Dokument, das allgemein bekannt und zugänglich ist, wohl aber, dass er als Zeuge fungierte, als Leonardo wenige Tage vor seinem Tod im Jahre 1519 einem Notar drei testamentarische Verfügungen zur Beurkundung anvertraute.

Dann starb er (nicht der Wilhelm, sondern der Mann aus Vinci), angeblich in den Armen des Königs, im Schlösschen Cloux bei Amboise, das vor ihm eine Königinwitwe beherbergt hatte und nach ihm von anderen italienischen Künstlern bewohnt wurde – solange bis der Souverän seine Residenz nach Fontainebleau verlegte.

Die Vorstellung, dass in den Adern meines Freundes Klaus ein stark verdünnter Rest des Blutes eines Menschen zirkuliert haben könnte, der das Privileg hatte, den sterbenden Leonardo gesehen zu haben, rührte mich.

So stark bewegt sie mich noch heute, dass ich es für nötig halte, jenen unwahrscheinlichen Vorfahren an dieser Stelle zu erwähnen, weil ich mir vorstelle, wie aus der Begegnung am Sterbebett, die etliche Male gemalt und gezeichnet wurde, eine freundschaftliche Beziehung entstand zwischen jenem Croyssant (sic) und den Künstlern, mit denen Leonardo sich umgeben hatte, und wie auf jene Freundschaft die noch Ende des zwanzigsten Jahrhunderts bemerkenswerte Tatsache zurückgeht, dass etliche Mitglieder der Großsippe Croissant Künstler waren – zumeist Maler oder Bildhauer – oder mit Künstlern befreundet und Kunstwerke kauften, wie mein Freund Klaus.

Zum ersten Mal las ich den Namen Croissant 1968 in der Zeitschrift Der Spiegel, die ich mir auf dem Flughafen Tegel gekauft hatte.

Ich hatte dabei assistiert, mein Hörspiel »Die Falle oder die Studenten sind nicht an allem schuld« zu inszenieren. Zwei Wochen hatte ich in einem großen Hörspielstudio im Sender Freies Berlin verbracht, zwischendurch ein paar alte Freunde besucht, ihre Molotowcocktails bewundert, mit anderen Freunden über die Schlacht am Tegeler Weg diskutiert, ihnen zu erklären versucht, warum es nötig und richtig war, zum gewaltsamen Widerstand überzugehen, und einen Tag lang hatte ich im Schallarchiv nach O-Tönen gesucht, mit deren Hilfe der Regisseur Richard Hey und ich die berühmte Demo vor der Deutschen Oper im Juni 1967[1] faken wollten:

»USA-SA-SS!«

»Ho, Ho, Ho Tschi Minh!«

»Bürger lasst das Glotzen sein, reiht Euch in die Reihen ein!«

1 2. Juni, Schahbesuch, Ermordung des Studenten Ohnesorg durch den Polizeibeamten Kurras, nächste Stufe der Eskalation.

Nun war ich auf dem Flug nach Stuttgart, wo ich Jochen Schale, dem Leiter der Hörspielabteilung, unser Produkt vorführen sollte.[1] In Süddeutschland sollte ich überdies ein gutes Dutzend Lesungen aus meinem Roman »Die Insel« absolvieren. Drei Wochen lang sollte das dauern, bevor ich nach Rom weiterflog, wo ich damals wohnte.

Doch zurück zu meinem Spiegel.

Ich las – wie stets – zuerst die kurzen Sachen und so geriet ich schon vorm Einchecken an einen Leserbrief eines gewissen Croissant, der mir wegen seines frankophilen Namens auffiel. Croissants, die in Rom »cornetti« genannt wurden, sind seit fünfzig Jahren mein Lieblingsgebäck am Morgen.

»Un cappuccino ed un cornetto, per favore!«

Das Cornetto bezog sich auf einen Artikel, wie ich feststellen musste, als ich den Leserbrief kürzlich noch einmal aus dem Internet fischte, der zwei Hefte zuvor erschienen war.

Titel des Artikels: Spiegel-Gespräch mit Dr. Hanns Martin Schleyer, Vorstandsmitglied der Daimler-Benz AG.

Text des Leserbriefes:

»Wenn es noch eines Beweises bedurft hätte, wie bitter notwendig die Durchsetzung demokratischer Spielregeln auch in den Oligarchien der Großunternehmen ist: Die Ihnen glänzend gelungene Entschleyerung (sic) der massiven Feudalstrukturen in den Hirnen und Herzen unserer Wirtschaftsjunker hat ihn erbracht. Schwetzingen (Baden-Württemberg), Manfred Croissant.«

In Stuttgart war alles wie immer. Drei Wochen lang schlief ich im Arbeitszimmer des Dichters Manfred Esser, genannt Mac, unter einem riesigen Mao-Porträt, das unser Freund Zwiebel gemalt hatte,

1 Die Ausstrahlung des Stücks (»Die Falle«) im Süddeutschen Rundfunk führte zu einer politischen Affäre, da der damalige Innenminister glaubte, es handele sich um einen Lifebericht von einer Auseinandersetzung zwischen Polizei und Studenten in Heidelberg. Das Kabinett tagte, die Zeitungen berichteten bundesweit, der Intendant, Bausch, CDU, verteidigte die Rundfunkfreiheit, während sein Kollege Barsig, SPD, vom Sender Freies Berlin das Stück verbot.

wenn ich nicht gerade dem Stöhnen aus einem der Zimmer auf der anderen Straßenseite lauschte.

Ein paar Mal kamen Kiwus und Isolde aus dem Welzheimer Wald, brachten Shit mit, den sie für zwei Mark das Gramm bei einem malenden Beamten im Polizeidienst namens Bruno Demattio kauften.

An lesefreien Tagen hockten wir bis in die Morgenstunden am Küchentisch, drehten riesige Joints, die wir beschrifteten, »Sputnik«, »KPdSU« oder »langer Marsch«, kifften wie die Scheunendrescher, erdachten anarchische Bücher wie das »Krüppelbuch«,[1] bastelten mit Schere und Tesafilm auf einem schrottreifen Tonbandgerät Hörspiele oder zogen um die Häuser, sangen Revolutionslieder oder »Heißer Sand und die Erinnerung daran«, gingen in den Club Voltaire, saßen in der Atlantikbar, wo Wolfgang Dauner spielte, oder im »Kommunistenwaldheim« in Gaisburg, und manchmal prellten wir auch in einem etwas besseren Restaurant die Zeche, um den Gastwirten schon mal einen Vorgeschmack auf die Folgen der bevorstehenden Revolution zu geben, von der sogar die Beatles sangen.

Es war an einem dieser Stuttgarter Abende im November 1968, als ich im Club Voltaire zufällig neben den Croissant zu sitzen kam, von dem dieser Roman handelt.

Er hielt sich im Hintergrund, nicht wie die stadtbekannten Wortführer, und er hielt auch keine Bierflasche in der Hand.

Unauffällig und kaum vorhanden saß er in der letzten Reihe, wo Esser, Kiwus und ich Platz genommen hatten, um unauffällig an unserem Joint ziehen zu können.

»Wie heißt du?« fragte ich ihn und hielt ihm den Sputnik hin. »Willst du auch mal?«

»Klaus«, antwortete er, nahm den Joint, betrachtete ihn und lächelte sanft.

»Nein, heute abend nicht. Vielleicht ein andermal.«

1 Anlass für das Werk, das Jörg Schröder, Märzverlag, herausbringen wollte, bevor er Pleite machte, waren Kiwus' Hand, an der ein Stück Daumen fehlt, Essers Glatze und mein Penis. Was damit nicht in Ordnung war, habe ich vergessen.

»So, Klaus«, sagte ich, nahm die Leningedenkrakete und reichte sie nach links weiter. Don't boggard the joint my friend.

Es war nicht das erste Mal, dass ich ihn im Club sah. Immer hielt er sich im Hintergrund. Fast nie sah ich ihn mit jemand reden. Fast nie meldete er sich zu Wort, wenn diskutiert wurde. Er saß da, aufmerksam, gespannt, und manchmal, wenn einer eine gute Formulierung gebrauchte, dann lächelte er, bestätigend, aber auch, wenn ihm etwas missfiel, sah ich ihn lächeln.

Er schien zwei Lächeln zu haben. Ein erfreutes, affirmatives, und ein ärgerliches, missbilligendes.

Ich schaute Kiwus beim Rauchen zu. Ich sah Esser beim Rauchen zu, nun schon etwas ungeduldig.

Dann als der Joint wieder in meinen Händen war, zwischen Mittelfinger und Ringfinger, wie es sich gehört, die Hände zusammengelegt und zur Höhlung gekrümmt, sodass ich das Mundstück beim Inhalieren nicht in den Mund nehmen musste, fügte ich, wieder Klaus zugewandt, nachdem ich inhaliert hatte, während ich den Qualm in den Bronchien festzuhalten versuchte, hinzu:

»Klaus und wie weiter?«

Er sah mich an, während mein Hals und mein ganzer Kopf anzuschwellen schienen, belächelte mein krampfhaftes Bemühen, den Rauch nicht herauszulassen und sagte:

»Croissant.«

»Croissant?« hechelte ich, als ich den kleinen Hustenanfall überwunden hatte.

»Bist du der Croissant, der letzte Woche den Leserbrief gegen den Schleyer im Spiegel veröffentlicht hat? Den Vorstandsboss vom Daimler-Benz?«

Er schien in Gedanken noch einmal den Brief zu überfliegen, dann sagte er:

»Wieso sollte ich? Das ist Sache der Gewerkschaften. Ich bin Anwalt. Wenn die Gewerkschaft eine unternehmerfreundliche Figur duldet wie den Bleicher,[1] dann ist das ihre Sache. Croissants gibt es viele.«

Wir verbrachten dann noch einen unterhaltsamen Abend miteinander, Klaus und ich, während Esser und Kiwus nach Hause gingen, weil sie lieber noch auf die Kulturrevolution anstoßen wollten. Mao gegen Oma-Regierung hatte Esser an seinem Auto stehen und: APO gegen Opa-Staat.

Erst gingen wir in die Weinstube Widmer, mal wieder, gleich gegenüber vom Club, dann in die Atlantikbar und zum Schluss, da ich die Essers nicht wecken wollte, fuhr ich mit Klaus nach Schönberg, wo er damals noch wohnte.

Das Jahr drauf zog er dann ja ins soeben eröffnete Boardinghouse im SI-Center.[2] Wir sprachen über dies und jenes. Nur, wer Manfred Croissant war, vergaß ich zu fragen.

Zwiebel

Ulrich Bernhardt, Stuttgart.

Konzeptkünstler, Fotokünstler, Filmemacher, Maler.

Lange Zeit Leiter des Künstlerhauses in der Reuchlinstraße.

1967 Sprecher des Studentenparlaments der staatlichen Akademie der bildenden Künste, Aka. 1969 im Senat der Aka.

Mitbegründer des SDS an der Universität und der Aka.

»Wir waren keine zehn Leute. Kein Vergleich mit Frankfurt oder Heidelberg.«

Über Klaus, der ihn in seinem Prozess wegen der »Schmierereien« am Königsbau verteidigte:

1 Willy Bleicher war Bezirksvorsteher der IG Metall und damit Schleyers organischer Gegenspieler. Er war auch der Funktionär, der verhinderte, dass Willy Hoss auf der gewerkschaftlichen Liste bei Daimler Betriebsrat werden konnte. Hoss war in der illegalen KPD und hatte deshalb eine Zeit lang gesessen.

2 Vgl. Abschnitt »Topografie I«.

»Er argumentierte nicht marxistisch, sondern radikaldemokratisch.«

1974 habe er (Zwiebel) mit anderen an der Uni und der Aka eine Arbeitsgemeinschaft Videokunst gegründet.

Ziel war die Herstellung von Gegenöffentlichkeit.

Auch der Schauspieler Christoph Wackernagel sei dabei gewesen.

»Er wollte, dass wir ein Video gegen die Isolationsfolter drehen und machte uns finanzielle Versprechungen. Geld zur Anschaffung von Geräten und Material.«

Woher das Geld stamme, habe er nicht gesagt.

Sie (die Leute von der Videogruppe) hätten gefürchtet, es stamme aus dunklen Quellen. Deshalb sei der Vorschlag nicht akzeptiert worden.

»Man nahm an, dass Wackernagel Kontakte zur RAF hatte.«

Schön ist die Jugend

Klaus und Herr Pörtner waren Schulkameraden.

»Wir haben dieselbe Schulbank gedrückt, zusammen Fußball gespielt und gemeinsame Fahrradtouren unternommen. In die Schweiz und nach Edenkoben.«

Vor allem in Deutsch und Französisch sei Klaus ein guter Schüler gewesen. Er habe die Lehrer geärgert, jedoch so, dass sie ihm nicht böse sein konnten.

Der Musiklehrer fragt nach einem italienischen Komponisten.

Klaus, trocken: »Mussolini.«

Er sei halt in vielem ein nicht ganz normaler Junge gewesen.

»Klaus war was besonderes.«

Andererseits auch wieder feinsinnig.

»Tanzstunde?«

»Hat er gemacht. Schüchtern war er nicht.«

»Verhältnis zu den Eltern?«

Sein Verhältnis zur Mutter sei herzlich und liebevoll gewesen, vor allem nach dem frühen Tod des Vaters.

»Klaus war der Jüngste. Das Nesthäkchen. Das Lieblingskind der Mutter.«

»Wie waren die Eltern?«

»Klaus hatte relativ alte Eltern.«

»Ich meine charakterlich.«

Die Mutter sei klein und dick gewesen, aber sehr lebendig.

Der Vater politisch links, vielleicht sogar Kommunist, aber unauffällig.

Er habe deshalb auch mit den Nazis keinen Ärger gehabt.

Im Garten.

Ein warmer sonniger Tag. Eine stille Siedlung am Stadtrand von Kirchheim, schon halb im Grünen.

Jemand winkt über die Hecke.

Pörtners sind Nachbarn von Hartmut Humburg.

Humburg sei Vorsitzender des örtlichen Reitervereins gewesen.

»Schon sein Vater war ein profilierter Reiter.«

Klaus habe ihn »der Bourgeois« genannt.

»Das war abfällig gemeint.«

Frau Pörtner bringt Kaffee und Kuchen. Setzt sich zu uns und beteiligt sich am Gespräch. Sie ist Beamtin, Inspektorenlaufbahn, während er bereits in Rente ist.

Das Fotoalbum wird aufgeschlagen. Klaus und die Fußballmannschaft.

»Klaus war unser Torschützenkönig.«

»Da sind wir alle so um die sechzehn Jahre.«

Klaus sportlich, blond gelockt. Noch. Auch auf den Klassenfotos. Ein edles, schlankes Gesicht, hohe Stirn. Etwas hybrid.

»Die Locken waren echt!«

Ein Faschingsfoto. Immer der gleiche Typ. Immer dieselbe, etwas dekadente Kopfform. Klaus unverkennbar in jeder Lage und Verkleidung.

»Da sind wir alle so um die fünfzehn. Klaus hatte sich als Kommunist verkleidet.«

»Woran sieht man das?«

Man sehe es an seinem roten Halstuch und der Reithose.

»Die hatte er sich von seinem Schwager Humburg ausgeliehen. Natürlich ohne zu fragen.«

Dessen Frau sei deshalb böse gewesen.

»Seine älteste Schwester?«

»Ja, die Liesel.«

»Und Sie haben also zusammen die Schulbank gedrückt?«

»Seit der siebten Klasse. Hinten Mitte.«

Klaus habe tolle Aufsätze geschrieben.

»Wie kam das?«

»Er hat viel gelesen.«

»Schullektüre?«

»Nein, auch anderes.«

»Was zum Beispiel?«

»Sartre, Camus, Jean Paul.«

Deshalb sei er auch immer auf der Suche nach Gleichgesinnten gewesen, die die gleichen Bücher lasen wie er.

»War er der einzige in der Klasse, der so ausgeprägte literarische Interessen hatte?«

»So ziemlich.«

»Und der Vater war wirklich Kommunist?«

»Wer hat das gesagt?«

»Sie.«

»Na, ja. Wahrscheinlich war er mehr freidenkerisch.«

»Und die Mutter?«

»Die war eher evangelisch, aber nicht sehr ausgeprägt. Besonders religiös waren beide nicht.«

»Aber in der NSDAP natürlich.«

»Das höre ich zum ersten Mal.«

»Anderes Thema: Hatten Sie Spitznamen? Sie und Ihre Klassenkameraden.«

»Ich hieß Bohne. Von Bohnenstange. Weil ich so lang war. Ein Meter und sechundneunzig.«

»Und Klaus?«

»Ich glaube nicht, dass er einen Spitznamen hatte.«

»Vielleicht Hörnchen?«

»Ich glaube nicht.«

»Und Sie beide, Klaus und Sie. Waren Sie wenigstens in der Hitlerjugend?«

»Natürlich, das war Pflicht. Seine Schwester Hannelore war Bund Deutscher Mädels, BDM, Jungzugführerin. Der Klaus war erst Pimpf und dann, als wir vierzehn wurden, war man in der Hitlerjugend. Aber er hat sich gedrückt, wo er konnte. Schon als kleiner Pimpf hat er sich gedrückt, wo er konnte.«

»Erzählen Sie von den Fahrradtouren, die Sie am Telefon erwähnt haben. In die Schweiz und nach Edenkoben.«

»Was soll ich sagen? Vom Zollhaus Blumenberg mit der Bahn und dann bei Waldshut über die Brücke. Damals gab es ja noch die Zonengrenzen. So um 1948, 1949.«

In Edenkoben hätten die Croissants ein Weingut besessen.

Sie seien viel zusammen gewesen, hätten Tischtennis gespielt bei Pörtners in der Garage, dann bei Frau Croissant Mittag gegessen und anschließend gemeinsam Hausaufgaben gemacht.

Im Büro der Drogerie.

»O.k., wie war das jetzt mit den Mädels. Als Sie beide die schlimmste Pubertät so langsam hinter sich hatten. Hatte Klaus eine Freundin, vielleicht sogar eine Geliebte?«

»O, ja!«

In der Beziehung sei Klaus wohl der einzige gewesen in der ganzen Klasse. Einmal, ebenfalls noch vor dem Abitur, habe Klaus ein Mädchen in Esslingen gehabt, und er, Pörtner, ein Mädchen in

Plochingen, da seien sie mit dem Zug hingefahren und dann hätten sie den letzten Zug nach Kirchheim verpasst, sodass sie zu Fuß nach Hause mussten und dann seien sie sich, wie der Zufall spielt, über den Weg gelaufen und so hätten sie einen großen Teil des Heimwegs gemeinsam zurückgelegt und sich über ihre Mädchen und Gott und die Welt unterhalten.

»So etwas vergisst man nicht.«

Ein anderes Mal, ebenfalls 1948, habe ein Bekannter seines Vaters ihn und Klaus nach Paris eingeladen, wo sich ein kleines Unglück ereignet habe. Er, Pörtner, sei nämlich schon mal ins Bett gegangen, während Klaus zwanzig Franc eingesteckt habe und noch mal ausgegangen sei, auf die Place Pigalle, um etwas zu erleben.

»Aber das war rausgeworfenes Geld.«

Denn Klaus sei so aufgeregt gewesen, dass er nicht gekonnt habe.

»So eine Pleite. So ein Pech.«

Die Hure habe ihn ausgelacht und einfach stehen gelassen.

»Erinnern Sie sich, wie Sie Klaus das letzte Mal gesehen haben?«

Daran erinnere er sich sogar sehr genau, antwortet Herr Pörtner sichtlich bekümmert, während so langsam die Sonne den Höhen der schwäbischen Alb entgegenstrebt, und ich mich zum Aufbruch rüste, um vor der Rückfahrt nach Stuttgart noch eben die Gräber der Croissants und Humburgs zu fotografieren.

Seit einer Weile hätten sie sich nur noch sporadisch und von weitem gesehen und es sei ja auch schon die Zeit gewesen, wo diese schrecklichen Gerüchte über Klaus in Umlauf gewesen seien, und er, Pörtner, habe seit langem als Exportleiter bei einer Maschinenfabrik gearbeitet, da habe er eines Tages auf dem Stuttgarter Flughafen, in eine dunkle Ecke gedrückt, eine Gestalt erblickt, die ihm bekannt vorgekommen sei.

Er habe gefragt:

»Mensch, Klaus, was machst du denn hier?«

Aber Klaus habe nur geantwortet:

»He, Pörtner, tu so, als ob du mich nicht kennen tätest. Die Schweine haben mir den Pass weggenommen.«

Und sich verdrückt.

Württembergische Reformatoren und andere Ketzer

Da in Zusammenhang mit Klaus häufig der (im Übrigen sinnlose) Vorwurf erhoben wird, er sei ein Opfer oder Adept des schwäbischen Pietismus gewesen (ein Vorwurf, der auch gegen Gudrun Ensslin erhoben wird), erscheint es angebracht, ein paar Worte über Ortschaften wie Weil der Stadt (bei Stuttgart), Bretten bei Pforzheim, Weinsberg (berühmt für sein Autobahnkreuz kurz vor den Kühltürmen am Neckar bei Heilbronn), Tübingen und das benachbarte Reutlingen zu verlieren und ein paar names zu droppen wie Johannes Brenz, Melanchthon, Reuchlin, Johannes Oekolampad.

Wissbegierige mögen die einschlägigen Konversationslexika konsultieren, weshalb ich nur die folgenden Ausführungen machen möchte:

Johannes Brenz, einer der Protagonisten der Reformation in Württemberg, geboren 1499 in der Stauferstadt Weil, entstammte einer Ratsherrenfamilie und studierte, wie Klaus knapp fünfhundert Jahre später, in Heidelberg, wo er Melanchthon kennen lernte, der damals in Tübingen lebte.

Melanchthon, der 1518 in die kursächsische Metropole Wittenberg wechselte, geboren zwei Jahre vor Brenz, mit dem er befreundet war und in lebenslangem Briefwechsel stand, stammte aus Bretten und gilt nicht nur als Reformator und Vorkämpfer eines bibelnahen wissenschaftlichen Humanismus. Wir verehren ihn auch als unseren Oberlehrer.[1] In Heidelberg lernte Brenz auch Luther kennen, der 1518 an der berühmten Disputation des Augustinerordens teilnahm.

1 »Praeceptor germaniae«.

Weitere Spinnen im revolutionären Netzwerk der frühen Neuzeit: Brenz war Schüler eines gewissen Johannes Oekolampad aus Weinsberg, der seinerseits Lehrer oder Schüler von Reuchlin war.

Reuchlin, nach dem in Stuttgart sogar eine Straße benannt wurde, ruht in einer kleinen Kirche mitten in Stuttgart an einer vier- bis sechsspurigen Stadtautobahn gegenüber einem riesigen Warenhaus. Nebendran zwei Parkhäuser und eine Wärmestube für Huren. Der Götzentempel heißt, glaube ich, Leonardskirche und bildet den Auftakt zu Stuttgarts kleinem und stets von Schließung bedrohten Rotlichtbezirk, wo aber auch die Weinstube Widmer zu finden ist, die sogenannte Widmerin, die ein Stammlokal meines Freundes Klaus war. Sein Freund, der Stuttgarter Buchhändler Niedlich, verkehrt noch heute dort und nicht nur in der Widmerin, wie man sich vorstellen kann.

Mit Oekolampad, der später die Bewohner von Basel reformierte, überarbeitete Brenz die Hieronymus-Ausgabe des Erasmus von Rotterdam, den Brenz tief verehrte. Ob damit die Bibelübersetzung des heiligen Hieronymus von Bethlehem gemeint ist, könnte ich überprüfen. Es ist aber so, dass früher der christliche Glaube dabei half, Widerstand zu leisten und zu Zeiten von Klaus war es halt der marxistische.

Weitere Freunde des guten Brenz waren Willibald Pirkheimer, geboren 1470, Lutheraner aus Nürnberg, Humanist und Diplomat, Kupferstich von Dürer aus dem Jahre 1524, und Johannes Lachmann, Prediger, Reutlingen. Heilbronn war die dritte Stadt, die das augsburgische Glaubensbekenntnis annahm.

Schüler von Brenz waren – weiteres name-dropping: die schwäbischen Dichter Wilhelm Hauff und Ludwig Uhland, Hermann Hesse, der Stuttgarter Philosoph Wilhelm Hegel, der Pfarrer Dietrich Bonhoeffer, der von den Nazis ermordet wurde, weil er ebenfalls störrisch war, und der Pfarrer Ensslin.

Brenz, der 1522 an die reformierte Michaelskirche in Schwäbisch-Hall berufen wurde, meinte, man müsse mit der Jugend freundlich umgehen, damit sie vom Katechismus nicht abgeschreckt wird. Er definierte die Funktion der Obrigkeit neu und übte sich in Weltuntergangsstimmungen, wie sie auch in manchen Erklärungen der RAF durchschimmern. Ans Fegefeuer glaubte er nicht, denn er meinte, das ganze diesseitige Leben sei ein solches Feuer. Er gestand, vielleicht deshalb, den Menschen ein Widerstandsrecht gegen die Obrigkeit zu, was übrigens auch die aktuelle deutsche Verfassung tut, nur weiß das kaum einer.

Das muss reichen.

Terrogene Familie

Die erste, noch stark familiär geprägte Sozialisation unseres Helden ereignet sich auf der Schiene Kirchheim–Edenkoben.

Versuchen wir deshalb, uns ein Bild zu machen von jener Ortschaft, deren Namen wir gelegentlich auf einem Schild lesen, wenn wir die Autobahn Koblenz–Ludwigshafen beim Kreuz Mutterstadt verlassen haben und Richtung Strasbourg fahren.

Ein paar Mal radelt Klaus, wie wir gesehen haben, mit seinem Freund Pörtner zur Wallstatt seiner Vorfahren, wo auf den Feldern damals noch ein paar kümmerliche Reste des von den Römern eingeführten Kammertbaus zu besichtigen waren. Doch auch davor war die Pfalz schon eine beliebte Anlaufstelle der Kirchheimer Croissants. Alteingesessene, mit Klaus durch drei Kellerlöcher und um ein paar Ecken verwandt, erinnern sich, ihn schon als kleinen Jungen im Laden gesehen zu haben, wo er der Großmutter dabei half, Hülsenfrüchte, Mehl und Nudeln in die bekannten braunen Papiertüten zu füllen.

Der Eindruck, den die Landschaft am hügeligen Haardtgebirge[1]

1 »Des Pfälzerwaldes wogende Wand«!

auf ihn machte, muss nachhaltig gewesen sein. Noch in den Fünfzigerjahren, als Klaus schon in Heidelberg lebt, ist die kleine Weinstadt in der Südpfalz so attraktiv, dass er sie immer wieder besucht – mit seinen Studienfreunden Schütt und Dünkelsbühler zum Beispiel.

Sechzig Kilometer, einmal quer durch die Rheinebene, sind es von der Universitätsstadt am Rand der Bergstraße bis ins Haus der Vorfahren am Rand des Pfälzer Waldes.

Edenkoben ist der Stammsitz fast aller Croissants.[1] Hierher verheiratete sich der 1650 in Heidelberg geborene Reiter aus Kurpfalz, ein gewisser Abraham Croissant, hier steht das Stammhaus aller Croissants, das sich noch immer in Familienbesitz befindet: »Uf der Weed«.

Hier ließ sich einer der Nachfahren des alten Abraham, Klaus' Großvater Philipp Friedrich Croissant in der Bahnhofstraße 1 von einem Architekten namens Hemmer, über den wir nichts wissen, 1904 das Haus »Am Eck« errichten, in dem sich auch der Kolonialwarenladen befand, an den sich die alten Leute noch heute erinnern, weil es hier so gut roch nach exotischen Gewürzen und weil man von der alten Frau Croissant (»'s Babette«) ein »Gudsle« geschenkt kriegte, wenn man zum Einkaufen kam.

Einunddreißig Haushalte des gleichen Namens enthielt das Einwohnerbuch von 1938, als Klaus dort die großen Ferien verbrachte: Einen Bankbeamten, zwei Bäckermeister, einen Hausmeister, zwei Ingenieure, einen Kaufmann, zwei Kolonialwarenhändler (Vater und Sohn im selben Geschäft), einen Maurer, einen ohne Berufsangabe, einen Polierer, einen Privatier, einen Revisor, zwei Schreiner, eine Telefonistin, einen Werksdirektor, sieben Winzer, sieben Witwen, die vermutlich nie einen Beruf hatten und alle waren miteinander verwandt und kannten sich.

Noch heute stehen zehn Croissants im amtlichen Telefonbuch. So fruchtbar war Abrahams Schoß und so stark wurde sein Stamm im

1 Erich Wertz, »Neue Ergebnisse und Überlegungen in der Familienforschung Croissant« in: Der Deutsche Hugenott, 42. Jahrgang, September 1978, Nr. 3, S. 82 ff.

Laufe von dreihundertfünfzig Jahren, dass zu Pfingsten 1991 rund 200 Croissants zu einem Familientreffen anreisten,[1] die sich alle auf Edenkoben zurückführen ließen.

Rund 35 kamen aus Frankreich, die waren vermutlich im einst württembergischen Mömpelgard[2] hängen geblieben, ein paar aus den USA, aus Baden und anderen Weltregionen, die meisten aus der Pfalz. Neun Meter lang war der Stammbaum, den der Mannheimer Familienforscher Karl Croissant den zweihundert Delegierten präsentierte. Auch Klaus' Schwester Hannelore und die Mutter seines einzigen Sohnes David waren eingeladen. Ob er da war, habe ich nicht zu fragen gewagt.

Dass der für sinnliche Reize und neue Erfahrungen so aufgeschlossene Junge sich von der Stadt und ihrer Landschaft, wo alles nach seinem Namen roch, angezogen fühlte, verwundert nicht. Die Gegend ist reizvoll sozusagen. Der überschaubare Ort liegt zum Teil schon auf der schiefen Ebene, die zum Wald führt. Vom Waldrand hat man einen weiten Blick über die Rheinebene, die vor allem morgens von einem feinen Dunstschleier überzogen wird. In der Ferne glitzern und blitzen die filigranen Masten und Rohrgewebe der BASF am Stadtrand von Ludwigshafen.

Im Tal die fast baum- und strauchlose Weite der endlosen Weinfelder, die vor allem im Frühherbst, wenn das Laub sich verfärbt, an sonnigen Tagen gülden leuchtet, wie es in der einschlägigen Trivialliteratur heißt. Die Südpfalz ist, das behaupte ich mal, auch eine Versuchung für sentimentale Augen, nicht nur für Liebhaber von neuem Wein und Zwiebelkuchen. »Edenkoben in einem Meer von Reben«.

Auch oberhalb der Stadt Weinfelder, durchschnitten von einem geteerten Weg, der Villastraße, die weiter unten zur Stadt hin Klosterstraße heißt. Auf der höchsten Erhebung des Waldes eine Burg, zu der eine Seilbahn führt, angeblich die älteste der Pfalz, am Fuß

1 Hans-Jürgen Croissant, »Croissants in zwei Hundertschaften« in: Rheinpfalz vom 21.5.1991, Lokal-Ausgabe Landau.

2 Heute Montbéliard.

der Anhöhe, halbversteckt, abends beleuchtet, die Villa Ludwigshöhe, Sommerresidenz der Wittelsbacher.

Die Ludwigshöhe ist nicht das einzige Schloss auf den Vorbergen. Ein paar Kilometer nördlich liegt die Maxburg, wo 1832 das »Hambacher Fest« stattfand, das zu den Gründungsmythen der deutschen Demokratie nach 1945 gehört.

Ich wende dem Hang mit seinen Denkmalen also den Rücken zu und radele vom Künstlerhaus, wo man mich freundlich aufgenommen hat, durch Weinfelder zum Städtchen hinunter. Kelter, Bottiche, Schubkarren und anderes Gerät aus Omas Zeiten an allen Wegen, Weinstöcke an allen Fassaden, auch quer über die Straßen. Weinbauernhöfe en masse. Über einem steht in großen Buchstaben: »Weingut Croissant«.

Das Edenkobener Gehöft besteht aus einem Haus, oft mit dem Giebel zur Straße, einem Hof, an den abermals ein Gebäude grenzt und einer hohen Mauer entlang der Straße, in die ein großes Tor eingelassen ist, das meistens offen steht. Den rückwärtigen Abschluss bildet ein Quergebäude. In den Höfen ebenfalls Geräte und Maschinen.

Manche Gehöfte wirken verfallen, doch auch über den rausgeputzten Gehöften liegt ein Hauch von Nostalgie. Es ist klar, dass sie einer Produktionsweise und kleinkapitalistischen Gesellschaft angehören, die unterging, als das Großkapital sich auch der Weinproduktion bemächtigte. Nützlich nur noch als Versatzstücke der Fremdenverkehrswerbung.

Verwundert nicht

Ein Foto aus dem Jahr 1950 zeigt den neunzehnjährigen Klaus bei einem Weinfest in Edenkoben.

Er steht am Rand der Straße, wo soeben eine Gruppe junger Männer mit einem Schubkarren vorbeizieht.

Einen Jux will man sich machen.
Viele Zuschauer lachen.
Klaus nicht.
Er trägt das Hemd offen, ein sportliches Sakko, die Hände in den Hosentaschen.
Aufmerksam betrachtet er die Szene.
Leiser Spott liegt auf dem Gesicht des Jünglings, der ein Jahr später sein Abitur machen wird.

Bausteine einer Familiensaga

Literarisch versierte Leser mögen sich die Details mithilfe der nicht erst mit Zola einsetzenden Belletristik zum Thema Familiensaga vorstellen. Die übrigen sind selbst schuld, wenn sie nicht checken, wie viel Stoff in diesen drögen genealogischen Daten steckt …

1. KLAUS' GROSSELTERN VÄTERLICHERSEITS[1]

Anna Maria, geborene Niederhöfer, und Philipp Friedrich Croissant, beide aus Edenkoben in der Südpfalz.

2. KLAUS' ELTERN

*1.1 Klaus' Mutter, Luise Kopp, »'s Käthchen«, *21.04.1893, †16.09.1974*
Geboren in Hoffenheim (nicht weit von Heidelberg), gestorben und begraben in Kirchheim unter Teck. Elf Geschwister, darunter auch »'s Babette«. Die Eltern: Gast- und Landwirte. Das Haus steht noch.

1 Die Großeltern mütterlicherseits waren nicht zu ermitteln. Den Ort im Kraichgau habe ich mir angeschaut. Im Stadtarchiv und im Pfarramt war man hilfsbereit. Auf der Straße alte Leute angesprochen. Die Gegend ist flach. In Autobahnnähe. Gleich hinterm Technikmuseum Sinsheim-Steinfurth, das so aussieht wie ein militärischer Schrottplatz.

Nach einer Karteikarte, die ich einsehen konnte, wurde »'s Käthchen« am 7. Oktober 1946 entnazifiziert, als »Mitläuferin« (Gruppe 4) eingestuft und zu einer Sühne in Höhe von 120 Reichsmark verurteilt. Die Mitgliedschaft in der Nazi-Partei war vermutlich ihrer Geschäftstätigkeit (die Drogerie) geschuldet. Ihr Mann und der Sohn Gerhard waren dagegen Gruppe 5, nicht belastet. Eventuell arrangierte man sich in Kirchheim so, dass nur ein Ehepartner in der Partei zu sein brauchte. Ob Klaus wusste, dass seine Mutter in der Partei war, weiß ich nicht.

*1.2 Klaus' Vater, Hermann Croissant, * 15.08.1888, † 30.03.1954*
Geboren in Edenkoben (Südpfalz), gestorben und begraben ebenfalls in Kirchheim unter Teck.
Geschwister von 1.2:
*Onkel Rudolf Croissant, * 22.05.1884, † 28.08.1957.*
Er heiratete am 22. April 1914 in Heidelberg Eva Barbara Kopp, *»'s Babette«, * 24.05.1888, † 03.03.1971.*
Die beiden hatten drei Kinder, Gertrud, Werner und Lieselotte – Cousin und Cousinen von Klaus.

Exkurs Sippschaft

Die Schwestern Käthchen und Babette Kopp heirateten also die Brüder Hermann und Rudolf Croissant oder umgekehrt. Möglicherweise war es so: Eine der beiden Schwestern war in der Südpfalz »in Stellung«, wo sie einen der beiden Croissants kennen lernte, wodurch der andere Croissant die andere Kopp kennen lernte, aber vielleicht war es anders, denn auch zuvor gab es angeblich schon Beziehungen:

»Die Familien Kopp und Croissant waren irgendwie verwandt oder verschwägert.«

In Hoffenheim fanden Familientage der Kopps statt, wo Croissants teilnahmen. Für die Kirchheimer Croissants war jedoch Edenkoben der wichtigere Ort im System des Sippenkults.

Exkurs Erbepflege I, Edenkoben

Es ist anzunehmen, dass schon der Vater von Hermann und Rudolf (Philipp Friedrich Croissant) das Kolonialwarengeschäft in Edenkoben betrieb. Er (oder sein Vater?) baute im Zuge des Baubooms um die Jahrhundertwende das Haus in der Bahnhofstraße 1 (heute Buchhandlung Lesebär). »Ein schönes Haus« (Humburg jr.). Das Geschäft wurde 1912 in eine OHG umgewandelt und durch einen Branntweinhandel ergänzt. 1950 eröffnete Gertruds Mann Robert Krebs, Mitgesellschafter der OHG, auch noch eine Drogerie.

Das also war die Verwandtschaft, die Klaus als Schüler von Kirchheim aus und später als Student in Heidelberg regelmäßig besuchte. Das Haus soll er noch in den Achtzigerjahren seinen wechselnden Lebensgefährtinnen gezeigt haben.

Sein Vater erhielt nicht das Geschäft in Edenkoben, da er der jüngere Bruder war. Er wurde ausbezahlt und kaufte 1917 Haus und Drogerie in Kirchheim, Marktstraße 4. Dass »'s Käthchen« Vermögen in das Kirchheimer Geschäft einbrachte, ist in Anbetracht ihrer vielen Geschwister eher unwahrscheinlich. Sie war aber die Seele des Geschäfts, wie man hört.

3. KINDER VON KLAUS' ELTERN LUISE (»'S KÄTHCHEN«) UND HERMANN CROISSANT

*2.1 »Liesel« = Elisabeth, * 1918, † 1996*

*2.2 Gerhard Walter, * 21.12.1920, † 21.02.1948*

*2.3 Hannele, * 08.12.1925, † 01.02.1927*

*2.4 NN, * 1928*

*2.5 Klaus, * 1930, † 2002. Ein alter Kirchheimer auf meine Frage, ob er den gekannt habe: »Ha, no, der Staranwalt vom Baader-Meinhof!«*

Zu 2.1

Liesel heiratete den Rechtsanwalt Horst Humburg (1909–1967). »Der Herrenreiter«, »der Bourgeois« (Klaus). Drei Söhne, die für Klaus wie seine kleinen Brüder waren: 2.11 Jürgen. 2.12 Volker. 2.13 Hartmut.[1] Der Übersichtlichkeit halber nenne ich Liesels Mann »Humburg sr.« und ihren Sohn Hartmut »Humburg jr.«.

Zu 2.2

Gerhard lernte Drogist, vermutlich um den väterlichen Betrieb zu übernehmen. Starb in Davos an Tuberkulose.

Zu 2.4

NN verließ Kirchheim bereits 1945, also mit siebzehn. Heiratete einen Gärtner in Heidelberg, wo sie heute noch lebt. »Kam sehr oft nach Kirchheim« (Humburg jr.). In den Berichten über Klaus' Studentenjahre in Heidelberg kommt sie nicht vor. Über Ehemann und Nachkommen nichts bekannt. War angeblich Stadtverordnete, SPD-Fraktion. Im Frühjahr 2005 hatten wir uns telefonisch zu einem Gespräch in Heidelberg verabredet. NN sagte das Treffen ohne Begründung eine Stunde vorher ab. Mehrere spätere Kontaktversuche ohne Erfolg.

Zu 2.5

Eine Bekannte meinte kürzlich, ihr Verhältnis zu Klaus sei eventuell auch deshalb ungetrübt gewesen, weil sie zu den wenigen Frauen gehöre, die »mit ihm nie ein Verhältnis hatten«.

Verheiratet war Klaus nur einmal und zwar seit den Neunzigerjahren in Berlin mit einer Frau, die mir mitteilen ließ, sie wünsche nicht, dass ich über Klaus schreibe. Zu ihren inzwischen erwachsenen Söhnen soll Klaus ein liebevolles, fast väterliches Verhältnis gehabt haben.

1 Wichtiger Informant, sehr freundlich und hilfsbereit.

3.1
Mit Brigitte Tilgner, seiner Lebensgefährtin in den Siebzigerjahren, hatte Klaus einen Sohn (David), der im Dezember 1977 zur Welt kam, als Klaus in Stammheim in Gefangenschaft war. Da dieser Sohn Ende 2006 seinerseits Vater wurde, wäre Klaus jetzt Großvater. David besuchte seinen Vater in Berlin, schon als er noch ein Kind war, und erinnert sich gut und gerne an Klaus. Klaus war angeblich kinderlieb.

3.2
Etliche Zeugen sind überzeugt, dass Klaus auch zwei Töchter hatte. Ihre Mutter war die zuvor erwähnte Gattin eines Professors, der auch ein Bücherfreund war, wie Klaus. Ich habe mit der einen gesprochen, mit der anderen korrespondiert und festgestellt, dass sie keine Lust haben, Auskunft zu geben, was ich für verständlich halte. Sie wurden Ende der fünfziger Jahre geboren. Klaus selbst hat zumindest eines der beiden Mädchen, vermutlich beide, gelegentlich dabei gehabt. Offensichtlich fanden gemeinsame Reisen statt. Mehrere Personen bezeugen eine gewisse Familienähnlichkeit. Andere hingegen bestreiten die Nachkommenschaft und behaupten, der erwähnte Professor habe Klaus sehr ähnlich gesehen. Gegner und Befürworter der Vaterschaft halten sich die Waage.

Noch zu 2.1: Liesel Humburg, geborene Croissant

Lebte mit ihrem Mann, der etwa neun Jahre älter war, in den 30er Jahren in Berlin, wo Klaus sie besuchte und zum ersten Mal einen Judenstern sah. Bei Kriegsende in Österreich. Ob Liesels Mann da schon Rechtsanwalt war und ob er in die Nazi-Bürokratie verwickelt war, habe ich nicht geprüft. Irgendwer sagte was von Finanzverwaltung (aber vielleicht betraf das den Vater von Humburg sr.). Liesel zog mit ihren Angehörigen nach dem Krieg zunächst ins Haus der Großeltern in Edenkoben, dann ins Elternhaus in Kirchheim, wo die Familie Humburg eine ganze Etage belegte. Gekocht und gegessen wurde gemeinsam. Erst in den fünfziger Jahren wurden die Haushalte getrennt. Die Humburgs und die Croissants hockten also aufeinander wie eine Großfamilie. Ob die Aversion von Klaus gegen Humburg sr. allein weltanschaulich bedingt war, habe ich nicht gefragt. Informanten lassen durchblicken, dass Klaus auch den Lebensstil seines Schwagers missbilligte, unter anderem sein Verhalten gegenüber Liesel. Details hierzu waren nicht zu erwarten. Nach anderen Informationen wohnte eine dritte Familie in der Marktstraße 4, die mit der Sippe Croissant-Humburg ebenfalls irgendwie verwandt oder verschwägert war.

Zu 2.11: Jürgen Humburg

Klaus' Cousin, mit dem er in seiner Jugend praktisch in einer Familie lebte. Geburts- und Todesdatum nicht erfragt. Es heißt, Jürgen sei zehn Jahre als Dozent für Mathematik tätig gewesen und habe noch in der Psychiatrie promoviert. Gründe für Psychiatrisierung unbekannt. Gerüchten zufolge war Jürgen hochbegabt und erschoss in den Sechzigerjahren in München einen Richter, von dem er sich ungerecht behandelt fühlte. Die Sache habe auch in der überregionalen Presse Wellen geschlagen und sei in Kirchheim als Skandal ersten Ranges debattiert worden. »Jürgen und Klaus waren einander ähnlich und zugleich konträr« (Humburg jr.).

Zu 2.12: Volker Humburg:

Klaus' Cousin, mit dem er bis 1951 (Abitur, Studienbeginn) praktisch in einer Familie lebte. Geburts- und Todesdatum nicht erfragt. Rechtsanwalt. Hatte seine Kanzlei im Haus Marktstraße 4, zusammen mit seinem Bruder Hartmut.

Einer der Brüder Humburg soll in weltanschaulichen Fragen dem Vater nachgeeifert haben: »Rechtsradikale Ansichten«. Das sei auch der Grund gewesen, warum Klaus mit ihm mehr als mit den beiden anderen Cousins diskutiert habe. Zuweilen seien die Diskussionen sehr lautstark gewesen und fast in Schlägereien ausgeartet.

Zu 2.13: Hartmut Humburg jr.:

Jahrgang 1941. Wirtschaftsprüfer, Steuerberater.

Exkurs Erbepflege II, Kirchheim:

In Kirchheim arbeitete Humburg sr. in der Drogerie mit und mischte sie tüchtig auf (möglicherweise hatte er als Anwalt zunächst Berufsverbot). Klaus hingegen meinte, die Aktivitäten seines Schwagers hätten den Betrieb überstrapaziert und letztlich ruiniert. Ein Lieferwagen wurde angeschafft (Opel Blitz) und der traditionelle Handel mit Produkten für die Schäferei ausgedehnt.[1] Die erforderlichen Mittel wurden in großen Mengen im Haus gelagert, zum Teil auch selbst hergestellt bzw. gemischt. Im Laden arbeitete eine zusätzliche Verkäuferin (neben Hermann und Käthchen). Im Lager und Versand zeitweilig zwanzig Angestellte. In einem Raum wurde eine »Giftkammer« eingerichtet und speziell gesichert. »Das ganze Haus stank nach Chemikalien« (Humburg jr.). Auch das Wein- und Sektdepot im Gewölbekeller wurde noch einmal erweitert. Nach Hermanns Tod 1954 wurde das Geschäft runtergefahren und von Käthchen mit einem Mitarbeiter weitergeführt. Der letzte Geschäftsinhaber hieß Riethmüller. Klaus verkaufte seinen Erbteil in den Siebzigerjahren. Das Geld wurde zeitweise von seinem Cousin Hartmut verwaltet.

Als Humburg jr. das Haus übernahm, musste er eine Tonne Pflanzenschutzmittel und andere Chemikalien entsorgen. Er ist jetzt Besitzer des Croissantschen Hauses. Die Kanzlei der Sozietät nimmt zwei oder drei Etagen in Anspruch. Das Parterre ist vermietet.

1 Kirchheim war seit dem 19. Jahrhundert ein Zentrum des württembergischen Wollhandels.

Exkurs Erbepflege III, Kirchheim

Im Tode liegen die Humburgs und die Croissants getrennt. »'s Käthchen« und Hermann liegen an der Mauer auf dem »alten Friedhof«. Ich habe ihr Grab natürlich fotografiert. Klaus' Schwester Liesel liegt bei den Humburgs auf dem Waldfriedhof. Er selbst hinter der Dahlemer Dorfkirche in Westberlin.

Noch zu 1.2:

»'s Babette« hatte ein uneheliches Kind, von dem Rudolf nichts wusste. Er war tief beleidigt, als er auf einem Familientreffen der Kopps davon erfuhr. Man hätte es ihm nicht verschweigen dürfen. Man hätte es ihm sagen müssen. Er hätte das Kind wie sein eigenes behandelt.

»Rudolf war eine Seele von Mensch.« (Humburg Nr. 2.13)

Museum

Am Museum machte ich Halt und wie immer, wenn ich diese renovierten öffentlichen Gebäude aus dem späten Mittelalter, der frühen Neuzeit, dem Barock sehe, fragte ich mich, ob es in ganz Deutschland nur ein Architekturbüro gibt, das diese Häuser saniert – diese ehemaligen Amthäuser, Zehntscheuern, Kelterhallen, Schwörhäuser, Marställe.

Sie sehen alle gleich aus, innen wie außen, und auch die Exponate lassen Schweiß und Blut vermissen.

Gut, die Schulkinder sollten wissen, wie Großmutters Beutelschneider aussah und das Bett, in dem die Winzersgattin ihre siebzehn Kinder kriegte und dann braucht man noch das Familienfoto, um nachzuzählen, ob damals wirklich zwei Dutzend Menschen aus drei Generationen in vier Kammern gewohnt haben.

Aber was für ein beschissenes Leben das war, lassen sie bestenfalls erahnen.

Nur ein Exponat rührte mich an. Ein kleines Ölbild des Architekten der »weißen Villa«, gemalt von einem Croissant. Wahrscheinlich einer jener entfernten Verwandten, die im April 1991 in der Villa Streccius in Landau, ebenfalls Südpfalz, zu sehen waren. »Die pfälzische Künstlerfamilie Croissant, August, Elisabeth, Eugen und Herman Croissant. Einführung Dr. Manfred Croissant.«

Ich erwähne das hier als Kuriosität, nicht weil es da noch was zu entdecken gäbe. Der verstorbene Michael Croissant, der Ende des zwanzigsten Jahrhunderts am Frankfurter Städel eine Bildhauerklasse leitete, war meines Wissens der einzige ernstzunehmende Künstler aus dieser Sippe.

Dem Museum beigeordnet ist das Stadtarchiv Edenkoben, das einen etwas unaufgeräumten Eindruck machte. Wahrscheinlich leidet es, wie alle diese Einrichtungen, unter dem Desinteresse der Gemeinderäte, vielleicht auch der Stadtverwaltung, und damit unter chronischem Geldmangel.

Ich suchte nach Daten und Informationen und traf einen freundlichen Herrn, der es eilig hatte. Er wolle mit seiner Frau nach Spanien und habe noch viel zu erledigen. Seine Frau sei Katalanin. Ob ich im Herbst wiederkommen könne.

Da er keine Mitarbeiter zu haben schien und der goldene Oktober praktisch vor der Tür stand, begnügte ich mich damit, aus alten Einwohnerbüchern, Tageszeitungen etc., die er auf eine kleine freie Stelle eines der überquellenden Tische deponierte, ein paar Exzerpte zu machen, während er hastig und zerstreut in Karteikästen etwas suchte.

Nie sah ich einen Menschen, der so stark schielte und seinen Kopf dennoch stets in die richtige Richtung hielt.

Folgendes ergaben die Dokumente und das Gespräch, das wir nebenher führten:

Fünftausend Einwohner hatte Edenkoben im Jahr 1905, als Klaus' Vater siebzehn Jahre alt war. Es gehörte bis 1948 zu Bayern. Seit 1900 hatte der Ort fließendes Wasser, ein Freibad, ein Elektrizitätswerk und Telefon, aber noch keinen Kanal. Die Abwässer wurden vors Haus geschüttet. Wer unten am Tal wohnte, hatte stets eine stinkende Pfütze vorm Haus.

Die Hauptstraßen waren gepflastert, die vielen Nebenstraßen und Gassen nicht. Das Haus Bahnhofstraße 1 hatte die Telefonnummer fünf, also eines der ersten Telefone am Ort. Was den Laden betrifft, so liegen die Gewerbeunterlagen im Landesarchiv Speyer unter der Nummer U 284. Heute, im Jahr 2005, gehört das Haus, in dem der kleine Klaus Bonbons eintütete, einem Malermeister.

Weitere Rückblicke: Seit 1912 hatte Edenkoben ein Kino. Seit 1913 eine elektrische Straßenbahn. Davor gab es Pferdeomnibusse, die mit Tüchern verhängt waren und natürlich auch Droschken. Heute scheinen im Ort gelegentlich Stadtbusse zu fahren, aber das habe ich nicht überprüft. Ich hatte wie stets mein Fahrrad dabei, das einundzwanzig Gänge hat. Ausreichend auch für die Südpfalz.

Was weiß ich sonst noch dank Herrn Hartkopfs Archiv?

Dass mein Freund Klaus nicht der erste Edenkobener war, der berühmt wurde.

Den Heu- und Sauerwurm, der um die Jahrhundertwende die Winzer bedrohte, bekämpfte erfolgreich der Biologielehrer August Lenert.

Häufig besuchte der bayerische Kronprinz Rupprecht die Stadt. Erstmals 1910, letztmals 1953.

Die »pfälzische Kampfgenossenschaft«, zumeist Veteranen der Revolution von 1848 und des deutsch-französischen Krieges von 1870/71, leitete bis kurz vorm Ersten Weltkrieg der Direktor der Lateinschule. Dann verstarb er.

Auf dem bereits erwähnten Familientag 1991 brachte das Ensemble »Les trois Croissant« Werke von Pachelbel und Vivaldi zu Gehör, was ihm großen Ruhm einbrachte.

Besondere Verdienste um Edenkoben erwarb sich der Nahrungsmittelchemiker Dr. Lambert, der bei der Firma Fresenius beschäftigt war: »Ein Pionier der Chemieindustrie«.

Als einer Spirituosen-Fabrik in den Vereinigten Staaten einhunderttausend Liter Whisky umzukippen drohten, reiste Dr. Lambert übern großen Teich, rettete das Gesöff, machte es trinkbar und erhielt zum Dank einen Dollar pro Liter, also vierhundertundzwanzigtausend Goldmark. Von dem Geld ließ er sich die »weiße Villa« an der Bahnhofstraße erbauen.

Weitere Nachrichten aus der Vergangenheit:

Es gab in der Stadt, wo dieser Stamm der französischen Hugenotten vor dreihundertfünfzig Jahren zur Ruhe kam, einen Kohlenhändler, mehrere Ziegeleien, Küfer, Wagner, Schmiede, Hufschmiede, Sattler, Drechsler, ein Konfektionsgeschäft Rothschild, ein Nähmaschinen- und Fahrradgeschäft Coerper, eine Hofmöbelfabrik, das First-Class-Hotel Zum goldenen Schaf, eine Handweberei und Wäschefabrik, das Schloß-Hotel, das Café Ludwig (»Brennpunkt des gesellschaftlichen Lebens« bis 1953), eine Hofapotheke, noch mehr Apotheken, ein königlich-bayerisches Amtsgericht, eine Wappenschmiede, genannt »Siegfriedschmiede«, eine Fabrik für elektrische Klaviere, Orchester-Pianos und Orgeln, eine Feilenfabrik, eine Gewehrschaftfabrik, eine Blechwarenfabrik, einen Schalldämpferhersteller, eine Buchhandlung (vielleicht auch mehrere), einen Halbfastenmarkt im Frühjahr, einen Lorenzimarkt im Sommer, etliche Gasthäuser, Caféhäuser und Wochenmärkte, viele kleine Geschäfte (auch in den Außenbezirken), Polsterer, Dekorateure, eine Fabrik für Koffer- und Autoradios, ein Krankenhaus, eine Volksbank, eine Stadtsparkasse, eine Synagoge, die nach dem neunten November 1938 vom Reichsarbeitsdienst abgerissen wurde, eine Spezialfabrik für Maschinen und Geräte zum Weinbau, die Keltern, auch fahrbare, lieferte, ferner Weinpumpen, Wandhaspeln, Graubenmühlen, fahr- und tragbare Fass- und Fuhrwinden, Fassschrauben und Holzriemenscheiben.

Aber fragen Sie mich nicht, wie lange es diese enorme Vielfalt gab und wie viel von ihr noch hautnah zu erleben war, als Klaus in den späten dreißiger Jahren zum ersten Mal den Ort seiner Vorfahren betrat. Ich könnte seit meinem Museumsbesuch übrigens auch einen

Vortrag über Weinbau halten. Das Fass, in das die Trauben schon draußen auf dem Feld vermostet wurden, nannte man Mostlotte, das Traubenschneiden besorgten die Frauen und Kinder, das Hottentragen und Mahlen die Männer und, damit die Zugtiere was zu fressen kriegten, gab es im Tal auch Heuwiesen und Rübenbauern.

Die Quartiere der Arbeiter und Tagelöhner, von denen einige Reste noch zu besichtigen waren, als ich diese Stadtrundfahrt machte, waren primitiv, düster, feucht, dreckig und noch beengter als die Häuser der kleinen Winzer. Es gibt Fotos aus dem ersten Drittel des zwanzigsten Jahrhunderts, die das belegen.

Aber lassen wir das.

Herr Hartkopf war vermutlich längst in Spanien, als ich das unordentliche Stadtarchiv verließ. Die Sonne stand schon bedenklich schief.

»Es soll in Edenkoben vor sechzig Jahren einen Kolonialwarenladen Croissant gegeben haben«, sagte ich zu dem Erstbesten, der mir in die Quere kam. »Können Sie mir sagen, wo das war und wie man dort hinkommt?«

Eine jüngere Frau und noch ein alter Mann kamen hinzu. Gemeinsam erörterten sie, in welchem Stil das Haus erbaut sein könnte.

»Renaissance«, meinte der erste Alte, der einen Blaumann trug und pfälzisch sprach, eine zwar verständliche, jedoch etwas knätschige Sprache.

»Jugendstil«, der andere. Auch er im Blaumann und Anrainer.

Die jüngere Frau: »Sie können es nicht verfehlen. Das Eckhaus. Das ist es.«

Sie waren sich einig darüber, wo es steht, wussten aber nicht mehr, wie die Straße heißt und welche Hausnummer es hat.

»Es ist schon so lange her«, meinte der eine.

»Wozu wollen Sie das wissen, wenn es die Leute nicht mehr gibt und das Geschäft weg ist«, meinte der zweite.

»Fahren sie runter in die Stadt und fragen sie dort noch mal«, sagte die Frau.

Ich also weiter in die Stadt, mal rechts, mal links, mal rechts, und auf einmal geht es wirklich steil bergab, sodass ich froh über den langen Auslauf durch eine Art Hauptgeschäftsstraße bin, an deren Ende ein Haus steht. Dort, wo die Hauptgeschäftsstraße deutlich schmaler und von einer Straße gekreuzt wird.

Das könnte es sein, ruft meine innere Stimme. Historismus, ein paar Jugendstilelemente, ein paar Verzierungen über Fenstern und Türen. Vielleicht aufgehende und untergehende Monde. Ein nicht eben schönes, aber fast protziges Bauwerk. Das Eindruck machen sollte. Mit dem der Bauherr sich von der kleinstädtischen Üblichkeit absetzen und vor allem einen gewissen Wohlstand und Bürgerlichkeit bekunden wollte.

Schaufenster und eine umrandete Haustür im Parterre. Darüber eine Lünette. Je ein überwölbtes, von einer Säule unterteiltes großes Fenster an beiden Seiten der Fassade. Dazu ein ebenfalls auffällig überwölbtes großes Erkerfenster. Etwas kleinere, doch auch noch recht prächtige Fenster im zweiten Stock. Ein kleiner Turm mit einem runden Fenster über dem Erker.

Das muss es sein. Die anderen drei Ecken kommen nicht in Frage. Nie im Leben hätte der junge Klaus sich von einem der anderen drei Häuser einlullen lassen. Nur eine aus dem Rahmen fallende architektonische Idee konnte ihm so gefallen, dass er immer wieder an diesen Ort zurückkehren musste, auch wenn die Idee sich deutlich an der Vergangenheit der Architekturgeschichte orientierte und nicht an den sachlichen, funktionalen, einfachen klaren Linien, die es damals, 1904, ja auch schon gab.

Aber lieber erst mal nachfragen.

»Wissen Sie zufällig, ob in dem Haus dort an der Ecke früher ein Kolonialwarenladen war?«

»Ei freilich.«

Auch dieser Herr ist offensichtlich schon in Rente und trägt einen Blaumann. Er steht in der Einfahrt zu seinem Hof.

»Dann wissen sie vielleicht auch, ob da ein Ehepaar Croissant wohnte?«

»Ei freilich. Des war mei' Opa und mei' Oma. Wieso wollen Sie das wissen?«

»Ich schreibe ein Buch über einen Mann, der in seiner Jugend bei Ihren Großeltern zu Besuch war. Kannten Sie den vielleicht auch?«

»Ei freilich, den Klaus. Das war meiner Mutter sein Cousin.«

Mit dem habe er oft geredet, wenn er zu Besuch kam. Der sei später ein bekannter Rechtsanwalt geworden, aber in den letzten Jahren habe man nichts mehr von ihm gehört. »Wissen Sie, ob der überhaupt noch lebt?«

Wir plaudern noch ein Weilchen, trinken ein Gläschen Wein in seinem Hof, der an den Rändern überdacht ist. Er versucht rauszukriegen, ob ich was über Klaus' Bruder weiß, »der wo in München den Richter erschossen hat« und ob Klaus wirklich so ein schlimmer Finger gewesen sei. Ich frage ihn nach seiner Mutter Gertrud, die Klaus' Cousine war. Eine Weile plaudern wir auch über seinen Onkel Werner, Klaus' Cousin, der, wie er sagt, im Krieg bis fast nach Moskau kam und dort verletzt wurde.

»Der war Jahrgang 1922. Wissen Sie, was das bedeutet?«

Ich nicke und er bedankt sich für meinen Kenntnisreichtum, indem er ein paar Episoden nachschiebt. Tante Lieselotte war Jahrgang 1924. Über die weiß er nichts zu erzählen, aber wenn sie jünger war als Gertrud, kann sie nicht Babettes Skandal gewesen sein.

Zum Schluss gehen wir noch ein Stück die Bahnhofstraße bis ganz hinten zum Bahnhof. Der alte Bahnhof ist weg und der neue ist die Öde pur. Eigentlich nur eine Haltestelle mit einer breiten Straße davor. Auf dem Rückweg stelle ich mir vor, wie Klaus als Junge die Straße hinauflief, wenn er die Familie besuchte. Die weiße Villa, in der sich jetzt eine Praxis befindet. Etwas Psychotherapeutisches, soweit ich mich entsinne. Ein richtiger Prachtbau. Dahinter noch zweimal:

»In dem Haus wohnt eine Familie Croissant. In dem da auch.«

Am Eck verspreche ich ihm ein Buch.

»Vorausgesetzt, dass ich es überhaupt schreibe.«

»Ja, schicken Sie es mir«, sagte er und tut immer noch unbeteiligt. »Interessiert mich selbst, was aus ihm geworden ist.« Damit meint er Klaus. »Sonst lese ich ja nicht viel. Keine Zeit.«

Den Berg rauf zurück Richtung Künstlerhaus muss ich schieben. Innehalten, um Luft zu schnappen, auf einem langgezogenen, baumbestandenen Platz von alten Häusern gesäumt, wie man ihn in Deutschland nicht erwartet. Die Deutschen haben kein Gefühl mehr für Plätze. Als wären sie eine Herausforderung, der sie sich nicht mehr zu stellen wagen. Plätze erträgt dieses Volk nur noch, wenn es voll ist und der Platz auch.

Also das Fahrrad an einem Geländer angeschlossen und dann einmal um die vier Ecken. Da, das älteste Croissant-Haus. Der Marktbrunnen mit gotischem Aufsatz. Roter Sandstein, wie so vieles in dieser Stadt. Die Kirche einschiffig, protestantisch. Ein riesiger, fast quadratischer Saal, ohne eine Säule. Kein Eckchen, wo man sich verstecken könnte. In diesem Raum sieht Gott wirklich alles. Die Decke muss ein Meisterwerk der Statik sein.

Vor dem Rathaus gleich nebenan Ludwig der Bayer. Der, der lieber in Rom geblieben wäre und so unbegabt Gedichte schrieb, als wäre er der Ahnherr von Rolf Hochhuth und Günter Grass. Inschriften an allen vier Seiten des Sockels:

Ludwig I., gerecht und beharrlich. Aufenthalt meiner Jugend, Pfalz. Dich lieb ich und Euch, Pfälzer, wie Ihr mich!

Inschriften auch auf etlichen Tafeln am Sitz der Gemeinde:

Zum Andenken an den großen Sohn unserer Stadt, Johann Adam Hartmann, bekannt als J. F. Coopers Lederstrumpf 1743–1836 zum 175. Jahrestag der Schlacht von Orisgany am Mohawk, 6. August 1952.

General von Blücher 1742–1819 besiegte die Franzosen am 28. Mai 1794 und verteidigte Edenkoben am 2. und am 13. Juni gegen die französischen Revolutionstruppen.

Weiter zur Klosterstraße, leicht ansteigend. Wie ein erstarrter

Tsunami stehen die nun schon dunklen Kuppen des Waldes vorm Restlicht des späten Abendhimmels, als hätte jemand die aus Frankreich herandrängenden Wellen mit eiserner Hand daran gehindert, den Ort und die unter ihm liegende endlose Rheinebene zu überschwemmen.

Wie war das jetzt mit den Hugenotten?

Das Braun

Sonst gingen wir ins Café Nast, wenn es uns nichts ausmachte, vom Staatsschutz abgehört zu werden.

In die Tiefgarage gleich gegenüber gingen wir, wenn wir etwas zu besprechen hatten, weil wir wussten, dass sie uns auch auf der Straße abhören konnten mit ihren Richtmikrofonen, und in seinem Büro in der Langestraße konnte man nicht ungeniert reden, weil da jedes Wort mitgehört wurde, aber fragen Sie mich nicht, wie unsere Behörden das anstellen. Ich verstehe nichts von Technik.

Manchmal setzten wir uns in sein Auto, einen alten Peugeot 404, beige, wenn ich mich richtig entsinne, fuhren auf einen Parkplatz, schalteten das Radio an und ließen den Motor laufen. Nicht dass wir nur in die Tiefgarage gingen, um Verteidigungsangelegenheiten zu besprechen oder dass es dabei um strafbare Dinge gegangen wäre.

Mit allem was unser Intimleben betraf – unsere Nöte und Sorgen, Geld, die öffentliche Meinung, Schlaflosigkeit, Abusus und sonstige Idiosynkrasien – mussten wir vorsichtig umgehen, denn was sie über unsere privaten Angelegenheiten erfuhren, leiteten sie an ihren psychologischen Dienst weiter, wo der für uns zuständige Psychobulle die Informationen in unsere Personenprofile einpasste – natürlich nur, wenn sie bestätigten, was er bereits wusste, nämlich, dass wir mit dem bewaffneten Kampf sympathisierten und dass uns zuzutrauen sei, diese altehrwürdige Erscheinungsform der politischen Debatte zumindest verbal im Rahmen des Grundgesetzes zu unterstützen.

Damit meine ich jetzt nicht, dass wir das wirklich taten, sondern dass Presse und Justiz uns dergleichen zutrauten.

An eines dieser Gespräche in der Tiefgarage, bei dem wir wie üblich eine Flasche gutgekühlten Weißwein in zwei Gläser entleerten, die Klaus für solche Gelegenheiten im Handschuhfach aufbewahrte, erinnere ich mich bis heute.

Ich hatte gerade den braunen Schutzumschlag eines Romans bemängelt, als er zu einer Philippika gegen das Braun ausholte, die ich aus der nachlassenden Erinnerung in rasant gekürzter Version wiederholen möchte.

»Du hast Recht, Braun geht nicht«, sagte er etwa. »Es ist eine Unfarbe. Einer meiner Freunde, ein bekannter Maler, hat mir erklärt, wie es hergestellt wird.

Du nimmst sämtliche Farben, die du in der Malerwerkstatt findest, schüttest sie in einen Kessel und rührst gut um. Weißt du, was dabei herauskommt? Braun! Das heißt, das Braun ist keine Farbe. Braun ist Scheiße. Es ist die totale Vermischung von allen Farben, auch von denen, die schon eine Mischung waren, so wie die Scheiße die totale Vermischung aller Reste deiner Verdauungsvorgänge bildet. Kein Wunder, dass Scheiße braun ist. Das Braun ist die Summe des Abschaums, aller niedrigen Eigenschaften, der Dummheit, der Verdorbenheit, der Seelenlosigkeit, der Lieblosigkeit, des Gestanks, der Hässlichkeit, des Stumpfsinns, der Boshaftigkeit, der Unmenschlichkeit.

Das Braun ist der Beweis dafür, dass man nicht alles vermischen sollte. Du kannst zwei, drei Farben mischen, aber nicht alle. Wenn bei der Mischung Braun rauskommt, hast du was falsch gemacht.«

»Das klingt fast politisch.«

»Es ist politisch.«

»Aber du gehst in die Weinstube Widmer«, wagte ich einzuwenden. »Sie ist braun getäfelt. Von oben bis unten braun. Sogar die Decke ist braun.«

»Ja, sie ist braun. Fast alle Gaststätten sind braun. Fast alle Wohnungen. Die Möbel sind braun, die Balken, die Fußbodenbretter. Dagegen kann man nichts machen. Irgendwo muss der Mensch ja schlafen. Seinen Wein trinken. Sich was zu essen bestellen. Aber man darf nie vergessen, dass man damit einer Notwendigkeit gehorcht. Man darf es nicht gut finden, weil es gemütlich ist. Auch das Wort gemütlich ist abzulehnen. Politisch gesehen sind das Braun und das Gemütliche Synonyme. Also kein Braun und keine Gemütlichkeit.«

»Aber sie sind da.«

»Ja. Sie umgeben uns. Sie sind unausweichlich. Eine unausweichliche Notwendigkeit, die wir ertragen müssen.[1] Vorläufig noch. Aber sie muss geändert werden und wir werden sie ändern. Wir dürfen nie vergessen, die Hauptaufgabe unserer Zeit ist der Kampf gegen das Braun. Die Scheiße muss weg. Aber keine Panik. Wir arbeiten daran. Die Welt, für die wir kämpfen und leben, wird nicht braun sein und nicht gemütlich.«

»Ich frage mich, woher kommt diese Idiosynkrasie gegen das Braun? Manchmal denke ich, es hätte etwas mit der Nazi-Zeit zu tun.«

»Ein wenig schon«, sagte er leise und lächelte so traurig, wie er manchmal lächelte.

»Unsere Aversion gegen das Braun ist älter als die Ideologie der Nazis, sehr viel älter. Die Vorliebe des deutschen Bürgertums für die Nazis war sicher kein Zufall. Die Nazis wollten durch ihre Liebe zum Braun, vielleicht unbewusst, der ganzen Welt zeigen, worin ihr Ziel bestand. Es bestand in der Vermischung aller dummen Eigenschaften, aller schlechten, bösen, kriminellen, unmenschlichen menschlichen Eigenschaften. Aus allen abstoßenden Eigenschaften sollte der neue Mensch geschaffen werden, den sie sich mit Gewalt erträumten. Der Faschismus ist der permanente Appell an den inneren Schweinehund im Menschen.«

1 Wie notwendig die Widmerin war, konnte er da noch nicht ahnen. Sie brachte ihm nämlich, wenn sie ihn im Gefängnis in Stammheim besuchte, geschmälzte Maultaschen, Kartoffelsalat und Rapunzel mit.

»Seit wann weißt du das?«

»Im Grunde weiß ich es, seit ich ein Kind war. Ich will dir eine kleine Geschichte erzählen.

Ich hatte eine sehr viel ältere Schwester, Liesel, die in Berlin lebte, wo ihr Mann eine höhere Position in irgendeinem Amt bekleidete. Vielleicht war es das Finanzministerium.

Eines Tages, ich war etwa sieben oder acht Jahre alt, fuhr ich mit meiner anderen Schwester, Hannelore heißt sie, nach Berlin, um unsere Schwester Liesel zu besuchen, aber es kann auch sein, dass ich nicht mit meiner Schwester, sondern mit meiner Mutter nach Berlin fuhr.

Natürlich gefiel mir die Stadt, die soviel größer und prächtiger und schöner war als unser heimatliches Kirchheim unter Teck. Die breiten baumbestandenen Boulevards, der Tiergarten, der Zoo, die Gedächtniskirche, die alten Quartiere im Stadtzentrum, das viele Wasser, die Kanäle und Flussarme, die großen und kleinen Seen – alles gefiel mir.

Bis ich eines Tages ein Erlebnis hatte.

Vor einem Kaufmannsladen, so wie mein Onkel und meine Tante in Edenkoben einen hatten und so wie meine eigenen Eltern einen in Kirchheim hatten, wüteten ein paar Braunhemden. Das Schaufenster hatten sie zerschlagen und warfen alles auf die Straße. Auch aus dem Laden trugen sie die Sachen heraus und zerschlugen sie. Wir standen auf der anderen Straßenseite, schauten zu und ich wusste nicht, was dieser Vandalismus zu bedeuten hatte. Ich war erst sieben Jahre alt.

Nach einer Weile trieben zwei SA-Männer einen älteren Mann heraus. Er war ärmlich gekleidet und fürchtete sich offensichtlich. Sie schlugen und traten ihn, spuckte ihn an und stießen ihn zu Boden. Dann schleiften sie ihn zu einem kleinen offenen Lastwagen, auf dem schon ein paar Männer standen, warfen ihn hinauf und gaben dem Fahrer ein Zeichen weiterzufahren.

Die Art, wie sie den alten Mann misshandelt hatten, jagte mir

Angst ein, aber mehr noch entsetzte es mich, dass die SA-Männer die gleiche braune Uniform trugen, wie mein Schwager, wenn er abends ausging oder Männer zu Besuch kamen, die ebenfalls braune Uniformen trugen, denn damit zeigte er, dass er zu den Männern gehörte, die den alten Kaufmann misshandelt hatten.

Ich weiß nicht, ob mein Schwager jemals an solchen Übergriffen teilgenommen hat. Allein die Tatsache, dass er dieselbe braune Uniform trug, machte ihn zum Komplizen. Da er jedoch zur Familie gehörte und ich an seinem Tisch saß, wo er eigentlich ganz umgänglich wirkte, dachte ich in meinem jugendlichen Leichtsinn, es sei das Braun, das die Leute dazu veranlasste, Schaufensterscheiben einzuschlagen und Menschen zu misshandeln.

Heute weiß ich natürlich, dass nicht Kleider Leute machen, sondern Leute Kleider. Dass es egal ist, welche Farbe die Uniform hat.

Die Leute, die damals eine braune Uniform trugen, sind längst in normale Anzüge in den üblichen langweiligen Farben gekleidet und doch sind es die gleichen Leute und es tut ihnen vielleicht nicht einmal leid, was sie damals getan haben, so wie mein Schwager es nie bereut hat, damals diese Uniform getragen zu haben.

Also denke ich mal, es war gar nicht das Braun, was die SA-Leute so unsympathisch machte. Meine Abneigung gegen das Braun muss tiefer sitzen. Es ist als solches eine Provokation. Das war wohl auch der Grund, warum die Nazis es zu ihrer Lieblingsfarbe erklärten. Sie wollten mich und meinesgleichen damit einschüchtern, weil sie wussten, es ist die Summe aller niedrigen menschlichen Eigenschaften.«

Die Hugenotten

So, wie die Ortsnamen dort, wo ich aufwuchs,[1] auf den Landesherren verwiesen, der ihnen Schutz gewährte – Friedrichsdorf, Friedrichsfeld oder Friedrichsstal –, so zeigten ihre Siedlungen im Süddeutschen, dass die Angst vor Verfolgung geblieben war. Hugenottenhäuser erkannte man daran, dass sie keine Tür hatten. Der Eingang lag versteckt hinterm Haus, zum Garten hin.

Es liegt also nicht nur an Klaus, wenn ich mich nun anschicke, ein paar Zeilen über diese seltsame Bevölkerungsgruppe zu schreiben, der seine Familie entstammte.

Ein Beispiel: Da ich ein Knabe war, liebte ich die Oper und begeisterte mich für Giacomo Meyerbeers musikalische Tragödie »Die Hugenotten«, die von diesen halsstarrigen, unbelehrbaren Dissidenten handelt, und abermals streifte mich der Mantel der Geschichte an der Loire, wo Catarina de' Medici, diese Mörderin der französischen Protestanten, im Nebenzimmer mit anhören musste, wie ihre Mordkumpane, der Kardinal Guise und sein Bruder, der Herzog von Lothringen, genannt »der Narbige«, auf Befehl Heinrichs III. erstochen wurden.

Wer sich dafür interessiert: Ein schlechtes Gemälde der Metzelei ist noch heute in Schloss Blois, das auch architektonisch seine Meriten hat, zu besichtigen.

Wer sich aber für die Geschichte der Hugenotten in Deutschland interessiert, muss nach Karlshafen fahren, das, glaube ich, 1699 gegründet wurde. Man kann auch anrufen oder hinschreiben, aber das bringt nicht viel.

Oh, Karlshafen, dieses irgendwie klassizistisch anmutende Städtchen am großen Fluss, das im achtzehnten Jahrhundert das Kasseläner Tor zur Nordsee werden sollte. Beliebtes Ziel eines Tagesausflugs

1 Hessen-Kassel. Bis 1806 Landgrafschaft, später Kurfürstentum, Hauptstadt Marburg, später Kassel.

war es von dort, wo wir wohnten, mal über Hannoversch-Münden, »wo Werra sich und Fulda küssen«, mal quer durch den Reinhardswald an der Sababurg vorbei, dem Dornröschenschloss der Brüder Grimm.

Freihändig rasten wir den mörderischen Hemelberg hinunter.

»Old man river« sangen wir, wenn der Strom in Sicht kam. Glitzernd. Phlegmatisch. Ohne Uferböschung. Die Weser war unser Schicksalsfluss, nicht Rhein, Donau, Elbe oder Oder.

Ein paar Fische, die nur nach Fisch schmeckten, zogen wir aus dem Wasser und brieten sie an Ort und Stelle am Spieß überm offenen Holzfeuerchen.

Selige Zeiten, als man in europäischen Flüssen baden konnte und auf internationalen Fernstraßen keine Autos rasten.

Gelegentlich tuckerte ein Stinklaster heran, bei dem man sich hinten einhängen und ziehen lassen konnte, wenn es bergauf ging.

Das war dann schon alles.

Zurück über Kloster Helmarshausen, Trendelburg an der Diemel und Hofgeismar, Perle der Weserrenaisance.

Man kommt viel rum, wenn man über Klaus schreiben will.

In Karlshafen residiert die Deutsche Hugenotten-Gesellschaft e.V.,[1] die über ein genealogisches Team verfügt. Außerdem kann man die Zeitschrift »Der Deutsche Hugenott« konsultieren, die in Göttingen erscheint.

Was lernen wir daraus?

Der Begriff Hugenotten, Huguenets, kommt von Hugues. Hugues war ein Genfer Bürger. Seine Gefolgsleute nannten sich deshalb auch Eidgenossen. Die Croissants lebten in Bressoncourt, das, wenn ich es richtig lese, im Grenzgebiet zwischen Lothringen und der Champagne liegt. Der Ort gehörte einer Familie Coligny-Andelot, die zu den Hugenottenführern gehörte, sodass ihre Untertanen zwangsläufig ebenfalls Eidgenossen waren.

1 www.hugenotten.de

Als ihren Patriarchen verehren die Croissants Rémy le Vieux,[1] weshalb dieser Roman zunächst »Mein Freund Rémy de Bressoncourt« heißen sollte.

Viel ist es nicht, was die Hugenottengesellschaft über ihn weiß.

Eigentlich nur, dass er vor den Wirren der Revolutionskriege in den Jahren 1559 bis 1598 in die Grafschaft Mömpelgard flüchtete – eine württembergische Exklave. Urkundlich erwähnt sind 1588 seine Tochter Sara und sein Sohn Christoph.

Im selben Jahr befahl der Württemberger Herzog Friedrich, »für sechzehn glaubensstarke Familien« eine Siedlung zu errichten, die er Friedrichsborn nennen ließ.

Da die Gegend später an Frankreich fiel, haben alle Ortschaften seit langem französische Namen.

Aus Mömpelgard wurde Montbeliard, aus Friedrichsborn Frederic Fontaine.

Warum die Croissants die Grafschaft wieder verließen, habe ich nicht gefragt.

Über Markirch (Sainte Marie aux mines) und Straßburg erreichten sie Heidelberg, wo eine Regina Catherina Croissant, den schon erwähnten Nikolaus Abraham Croissant zur Welt brachte, der am 12. Juni 1650 ins lutherische Taufregister eingetragen wurde. Vater: Hans Simon.

Die Überlieferung will es, dass er ein Jäger der ungarischen Kompanie der kurpfälzischen Kavallerie war.

Gerade mal sechsundzwanzig zog er nach Edenkoben und wurde drei Mal Witwer.

Ob er auch dort ein Jäger aus Kurpfalz war, ist nicht überliefert. Möglich wäre es.

Die Gegend gehörte zum Bistum Speyer. Edenkoben war eine Enklave. Da brauchte man einen Grenzschützer, der auch reiten konnte.

Der Rest ist hinreichend dargestellt.

1 Rémy der Alte.

Noch Hoffnung

Wie soll's nun weitergehen? Warum erzähle ich das alles? Bleibt noch Hoffnung?

Ich ziehe eine Parallele von Klaus zu mir und wage die Behauptung:

In Edenkoben entdeckte Klaus sich selbst und nahm sich mit nach Kirchheim, wo er im Jahr drauf sein Abitur machen sollte – ein recht ordentliches übrigens, aber nicht, wie in der einschlägigen Literatur oft behauptet wurde, ein ausgezeichnetes.

So glücklich war er über die Entdeckung, dass er sie sein Leben hindurch nur noch weiterzuentwickeln und anzureichern brauchte, um ein glücklicher Mensch zu werden.

Wäre dieser Roman ein realistischer, psychologischer, erzählender, so dürfte Klaus an dieser Stelle Bilanz ziehen.

Die erste Bilanz seines Lebens, so wie ich sie zog, als ich so alt war wie er.

Eine Schlüsselszene wäre es und wenn mein Roman ein Film wäre, würde der Beleuchter sich an dieser Stelle einen Lichteffekt einfallen lassen. Vielleicht einen goldenen Schimmer auf den blonden Locken meines Freundes.

Klaus würde an diesem letzten Ferientag noch einmal die Klosterstraße und dann die Villastraße hinausgehen, vielleicht mit einer seiner Cousinen oder einem anderen Mädchen, und plötzlich würde ein innerer Monolog einsetzen.

Oder am Weingut der Zisterzienserinnen könnte ein alter Mann stehen und Klaus würde ein Gespräch mit ihm führen, das ebenfalls ein Monolog wäre, denn der Alte würde Klaus in seinem jugendlichen Leichtsinn bestärken.

An diesem Abend mit Goldrand am Kloster Heilsbruck, nicht weit von der französischen Grenze, würde Klaus die Bedeutung seiner Herkunft erstmals voll ins Bewusstsein treten.

Ich bin gar kein richtiger Deutscher, würde er sagen.

Ich stamme von da drüben. Aus dem Land der Aufklärung und der Revolutionen.

Das bisschen Aufklärung, das die Deutschen hatten. Kümmerlich. Thomasius, dieser Schöngeist, Christian Wolff, dieser Offenbarungsheini.

Die wirkliche Aufklärung fand dort statt, wo ich herkomme, in Frankreich.

Hatte Deutschland jemals eine richtige Revolution? Eine erfolgreiche vor allem?

Stets habe ich gewusst, dass meine Vorfahren Hugenotten waren.

Aber erst jetzt weiß ich, was das bedeutet.

Was für ein Erbe das ist.

Es bedeutet, an seinen Überzeugungen festzuhalten.

Verfolgung, Hunger und Not, Folter und Tod zu ertragen.

Lieber die Heimat zu wechseln, als die Überzeugung.

Festhalten, an dem was man für richtig erkannt hat.

Nicht zum Speichellecker zu werden.

Nicht den Götzen nachzulaufen.

Sich nicht zu unterwerfen.

Heimatlos zu sein solange, bis man sich einen Ort erkämpft hat, wo einem keiner den Stiefel ins Genick setzen kann.

Lieber tot als Kot.

Es bedeutet nicht, dass ich mich nicht auch in Zukunft ändern werde.

Dass ich nicht mein Leben lang dazu lernen werde.

Doch seit heute weiß ich, dass ich mich nie verbiegen lassen werde.

Nie für Geld, Ansehen, Beruf, Karriere eine Meinung vertreten werde.

Oder aus Furcht. Aus Bequemlichkeit. Höflichkeit. Gedankenlosigkeit. Dummheit.

Das könnte der Erzähler meinem Klaus in den Mund legen.

Ich würde es ihm erlauben, denn so könnte es gewesen sein.

Wir sind fast gleichalt, Klaus und ich.

Nun, da ich dreiundsiebzig bin und ihn schon um zwei Jahre überlebt habe, sind drei weniger als ein Lot, und das ist nicht alles.

Wir sind uns ähnlich. Narzisstische Typen, ein bisschen oberflächlich, Lustmenschen, unangepasst, unsympathisch. Wir hatten die gleichen Ideale. Überzeugungstäter. Wir sind Zwillinge.

Deshalb war es so.

In Kirchheim war die Familie unter sich. Eine winzige verlorene Gruppe. Wie in der Diaspora.

Ich behaupte mal: In Edenkoben erkannte Klaus, dass er einer großen Gruppe angehörte, mit spezifischen Traditionen und Überzeugungen und einer langen Geschichte, der er verantwortlich war.

Es war hier, wo Klaus Anlagen in sich entdeckte, die im philosophischen, grüblerischen Württemberg, wo man auch mit den Gefühlen sparsamer umgeht, verschlossen geblieben wären.

Ein Faible für die französische Küche und die Revolution, den Wein, die Lebensart, das flotte Mundwerk, die Innenhöfe, die Geselligkeit, den republikanischen Sinn.

Was dann kam, fast zwei Jahrzehnte später erst, das Leben hat es nicht eilig, die Politik, die Enttäuschungen, die Reaktion auf die Verfolgungen, wurde gespeist von einer Entscheidung, die in einer kleinen Weinstadt fiel, auf einem damals noch nicht einmal geteerten Feldweg kurz nach Sonnenuntergang.

2 HEIDELBERG 1951 BIS 1962

Mit großem Ernst

Teck-Rundschau vom 22. Juni 1951:

»Unter Vorsitz des Referenten für die hiesige Oberschule Dr. Frey wurde heute die diesjährige Reifeprüfung mit der mündlichen Prüfung abgeschlossen. Im sprachlichen Zug wurden 12, im mathematisch-naturwissenschaftlichen Zug 18 Oberprimaner geprüft. Wie im vorigen Jahr bestanden auch heuer alle Kandidaten. Wir gratulieren ihnen und der Oberschule herzlich zu diesem schönen Erfolg.«

Besuch im Schloßgymnasium, fast fünfundfünzig Jahre später:

»Guten Tag, mein Name ist Chotjewitz. Ich bin Autor. Ich hätte gerne das Reifezeugnis von Klaus Croissant.«

Ein etwa sechzigjähriger Pädagoge öffnet die vor ihm liegende Akte und sagt:

»Tut mir leid. Das Zeugnis unterliegt dem Datenschutz und darf nicht herausgegeben werden.«

»Nur mal anschauen.«

»Auch das nicht.«

Er legt beide Hände auf das Blatt Papier, das er der Akte entnommen hat.

»Können Sie mir dann wenigstens sagen, ob er ein guter oder ein schlechter Schüler war?«

Seine Augen gleiten über das Schriftstück.

»Ein guter würde ich sagen. Gut bis sehr gut.«

»Er war im sprachlichen Zug, soweit ich weiß. Hatte er Französisch?«

»Französisch sehr gut.«

»Deutsch, Gemeinschaftskunde, Geschichte?«

Wieder gleiten.

»Ebenfalls.«

»Und Religion?«

»Eine Religionsnote wurde nicht ausgegeben.«

»Was heißt das?«

Suchen.

»Er hatte keinen Religionsunterricht.«

»Ging das denn?«

»Ich weiß nicht.« Blick ins Ungewisse. »Wenn ein Schüler keiner Religionsgemeinschaft angehört, wie wollen Sie ihn dann unterrichten?«

»Ich dachte, er war evangelisch.«

»Im Zeugnis ist keine Religion angegeben.«

»Interessant.« Blick ins Ungewisse nun auch ich. »Wäre da vielleicht noch etwas, was nicht dem Datenschutz unterliegt?«

»Vielleicht die allgemeine Beurteilung.«

»Dürfen Sie mir die denn sagen?«

»Warum nicht? Das sind ja meistens so stereotype Floskeln ohne großen Bezug zur Realität.«

»Na, dann lesen Sie die Floskel mal vor.«

Lesebrille.

»Klaus Croissant strebte mit großem Ernst nach Wahrheit und nach einem eigenen sicheren Urteil. Sein Verhalten war tadellos.«

»Das ist alles?«

»Nein, die Akte enthält noch andere Schriftstücke, aber die werden Sie nicht interessieren.« Er klappt die Akte zu, klopft drauf, öffnet sie wieder. »Hier haben wir zum Beispiel drei Seiten mit Gedichten des damaligen Klassenlehrers.«

»Gedichte.«

»›Xenien, den Abiturienten von 1951 zum Abschied‹«

Er wedelt mit einem Blatt Papier.

»Interessant.«

»Ja. Am Schloßgymnasium unterrichtete damals ein Lehrer, der die Angewohnheit besaß, über jeden Abiturienten ein Gedicht zu schreiben. Wir haben ihn auch erst anlässlich der 750-Jahrfeier der Kirchheimer Lateinschule entdeckt.«

»Wie lautet das Gedicht über Klaus Croissant?«

»Es lautet«, abermals Lesebrille: »›Redlich warst du bemüht, das Dasein Gottes zu leugnen. Eines rat ich Dir gut, fühle Dich selbst nicht als Gott.‹«

»Das überrascht mich.«

»Wieso überrascht Sie das?«

»Es ist irgendwie hellsichtig.«

»Das kann ich nicht beurteilen. Ich habe den Schüler nicht mehr gekannt. Ich bin erst seit den Siebzigerjahren hier an der Schule.«

Er schließt die Akte, steht auf, umrundet seinen Schreibtisch.

»Trotzdem schönen Dank.«

Er reicht mir lächelnd die Hand.

»Gern geschehen.«

Draußen liegt noch ein Rest Schnee und der Himmel hatte dieses fiese Grau. Fiel aber kein Schnee mehr den ganzen Tag. Es gibt keine Gewissheit. Nur Fragen.

Was könnte Klaus gemacht haben am 22. Juni 1951? Außer Abitur?

Fuhr er zur Feier des Tages ins zerstörte Stuttgart, wo es eine Jazzszene gab?

Pit Haug, der Veteran, der in der Atlantikbar und anderen Stuttgarter Lokalitäten den Jazz organisierte, behauptete einmal, im Universum-Kino in der unteren Königstraße, nicht weit vom Bahnhof, hätten Norman Granz und Jazz at the Filharmonic schon 1949 Oscar Peterson präsentiert.

Oder gab es im Hause Croissant eine kleine Feier, die von einem Streit zwischen Humburg sr. und Klaus überschattet wurde?

Wahrscheinlich ereiferte man sich über den Massenabsturz amerikanischer Düsenjäger am Hang der Alb ein paar Tage zuvor.

Humburg: »Recht so. Können gar nicht genug abstürzen von diesen Kriegsverbrechern!«

Klaus: »Ohne diese Kriegsverbrecher säße ich heute wahrscheinlich im KZ!«

Oder über das FDJ-Treffen in Bonn, die englischen Fliegerbomben auf Helgoland vor drei Tagen?

Wollte Humburg sr. mit seiner Reiterstaffel an der Sonnenwendfeier teilnehmen, die für den späten Abend geplant war?

Klaus: »Nazi-Bräuche.«

Humburg: »Ein geselliges Beisammensein, das in heidnische Zeiten zurückreicht.«

Das kann es gewesen sein. Die Leichen im Keller der Bourgeoisie.

Also noch einmal die BAB Stuttgart-München, noch einmal Kirchheim.

Ein brütend heißer Tag Anfang Juli, dreißig Grad schon am Vormittag. Autofahrer spielen verrückt.

Fön oder Gewitterhitze.

Die Silhouette der Schwäbischen Alb bald hinterm Flughafen. Teils tafelbergig. Bläulich verschwommen.

Davor ein Heer von Strommasten, die aus einem Meer satter Wälder und grüngewellter Wiesen wachsen.

Rechts zuweilen Lärmschutzwände aus Plastik.

»Die werden bald abschmelzen.«

Dazwischen immer mal der Kegel des Teck.

»Da oben drauf ist wohl eine Ruine. Urine sagte ich als kleiner Junge.«

Im Stadtarchiv ist es angenehm kühl. Nette Menschen, die mich nun schon kennen, überreichen die Ergebnisse einer Erhebung über Kirchheim im Nationalsozialismus, will sagen Stimmenanteile bei Reichstagswahlen.

1928 – vier Prozent.

1930 – siebzehn Prozent.

1932 – dreiunddreißig Prozent.

1933 – neunundvierzig Prozent.

Dazu der Kommentar eines erfreulich objektiven Heimatkundlers:

»Virulent für faschistisches Gedankengut war in Kirchheim, wie in vergleichbaren Städten auch, der bürgerliche Mittelstand. 1932 war der idealtypische Wähler der Nazi-Partei ein selbständiger protestantischer Angehöriger des Mittelstandes.«

Weitere Ergebnisse der Untersuchung:

Drei Ortsgruppen der Partei hatten 1938 knapp tausend Mitglieder.

Dazu kamen die Mitglieder von vierundvierzig angeschlossenen Verbänden – Frauenschaft, Fliegercorps, Hitlerjugend, Bund Deutscher Mädels, Rechtswahrerbund, Ärztebund, Lehrerbund, Kriegerbund, Bauernschaft und so weiter.

Zwei SA-Stürme hatten in Kirchheim ihren Stützpunkt, ferner der Sturmbannstab aller Stürme der Umgebung, ferner der Motorsturm, der Reservesturm, die Standartenkapelle. Verständlich, wenn der vorwitzige Abiturient seinen Schwager fragte:

»Where are all the Nazis gone?«

Weil er nicht glauben wollte, dass es nie welche gegeben hätte oder dass sie sich hätten umerziehen lassen.

Klaus wuchs auf, wie ich, wie alle aus unserer Generation, in einer Gesellschaft, in der jeder zweite ein Nazi war und in der viele so taten, als wären sie nie einer gewesen, während nicht wenige noch immer stolz darauf waren, einer gewesen zu sein.

Das war die Situation als Klaus sich anschickte, in Heidelberg Jura zu studieren. Kirchheim, Heidelberg: Hundertzwanzig Kilometer. Stuttgart umsteigen.

Archiv und Witwen

An die
Juristische Fakultät der
Rupprecht-Karl-Universität
Heidelberg

Betreff: Dr. Klaus Croissant

Sehr geehrte Damen und Herren!

Ich suche Studienkolleginnen und Kollegen der im Betreff genannten Person. Um Sie nicht zu belästigen, könnte ich nach Heidelberg kommen und die Akten einsehen. Ich bin als Autor von Romanen tätig.

Herr Croissant hat am 13. Dezember 1955 die erste juristische Staatsprüfung abgelegt.

1958 hat er bei Professor Ernst Forsthoff und Prof. Hans Schneider promoviert.

Mit bestem Dank und freundlichem Gruß

Chotjewitz

Herrn
Peter O. Chotjewitz
Salzmannweg 16
70192 Stuttgart

Ihr Schreiben vom 5. April 2005

Sehr geehrter Herr Chotjewitz!

In Ihrem Schreiben fragen sie nach personenbezogenen Angaben von einem ehemaligen Studierenden der Universität Heidelberg, in diesem Fall: Dr. Klaus Croissant.

Wir nehmen dazu wie folgt Stellung:

Eine Weitergabe der von Ihnen gewünschten Daten wäre eine Übermittlung von personenbezogenen Daten, die in das Grundrecht auf informationelle Selbstbestimmung der Studierenden eingreifen würde.

Ein derartiger Eingriff ist nur dann möglich, wenn entweder die Einwilligung des Betroffenen vorliegt oder eine Rechtsvorschrift diese Datenübermittlung erlaubt.

Wir können aus den aufgeführten Gründen Ihrem Ersuchen nicht nachkommen und bedauern, Ihnen keine anderweitige Mitteilung machen zu können.

Mit freundlichen Grüßen

An Uni Heidelberg

Sehr geehrte Frau Belousek!

Für Ihr Schreiben vom 14. April 2005 verbindlichen Dank.

Der Betroffene ist vor drei Jahren verstorben. Er hat einen Sohn hinterlassen, der damit einverstanden ist, dass mir die Daten seines Vaters zugänglich gemacht werden.

Mit bestem Dank und freundlichem Gruß Ihr

Chotjewitz

Sehr geehrter Herr Chotjewitz

Mit Schreiben vom 5. April und 16. April 2005 fragen Sie nach personenbezogenen Angaben von einem ehemaligen Studierenden der Universität Heidelberg, in diesem Fall: Dr. Klaus Croissant.

Nach Rücksprache mit dem Leiter des Universitätsarchivs der Universität Heidelberg, Herrn Dr. Moritz, werden aus datenschutzrechtlichen Gründen keine Auskünfte erteilt ohne die Einwilligungen der Betroffenen. Es sei denn es liegt ein richterlicher Beschluss vor.

Mit freundlichen Grüßen

Aus diesem Grunde verstehe ich, warum soviel über Leute geschrieben wird, die länger als siebzig Jahre tot sind.

Dieselben oder ähnliche Schwierigkeiten wie das Heidelberger Uni-Archiv machten das Landesarchiv Berlin und das Bundesarchiv.

Einige Behörden antworteten nicht, so die Rechtsanwaltskammern in Stuttgart und Berlin, das Bundeskriminalamt, der Verfassungsschutz und die Bundesanwaltschaft.

Auch viele Privatpersonen waren nicht bereit, Auskünfte über Klaus zu erteilen: Die schon erwähnte Witwe und ihre Söhne, die Heidelberger Schwester.

Natürlich ist das Schweigen der Witwen hinderlich, denn sie könnten die Einwilligung der Verstorbenen ersetzen.

Nahezu schweigsam waren etliche seiner Stuttgarter Freunde aus den sechziger und Siebzigerjahren.

Am redseligsten waren jene Informanten, die Klaus nicht mögen.

Aus etlichen Mündern quoll der blanke Hass, kaum Fakten.

Dinge, die vielleicht ein Journalist gerne glaubt, aber doch nicht ein ehrlicher Romanautor.

Einige Rechtsanwälte, die ihn in seinen diversen Strafverfahren und sonstigen juristischen Streitigkeiten vertreten haben, bevorzugten es, sich aufs Berufsgeheimnis zu berufen oder waren erstaunlich wortkarg.

Bei Schily habe ich nicht angefragt. Er gehört zu den Außerirdischen.

Mahler ist mir zu irdisch. Der verursacht mir Waschzwang.

Manchmal schweigen auch die geschiedenen Anwaltsgattinnen oder Anwaltswitwen, obwohl oder weil sie Klaus gut kannten.

Leute, die ehemalige Genossen der Justiz ausgeliefert haben, verstecken sich vor mir.

Wäre ich nicht mehrfach in Klaus' Kanzlei, gewesen, ich wüsste bis heute nicht, wie es in dieser Zentrale des Terrors aussah, wo sein Schreibtisch stand, wo Speitel und solche Leute saßen.

Nur zwei, die in diesem Büro gearbeitet haben, waren bereit, mit mir zu reden.

Die meisten sind unauffindbar.

Ihr Verbleib ist den zuständigen Behörden bekannt, wie es scheint, denn zuweilen gibt einer von ihnen dem Spiegel ein Interview oder tritt in einer sogenannten Dokumentation auf.

Immerhin waren einige Genossen auskunftsbereit.

Auch eine Menge Leute, die ihn kannten und keine Genossen sind.

Auch ein paar Anwälte.

Sie kommen zu Wort.

Nicht so Klaus' letzter Partner in Berlin.

Er behauptete, er dürfe mir Klaus' Akten nicht zugänglich machen. Dafür brauche er die Einwilligung der Witwe.

Es gab rätselhafte Rücksichtnahmen und Ausreden. Wovor fürchten sich diese Leute? Vor ihrer eigenen Vergangenheit?

Ich denke an die Dame aus Paris, die nicht möchte, dass in meinem Buch steht, dass sie Klaus unterstützt habe, als er jemand brauchte, der ihm die Post und die Zeitungen bringt, die Brötchen holt und Kontakte vermittelt.

Kurz, es war nicht immer einfach, die paar Fakten zusammenzuklauben, die jetzt in diesem Buch stehen, als wäre es ein Tatsachenroman.

Den gut hundert Leuten, die mit mir geredet haben, danke ich dafür.[1]

1 Normalerweise steht so was am Ende eines Buches. Es erscheint mir aber korrekt, diese Probleme gleich am Anfang klarzustellen.

Die Schönheit der Trümmer

In meiner Zeit als Reiseleiter, Mitte der fünfziger Jahre, mokierten wir uns über die Amis, die wir zu begleiten hatten. Für sie bestand die Welt aus Kulissen. Dort abbauen, hier wieder aufbauen. Europa ein potemkinscher Subkontinent.

Mit Heidelberg machten es unsere Amis anders als mit dem Rest der alten Welt.

Ihr Motto lautete: »Visit Europa in three days and then Heidelberg.«

Den Ort sparten sie sich bis zuletzt auf. Er war das Sahnehäubchen. Da blieben sie eine ganze Nacht wegen der Beleuchtung. Old Heidelberg war für sie der Inbegriff des schrulligen alten Europa hinter den sieben Bergen mit seinen rätselhaften Bräuchen und Kostümen. Ganz zu schweigen von den komischen Bauwerken. Außerdem war hier das europäische Hauptquartier der amerikanischen Landstreitkräfte, das durch den Angriff der RAF am 24. Mai 1972 – drei Tote, fünf Verletzte – erst so richtig bekannt wurde.

Ich habe mich oft gefragt, ob das US-Headquarter in Heidelberg war, weil die Stadt so funny war oder umgekehrt. Meine These lautete: Die USA haben geholfen, Europa vom Faschismus zu befreien, um Heidelberg zu kriegen.

Die Stadt lernte ich im selben Jahr kennen, in dem Klaus dort zu studieren begann, also 1951.[1]

In den großen Ferien dieses Jahres meldete ich mich arbeitslos, ließ mir die Erlaubnis ausstellen, die schäbige wöchentliche Stütze unterwegs in Empfang zu nehmen, und radelte durch den westdeutschen Teilstaat, um meine engere Heimat kennen zu lernen.

Die Dörfer und auch die meisten Kleinstädte waren ein einziger Gesangsverein, aber ab fünfzigtausend Einwohnern aufwärts,

1 Ich muss mich korrigieren. Klaus studierte zunächst ein Semester in Tübingen. Nach Heidelberg ging er im Frühjahr 1952.

zeigte sich ein erfreulicheres Bild: Berlin, ein Trümmerhaufen, Köln ein Trümmerhaufen, München ein Trümmerhaufen, Hamburg ein Trümmerhaufen, Nürnberg ein Trümmerhaufen, Ulm ein Trümmerhaufen, Stuttgart ein Trümmerhaufen.

Viele Trümmerhaufen in jeder Stadt, von Ameisenstraßen begrenzt, denn die Straßen hatte man inzwischen freigeschaufelt und die Reste der Häuser in die Luft gesprengt. Trümmerböschungen zu beiden Seiten der Trampelpfade. Brandmauern, halb zerstörte Häuser, Eisenskelette ragten aus vielen dieser Karrees.

Trat man heran, so zeigte sich, dass die meisten Keller noch bewohnt waren.

Nicht, dass mir die deutschen Trümmerwüsten leid getan hätten. Die Zerstörung der deutschen Städte hat mich nie gedauert. Ich liebte die Trümmer, die meterhoch den Fußboden im Kölner Dom bedeckten. Die eingestürzten Brücken über die Flüsse. Die Schuttberge vorm Kasseler Hauptbahnhof. Die verrußten Brandmauern entlang der Berliner S-Bahn lösten Lustgefühle aus, weil ich wusste: Dahinter erstreckte sich die Brache des deutschen Dünkels. Die Menschen, die alles verloren hatten, wie man damals sagte, mehr als sie jemals besessen hatten, waren selbst schuld daran.

Nein: Dass Deutschland zerstört war, störte mich nicht. Die Strafe war gerecht. Vielleicht würden diese dünkelhaften Herrenmenschen endlich Vernunft annehmen. Was mich störte, war der Versuch, die zerstörten Orte wieder aufzubauen. Jede Nachricht, die die Rückkehr in die Völkergemeinschaft ankündigte wie eine verspätete Siegesbotschaft, ärgerte mich.

Die Fluchtlinien der Neubauten waren bereits abgesteckt. Einige zentrale Plätze hatte man nach alten Plänen und Fotos schon wieder so hergerichtet, dass sie fast so aussahen wie einst.

Das war nicht mein Projekt. Wenn es nach mir gegangen wäre, hätte man die deutschen Trümmerstädte so liegen gelassen, wie sie am achten Mai 1945 ausgesehen hatten. So lange, bis sie ganz zerfallen waren und als struppige Scherbenberge in der deutschen Pissoirlandschaft standen. So wie der Scherbenberg am Tiber in Rom. Am achten Mai, als wir dachten, wir bräuchten nie wieder Angst zu haben. Nicht die Zerstörungen des Krieges hatten mich traumatisiert. Diejenigen, die sie provoziert hatten, verwüsteten auch unsere Seelen.

So kam ich nach Heidelberg und war entsetzt. Es war alles wie früher. Alles heil. Alles scheißromantisch. Alles Kulisse, aber echt. Gutgekleidete, gutgenährte, gutgelaunte Studenten, die man an ihren bunten Mützen und Bändern erkannte, saßen vor den Wirtshäusern und begafften gutgekleidete, gutgenährte Corpsschwestern und weniger intakte Kommilitoninnen.

Sie gaben einen Vorgeschmack auf das, was sich bald ereignen sollte: Die Wiederkehr der alten bürgerlichen Machtverhältnisse.

Seriös gekleidete Professoren und Honoratioren lupften die Hüte, um die Berufsverbote gegen Linke zu begrüßen. Matronen mit kleinen Sonnenschirmen bändigten ihr fettes Fleisch durch Korsagen, als wäre ihre Büste die junge Demokratie, die aber nicht wabbeln und schwabbeln sollte, sondern gebändigt werden musste. Bonnen schoben Kinderwagen durchs Gedränge, in denen eine neue wehrfähige Generation heranwuchs, denn über die Wiederbewaffnung der neuen Republik wurde schon seit Monaten diskutiert.

Mir war, als hätte hier kein Krieg jemals stattgefunden. Als hätte der Weltgeist eine große Glocke über diesen Käse gestülpt, sechs Jahre lang.

Heidelberg im Sommer 1951 war ein Schock.

Ein Schock, da ich spürte, dass die Stadt einen Blick in die Zukunft gestattete. So wie die Leute hier lebten, als hätte es nie ein Naziregime und nie einen Krieg gegeben, so würden die Menschen im ganzen Land alles verdrängen und vergessen, was sie angerichtet und selbst erlebt hatten.

Neid schwang mit in meiner Gemütslage. Ich war arm. Bitterarm. Ich schlief im Freien, bei Tagesanbruch klaute ich die Brötchen und die Milch vor den Haustüren. Tagsüber kleine Ladendiebstähle.

Abends manchmal Zechbetrug oder die Einladung eines soignierten Herrn, der selten weiterkam als bis ans Knie. Ich war arm, weil meine Eltern arm waren.

Aber war ich nur neidisch? Ich war auch gekränkt. Gekränkt war mein Sinn für Gerechtigkeit.

Es war nicht gerecht, dass eine Stadt sich so einfach der Strafe für das, was die Deutschen angerichtet hatten, entziehen konnte. Dass ein ganzes Volk sich damit herausreden konnte, es hätte nichts verbrochen.

In Heidelberg 1951 ging mir der Sinn für Gerechtigkeit flöten.

Dass ich vier Jahre später, als Klaus schon die erste juristische Staatsprüfung hinter sich hatte, in Frankfurt am Main studierte, hatte sicher auch andere Gründe. Meine Eltern hatten immer noch kein Geld und in Frankfurt gab es Jobs en masse. Recht gut bezahlte sogar.

Die in Heidelberg brauchten keine Jobs. Die hatten ihren Wechsel, wie Klaus einen kriegte.

Ich hatte in meiner Lohnsteuerkarte als Berufsbezeichnung »Werkstudent« stehen. Er hatte bestimmt keine Lohnsteuerkarte. Hätte er nicht an einem bestimmten Punkt Ende der sechziger Jahre die Linkskurve gekriegt, wir wären uns vermutlich nie begegnet.

Aber die Jobs waren nicht der einzige Grund in Frankfurt zu studieren. Eine Menge kleiner Universitätsstädte hatte ich besichtigt: Göttingen, Marburg, Tübingen. Sie waren Heidelberg.

Frankfurt war nicht Heidelberg. Es war sympathisch und ehrlich. Kaputt.

In Frankfurt am Main konnte man vom Goethedenkmal aus auf den Main blicken, etwa einen Kilometer weit. In der Hauptgeschäftsstraße, der Zeil, standen 1955, als Klaus in Heidelberg das erste Staatsexamen machte, nur noch zwei Häuser aus der Gründerzeit: Das Haus, in dem sich das Goethe Café befand und das Haus, in dem sich die Goetheapotheke befand.

Ich habe mich gefragt, warum Klaus ausgerechnet in Heidelberg studieren musste. Über zehn Jahre lang sollte er dort bleiben. Examen machen, promovieren, eine kleine Kanzlei aufmachen, als Redakteur arbeiten.

Es gab eine Menge Gründe dafür. Seine Schwester lebte dort, seine große Liebe lebte dort. Edenkoben war nah und Kirchheim nicht weit. Heidelberg war die alte Hauptstadt seiner geliebten Kurpfalz. Es war bequem.

Aber genau das machte mich stutzig, als ich vor ein paar Jahren darüber nachdachte. Er ging nach Heidelberg, weil es bequem war. Er hatte schon zu sich gefunden, aber er war noch nicht bereit, sich der Wirklichkeit zu stellen. Die Wirklichkeit waren die Trümmerfelder und die Restauration der alten gesellschaftlichen Verhältnisse, die jederzeit in einen neuen Faschismus umschlagen konnten.

Die Vorzeichen dafür gab es schon 1951.

Frankfurt verließ ich, als es kaum noch Trümmer hatte und im Frühjahr 1960 das erste Hochhaus gebaut wurde. Berlin war noch lange eine Trümmerwüste. Berlin war schön.

Vor allem der Westteil. Er gehörte nicht zur Bundesrepublik und nicht zur DDR. Heute kann man dort nur mehr leben mit den Füßen.

Doch Geduld. Geduld bringt oft, was man nicht hofft.

Stuttgarter Zeitung, 4.5.2005

Der Stuttgarter Schriftsteller Peter O. Chotjewitz plant einen neuen Roman.

Sein Thema:

Der Rechtsanwalt Klaus Croissant, der in Tübingen und Heidelberg Jura studierte, sich in den Sechzigerjahren in Stuttgart als Rechtsanwalt einen Namen machte und in den Siebzigern verfolgt wurde, weil er die Verteidigung von RAF-Mitgliedern in Stammheim übernahm.

Bei seinen Recherchen ist der 2001 mit dem Stuttgarter Literaturpreis ausgezeichnete Chotjewitz allerdings auf ein Problem gestoßen:

Vor allem (aber nicht nur) für die Zeit der sechziger Jahre fehlen ihm noch biografische Auskünfte.

Deshalb sucht er Personen beiderlei Geschlechts, die Croissant gekannt haben.

Chotjewitz denkt dabei an Mandanten, Mitarbeiter, private Freunde oder flüchtige Bekanntschaften.

Zuschriften an die Redaktion.

Stichwort:

Zeitzeugen gesucht.

Zumeist Gipsköpfe

Frau Kruschwitz, Buchhändlerin, Jahrgang 1935, war seit 1959 in der Universitätsbuchhandlung angestellt.

»Heidelberg war stark von Korporationsstudenten geprägt. Wir machten uns über sie lustig. Wir nannten sie Gipsköpfe. Da kommt wieder so ein Gipskopf. Der Gipskopf spricht: Mein Herr, sie haben meine Dame fixiert.«

Ich weiß, wovon Frau Kruschwitz spricht. Ich kenne den Gipskopf.

Er stammt aus einer standesbewussten bürgerlichen Familie.

Die Frauen, die er kennt, nennt er »gnädiges Fräulein«.

Die Mädchen, die er nicht mit »gnädiges Fräulein« anspricht, die kennt er nicht.

Für sie hält er einige abfällige Bezeichnungen parat.

Pissnelke, kleine Schlampe, Matratze, Tille, Bettwärmer, Missverhältnis.

Es sind Verkäuferinnen, Tippsen, Friseusen, die er nicht kennt. Jedenfalls nach außen hin.

Mit denen hat er was, aber das zeigt er nicht.
Wenn er denen auf der Straße begegnet, schaut er weg.
Ich frage:
»Wer ist wir?«
»Meine Freundinnen und ich.«
»Wo war das Problem?«
»Es gab drei Sorten von Jungens: Die Gipsköpfe, die Politischen und die Netten.«
»Die Politischen?«
»SDS und andere politische Studentenverbände.«
»Wie kamen Sie an die Netten?«
»Sie bildeten Cliquen.«
»Scheiße.«
»Naja. Die pfiffen, wenn man vorbeiging. Sie sprachen einen an, wenn man zufällig vor einem Schaufenster stehen blieb. Freibad war auch nicht schlecht.«
»Freibad war immer gut. Aber was machten Sie im Winter? Was war mit Partys, Uni-Festen, Tanztees.«
»Da war man willkommen.«
»Klaus hatte eine Clique, nicht wahr?«
»Ich hatte kaum Kontakt zu denen. Auch nicht zu Klaus. Einer hieß Schütt, einer Dünkelsbühler. Schütt lebt heute noch in Heidelberg.«
»Aber Sie kannten ihn.«
»Natürlich. Heidelberg war ein Dorf. Manchmal kam er auch in die Buchhandlung.«
»Sie trafen ihn auf einer Party, geben sie es zu.«
»Ich war befreundet mit einem Hanno Grieshaber, der mit einem Hans Kemmer befreundet war. Beides Juristen. Grieshaber nahm mich mit zu einer privaten Fête bei Kemmer, wo auch Klaus Croissant und seine Freunde waren. Ich fand ihn nett, aber zum Glück war ich mehr an Grieshaber interessiert.«
»Zum Glück?«

»Klaus war ein Mann ohne Eigenschaften.«

»Das heißt?«

»Er wechselte die Frauen wie das Hemd.«

Frau Kruschwitz will versuchen, Grieshaber und Kemmer zu finden und sie fragen, ob sie etwas über Klaus wissen. Sie hat eine jugendliche Stimme. Grieshaber sei später nach Brüssel zur EU gegangen. Kemmer wurde Manager in Mailand. Klaus habe mit Schütt in Heidelberg eine kleine Kanzlei gehabt. Dünkelsbühler habe ein Buch geschrieben, in dem er sich abfällig auslasse über Klaus.

Wir plaudern. Gab es politische Ereignisse anfangs der 60er Jahre?

Gab es. Aber sie erinnert sich nicht. Einmal habe eine Demo stattgefunden, die etwas mit Göttingen zu tun hatte. Gegen die Korporierten.

An eine Sache erinnert sie sich besonders, aber auch die habe nichts mit Klaus zu tun. Sie hört im Radio, dass Augstein verhaftet worden sei.[1] Sie rennt in die Buchhandlung, trifft einen der zwei Chefs und ruft:

»Da steckt der Strauß dahinter!«

Das sei so ihre Ahnung gewesen. Das habe ihr politischer Standpunkt ihr gesagt. Der zweite Chef sei lange in russischer Gefangenschaft gewesen und war deshalb gegen die Linken eingestellt. Er habe gesagt:

»Das glaube ich nicht.«

Über das politische Klima damals könne sie mir noch einiges erzählen.

Ich dürfe sie jederzeit anrufen.

1 1962. Stichwort »Spiegel-Affäre«. Nachschlagen.

Der Doktor, sein Vater, sein Großvater

Forsthoff, wer kennt Forsthoff. Selbst Jurastudentinnen werden ihn nicht mehr kennen.

Wir benutzten sein Lehrbuch des Verwaltungsrechts.

Sommer 1956, glühende Hitze: Draußen Sommerfest des AStA auf der Wiese hinterm Studentenhaus.

Ich wohnte damals bei der Dichterin Rexroth-Kern in einem der längst abgerissenen gründerzeitlichen Wohnhäuser an der Jügelstraße, die zum großen Hörsaal führte.

Schrecklicher Dixie wehte durch die »Lehre vom Verwaltungsakt« in meiner bescheidenen Dachstube.

Gekicher und männliches Gesinge ließ das Vorschaltverfahren und die Stufenfolge der Rechtsmittel noch konfuser erscheinen.

You scream, I scream, everybody wants icecream.

Das epochale Werk erschien 1950, die letzte Ausgabe ein Jahr vor dem Tod des Verfassers 1973.[1]

Forsthoff zeigte uns in Frankfurt, und vermutlich überall in Westdeutschland, die Instrumente, mit denen der Staat auf allen Ebenen seine Verwaltungsaufgaben erledigt.

Das erschien mir bedenklich, da ich bereits Thoreaus Essay Die Pflicht zum Ungehorsam gegen den Staat (natürlich im Original) gelesen und zuvor in Kassel in meiner Zeit als Betriebsmaler bei den Henschelwerken ein paar Schulungen der kommunistischen Partei absolviert hatte. Dort hatte, im Winter 1953–54, also vor dem Verbot der Partei 1956, ein pingeliger Sekretär uns berichtet, dass der Staat dank der gesellschaftlichen Entwicklung im Sozialismus zum Absterben verurteilt sei. Momentan bräuchten wir ihn noch, auch in den sozialistischen Gesellschaften.

Forsthoff machte diese Einschränkung nicht. Für ihn schien klar

1 Ernst Forsthoff, Lehrbuch des Verwaltungsrechts, Band 1, Allgemeiner Teil, München 1950.

zu sein, dass ein Leben ohne Staat nicht denkbar war. Er vergötterte ihn nicht. Er beschrieb ihn als Wesen, das Fehler machen aber auch dazu lernen konnte. Das man zum Einlenken bewegen konnte, wenn es gegen Gesetze verstieß.

Aber der Staat als solcher erschien in seinem Lehrbuch als nicht hinterfragbare ultima ratio der Gesellschaft, in der wir lebten, und an keiner Stelle blitzte die Idee auf, dass Teile des Staatsvolks die Möglichkeit hätten, ihn abzuschaffen und sich selbst zu organisieren und zu verwalten. Dafür bestand kein Grund. Denn er sah, es war gut.

Wer war der Mann, bei dem Klaus in Heidelberg promovierte, während ich ein paar Dutzend Kilometer weiter nördlich in Frankfurt sein Lehrbuch studierte und auf die kichernden Studentinnen und Down by the Riverside schimpfte?

Ich wusste nichts. Es war nicht üblich, etwas über die Verfasser von Lehrbüchern zu wissen. Um zu erfahren, wes Geistes Kind unsere Hochschullehrer waren und was sie früher verbrochen hatten, hätte man noch ein Lehrbuch gebraucht, das es im Übrigen nicht gab. Unsere Professoren waren tabu und ihre Biografien erst recht.

Heute weiß ich es. Mein Sohn Iwan, auch er ein Dr. iur., der die juristische Staatsprüfung 1989 ablegte, wusste es schon. Es ist ein unbestreitbarer Verdienst der sogenannten 68er, dass wir seither ein bisschen was über die Menschen lernen können, die uns unterrichten, über uns richten, uns regieren und dirigieren.

Biografie des Mannes, der Klaus' Doktorvater war:

Geboren 1902 bei Duisburg, gestorben 1974 in Heidelberg. Beruf Staatsrechtler, Professor lebenslänglich, oder fast. Nach 1945 hatte er ein paar Jahre Berufsverbot.

Sein Lehrer war der Staatsrechtler Carl Schmitt, der auch heute noch durch die gepflegten Palaver deutscher Faschisten und Konservativer geistert. Sie verehren ihn als Heiligen und Märtyrer.

Ob Forsthoff, der vierzehn Jahre nach Schmitt zur Welt kam und elf Jahre vor ihm starb, ihn auch so verehrte, ist umstritten. Sie schrieben sich bis an ihr Lebensende. Forsthoff schrieb 218 Briefe an Schmitt. Schmitt schrieb 141 an Forsthoff. Ihnen ist angeblich zu entnehmen, dass sie nicht immer einer Meinung waren.

Ich werde die Briefe nicht lesen. Mir gehen Schmitt und seine Jünger auf den Senkel.

Carl Schmitt, der gewissermaßen Klaus' Doktorgroßvater war, war und blieb bis ans Lebensende stockkatholisch, was es nicht einfach machte, ihn als Faschisten oder gar Nazi auszugrenzen.

Bei den Linken biederte er sich an, indem er behauptete, der Faschismus stehe nicht außerhalb der Demokratie, sondern entwickele sich bereits in ihr. Es gebe eine Kontinuität des bürgerlichen und des faschistischen Denkens. So konnte man Nazi werden und Bürger bleiben.

Schmitt machte es vor. Er war Zeit seines Lebens ein Opportunist. Anfang der zwanziger Jahre, als es Mode wurde, outete er sich als Gegner des Parlamentarismus, rechtfertigte den Totalitarismus und forderte ein autoritäres Regime.

Schon vor der Machtergreifung entwickelte er eine Rechtsphilosophie, die den Führerstaat legitimierte und etablierte sich als geistiger Quartiermacher des Nationalsozialismus. 1933 gehörte er zu den »Märzgefallenen«, wurde preußischer Staatsrat und Chef der nationalsozialistischen Juristen.

Von 1933 bis 1945 war er Rechtsprofessor, Kronjurist des dritten Reiches.

Die politischen Morde der Nazis bezeichnete er als Form administrativer Justiz. Versteht sich, dass er auch forderte, das deutsche Recht vom jüdischen Geist zu säubern.

1945 wurde er inhaftiert. Da er sich nicht entnazifizieren ließ, musste er fortan privatisieren, was seiner weiteren Karriere keinen Abbruch tat. Gerade, dass er auf seiner Unschuld beharrte, gilt bis heute als Zeichen intellektueller Redlichkeit. Er etablierte sich als Fernuniversität, die man aber auch eifrig besuchte, und scharte eine Menge Anhänger um sich, die sein Selbstmitleid für bare Münze nahmen und auch für sein Wohlergehen sorgten. Er publizierte, giftete gegen Juden und Emigranten und hielt eine Menge Vorträge. Auch Forsthoff lud ihn ein.

Schmitt ist ein Lackmustest. Mit seiner Hilfe lässt sich analysieren, wie demokratisch und sozial die Bundesrepublik bis 1985 wirklich war. Das schloss nicht aus, sondern implizierte geradezu, dass er in die permanente Verfassungsdebatte gestaltend eingreifen konnte.

Forsthoff promovierte bei Schmitt in Bonn 1925. Man nannte ihn auch den Anführer der Carl Schmitt-Schule. Als Rechtslehrer schuf er, wie viele andere, dem Hitlerstaat die erwünschte Legitimation. Sein übelstes Werk erschien 1933. Das folgende Zitat daraus würde mancher deutsche Politiker auch heute noch unterschreiben:

»Das Volk ist eine Gemeinschaft, die auf einer seinsmäßigen und artmäßigen Gleichartigkeit beruht. Die Gleichartigkeit geht hervor aus der Gleichheit der Rasse und des Schicksals. Das politische Volk bildet sich in der letzten Einheit des Willens, die aus dem Bewusstsein seinsmäßiger Gleichartigkeit erwächst. Das Bewusstsein der Artgleichheit und völkischen Zusammengehörigkeit erweist sich vor allem in der Fähigkeit, die Artverschiedenheit zu erkennen und den Freund vom Feind zu unterscheiden. Es kommt nämlich darauf an, die Artverschiedenheit auch dort zu erkennen, wo sie nicht durch die Zugehörigkeit zu einer fremden Nation ohne weiteres sichtbar ist, etwa im Juden, der durch seine aktive Beteiligung am kulturellen und wirtschaftlichen Leben die Illusion einer Artgleichheit und Volkszugehörigkeit zu erwecken versucht und zu erwecken versteht. Die Wiedergeburt des deutschen Volkes musste dieser Täuschung ein Ende machen und dem Juden jede Hoffnung nehmen, in Deutschland anders als im Bewusstsein der Artverschiedenheit, also im Bewusstsein, Jude zu sein, leben zu können.«[1]

1 Ernst Forsthoff, Der totale Staat, Hamburg 1933.

Er sei, so entschuldigte er sich, zuerst dem Zauber Hitlers erlegen, später jedoch zu seinem entschiedenen Gegner geworden. Besonders aktiv scheint der Widerstandskämpfer nicht gewesen zu sein. Wenn ich mich nicht täusche, war er bis 1945 im Amt – zuletzt, ab 1943, an der Heidelberger Uni. Wahrscheinlich hatte jeder deutsche Professor, der im Dritten Reich an der Heimatfront kämpfte, ein paar Leichen im Keller.

1952 erschien er erneut auf der akademischen Bühne und war sofort ein Star unter den Staatsrechtlern.

Er schob den totalen Staat dem Zeitgeist in die Schuhe und kommentierte das Grundgesetz. Bestritt aber auch, dass der Begriff Sozialstaat sich aus der Verfassung herleiten lasse, was sein Ansehen in der bürgerlichen Publizistik nur steigern konnte. Ein unerlaubtes Instrument zur Wohlstandsverteilung sei der Sozialstaat, der das Gemeinwesen zur sozialen Milchkuh degradiere. Solche Töne hört man heute noch. Sie werden erst verstummen, wenn der letzte Bourgeois an der Laterne hängt.

An die Stelle des Sozialstaats setzte er die Daseinsvorsorge, die den Staat nicht sozial konditionieren dürfe und auf bestimmte Aufgaben beschränkt sei, die dem Gemeinwohl dienen: Verkehr, Massenkommunikation, öffentliche Ordnung und Sauberkeit, Altersvorsorge etc.

Bereits in der Nazizeit hatte er das Schlagwort Daseinsvorsorge erdacht. Seine bislang letzte Aktualität erlangte es nach 1968, als gesellschaftliche Emanzipation drohte. Nun, so fand er, könnten die Leistungen der staatlichen Daseinsvorsorge die Gesellschaft disziplinieren und politische Gefahren abwenden, die von links kamen und viele Trittbrettfahrer fanden.

Die Gesellschaft ist verantwortungslos und dumm. Deshalb ist zwischen ihr und dem Staat eine klare Linie zu ziehen. Seither geht's bergab.

Der Witz war nämlich, dass zu der Zeit bereits die Sozialdemokraten regierten, die Staat und Gesellschaft zur Deckung bringen wollten, um die Gesellschaft zu zwingen, sich vermittels Daseinsvorsorge selbst zu disziplinieren.

Warum erzähle ich das alles? Warum wecke ich die Tagmahren meiner Jugend?

Nicht um anzudeuten, dass Klaus, der Doktorand, eventuell von zwei konservativen Professoren geistig infiziert wurde, sondern um zu zeigen, durch welchen Dreck und Schlamm man sich an deutschen Universitäten vor fünfzig Jahren kämpfen musste, um ein gebildeter Mensch zu werden.

Die Dissertation, die der Gerichtsreferendar Klaus Croissant 1958 zur Erlangung der Doktorwürde der Heidelberger Universität vorlegte, ist so akademisch und bedeutungslos wie fast alle juristischen Doktorarbeiten. Da sie der einzige wissenschaftliche Text ist, den ich gefunden habe, kann ich die mehrfach aufgestellte Behauptung, Klaus sei ein blendender Jurist gewesen, nur der Form halber bestätigen.

Auch in weltanschaulicher Hinsicht ist der Text öde. Man wird keine politische Position darin entdecken. Nichts deutet darauf hin, dass sein Verfasser zwanzig Jahre später als Kopf einer terroristischen Vereinigung angeklagt und noch einmal fünfzehn Jahre später als gefährlicher Staatsfeind und Hochverräter verurteilt werden wird.

Diese Enthaltsamkeit war natürlich dem Thema der Arbeit geschuldet.[1] Zu fragen ist allerdings, warum er das Thema überhaupt annahm. Die Antwort ist einfach. Die Vermutung drängt sich auf, dass er nicht zu den Schülern und Apologeten seines Doktorvaters gehören wollte. Er wollte, kurz gesagt, mit den Themen, die seinen Prof zu einer Berühmtheit gemacht hatten und weiterhin machten, nichts zu tun haben.

So stellt sich nur die Frage, warum Klaus überhaupt promovieren wollte, und warum er sich ausgerechnet von Forsthoff eine Arbeit geben ließ.

1 Klaus Croissant, »Der gegenwärtige Stand der Lehre vom Domaine Public unter besonderer Berücksichtigung seiner Benutzung durch Einzelne«, Heidelberger Dissertation, 1960.

Wahrscheinlich war es so. Wahrscheinlich hatte Klaus schon ein paar potentielle Doktorväter abgeklappert und sich einen Korb geholt. Ich weiß, wovon ich rede. Mir ging es genauso. Kein Prof wollte die Arbeiten, die ich schreiben wollte, und ich wollte die nicht, die sie wollten.

Vielleicht hat er mit Forsthoff nie mehr als drei Worte gewechselt. Vielleicht hatte der Alte einen Assistenten, der die Herde der Doktoranden hütete. Vielleicht nahm er jeden.

Warum Klaus überhaupt promovieren wollte?

Um der Mutter einen Gefallen zu tun? Um den Mädchen zu imponieren? Um seinen Freunden zu zeigen, dass er eine Spur tüchtiger war als sie? Weil er zuviel Zeit hatte? Um in Kirchheim und Edenkoben Eindruck zu schinden? Um einen Grund zu haben, ein paar Monate in Paris zu leben?

Das steht fest: Er verbrachte den Winter 1955 / 56 in Paris, um im Archiv des Conseil d'Ètat, des obersten französischen Verwaltungsgerichtshofes, an seinem Doktorthema zu arbeiten.[1]

Also eine verzeihliche Jugendsünde.

Eine unverzeihliche hingegen, dass sie das Haus abgerissen haben, in dem ich Forsthoff las. Barbari Barberini.

Hast du Sartre gelesen?

Gespräch in der Wohnung von Schütt, 28. Mai 2005 ca. 14 Uhr. Ein ruhiges Viertel am Stadtrand. Mittelstand. Kleinbürgertum. Ein- und Mehrfamilienhäuser, kleine Gärten, eine Hauptstraße, einige Seitenstraßen. Etliches an Bausubstanz aus den letzten Jahren. Wir sitzen in einem geräumigen Wohnzimmer mit Panoramafenster zum Garten. Kaffee und Kuchen. Anwesend auch Frau Schütt. In einer

1 Gaspard Dünkelsbühler, Fern und nah, Edition Meurer, Norderstedt 2003, S. 223.

Ecke die Spielsachen der Enkelkinder. Einsamer nie als im August. Große Ferien.

»Woher kannten Sie Klaus?«

»Durch Gaspard Dünkelsbühler. Gaspard stammte ebenfalls aus Schwaben. Sie lasen die gleichen Bücher. Proust zum Beispiel. Er und sein Freundeskreis waren literarisch gebildete Leute. Gaspards Vater war Halbjude und Maler, seine Mutter schrieb und ernährte die Familie.«

Schütt gebraucht das Wort Halbjude, als gäbe es Halbkatholiken und Halbdeutsche.

Ich sage:

»Dann war er Vierteljude. So wie ich.«

»Gab es auch Vierteljuden?« fragt seine Frau.

Schütt beschreibt die erste Begegnung mit Klaus in einer Pizzeria.

»Damals wurden die Wiedergutmachungszahlungen an Israel wegen der sechs Millionen Juden diskutiert.[1] Ich sagte, man wisse nicht, ob wirklich sechs Millionen umgekommen seien und wandte ein, dass der Staat Israel keinen Anspruch haben könne, da er in der Nazizeit noch nicht bestanden habe.

Klaus erregte sich, das könne man nicht rechnerisch betrachten, das sei faschistisch, die reine Willkür. Er befürwortete auch eine individuelle Wiedergutmachung, was ich ebenfalls ablehnte und flippte völlig aus. Der Kellner, der dabei stand, gab mir Recht. Gaspard versuchte zu vermitteln. Später organisierte er eine Aussprache zwischen Klaus und mir. Danach wurden wir die besten Freunde. Ein Herz und eine Seele.«

Klaus und Schütt lernten nicht nur zusammen. Sie machten Ausflüge und Auslandsreisen mit dem Auto, das Klaus besaß.

1 Bereits im März 1951 hatte die israelische Regierung von Deutschland 6,2 Milliarden D-Mark verlangt. Der Vertrag, der im August 1952 »in kühler Atmosphäre« in Luxemburg unterzeichnet wurde, verpflichtete die Bundesrepublik, Waren und Dienstleistungen im Wert von drei Milliarden D-Mark, verteilt auf zwölf Jahre, als Entschädigung für die Opfer des Nationalsozialismus zu liefern.

»Vor unserer ersten Italienreise kaufte ich rasch Goethes Italienische Reise. Unterwegs lasen wir uns gegenseitig daraus vor.«

»Sie erwähnten Kirchheim.«

Klaus habe ihn manchmal zu seiner Mutter mitgenommen.

»Sie war eine großartige Köchin. Bei ihr aß ich zum ersten Mal im Leben Blattspinat. Sie führte eine Drogerie, die spezialisiert war auf Zubehör für Schäfer. Eine wunderbare Frau.«

Im selben Haus habe sein Onkel gewohnt.[1] Der Onkel sei Parteigenosse gewesen.

»Klaus nannte ihn den Herrenreiter. Er hatte was gegen Autoritäten und Führer.«

Einer der Söhne, also ein Cousin von Klaus,[2] habe in München einen Richter erschossen und sei in der Psychiatrie gelandet.

»Wie war das Verhältnis zu seiner Mutter?«

»Er fuhr mit ihr über Weihnachten nach Frankreich. Klaus hasste Weihnachten. Deshalb fuhren sie zum Essen nach Frankreich.«

»Warum Weihnachten?«

»Klaus war Atheist bis ins Mark. Er hasste alles, was mit der Kirche zu tun hatte.«

Er könne mir da eine Episode erzählen.

Klaus war sein Trauzeuge und im Zimmer des Standesbeamten befand sich ein Kruzifix. Klaus schaute böse, dann sagte er grimmig:

»Aber der Turner muss weg.«

Der Standesbeamte habe widersprochen. Klaus habe argumentiert, das Standesamt sei eine weltliche Behörde. Sie habe auch Atheisten und Angehörigen nichtchristlicher Religionen zu dienen. Deshalb dürften keine christlichen Symbole gezeigt werden.

»Er ist nicht in die Kirche gegangen?«

»Nie.«

»Auch nicht in Italien?«

1 Korrekt: Schwager. Vgl. Familiensaga, Nr. 2.13.

2 Korrekt: Neffe.

»Ich sagte zu ihm: Ich gehe doch auch in eine Moschee oder eine Pagode. Man muss sich alles mal anschauen.«

Nur in Assisi sei er reingegangen.

»Um die Fresken von Giotto zu betrachten.«

Schütt sieht ihn noch heute, wie er am Weihwasserbecken steht. Wie angewurzelt. Als kriegte er die Füße nicht gehoben. Schließlich hält er den Finger ins Wasser und leckt ihn ab.

»Was machst du da?« habe er ihn gefragt.

»Das siehst du doch.«

»Und, wie schmeckt's?«

»Wie Abwaschwasser.«

»Wie stand er zu den studentischen Verbindungen?«

»Klaus war ein Solitär. Kein Vereinsmeier.«

»Welche Partei wählte er?«

»Ich glaube nicht, dass er überhaupt zur Wahl ging.«

»Wo traf sich ihre Clique?«

»Unser Treffpunkt war der Italiener am Marktplatz, der Livio. Danach ging man in die Weinstube oder zu Lehmann, eine billige Kneipe, die von einem Studenten betrieben wurde, oder ins Cave oder auf eine der Buden. Der eine brachte was zu trinken mit, der andere ein paar Mädchen und dann wurde gefeiert.«

Seit 1954 arbeitete Klaus manchmal im Cave, einem Jazzclub, den man in ganz Deutschland kannte. Er kassierte den Eintritt und bestimmte, wer reindurfte. Er saß am Eingang, öffnete das Fensterchen und fragte:

»Hast du Sartre gelesen? Hast du Camus gelesen?«

Wenn der Besucher bejahte, fragte Klaus, was er gelesen habe. War er mit der Antwort zufrieden, kam man billiger rein, aber das wisse er (Schütt) nicht mehr so genau, ob Klaus wirklich Rabatt geben durfte. Er wisse nur noch, dass Klaus solche Fragen gestellt habe.

»Verstand Klaus was von Jazz?«

Seiner Ansicht nach, habe Klaus nicht viel davon verstanden, auch Gaspard nicht.

»Wie konnten sie das beurteilen?«

»Ich war Jazzer. Ich habe sogar mal mit Sidney Bechett gespielt. Im Vieux Colombine.«

Umgangsformen der Clique:

»Zum Beispiel meine Hochzeit. Klaus trug einen seidenen weißen Rollkragenpullover zum schwarzen Anzug. In der Kirche flegelte er sich in die Bank und schaute den Pfarrer provozierend an, sodass meine Mutter fürchtete, gleich pöbelt er ihn an. Aber so war sein Ruf. Er war unverfroren.«

An ein Hochzeitsgeschenk erinnert Schütt sich besonders. Es kam aus Amerika.

»Von Geoffrey Poland, der zu unserer Clique gehörte. Ein Paket, das mit großer Spannung ausgepackt wurde.«

Es enthielt ein Gipsmodell von Miami Beach, bunt angemalt. Am Strand lag Christus am Kreuz in der Sonne, umgeben von zwei Badenixen.

»Niemand fand das anstößig. Wir waren ziemlich freigeistig.«

»Kommen wir zum Ernst des Lebens«, sagte ich. »Beruf, Examen. Was können Sie mir darüber berichten?«

1960 hätten sie beide fast gleichzeitig im Justizministerium in Stuttgart die große juristische Staatsprüfung abgelegt.

»Ich wohnte in den Tagen bei Klaus in seiner Wohnung in Stuttgart-Schönberg. Er war ein gründlicher Arbeiter, sehr solide, ein guter Jurist. Ich war eher ein Bummelstudent. Er sagte: Du musst den Aktenvortrag lernen. Er hörte mich stundenlang ab und wurde böse, wenn ich den Aktenvortrag nicht üben wollte. Ich weiß noch, es war schönes Wetter und ich wäre lieber ins Remstal gefahren, aber er schimpfte: Der reine Selbstmord, bist du wahnsinnig.

Er wollte unbedingt, dass ich mich auf die Relation vorbereite.

Als ich dann meinen Termin hatte, fuhr er mich ins Ministerium und setzte sich in den Zuschauerraum. Er trug den üblichen schwarzen Rollkragenpullover. Klaus trug meistens Rollkragenpullover, aus feinstem Material, auch weiße. Hinterher Umarmungen, große

Begeisterung. Wir riefen sofort in Heidelberg an, wo die Freunde im Kaffeehaus saßen und auf Nachricht warteten.«

»Und dann sind Sie rüber und haben auf den Putz gehauen.«

Nein, sagt Schütt, sie hätten in Stuttgart gefeiert.

»Wo? Wie?«

Sie seien mit dem Auto nach Degerloch ins Restaurant im Fernsehturm gefahren. Der dortige Koch sei ein bekannter Mann gewesen. Die reichen Stuttgarter machten ihm den Hof und behandelten ihn mit großer Hochachtung.

»Warum das?«

»Ganz einfach. Er hatte bei Hermann Göring als Koch gearbeitet.«

Klaus habe gesagt:

»Da fahren wir jetzt rauf und beschimpfen den. Das machen wir.«

Sie hätten dann keine Gelegenheit gehabt, ihn zu beschimpfen, weil er nicht da war, und so habe er (Schütt) nur eine Serviette geklaut.

Klaus habe das korrekt gefunden.

»Als Jurist«, habe er gesagt, »muss ich mich auch selbst strafbar machen. Probeweise.«

Nur so könne er verstehen, was einen bewegt, der ein Strafgesetz überschreitet. Er habe sich dabei auf Edgar Allan Poe berufen.

Ich frage Schütt nach einer Frau, von der ich andeutungsweise gehört habe.

»Wer war Ruth Kohler?«, frage ich über meinen Notizblock gebeugt, kritzelnd, quasi aus dem Off, um nicht den Eindruck zu erwecken, die Frage habe eine besondere Bedeutung.

Ich rechnete damit, dass er, wie andere zuvor, meine implizite Behauptung, dass es in Klaus' Lebensentwurf überhaupt so etwas wie eine lebenslange intime Freundschaft, wenn nicht Liebe, gegeben haben könnte, mit Nichtwissen bestreiten würde.

Aber er plaudert munter drauf los.

»Sie war die Tante einer Freundin von mir aus Bretten und sie war verheiratet mit einem Mann, der Klaus unglaublich ähnlich war. Sie sahen aus wie Doppelgänger.«

»War sie älter als Klaus? Hatte sie Kinder?«

»Ruth war älter als Klaus, vielleicht zehn Jahre. Sie hatte zwei Töchter und Klaus war überzeugt, dass es seine Kinder seien, da sie dem Vater ähnlich sahen. Ihr Mann war Röntgenologe, mit einem Haus in der Bergstraße, das er für sich und seine Familie hatte erbauen lassen. Er war ein Büchernarr, literarisch interessiert, ließ von der Garage aus einen kleinen Lastenaufzug in sein Studierzimmer bauen, damit er die Bücherkisten nicht zu tragen brauchte.«

»Sie kannten ihn persönlich?«

»Ei freilich.«

Mit der ganzen Clique habe Herr Kohler erörtert, wie eine richtige Bibliothek beschaffen sein müsse. Der Schutzumschlag müsse abgenommen und ins Buch gelegt werden.

Klaus und Herr Kohler hätten subtile Geheimnisse erörtert:

»Wie falte ich einen Schutzumschlag.«

Ruth habe heimlich Bücher aus der Bibliothek ihres Mannes entnommen. Die Aeneis zum Beispiel.

»Sie war attraktiv, aber keine Schönheit. Kein Liebchen. Ziemlich eigensinnig.«

»Wusste Kohler, dass Klaus seine Frau liebte?«

»Jein. Da Klaus und seine Clique im Hause Kohler verkehrten, kannte der Mann die jungen Freunde seiner Frau. Es war alles ganz ungezwungen. Später, schon um 1964/65, fuhr ich mit Klaus gelegentlich nach Bretten zu meiner Freundin. Ruth reiste von Heidelberg an, übernachtete mit Klaus im Gästezimmer, sodass kein Verdacht entstehen konnte.«

»Im Appendix zur Druckfassung seiner Doktorarbeit schreibt Klaus, er sei seit 1960 Schriftleiter einer juristischen Fachzeitschrift und gleichzeitig als Rechtsanwalt tätig.«

»Das ist richtig. Nach dem zweiten Staatsexamen hatten wir eine Bürogemeinschaft in Heidelberg, ca. 1960 bis 1963, Hauptstraße 84.

Zugelassen waren wir bei den Landgerichten in Mannheim und Heidelberg.

Unsere Kanzlei bestand aus einem Zimmer, so klein, dass nur ein Schreibtisch hineinpasste. Wenn der eine arbeiten wollte, musste der andere so lange ins Kino gehen. Unser Umsatz war so riesig, dass wir nicht einmal Briefpapier drucken lassen konnten. Sein Geld verdiente Klaus bei einem Fachverlag, der eine vielgelesene Zeitschrift herausgab: Der Betriebsberater. Herausgeber oder Chefredakteur war ein gewisser Patsche oder Paschke[1] – Grandseigneur alter Schule, Küss die Hand gnä' Frau.«

»Das war doch gar nicht sein Typ.«

»Eben.«

»Gab es Ärger?«

»Es gab Ärger, aber nicht wegen der Arbeit. Klaus war ein begabter Jurist. Seine Aufsätze waren Spitze.«

Als Schütt und Klaus sich nach wenigen Jahren wiedersehen, wohnt Klaus bereits im Hannibal.[2]

»Er empfing mich wie einen Fremden. Konnte kein normales Deutsch mehr. Er ging fast jeden Tag in den Knast, Mandanten besuchen. Ich verstand ihn nicht und er mich nicht.«

»Sie hatten Streit.«

»Einen Streit hatten wir nicht. Ich sagte mir nur: Mit dem kann ich nicht mehr reden.«

»Es kam zum Bruch.«

»Ich war nicht der einzige. Mit allen aus der Clique hat er gebrochen. Er wollte mit uns nicht mehr zu tun haben. Er habe uns lange genug ausgehalten.«

»Das muss dann so etwa 1971 oder 1972 gewesen sein.«

»1974 oder 1975 würde ich sagen.«

»Danach haben Sie ihn nicht mehr gesehen.«

1 Patschke, Hellmuth. Vgl. den Abschnitt »Der Heidelberger Fenstersturz«.

2 Hier irrt Schütt. Klaus wohnte nie im »Hannibal«. Vgl. den Abschnitt »Stern in der Suppe«.

»So ist es. Wir haben uns oft gefragt, woher dieser Gesinnungswandel kam. Als hätte er Rauschgift konsumiert. Ein paar von uns tippten auf Haschisch.«

»Änderte sich auch sein Verhältnis zu Ruth?«

»Nein. Das lief weiter. Ruth wusste, wie er sich verändert hatte. Es störte sie nicht. Auch seine Schwester, die ich manchmal in Heidelberg traf. Ich fragte: Wie geht es Klaus und sie erzählten es mir.«

»Hatten Sie jemals Ärger wegen Ihrer Freundschaft mit Klaus?«

»Eines Morgens sehr früh wurden wir durch Trillerpfeifen aus dem Schlaf gerissen. Als wir aus dem Fenster schauten, sahen wir, dass das ganze Haus von Polizei umzingelt war. Es hieß dann, sie suchten jemand, vielleicht bei Studentinnen, die in unserem Haus wohnten. Später erfuhren wir, dass die Polizei auch Nachbarn belästigt hatte und dass schon vorher jemand, der sich als Briefträger ausgab, den Kindern Schokolade geschenkt und sie ausgefragt hätte.

Ich hatte Klaus in Verdacht, meine Adresse weitergegeben zu haben. Vielleicht, um mir einen Streich zu spielen und die Polizei auf den Hals zu hetzen. Die Sache ist nie aufgeklärt worden.«

Der Heidelberger Fenstersturz

Der Betriebsberater: Durchgesehen wurden die Jahrgänge 1960 bis 1963 – also erheblich mehr als die Zeit, in der Klaus in der Redaktion beschäftigt war.

Ergebnis:

Die Zeitschrift erschien erstmals 1945.

1962 nannte sich das Blatt »Zehntagedienst für Wirtschafts-, Steuer- und Sozialrecht« und war auf Rechtsfragen spezialisiert, die in Wirtschaftsunternehmen anfallen.

Zum Inhalt: Viele kleine Artikel und Glossen behandeln gesetzliche Neuerungen und Gerichtsurteile. Daneben aber auch große Aufsätze.

»Gesamtschriftleiter« war Hellmut Patschke.

Unter ihm arbeiteten drei »Schriftleiter« – für Wirtschaftsrecht, Steuerrecht, Arbeits- und Sozialrecht.

Klaus stand zu keiner Zeit im Impressum. Auch in den Namensregistern ist er nicht zu finden. Wahrscheinlich war er vorwiegend damit beschäftigt, die von den Schriftleitern zur Veröffentlichung angenommenen Textbeiträge zu redigieren.

Die Liste der freien Mitarbeiter ist lang und zum Teil hochkarätig. Bundesrichter, ein Landesarbeitsgerichtspräsident, ein Staatssekretär eines Bundesministeriums, der über das neue Atomgesetz schreibt, Gerichtsdirektoren, Ministerialdirigenten, Senatspräsidenten, ein Landgerichtsrat namens Wassermann, der 1962 am Westberliner Kammergericht mein Chef wurde und mir nahe legte, den Justizdienst zu quittieren.

Wassermann rezensierte im Jahrgang 1961 auf Seite 724 das Buch »Umfrageforschung in der Rechtspraxis« von Elisabeth Nölle-Neumann, einer bekannten Demoskopin, die bis 1945 für die Nazis und nach 1949 für das Adenauer-Regime mit Hilfe von Umfragen Propaganda machte.

Die Themen der Artikel, die Klaus zu redigieren hatte, entsprachen mit Sicherheit nicht seinen politischen Interessen: »Der Verkauf aus Warenautomaten und das Ladenschlussgesetz«, »Die Verjährung der Vergütungsansprüche von Vorstandsmitgliedern einer Aktiengesellschaft«, »Kostenlose Waschplätze für Autos an Tankstellen als verbotene Zugabe«, »Preissteigerungsrücklage im Weinhandel«, »Kaugummiverordnung«, »Lücke-Plan«, »Naturalrestitution im Urlaubsrecht«.

Dass Klaus sich mit Patschke überwarf, ist unstrittig.

Schütt erzählt folgende Version:

»Patschke schätzte Klaus, während der die Herrenreitermanieren und den Kasinotonfall seines Chefs nicht mochte. Patschke war Offizier bei der SS gewesen, unter anderem in Norwegen, aber das wusste keiner. Klaus könnte es geahnt haben. Er hatte einen Riecher dafür. Einmal fand in der Hauptstraße eine Parade einer amerikanischen Einheit statt. Patschke und Klaus schauten aus dem Fenster. Klaus erregte sich: Widerlich, dieser Gleichschritt, dieser Kadergehorsam. Patschke verteidigte das Militär und sie hätten sich fast gestritten.«

Dünkelsbühler sieht den Grund eher in den sozialen Unterschieden. So habe Klaus nicht ertragen, dass Patschke sich erlaubt habe, »Kritik an seinen Manieren zu üben, die nicht den Stempel einer großbürgerlichen Erziehung, noch den Schliff einer studentischen Verbindung trugen«.

Immer wieder habe er an den von Klaus redigierten Texten Verbesserungen vorgenommen. Zum Rigorosum habe er Klaus einen Strauß Blumen geschenkt, den dieser nicht beachtet habe. Patschke habe Klaus deshalb vor versammelter Mannschaft mit der Bemerkung gerügt, dass gewisse Leute so an Blumengeschenke gewöhnt seien, dass sie es nicht für nötig hielten, sich zu bedanken.

Mir gefällt am besten die folgende Version, in der ebenfalls Blumen vorkommen. Danach schenkt Klaus seinem Chef einen Blumenstrauß zum Geburtstag. Der ist total gerührt, dass wenigstens einer an ihn denkt und lädt Klaus zu einem Glas Wein ein. Man trinkt ein Glas, eine Flasche, auch zwei.

In angetrunkenem Zustand erzählt Patschke seinem Korrektor von seinen Heldentaten in Skandinavien. Klaus ist entrüstet, verliert die Contenance, wirft Patschke aus dem Fenster und wird von diesem fristlos gekündigt.

Die Version kollidiert mit dem Gerücht, dass Klaus sich gefreut habe, als Patschke ein Jahr später enttarnt und verhaftet wurde.

Dünkelsbühler räumt Patschke großen Raum ein. Patschke sei Gestapo-Chef in Skandinavien gewesen und habe die Deportation von Juden organisiert. Nach dem Krieg habe er unter falschem Namen die Zeitschrift geleitet. Später habe er sich für tot erklären lassen und seine Ehefrau noch einmal geheiratet.

Auf Klaus habe die Episode einen katastrophalen Einfluss ausgeübt. Seinen Freunden habe er, als Patschkes wahre Identität bekannt wurde, eine lange Rede gehalten.

»Wie viele Leute müssen fünfzehn Jahre lang seine wahre Identität gekannt haben«, habe Klaus sich und den Freundeskreis gefragt. »Wie viele müssen gewusst haben, dass die Kriegerwitwe des für tot erklärten Gestapomannes ihren eigenen Mann heiratete.«

Die Bundesrepublik beherrscht von einem Heer von Mitwissern, die vor 1945 die Verbrechen des Dritten Reiches zumindest gebilligt und dadurch ihre eigene Aufbauleistung nach dem Krieg Lügen gestraft hätte.

»Ein Abgrund, sagte er und schaute uns der Reihe nach an.«[1]

Belletristik I

Gaspard Dünkelsbühlers Erinnerungen, abgeschlossen 2002, umfassen zweiundneunzig Seiten.[2]

Der größte Teil ist unbrauchbar. Wie Schütt und andere datiert er den »Bruch mit der Welt der Bürger« auf die Zeit nach 1971, als Klaus mit der dunklen Seite der Justiz konfrontiert wurde. Noch in der Anklageschrift vom 26. September 1974 figuriert er als Verteidiger aller fünf Stammheimer.[3] Verständlich, dass er in dieser Phase auf Distanz ging zu alten Freunden, die irgendwie dem Staat dienten, der seinen Mandanten ihrer fundamentalen Rechte beraubte.

Der eine Bankdirektor geworden, der zweite Verbandsjurist, einer Minister, ein anderer Finanzamtsdirektor, der Autor selbst, der

1 Dünkelsbühler, a.a.O., S. 145.

2 Dünkelsbühler, a.a.O., S. 163 ff.

3 Baader, Ensslin, Meinhof, Meins und Raspe. Nach seinem Ausschluss aus dem Verfahren im Frühjahr 1975, durfte Klaus keinen der Stammheimer mehr vor Gericht verteidigen.

»auf dem Schiff Entwicklungshilfe angemustert hatte«, mal in Afrika, mal »in anderen unterentwickelten oder einfach zugrundegerichteten Kontinenten«. Mal lag er vor Madagaskar, mal war Regenzeit in Kigali, sodass er in seinem Büro Eimer aufstellen muss, weil das Dach undicht ist.

Die Zeit ab Stammheim (1974) versucht Dünkelsbühler zu rekonstruieren, was seine Möglichkeiten übersteigt. Zum einen befand er sich von 1970 bis 1997 im Ausland und kam nur gelegentlich in die BRD. Zum zweiten glaubt er, was in den Zeitungen stand.

Immerhin gibt er zu:

»Seine Rolle ist mir, trotz regelmäßiger Lektüre der FAZ und des Spiegels, nie ganz klar geworden.«

»Der Spiegel-Artikel klang ziemlich stichhaltig. Aber offensichtlich lagen gegen seine Person keine Beweise vor.«

»Was man heute so über ihn liest, passt nicht in mein Bild.«

Wie sein Bild aussah, verteilt er über seine Erzählung wie Puderzucker über einen alten Hut:

»Atheist, Antimilitarist.«

»Niemals hatte er einsehen wollen, dass nicht jeder deutsche Staat ein Unrechtsstaat war.«

Von seinen Kontakten zum MfS erfährt Dünkelsbühler in einem Hotel in Beludschistan unweit der afghanischen Grenze.

»Der Schock begleitete mich auf der Autotour durch die Wasserprojekte am folgenden Tag.«

Es sei für ihn unvorstellbar gewesen, »da unvereinbar mit seinem Charakter, seiner schon obsessiven Freiheitsliebe«.

Für die fünfziger und sechziger Jahre hat Gaspard ein paar wissenswerte Informationen parat.

Klaus nett, gesellig, selbstlos. Die Mutter wunderbar, herzlich.

»Politik nahm bei uns wie bei den meisten Studenten einen erheblichen Raum ein.«

Die Atombombe, Wiederbewaffnung oder Neutralität, Westbindung oder Annäherung an den Osten, CDU oder SPD?

Auch die neue Kunst sei ein Thema gewesen, hauptsächlich aber die Literatur.

»Er ging gerne ins Theater.«

Ein paar Male sei die Clique ins Spielcasino nach Bad Dürkheim gefahren.

Das Haus in Kirchheim war »gemütlich«. Das Gästezimmer oben unterm Dach, wo ein Bücherregal stand, habe man das »Juchhe« genannt. In Goethes Marienbader Elegien habe er eine Randbemerkung von Klaus' Hand gefunden:

»Pauvre fou!«

An der Stelle, wo der verliebte Goethe schreibt:

»Jagt ein Ätna mir im Blute.«

Klaus habe seiner Mutter im Laden geholfen. Jeden Januar sei er mit ihr nach Davos gereist.

In Welzels Lehrbuch des Strafrechts habe er die Adjektive »ethisch« und »moralisch« durch »gesellschaftskonform« und »sozialbezogen« ersetzt.

»Er hielt alles Übersinnliche für Schwindel.«

Nicht die fehlende Beweisbarkeit Gottes sei der Grund für sein Geschimpfe auf die Pfaffen und die christliche Volksverdummung gewesen. Gesagt habe er:

»Ich glaube, dass es im Interesse Gottes ist, wenn man nicht an ihn glaubt. Sonst müsste man ihn verantwortlich machen für die furchtbaren Zustände auf der Welt.«

Den Menschen habe er eigentlich jede Ungeheuerlichkeit zugetraut.

Die Kardinäle habe er als »eine Kette von Atheisten« bezeichnet.

Einen verkrüppelten Ringfinger habe er gehabt. Ein kurzsichtiger, lärmempfindlicher, linkischer Schreibtischmensch sei er gewesen.

»Als Kopf von Attentaten kommt dieser introvertierte Einzelgänger nicht in Frage. Wer hätte einen Befehl zum Töten von ihm akzeptiert? So kann sich ein Mensch nicht verändert haben.«

Was Dünkelsbühlers Erinnerungen brauchbar macht, sind solche biografische Details. Er hat eine Ahnung von den Ängsten des Freundes, von dem er sich losgesagt hat:

»Die Welt war bei ihm nicht nur ein Garten der Lüste, sondern auch ein Pandämonium von Perversion, Grausamkeit und Niedertracht.«

Es klingt nach Bewunderung, wenn er schreibt:

»Obschon sparsam mit Worten, war er ein dramatischer Erzähler von hohen Graden.«

Er weiß, dass Ruth acht Jahre älter war als Klaus, und was sie aus der Bibliothek ihres Mannes mitbrachte:

»Henry Millers Wendekreise, La Philosophie du Boudoir des Marquis de Sade, Querelle de Brest von Jean Genet.«

Er beschreibt, wie Klaus seiner Entourage nicht nur »durch völlig ungehemmte Äußerungen« imponierte:

»Er war als zuverlässiger Freund und solider Kollege gesucht, nie banal, nur eben keinem Cliché zuzuordnen. Wir mochten ihn. Wenn er seine Gedanken äußerte, langsam, genau formulierend, war man gebannt. Und er hörte aufmerksam zu, wenn ein anderer sprach.«

Er kennt »seinen Abscheu vor jeder Art von Oberflächlichkeit« und seine literarischen Neigungen.

»An seinen Lieblingsautoren bemerkte ich die weltanschauliche Ausrichtung. So las er eher Heinrich Mann als Thomas. Er fand ihn oberflächlich und schwach. Er schätzte den Ulysses von James Joyce. Belletristik fand selten Gnade vor seinen Augen. Er verbohrte sich gelegentlich in philosophische Bücher, Griechen, die römische Stoa, Rousseau und Voltaire. Er verließ das langgestreckte Zimmer in der Altstadt selten, ohne ein Buch mitzunehmen. Über Céline, dessen Reise ans Ende der Nacht in einer zerfledderten französischen Ausgabe in seinem Regal stand, sagte er:

›Ein Faschistenschwein. Aber ein großer Dichter!‹«

Über Klaus seltsames Gebaren als Pförtner des Cave 54 kann er Genaueres berichten. Klaus habe die Besucher nach ihren literarischen

Kenntnissen beurteilt, nicht nach ihrer Kleidung oder ihrem Aussehen.

Das Jazzlokal in der Altstadt sei als Gegengewicht zu den »traditionellen Studentenverbindungen« gegründet worden. Auch Frauen seien aufgenommen worden.

»Was für interessante Gespräche gab es dort! Und was für Frauen vor allem!«

Die Aufnahmeprüfung habe dazu gedient, »ungeistige und unzeitgemäße Elemente« fernzuhalten.

»Existenzialismus, Agnostizismus und Antifaschismus sollten die geistigen Grundlagen sein. Linke Gesinnung war kein Muss.«

»Alles drängte sich in den neuen Existenzialistenkeller.«

Gaspard weiß auch viel über Klaus' Sexualverhalten, was uns nicht tangieren soll. Wir haben alle unser Sexualverhalten und Geschichten von Spannern sind meistens degoutant.

Bemerkenswerter sind da schon seine Zweifel an Klaus' Erklärung, er halte die DDR rückblickend für den besseren deutschen Staat.

»Klaus verabscheute die DDR, spuckte Gift und Galle gegen den dortigen Polizeistaat. Uniformen und Hierarchien hasste er.«

Das mag 1956 so gewesen sein. Aber warum sollte, wo 1972 soviele für die DDR waren, die sie 1992 in Bausch und Bogen verdammten, nicht einer in die entgegengesetzte Richtung gedacht haben?

So wird ebenfalls rückblickend klar, warum Klaus 1973 auf den Rand einer Rückantwort an eine alte Bekannte schrieb:

»Zum Kotzen. Er ist wirklich das letzte Arschloch. Sag ihm das!«

Gemeint war sein alter Freund Gaspard Dünkelsbühler, mit dem er nicht mehr befreundet sein mochte.

3 STUTTGART 1959 BIS 1971

Auf der Schreibtischkante

In den Achtzigerjahren sagte ihre Judith zuweilen:

»Ich habe Deinen Klaus Croissant gesehen.«

Judith, die 1983 nach Westberlin zog, und ihr Mann »verkehrten damals in der linken Szene«.

»Sie trugen so Schiebermützen mit einem roten Stern drauf.«

Heute arbeitet Judith in der Charité.

Auch über Rechtsanwalt Nagel weiß Frau Fuchs eine Geschichte.

Er war hager, bieder, ältlich und hatte mal eine junge, auffällige Prostituierte als Mandantin, die er heiratete.

Frau Fuchs sieht noch heute, wie die spätere Frau Nagel in Berufskleidung durch die Kanzlei stöckelt.

»Das war nicht Schwammbergers Stil.«

Schwammberger war der Chef.

Klaus sei 1959 oder 1960 in die Kanzlei eingetreten und Frau Fuchs arbeitete nun auch für ihn.

»Er war Assessor und erhielt bald die Anwaltszulassung.«[1]

Klaus habe zunächst für den Chef angeschafft, hatte bald aber auch eigene Klientel.

»Er brachte bekannte Leute an.«

Frau Fuchs stammt vom Bodensee, ließ sich in Friedrichshafen zur Anwaltsgehilfin ausbilden und trat mit zweiundzwanzig, also 1956, die Stellung bei Schwammberger an – eine gut gehende, noble Kanzlei in der Königstraße. Eine Top-Adresse.

»Das Ladengeschäft Parterre gehörte der WMF. Darüber war ein Tabakgroßhändler. Irgendwo saß auch die DEGUSSA.«

Die Kanzlei war im dritten Stock. Unten im Eingang war ein großes Schild an der Wand, wo alle Anwälte aufgeführt waren. Es

1 Das würde bedeuten, dass Klaus zunächst in Stuttgart tätig war, bevor er wieder nach Heidelberg ging, wo er 1961 mit Schütt die Bürogemeinschaft hatte und bei Patschke Artikel redigierte.

waren stets mehrere Anwälte auf der Etage. Frau Fuchs nennt drei bis vier Namen. Der älteste war Nagel.

»Schwammberger malte und schrieb Theaterstücke.«

Er habe auch mit dem Filmemacher Domnick zusammengearbeitet.

»Er war spezialisiert auf Wettbewerbsrecht.«

Der Chef sei eigenartig, unheimlich und arrogant gewesen. Knollmöbel im Büro.

»Ein kalter Mensch.«

Einmal habe er zu ihr gesagt:

»Ich liebe Frauen mit tiefer Stimme und Haaren auf der Brust.«[1]

Frau Fuchs, lässig gekleidet, mein Jahrgang, empfängt mich in einem Neubauviertel, nicht weit von Stuttgart, Doppelhaushälfte im Bungalowstil, viel Grün drumrum, sehr großes Wohnzimmer, abgetrennter Essraum, Kinderbücher und Spielzeug.

Sie habe fünf Enkelkinder.

Wir sitzen am Esstisch.

Sie hat sich, im Gegensatz zu mir, gut gehalten.

Heiratete 1961, gab 1962 den Job auf, als das erste Kind kam. Judith.

Lebte mit Mann und Kindern lange Zeit in Venezuela, wo der Mann eine deutsche Firma vertrat.

»Klaus saß oft auf meiner Schreibtischkante und erzählte. Kunstausstellungen, Literatur, Politik.«

Sein Büro sei sparsam eingerichtet gewesen.

»Ohne großen Aufwand.«

Als der Plan aufkam, im Asemwald ein großes Hochhaus zu errichten, habe er sich sofort dafür begeistert.

»Wegen der Anonymität.«

Sie hätten oft miteinander geredet.

»Klaus war ein liebenswürdiger, tiefsinniger Mensch, der sich Gedanken machte, wie man die Welt verbessern könne.«

1 Cassel nimmt an, dass Klaus noch 1969 mit Schwammberger eine Bürogemeinschaft hatte.

Sein Lieblingsroman sei Der Mann ohne Eigenschaften gewesen.

»Er fand darin Parallelen zu seinem eigenen Leben.«

An eine Bemerkung erinnert Frau Fuchs sich besonders.

Er sagte, man müsse die Straftat selbst begangen haben, sonst könne man den Angeklagten nicht verstehen.

»Solche Bemerkungen machte er nebenbei, zwischen den Zeilen, ohne sie auszuführen.«

Er sei von allen Anwälten der Kanzlei der Schöngeistigste gewesen.

»Die Schwammberger-Szene war ihm nicht geheuer.«

»Hatten sie privat mit ihm Kontakte?«

Sie erinnere sich nicht.

»Ich war ihm vermutlich zu bürgerlich.«

»Wo stand er politisch? SPD?«

Die sei ihm ebenfalls zu bürgerlich gewesen.

»Er hasste alles Bürgerliche. Auch die Ehe.«

Zum Ostblock sei er nicht negativ eingestellt gewesen.

»Sein Weltbild war: Die da oben. Die da unten.«

Es habe sie überrascht, dass er später so radikal geworden sei.

»Er hätte wissen müssen, dass es so nicht geht. Er war so intelligent.«

Der Filmemacher Domnick

Bei Ottomar Domnick, 1907–1989, der die gleiche Glatze hatte wie Klaus, traf sich nicht nur die bildende Kunst. Zitat Frau I., Pensionistin des Kulturbetriebs:

»Wenn du Eheprobleme hattest, gingst du erst zu Domnick, dann zu Croissant, dann wieder zu Domnick.«

Domnick war im Hauptberuf Facharzt für Neurologie und Psychiatrie und hatte eine Privatklinik am Bubenbad, wo eine Menge reicher Leute wohnen.

Klaus hingegen war bekannt für seine hautfreundlichen Scheidungen, die ihm von Schwammberger zugeschoben wurden.

So hatte er schon von Berufs wegen Kontakt zu jener Szene, die heute von den Banausen abfällig Kulturschickeria genannt wird.

Ich frage mich, wer unsere Bilder kaufen und unsere Bücher lesen soll, wenn nicht die Kulturschickeria.

Ohne die Spenden von Burda, Kluge und anderen hätten Gudrun und Andreas nicht im Herbst 1969 über Paris und Rom zwei Monate lang nach Sorrento reisen können.

Domnicks Stellung im Stuttgarter Kulturbetrieb beruhte darauf, dass er sich lange vor der ersten »documenta« (1955) für die Rehabilitierung der von den Nazis unterdrückten Kunst eingesetzt hatte.

1950 drehte er den Kurzfilm »Neue Kunst – Neues Sehen – Eine Einführung in das Wesen der modernen Malerei«.

1954 den 30-Minuten-Film »Willi Baumeister«.

Am bekanntesten war sein Film »Jonas«.

Domnick sammelte auch.

Das Logo der Sammlung entwarf Hans Hartung, Vertreter der »école de Paris«.

In Nürtingen ließ er sich ein wunderbares Museum bauen, das heute von der Stiftung Domnick betreut wird.

Sehenswert.

Zweierlei Nachbarn I

Das amtliche Stuttgarter Adressbuch verzeichnet erstmals 1964, dass Klaus sein Büro in der Königstraße 31 B habe, wo auch Schwammberger, Nagel und andere der Rechtspflege frönten. Nagel residierte schon einmal bis 1941 in der Königstraße 48.

Nach dem Wiederaufbau 1950 erhält das Haus die Nummer 31.

Dort saß Nagel bis 1973.

Wie lange Klaus dort sein Büro hatte, müssen wir aus anderen Quellen schöpfen.

Am 6. Oktober 1974 stellen Jörg Lang und Klaus den Antrag an das Oberlandesgericht, die fünf Stammheimer durch Vertrauensärzte untersuchen zu lassen – einen Monat vor dem Hungertod ihres Mandanten Holger Meins.

Im Briefkopf der Anwälte heißt es:

»Neue Anschrift Langestraße 3.«[1]

Jörg Lang ist zu diesem Zeitpunkt schon »untergetaucht«. Die Presseerklärung, in der er seinen Schritt erläutert, stammt vom 16. September. Als Anschrift ist noch die Königstraße angegeben.

In der zweiten Septemberhälfte 1974 also dürfte der Umzug in jene Räume erfolgt sein, die in die Kriminalgeschichte der schwarzen Roben eingehen sollten – Ziel zahlloser Mutmaßungen, Verdächtigungen und Desinformationen, Hetzartikel, polizeilicher Angriffe, juristischer Maßnahmen.

Hier soll sich die Zentrale des Terrors befunden haben.

Ich gehe oft in der Gegend spazieren, Schaufenster abschauen, Eis essen, oder zum Italiener, Einkäufe machen, neues Handy holen, antiquarische Bücher beschnüffeln.

Die Langestraße kreuzt eine teure Einkaufsstraße.

Mir scheint, das Haus steht nicht mehr, also brauche ich nicht zu klingeln und zu fragen, ob ich mir die Räume anschauen dürfe. Brauche mir keine Legende zu überlegen.

Die Kanzlei hat sich in meiner Erinnerung in ein unaufgeräumtes, billig möbliertes Etablissement verwandelt. In einem großen Raum sitzen drei oder vier junge Leute, die Mitarbeiter des Internationalen Verteidigerkomitees (IVK) zerschneiden Zeitungen, lächeln, plaudern, tüten ein, tüten aus, legen Dossiers an, rauchen, machen einen harmlosen Eindruck, trinken Kaffee, scherzen.

1 In: »Dokumente Holger Meins ist tot«, H. Hoffmann Eigendruck, hektografiert, 30 Seiten, Stuttgart undatiert (wahrscheinlich November 1974).

Einen Bürovorsteher gibt es nicht, wohl aber eine treue Anwaltssekretärin.

Die Schreibtische überlastet. Leitzordner an allen Wänden.

Ganz hinten führt eine Tür zu einem geräumigen Zimmer.

Hier saß Klaus.

Auch dieser Raum überfüllt, unaufgeräumt, chaotisch. Plakate an den Wänden. Manchmal hatte er ein Piece Dope für mich besorgen lassen, das ich dankbar entgegennahm. Als Reisekostenerstattung. Ich nahm es mit in die Anstalt, wenn ich Andreas im siebten Stockwerk besuchte, und die Hälfte nahm ich wieder mit heraus, denn damals, vor dem heißen Herbst in bleierner Zeit, vertrug ich das Zeug bestens. Klaus hat meines Wissens nie gekifft, auch wenn Schütt und Dünkelsbühler glauben, er hätte es getan.

»Bekommt mir nicht, Euer Stoff«, pflegte er zu sagen. »Ich bleibe lieber bei meinem Weißwein.«

Mir bekommt der Stoff auch nicht mehr.

Normale Anwaltskanzleien sahen anders aus. Kanzleien, die den ehrpusseligen Prinzipien eines bürgerlichen Standes entsprachen, der seinen guten Ruf einer Menge Stil- und Ledersofas, gestylten und antiken Schreibtischen, einer Regalwand voller juristischer Fachbücher, einigen tüchtigen Blattpflanzen und einer Kundentoilette mit Deodorant verdankt.

Andererseits entsprach das Büro seinem Ruf. Inside out.

Das Image, das die Kanzlei seit 1973 hatte, hielt Kunden ab, die hohe Streitwerte ins Haus gebracht hätten.

Was sie abschreckte, waren nicht zuletzt die Nachbarn. Sie hatten eine Wohnung im Haus gegenüber. Von dort aus fotografierten sie jeden, der das Büro Croissant betrat und verließ. Ihre Richtmikrofone hörten jedes Wort, das gesprochen wurde. Winzige Überwachungskameras registrierten, was im Inneren der Büros geschah. Viel Infomaterial kam da zusammen. Wozu?

Ältere Stimme

»Ich kannte ihn nur kurz. Er war ein hervorragender Mensch. Sozial engagiert. Er beriet manche Leute auch umsonst. Er hat sehr gelitten unter den damaligen Ressentiments gegen die protestierenden Studenten. Er war sehr friedfertig. Ich lernte ihn 1966 kennen anlässlich der Beratung eines Freundes.«

Der Freund sei Architekt gewesen. Ein Kunde wollte nicht zahlen. Der Architekt hatte kein Geld. Jemand gab ihm einen Tip:

»Wenn du nicht zahlen kannst, dann geh zu dem Croissant.«

Er habe seinen Freund zu der Beratung begleitet.

»Der Besuch hat sich gelohnt. Das Gespräch dauerte dreieinhalb Stunden. Wir haben nur kurz über den Fall geredet und dann politisiert. Wir sahen uns an und waren uns gleich sympathisch. Wir waren alle drei ziemlich linksradikal.«

»Was meinen sie mit linksradikal?«

»Damit meine ich SPD.«

Klaus sei ebenfalls »Richtung SPD« gewesen.

»Nicht Richtung Extremismus«.

Sie hätten über Politik allgemein geredet, keine Parteistandpunkte. Klaus habe ein starkes soziales und politisches Engagement geäußert.

Es habe ihn deshalb auch nicht gewundert, als er Jahre später von Croissants Beteiligung an den Stammheimer Prozessen gelesen habe. Er habe gedacht:

»Er ist so geworden. Er ist da reingezogen worden. Sein Gerechtigkeitssinn war wohl überstrapaziert.«

»Und was wurde aus Ihrem Freund, dem Architekten?«

Man habe sich verglichen.

»Der Vergleich war Croissants große Stärke.«

Zweierlei Nachbarn II

In der Königstraße ging es ruhiger zu. Hier war Wendelin Niedlich der wichtigste Nachbar. Er war ein Genosse und Geistesverwandter. Er war ein Freund. Ihn hielt Klaus auf dem Laufenden, bis er nicht mehr konnte.

Irgendwo habe ich ein paar Briefe von Klaus an Wendelin. Im April 1994 schickt er ihm eine Einladung mit handschriftlichem Begleitbrief.

»Vielleicht sehen wir uns am Samstag, ich würde mich freuen. Einstweilen herzlichst Dein Klaus.«

Ein Brief aus dem Oktober 1993 auf Büropapier lautet:[1]

»Lieber Wendelin, da beklagen sich doch tatsächlich Leute aus Stuttgart, sie seien nicht informiert worden. So schick' ich Dir nun für alle Fälle meine Prozesserklärung, weil jedenfalls Du Bescheid wissen sollst. Dein ganz und gar ungewendeter alter Klaus Croissant.«

Der Brief liegt in der Broschüre, die über das Verfahren gegen Klaus vor dem Kammergericht berichtet.[2]

Klaus brauchte nicht auf die Straße, um Wendelin zu besuchen, als er 1960 bei Schwammberger eintrat und ab 1964, als er zehn Jahre lang dort residierte. Er nahm den Hinterausgang. Die Schmale Straße, wo der Laden lag, ist eine Parallelstraße der Königstraße. Das Etablissement war wie alle von Niedlich gestalteten Räumlichkeiten extrem verschachtelt. Vollgestopft mit Büchern, Zeitschriften, Zeitungen, Kunstwerken, alles ohne erkennbare Ordnung. Bücher, die es woanders längst nicht mehr gab oder nie gegeben hatte, mit einer Systematik, die nur der Buchhändler kannte. Eine permanente Aufforderung zum Ladendiebstahl. Hier stand man auch tagsüber rum,

1 Berlin-Moabit, Thomasiusstraße 26, Nähe U-Bhf. Turmstraße.

2 »Prozesserklärung Klaus Croissant«, Herausgeber Solidaritätskomitee »Freiheit für Klaus Croissant«, Berlin 1993.

blätterte hier, staunte dort, redete ins Leere, denn Niedlich war oft unsichtbar. Steckte in einer Höhle hinter einem Aufbau, den man mit viel Liebe als Ladentheke bezeichnen konnte.

So wie ich Klaus' Beziehung zur Literatur kenne, war Niedlichs Laden für ihn ein wiedererstandenes Eckchen vom Garten Eden.

Aber auch Nachbarschaftshilfe war Usus. Als Niedlich 1974 von Nr. 14 nach Nr. 9 umzog, war Klaus einer der Freunde, die eine chinesische Kette bildeten. Heissenbüttel und Bense, Manfred Esser und Helmut Mader, Johannes Agnoli und Herbert Marcuse, Karl Marx und die Worte des Vorsitzenden Mao wurden von Hand zu Hand gereicht. Peter Conradi, ein Vierteljahrhundert lang Bundestagsabgeordneter der SPD linker Flügel und einmal auch Kandidat für das Amt des Oberbürgermeisters, war angeblich auch dabei. Ein Foto von 1970, zehn Jahre, nachdem Wendelin und Klaus erstmals Nachbarn geworden waren, zeigt die beiden vor undefinierbarer dunkler Kulisse.[1] Niedlich in schwarzer glänzender Lederjacke. Klaus schwarzer Rollkragenpullover, Fischgrätsakko. Kaum noch Haare. Beide ernst, doch nicht verbissen. Sie schauen sich an wie Abgesandte zweier durch eine gemeinsame Idee und gemeinsame Feinde verbündeter Sternenhaufen. Kein Blick der Liebe. Vorwärts und nicht vergessen.

Klaus hat sich verändert. Das Edle, Rassige, Überzüchtete ist gewichen aus seinem Gesicht. In die Partie um Mund und Nase hat eine leise Trauer sich eingeschlichen. Dennoch: ein Rest vom Pennäler schimmert durch.

Die Bildunterschrift lautet:

»Der Anwalt und sein Buchhändler.«

Die Message ist typisch für Niedlichs Understatement. Der Anwalt braucht den Buchhändler. Nicht umgekehrt.

Der Anlass für das Foto ist ein Faksimile auf der gegenüberliegenden Seite. Es zeigt einen Beschluss des Amtsgerichts Stuttgart

1 In: »Niedlich zehn Jahre über Wasser«, Einmalige, unnummerierte Auflage, 1.000 Exemplare, Verlag Wendelin Niedlich Stuttgart, im Jubiläumsjahr 1970, unpaginiert.

vom 13. März 1970. Angeordnet wird die Durchsuchung der Geschäftsräume des Buchdealers und die Beschlagnahme einiger Titel aus der Olympia Press des März-Verlegers Jörg Schröder, »da in diesen Druckschriften durchweg geschlechtliche Vorgänge, insbesondere sexuelle Fehlhaltungen und Ausschweifungen in fast ununterbrochener Folge ins Einzelne gehend, aufdringlich vergröbert ...«

Wo Klaus wohnte in den Sechzigerjahren wissen wir aus dem Telefonbuch: In der Taldorfer Straße 16, in Schönberg, einem Ortsteil von Birkach, heute Bezirk Plieningen, einer von Wiesen, Wäldern und Äckern umgebenen Siedlung am südlichen Stadtrand von Stuttgart – nahe Autobahn und Flughafen.

Wie die Wohnung aussah, weiß Dünkelsbühler: Zum Wohlfühlen sei sie gewesen. Von der Mutter eingerichtet. Hier nahm er Maß. Schaute auf die Stadt hinab. Schönberg war sein Nest. Hier nächtigten Freunde wie Schütt. Hier empfing er seine Stuttgarter Geliebte, auch sie eine Dame mit Ansehen, Flair und Stil.

Der Ehemann gut im Geschäft.

»Eher konservativ.«

»Die rote Ingrid und der schwarze Bert.«

Mit dem Umzug ins SI-Center in Stuttgart-Möhringen, Ende der sechziger Jahre, nähern wir uns schon der heißen Phase. Der Katastrophe unter dem Vulkan, der Staatsräson genannt wird.

In der Schickeria

In etlichen Gesprächen ist tatsächlich die Rede davon, dass Klaus in den Sechzigerjahren zur Stuttgarter Schickeria gehört habe. Inwieweit es sich dabei um beruflich veranlasste Kontakte handelte, war nicht zu ermitteln. Zwei Berufsgruppen, die mehrfach genannt wurden, sind Architekten und bildende Künstler. Zwei Standardsätze markieren das Zeitfenster.

Frühe sechziger Jahre:

»Der Hajek[1] arbeitete damals noch amorph.«

Zehn Jahre später:

»Der Willikens[2] hieß bei uns nur der graue Star von Stuttgart.«

Unter anderem war es möglich, eine Bekannte von Klaus ausfindig zu machen, deren Gatte ein vielbeschäftigter Architekt war. Zu ihrem Freundeskreis, in dem auch Klaus verkehrt haben soll, gehörte angeblich ein Rennfahrer, der etwas mit der Sportpresse zu tun hatte.

»Namen tun nichts zur Sache.«

Man habe am Swimmingpool im Garten der Villa des Rennfahrers gesessen. »Gechillt«, pflegt man heute zu sagen. Treffpunkt sei auch die schon erwähnte Kiste gewesen.

Die Rede ist ferner von einem Ehepaar Hildebrand. Frau Hildebrand, eventuell Lilli, sei ebenfalls Künstlerin gewesen, befreundet mit Tut Schlemmer[3] und Ida Kerkovius[4], die bei der Zahnradbahn ein Häuschen gehabt habe. Nicht klar wird, ob auch Herr Hildebrand Künstler ist oder war.

Ob das heißen solle, dass Klaus mit Tut Schlemmer und Ida Kerkovius verkehrt habe?

Das solle es nicht heißen.

Lilli habe einen Salon gehabt, einen jour fix, wo regelmäßig eine Menge Leute verkehrt hätten und wo er möglicherweise gesehen worden sei. In derselben Gegend, vielleicht sogar in der gleichen Villa, sei ein Psychiater namens Domnick ansässig gewesen, der tatsächlich keines natürlichen Todes gestorben sei. Er sei in seiner eigenen Garage von seinem eigenen Auto erdrückt worden. Dieser Domnick habe auch Filme gemacht.

1 Bildhauer.

2 Maler.

3 Schauspielerin, Tochter Oskar Schlemmers.

4 Künstlerin.

Die meisten Berichte über die Stuttgarter Gesellschaft, mit der Klaus privat oder als Anwalt zu tun gehabt haben könnte, reflektieren eine große Leere. Die Künstler zum Beispiel seien sehr anders gewesen als der Rest der Bürger. Das Geld sei schon immer lieber unter sich geblieben. Der Adel sei eine relativ geschlossene Gesellschaft, in die man nicht einmal durch Heirat aufgenommen werde. Die alteingesessenen reichen Familien bildeten Cliquen mit anderen alteingesessenen reichen Familien, in die man nur durch Beziehungen Einblick erhalte.

Was es so schwierig mache, zu erkennen, wer zu den besseren Kreisen gehöre, sei die unleugbare Tatsache, dass die feine Gesellschaft nach außen hin bescheiden auftrete.

Manche Leute besäßen Kunstsammlungen von denen niemand etwas wisse. Von diesen Reichtümern erfahre man höchstens zufällig, wenn während einer Feierlichkeit der Hausherr einer kleinen Zahl handverlesener Gäste unverhofft seine Schatzkammer öffne.

Sie zum Beispiel (eine der Informantinnen) sei Zeugin geworden, wie jemand durch Knopfdruck eine lange Wand in der Halle seiner Villa beiseitegeschoben habe. Dahinter sei eine zweite Wand zum Vorschein gekommen. An dieser zweiten Wand hätten Gemälde von unschätzbarem Wert gehangen – Monet, Bonnard, Menzel, Schlemmer, Klee.

Ob Klaus zu diesen Kreisen Kontakt hatte, wisse sie nicht. Möglicherweise sei er an jenem Abend anwesend gewesen, was sie nur nicht bemerkt habe, denn er habe eine unnachahmliche Art besessen, nicht aufzufallen.

Manchmal fallen Namen, die dem Fremden nichts sagen. Kohlhammer. Fürst Urach. Lilo. Frieder. Von Berg. Von Massenbach. Es fällt schwer, sich Klaus in ihrer Gesellschaft vorzustellen.

Die Eine füttert die Collies der Anderen. Eine hält eine Rede. Einer hat ein Bankhaus. Einer ist Modefotograf. Eine hat einen Jaguar. Einer hat eine Kühlerfabrik und eine Villa, in der ein Tatort mit Udo Jürgens gedreht wurde. Eine veranstaltete einmal ein großes Fest, wo Andy Warhol erwartet wurde, der die Gattin des Gastgebers porträtieren sollte, der einen farbigen Sohn oder Freund hatte, aber vielleicht gehört der Farbige nicht hierher, sondern auf eine andere Party. Dass ihr Mann ein bedeutender Kunstsammler war, sei jedenfalls gesichert. Eine wurde mal in einem Szenelokal, wo die CDU-Schickeria verkehrt, auf dem Klo mit einem Stadtrat erwischt, aber vielleicht war der Stadtrat der Oberkellner.

So fremd wie die Personen, die Klaus vom Sehen kannte weil sie zu seiner potentiellen Klientel gehörten, sind dem Fremden die Namen der Orte, wo diese Menschen beheimatet waren. Killesberg, Möhringen, Gänsheide, Bismarckturm, Degerloch, ...

Auch die Plots eignen sich fürs Staatstheater.

Einmal, 1975 etwa, lädt ein Stuttgarter Graf Stollberg einige Leute auf sein Jagdschloss bei Innsbruck. Hotelschickeria aus Hamburg, Anlageberater aus Köln, als ob es in Stuttgart keine Anlageberater gäbe. Die Weißwürste werden eingeflogen. Die Blumen kommen aus Frankreich. Langsam trudeln die Gäste ein. Zum Schluss taucht eine Pistole auf. Aber es ist unklar, wer sie in der Hand hält, wem sie gehört und was sie in Tirol zu suchen hat. Polizei kommt nicht vor. Polizei hat in diesen Kreisen nichts zu suchen.

»Über die Stuttgarter Gesellschaft und ihre Struktur ist immer sehr wenig an die Öffentlichkeit gedrungen und ich wüsste auch niemand, der Ihnen in dieser Frage Auskunft geben könnte.

Fragen sie mal bei der Zeitung. Der Polizeireporter könnte was wissen. Oder der Gesellschaftsreporter. Wenn die so was haben.«

Eine Achtundsechzigerin

Sie seien ein Freundeskreis gewesen, zu dem auch Klaus gehört habe.

»Wir haben viel und heftig diskutiert. Wir waren alle Brechtfans. Wir waren Achtundsechziger. Antiautoritär.«

»Gebrauchten Sie auch die deftige Sprache der Achtundsechziger?«

»Das war damals normal.«

Einmal in seiner Wohnung in Schönberg, habe man sich so heftig gestritten, dass Klaus eine Blumenvase an die Wand geschleudert habe.

»Er konnte sich sehr ereifern.«

Ab 1969 habe sie ihn in seiner Wohnung im SI-Center besucht.

»Haben Sie dort auch übernachtet?«

»Wo denken Sie hin. Ich war verheiratet.«

Getroffen habe man sich zum Beispiel im Garten der Familie Frankenberg am Schwimmbad oder in der Kiste in der Kanalstraße im Zentrum, nicht weit vom Schlossplatz.

»Wer ist Frankenberg?«

»Was? Sie kennen den Frankenberg nicht?«

Sein Sohn, Cypselus[1] von Frankenberg sei ebenfalls in der KFZ-Branche tätig, unter anderem beim Daimler als Global Manager für Produktkommunikation und bei Porsche als Leiter der Produkt- und Motorsportpresseabteilung.

Ich müsse mich unbedingt mit Frau Frankenberg treffen. Die könne mir über Klaus viel erzählen. Sie habe ihn schon in Heidelberg gekannt. Über sie habe sie ihn kennen gelernt.

Das kleine Café in Degerloch, in dem wir verabredet sind, gehört zu einer Kette:

»Zum Bäcker Lang ist kein Weg zu lang.«

Vorne Laufkundschaft. Im hinteren Raum kann man sitzen. Vier Tische, davon drei besetzt. Tisch eins: Fünf ältere Damen, untere Mittelschicht, oberes Prekariat.

Tisch zwei: Zwei übergewichtige Männer um die vierzig, deformiert, einer mit Krücken. Sie verzehren große Berge Torten.

Tisch drei am Panoramafenster: Eine Ältere, eine Jüngere, beide ziemlich aufgetakelt, hipp.

1 Tyrann von Korinth, 7. Jahrhundert v. Chr.

Ich überlege. Welche ist Frau Rubin? Um mir die Zeit zu vertreiben, überlege ich, wie sie aussehen könnte. Was hatte Klaus in den Sechzigerjahren für einen Geschmack?

Wie könnte sie heute aussehen?

Um die sechzig, guterhalten, einfache Eleganz, das Haar mittellang, glatt, hellblond, sehr gepflegt. Ein bisschen distanziert, aber nur um sich unangenehme Dinge vom Hals zu halten.

Der vordere Teil des Ladens ist voll. Junge Mütter, alte Mütter, Hunde, Kinder, Einkaufstaschen, Einkaufstaschen auf Rädern, Kinderwagen, Einkaufskörbe, Dauerwellen, Schwitzflecken unter den Achselhöhlen.

Draußen sind mindestens dreißig Grad.

Manchmal kommt eine herein, die aussieht wie Frau Rubin, kauft dann aber doch nur eine Quarktasche. Schon sieht sie nicht mehr so aus.

Meine informelle Mitarbeiterin zu erkennen ist kein Kunststück. Ich war noch nie mit jemand verabredet, den ich nicht sofort erkannt hätte. Nur wenn noch einer im Raum sitzt, der auf eine Verabredung wartet, unterläuft mir manchmal ein Fehler.

Frau Rubin ist um die sechzig und guterhalten. Sie bestellt Kaffee, später Mineralwasser. Sie spricht kurz und knapp, manchmal fast einsilbig. Sie hat kaum Falten im Gesicht. Manchmal sagt sie:

»Darüber rede ich nicht.«

Auch Hals und Ausschnitt fast faltenlos.

Auf viele Fragen antwortet sie, sie könne sich nicht erinnern.

Hat sich Frau Rubin einer Verjüngungskur unterzogen oder leidet sie unter der ewigen Jugend?

Sportliche Figur, schlank, gepflegt. Dezent geschminkt.

Zwischendurch klingelt ihr Handy. Ihr Sohn. Er verbringt den zehnten Hochzeitstag mit seiner Frau in Amsterdam. Sie habe vier Enkelkinder. Sie habe vorhin noch ein Buch über Amsterdam am Flugplatz für ihn hinterlegt. Dafür habe er sich bedanken wollen. Der Sohn ist Kinderarzt.

Mit Frau Frankenberg habe sie erst gestern wieder telefoniert. Die Ärmste habe vor drei Jahren einen Schlaganfall erlitten. Habe seitdem Probleme beim Sprechen.

»Mehrmals am Tag kommt ein Pfleger.«

Ich sage:

»Klaus hatte ebenfalls einen Schlaganfall.«

»Das wusste ich nicht.«

Sie habe ihn gelegentlich im Gefängnis in Stammheim besucht.

»Wann war das?«

Sie erinnere sich fast nie an Jahreszahlen. Sie habe soviel erlebt und soviele Menschen kennen gelernt.

»Warum haben Sie ihn besucht?«

»Um ihn nicht hängen zu lassen. Unsere Beziehung war schon vor seiner Verhaftung zu Ende.«[1]

Die Trennung habe sich so ergeben. Ohne Streit oder Probleme. Danach habe sie keinen Kontakt mehr zu ihm gehabt. Sie sei Geschäftsfrau geworden. Mit zwei Filialen. Da habe sie keine Zeit mehr gehabt. Jetzt habe sie nur noch ein Geschäft. Das werde sie demnächst verkaufen. Die Villa wolle sie behalten.

Frau Rubin weiß nicht, was Klaus seit den frühen Achtzigerjahren gemacht hat. Nicht, dass er verheiratet war. Einen Schlaganfall hatte.

»Dass er tot ist, das ja. Aber wann?«

Sie habe nie darüber nachgedacht. Sie lässt sich von mir erzählen, wie es ihm ergangen ist.

Sie sagt, auch auf der Beerdigung der fünf Stammheimer sei sie nicht gewesen. Sie sei aber zufällig die Serpentinen zwischen den zwei Friedhöfen hinabgefahren, als ein großes Polizeiaufgebot die Durchfahrt erschwert hätte. Dadurch habe sie von der Beerdigung erfahren. Sie habe damals einen Jaguar besessen. Von Klaus' Flucht nach Paris habe sie aus der Zeitung erfahren.

»Kannten sie Leute aus der RAF?«

1 1975 im Sommer.

»Die waren ja oft in Stuttgart.«

»Namen?«

»Ulrike Meinhof kannte ich aus Sylt. Auch die Zwillinge.«

Das Haus der Röhls und ihr Haus seien benachbart gewesen.

»Gudrun Ensslin, Andreas Baader, kannten Sie die?«

»Keine Namen bitte.«

»Sie sollen Klaus Mitte der sechziger Jahre kennen gelernt haben.«

»Das könnte stimmen.«

»Können sie die Wohnung im SI-Center beschreiben?«

»Sehr chic. Etwas kalt.«

Klaus hätte Stil gehabt. Habe viel gelesen.

Zu ihrem Freundeskreis hätten die Künstler der Galerie Müller gehört. Pfahler, Lenk, Quinte, Hajek, Wintersberger. Später auch Tripp.

»Alle haben damals Tripp gekauft und Wintersberger.«

»Auch Klaus.«

»Der auch.«

»Angeblich konnte er gut kochen.«

Davon sei ihr nichts bekannt.

»In Berlin, sagte man mir, habe er öfter gekocht.«

»Männer verlegen sich gerne aufs Kochen, wenn sie älter werden.«

Sie verlässt das Kaffeehaus vor mir. Ich darf sie einladen. Ich entschuldige mich, dass ich nicht gleich mitkomme.

»Ich muss meine Notizen noch einmal durchsehen. Nachher vergesse ich die Hälfte.«

Ich sehe, wie sie am Schaufenster vorbeigeht. Sie schaut nicht herein.

Dauer des Gesprächs: Eine gute Stunde.

Draußen immer noch viel zu heiß. Obwohl erst Juni.

Wo traf man sich?

Elisabeth Walther und ich sind alte Freunde. Als Jüngling las ich die von ihr herausgegebene Reihe »rot«. Das waren in unregelmäßigen Abständen erscheinende quadratische Hefte für experimentelle Literatur.

Elisabeth war Professorin und ist Philosophin.

»Wie geht Semiotik?« frage ich sie.

Sie hat versucht, es mir zu erklären. Sie ist eine gute Tänzerin. Auf ihrem achtzigsten Geburtstag tanzten wir Walzer, Rheinländer und Foxtrott.

Wir sitzen an ihrem runden Wohnzimmertisch und essen. Sie ist eine gute Köchin und ihre Weine sind exquisit. Als wir das erste Mal in ihrer Diele standen, sagte sie:

»Meine drei Männer.«

Sie deutete auf drei Bilder. Bense[1], Peirce[2] und Ponge[3].

»Eine Dame«, sage ich, »sagte mir, an einem bestimmten Tag der Woche immer um dieselbe Uhrzeit sei mein Freund Klaus mit ihr in eine Vorlesung von Max Bense gegangen.«

»Davon weiß ich nichts«, sagt Elisabeth.

Natürlich sei ihr der Name Croissant bekannt gewesen, aber sie erinnere sich nicht, ihm jemals begegnet zu sein.

»Was war das für eine Vorlesung?«

Immer montags, antwortet sie, um 18 Uhr im Rahmen des Studium Generale, an dem auch andere Professoren beteiligt waren.

»Die damaligen Studenten, fast nur Ingenieure und Architekten, sollten etwas gebildeter werden.«

1 Bense war Professor am Institut für Philosophie und Wissenschaftsgeschichte. Nach dem Krieg Professor in Jena. Seit den frühen fünfziger Jahren in Stuttgart, wo er der Kulturbürokratie ebenfalls ein Dorn im Auge war. Vor allem die CDU fürchtete seine freimütigen Äußerungen.

2 Charles Sanders, amerikanischer Philosoph.

3 Francis, französischer Autor.

Bense las im sogenannten »Tiefenhörsaal« 1702, der 370 Hörer aufnehmen konnte. Besonderen Anklang fanden seine Vorlesungen zur Ästhetik. Was er zu sagen hatte, reichte weit in die Bevölkerung hinein, da er sich nicht auf die Darstellung von Fachwissen beschränkte. Er sprach frei, elegant, präzise, zugespitzt und allgemein verständlich, auch über tagespolitische Ereignisse. Jede Rede eine tour d'horizon.

»Erzähl«, sage ich.

»Der Hörsaal war immer voll«, sagt sie. »Manchmal, wenn ihm ein Begriff nicht einfiel, rief er mich zu Hilfe: Queen, wie sagt man gleich?«

»Du sollst hinter dem Katheder gestanden und mathematische Formeln an die Tafel geschrieben haben, während er redete.«

»Warum nicht«, sagt Elisabeth. Sie seien oft zusammen aufgetreten.

Es gibt Dinge, die weiß ich. Dass Klaus von Bense angetan war. Er lag auf seiner Linie. Atheist. Antifaschist. Antimilitarist. Aufklärer. Gegner des Adenauerstaates. Einer der keine Angst hatte.

»In Benses Vorlesung kamen viele«, sage ich, »die längst im Berufsleben standen. Künstler, Schriftsteller, Architekten, Ärzte. Weil sie in Bense einen Vordenker fanden. Einen, der sie bestätigte in ihrem Denken und Tun.«

»Das mag sein. Dazu kann ich nichts sagen«, sagt Elisabeth.

»Nimmst du noch einen Schluck Rotwein oder soll ich uns jetzt einen Kaffee machen?«

Zum Abschied verbeuge ich mich etwas und bekomme einen Kuss auf jede Wange.

In Wartestellung I

Stuttgart in den frühen Sechzigern, als Klaus sich hier für knapp zwanzig Jahre niederließ. Die ersten zehn relativ ruhig. Die zweiten (die siebziger) zuweilen am Rande der Panik.

Noch war vieles nicht aufgebaut, da wurde schon wieder abgerissen. Überall Baugruben und immer die Frage: Lieber ganz abreißen und Parkhaus drauf oder bauen und Parkhaus drunter. Was der Krieg verschont hatte, wurde abgerissen. Was kaputt war, nach alten Fotografien und Plänen wieder hergestellt. Methode: Cinecittà. Natürlich noch Straßenbahnen. Etliches an Baracken und viele, viele Nepplokale und Animiermädchen in der Altstadt.

Ins Stadtzentrum wurden nun vierspurige Schneisen geschlagen. Rund ums Shoppingcenter. Methode: Drive ran.

Die schwäbische Stalinallee – Musikhochschule, Staatsgalerie – angedacht.

Dies nur als Hinweis für meine Kinder und Enkel, damit sie nicht denken, die Stadt sei städtebaulich älter als knapp sechzig Jahre. Eine Dokumentation mit dem Titel »Innerer Kolonialismus« fehlt bisher.

Beginnt Stuttgarts linke Geschichte mit dem internationalen Sozialistenkongress am 17. und der ersten internationalen sozialistischen Frauenkonferenz am 18. August 1907?

Auf dem Kongress redeten die Delegierten der Fraktionen der internationalen Arbeiterbewegung zum letzten Mal miteinander. Themen: Militarismus und Kolonialismus. Der bevorstehende erste Weltkrieg also.

Wann Stuttgarts linke Geschichte anfängt, ist umstritten, auch im Odyssia, der Veteranenkneipe im Bohnenviertel, wo ich manchmal mit Bernd plaudere, meinem Berater für die Geschichte der Sozialdemokratie.

Meist mit Zuhörern, die sich einmischen.

Die Gewerkschaftslinke empfiehlt, noch einmal den Kampf um Bosch[1] zu studieren, der etwa 1952 zu Ende war.

Man muss aber Anfang der sechziger Jahre anfangen, Klaus zuliebe,[2] als die Inneneinrichtung des Odyssia im Trend lag, der erste Ostermarsch stattfand und Herbert Wehner sich zur NATO und zur atomaren Rüstung bekannte und die Deutsche Friedensunion gegründet wurde.

Das ging an keinem von uns spurlos vorüber.

Unsere Generation hatte ein unverschämtes Glück.

Ständig musste sie sich entscheiden.

Darüber müsste man reden und immer würde man ein Stück Kulisse aufbauen. Eine Bühne, auf der auch Klaus zu sehen wäre.[3] Selten steht er vorne an der Rampe. Häufig als Komparse am Rand.[4] Meistens in der Kulisse als lernender Beobachter.

Ein Mensch wie Klaus lernt immer. Deshalb ist alles von Bedeutung, was auf der Bühne geschieht. Er ist Teil der Handlung und ihr zugleich unterworfen. Noch kein Protagonist in jenen Jahren, doch was unterscheidet den vom Edelkomparsen? Die Textmenge. Eine Äußerlichkeit.

Auch der Protagonist wird stets von der Handlung getrieben. In allen Tragödien. Nur Kommödianten schweben über den Ereignissen.

In den Sechzigerjahren bestand der Protagonist aus einer Masse, die relativ klein war, aber groß genug für den Zeitgeist. Wo Massen auftreten, spricht der Zeitgeist. Über die reden wir hier nicht.

Dass die fünf Gefangenen aus der RAF nach Stuttgart-Stammheim verlegt und dort auch angeklagt wurden, beruhte auf Zufällen.

1 Vgl. Tilman Fichter, »Betriebspolitik der KPD nach 1945: Am Beispiel der Firma Bosch« und Eugen Eberle, »Sieben Jahre offensiver Widerstand«, in: »Kampf um Bosch«, Verlag Klaus Wagenbach Berlin 1974.

2 Er habe Klaus erstmals Ende der 50er Jahre bei Hajek gesehen, sagt Kurt Weidemann. Dann immer wieder. Auf Partys, in Kneipen, bei politischen Versammlungen. Hajek: Bildhauer.

3 Stoller: »So eine durchscheinende Figur. So ein Mensch, durch den man hindurchschaut.«

4 Helga Schmalenberger: Er sei bekannt gewesen, jedoch nicht groß in Erscheinung getreten.

Der Prozess hätte überall stattfinden können. Hätte er sich nicht in Stuttgart ereignet, Klaus' Leben wäre vermutlich nicht anders verlaufen. Im Strom der Zeit nach Luft schnappend.

Helga Schmalenberger

Sie erinnere sich, ihn einmal als Anwalt erlebt zu haben.

Sie sei durch die Naturfreundejugend zur Politik gekommen.

Später SPD und Bund der Kriegsdienstverweigerer.

1964 habe sie mit anderen den Club Voltaire gegründet.

Nach der Geburt ihres Kindes 1966 habe sie die aktive Arbeit im Club aufgegeben.

Klaus habe 1969 ihren Kinderladen in einer Mietsache vertreten.

Eigentlich habe es sich um eine Hausbesetzung gehandelt.

Im Club sei er bekannt gewesen, jedoch nicht groß in Erscheinung getreten.

Herr Müller

Er sei Geschäftsführer einer Wohnungsbaugesellschaft gewesen.

Ein Käufer einer Wohnung verklagte die Gesellschaft wegen baulicher Mängel.

»Wie sie immer vorkommen. Kein besonderer Fall.«

Klaus habe den Käufer vertreten.

»Also die Gegenseite.«

Eines Tages sei Klaus in sein Büro gekommen und habe um ein Gespräch gebeten.

»Er war ein moderater Anwalt. Nicht so streitbar.«

Das Gespräch sei, obwohl sie ja praktisch Gegner gewesen seien, in angenehmer Atmosphäre verlaufen.

»Geradezu gemütlich.«

Man habe sich daraufhin gütlich geeinigt.

Ohne Prozess.

Das sei etwa 1968 gewesen.

»Die terroristische Karriere, die er ein paar Jahre später gemacht haben soll, hat mich regelrecht überrascht.«

Zu seinen Bekannten habe er später oft gesagt, was für einen erstaunlichen Wandel dieser Mann durchgemacht habe.

»Das ist mir immer unerklärlich gewesen, wie ein Mensch sich so verändern kann.«

Noch heute sei ihm dieser Wandel ein Rätsel.

Peter Kammerer

Kammerer[1] erzählt in einem Restaurant hinterm Justizpalast in Rom, auf welche Weise er zum ersten Mal den Namen Klaus Croissant gehört habe.

Im Spätherbst 1969 sei der Dichter Manfred Esser, genannt Mac, mit Frau Regine und Sohn Elger nach Rom gezogen.

Eines Tages, als Esser nicht zuhause war, habe eine junge Frau vor der Tür gestanden und erklärt, sie sei die Geliebte. Esser habe sie eingeladen bei ihm in Rom zu wohnen.

Essers Frau, also Regine, habe über diese Nachricht nicht schlecht gestaunt, die Fremde in die Küche gebeten und erst mal Kaffee gekocht.

Später sei ihr Mann, also Mac Esser, zurückgekehrt und habe, auf Befragen, seine Absicht bestätigt, in Zukunft mit zwei Frauen zu leben. Daraufhin habe Regine das Haus verlassen. Er, Kammerer, habe sie bei sich aufgenommen und Regine sei seine Lebensgefährtin geworden.

Nach kurzer Zeit habe Regine sich in Stuttgart scheiden lassen.

1 Professor an der Universität Urbino, Journalist und Buchautor.

Die Scheidung habe Klaus Croissant besorgt. Klaus habe Esser vertreten oder Regine.

Etwa zur selben Zeit hätten Gudrun Ensslin und Andreas Baader ihn, Kammerer, in Rom besucht und um eine kleine Spende gebeten.

Esser sei ein Bekannter der beiden gewesen.

Bei Esser wollten sie nicht wohnen, deshalb hätte ich ihnen einige Wochen lang Unterkunft gewährt.

Der Grund, warum Gudrun und Andreas nicht bei Esser wohnen wollten, bestand wohl in dem Carabiniere, der tagsüber in einem Schilderhäuschen vor dem Haus Wache schob.

Nachts wurde er abgezogen.

In Wartestellung II

Trigonometrische Punkte, wenn die Erinnerungsarbeiter die alten Kämpfe wiederaufflackern lassen, sind Menschen wie Fritz Lamm, Eugen Eberle, Willi Hoss. Die Kämpfe können jederzeit wieder aufflackern. Auch wenn unsere Gegner hoffen, sie seien endlich in Vergessenheit geraten, können sie wieder aufflackern.

Meine Freunde in Frankfurt fragen:

»Was sind das für Leute?«

Ein Stuttgarter Lokalreporter schrieb vor dreißig Jahren in der Zeit, Klaus habe dem Berliner Rechtsanwalt Horst Mahler nachgeeifert.[1]

Mahler war eine kurze Zeit lang RAF. Aber er war bekannt. Deshalb schrieb der Lokalreporter über Klaus: »Das Mahlerle aus Kirchheim.«

1 Werner Birkenmaier, »Anwalt des Terrorismus. Das Mahlerle aus Kirchheim. Klaus Croissant: Einst guter Scheidungsanwalt, heute Schlüsselfigur der Gewaltszene«, in: Die Zeit. Vermutlich Spätsommer 1977. Das Erscheinungsdatum habe ich damals in der Eile nicht notiert.

Lamm, Eberle, Hoss waren anständige Jakobiner. Aufrechte Demokraten. Deshalb kam der Lokalreporter nicht auf die Idee, dass Klaus bei Ihnen in der Lehre gewesen sein könnte.

Nicht in jeder Hinsicht, doch in mancher.

Dass Klaus sie für wichtig hielt, ist nicht bestreitbar.

Auf einer Tagung der Anwälte in politischen Verfahren aus dem ganzen Bundesgebiet am 17. Dezember 1973 erreichte er, dass sie bei der »Bundesliga«[1] sprechen durften.[2]

Fritz Lamm war SPD, saß bei den Nazis wegen der Verbreitung illegaler Schriften, war seit 1936 auf der Flucht, unter anderem in Cuba, kam erst 1948 zur Ruhe. Er war Gewerkschafter, Freidenker, Publizist, Angestellter und Betriebsrat bei der Stuttgarter Zeitung. Nach dem Godesberger Programm 1959 aus der SPD ausgeschlossen. Ab 1968 Mitglied des Sozialistischen Büros. Herzinfarkt 1975.[3]

Jede deutsche Mittelstadt hatte damals ihren Fritz Lamm. Sein Fehlen erzeugt Stillstand. Seine Bedeutung für die Bewegung wird unterschätzt. Oft auch unterdrückt.

Eugen Eberle war Kommunist, vierzig Jahre lang Stadtrat. Versuchte 1966 mit Hilfe eines parteifreien Bündnisses Oberbürgermeister zu werden. In seinen Erinnerungen erzählt er eine Anekdote.[4]

Zwar habe »dr Eberle« das Zeug zum Oberbürgermeister, hätte der Amtsinhaber Arnulf Klett bei einer Wahlveranstaltung erklärt, doch leider habe er die falsche Weltanschauung. Außerdem fehle ihm der Doktortitel. Auch seine Frau sei schon gefragt worden:

1 Szene-Jargon. Bezeichnung für die bundesweiten Verteidigertreffen, an denen aus Stuttgart die Anwälte Jörg Lang, Ulrich Cassel und Klaus teilnahmen.

2 Dokumentation über Aktivitäten anarchistischer Gewalttäter in der Bundesrepublik Deutschland, herausgegeben vom Bundesminister des Innern, ohne Ort und Datum, vermutlich Bonn 1974, S. 133.

3 Michael Benz, Der unbequeme Streiter Fritz Lamm, Essen 2007.

4 Eugen Eberle / Peter Grohmann, Die schlaflosen Nächte des Eugen E., Stuttgart 1982, S. 251 ff.

»Ja Sie, Frau Klett, des isch ja unerhört, dass dr Eberle gegen Ihren Ma kandidiert!«

Seine Frau habe die Fragestellerin jedoch beruhigt.

»Der wo gegen mei Ma kandidiert, des isch nicht dr Joseph Eberle. Des isch dr Eugen Eberle, der ... isch aus Feuerbach.«

Indessen, obwohl aus dem Industriebezirk Feuerbach stammend, habe er, Eberle, fast sechszehn Prozent erhalten und den alten Amtsinhaber in den zweiten Wahlgang gezwungen. Bei der Bundestagswahl 1969 kandidierte er abermals für die »Aktion Demokratischer Fortschritt« (ADF). In Stuttgart wählten ihn wiederum fünfzehn Prozent. Bundesweit kam das Wahlbündnis auf Null Komma sechs.

Auch Eberle war einer von der Sorte, ohne die keine Bewegung in Bewegung kommt.

Über Willi Hoss hat mein Freund Peter Kammerer ein lesenswertes Buch geschrieben.1 Seine Biografie zeigt, wie wichtig Traditionen für das wiedererwachende kollektive politische Bewusstsein der westdeutschen Jugend seit dem Ende der fünfziger Jahre waren – auch das von Klaus.

Willi Hoss: Geboren 1928 in Oberhausen. 1949 Karl Marx Hochschule in Berlin-Ost. Funktionär der KPD in Düsseldorf. Nach dem Verbot der KPD 1956 mehrfach verhaftet, Umzug nach Stuttgart. Arbeit beim Daimler. Solidarität mit dem Prager Frühling. Mitgründer des sozialistischen Büros. Später Bundestagsabgeordneter der Grünen. In den letzten Jahren Entwicklungshelfer in Brasilien.

Überregional bekannt wurde Hoss, als er und andere Genossen aus Protest gegen die undemokratische Kandidatenaufstellung 1972 mit einer eigenen Liste an den Wahlen zum Betriebsrat beim Daimler teilnahmen. Die Liste erhielt 28 Prozent, sechs Jahre später sogar fast vierzig, und die Dissidenten flogen aus der IG Metall. Vermittelt wurden die Positionen der Gruppe durch eine überregional kaum

1 Willi Hoss, Komm ins Offene, Freund, Autobiographie herausgegeben von Peter Kammerer, Münster 2004.

bekannte Zeitschrift, die von Peter Grohmann[1] gedruckt wurde und den etwas schwachen Titel »Plakat« erhielt.

Ich unterstelle, dass Klaus auch aus Willis Erfahrungen gelernt hatte, an den Orten, wo Bewusstsein entstand, als er in den Sog der Verfahren gegen die RAF geriet.

Frau Keil

Frau Keil heißt mit Vornamen Jutta. Sie sitzt im Nebenzimmer des Griechen in der Olgastraße. Füllig, Anfang 60, Raucherin.

»Sitzen Sie immer so alleine?«

Sie sei die letzte. Bis eben sei der Raum noch voll gewesen. Eine Parteiinitiative gegen die Politik der rotgrünen Regierung Schröder. Sie sei Kauffrau. In der Gewerkschaft aktiv seit über dreißig Jahren, politisch aktiv seit vierzig.

»Dann kannten Sie vielleicht auch meinen Freund Klaus.«

Jutta und Klaus kannten sich. Sie war gelegentlich in seiner Wohnung.

»In einem der Hochhäuser am Asemwald. Wo der Schotte McLeod[2] erschossen wurde. Schöner Blick von dort oben.«

Kleines Fest bei ihm. Sie war eingeladen.

Wie fast alle erinnert sie sich nicht an die Möbel, wohl aber an die Kunst, die er an den Wänden hatte. Die Bilder seien relativ wertvoll, habe er zu ihr gesagt. Auch mit Hajek sei er befreundet gewesen. Später habe sie ihn oft mit einer kunstsinnigen Dame in der Widmerin gesehen.

1 Peter Grohmann kam 1958 nach Stuttgart, lernte Drucker und Schriftsetzer. 1960 selbständig als Lohnsetzer. Druckte Flyer für die illegale KPD. Wurde 1961 aus der SPD ausgeschlossen. Seither unabhängige Linke. Eine der wichtigsten Figuren der APO als Organisator, Initiator, Ideengeber, Gründer. Nach der Wende einige Jahre in Dresden. Seit einigen Jahren wieder in Stuttgart, wo er die Ideen und Methoden der APO mit der von ihm gegründeten Initiative »AnStifter« fortführt.

2 Mehr über den Schotten später.

Politik?

Ab 1968 sei sie oft im Club Voltaire gewesen. Klaus weniger.

Das erste Mal habe sie ihn Mitte der sechziger Jahre bei der antifaschistischen Aktion gesehen, an der auch bürgerliche Künstler und Intellektuelle beteiligt gewesen seien.

Wegen der Wahlerfolge der NPD in Stuttgart.

Klaus habe gewarnt vor Hysterie. Habe gesagt:

»Die machen sich doch nur lächerlich. Das ist ein Strohfeuer.«

Peter Hahn

Peter Hahn ist Geschäftsführer im Europa Verlag, wo zwei Bücher von mir erschienen sind.[1] Er habe 1973 am Eberhard Ludwig Gymnasium (Ebelu) in Stuttgart Abi gemacht.

Wehrdienstverweigerer. Wurde dennoch eingezogen. Weigerte sich mehrfach, mit scharfer Munition auf Streife zu gehen. Wurde eingelocht wegen Befehlsverweigerung.

»Das war dann schon im Herbst 1974.«

Wandte sich an Jörg Lang. Da der inzwischen untergetaucht war, wurde der Fall von Klaus übernommen. Das Büro habe sich in der Königstraße befunden. Vom Verwaltungsgericht wurde Peter als Verweigerer anerkannt.

Klaus bereitete das Verfahren wie üblich durch Schriftsätze vor. Argumentierte nicht politisch, was irrelevant gewesen wäre. Führte ausschließlich Gewissensgründe an.

»Klaus war da, wenn ich ihn brauchte.«

Die Fahrt zum Verwaltungsgericht sei geradezu konspirativ verlaufen. Klaus habe etwas paranoid gewirkt.

»Er schien unter Strom zu stehen.«

1 »Machiavellis letzter Brief«, Roman, Hamburg 2003 und »Alles über Leonardo aus Vinci«, Hamburg 2004.

Sie müssten sich im Auto unterhalten, habe er gesagt, da er im Büro abgehört werde.

»Er fuhr ohne ersichtlichen Grund in eine Tiefgarage. Unternahm unnötige Umwege.«

Die Anwälte, die in solchen Verfahren tätig waren, hätten ein Netzwerk gebildet. Lang und Klaus hätten dazu gehört. Sie hätten auch viele Strafverfahren in Drogensachen übernommen.

In Wartestellung III

Im Club Voltaire, den Klaus auch finanziell unterstützte.

Bei den Kundgebungen der Plakat-Gruppe.

Wenn der Dichter Esser seinen knallroten Porsche vor der Tür parkte. Die Schrift auf seinem Wagen lautete:

»Hunger auf Gerechtigkeit. Durst auf Revolution.«

Beim Gastarbeiterfestival.

In der überfüllten Halle auf dem Killesberg, wo 1966 die Auftakt- oder Abschlusskundgebung der Ostermärsche stattfand, drei- bis viertausend Zuhörer. Organisator: Peter Grohmann.

Ich las meine Vietnam-Collage vor, die dann nicht im Buch erscheinen durfte. Andere sangen. Einige redeten. Klaus stand an der Seite, wie er mir später einmal erzählte.

Esser und Kiwus zeigten einen Film mit dem Titel Vorspann, der typisch war für die Methode des SKKB. Sechzehn Millimeter. Länge: Dreizehn Komma fünf Minuten. Kosten: 500 Mark, also ein echter Low-Budget. Fast alles in Eigenleistung. Verschollen. Einziges Bild: Ein Berg alter Schuhe, gefunden in einem Konzentrationslager der Nazis. Kein Ton.

Nach quälend langer Zeit begann Schrift über das Bild zu laufen. Zunächst die Mitwirkenden – einige namentliche Opfer der Shoa. Dann das Produktionsteam, die Regisseure, Hitler, Himmler,

Goebbels und Konsorten, Schnitt: Mengele, Technik: Lübke. Dazu die Sponsoren – die lange Latte der deutschen Firmen, die am Holocaust beteiligt waren und vom Massenmord profitiert hatten.

Für einen Teil des Publikums war die Verbindung von avancierter Ästhetik und politischer Anklage too much. Nicht klampfig genug. Nicht hinreichend schnulzig. Die meisten reagierten zustimmend. Die Shoa war damals, 1966, von den Massenmedien noch kaum behandelt worden.

Die meisten dieser Provokationen waren nicht zu übersehen in der Kleinstadt Stuttgart, multiplizierten sich über die bürgerliche Öffentlichkeit, die linke Gegenöffentlichkeit und gehörten zu den Stereotypen, wenn Klaus über seine Erfahrungen in den Sechzigerjahren sprach:

Der Angriff auf das Amerika-Haus, die Demos gegen den Vietnamkrieg auf der Königstraße, die Demos gegen den Bildungsnotstand, die ersten roten Fahnen in der Öffentlichkeit, die ersten Demonstrationsprozesse vor allem, durch die die Anwälte ins Spiel kamen.

Auch Klaus' langjährige Lebensgefährtin Brigitte Tilgner lernte ihn kennen, als sie Rechtsbeistand brauchte, weil sie vor einer Fabrik Flugblätter verteilt hatte.

Ein Höhepunkt waren die Aktionen nach der Ermordung des Studenten Benno Ohnesorg am 2. Juni 1967 und dem Mordanschlag gegen Rudi Dutschke, knapp zwei Jahre später.

Vor allem das Dutschke-Attentat führte zu heftigen Kämpfen im benachbarten Esslingen [1] mit zahlreichen Strafverfahren gegen Demonstranten, an denen Klaus nur deshalb nicht beteiligt war, weil die Demonstrationen vom AStA Heidelberg organisiert wurden und die Angeklagten aus Tübingen und Heidelberg kamen.

Aber Klaus war da. Auch Niedlich.

Begriffe wie Freundschaft, Liebe, Familie vermittelten sich plötz-

1 Im Bechtle Verlag in Esslingen wurde die südwestdeutsche Ausgabe der Bildzeitung gedruckt.

lich über gemeinsame Interessen, Ideale, Aktionen, Erfahrungen und sei es nur der gemeinsame Wasserwerfer der Polizei.

Die Fotoarchive sind voll von diesen Ereignissen. Es gibt viel Material darüber, jedoch keine Gesamtdarstellung und die Quellen verstauben in den Archiven. Der Uni. Der Dokumentationsstelle für unkonventionelle Literatur.

Ein paar Fensterchen in die Vergangenheit gibt es immerhin. Eine recht unverbindliche Veröffentlichung von G. Braun, in der ein wenig Rotes durchschimmert.[1]

Das Büchlein Der VfB grüßt den tapferen Vietkong, herausgegeben von Helmut Böttiger, der sich inzwischen als Literaturkritiker etabliert hat.

Da sieht man den Schauspieldirektor Peter Palitzsch und Herrn Karasek, damals Literaturchef der Stuttgarter Nachrichten, die beide von einem Polizeihund gebissen wurden, nach der Demo gegen die Bildzeitung in Esslingen auf einem Polizeilastwagen sitzen.

»Zwiebel« und Holtfreter, ganz jung, präsentieren ihr Plakat, das kurz drauf bundesweit in vielen WGs, Buden und linken Locations hing. Es zeigt Marx, Engels und Lenin in der bekannten Fotoleiste. Der Text dazu lautet:

»Alle reden vom Wetter. Wir nicht.«

Was noch?

Peter Grohmann meditiert vor seinem mobilen Plakat-Auslieferungsbüro über Pflastersteinen.

Das Plakat zeigt den neuesten Bundeskanzler Kiesinger, nicht mit seinem demokratischen Vizekanzler Willy Brandt, sondern seinen Freunden Hitler und Franco.

Niedlich posiert als Totengräber mit Megaphon.

Studentinnen demonstrieren gegen Kultusminister Hahn mit dem Slogan:

1 G. Braun, Die sechziger Jahre. Ein Stuttgarter Jahrzehnt in Bildern, Karlsruhe 1995.

»Bei der ganzen Hochschulchose macht der Hahn sich in die Hose.«

Demonstranten durchbrechen die Bannmeile am Landtag und kommen mit der Prügelstrafe davon.

Zwiebel präsentiert auf dem Schlossplatz sein Mao-Porträt und wird kurz darauf verhaftet. Im Vordergrund Frau Joschka Fischer.

Das Gemälde, unter dem ich später einmal drei Wochen lang in Essers Wohnung schlafen durfte, war vier Meter hoch. Ein Inkubus. Original mit Warze.

Auch das Flugblatt der subversiven Aktion gegen »die repressive Werbeindustrie« ist abgedruckt. Willi Hoss ist zu sehen, Eberle, Dauner, die Atlantik-Bar, das Ensemble des Staatstheaters, wie es gegen die Notstandsgesetze demonstriert, die Dichter Heissenbüttel, Mac Esser, Mader, Döhl, Bense. Die prügelnden Polizisten und auch der Club.

Der Titel »Der VfB grüßt ...« bezieht sich auf eine Aktion am 17. November 1967. Beim Heimspiel gegen Borussia Dortmund hielten Fans in der Stehplatzkurve ein riesiges Transpi in die Höhe, das prompt aus der Gegenrichtung fotografiert wurde:

»Der VfB grüßt den tapferen Vietkong. Borussia grüßt die Kumpels in Hanoi.«

Gerüchte behaupten, dass die Aktion vom SKKB, der Plakatgruppe, Grohmann und anderen aus dem Rotlichtbezirk ausgeheckt wurde. Der Vorstand der Stuttgarter Balltreter dementierte beinhart mit Stutzen.

»Wir haben nie den tapferen Vietkong gegrüßt.«

Auf der Lauer

Ein Musiker, der seit 1966 im SDS war:

Klaus sei so rumgeschlichen.

Etwas gebückt.

Schweigsam.

Aufmerksam.

Ein aufmerksamer Schweiger.

Ein schweigender Beobachter.

Als warte er auf etwas.

Auch wenn er geredet habe, sei er nicht sonderlich aus sich herausgegangen.

Niemals laut.

Er habe geredet, als spreche er zu sich selbst.

Sie, die Studenten und die anderen Akteure der Revolte, seien andauernd in Bewegung gewesen.

Klaus dagegen habe den Eindruck erweckt, als wolle er abwarten, was sich aus ihren Aktionen entwickele.

Das SDS-Büro habe sich in einer Baracke nicht weit von der Musikhochschule befunden, wo er damals studiert habe.

Auch an der Musikhochschule habe es eine Gruppe des SDS gegeben.

So um 1968 herum.

Der SKKB

Der sozialistisch-katholische Künstlerbund plädierte für die ästhetische Intervention und Provokation als Mittel der Politik.

Die Gruppe bestand aus den Dichtern Hans-Peter Breuer, Manfred Esser (Mac), Helmut Mader und Elmar Podlech und dem Programmierer Wolfgang Kiwus.

Weitere Mitglieder durften nicht aufgenommen werden.

Wer künstlerischen Erfolg hatte, konnte ausgeschlossen werden.

Mac und Mader sind tot.

Der wichtigste Gegenstand war die Eigentumsfrage.

Armer kleiner linker Anwalt

Christoph Strecker, Jahrgang 1937, war seit 1965 SPD.

Von 68–70 Anwalt in Heidelberg.

Kannte Rechtsanwalt Ammann, der ihn fragte, ob er aushelfen könne.

Es waren Studenten aus Heidelberg und anderen Orten in Esslingen angeklagt wegen der Anti-Springer-Demo 1968 nach dem Mordversuch an Rudi Dutschke.

Da auch andere Anwälte an den Verfahren beteiligt waren, hatte Strecker den Einfall, die Verteidigung zu vernetzen – durch Formularschriftsätze und Vertretungen bei Terminüberschneidungen.

Er wandte sich deshalb an diverse Strafverteidiger.

Unter anderem an den späteren Bundesminister Bangemann von der FDP.

Aber nur Klaus antwortete.

Er hatte ebenfalls solche Verfahren.

»So lernten wir uns kennen.«

»Wie war sein Büro?«

»Schickes Büro in der Königstraße, elegante Möbel, Bilder an den Wänden.«

Klaus sei »arriviert« gewesen.

»Ich war ein armer, kleiner, linker Anwalt. Klaus ein gutsituierter bürgerlicher Anwalt.«

»Was hatte er für Mandanten?«

»Außer den politischen Sachen?«

»Natürlich.«

»Aus dem Pressemilieu, aus der Kunstszene, Gegendarstellungen, Urheberrecht, Persönlichkeitsschutz, Scheidungen et cetera. Sie waren zu zweit in der Kanzlei. Er und noch ein Anwalt.«

»Was hatten Sie für einen Eindruck von ihm?«

»Er hatte den Ruf, ein kompetenter Anwalt und Jurist zu sein.«

»Nun stellt sich mir natürlich die Frage, warum Sie nur zwei Jahre als Anwalt tätig waren. Was haben Sie danach gemacht?«

Er sei zur Justiz gegangen. Erst als Assessor am Landgericht, dann als Verkehrsrichter.

»Seit 1977 war ich Familienrichter.«

»Darf man fragen warum?«

Er habe Angst gehabt, in den Sog der Politik zu geraten, der man als Anwalt stärker ausgesetzt war.

»Ich kannte die Magensäfte der Justiz.«

Als ein Haftrichter in Mannheim einen Studenten in Untersuchungshaft genommen habe, wegen einer Bagatelle, habe er sich gefühlt wie Jonas im Wal. Wahrscheinlich habe jeder anständige Anwalt schon einmal ein solches Damaskuserlebnis gehabt, ohne gleich die Brocken hinzuwerfen.

Für ihn sei an diesem Tag klar gewesen, dass er sich für den Anwaltsberuf nicht eigne.

Als Anwalt habe er ständig das Gefühl gehabt, von der Justiz aufgefressen zu werden. Er habe gespürt, wie er darauf mit wachsender Radikalität reagiert habe.

Deshalb habe er für Klaus immer Verständnis gehabt.

Es sei fast unmöglich die Richter und Staatsanwälte nicht zu hassen, wenn man als Anwalt in einem politischen Strafverfahren tätig sei.

Deshalb habe er seine Robe an den Nagel gehängt und sich bei der Justiz auf einen möglichst unpolitischen Posten befördern lassen.

Ob er demnach mit der Robe auch die Politik an den Nagel gehängt habe?

»Nein das nicht.«

Er sei immer noch in der ASJ und sehr engagiert in berufsständischen Fragen. Er verreise auch viel.

»Zum Beispiel?«

»Europäische Richter für Demokratie und Grundrechte.«

Erst letzte Woche habe er wieder in Paris zu tun gehabt.

»Thema?«

»Mediation. Konfliktlösungen.«

»Letzte Frage: Haben Sie Klaus noch einmal getroffen seit dem Versuch die politischen Strafsachen zu vernetzen?«

»Gelegentlich.«

Bei seinem vierzigsten Geburtstag beispielsweise.

»Ich war eingeladen.«

Es seien etwa dreißig bis vierzig Leute da gewesen.

»Zumeist aus der Kunstszene, aber auch ein Fernsehdirektor. Dazu zwei oder drei studentische Typen. Sie wirkten wie Fremdkörper zwischen all den Bildungsbürgern.«

Er, Strecker, habe den Eindruck gehabt, sie seien zur Zierde da.

Klaus habe, das vermute er heute, den anderen Gästen signalisieren wollen, dass er dabei sei, sich neu zu definieren. Aber das habe er erst Jahre später begriffen.

»Klaus konnte Zeichen setzen. Er redete nicht viel. Er setzte Zeichen. Das beherrschte er perfekt.«

In Wartestellung IV

Keine Frage, in Klaus' unmittelbarer Umgebung ist es nie so hoch hergegangen wie in Westberlin, Frankfurt am Main oder Heidelberg.[1] Dennoch: Anregungen gab es genügend.

Zum Club Voltaire, der 1964 oder 1965 gegründet wurde, noch einige Nachträge.

Zu den Gründern gehörten Peter Grohmann, Drucker, Organisator, der DGB-Vorsitzende, der Arbeiter Heinz Schmalenberg und seine Frau Helga, Willi Hoss, der Rechtsanwalt Ulrich Cassel.

Cassel, der 1973 am Hungerstreik der sieben Anwälte vor dem BGH teilnahm und deswegen, wie Lang und Klaus, ein Ehrenge-

1 »Stuttgart war ziemlich verschlafen.« (Zwiebel)

richtsverfahren hatte, gehörte zur Stuttgarter Sektion des sozialistischen Zentrums.

»Ich plädiere dafür, am Haus in der Esslinger Straße eine Ehrentafel anzubringen.«

»In diesem Haus lehnte der Rechtsanwalt Klaus Croissant es im Jahre 1969 ab, an einem Joint zu lutschen, den ihm der Schriftsteller Chotjewitz anbot.«

Als Mitte der sechziger Jahre die NPD in Baden-Württemberg Erfolg errang, erlangte das Haus auch für bürgerliche Kreise Bedeutung als Forum, wo Aktionen gegen den Neonazismus diskutiert und organisiert wurden.

Der Club lag im Rotlichtviertel. Willi Hoss hatte die Wendeltreppe in den Keller geschweißt.

»Der konnte schweißen!«

Eines Tages kam ein Gymnasiast vom Lande. Er hatte die Schule geschmissen, um Revolutionär zu werden. Gewisser Fischer. Später Joschka.

»Der war vorlaut und altklug, aber kein schlechter Marxist und ein guter Redner.«

Die Mitglieder hatten das heruntergekommene Etablissement mit Fleiß geweißelt. Der kleine Fischer fand die sauberen Wände kleinbürgerlich und beschmierte sie.

»Eine weiße Wand ist konterrevolutionär!«

Jede schöpferische Handlung erfordert die richtige Stimmung. Die Liebe, der Hass, der Affront, das Nichtstun, der Gesetzesbruch und die Erfindung neuer Gesetze – sie alle müssen sich wie von selbst ergeben. Die Theorie ist nur ein Teil des Lebens. Ohne die richtige Stimmung kann man nichts tun.

Die erste Tat der Propaganda, die ich der neuen Linken zuordnen würde, war die subversive Aktion. Ihre Arbeitsweise kannte ich aus München 1961. In einer elitären Avantgardegalerie in Schwabing hatten ein paar Leute eine Einführungsrede des Stuttgarter Philosophen Max Bense angekündigt. Am Eröffnungsabend hieß es,

Bense habe absagen müssen, jedoch ein Tonband geschickt. Beides war gelogen. Nicht einmal der Sprecher auf dem Tonband war Bense. Eine der vielen Aktionen, mit denen man damals das bürgerliche Publikum foppte.

Zur Gruppe um Frank Böckelmann und Dieter Kunzelmann, der schon bei der »Gruppe Spur« mitgemacht hatte,[1] gehörten Johanna Ensslin und Günter Maschke. Maschke hatte Gudrun Ensslin beim Studium in Tübingen kennen gelernt, wo er bei Bloch studierte, und heiratete 1965 ihre Schwester Johanna. Die Ehe wurde bald wieder geschieden und Maschke, der aus einer Arbeiterfamilie stammte, flüchtete nach Wien, wo er sich der Kommune des Schriftstellers Robert Schindel anschloss.[2] Da er sich auch dort vor der bundesdeutschen Justiz nicht sicher fühlte, reiste er weiter nach Cuba. Noch später verließ ihn die Lust am Sozialismus und er strandete auf dem rechten Ufer, wo er heute noch campiert und Carl Schmitt propagiert. Gerd Koenen, einer der vielen Janusköpfe der Jasager, soll ihn »den ersten echten Renegaten der Achtundsechziger« genannt haben.

Maschke schwärmt für Diktatoren und verachtet die Demokratie. Er ist nicht nur erzkatholisch, sondern auch zuckerkrank. Ein schrecklicher Judenhasser. Antisemitismus hat häufig psychosomatische Ursachen.

Ich war auf seiner Hochzeit Anfang der achtziger Jahre, als meine Freundin Jane ihn heiratete – die geschiedene Gattin des Schriftstellers Hans Jürgen Fröhlich. Neben mir saß im schulterfreien Kleid ihre elfjährige Tochter Anna Katharina, mein Patenkind, das inzwi-

1 Ich empfehle: Herbert Nagel und Frank Böckelmann, »Subversive Aktion. Der Sinn der Organisation ist ihr Scheitern«, Verlag Neue Kritik, Frankfurt am Main 2002 und Wolfgang Dressen, Dieter Kunzelmann, Eckhard Siepmann, »Nilpferd des höllischen Urwalds. Situationisten-Gruppe Spur-Kommune 1«, Anabas Verlag 1991.

2 Geboren 1944 in Österreich. Überlebte in einem Kinderheim der Nazis. Der Vater starb in Dachau. Schon die Eltern waren Kommunisten. Kaum erwachsen gründete er die »Kommune Wien« und die Literaturzeitschrift »Hundsblume«. Gedichte, Erzählungen, Romane, fast alles bei Suhrkamp. Etliche Preise.

schen ebenfalls Schriftstellerin geworden ist und einen ziemlich alten Mailänder Millionär und Autor liebt, der einen angesehenen italienischen Verlag leitet und der Vater ihrer beiden Kinder ist.

Jane war nach Maschke in dritter Ehe mit einem Nachkommen der Ullsteins verheiratet. Damals blieb mir das Tsaziki im Hals stecken. Für die Hochzeitskarte hatte Maschino einen Ausspruch von Benito Mussolini gewählt.

Wann die subversive Aktion Stuttgart stattfand, habe ich nicht nachgeschlagen. Es muss 1964 gewesen sein, als Klaus zum ersten Mal im amtlichen Adressbuch auftauchte, also schon mindestens ein Jahr in Stuttgart amtierte.

Die Aktion, die für ziemliches Aufsehen sorgte, bestand darin, dass die Fenster einer Halle auf dem Killesberg verschmiert oder verklebt oder sonstwie verunstaltet wurden und richtete sich gegen eine Veranstaltung irgendwelcher Werbeleute. Vielleicht die Jahrestagung der Art-Direktoren.

Maschke bestreitet, dass er im anschließenden Verfahren von Klaus verteidigt worden sei, bestätigt jedoch, dass er eine Nacht in Polizeigewahrsam bleiben musste, weil er sich nicht ausweisen konnte.

Kiwus erzählt, dass der Fensterschmutzer am anderen Morgen zu ihm ins Gartenhaus gekommen sei und sich erst einmal rasieren musste, wobei er sich schrecklich geschnitten habe. Ganz blutig sei er gewesen.

Das waren noch Zeiten, als die Staatsfeinde sich die Verletzungen erst nach ihrer Freilassung zuzogen.

Ich will ihn fragen, ob er wirklich mal im SDS war.

»Hallo, Maschke, wie geht's Dir?«

»Danke, schlecht.«

»Was fehlt Dir?«

»Ach, weißt du.«

Wir blicken, wenn wir über die neue Linke in den Sechzigerjahren reden, in eine Ursuppe, in der die Dinge noch unvermischt nebeneinander schwimmen. Noch nicht mit dem Rührstab zerkleinert und zermanscht. Noch nicht durchs Sieb der correctness gestrichen.

17.6.2005

Ulrich Cassel ist mein Jahrgang, hat schütteres Haar, wirkt etwas zerstreut und vergesslich. Seit 1960 mit Peter Grohmann befreundet, kennt seit damals auch Peter Conradi vom linken Flügel der SPD, gehörte zu den Gründern des Club Voltaire, war einer der drei Stuttgarter Anwälte, die wegen des Hungerstreiks vor dem Bundesgerichtshof in Karlsruhe im Januar 1973 ein Ehrengerichtsverfahren hatten.

Ob er Leute aus dem bewaffneten Kampf verteidigt hat, habe ich nicht geprüft. In der Anklage vom September 1974 wird er nicht als Verteidiger aufgeführt. Er bestätigt, Besuch von Leuten, die zur RAF gehörten, erhalten zu haben, bestreitet jedoch, jemals ein illegales Nachtquartier oder sonstige Unterstützung gewährt zu haben. Grohmann und er hätten den bewaffneten Kampf strikt abgelehnt. Er habe zur Stuttgarter Sektion des sozialistischen Büros in Frankfurt gehört.

»Wo Leute wie Elmar Altvater und Andreas Buro saßen. Einmal im Jahr fuhr man zum Kongress nach Frankfurt.«

Langsam gleitet das Auge des Entdeckers die Latte der Fragen rauf und runter und hakt den Einkaufszettel ab.

»DDR?«

»Wir hatten für die DDR was übrig, weil wir für die BRD so wenig übrig hatten. Unser Haß auf die kapitalistische Gesellschaft im Westen war der Grund für unsere Toleranz gegenüber der DDR.«

»Wie würdest du Klaus gesellschaftlich einordnen?«

»Er galt als linksliberal, Verfechter der Aufklärung, war deshalb auch in besseren Kreisen gern gesehen und bezog von dort einen Teil seiner Mandanten. Man sah ihn auf Festen und in Kneipen, immer gut angezogen, umschwirrt von Frauen. Er trug auch vor Gericht nicht Hemd und Schlips, sondern den feinen weißen Rollkragenpullover unter der Robe. Seine Wohnung im SI-Center war elegant und modern eingerichtet. Ich lernte dort meine spätere Lebensgefährtin Helga Zeller kennen, die unter anderem für die Zeit und den Südfunk als Journalistin tätig war.«

»Seit wann wohnte Klaus im SI-Centrum?«

»Seit der Eröffnung des Hauses. 1969 etwa.«

»Verstand Klaus was von Politik?«

»Wenig. Eine politische Theorie hatte er nicht. Wir hatten theoretische Grundlagen, die auf dem Marxismus beruhten. Er nicht.«

»Wer ist wir?«

»Grohmann, Hoss, ich. Was Klaus politisch machte, hatte keine theoretische Grundlage. Er war faszinierend als Strafverteidiger, aber politisch gesehen gehörte er nicht zu uns. Er war und blieb ein Fremder.«

»Was machte ihn dazu?«

»Klaus war kein Marxist. Ob er je einer wurde? Ich glaube nicht. Seine Motive müssen woanders gelegen haben. Nicht in der Politik. Er muss irgendwann gekränkt worden sein. Er wollte sich für irgendetwas rächen, was man ihm angetan hatte.«

»Aber er hatte politische Verfahren. Schon in den Sechzigerjahren.«

»Ja, schon als ich ihn kennen lernte. Etwa 1969.«

»Was waren das für Fälle?«

»Kriegsdienstverweigerer, Drogenvergehen, Demonstrationsdelikte. Alle Arten von Strafsachen, die sich aus den Formen des politischen Widerstands ergaben, wie er damals üblich war. Die Sit-ins, Besetzungen der Büros von Professoren, des Rektors, der Dekane. Der Sturm auf das Amerikahaus, die Fabrikarbeit.«

»Ihr wart zusammen beim BGH in Karlsruhe. Hattet Ihr auch gemeinsame Verfahren?«

Cassel schildert einen Fall. Zwei Attentäter betraten die Kanzlei eines Rechtsanwalts namens Klausnitzer, ließen sich ins Wartezimmer führen und verließen es bald wieder. Kurz darauf brannte es im Wartezimmer und auch in der Garage. Die Attentäter hatten den Papierkorb und das Auto Klausnitzers mit Benzin übergossen und angezündet. Sie verübten die Tat ganz offen, sodass sie sofort ermittelt werden konnten, und sie redeten offen über ihre Motive.

»Das war fast ein Geschwister-Scholl-Fall. Das waren sehr moralische Leute.«

»Hatten sie was gegen diesen Klausnitzer?«

»Gegen ihn weniger. Der war ein normaler bürgerlicher Anwalt. Cellospieler. Das einzige, was sie zu ihrer Tat berechtigte: Der Mann war bolivianischer Honorarkonsul. Sie wollten mit ihrer Tat gegen die Militärdiktatur in Bolivien protestieren.«

»Vielleicht auch gegen die Ermordung des Che Guevara.«

»Davon war nicht die Rede.«

»Und die habt Ihr rausgepaukt.«

»Vier Jahre haben sie gekriegt. Halbstrafe wegen guter Führung. Natürlich auch, weil sie aus gutem Hause stammten.«

»Und Klaus war also Dein Sozius in diesem Verfahren? Das war doch schwere, gefährliche Brandstiftung, vielleicht sogar versuchter Mord.«

Croissant habe den Fall ausgezeichnet ausgelegt, ihm, Cassel, jedoch die ganze Kleinarbeit überlassen.

»Anderes Thema. Kanntet Ihr den Kaul?«

»Den Rechtsanwalt? Den kannte jeder.«

Kaul sei oft in Westdeutschland aufgetreten, zuweilen auch in Stuttgart. Vor allem in Strafverfahren gegen Leute, die angeblich gegen das KPD-Verbot verstoßen hatten. Kaul sei aber auch ein Schlitzohr gewesen.

»Einmal veranlasste er meine Freundin, die Zeller, in der Gerichtskantine mit dem Vorsitzenden Richter zu plaudern. In der Hauptverhandlung stellte er dann einen Antrag auf Ablehnung des

Richters wegen Befangenheit – da er mit einer Journalistin privat gesprochen habe.«

»Nicht übel sprach die Zwiebel. Meinst Du, dass Klaus den Kaul persönlich kannte?«

Das sei für ihn keine Frage.

»Klaus bewunderte Kaul. Er faszinierte ihn. Durch Kaul kam Klaus zum Kommunismus. Er war für ihn ein Stück Geschichte der 20er Jahre und des Widerstands.«

Das sei eine imponierende Figur gewesen.

»Wenn Kaul auftrat, zogen die Richter und Staatsanwälte sich warm an. Kaul mit seiner massigen Figur und seiner großen Glatze und der dicken Brille. Wenn Kaul sprach, kam die Weimarer Republik mit allen ihren Kämpfen wieder hoch.«

Der Angler

Wenn ich mit Niedlich in der Weinstube Fröhlich sitze, die früher Widmer hieß, denke ich an meine erste abendfüllende Lesung in Stuttgart im Mai 1967. Schmale Straße 14.

Es gab kein Honorar, aber das machte nichts.

Mehr als hundert Stütz kriegte man nirgends.

Nur im Funk gab's ordentlich und da las ich am nächsten Morgen.

Bei Heissenbüttel.

Hatte Niedlich eingefädelt.

Was am Abend zählte: Das Buch aus dem ich vorlas, galt als schwer lesbar, aber in der vollbesetzten Buchhandlung jubelte man mir zu. Seither konnte ich Niedlich nie richtig böse sein und betrachtete jeden Auftritt in Stuttgart als Heimspiel.

Zwei Reliquien:

Erstens, die Fahrkarte Bahnhof Zoo – Stuttgart, die ich nicht einzureichen brauchte, da er auch keine Spesen erstattete.

Zweitens, der Artikel aus den Stuttgarter Nachrichten, Verfasser Hans Fröhlich. Derselbe, der später die Weinstube kaufte. Nach einer langen Nacht beim Brunnenwirte und dann in der eigenen Kneipe erhielt er Besuch von Gevatter Hein. Zehn Jahre her. Das posthume Werk blieb er uns schuldig.

Ich sehe ihn noch heute durch die Tür im Hintergrund der Küche kommen, einmal die Runde machen, schlurfend, wirsch. Nichts konnte man ihm Recht machen. Immer war er unzufrieden. Mit den Linken sowieso, mit den Rechten erst recht. Mit der Bourgeosie und der Bohème, den Künstlern und den Naturwissenschaftlern, den Männern und den Frauen sowieso. Nur wenn alle gegangen waren und er noch eine Flasche Wein raufholte, konnte er versöhnlich werden.

Selten weinten so viele Witwen an einem Grab wie an seinem.

Auch mit meiner Lesung war er nicht zufrieden. Es müsse, meinte er, mir doch zu denken geben, dass die Leute meine Texte gemocht hätten.

Wir tranken uns durch ein paar Altstadtkneipen und als es hell wurde, zeigte er mir die schönsten Seiten von Stuttgart. Die Baugruben.

Ich versuchte, ihn zu trösten, damit er in der Zeitung etwas freundlicher schrieb.

»Da war, glaube ich, viel Stammpublikum«, sagte ich.

Er nörgelte weiter.

Über jede Baugrube nörgelte er, aber er meckerte auch über die alte Bausubstanz, die noch ein paar Jahrzehnte warten musste.

Meinen Einwand, dass Niedlich vielleicht die unbequeme Fähigkeit besitze, nur Spitzenqualität zu bieten, wischte er vom Tisch eines Cafés, wo man schon um sieben Uhr frühstücken konnte.

Wenn das Publikum dem Veranstalter alles abnehme, was der besinge – das sei ja noch geistloser. Gewiss, seine Einführungen seien hohe Literatur, aber in meinem Fall doch wohl am Thema vorbei gelobt. Ich könne und müsse besser werden.

Es war komplexer. Fröhlich hätte auch in einem Kartoffelsüppchen von Vincent Klink noch ein Haar gefunden. Niedlich hingegen, der nicht mag, wenn man über sein Alter spricht, hatte eine Ahnung von Qualität, auch wenn er manchmal Zugeständnisse machte. So verwunderte es mich, als er mir Jahrzehnte später gestand, er sei in Angelika Speitel[1] verliebt gewesen.

Ich muss hier noch einmal die Festschrift zum zehnjährigen Bestehen aus dem Regal holen, um sein Programm bis 1970 anzudeuten: Artmann und Qualtinger, Elisabeth Borchers, Ludwig Harig, Heissenbüttel, Gomringer, Rühm, Bazon Brock, Max Frisch, Karlheinz Deschner, Franz Mon, Käthe Hamburger, Jacov Lind, Ror Wolf, Hans G. Helms, Käte Hamburger, Oswald Wiener, V. O. Stomps.

Dazu Ausstellungen von Paul Wunderlich und Vasarely, Horst Janssen und Hans Bellmer.

Jan Peter Tripp machte bei Niedlich seine erste Ausstellung, die schon am Eröffnungsabend ausverkauft war. Auch Klaus sicherte sich eine Arbeit, die momentan als verschollen gilt. Als er sie seinem Sohn vererben wollte, war sie noch da.

Übertroffen wurde Niedlichs unfehlbarer literarischer Geschmack nur von den Schönheiten in seinen Armen.

»Wie hast du das immer hingekriegt, Niedlich?«

»Ich appelliere an den weiblichen Hege- und Pflegetrieb.«

Wenn ich mit Niedlich in der Weinstube Widmer sitze, dann tue ich das wegen Zwiebel.

Klaus und Niedlich hätten ein besonders enges Verhältnis gehabt, hatte Zwiebel gesagt.

Ich trank Bier an diesem Abend, viel Bier noch. Niedlich bestellt eine Weißweinschorle und das Wiener Schnitzel, ermahnt mich aber, nichts zu bestellen, da er seine Portion nicht schaffen werde.

»Weißt Du, warum wir hier sitzen, Niedlich?«

1 Mitarbeiterin im Büro Croissant.

Er weiß es nicht oder er tut nur so. Denn jetzt schiebt er mir ein Konvolut rüber. Schriftsätze von Anwälten, die von den Strafverfahren handeln, die er am Hals hatte wegen verbotener Bücher und staatsfeindlicher Schriften. Mal eine Beleidigungsklage von Franz Josef Strauß und mal eine Hausdurchsuchung wegen der Dokumentation der Fantasia, aus der klar hervorging, dass Arndt Müller und Armin Newerla nicht die Waffen und den Sprengstoff in den siebten Stock geschmuggelt haben konnten. Auch ein paar der literarischen Einführungsreden, für die Niedlich gefürchtet ist. Sie sind manchmal besser als die Texte des Autors, dem sie gelten.

Ich sage, während ich den Papierkram überfliege:

»Wegen Klaus sitzen wir hier. Da hinten habt Ihr seinen vierzigsten Geburtstag gefeiert.«

»Das müsste ich wissen.«

»1971«, sage ich. »Es gibt ein halbes Dutzend Zeugen.«

»Das kann nicht sein.«

Er lügt. Das ist offensichtlich. Er lügt, wenn er behauptet, Klaus kaum zu kennen und nur selten gesehen zu haben. Er war einer der drei Beiräte des »Rechtshilfefonds für die Verteidigung politischer Gefangener«. Der andere war Volker Schlöndorff. Der Dritte war ich. Der Treuhänder war Klaus.

Er schiebt mir das Schnitzel rüber. Man kriegt immer zwei Schnitzel auf einem Teller in diesem Lokal.

»Das Triptichon von Tripp«, sage ich. »Ich erinnere mich gut daran. Es hing in Klaus' Wohnung im Asemwald. Es hieß ›Inflation‹. Es zeigte einen Fisch. Auf der ersten Tafel den frischen Fisch. Auf der zweiten den gebratenen. Auf der dritten nur noch die Gräten.«

Er schaut mich misstrauisch an.

»Er hatte auch einen Wintersberger«, sage ich. »Weißt Du, woher er den hatte?«

»Bestimmt vom Müller«, sagte er ungnädig.

»Natürlich vom Müller«, bestätige ich, denn das wusste ich schon.[1]

»Und wo hat er die Zeichnung von Horst Janssen gekauft?«

Niedlich ist auf einmal ziemlich wach.

»Bei mir!« ruft er frohgemut.

»Na, bitte, dann habt Ihr Euch gekannt.«

»Das habe ich nie bestritten«, sagt er und es sieht so aus, als dürfte ich die Papiere behalten.

Niedlich ist ein Unikum.

Geboren in Berlin, Vater Studienrat, alle Vorfahren Pfarrer. Der erste bekannte Ahnherr war Stallmeister beim Alten Fritz. Dem Krieg entkam er, indem er sein Gewehr an einen Baum lehnte. Dann lief er durch den Wald, bis in die amerikanische Gefangenschaft. Abi nach fünfundvierzig in Berlin. Nie an einer Universität. 1948 Lehre beim Buchhändler Walter in Marburg, wo er sich unbeliebt machte, indem er mit Vorliebe unverkäufliche Bücher ins Schaufenster stellte. 1959 nach Stuttgart als Mitarbeiter der Firma Bücherdienst Eggert, die er bald übernahm.

»Dem Eggert war ich zu links. Nicht als Parteilinie. Ich war für die Aufklärung.«

Richtig aus sich heraus geht Niedlich beim Thema Joschka Fischer. Den hasst er fast. Der habe bei ihm Bücher geklaut und die Beute anschließend mit Daniel Cohn-Bendit in Frankfurt weiterverkauft. Die Fischers hätten sich Taschen in die weiten Mäntel genäht, um die Sore unterzubringen. In seinem Laden habe er ein Schild angebracht:

»Wer hier klaut, hat nichts kapiert.«

Hätte aber nichts geholfen. Auch andere Linke hätten bei ihm geklaut. Einmal habe er eine Benefizaktion gestartet, um die Verluste einzuspielen. Aber nur »Zwiebel« habe Selbstkritik geübt.

Ich sage:

»Aber Deine Schaufenster, die waren berühmt.«

1 Hans-Jürgen Müller, Jahrgang 1936, mit Klaus befreundet, gründete 1958 in Stuttgart seine erste Galerie für Avantgarde-Kunst und avancierte rasch zu einem der erfolgreichsten westdeutschen Händler.

Das Schaufenster habe er mit allem ausstaffiert, sagt er, was die literarische und politische Richtung des Ladens gekennzeichnet habe. Das sollte die Leute reinziehen. Nicht nur die Genossen, auch die Neugierigen.

»Das Schaufenster war mein Angelhaken.«

Auch gegen die Neonazis habe er Reklame gemacht. Eine Zeit lang sei die Buchhandlung von der Polizei observiert worden. Daraufhin habe er ein Schild ins Fenster gestellt.

»Vorsicht! Da drüben steht die Polizei.«

»Du alter Angler«, sage ich. »Wie war Dein Verhältnis zum Club Voltaire?«

Den habe er mit leichtem Neid und etwas Eifersucht betrachtet.

»Ich habe mir eingebildet, das kann ich besser.«

Erst nach dem Mord an Benno Ohnesorg sei er dort hingegangen. Danach habe er die Buchhandlung auch für politische Veranstaltungen zur Verfügung gestellt.

»In den heißen Jahren gab es mehrmals die Woche abends Politiksitzungen.«

»Warst du Kommunist?«

»Ich wäre gerne Sozialist geworden.«

»Und warum bist du es nicht geworden?«

Politisch würde er sich am ehesten als Anarchist definieren.

»Bakunin, das ist für mich ein Gott. Aber im Laden gab es auch die Klassiker des Marxismus.«

»Mich wundert, dass du so lange durchgehalten hast. Rund vierzig Jahre. Wie hast du das gemacht?«

Niedlich verlässt nicht seine angestammte Trauermiene. Geld habe ihn nie interessiert. Dass er pleite sei, habe er erst nach etlichen Jahren durch einen Bankdirektor erfahren. Die Bank habe sich gleich um die Ecke befunden.

»Im selben Haus, wo Klaus seine Kanzlei hatte.«

Der Bankdirektor, der oft in der Buchhandlung gewesen sei, habe eines Tages gesagt:

»Herr Niedlich, wir haben den Eindruck, sie brauchen Geld.«

Dieser Mensch sei schuld daran gewesen, dass er das Geschäft nicht aufgeben konnte, denn nie sei es ihm gelungen, die Kredite zu tilgen, die er damals aufgenommen habe. Die Schulden seien immer größer geworden.

»Dein Verhältnis zur RAF?«

Er habe zeitweilig erwogen, da mitzumachen.

»Wenn jemand von denen gekommen wäre und mich aufgefordert hätte, da mitzumachen, dann hätte ich vielleicht ja gesagt.«

Klaus habe ihm erzählt, die Stammheimer hätten ihn aufgefordert:

»Halt den Niedlich da raus. Die wollten mich nicht in der RAF haben, sondern als Buchhändler.«

»Aber du warst auf der Beerdigung.«

»Natürlich.«

In seinem Bekanntenkreis sei man über den Tod der Stammheimer sehr betroffen gewesen. Etliche hätten sich im Café König verabredet, um gemeinsam zur Beerdigung zu fahren.

»Als ich hinkam, war keiner da. Ich musste alleine auf den Friedhof. Wenn du mich jetzt fragst, warum ich die ganze Zeit neben dir gelatscht bin, dann muss ich zugeben: Weil ich Angst hatte, alleine zu sein. Wenn du mir damals gesagt hättest, dass du lieber alleine gewesen wärst, dann hätte ich dich in Ruhe gelassen. Ich fand es schlimm, dass von den Stuttgartern keiner auf der Beerdigung war. Keiner von denen, die ein paar Jahre zuvor noch hinter denen hergelaufen sind wie die Hündchen.«

Nur ein Fehler

Ein alter Bekannter, der mit Büchern und Kunst handelte (zuletzt in Baden-Baden), auch Filme machte.

War Lehrling in einer Buchhandlung, als er den Wehrdienst verweigern wollte.

Durch Niedlich kannte er Klaus.

Der übernahm den Fall, verlangte aber kein Honorar, als er hörte, dass Horst Buchhändler sei.

Horst erinnert sich an die Kanzlei in der Königstraße. Moderne Kunst an den Wänden.

»Von wem?«

»Horst Janssen zum Beispiel.«

»Wie war er so?«

»Klaus? Bürgerlich. Sympathisch. Ein Herr. Er sprach Honoratiorenschwäbisch.«

»Habt Ihr Euch danach noch mal gesehen?«

»Gelegentlich.«

Zum letzten Mal trafen sich Klaus und Horst Brandstätter, als der fürs Fernsehen einen Film über Niedlich drehte.

Zum sechzigsten Geburtstag.

Klaus sollte über Niedlich reden.

Er kam nachts von Westberlin, hatte einen schlechten Flug.

Hatte gekotzt.

Mein Beitrag zum Film war ein Gedicht auf den Buchhändler.

Eine verballhornte Marienhymne.

Wenige Wochen nach unserem Gespräch starb, viel zu jung, Horst Brandstätter, der eigentlich nur einen Fehler hatte.

Er schätzte den Schriftsteller Martin Walser.

Ab in die Freiheit

»›Es gibt einen Weg zur Freiheit / seine Meilensteine heißen / Gehorsam, Fleiß, Ehrlichkeit, Ordnung / Sauberkeit, Nüchternheit, Wahrhaftigkeit // Opfersinn und Liebe zum Vaterland.‹

Diesen Spruch aus dem KZ Dachau malten Kunststudenten an die Wand der Akademie der bildenden Künste.

Um dem Vorwurf einer anonymen Aktion zu entgehen, zeichneten sie dieses Zitat mit vollem Namen, in der Erwartung, man würde in einer Diskussion auf sie zukommen, um mit den Lehrern über alles zu diskutieren, was an dieser Kunstakademie als unerträglich empfunden wurde und nach einer Klärung verlangte.

Sie sahen sich in dieser Erwartung enttäuscht.

Brudi [1] machte sich zum verlängerten Arm des Staates und erstattete Anzeige wegen Sachbeschädigung.

Ausgerechnet die Institution, die auf ihre Autonomie pocht, nahm die Hilfe der Gerichte in Anspruch.

Nun, wir wissen, diese Strafanzeige hat dazu geführt, dass drei Studenten mit einer Geldstrafe von 75 D-Mark belegt wurden.

Es wurde die Unfähigkeit des Lehrkörpers demonstriert.

Diskussionen haben hier im Gerichtssaal weit mehr stattgefunden, als unter der Ägide von Prof. Brudi auf der Akademie.«

Mit diesen Sätzen beginnt Klaus sein Plädoyer zugunsten dreier Kunststudenten, die den von ihm zitierten Spruch aus dem KZ Dachau an die Wand vor dem Rektorat der Stuttgarter Kunstakademie gemalt hatten.

Der Fall ist für meine Erzählung interessant, weil er der erste politische Prozess ist, den ich gefunden habe.

Freilich: Etliche Fälle, die Klaus bis dahin zu bearbeiten hatte, waren politisch.

1 Der damalige Rektor der Stuttgarter Kunstakademie.

Hier aber ging es zum ersten Mal um die Fragen, die ihn fortan, vor allem in Stammheim und Düsseldorf, aber auch in den Prozessen gegen ihn selbst, beschäftigen sollten:

Was darf politischer Widerstand?

Wie weit darf politischer Widerstand gehen?

Welcher Mittel darf er sich bedienen?

Wodurch wird er legitimiert?

Ist das vom Grundgesetz gewährte Widerstandsrecht ausreichend?

Wird es wenigstens ausreichend interpretiert?

Wenn damals eine Minderheit der Gesellschaft dagegen aufbegehrte, dass an vielen Schaltstellen die gleichen Leute saßen wie in der Nazizeit, so geschah dies nicht nur aus Empörung über eine empörende Vergangenheit.

Die alten Kämpfer verpesteten auch die Gegenwart.

Sie saßen überall, sorgten für Kontinuität und verhinderten eine der Gegenwart angemessene Entwicklung der politischen Ideen und Institutionen, der gesellschaftlichen Normen und Verkehrsformen, der Verfassungsrealität.

Brudi, der in Klaus' Plädoyer erwähnt wird, war ein alter Kämpfer, der heute noch in der Lokalpresse lobend erwähnt wird.

Bis 1945 Lehrer an der Meisterschule für Buchdruck in München. 1949 rehabilitiert und fortan bis zu seiner Emeritierung 1973 Professor für Buchgraphik und Typografie an der Stuttgarter Kunstakademie. 1959 zum Rektor gewählt, trat er 1969 endlich zurück, um sich fortan als Opfer der neuen Linken zu gerieren.

Der Fall ist in die Annalen eingegangen,[1] wo er allerdings, wie heute üblich, zum 68er-bashing verwendet wird. Dass Brudi in der NSDAP war, verschweigt Wolfgang Kermer, der Verfasser der Chronik. Dass er eine erstaunlich niedrige Mitgliedsnummer hatte

1 Wolfgang Kermer, Von den Studentenunruhen zur Neuorganisation der Stuttgarter Akademie. Beiträge zur Geschichte der Staatlichen Akademie der Bildenden Künste Stuttgart (9), Cantz Verlag, Stuttgart 1998.

und dass seine Nazivergangenheit in den Auseinandersetzungen eine Rolle spielte, ebenfalls.

Die studentischen Proteste werden als wirre Aktionen dargestellt, die umso unbegreiflicher wirken, als die Vorwürfe und Reformvorstellungen der Studentenschaft nicht dargestellt werden.

»Vehement in der Sache und nicht eben dezent in der Wahl der Mittel hatten die Achtundsechziger mit einer Podiumsdiskussion Entrümpelt die Akademien [1] und mit einem sogenannten Sex-Tribunal [2] einen wahren Schock ausgelöst ...

Atelier-Kommunen entfalteten ihr freies (und befreiendes) Leben mit Joints, Bier und Partys bis zum Morgengrauen ...

Politische Bohèmiens, Tramps on the Road gehörten zum Alltagsbild, ebenso Gefährdete und Gescheiterte ...«

Kermers Artikel erschien Ende der 90er Jahre. Erst nachdem er reichlich Hohn über die Reformkräfte ausgeschüttet hat, erwähnt der Autor, dass die Akademie Ende der sechziger Jahre auch aus bürgerlich-konservativer Sicht hoffnungslos veraltet war, nicht zuletzt infolge autoritärer hierarchischer Strukturen, wie sie an den Hochschulen des Landes in den letzten Jahren wieder eingeführt worden sind.

Kurt Weidemann und Sieger Ragg gehörten zu den Protagonisten der Affäre Brudi. Ihnen wollen wir einen kleinen Besuch abstatten.

Wandverschönerung

Die Aktion in der Kunstakademie fand am 10. Juli 1968 statt.

Die von Klaus im Prozess gegen die drei Studenten zitierte Phrase an der Wand vor dem Rektorat ist fotografisch dokumentiert.

Darunter steht:

Spruch im KZ Dachau.

1 Am 6. Februar 1968.

2 Am 6. Juni 1968.

Als verantwortlich zeichneten:

J. P. Thorbecke, S. Ragg, O. Hess, D. Haist.

In Stuttgart kursierten weitere Namen – unter anderen die Künstler Hermann Schmidt und Ulrich Bernhardt (Zwiebel), die damals an der Aka studierten.

Diese Erweiterung der Namensliste kann damit zusammenhängen, dass die Aktion von anderen in der Innenstadt wiederholt wurde.

Beim zweiten Mal wurden die gleichen Worte an die Seitenwand des »Königsbau« gemalt. Angeblich handelt es sich um die Stelle, wo später eine Gedenktafel für einen von den Nazis ermordeten Lokalpolitiker namens Bolz angebracht wurde.

Auch diese zweite Kunst-Aktion führte zu einem Strafverfahren, in dem Klaus als Verteidiger tätig war.

Tatsächlich waren etliche Aktionen der Stuttgarter Studentenbewegung ziemlich drastisch. Eine Wandschrift in der Aka lautete:

»Scheißen und brunzen sind auch Kunsten.«

An anderer Stelle war ein Satz von Brudi angebracht:

»Wer sexuelle Probleme hat, soll heiraten.«

Brudi hatte mit dieser Äußerung auf ein »Sex-Happening« der Studentenschaft reagiert.

Hinter dem Namen »Sex-Happening« verbarg sich ein Tribunal gegen Brudi und die reaktionäre Mehrheit der Lehrerschaft.

Das Tribunal der Studenten fand in einem entsprechend dekorierten Saal statt.

Den Eingang bildete eine als solche kaum erkennbare, wohl aus Pappmaché geformte überdimensionale Vagina.

Zu den Kongresspapieren gehörte ein Brief von Herbert Marcuse, in dem er ausführt:

»Das Studentenspruchband ›Vögeln ist besser als Kunst‹ ist vielleicht nur eine Knabenkritzelei an der Wand eines Pissoirs, verdient aber eine ernste Betrachtung, die bis zur Problematik der Freudschen Sublimation führt.«

Als im Spätherbst 1967 der Ohnesorg-Mörder in Westberlin freigesprochen wurde, eskalierten die Vorfälle an der Akademie noch einmal:

An der Außenwand der Akademie konnte man nun lesen:

»Berliner Justiz – Hure der Macht.«

Besuch bei Weidemann

Man kann in Stuttgart, wie an vielen Orten in Deutschland, die Geschichte des Kapitalismus an Bauwerken ablesen.

Die Straßenbahnhalle im oberen Westen und der darüber liegende Westbahnhof sind zwei dieser Gebäude.

Ihre Aufgabe bestand einst darin, sogenannte Arbeitskräfte vom Land zu den Knotenpunkten der Metropolen und von dort durch eine feinmaschigere Verkehrsstruktur zu den kleinen und großen Gewerbebetrieben zu karren, wo die erste Etappe der Ausbeutung stattfand.

Die Straßenbahnhalle ist heute ein sympathischer Bauernmarkt.

Vor der Halle langweilen sich zwei Schafe in einem gut mit Stroh gefülltem Gatter und drinnen riecht es nach frischem Brot, Käse von der Alb und Geräuchertem aus dem Hohenlohischen, dümpelt der Apfelwein vor sich hin und alles ist unheimlich gesund.

Der Westbahnhof hat längst keine Ähnlichkeit mehr mit einem Bahnhof.

Ich frequentiere das Gelände, wenn ich eine Tüte Gips vom Baumarkt hole oder eine Karosseriewerkstatt brauche, weil ich mal wieder einen Poller übersehen habe.

Durchquert man das Sammelsurium aus kleinen Gewerbebetrieben, Verkaufshallen, Lagerhallen, gelangt man zu einem ehemaligen Stellwerk, das gelegentlich von einer Eisenbahn erschüttert wird.

Hier hat sich Weidemann ein Atelier eingerichtet, das aus zwei übereinanderliegenden schmalen Räumen besteht.

Er hat, das sieht man, viel Geld investiert, was auf gute Geschäfte schließen lässt.

Er hat Ofenheizung.

Durch eine große Glasplatte im Fußboden blickt man vom ersten Stock ins Parterre, wo eine Liege steht.

Alles ziemlich elegant. Die Öfen sind alt und geradezu märchenhaft.

Kurt steht früh auf.

Sechs Uhr, wenn ich zum zweiten, jetzt erst geruhsamen Schlaf aushole.

Es gibt eine große Kaffeemaschine und eine Bierzapfanlage.

Er trinke, erklärt Kurt, am Tag etwa zehn Glas Bier, um die Anlage frisch und geschmeidig zu halten.

Das ist bemerkenswert.

Er ist rund zehn Jahre älter als ich, und ich mache schon nach drei Gläsern schlapp.

Er ist schlank wie eine Gerte, ich bin fett.

Er kann hautenge Klamotten tragen, während ich mich weiträumig verhüllen muss.

Im Intercity begegnet er mir im Schatten junger Mädchenblüte.

Alles was Kurts körperliche Identität ausmacht, erzeugt Zweifel, ob Bier wirklich dick macht.

Seine Kreativität ist unübersehbar, während er Kaffee kocht und wir über Biermarken reden.

Auf zwei großen Arbeitsplatten entsteht ein völlig neues Gesicht der Frankfurter Allgemeinen Zeitung, die sich Gedanken darüber machen lässt, wie sie in zehn Jahren aussehen möchte.

Kurt ist Designer, Grafiker.

Er betreibt, wenn man so will, neben vielen anderen Beratertätigkeiten ein Fitness-Studio für Logos, Warenzeichen, allgemein bekannte Schriftzüge, Verpackungen, Eintrittskarten, Schlagzeilen und andere Maßnahmen zur Imagepflege.

Seine Kunden sind groß wie Daimler.

Er hat für den Autohersteller die Schriftsippe Corporate ASE geschnitten. Dennoch fährt er Porsche.

Als die Bundesbahn Verluste machte, weil ihre wichtigsten Buchstaben so dick aussahen, dass viele Kunden fanden, es sei nicht mehr modern mit der Bahn zu fahren, machte das Logo des Unternehmens in Kurts Stellwerk eine Schlankheitskur.

Kurt zeigt mir, wie man aus einem übergewichtigen B ein schlankes B stylt. Aus einem kleinen dicken D ein großes attraktives. Von solchen Buchstaben lässt man sich gerne in die Ferne tragen.

Nachdem wir einige Artigkeiten über unsere Arbeit ausgetauscht, biografische Duftmarken ausgelegt und auf ansehnlichem Niveau über das Verhältnis von Sein und Design konferiert haben, kommen wir zur Sache:

Klaus.

Draußen liegt noch etwas Schnee zwischen den Gleisen und ich schaue möglichst desinteressiert zum Wald hinüber, der den Abhang hinter den Gleisen bedeckt. Bergauf.

Er habe Klaus erstmals Ende der 50er Jahre bei Hajek getroffen. Dann immer wieder in Gesellschaften.

Das verwundert mich nicht.

Kurt war Prof an der Kunstakademie. Er lebt seit mehr als 50 Jahren in Stuttgart und ist eine stadtbekannte Figur. Muss ständig Reden halten, Eröffnungen, Laudationes. Kennt Hinz und Kunz. Tanzt auf allen Hochzeiten. Verkehrt in den höchsten politischen und ökonomischen Kreisen, aber auch in der Bohème und Subkultur. Hat angeblich keine Berührungsängste vor Linken.

Kurt erzählt geschmeidig und druckreif.

Zur Stuttgarter Gesellschaft habe auch der Dorfrichter Adam von Waiblingen gehört, ein gewisser Alfred Biolek.

Die Vorstellung amüsiert mich.

Klaus und Biolek als doppeltes Justizlottchen mit Waage. Biolek links einen Kochlöffel, rechts eine Prise Libido. Klaus rechts die

Suche nach der verlorenen Zeit, links den Rechtsstaat. Beide Waagen lassen die rechte Schale sinken.

Kurt nennt Namen, die ich besser nicht nennen sollte.

Auch Croissants Mitarbeiter Jörg Lang habe ihm gut gefallen. Sehr unwahrscheinlich, was über die beiden in den Zeitungen gestanden habe.

»Wie fandest du Klaus?«

»Er war in den ersten Jahren kein Linksintellektueller. Das entwickelte sich erst mit den linken Mandanten.«

Klaus habe in Stuttgart Ende der sechziger Jahre eine Marktlücke entdeckt:

»Die Linken, die einen Anwalt brauchten. Dass das seinen Neigungen entsprach, ist nicht verwunderlich. Linkssein war in.«

»Erzähl mir was über die Auseinandersetzungen an der Akademie, und wie es kam, dass Klaus für Dich als Anwalt tätig war.«

Kurt erzählt, als wäre es gestern und das in einem Alter, in dem andere ihren Namen schon vor dem Frühstück vergessen, wie die Studenten und auch einige Professoren sich über den Rektor geärgert hätten.

Unbeliebt seien auch viele Lehrkräfte gewesen. Darunter eine Frau Witzmann. Eines Tages hätten Studenten einen Spruch auf die Wand gemalt:

»Brudi vögelt nicht mit Witzmann.«

Der eigentliche Skandal aber sei der Spruch aus dem KZ Dachau gewesen.

Ich sage:

»Es kam also zu Unruhen. Zu Strafverfahren gegen die drei Schmierfinken, die von der Akademie relegiert werden sollten. Gab es denn keinen Lehrer, der für die Studenten Partei ergriffen hätte?«

»Doch. Mich und zwei, drei andere.«

»Wen?«

»Den Hoflehner, den Sonderborg.«

»Was hast du unternommen?«

»Ich habe ihnen geraten, einen versierten Anwalt zu nehmen und mich bereit erklärt, die Kosten zu übernehmen. Die Studenten entschieden sich für Croissant und den habe ich dann auch bezahlt.«

»Warum Croissant? Es gab eine Menge versierter Anwälte in Stuttgart.«

»Ganz einfach. Croissant war links. Links wo die Brieftasche sitzt. Er war ein bekannter Linksanwalt.«

»Du sagtest vorhin, Klaus sei kein Linksintellektueller gewesen.«

»Der Prozess war 1968 oder 1969. Zu dem Zeitpunkt war er offensichtlich nicht mehr kein Linksintellektueller, wenn du weißt, was ich meine.«

»Ich verstehe«, sage ich.

»Erzähl mir Deine Erinnerungen. Wie war der Prozess?«

Klaus habe keine Robe getragen und keiner habe so richtig gewusst, wie er den Prozess anpacken sollte. Weder die Richter noch der Staatsanwalt. Die leichteste Rolle hatte Klaus. Es ging nicht um juristische Fragen im Grunde. Die meiste Zeit wurde darüber palavert, ob es schon immer üblich war, in der Kunstakademie die Wände zu bemalen und zu beschmieren.

»Ich frage mich, wie du auf die Idee gekommen bist, Dich für die Studenten einzusetzen. Die meisten Professoren, die ich kenne, ziehen den Schwanz ein, wenn der Rektor sie scharf ansieht.«

Er sei empört gewesen über das Vorgehen der Akademie und des Ministeriums.

»Das Schulministerium hatte elf Fachjuristen, um die Sache gegen die Studenten zu verfolgen. Die hatten kein Geld und keinen Rechtsschutz.«

Die Sache habe auch den Senat der Akademie beschäftigt. Er, Kurt, habe dagegen plädiert, die Schmierer anzuzeigen und zu relegieren, aber seine Position sei nur von drei Kollegen unterstützt worden. Die überwältigende Mehrheit habe darauf gedrängt, ihn aus dem Amt zu entlassen, zumindest aber eine Disziplinarstrafe gegen ihn zu verhängen, weil er die Studenten verteidigt habe.

»Und musstest du Strafe zahlen?«

Er entsinne sich nicht.

»Vermutlich nicht.«

»Warum nicht?«

»Vermutlich trauten sie sich nicht, mich zu bestrafen.«

Die drei, die sich für die Studenten eingesetzt hätten, seien ja praktisch unantastbar gewesen.

»Aufgrund ihres Namens.«

An diesem Punkt erwartet Kurt, dass ich mir nun doch ein Bier zapfen lasse. Die Leitung müsse bewegt werden.

Das wiederum war für mich das Zeichen zum Aufbruch. Ich vertrage keinen Alkohol so früh am Morgen.

Draußen erst mal schippen. Ich war mit den Vorderrädern zu tief in eine Schneewehe gefahren.

Februar 2005.

Das Sein und das Nichts

Der alte Stuttgarter Stadtteil Gablenberg, der früher zumeist von Arbeiterfamilien bewohnt wurde, grenzt an eine Idylle.

Sieger Ragg kam hier zur Welt.

Der irische Pub, wo Herr Merkle jr. mir von der Kleinstadt Kirchheim unter Teck und seinem Vater erzählen wird, ist ihm seit der Jugend bekannt.

Im Haus befand sich früher die Volksschule.

An einem kleinstädtisch wirkenden Platz.

Von dort schlängelt sich ein Fußweg den Hang hinauf, der sich oben im Wald verliert.

Rechts Wiesen. Hinter Hecken, wenn ich mich richtig entsinne.

Links kleine zweistöckige Häuser. Und jedes Haus ist umrankt von wildem Wein.

Sieger Ragg ist Mieter einer kleinen Wohnung in einem dieser kleinen Häuser.

Das Zimmer, in dem wir sitzen, vollgestellt mit Regalen.

Bücher und Akten.

Das Atelier hat er um die Ecke.

Er ist Jahrgang 1942, Maler, war in der Studentenbewegung aktiv und hat als Gewerkschaftssekretär gearbeitet. Mitglied der Gewerkschaft Ver.di, Fachgruppe bildende Künstler, wo wir uns gelegentlich treffen.

Reich ist er damit nicht geworden, wie man sieht.

»Wie kam es, dass Ihr von der Aka geschmissen werden solltet?«

Ende 1967 habe die Studentenbewegung die Stuttgarter Akademie erreicht.

»An der Uni war nichts.«

Dort hätten nur drei Studenten der Architektur dem SDS angehört.

»Plötzlich haben an die hundert Leute von der Aka um Aufnahme in den SDS an der Uni gebeten.«

Später habe sich auch an der Aka ein SDS gebildet.

»Eine der ersten Aktionen war ein Go-in im Amerika-Haus. Ein Zentrum der Bewegung war der Club Voltaire in der Esslinger Straße.«

»Worum ging es?«

»Es gab einige hochschulpolitische Forderungen der Studenten, die längst überfällig waren – Abschaffung der Aufnahmeprüfungen zum Beispiel.«

»Ging das vom SDS aus?«

»Ja und nein. Eine wichtige Anregung waren auch die Vorlesungen von Max Bense im Rahmen des Studium Generale an der Uni. Die Studenten der Aka nahmen massenhaft daran teil. Es gab auch einen Bense-Schüler, der den Aufstand an der Aka mittrug. Er hieß Knepper. Der lebte mit Frau und Kindern in einem Wohnwagen und konnte aus dem Stegreif druckreife wissenschaftliche Vorträge halten. War noch ziemlich jung, als er starb. Durch einem Verkehrsunfall.«

Einen regelrechten Aufstand habe es gegeben, als Rektor Brudi seinen Sohn zum Professor machen wollte.

»Die Studenten forderten, dass alle Bewerber um ein Lehramt eine Ausstellung machen und sich einem Hearing stellen sollten. Die Qualifikation der Bewerber sollte transparenter werden, um die Mauscheleien zu beenden.«

Um zu zeigen, dass die geplante Berufung des Brudi-Sohnes eine Farce war, habe jemand aus der Studentenschaft sich ebenfalls um den Posten beworben.

»Der Student, der später zu Joseph Beuys nach Düsseldorf ging, machte in der Akademie eine Ausstellung. Eine Parodie auf die sexistische Zigarettenwerbung. Im Senat gab es deshalb ein großes Geschrei. Eine Professorin, Frau Witzmann, riss Arbeiten des Studenten herunter und trampelte drauf herum. Brudi klopfte Sprüche. Jemand schrieb seine Äußerungen mit und schickte sie ans Sigmund-Freud-Institut zur Analyse. Das Ergebnis wurde später in einer studentischen Versammlung vorgelesen, was neuen Ärger verursachte.«

Als jemand draufkam, dass Brudi in der Nazipartei gewesen war und sogar eine niedrige Mitgliedsnummer hatte, seien einige Studenten nach München ins Institut für Zeitgeschichte, um zu recherchieren.

»Dabei stießen sie auf das Motto, das über dem Eingangstor[1] zum Konzentrationslager Dachau stand.«

»Das Ihr dann auf die Wand geschrieben habt. Was geschah daraufhin?«

»Brudi rief die Polizei. Brudi rief immer die Polizei.«

1 Meines Wissens stand der Spruch auf dem Dach des Wirtschaftsgebäudes.

»Wann war das?«

»Im Sommer 1968. Der Prozess war im Herbst 1969, kleine Strafkammer.«

»Worum ging es da?«

Im Grunde seien drei Positionen aufeinandergeprallt.

»Das musst du erklären.«

Klaus habe versucht, die Aktion politisch zu interpretieren.

»Na und?«

Das sei zwar richtig gewesen, aber nicht in ihrem Sinne.

»Wie habt Ihr argumentiert?«

»Wir haben argumentiert, dass es sich um eine Kunstaktion gehandelt habe.«

»Um freigesprochen zu werden.«

»Wir wollten nicht von der Akademie fliegen.«

»Was sagten die Richter, der Staatsanwalt?«

»Die versuchten die Sache tiefer zu hängen.«

»Also weder Kunst noch Politik?«

»Was Klaus zu sagen hatte, war für die kein Thema und vom Thema erweiterter Kunstbegriff hatte keiner von denen eine Ahnung.«

»Auch Klaus nicht?«

»Den interessierte in erster Linie die politische Seite des Falles.«

»Ihr hättet ihn briefen müssen.«

Das hätten sie getan, aber in der Hauptverhandlung sei im wesentlichen darüber gesprochen worden, ob es überhaupt möglich sei, in der Kunstakademie eine Sachbeschädigung zu begehen. Die Zeugen, zu denen auch einige Professoren gehört hätten, seien sich darin einig gewesen, dass es üblich war, nicht nur die Wände in den Klassenräumen zu beschmieren.«

»Das heißt, es gab Professoren, die Euch unterstützt haben?«

»Einige. Sonderborg, Hoflehner, Gollwitzer. Die übrigen waren gegen uns und hassten die Abweichler in ihren eigenen Reihen. Weidemann sollte deshalb sogar sein Amt verlieren.«

»Wie lange dauerte das Verfahren?«
»Einen Tag.«
»Weißt du noch, wie die Sache ausging?«
»Wir sollten eine ziemlich happige Geldstrafe zahlen.«
»Wie viel?«
»Siebzig Mark.«
»Und, habt Ihr die bezahlt?«
»Das weiß ich nicht mehr.«
Möglicherweise sei auch die Geldstrafe von Weidemann bezahlt worden.

Er hieß Knepper

Knepper, den ich flüchtig kannte, ruft an Mitte der 70er Jahre, ich sei doch Rechtsanwalt, er benötige dringend juristischen Beistand, er weigere sich seine Kinder zur Schule zu schicken, dort würden sie verdummt und manipuliert, er unterrichte sie selbst.

Ich wühlte mich durch die schreckliche Materie, die nicht zum Standardwissen des Anwalts der Barfüßigen gehörte, teilte ihm mit, welche Strafen und sonstigen peinlichen Maßnahmen er zu gewärtigen habe, was er für rechtliche Möglichkeiten habe, sich dagegen zu wehren und seinen Plan durchzusetzen.

Soweit ich mich erinnere, empfahl ich ihm sogar einen ordentlichen Rechtsanwalt vor Ort, das war natürlich Klaus.

Er sympathisierte mit Kneppers Eigensinn.

Was aus der Sache wurde, habe ich nie erfahren.

Und noch eine Knepper-Geschichte:

Knepper ließ eines Tages einen Rechner in die Akademie schaffen, wo er viel Raum beanspruchte, denn er war, wie vor vierzig Jahren üblich, halb so groß wie die Aula, außerdem verbrauchte er große Mengen Strom und heizte die halbe Akademie.

Kneppers Plan war wohl, dass die Kunststudenten sich mit Naturwissenschaften im Allgemeinen und mit Kybernetik im Besonderen befassen sollten.

In der aktuellen Chronik der Akademie wird der Computer als Event diffamiert, der den Akademiebetrieb stören sollte.

Diese Einschätzung ist umso komischer, als die Hochschule heute voller Computer ist, die eigene Lehr- und Hilfskräfte benötigen und einen Teil der ursprünglichen Unterrichtsräume in Anspruch nehmen.

Knepper war also nur etwas zu früh.

Topografie I

Die Einzimmer-Wohnung SI-Centrum, Plieninger Straße 100, von Klaus bewohnt 1969 bis 1971 und noch einmal kurz 1981.

Der Raum wurde in der übrigen Zeit als Gästewohnung genutzt und um Mitarbeiter – z.B. Rechtsanwalt Jörg Lang – vorübergehend unterzubringen.

Zu Zeiten von Klaus stand nur der langgestreckte Riegel an der Plieninger Straße – unten Hotelhalle, Restaurant, Büros, Konferenzsäle, Ballsaal, darüber, bis zum neunten Stock das Hotel, darüber Appartements.

Insgesamt 14 Stockwerke.

Das heute sichtbare SI-Erlebnis-Centrum entstand in zwei Ausbaustufen 1994 und 1997 unter Einbeziehung und Modernisierung der 1969 eröffneten Anlage.

Die Anlage ist weithin sichtbar wenn man von Tübingen, vom Flugplatz oder dem Autobahnkreuz Degerloch kommend auf der B 27 (mehrspurig, kreuzungsfrei) stadteinwärts fährt.

»Von außen runtergekommene Moderne, von innen der letzte Kitsch«.

Was sehen wir?

Direkt an der B 27 und der Plieninger Straße den Millenium Tower mit Millenium Hotel & Resort.

Daneben das Apollo-Theater.

Daran anschließend die Kolonnaden mit Restaurants, Bars, Cafés.

Dann erst den Bereich, der 1969 fertiggestellt war und in den Neunzigerjahren umgebaut, vor allem neu eingerichtet wurde.

An das ursprüngliche SI-Centrum schließen sich heute diverse Erlebnisbereiche an:

Die SchwabenQuellen, das Body und Soul (Gesundheits- und Fitness-Club), das Relax & Vital-Center (Beauty-Arrangements), die Spielbank Stuttgart (Roulette französisch und amerikanisch, Black Jack, Baccara, drei Bars).

Auf der anderen Seite der Plieninger Straße, etwas zurückgesetzt und weitläufiger, befinden sich weitere Bereiche des SI-Erlebnis-Centrums, die 1997 hinzukamen:

Ein zweites Palladium-Theater, erheblich größer als das erste, ein Großkino der Firma MAXX, weitere Kolonnaden mit Restaurants, Bar und Cafés, vier Klötze, in denen sich die SI-Suiten befinden.

Insgesamt gibt es 19 verschiedene Gastronomie-Einheiten, sechs Kinos, 193 Suiten.

In den SchwabenQuellen erwarten Sie 18 Kulturen der Welt. Dazu Special-Events, Konferenzräume.

Die 193 SI-Suiten heißen:

Standard-Suite (Behaglichkeit im Laura-Ashley-Stil)

Classic- & Executive-Suite

Kid-Suite (mit Spielwiese und Pokemon-Trainer)

Musical-Suite.

Die sechs Musical-Suiten heißen : Phantom der Oper, Löwen König, Theater, Tanz der Vampire, Die Schöne und das Biest, Miss Saigon.

Die Suiten können auch monatsweise gemietet werden. Die Gastronomie-Einheiten sind thematisch oder regional ausgestattet, und laden zu einer kulinarischen Weltreise ein, also Bar Intermezzo, Trattoria Don Giovanni, Wiener Kaffeehaus Spezialität Stehgeiger und Sachertorte, Brasserie Le Jardin, Bistro Ecco, Pub The Dubliner, Tunesische Teestube, Buddha-Bar, Afrika-Lodge. Hinter jedem Tresen summt jemand eine vertraute Melodie.

In der Wellness-Oase laden drei paradiesische Wohlfühlbereiche auf siebentausend Quadratmetern zum Entspannen, Genießen und Träumen ein. Angestrebt wird das Erlebnis-Arrangement bestehend aus Theater, Kino, Restaurant, Übernachtung, Shopping and Fucking. Das reinste Vergnügen. Die Besucher kommen zu 40% aus dem Raum Stuttgart. Die Erlebniswelt beginnt vis-à-vis. Im Internet verabreden sich tolerante Paare.[1]

SI-Slogans: »Erwarten sie das Unerwartete.« »Enjoy what makes you fit.«

1 Nachricht am 8. August 2006: »Hallo, wir sind beide um 40, recht gutaussehend, sind 08.–09.08 im SI-Center in Stgt. und suchen dort ein Paar eine Frau oder einen Mann der Lust hat? Wir warten auf Antworten und entscheiden uns nach euren Vorstellungen.« Antwort am Tag drauf: »Leider ist euer Termin schon vorbei, denn wir gehen auch gelegentlich ins SI und geben uns dort etwas frivoler. Unsere Interessen sind auch sehen und gesehen werden.«

4 STUTTGART 1969 BIS 1977

Aus meiner Botanisiertrommel

»Am Donnerstag, den 11. Mai 1972 – dem Tag, an dem die Bombenblockade der US-Imperialisten gegen Nordvietnam begann – hat das Kommando Petra Schelm im Frankfurter Hauptquartier des V. Armee-Corps der amerikanischen Streitkräfte in Westdeutschland und Westberlin drei Bomben mit einer Sprengkraft von 80 kg TNT zur Explosion gebracht. Für die Ausrottungsstrategen von Vietnam sollen Westdeutschland und West-Berlin kein sicheres Hinterland mehr sein. Sie müssen wissen, dass ihre Verbrechen am vietnamesischen Volk ihnen neue, erbitterte Feinde geschaffen haben und dass es für sie keinen Platz mehr geben wird in der Welt, an dem sie vor den Angriffen revolutionärer Guerilla-Einheiten sicher sein können.

Wir fordern den sofortigen Abbruch der Minenblockade gegen Nordvietnam.

Wir fordern die sofortige Einstellung der Bombenangriffe auf Nordvietnam.

Wir fordern den Abzug aller amerikanischer Truppen aus Indochina.

Für den Sieg des Vietkong!
Die revolutionäre Guerilla aufbauen!
Habt Mut zu kämpfen und habt Mut zu siegen!
Schafft zwei, drei, viele Vietnam!

Rote Armee Fraktion – 14. Mai 1972«

BS

Pieter Bakker Schut, seit 1967 Rechtsanwalt in den Niederlanden, verteidigte Sieglinde Hofmann, Knut Folkerts, Christopf Wackernagel und andere. Im Verfahren vor der Europäischen Menschenrechtskommission vertrat er Andreas Baader. Anfang der 90er Jahre verteidigte er Klaus im Prozess wegen staatsfeindlicher Agententätigkeit vor dem Kammergericht Berlin.

Er ist Verfasser und Herausgeber dreier Standardwerke zum Thema RAF.[1]

Ob er verwandt ist mit Frits Bakker-Schut habe ich nicht geprüft. Frits BS war Verfasser des Bakker-Schut-Plans gleich nach dem Zweiten Weltkrieg. Der Plan sah weitreichende deutsche Gebietsabtretungen vor. Im Norden sollten die Niederlande bis zum Jadebusen reichen, in der Mitte bis hinter Osnabrück und im Süden wäre noch Köln holländisch geworden.

Ein berückender Plan. Er erinnert mich an Debatten mit meinem Freund Bisinger, einem Wiener Lyriker, in den Sechzigerjahren in diversen Westberliner Abfüllstationen.

Sachsen und Bayern wollten wir einer österreichisch-böhmischen Alpenrepublik zuschlagen. Baden-Württemberg teils der Schweiz, teils Frankreich.

Rheinland-Pfalz und das Saarland komplett zu Frankreich.

Westwestfalen und das westliche Niedersachsen gemäß Bakker-Schut zu Holland.

Der Norden Niedersachsens, Hamburg und Bremen wurden dänisch.

Ostwestfalen und Hessen bildeten einen deutschen Zwergstaat

1 Pieter Bakker Schut, Todesschüsse Isolationshaft Eingriffe ins Verteidigungsrecht, Berlin 1995. Erstauflage 1985. Derselbe: Stammheim. Eine notwendige Korrektur der herrschenden Meinung, Kiel 1986. Derselbe: Das Info. Briefe von Gefangenen aus der RAF aus der Diskussion 1973–1977, Hamburg 1987.

mit der Hauptstadt Ziegenhain. Ich entsinne mich unbegreiflicher Debatten der Männer in der Gastwirtschaft Pohlmann am Amtsgerichtsplatz, in der wir lautstark unseren Plan erörterten. Mindestens einmal die Woche. Der Kellner: »Noch ein Genickschusswasser, die Herren?«

Leider scheiterte unser Traum an unserer Unlust, Politiker zu werden, so wie der Bakker-Schut-Plan am Widerstand der alliierten Hochkommission.

Anruf 15. August 2006, ob ich ihn besuchen und ein Gespräch mit ihm führen könne.

Bakker Schut: Er sei herzkrank und könne zur Zeit niemand empfangen. Was ich von ihm wolle.

Ein Gespräch über Klaus. Wie war er so?

Über Charakter, Persönlichkeit, Privates rede er prinzipiell nicht.

Alles was er zu sagen habe, stehe in seinen Büchern.

Es lohnt sich, sie zu lesen. Sie sind der Gegenpol zur gängigen RAF-Schreibe, wie sie neuerdings auch in alternativem Schrifttum gepflegt wird. Vermutlich deshalb wird BS nie zitiert oder als Quelle herangezogen. Seine Definitionen sind trefflich und erfrischend. Die BRD ist für ihn ein monströser Counter Insurgence-Apparat. Die staatsanwaltlichen und richterlichen Verfügungen zur Gestaltung der Haftbedingungen bezeichnet er als Folterbeschlüsse. Die Prozesse als militärpolitische Gerichtsverfahren.

Mit der Bundesrepublik habe sich die RAF im Kriegszustand befunden. Daraus ergebe sich, dass ihre Kämpfer das Recht zur Gegenwehr gehabt haben, denn »Gegenwehr im Krieg ist keine strafbare Handlung«. Aus dem Kriegszustand folge, dass die Gefangenen Anspruch auf den völkerrechtlich anerkannten Kriegsgefangenenstatus und Anwendung der Genfer Konvention hätten.

Bereits im Stammheimer Verfahren wurde die These zur Diskussion gestellt. Soweit ich mich entsinne, sprachen sich nicht nur die meisten Anwälte dagegen aus, sondern auch die Gefangenen. Mir persönlich gefielen solche Gedankenspiele, auch wenn sie in der

Realität der Haft und des Prozessgeschehens zu vernachlässigen waren. Sie hätten eine Verzettelung bedeutet.

Gegenwehr im Krieg ist keine strafbare Handlung

Nach dieser Auffassung hätte zum Beispiel Günter Sonnenberg am 3. Mai 1977 auf den Polizeibeamten Seliger straflos schießen dürfen.

Seliger und sein ebenso unerfahrener Kollege Jakobs wollten gegen neun Uhr früh in einem Singener Kaffeehaus die Personalien eines Pärchens überprüfen.

Da beide angaben, sie hätte ihre Personalausweise im Auto, begleiteten die beiden Beamten das Pärchen.

Es waren – was die Beamten nicht ahnten – Sonnenberg und Verena Becker.

Das Pärchen ging voran, die Beamten hinterher.

Kurz vor dem Platz, wo angeblich das Auto stand, bemerkte Sonnenberg, dass Seliger seine Waffe ziehen wollte.

Sonnenberg war schneller.

Anders zu bewerten wäre möglicherweise der Kopfschuss, den Sonnenberg zehn Minuten später an anderer Stelle erlitt.

Es gelang ihm und Becker nämlich nach dem Schusswechsel mit Seliger und Jakobs in einem Auto zu flüchten.

Als sie an einer Ampel halten mussten, stand plötzlich hinter ihnen ein Streifenwagen.

Einer aus der Besatzung dieses Wagens zerschoss die Reifen des Fluchtfahrzeugs.

Becker und Sonnenberg flüchteten zu Fuß weiter und wurden nunmehr von hinten beschossen.

Sie selbst schossen in dieser Phase ihrer Flucht nicht mehr.

Becker erlitt einen Schuss in den Oberschenkel.

Sonnenberg war so gut wie tot.

Ob er schon im Fluchtfahrzeug in den Hinterkopf getroffen wurde oder erst bei der anschließenden Flucht zu Fuß, konnte angeblich nicht geklärt werden.

Das ist seltsam.

Mit der Kopfverletzung hätte er unmöglich laufen können.

Das weiß ich dank meiner Mappe Sonnenberg.

Sie handelt etwa hundert Seiten lang von der Weigerung der Justiz ihn nicht im Knast verschimmeln zu lassen.

Es ist ein Wunder, dass Günter trotz fehlender medizinischer Versorgung einigermaßen wiederhergestellt ist.

Er wurde 1978 zu zweimal lebenslänglich verurteilt und steht noch zu seiner damaligen Entscheidung für den bewaffneten Widerstand.

Verena Becker soll 1982 Verrat begangen und mit dem Verfassungsschutz geplaudert haben.[1]

RAF

Zur Erinnerung:

Es gab so gut wie keine materielle Kontinuität der RAF, nur eine ideelle.

Also keine durchgängige Struktur, Stabsebene.

Es gab kein dauerhaftes Hinterland, kein Ersatzheer. Keine dauerhaften konspirativen Wohnungen. Logistisch wurde mal eine Waffe weitergereicht, ein Depot mit Pässen und Geld.

Mobilität und der antiautoritäre Verzicht auf Hierarchien waren Stärke und Schwäche in einem.

Einerseits war die Gruppe dadurch weniger angreifbar. Andererseits musste jede Gruppe fast bei Null anfangen, wenn die Kader der vorigen Gruppe einfuhren.

Der Aufbau einer neuen Gruppe ist nicht nur ein logistisches Problem. Ein klandestines Kommando ist ein hochkomplexes Instrument,

1 Axel Vormbäumen, »Die verlorene Ehre der Verena Becker« in: Der Tagesspiegel vom 27. April 2007.

auch psychologisch schwer ins Gleichgewicht zu bringen, umso mehr wenn die entscheidende Aufgabe eventuell sogar den Gebrauch von Waffen notwendig macht. Gruppendynamische Prozesse, das Know-How und die Disposition einzelner Komponenten, Sympathien und Antipathien, spielen eine Rolle.

Alle RAF-Gruppen und Kommandos hatten Nieten in ihren Reihen.

Ein Großteil der Gruppe um Mohnhaupt und Klar fuhr ein, weil Boock rauschgiftsüchtig war. In der Stockholm-Gruppe scheint Wessel, der ums Leben kam, ein Risikofaktor gewesen zu sein.

Der kleinste Leichtsinn kann dazu führen, dass eine konspirative Gruppe auffliegt. Eine nachlässig gecleante Wohnung, ein Tampon oder eine Kippe in der Mülltüte vorm Haus.

Die einschlägige Literatur hat fünf voneinander unabhängige und abgegrenzte Gruppen ausgemacht, die auch nach technischer Professionalität, politischer Kompetenz und Zielsetzung zu unterscheiden sind.

Erstens:

Es gab eine Gruppe zwischen 1970 und 1972, die politisch und technisch nicht immer fachgerecht zu Werke ging.[1] Kein Vergleich mit der Professionalität eines durchschnittlichen polizeilichen Sondereinsatzkommandos.

Nach der Verhaftungswelle, die am 9. Juli 1972 mit der Festnahme von Jünschke und Möller beendet wurde, war erst Mal Sense – jedenfalls draußen in der sogenannten Illegalität.

Zweitens:

Die »Vereinigung 4.2.«, so genannt nach dem Datum der Festnahme im Jahr 1974, war eine nahezu inexistente Gruppe. Sie bestand angeblich aus sechs oder sieben Personen. Darunter ein Rechtsanwalt, der auch in RAF-Verfahren tätig gewesen war. Nach ihrer Festnahme,

1 Gudrun Ensslin zu ihrer Schwester: »Wenn du wüsstest, wie schwierig es ist, eine Bombe zu legen.« Zur ersten Gruppe gehörten Berberich, Ensslin, Meinhof, Möller, Baader, Mahler, Meins u.v.a.m.

so beichtete der Staatsschutzagent Volker Speitel – in seinem Tryptichon im Spiegel 1980 Nr. 31 bis 33 – war abermals Tabula rasa. Im siebten Stock wurde der 4. 2. aber auch als Menetekel betrachtet.

Andreas meinte, die Gruppe sei ein Beweis dafür, dass man durch zu langes Zögern alles versieben könne.

Drittens:

Das Stockholm-Attentat im April 1975 wurde von einigen Anfängern übers Knie gebrochen. Es war ein Desaster, selbst wenn der deutsche Staatsschutz die Explosion der Botschaft ausgelöst haben sollte. Die Gruppe musste sich dafür Vorwürfe machen lassen – auch seitens der Gefangenen in Stammheim.

Klaus wusste wenig über die Gruppe und nichts von ihrem Projekt. Immerhin wurde ihr der Status RAF zugebilligt.

Viertens:

Eine echte RAF bildete erst wieder die Gruppe, die ab Frühjahr 1977 in Erscheinung trat.

Sie arbeitete, wenn auch nicht fehlerfrei, mindestens so professionell wie die erste Gruppe und hörte 1982 / 83 auf zu existieren, weil alle Mitglieder im Knast saßen.

Fünftens:

Die seit 1984 in Erscheinung tretende letzte Gruppe ist eine Chimäre. Die Morde an Zimmermann, Beckurts, von Braunmühl, Herrhausen, Rohwedder und dazu ein Haufen geringere Straftaten – alles unaufgeklärt. Aus dem Heuhaufen ragen drei, vier Namen, darunter Birgit Hogefeld, die immer noch sitzt.

So lange, bis eines Tages jemand kommt und sagt:

»Sie war es nicht.«[1]

1 Birgit Hogefeld wurde hauptsächlich der Mord an dem US-Soldaten Pimental 1985 in die Schuhe geschoben. Die Indizien, soweit bekannt, waren dünn. Wolfgang Grams, der bewegungsunfähig auf den Eisenbahngleisen des Bahnhofs von Bad Kleinen in Mecklenburg lag, als er 1993 erschossen wurde, war in ihrer Begleitung, als sie von einem Polizeispitzel namens Steinmetz denunziert und festgenommen wurde. Nur selten haben Morde, die die Polizei begeht, gewisse Folgen. Der Mordfall Grams löste einen kleinen Skandal aus, auch wenn der Täter nicht bestraft wurde.

Ergo:
Erste RAF: 1970 bis 1972
Zweite RAF: 1977 bis 1982/83
Dritte RAF/Chimäre: 1984 bis 1993.

Irgendwo lebt noch ein älteres Ehepaar, das den Schlüssel zum Depot hat, in dem das Logo liegt, mit dem 1998 die Proklamation der Selbstauflösung beglaubigt wurde.

Selbstgespräch I

Das Café Weiß in der Stuttgarter Altstadt, drei Schritte vom Hans-im-Glück-Brunnen entfernt, besteht nur aus zwei Räumen, wenn ich mal von der Küche und den Toiletten absehe.

Der vordere Raum mit dem Ausschank ist eigentlich eine stinknormale Abfüllstation, Typ Wohnzimmer für verlotterte Bohemiens mit Butzenscheiben, ohne Qualm nicht vorstellbar.

Das Essen habe ich einmal probiert, der Wirt ist manchmal etwas muffig, das Bier kommt aus sauberen Leitungen, ist gut gezapft und erfreut das Herz des kleinen Mannes, der die Richtung Rathaus sich drängenden Schickimickilokale hasst, wo die Praktikantinnen und Stenze sitzen, die so tun, als wären sie schon fest angestellt.

Dass ich lange nicht mehr dort war, hat was mit meinem Freund Niedlich zu tun.

Warum ich mit Niedlich seit zwei Jahren über Kreuz bin, spielt hier keine Rolle.

Es hat nichts damit zu tun, dass er in dieser Wirtsstube seit zehn Jahren einmal im Monat einen Schauspieler vom Staatstheater einen Abend lang aus Marcel Prousts Mammut-Roman laut vorlesen lässt.

Diese Veranstaltung findet schon deshalb meine Zustimmung,

weil der Roman bekanntlich zu den Lieblingsbüchern unseres gemeinsamen Freundes Klaus gehört hat. Im übrigen ist der Eintritt frei und die Teilnahme freiwillig. Man darf sogar trinken während der Lesung.

Der zweite Raum, der über eine längere Bar verfügt, ist noch schummriger, plüschig und sollte längst unter Naturschutz stehen.

In ihm fanden in der guten alten Zeit, als die Altstadt noch ein funktionierendes Sexualleben mit reichlich Triebabfuhrstätten bediente, die Anbahnungsverhandlungen statt.

Wie bedauere ich den Untergang der Kultur, die nur noch alte Männer wie ich, im Interieur dieses mittelgroßen Hinterstübchens erschnüffeln und sich phantasmagorieren.

Für mich sind sie leibhaftig, die nikotingeschwängerten, versoffenen, drallen Damen mit Chanel Nummer fünf hinterm Ohr an der Bar, und der Schweiß der unabgespritzten Freier in den Nischen liegt in der Luft.

Neben der kleinen Tür, die zu den oberen Stockwerken führt, sitzt eine fast achtzigjährige dicke Wirtin, verteilt Handtücher und kassiert den Kuppeltaler, sobald der nächste Freier mit seiner Bonbonniere Richtung Hobelbank abschiebt.

Ich kann das hier so ansatzweise beschreiben, weil ich das Glück hatte, das Etablissement vor Urzeiten einmal frequentiert zu haben, mit dem Dichter Otto Jägersberg übrigens, als es noch seiner ursprünglichen Bestimmung diente nach einer stinklangweiligen Sitzung des PEN-Clubs – einer nichtsnutzigen und deshalb angesehenen Schriftstellervereinigung.

Jetzt sitze ich alleine in einer dieser Nischen, vor mir das Pils und warte auf mich. Die Tür springt auf, da sehe ich mich schon hereinkommen, dem Wirt die Hand reichen, höre mich eine Bestellung aufgeben, schwer atmen, wenn ich die türlose Öffnung zur ehemaligen Anschleiche durcheile. Ich bin noch fetter geworden offensichtlich, seit unserer letzten Begegnung. Man kann mir förmlich zusehen beim fetter werden.

Ich reiche mir die Hand, erhalte ebenfalls ein Bier, proste mir zu und dann hämmern die Fragen auf mich ein, verlassen die Antworten mein Mundwerk, sodass man früher gesagt hätte: Wie aus der Pistole geschossen.

»Wann hast du Klaus kennen gelernt?«

»Ich glaube, 1968 im Spätherbst, im Club Voltaire.«

»Da kanntest du Andreas schon?«

»Ja, aus West-Berlin.«

»Auch Gudrun und Ulrike?«

»Ulrike kannte ich flüchtig, weil ich seit 1966 für konkret schrieb. Gudrun kam eines Tages in meine Wohnung in Westberlin und wollte, dass ich bei der sozialdemokratischen Wählerinitiative mitmachte, die der Grass erfunden hatte. Da machten ein paar Dichter mit, die sich vom großen Grass einen kleinen Schub erhofften. Ich war nie ein Grass-Freund. Außerdem sympathisierte ich mit der SEW.«[1]

»Es heißt, Andreas Baader habe sich mit Deinem Ausweis und Deinem Führerschein ausgewiesen, als er im März 1970 polizeilich kontrolliert wurde.«

»Ich weiß. Es steht in etlichen Büchern. Bei Aust,[2] der meinen Namen abkürzt, aber mein Geburtsdatum und meine römische Adresse kennt. Bei Peters, der den Eindruck erweckt, er habe die Ausweis-Story in einem Polizeiprotokoll gelesen, aber ein falsches Geburtsdatum angibt.«[3]

1 Sozialistische Einheitspartei Westberlin, ein Ableger der SED.

2 Stefan Aust, Der Baader-Meinhof-Komplex, Hamburg 1985, S. 93.

3 Butz Peters, Tödlicher Irrtum, Die Geschichte der RAF, Berlin 2004, S. 175. Peters weiß noch mehr, was die Vermutung nahe legt, er habe auch Einsicht in die Ergebnisse der Observationen durch italienische Agenten gehabt. Tatsächlich hatte der Westberliner Verfassungsschutz den italienischen Behörden schon im Herbst 1969 mitgeteilt, wer meine Besucher waren. Die ganze Italienreise, auch die Rückkehr nach Deutschland, fand unter den Augen der Geheimdienste statt. Woher, zum Beispiel, weiß Peters, dass Mahler mir am 5. Februar 1970 eine Nachricht telegrafiert habe, die ich an Gudrun und Andreas weiterleiten sollte (a.a.O. S. 139)?

»Was sagst du dazu?«

»Solange mir niemand das Polizeiprotokoll zeigt, sage ich nichts.«

»Aber Andreas war bei dir in Rom.«

»Von Spätherbst 1969 bis Februar 1970 mit Unterbrechungen. Er war mein Freund. Zuerst waren sie vier, dann drei, die letzte Zeit, als über die Gründung der RAF gesprochen wurde, die damals noch keinen Namen hatte, nur noch Gudrun und er.«

»Haben Sie mit dir über ihre Pläne gesprochen?«

»In Andeutungen, aber sie brauchten nicht deutlicher zu werden. Die Idee der Metropolenguerilla lag in der Luft. In Italien stärker als in Westdeutschland. In den USA, England, Irland, Spanien, Indien, überall auf der Welt. Der bewaffnete Kampf gegen den Imperialismus als höchste Form des Kapitalismus war eine reale Utopie.«

»Wieso bewaffneter Kampf?«

»Man war näher dran an den revolutionären Traditionen. Spartakusaufstand, Oktoberrevolution, Pariser Kommune. Der bewaffnete Kampf war ein unvermeidlicher Teil der Geschichtsprozesse. Man glaubte auch, es hätte keinen Nationalsozialismus gegeben, wenn in Deutschland jemals eine soziale Revolution stattgefunden hätte.«

»Wer?«

»Das glaubten auch bürgerliche Linke. Ohne Gewalt ging es nicht. Ohne Gewalt gab es nur Variationen des Status quo.«

»Weißt du wie Klaus darüber dachte?«

»Er dachte darüber wie ich. Wollen wir jetzt darüber diskutieren, ob und unter welchen Voraussetzungen Gewalt legitim ist?«

»Warum nicht. Wärst du bereit gewesen mitzumachen?«

»Andreas hat es mir angeboten. Gudrun hat ihm widersprochen.«

»Warum?«

»Das hat sie nicht gesagt.«

»Und er?«

»Hat ihr nicht widersprochen. Das ganze Gerede, dass Andreas so rechthaberisch und präpotent gewesen wäre, habe ich nie verstanden. So kannte ich ihn nicht.«

»Wie fandest du die Idee der Guerilla?«

»Ich fand sie gut. Ich finde sie immer noch gut.«

»Du bejahst die Gewalt.«

»Nicht die reaktionäre, faschistische. Nicht die klerikale, die sich auf religiöse Ziele kapriziert. Nicht die sinnlose. Gewalt ist nur sinnvoll, wenn sie ultima ratio ist und eine progressive Vision hat. Natürlich müssen noch etliche weitere Voraussetzungen erfüllt werden. Dilettantische, nicht vermittelbare Visionen sollten verboten werden. Ich bin gegen die Gewalt in der augenblicklichen gesellschaftlichen Situation, das heißt bei den derzeitigen Kräfteverhältnissen.«

»Was hat sich geändert?«

»Der Widerstandskämpfer muss im Volk schwimmen wie ein Fisch im Wasser.

Diese Möglichkeit schien damals real zu sein. Der bewaffnete Kampf stieß in der ersten Hälfte der siebziger Jahre auf große Zustimmung. Es gab eine ausreichend große Zahl von Unterstützern und Sympathisanten. Nur an realen Kämpfern, die bereit waren, mit der Waffe in den ›Untergrund‹ zu gehen, hat es von Anfang an gemangelt.«

»Du hast sie also in ihrer Absicht bestärkt?«

»Wen? Wann?«

»Gudrun und Andreas 1970.«

»Die brauchten keinen Rat. Nein, ich habe Ihnen abgeraten und das war das, was sie am wenigsten hören wollten. Das habe ich später noch mehrfach erlebt. Alle, die bereit waren, in die Illegalität zu gehen, waren quasi beratungsresistent. Deshalb waren auch alle diese Aufrufe so sinnlos: ›Leute schmeißt die Knarre weg.‹ Ich weiß noch, was ich gesagt habe: ›Lasst die Finger davon. Sie werden Euch alle umbringen.‹ Nein, den Tod billigend in Kauf zu nehmen, haben sie für ihre Pflicht gehalten. Insoweit waren sie Anhänger von

Louis-Auguste Blanqui, dem großen französischen Sozialrevolutionär, den sie verehrten, auch wenn sie bestritten, Blanquisten zu sein.«

»Weißt Du, ob es einen staatlichen Schießbefehl gab?«

»Es sieht so aus. So viele Leute aus dem Widerstand sind bei der Festnahme gestorben oder lebensgefährlich verletzt worden, dass es schwer fällt, an polizeiliches Unvermögen zu glauben. Ich kenne eine Menge Leute, die davon überzeugt sind, dass an jeder Verhaftung ein Scharfschütze teilnahm, der den Befehl hatte, wenn möglich zu schießen. Natürlich unter vier Augen. War ja auch bequemer. Die Gefangenen machten nichts wie Ärger. Hass genug hatte die Truppe bis rauf zu den Ministern.«

»Hattest du Kontakt zu Klaus in den Jahren?«

»Erst wieder im Herbst 1974. Er schlug mir vor, Andreas im Knast Ziegenhain zu besuchen, wo die Anstaltsleitung gerade versucht hatte, ihn durch Wasserentzug umzubringen. Den Briefwechsel mit Andreas habe ich kürzlich wiedergefunden. Er gratulierte mir zu dem Mut, ihn zu besuchen.«

»Wie war der Besuch?«

»Ich habe eine Erzählung darüber geschrieben, die auch veröffentlicht wurde.«[1]

»In der Bildzeitung stand irgendwann 1975, du habest Dich als Verteidiger für Andreas Baader gemeldet.«

»Ja, das weiß ich noch heute, weil ich seit dem Tag ständig observiert und von der Polizei schikaniert wurde.[2] Meine damalige Frau

1 »Gefangenenbesuch« in: Durch Schaden wird man dumm, Claassen Verlag, Düsseldorf 1976, S. 231 ff.

2 Chotjewitz an Heldmann am 9.7.1975: Lieber Kollege! Habe heute die Sprecherlaubnis für Andreas Baader erhalten. Aus irgendeinem Grund wusste die Presse früher Bescheid als ich, denn gestern schon klingelte das Telefon – Bildzeitung, Welt, Spiegel, Rundschau und jede Menge Radio. Was mich daran verwunderte: DPA hatte nur gemeldet, dass Andreas einem Rechtsanwalt aus Fulda Vollmacht erteilt habe, ohne meinen Namen zu nennen. Trotzdem riefen alle bei mir zuhause an. Hat das seine Richtigkeit? Gruß, Dein …

übrigens auch. Mein Sohn David war noch jahrelang traumatisiert, weil er in der Schule permanent darauf angesprochen wurde. Ich glaube, er hat sogar einen Roman darüber geschrieben.«

»Was war Deine Aufgabe?«

»Als Verteidiger? Ich ging in den Knast, besuchte Andreas, plauderte mit ihm, ließ den Tabak da und ging wieder. Seitdem weiß ich, dass es definitiv unmöglich war, etwas rein- oder rauszuschmuggeln. Der Gefangene wurde vor und nach jedem Besuch nackt ausgezogen und visitiert. Ich als Anwalt wurde weniger streng kontrolliert. Also Metalldetektor, Abtasten, Handakte durchblättern. In meiner Handakte hätte ich keinen Gegenstand reinschmuggeln können. So gründlich wurde die untersucht.«

»Hast du am Verfahren teilgenommen?«

»Nie. Das hatte ich Andreas vorher gesagt. Dieses pseudojuristische Affentheater wollte ich mir nicht antun. Ich habe zwar nie an den Rechtsstaat geglaubt, aber so, wie man sich dort als Anwalt durch den Kakao ziehen lassen musste, das grenzte an Volksgerichtshof.«

»Heldmann, Pfaff und Du, Ihr wart ja nun seit Mai 1975 gewissermaßen die Nachfolger von Klaus, den man ausgeschlossen hatte.«[1]

»Deshalb bin ich nach jedem Besuch bei Andreas zu Klaus ins Büro. Obwohl er kein Mandat hatte, nahm er intensiven Anteil an den Problemen seiner ehemaligen Klienten und tat, was er konnte, um ihr Leben zu retten. Vergeblich, wie wir wissen.«

»Das Büro wurde aber überwacht.«

»Es war total überwacht vom Staatsschutz. Die hörten jedes Wort mit, observierten jeden, der reinging. Einmal schickte ich meine damalige Frau zu Klaus ins Büro. Ich hab' vergessen warum. Wahrscheinlich war ich krank oder hatte keine Zeit. Schon auf der Hinfahrt nach Stuttgart wurde sie im Zug von einem Sonderkommando der Bereitschaftspolizei überfallen, auf irgendeinen Dorfbahnsteig verschleppt

1 Im Urteil sind sechs weitere Verteidiger aufgeführt – nicht alle waren Vertrauensanwälte. Arndt Müller aus der Kanzlei von Klaus vertrat Gudrun.

und der Zug fuhr ohne sie weiter. Das Büro war eine heiße Höhle, aber nicht, weil das Personal kriminelle Kisten ausgeheckt hätte, sondern weil die Greifer jeden verdächtigten, der raus- und reinging.«

»Wurde da auch über strafbare Handlungen gesprochen?«

»Zwischen Klaus und mir? Nie. Er schimpfte nur wie ein Rohrspatz auf die Justiz und die Medien.«

»Praktisch hätte Andreas dir Nachrichten für Klaus anvertrauen können, die Klaus dann über Dritte hätte an die Illegalen weiterleiten können und umgekehrt.«

»Praktisch ja. Aber das ist nie gelaufen.«

»Warum nicht?«

»Da war nichts weiterzuleiten. Jedenfalls nichts Strafbares. Dass Andreas über Anwälte mit den Illegalen kommuniziert hätte, habe ich nie geglaubt. Meines Erachtens wusste er über die Szene draußen nicht mehr als ich und ich wusste auch nur, was in den Zeitungen stand. Einmal fragte er mich zum Beispiel, wer die RZ wären. Natürlich machte er sich Hoffnungen, dass man ihn freipressen würde, aber darauf hatte er keinen Einfluss und Klaus erst recht nicht. Die illegalen Gruppen als ein vernetztes, hierarchisch aufgebautes System mit einer vertikalen Befehlsstruktur – das war immer ein Ammenmärchen.«

»Gab es die RAF dann überhaupt?«

»Ja und nein. Ich würde nicht so weit gehen wie die drei Journalisten, die behaupten, die meisten Attentate seit 1984 seien von Geheimdiensten begangen und einem Phantom RAF untergeschoben worden.[1]

Ich behaupte nur, es gab nicht eine Adresse, wo man dreißig Jahre lang anklopfen konnte, wenn man mitmachen wollte. Es gab keine durchgehende Stabsebene, keine Kontinuität der Befehlsgeber, weil die Kader stets als erste einfuhren und aus dem Knast praktisch keinen materiellen Einfluss mehr hatten. Ihr Einfluss bestand nur noch

1 Gerhard Wisnewski / Wolfgang Landgraeber / Ekkehard Sieker, Das RAF-Phantom, München, 1993.

aus der Idee, für die sie gekämpft hatten und für die sie im Knast mit den dort möglichen Mitteln kämpften.

Die RAF war mehrmals quasi inexistent. Nach jeder großen Vernichtungswelle. Nach der Verhaftung der Gründergeneration im Juni und Juli 1972. Nach den Verhaftungen 1974. Die Gruppe, die sich für den Sturm auf die Botschaft in Stockholm am 24. April 1975 konstituierte, musste praktisch ganz neu anfangen. Wie sich nach der Welle der Erschießungen und Verhaftungen ab 1978 draußen überhaupt noch eine Widerstandsgruppe konstituieren konnte und wer die Mitglieder waren, ist allen ein Rätsel.

Man muss also sagen, es gab mehrere Gruppen, die sich personell immer wieder neu aufstellten und in ihrer Arbeitsweise stark differierten. Anders wäre das nicht gegangen. Die Tatsache, dass seit der Verhaftung von Klar, Mohnhaupt etc. 1982 praktisch keine Angriffe der RAF mehr aufgeklärt werden konnten, zeigt schon den Wandel der Arbeitsweise.

Was die Gruppen miteinander verband, war das Feuer, das die Idee des bewaffneten Widerstands Ende der sechziger Jahre entfacht hatte – im wesentlichen definiert durch das Logo. Das Logo definierte die Ziele und die Solidarität untereinander. Leute, die mal unter diesem Zeichen gesiegt hatten im Sinne eines Sieges über sich selbst, waren fortan Geschwister, auch wenn sie sich draußen nie begegnet waren.«

»In den Medien hieß es, die Gefangenen würden die Illegalen steuern und das liefe über die Anwälte.«

»Der Staatsschutz soll mal seine gesammelten Kassiber und die Aussagen der Überläufer und Spitzel veröffentlichen. Dann könnte man das überprüfen. Solange das nicht geschieht, behaupte ich mal, der Staatsschutz und die Medien haben gelogen.«

»Was ist mit Brigitte Mohnhaupt?«

»Den Fall hat sich die Justiz selbst zuzuschreiben. Das war ein Geschenk des Himmels, dass die Justiz Brigitte wenige Monate vor Haftende ausgerechnet zu Andreas, Gudrun und Jan in den siebten

Stock verlegen ließ, wo sie jeden Tag Umschluss hatten. Verständlich, dass Andreas gewisse Hoffnungen in sie setzte, als sie im Februar 1977 entlassen wurde.«

»Dann wurden die Attentate 1977 in Stammheim geplant?«

»Das hatten die Illegalen nicht nötig. Die wussten selbst, was zu tun war und um das zu organisieren, was 1977 gelaufen ist, brauchte man die Gefangenen auch nicht. Dazu brauchte man nur ein paar Politthriller zu lesen.«

»Gab es die RAF überhaupt?«

»Natürlich.«

»Wusstest du, dass Klaus abhauen wollte?«

»Die Entscheidung muss spontan gewesen sein, aber es war klar, dass uns die Zeit davonlief. Die Situation war seit Prozessende nicht mehr kontrollierbar.«[1]

»Hattet Ihr weiter Kontakt?«

Brieflich. Er schrieb mir aus Paris, aus dem Knast, aus Wien. Im Knast und in Wien habe ich ihn auch besucht. Einmal habe ich ihm nicht geantwortet.«

»Erzähl!«

»Als ich den Prozess vor der großen Strafkammer in Fulda hatte wegen Unterstützung der RAF, verlangte er, dass ich mich offensiv politisch verteidigen sollte.«

»Hast du seinen Rat befolgt?«

»Natürlich nicht. Ich wollte doch nicht für eine verlorene Sache in den Knast. Nachdem meine Freunde in Stammheim tot waren.«

»Wie hast du auf den Tod der Stammheimer reagiert?«

»Ich habe geheult wie ein Schlosshund. Jedes Mal.«

»Lagen sie dir so am Herzen?«

1 Das Urteil des Oberlandesgerichts Stuttgart vom 28. April 1977 in der Strafsache 2 StE 1/74 gegen Baader, Ensslin, Raspe umfasst 319 Seiten. Dazu die 40 Listen der vielen Tausend Asservate auf ebenso vielen Seiten. Nach Unterzeichnung dieser beiden Konvolute durch die fünf Richter Foth, Maier, Berroth, Breucker und Vötsch wurden auch diese drei Angeklagten nicht mehr gebraucht.

»Ich habe ihren Tod als Niederlage erlebt. Um ein Haar wäre ich Pessimist geworden.«

»Worauf hoffst du?«

»Dass ich hundert Jahre alt werde.«

Wir bestellen noch zwei Pils. Jeder zwei. Wir halten noch ein paar Selbstgespräche. Er erhebt sich schwerfällig. Ich finde, er ist alt geworden. Ich begleite ihn bis zur Tür, um ihn aufzufangen, falls er stolpern sollte. Letztes Jahr fiel er so unglücklich, dass er eine halbe Stunde lang ohnmächtig war und drei Tage zur Beobachtung in der neurologischen Klinik in Wittlich lag, weil die Ärzte fürchteten, er hätte einen Schlaganfall erlitten. In Wittlich war er, um das Gefängnis zu besichtigen, in dem Holger Meins starb.

Da geht er hin, etwas schwankend, behäbig. Richtung Brunnen.

Ich sehe ihn von hinten fast viereckig. Klein, bräsig.

Er gestikuliert mit den Armen, als hielte er immer noch Selbstgespräche.

Zum Glück hatte er nur eine schwere Gehirnerschütterung.

Belletristik II

Das zweite Buch über Klaus, das ich gefunden habe, ist ein Schlüsselroman.[1]

Der Roman scheint indessen nicht genug verschlüsselt gewesen zu sein, denn als ich mir das Werk dieser Tage aus der Landesbibliothek holte, fehlten einige Passagen, die mir beim ersten Lesen vor dreißig Jahren aufgefallen waren.

Ich musste mir also im Internet eines der wenigen Exemplare der ursprünglichen Version holen, das heißt: auch noch Geld ausgeben.

1 Albert Gerhard, Der Schrei, Verlag C. Bertelsmann, München 1978. Das erste Buch über Klaus, dies zur Erinnerung, sind die ausführlich behandelten Erinnerungen von Gaspard Dünkelsbühler.

Der Plot, der in beiden Fassungen vermutlich identisch ist, könnte authentisch sein. Ein Fall aus dem schwäbischen Millionärsmilieu mit Sets in Stuttgart und Waldenbuch. Dieter Bendigk, Geschäftsführer, ermordet seine Frau Ingrid geborene Weinmann durch einen fingierten Autounfall auf Kreta, weil er ein Verhältnis mit Charlotte hat, der zweiten Frau seines verstorbenen Schwiegervaters. Sowohl Charlotte, als auch Ingrid repräsentieren das Milionärsmilieu und Charlotte sitzt gelegentlich unter dem Bild einer Freifrau von Cotta, also auch ein Bildungsroman. Dieter hingegen verwickelt sich – wie stets in solchen Sujets – in eine Reihe von Problemen, die dazu führen, dass er als Mörder enttarnt und zu lebenslänglich verdonnert wird.

Ich fürchte, er ist zum Schluss sogar ziemlich froh darüber, übt also tätige Reue, was Juristen immer zu schätzen wissen.

Bendigks Reue ist allerdings weniger einer echten Einsicht in das Unerlaubte seiner Tat geschuldet, als der Tatsache, dass Charlotte sich einem anderen zuwendet. Sie ist ein echter Wendehals.

Erwähnenswert ist der Roman nicht nur, weil Klaus darin vorkommt, sondern auch, weil der Autor behauptet, mit Klaus befreundet gewesen zu sei. Sie seien zusammen in Urlaub gefahren. Klaus habe seine Geliebte und seine zwei Töchter dabei gehabt. Er, der Autor, sei in Begleitung seiner Frau gewesen. Die Freundschaft mit Klaus habe er beendet, weil der sich ihm homoerotisch genähert habe, was ich nicht vertiefen möchte. Es gibt keine Anzeichen für eine derart sympathische Seite an Klaus' Charakter und der Autor liebt, wie sein Roman zeigt, Homestories und Klatsch.

Das letzte Mal traf ich den Autor und seine Frau übrigens in einer badischen Kurstadt, wo ich ein Interview für meinen Roman machte. Sie kamen mir entgegen auf einer mondänen Einkaufsstraße – wie stets: elegant, charmant, guter Dinge. Sie hätten jetzt auch einen Jour fixe und ich sollte mal reinschauen.

Die Gelegenheit, Klaus zur Romanfigur zu machen, ergibt sich, weil der Autor sich nicht nur an den Schlafzimmergeschichten seiner Personnage vergreift, sondern auch an der Zeitgeschichte. Die tritt erstmals ins Bild, als Dieter in Stammheim in U-Haft sitzt, wo ein Rechtsanwalt namens Vieling ihn besuchen soll. Also kleiner Ortstermin.

Richtig spannend wird es jedoch erst, als Charlotte in der Rückblende bei Professor Hagerlocher den bisexuellen Dr. Lutz kennen lernt, mit dem sie natürlich ins Bett geht, denn auch sie liebt die Promiskuität.

Dr. Lutz ist seltsamerweise ein verbalradikaler Linker, obwohl er als Lektor beim renommierten Klettverlag beschäftigt ist. Also sieben Seiten pseudomarxistischer Smalltalk mit Hagerlochers, die ebenfalls Salonkommunisten sind.

»Dr. Lutz lachte. Fast hysterisch. ›So viel Intelligenz beim Klassenfeind‹, stöhnte er und küsste sie. Das durfte er. Schon.«

1970, drei Jahre vor Ingrids Tod belebt sich die Szene. Nach vielen Tennislehrern, Masseuren und »italienischen Eissaloninhabern« hat Ingrid zehn Monate lang eine Affäre mit meinem Freund Klaus. Das trifft sich gut, denn er soll einige Jahre lang tatsächlich eine Affäre mit einer Ingrid gehabt haben, die allerdings keine Textilfabrik in Waldenbuch hatte und nicht mit einem Herrn Benedigk verheiratet war.

Klaus heißt im Schrei nicht Klaus, sondern Riedinger, aber Vorsicht. Es gibt in diesem Roman auch eine Figur namens Klaus Croissant, Rechtsanwalt, aber der ist nicht mein Klaus, was man schon daran erkennt, dass er nur einmal kurz in Erscheinung tritt.

Mein Klaus ist »Dr. Markus Riedinger, 38 Jahre, Linksanwalt« … hatte aber »lange im Schatten der Frankfurter und Berliner Größen seiner Kunst gestanden.«

Die nächsten dreißig Seiten zeigen, dass Riedinger tatsächlich Klaus ist. Seine juristischen Tätigkeiten (Seite 136) belegen es, wie seine Familien- und Wohnverhältnisse (Seite 137). Sogar die Büroanschrift stimmt. Dass Mutter Croissant plötzlich Arztwitwe ist und Klaus hauptsächlich CDU-Wähler vertritt, ist dem Genre (Schlüsselroman!) geschuldet, die von der Realität abweichende Personenbeschreibung hingegen der Tatsache, dass der Verfasser die Annäherungsversuche des Anwalts einst brüsk abgelehnt hatte:

Auf einer Protestkundgebung gegen den Vietnamkrieg habe Dr. Lutz zu Ingrid gesagt, Rechtsanwalt Riedinger sehe aus »wie die vollgefressenen, zwergenhaften Kardinäle in den unteren Bildecken des Isenheimer Altars«.

Ingrid hat Riedinger bei Schäubles – Turn- und Kinderschuhfabrik – kennen gelernt, wo weniger marxistelt wird. Dafür spricht man über die Galerie Müller, den Intendanten Palitzsch und was Stuttgart kulturell zu bieten hat. Immerhin findet Riedinger alias Klaus schon am ersten Abend Zeit, Ingrid mitzuteilen, dass er vom Verfassungsschutz observiert werde (Seite 139) und sie zu belehren:

»Die Revolution sei schon immer aus der Oberschicht gekommen. Die arbeitenden Massen seien zu ausgebeutet, um sich selbst zu erheben.«

Anschließend Beschreibung der Wohnung im SI-Centrum, Küssen, Stöhnen, ein stufenlos drehbarer Lichtschalter (damals dernier cri), »wie im Kino« und schließlich:

»Ein ungewohntes, aber ein großes Glück.«

Später wieder Terrorismus:

»›Unsere Liebe ist eine Weltrevolution‹, sagte Dieter.«

Oder die hier:

»Marx hat Erklärungen gehabt«, sagte Dr. Lutz.

Um das zu verdauen lassen wir uns noch mal fünf Seiten Marxismus bieten, oder was man in der Stuttgarter Gesellschaft dafür hält.

Nun sind es nur noch fünfzehn Seiten und »Auf einmal hatten alle von Gewalt gesprochen. Am Morgen nach dem Attentat in Heidelberg.« Ingrid, Dieter, Professor Hagerlocher und seine Frau Christiane, die gerade das Laub harkt (im Mai?).

So ist es denn auch unvermeidlich, dass Rechtsanwalt Riedinger ab Seite 177 seine geliebte Ingrid Benedigk anbaggert:

»›Andreas braucht Geld‹, sagte er. ›Sie wollen weg, Stuttgart geht ihnen auf die Nerven.‹

›Das verstehe ich gut‹, sagte sie. ›Zu dritt in Deiner kleinen Wohnung. Wie viel?‹

›Zwanzigtausend, du bist doch reich.‹

›Ich bin nicht reich, mein Vater ist reich und vielleicht auch mein Mann.‹

Sie rauchten und schauten aneinander vorbei.«

Wie die Stuttgarter Society nach den Druckschriften der RAF giert, Waltraud Binder Kurierdienste leistet, die Waizmanns in ihrem Garten Schießübungen veranstalten, Schäubles für ihre Freunde von der RAF Partys veranstalten, bis Yvonne Schäuble und Gudrun Waizmann, die sich vorab über die Kleiderordnung verständigt haben, um nicht overdressed zu erscheinen, in Riedingers Wohnung die Knete für die RAF abdrücken, erfahren Sie in der nächsten Fortsetzung.

Aber ich verrate den Schluss.

Rechtsanwalt Riedinger verlässt Stuttgart gleich nach der RAF in einem neuen Citroen, dessen Blau der Farbe des Wagens des französischen Staatspräsidenten Pompidou nachempfunden ist.

Dr. Prächtig, der Vorsitzende der Kammer, die Dieter Benedigk zu lebenslänglich verdonnert, stirbt an einem Herzanfall.

Die Frau des Berichterstatters Dr. Fetzer fällt von der Leiter, bricht sich den Fuß und sein Sohn schreibt in Mathe eine Sechs.

Charlotte ermordet den Geschäftsführer ihrer Firma, einen gewissen Weischedel, wie der Philosoph, um die Textilfabrik alleine zu erben.

Dieter schnitt sich die Pulsadern auf.

Dr. Lutz versank im Leid, als er von seinem Liebhaber verlassen wurde.

Charlotte setzte sich noch einmal unter die Cotta.

Dann heiratete sie den linken Verbalradikalinski Dr. Lutz.

Ihre Firma, die Waldenbucher Babystrickwaren GmbH & Co, KG verkaufte sie an einen Mischkonzern aus Cincinatti, Ohio, USA.

Es war 1975. Zeit den Westberliner CDU-Vorsitzenden Lorenz zu entführen, die westdeutsche Botschaft in Stockholm zu erstürmen und den Prozess gegen die RAF in Stammheim zu beginnen.

Wie man durch einen kleinen Scherz seine Geografiekenntnisse verbessert

»Hier Bollinger.«

»Aus Bollingen?«

»Hier Bollinger aus Bollingen.«

»Herr Bollinger, wo liegt Bollingen?«

»Bei Ulm.«

»Aha. Nun, was kann ich für Sie tun, Herr Bollinger?«

Herr Bollinger sagt, er rufe wegen meiner Suchanzeige an.

»Wegen dem Klaus Croissant.«

Er habe Klaus gekannt. Sie seien sich oft begegnet.

»Wo war das? Unter welchen Umständen?«

Herr Bollinger war 20 Jahre lang Chefportier im SI-Center Stuttgart.

»In Abteilungsleiterposition«.

»Wann war das?«

»Wenn ich das noch wüsste.«

»Vor fünfzig Jahren, vor hundert Jahren.«

»In den siebziger Jahren auf alle Fälle.«

»Vor oder nach dem Umbau?«

»Lange davor.«

In den unteren Etagen hätten sich die Hotelhalle, ein Restaurant und die Büro- und Konferenzräume befunden. Auch ein Ballsaal. Über der zweiten oder dritten Etage das Hotel. Ab der zehnten Etage der Boardingshouse-Bereich. Die Appartements seien mit Fahrstühlen zu erreichen gewesen.

»Dort hat er wohl gewohnt. Anfang der siebziger Jahre.«

»Nicht später?«

»Vielleicht auch später.«

Ausführlich versucht Herr Bollinger das Gebäude zu beschreiben, was darauf schließen lässt, dass er über Klaus nicht viel zu berichten hat. Wie viele Etagen das Gebäude gehabt habe sei ihm nicht erinnerlich. Der heutige Gebäudekomplex sei erst in den Neunzigerjahren entstanden. Auch das Hotel sei renoviert worden.

»Herr Bollinger! Also was war jetzt irgendwann in den Siebzigerjahren?«

Herr Bollinger sah Klaus manchmal, wenn er durch die Hotelhalle kam und ins Restaurant ging.

»Ich sah ihn selten mit anderen Leuten. Der Mann war geprüft, gebrochen. Dunkel gekleidet, gebeugt. Wirklich gebrochen. Er schien dort oben alleine zu leben.«

Sie hätten sich gegrüßt, aber selten miteinander geredet.

»Wir hatten nur mäßigen Kontakt.«

Die Wohnungen seien angeblich teurer gewesen als anderswo, obwohl nicht besonders ausgestattet und klein, aber dazu könne er nichts sagen. Er sei nie dort oben gewesen. Alles, was er wisse, sei, dass man von dort oben eine schöne Aussicht gehabt habe.

»Nun gut, aber woher wissen Sie, dass er dort oben eine Wohnung hatte? Vielleicht war er nur zu Besuch bei einem Freund oder Bekannten.«

Herr Bollinger hat keinen Zweifel:

»Er hatte mit Sicherheit eine Wohnung dort oben.«

Einmal nämlich sei eine Frau, die er nicht gekannt habe, zu ihm ins Büro gekommen und hätte gefragt, ob der Lang oder der Haag auch dort oben wohnten.

»Ja wussten Sie denn, wer das war, die Herren Lang und Haag?«[1]

»Woher sollte ich das wissen?«

»Dann konnten Sie es der Dame nicht sagen.«

1 Gemeint sind die Rechtsanwälte Jörg Lang und Siegfried Haag, von denen an anderer Stelle die Rede ist.

»Natürlich nicht.«

»Aber dass der Herr, der gelegentlich durch die Hotelhalle kam und ins Restaurant ging, Klaus Croissant war, das wussten Sie?«

Das wusste er.

»Den kannte man, er war eine auffällige Erscheinung. Da tuschelten die Leute. Guck mal, da geht der Klaus Croissant.«

Jörg Lang

13. April 2005, 18 Uhr, in seiner Kanzlei. Später Weinstube Stetter. Er überreicht zum Abschied einen Koffer voller Zeitungsausschnitte. Einen dieser alten Pappkoffer mit Seitenverstärkern. Groß und schwer. Sein Vater habe das Material gesammelt und für ihn aufgehoben. Seit den frühen Sechzigerjahren. Irre ich mich oder sagte er, sein Vater sei Dekan gewesen?

Zweites Gespräch 3. Mai 2005 in meiner Wohnung: Lammbraten, Dörrpflaumen, Backkartoffeln, grüne Bohnen, Puntarelle in Sardellensoße, Antipasto misto, Artischocke mit pinzimonio, Tarte Tartin. Den Nachtisch produziert bei uns immer meine Frau, die auch den Sommelier spielt.

Lang studierte ab 1961 in Tübingen, ging 1962 nach Westberlin. Beteiligte sich an der Kampagne gegen das Diepgen. Politisch stand er zunächst der SPD und dem SHB[1] nahe. Seine weitere Politisierung entwickelte sich parallel zur Protestbewegung gegen den Krieg in Vietnam, zur neuen Linken und ihren Themen.

1971 wurde Lang zur Anwaltschaft zugelassen und arbeitete als Angestellter bei Klaus. Politisch war er nun in der KPD-ML[2] und der linksradikalen Juristenzeitschrift »Rote Robe« engagiert.

1 Sozialdemokratischer Hochschulbund.

2 Kommunistische Partei Marxisten Leninisten.

Klaus habe er 1970/71 kennen gelernt. Er sei bei ihm schon als Referendar gewesen.

»Klaus war neugierig. Hat viel gefragt.«

»Was interessierte ihn an Dir?«

»Ich hatte gelernt, marxistisch zu argumentieren.«

Als Anwalt sei Klaus damals gut im Geschäft gewesen. Er hatte Charisma.

Seine Wohnung im SI-Center sei gestylt gewesen, fast futuristisch. Ihm (Lang) sei die Wohnung bombastisch vorgekommen.

»Woher kanntest du die Wohnung?«

Er habe dort gewohnt. Klaus habe ihm die Wohnung im SI-Center zur Verfügung gestellt und sei selbst in den Asemwald[1] gezogen.

»Wie war Klaus persönlich?«

»Sehr sympathisch. Er ruhte in sich selbst. Von Innen her eine ehrliche Haut. Klaus hat nie gekniffen.«

Abends habe er gerne etwas getrunken.

»Wo stand er politisch?«

»Klaus war Antifaschist.«

Er, Lang, habe ihn der antiautoritären, bürgerlich-liberalen Bewegung zugerechnet.

»Dann war er eher zurückhaltend?«

»Klaus machte aus seinem Herzen keine Mördergrube. Der konnte auch hassen!«

»Ein Beispiel?«

Einmal, bei einer Geburtstagsfeier in der Weinstube Widmer, habe Klaus einen Gast in Verdacht gehabt, ein Spitzel zu sein und zu schnüffeln. Er sei böse geworden und habe die Person angeherrscht:

»Wer sind Sie?! Was wollen Sie hier?!«

»Kanntest du die Person?«

1 Vgl. den Abschnitt »Topografie II«.

»Ich will keine Namen nennen.«

»Ich kannte Klaus als eine sehr politische Persönlichkeit. Wie verträgt sich das mit dem Eindruck, den du von ihm hattest, als Ihr Euch kennen gelernt habt?«

Klaus sei im Grunde erst durch die RAF politisiert worden. Davor sei er ein Radikaldemokrat gewesen. Gegen den Krieg, gegen die alten und neuen Nazis, den Muff der Nachkriegszeit, die abgestandenen Rituale wie Ehe, Kirche. Er habe die neuen Lebensformen bejaht, sei aber in seiner Kapitalismuskritik sozialdemokratisch geblieben.

Die Bekanntschaft mit der RAF habe ihn verändert. Gudrun Ensslin habe er verehrt.

»Sie ist so stark als Mensch, so unheimlich stark«, habe er einmal gesagt.

Auch Andreas Baader habe er toll gefunden.

»Klaus war abhängig von Sympathien. Er brauchte Menschen, die er sympathisch finden konnte.«

Von der RAF sei er fasziniert gewesen.

»Die Sache hat ihn unheimlich erotisiert. Erlösung im Kampf. Was tun! RAF, das war für ihn die pure Erotik.«

»Und für Dich?«

»Für mich war es eine typisch deutsche Bewegung.«

Ganz klar habe er das erst im Libanon erkannt.

Auf Befragen:

Die Kanzlei habe etwa seit November 1971 Vollmachten besessen, um gewisse polizeilich gesuchte Leute im Falle ihrer Verhaftung anwaltlich vertreten zu können. Das sei üblich. Es sei nicht strafbar und auch nicht standeswidrig.[1]

1 Auch Groenewold vertritt die herrschende Meinung der Anwaltschaft: »Jörg Lang hat Recht. Kein Anwalt macht sich strafbar, der von einem steckbrieflich gesuchten Beschuldigten eine Vollmacht hat. Gegen eine so gesuchte Person läuft ein Strafverfahren und sie gibt die Vollmacht, um im Falle der Festnahme schnell Anwaltsbesuch zu erhalten. Buback hat allerdings gesagt, die Übernahme solcher Mandate überhaupt sei unzulässig. Das war aber bloß Rhetorik.«

Auf Befragen:

Die Kanzlei habe mehrere Mandanten aus dem Umfeld der RAF vertreten. Nach dem gesetzlichen Verbot der Mehrfachverteidigung war das kaum noch möglich, aber zu der Zeit sei er (Lang) schon lange nicht mehr in Deutschland gewesen. Davor sei die Vertretung unterschiedlich intensiv gewesen. Manche Mandanten seien nur gelegentlich von ihm oder Klaus besucht und im wesentlichen von anderen Verteidigern betreut worden.

Im übrigen sei die Kanzlei weitergelaufen wie bisher. Die alte Klientel habe Klaus nicht im Stich gelassen. Der Arbeitsaufwand sei nach der Verhaftung der RAF-Kader jedoch erheblich größer gewesen, da die Mandanten über die ganze Bundesrepublik verstreut eingesessen hätten.

»Eine Woche Reisen, eine Woche Büroarbeit.«

»Klaus hat zuweilen geklagt, weil er keine Zeit mehr hatte und nicht mehr so gut leben konnte wie zuvor. Nach der Verhaftung der RAF-Kader 1972 hatten wir kein Privatleben mehr. Nur noch Arbeit. Und dazu der ständige Verfolgungsdruck.«

Der Staatsschutz habe die allgemeine Hysterie durch bewusste Falschmeldungen immer noch angeheizt.

»Zum Beispiel?«

»Die RAF habe in der Stuttgarter Innenstadt eine Bombe platziert.«

»Du bist dann also abgehauen. Was hast du gemacht im Libanon?«

Er habe für eine palästinensische Organisation gearbeitet. Eine Bürotätigkeit.

»Foreign Information der PLO/Al Fatah.«

»Wie lange?«

»1974 bis 1982.«

»Wo war Deine Familie in der Zeit?«

»Die meiste Zeit bei mir im Libanon. Meine Frau ist mit den Kindern ein Jahr vor mir zurück.«

Dann, als klar war, dass er in Deutschland nicht mehr gesucht wurde, habe auch er sich zurückgemeldet.

»Warum bist du nicht dort geblieben?«

»Wegen der Israelis. Ich hatte Angst um mein Leben.«

»Und warum bist du überhaupt hin?«

Sie seien seit seinem Eintritt in die Kanzlei massiv verfolgt worden. Er, Lang, sei schließlich eines Tages auf offener Straße verhaftet worden. Erst nach vier Monaten sei er wieder freigelassen worden. Von da ab habe zwei Jahre lang stets ein Haftbefehl gegen ihn bestanden. Die Hauptverhandlung sei erst 1974 angesetzt worden. In der Zwischenzeit sei die Hetze so drastisch gewesen, dass er nicht mehr mit einem fairen Prozess gerechnet habe. Deshalb habe er sich der Hauptverhandlung entzogen.

»Wie erklärst du Dir, dass du verhaftet worden bist? Warum nicht Klaus?«

Er vermute, der Staatsschutz habe ihn (Lang) für erpressbar gehalten und gehofft, er würde bereit sein, Klaus zu denunzieren und erfundene Geschichten über Beziehungen zwischen den Anwälten und den Untergrundkämpfern preiszugeben.

»Wieso solltest du erpressbar sein?«

»Ich stand am Anfang meiner Karriere als Anwalt, meine Freundin war hochschwanger, die Wohnung war noch nicht eingerichtet.«

»Erinnerst du Dich an die Demonstration der Rechtsanwälte vor dem Bundesgerichtshof in Karlsruhe im Februar 1973?«

Schily sei gar nicht erst gekommen. Klaus sei vorzeitig abgereist. Im Zelt zu schlafen sei nicht sein Ding gewesen.

Wie er es sich erkläre, dass so viele bürgerliche Leute in Stuttgart zu Klaus gehalten haben, als er in der Presse schon längst als RAF-Anwalt und Drahtzieher des Terrorismus verschrieen wurde?

»Die Schwaben, obzwar konservativ, neigen zu einer gewissen antiautoritären Haltung gegen den Staat.«

»Ihr habt Euch erst nach seinem Schlaganfall wieder gesehen. Was hattest du für einen Eindruck von ihm?«

Klaus habe ihn erkannt und sich an alles erinnert.

»Er konnte sich nur nicht ausdrücken.«

Wir sprechen über Sympathisanten. Lang weiß zwei hübsche Geschichten.

Einmal, als er schon aus dem Libanon zurückgekehrt war und in Tübingen als Syndikus arbeitete, begegnete ihm Carola Bloch, die Frau des Philosophen. Sie entschuldigte sich dafür, dass sie und ihr Mann ihn nach seiner Flucht nicht aufgenommen hätten. Er (Lang) habe Frau Blochs Bemerkung nicht verstanden. Sie habe ihn aufgeklärt. Lang sei 1975 aus dem Untergrund aufgetaucht und hätte um ein Nachtquartier gebeten. Das müsse er verstehen, dass sie ihm damals nicht habe helfen können, wegen der Stellung ihres Mannes.

Lang ist sicher, zu keinem Zeitpunkt bei Familie Bloch, die er seit seiner Studienzeit kannte, um ein Nachtquartier gebeten zu haben.

»So etwas hätte ich nie gemacht. Andere Leute da reinzuziehen.«

Die zweite Geschichte geht so:

Die zwei Besitzerinnen eines Ausflugslokals, ebenfalls in Tübingen, schenken Jörg Lang, dessen Steckbrief an allen Ecken hängt, ein Paar Wollstrümpfe und etwas Geld. Nach seiner Rückkehr aus dem Libanon besucht er sie. Sie gehen mit ihm in den Garten und beginnen zu graben. Zum Vorschein aus der Erde kommt ein Kochtopf, in dem die beiden Frauen ein Manifest versteckt haben, das Lang vor seiner Flucht verfasst hatte.

»Was stand in der Erklärung?«

»Wenn ich das noch wüsste.«

1986 habe er die Robe wieder angezogen.

Lang hat sich spezialisiert auf Ausländerrecht.

Beim nächsten Mal treffen wir uns in einem afrikanischen Lokal.

Das Diepgen

Eberhard Diepgen wurde im Februar 1963 in einer Urabstimmung vom Amt des AStA-Vorsitzenden der Freien Universität (FU) abgewählt.

Er war nicht nur im Ring christlich-demokratischer Studenten (einem Ableger der CDU) tätig, sondern auch Mitglied einer schlagenden Burschenschaft.

Letzteres empörte vor allem die Gründer der FU.

Kunzelmann und Freunde, die damals eine Zeitschrift mit dem Titel Unverbindliche Richtlinien verteilten, nannten ihn »das Diepgen«.

Die Urabstimmung bildete den Auftakt zur Studentenbewegung in Westberlin und war ihr erster großer Erfolg, auch wenn die Freiheit, die den Gründern der FU am Herzen lag, nicht zu den Ideologemen der Studentenbewegung gehörte.

Das Diepgen war später Frontmann der CDU und lange Zeit auch regierender Bürgermeister von Berlin.

Langs Verhaftung

Die Verhaftung erfolgte am 13. Juli 1972.

Haftgründe:

Eine Frau M. habe ausgesagt, Klaus und er (Lang) hätten Baader und Ensslin bei der Wohnungssuche geholfen.

Ferner habe ein Häftling namens Connie ausgesagt, Lang habe ihn aufgefordert, nach seiner Entlassung für die RAF zu arbeiten.

Im übrigen wurde behauptet, er (Lang) habe schon im Juni angekündigt, in den Untergrund zu gehen, wenn die Kader der RAF aktionsunfähig werden.

Damit sei Fluchtgefahr gegeben.

Es gab eine Reihe Erklärungen eines »Solidaritätskomitees für Rechtsanwalt Jörg Lang«, in denen seine sofortige Freilassung gefordert wurde.

Zu den Erstunterzeichnern gehörten nicht nur bekannte Stuttgarter Linke wie Cassel, Niedlich, Lamm, Eberle, Conradi (SPD-Kreisvorsitzender, Regierungsoberbaudirektor).

Es unterschrieben auch Intellektuelle wie Uwe Nettelbeck und eine Menge Professoren.

Leute vom Staatsschauspiel waren dabei, eine Opernsängerin, ein Landtagsabgeordneter, ein Pianist.

Half alles nichts.

Langs Steckbrief hing noch jahrelang an Tankstellen und Bahnhöfen, als er längst im Ausland lebte.

Zuweilen wurde er auch gesehen.

Zumeist in Deutschland.

Dass er nichts auf dem Kerbholz hatte, zeigte sich erst nach seiner Rückkehr.

1974 hätte die Justiz ihn wegen nichts eingebuchtet.

Das war 1982 nicht mehr nötig.

Ulrike Brief

na ja – scheisse
ich will das nicht machen: dokumentation trakt
(wenn es nicht sein muss, es muss aber nicht sein,
oder: ich seh das nicht ein, erstmal).
chotjewitz soll den psychiatrietext, den briefwechsel
witter[1]-zeiss[2], götte[3] und vielleicht ist das über ströebele

1 Psychiater, Gerichtsmediziner.

2 Bundesanwalt in RAF-Verfahren gegen Klar, Mohnhaupt.

3 Anstaltspsychiater in Köln.

möglich oder hh[1] sich
die akte zu der strafanzeige von preuss[2] gegen den trakt
beschaffen –
daraus sind die stellungnahmen der kölner ärzte in
»der kampf gegen die vernichtungshaft«.[3]
da sind auch wärteraussagen drin (bringt aber nichts, nur:
ich hätte mich nie beklagt, dauerlauf gemacht und
von körperverletzung (worum es ging) keine spur.

wenn der faul ist – ist das natürlich schlecht. dann soll er
doch sehen, wem er das verkauft –
zum beispiel könnte das als dokumentation an den psychiatrie-
text in das wagenbachbuch, wenn das läuft (angenommen).

also was ch. kann ist natürlich: imitation. also n lapidaren
dokumentationsstil
im stil eines reports
was ne amtssprache ist
und die man für klare aussagen benutzen kann.
also: rundfunk-feature, was er bestimmt schon gemacht hat, weil
das die kohle bringt –
hörspiel, verdammt, ist im prinzip dasselbe genre.

also im moment graut mir einfach davor, mich mit'm trakt
zu befassen –
auch wenn's politik ist, es zu tun. aber irgendwie will ich
da noch von weg. naja – weil ich eben noch nicht ganz davon weg
bin. von diesem loch. nene – da gibt's noch n moment von

1 Büro Groenewold.

2 Anwalt.

3 Titel einer Broschüre der Folterkomitees.

grauen, das ich weghaben will, bevor ich mich damit
wieder befasse.
also, ich bin da nicht restlos cool, verdammt.

also er soll anfangen. das zeug beschaffen. Und noch mal versuchen die literatur aufzureißen, von der götte und so ausgehen.
also ich will das nicht – im moment. Ich bin da nicht cool.

Handschriftlicher Nachsatz:
Also der Gedanke, das jetzt
machen, macht mir Panik – und
dem will ich mich entziehen.
Verdammt.[1]

Erläuterung

Als Trakt bezeichnen wir jenen Teil des Gefängnisses, der so isoliert ist, dass der Gefangene keine akustischen und optischen Wahrnehmungen mehr hat. Besonders lange Verweilzeiten im Gehirnwäsche-Trakt in der Haftanstalt Köln-Ossendorf wurden an Ulrike Meinhof und Astrid Proll verübt. Ulrike war drei Mal total isoliert, beim ersten Mal 237 Tage lang in ununterbrochener Folge. Proll war infolge des Gehirnwäscheprogramms zeitweise haftunfähig. Die Traktmaßnahmen gegen alle Gefangenen aus der RAF, zwecks Aussageerpressung mehr oder weniger lange praktiziert, sind dargestellt in Der Kampf gegen die Vernichtungshaft. Stark betroffen waren auch Monika Berberich (3 ½ Jahre Isolation) in Westberlin und Ronald Augustin in Hannover.

Die Forschungen zum toten Trakt, auch »camera silens« genannt, gehörten zu den Gehirnwäscheprogrammen und wurden in den USA in den Fünfzigerjahren begonnen. Seitdem weiß man, dass der

1 Im handschriftlichen Nachsatz sind die Substantive groß geschrieben.

völlige Entzug von Sinneseindrücken die Anfangssymptome der Schizophrenie hervorruft. Im Wechsel mit Reizüberflutungen (laute Musik, dunkel und hell, warm und kalt) kann der Entzug von Sinneseindrücken zur völligen Zerstörung der Persönlichkeit – in einigen Fällen zum Wahnsinn, in anderen zum Selbstmord – führen. Die Zahlen der Gefangenen, die von Verhörspezialisten der USA in den Wahnsinn getrieben wurden, sind ungenau. Mal ist von einigen hundert, mal von vielen tausend die Rede.

In mehreren Texten beschreibt Ulrike die Wirkungen des Trakts, zum Beispiel in Der Tod Ulrike Meinhofs, Bericht der Internationalen Untersuchungskommission, Paris 1979. »Der Trakt ist ein Versuch, einen Selbstmord zu erpressen.« In einem Brief schreibt sie: »Das Gefühl, es explodiert einem der Kopf, das Gefühl, die Schädeldecke müßte eigentlich zerreißen, abplatzen, das Gefühl, es würde einem das Rückenmark ins Gehirn gepreßt, das Gefühl, das Gehirn schrumpelte allmählich zusammen wie Backobst, das Gefühl, man stünde ununterbrochen, unmerklich unter Strom, man würde ferngesteuert ...«

Im Fall der RAF wurde die Totalisolation gerne mit Sicherheitsbedenken begründet. Der tatsächliche Zweck der zerstörerischen »camera silens« ist ein anderer: Indem die Psyche des Gefangenen gebrochen wird, ist er manipulierbar. Wird der Gefangene einer geschulten Kontaktperson ausgesetzt, so kann es sein, dass er diese als Vaterfigur betrachtet und alles bestätigt, was diese Figur verlangt. Der Trakt wird aus diesen und anderen Gründen als Foltermethode eingeschätzt.

Widerstandskämpfer werden gerne als abartig diffamiert. Wer den Staat und die Stützen der Gesellschaft attackiert, muss verrückt sein. Im Fall Ulrikes sollte diese Verrücktheit auch mit einem Gehirntumor begründet werden. Die Bundesanwaltschaft ordnete deshalb auf Anraten eines Anstaltspsychiaters eine Szintigrafie an. Die Debatte, ob man ihren Schädel öffnen dürfe (wohlgemerkt: zu Lebzeiten!) zog sich monatelang hin. Der Eingriff unterblieb.

Experimente zur sensorischen Deprivation wurden seit 1971 auch in Hamburg durchgeführt und mit öffentlichen Mitteln gefördert.

Der Fall Ulrike wird hier nur aus einem Grund besonders hervorgehoben. Aus Gesprächen mit Klaus weiß ich, dass ihr Schicksal ihn besonders bewegt hat. Es trug dazu bei, seinen Einsatz für das Leben der übrigen Gefangenen zu intensivieren.

Topografie II

Die Turmfalken nutzen die Aufwinde, die sich an der Südfassade bilden und liegen minutenlang in der Luft, ohne mit den Flügeln zu schlagen.

Sie nisten in einem Schacht auf dem Dach.

Besonders lustig sind die jungen Turmfalken. Sie sitzen am Dachrand und schreien ängstlich. Dann werden sie von den Alten hinabgestoßen und fallen einige Stockwerke tief, bis sie anfangen zu fliegen.

»Schwankt das Haus bei Sturm?«

»Nein, aber es bilden sich Risse in den Wänden, wenn der Hohenzollerngraben wackelt.«

Frau Kloos deutet auf die Wand über der Empore. Man sieht aber keinen Riss.

»Warum heißt das Gebäude Hannibal?«

»1958, als der Entwurf vorgestellt wurde, spotteten die Stuttgarter: Hannibal ante portas.«[1]

»Heißen alle drei Gebäude so?«

»Nein. Nur Block A.«

Frau Kloos hat eine mediterrane Platte angerichtet. Sie war

1 Der Römer Cicero sagte »ad portas«.

Journalistin. Herr Berg leitet eine große Buchhandlung. Er schwärmt vom Asemwald. Man kann wie auf dem Dorf leben, Kontakte haben oder die Anonymität der Hochhäuser genießen. Es gibt Tennisplätze, einen Bolzplatz, Spielplätze. Es gibt alle Arten von Geschäften, Ärzte, Kindergärten beider Konfessionen, auch kleine Gottesdienste in der Kapelle. Die drei Blocks bilden eine Eigentümergemeinschaft. Die Anlage ist gepflegt und gut erhalten. Wahrscheinlich die besterhaltene Großwohnanlage in Deutschland. Die Hälfte der Wohneinheiten wird von Eigentümern bewohnt. Deshalb ist das Gefühl der Verantwortung für die Anlage groß.

Jede Wohnung hat einen Garagenplatz. Es gibt für jeden Block einen ständigen Hausmeister. Sie wohnen auf dem Gelände, sind also stets präsent. Die drei Blocks hätten etwa zweitausend Bewohner.[1] Anfangs hätten viele junge Eltern mit Kindern hier gelebt. Es habe auch eine kontinuierliche Jugendarbeit gegeben. Jetzt sei die Einwohnerschaft stark überaltert. Alte Leuten seien zuweilen vereinsamt.

»Selbstmorde?«

»Ein gut gehütetes Geheimnis.«

Alle drei Wohnorte, die Klaus zwischen 1959 und 1981 in Stuttgart hatte, liegen außerhalb der Stadt im Süden, in unmittelbarer Nähe zur Autobahn Stuttgart-München, und legen den Schluss nahe, dass er Wert darauf legte, rasch nach Kirchheim unter Teck zu gelangen, wo die Mutter lebte.[2]

Die von der gewerkschaftseigenen Gesellschaft Neue Heimat erbaute und zehn Jahre lang verwaltete Wohnanlage im Asemwald liegt weitab jeder menschlichen Ansiedlung und ist rechter Hand

1 Anfangs 2.350. Im Jahr 1988 nur noch 1.935.

2 Bewohner des Hannibal sind davon überzeugt, dass Klaus auch in Block A, wo McLeod erschossen wurde, eine Dreizimmerwohnung besaß, und zwar im sechsten Stock. Die von Familie Nast erworbene Wohnung liegt in Block C im zweiundzwanzigsten Stockwerk. Einen Beweis dafür habe ich nicht gefunden, da die Wohnung im sechsten Stock des Hannibal inzwischen zweimal den Eigentümer gewechselt hat.

weithin sichtbar, wenn man sich, von Kirchheim kommend, dem Flughafen auf den Fildern nähert.

Den Plan, sich dort anzusiedeln, hatte Klaus schon Ende der fünfziger Jahre, als das Projekt erstmals der skeptischen Öffentlichkeit vorgestellt wurde.[1]

Drei Baukörper bilden die Anlage, die in nur dreijähriger Bauzeit zwischen 1971 (Block A) und 1972 (Block C) errichtet wurden. Sie sind sehr schmal, an die zweihundertzwanzig Meter lang und zweiundzwanzig Stockwerke hoch. Zwei der Wohnscheiben stehen in einer Linie, wodurch der Eindruck der Länge noch verstärkt wird. Das dritte Haus, der zuerst errichtete Hannibal steht im rechten Winkel dazu und verweist auf die Schnittstelle der beiden anderen.

Im Grund ist jeder Block nichts als eine Aneinanderreihung von statisch selbstständigen Hochhäusern, einem Dutzend etwa, vielleicht mehr, die auf jeder Etage drei Wohnungen enthalten, die die ganze Breite einnehmen und somit über Fenster in beiden Längsseiten verfügen, bis auf die mittlere Wohnung, die durch das Treppenhaus mit den Liften, Fluchtwegen und Notluken halbiert wird.

Die Seiten jedes der etwa zwölf Hochhäuser, die jeweils einen Riegel bilden, sind tragende Bauteile, während die Wände zwischen den drei Wohnungen innerhalb jedes einzelnen Hauses aufgebrochen werden können, um größere Wohneinheiten zu schaffen, wie Familie Nast das getan hat.

Über das gesellschaftliche Leben des Ghettos gibt die Hauszeitschrift Asemwald Intern Auskunft. Das fünfzigseitige Glanzmagazin, herausgegeben vom Verwaltungsbeirat der Wohnstadt

1 Was Klaus vorrangig an der Wohnung interessierte, war der Bezug zur französischen Moderne. Der erste Entwurf der Architekten Otto Jäger und Werner Müller, an dem sie seit 1952 gearbeitet hatten, sah einen fünfzig Meter hohen, 650 Meter langen Baukörper vor – preiswert und rational. Eine Referenz insbesondere an die Unité d'Habitation in Marseilles von Le Corbusier. Das spätere Splitting in drei Wohnscheiben war dem mediokren Geschmack der reaktionären Stuttgarter, insbesondere in den umliegenden Ortsteilen, geschuldet.

Asemwald, enthält nicht nur die obligaten Einladungen, Hausgeldabrechnungen, Tagesordnungen, Mitteilungen aus der Arbeit des Verwaltungsbeirats, die wichtigsten Telefonnummern, Öffnungszeiten der Läden, Nachrichten aus den Gemeindezentren der beiden Kirchen, Werbeanzeigen der Läden in der Wohnanlage und den umliegenden Ortsteilen, Wohnungsanzeigen, Glückwünsche, sondern auch einen aufwendig visualisierten redaktionellen Teil.

Hier erfährt der Asemwalder, was er verpasst hat oder nicht.

Die Asemwaldhocketse, die Adventsfeier, das Tennisturnier, den Abschied von Frau Abele, das letzte Spiel des Asemwald Eagles Soccer Junior Team, die Studienreise durch Nordpolen und die vielen anderen Reisen, über die die Rubrik »Asemwälder reisen« Auskunft gibt, Australien, Singapur, Ayers Rock, Aborigines, Salzwasserkrokodile, Känguruhs.

Andere Beiträge berichten über Kunstausstellungen und Künstler im Asemwald und den Fund eines Amselkindes an der Südseite von Block C.

Der traditionelle Asemwaldmarkt wird gefeiert, die Außenanlagen unserer Wohnstadt werden besichtigt, der Verein Umweltschutz Asemwald e.V. berichtet und ein Einwohner erzählt von den klimatischen Bedingungen im Asemwald.

Reinigungsdienste, Raumausstatter, sogar einen Rechtsanwalt hat es in der Anlage.

Der Verdauungsspaziergang führt uns durch diverse Freizeit- und Wellnessbereiche. Auch eine Bierschwemme. Im gutbesuchten Restaurant Hannibal verharren wir am Panoramafenster. Schöne Aussicht, Brathähnchenmief, leichter Abendnebel.

»Wie ist die Küche?«

»Mäßig.«

»Das ist Pech.«

Nur mit ihren Ministerpräsidenten haben die Stuttgarter seit Menschengedenken noch mehr Pech.

Mal ohne Konjunktiv

Der Konjunktiv ist nicht nur eine literarisch unattraktive Methode sich hinter anderen Menschen zu verstecken. Er ist auch der grammatikalische Inbegriff des Zweifels. Wer ihn benutzt, misstraut den Aussagesätzen. Er sagt, es könnte sein. Es wurde mir so berichtet. Ob es stimmt, weiß ich nicht.

Andererseits haben wir gelernt, auch dem Indikativ zu misstrauen. Die zweifelhaftesten Aussagen stecken oft in Aussagesätzen.

Am zweifelhaftesten sind Aussagesätze, die mit Ich beginnen.

Ich hatte Helmut, bevor wir uns wiedersahen, nur einmal getroffen – in einem Gefängnis in Hamburg, während seiner zweiten Haftzeit, im November 1977, kurz nach dem Tod der drei verbliebenen Stammheimer.

In den Mord getrieben? In den Selbstmord getrieben?

Unerheblich ist es nicht.

Die Initiative zu meinem Besuch in Fuhlsbüttel ging von Helmuts Mutter aus, Hilde Pohl, einer mutigen, tatkräftigen Frau, die sich darum bemühte, die Haftbedingungen der Gefangenen zu verbessern und ihnen Gehör zu verschaffen. Sie organisierte Pressekonferenzen, kümmerte sich um ausländische Delegationen und versuchte, eine gewisse Öffentlichkeit über die skandalösen Prozesse herzustellen – alles das also, was auch Klaus als sein Anliegen betrachtete. Als Irmgard Möller berichtete, wie in der Nacht auf den 19. Oktober 1977 Männer ihre Zelle betraten und sie mit einem stumpfen Messer schwer verletzten, saß Hilde Pohl im Zuhörerraum.

Überhaupt die Mütter, Schwestern und sonstigen Verwandten: Ohne sie wäre noch mehr unter den Teppich gekehrt worden.

Nun sitze ich in einem großen, fast leeren, düsteren Bistro in Neukölln und warte auf Helmut. Draußen sind die Gartenstühle und Tische schon hochgeklappt. Es war regnerisch an diesem Tag im Oktober 2005.

Werde ich ihn wieder erkennen? Wie wird er aussehen?

Ella und Karl Heinz hatten gesagt, er sei krank gewesen.

Kommt er? Kommt er nicht?

Ich verstehe die Unlust der alten Kader, sich mit Journalisten, überhaupt Autoren einzulassen. Man kann den Journalisten sagen, was man will. Sie verstehen einen nicht. Sie hören nur, was sie hören wollen. So werden die Fighter nicht nur durch den Kampf, die Haftbedingungen und die Prozesse traumatisiert, sondern auch durch den Hass der veröffentlichten Meinung. Nicht einmal den gutwilligen Schreiberlingen, wie ich einer bin, können wir vertrauen. Auch sie können vieles nicht verstehen. Es gibt kein Leben ohne Vorurteil. Es gibt kein Urteil.

Das Projekt beginnt mir über den Kopf zu wachsen. Noch am Morgen hatte manches recht freundlich ausgesehen, bis auf das Wetter. Ripplinger hatte mich darin bestätigt, in der eingeschlagenen Richtung weiterzuarbeiten. Recherchieren. Die Rezeptoren vergessen. Einen großen Bogen machen um alles Geschriebene.

Aber dann hatte ich den Tag doch anders verbracht. Im hintersten Kreuzberg in einer heruntergekommenen Gegend in einem Archiv, das offensichtlich keine Fördermittel der öffentlichen Hand erhält. Wer fördert ein Archiv, das sich Papiertiger nennt?

Zwei Frauen und ein Mann saßen an großen Tischen und kämpften mit dem Geschriebenen. Sie versetzten Buchstabengebirge. Hunderttausend Zeitungsausschnitte, die alle was mit dem bewaffneten Kampf zu tun haben. Unbezahlt natürlich.

Für welche Idee kämpften sie noch?

Für die Idee, dass einmal die Woche ein Idiot hereinkommt und ihnen ein Dutzend Schlagworte auf den Tisch knallt, die alle etwas mit Klaus zu tun haben?

Noch nicht mal Geld wollen sie für ihre Aktenordnung.

Warum erklärt man sie nicht zu einer Unterabteilung der Birthler-Behörde?

Dann hätten die drei Gehaltsansprüche. Urlaubsgeld. Beihilfe im Krankheitsfall.

Selbst die Historiografie ist in Deutschland ein Teil der Klassengesellschaft.

Helmut ist plötzlich da, klein, fast schmächtig. Keine Ähnlichkeit mit der Person, der ich vor dreißig Jahren eine Stunde lang gegenüber saß und mir fällt auf, dass auch das Fahndungsfoto, das an jeder Fahrkartenausgabe hing, ihn schon damals nicht auffälliger machte. Dennoch weiß ich sofort: Das ist er.

Das geht mir oft so. Dass ich Menschen erkenne, die ich nicht kenne. Vielleicht habe ich eine Hundenase. Vielleicht sind alle Menschen von ihrer Geschichte verstrahlt. Sie strahlen ab, was sie erlebt haben. Gefühlt, gedacht, erlitten. Ihr Schicksal umgibt sie wie eine Aura. Es ist diese Aura, die sie erkennbar macht. Ich brauche nur einiges über sie zu wissen, um sie zu erkennen.

Funktioniert natürlich nur, wenn ich weiß, dass da demnächst einer zur Tür hereinkommen müsste.

Helmut studierte in Frankfurt am Main Germanistik und kritische Theorie. Seit 1967 schrieb er Features für den hessischen Rundfunk. Für den schrieb auch Ulrike. Jemand sagte zu ihr: »Wir haben da noch so einen wie Sie.«

So lernten sich Helmut und Ulrike kennen. Ulrike übernachtete bei Helmut. Die Befreiung von Andreas im Mai 1970 sei für ihn eine Art Initialzündung gewesen.

»Seitdem brannte es mir unter den Füßen.«

Im gleichen Jahr wurde er von Gudrun und Andreas in einer Wohnung in Frankfurt/Main empfangen. Vermutlich auf Empfehlung von Ulrike. Etwa im Herbst.

Seine erste Verhaftung im Frühsommer 1971 in Stuttgart. Soweit ich mich entsinne, wurde ein Auto benötigt. Sie waren zu zweit. Autos sollte man immer zu zweit klauen. Als die Polizei kam, von besorgten Bürgern gerufen, flüchteten sie in verschiedene Richtungen. Andreas entkam. Helmut wurde gestellt. Bei der Festnahme misshandelt. Das macht man so. Zwecks Einschüchterung. Wegen Ausweis und Waffe der RAF zugeordnet. Keine weiteren Beweise. Im Prinzip saubere Arbeit.

Klaus kam nach etwa einer Woche in die Haftanstalt.

Warum so spät?

War die Informationskette so langsam?

»Woher kanntet Ihr Euch überhaupt?«

Helmut kannte Klaus durch Gudrun.

Klaus war von Andreas und Gudrun beeindruckt.

Besonders zu Gudrun hatte er ein enges Verhältnis.

Sie zog ihn auf wegen seiner Weibergeschichten.

»Wie war Klaus?«

»Er war kein Verbalradikalist.«

»War er RAF?«

»Das nicht. Aber er hatte großen Respekt vor allen, die sich für den Kampf entschieden hatten. Das machte ihn erträglich, obwohl er nur ein Rechtsanwalt war.«

»Hatte er eine Prozesstaktik?«

»Er empfahl mir, die Sache klein zu halten, aber nicht zu kooperieren, um anderen nicht zu schaden. Keine Prozesserklärung, Verzicht auf das letzte Wort.«[1]

»Wie war die Haftsituation? Wurde 1971 schon isoliert?«

»Ich war von Anfang an von den übrigen Gefangenen isoliert.«

»Wieso das? An sich konnte man dir nur den falschen Pass, die Waffe und den versuchten Autodiebstahl vorwerfen. Also Peanuts.«

»Sie vermuteten, ich sei bei der RAF, und wollten mich weich kochen.«

»Und, hast du kooperiert?«

Das nicht, aber sein Körper habe schlapp gemacht. Während seiner dritten Inhaftierung sei er haftunfähig gewesen. Um die medizinisch indizierte Operation habe er drei Jahre lang kämpfen müssen.

1 Armin Golzem berichtet, auch er habe Helmut verteidigt.

In der einschlägigen Literatur kommt Helmut zumeist nicht vor. Nur Butz Peters erwähnt ihn mehrfach, widmet ihm aber keine Einzeldarstellung, sodass er blass bleibt. Andere handeln ihn als Randfigur ab.

Diese Missachtung hängt mit der herrschenden Meinung zusammen. Die h. M. vertritt die Rädelsführertheorie und fokussiert ihre Aufmerksamkeit auf einige wenige Figuren – das Terzett der ersten Generation, Mohnhaupt und Klar für die gescheiten, aber gescheiterten Akteure der »Big-Raushole« im Jahr 1977.

In Wahrheit war Helmut Pohl 1970 nicht nur einer der ersten Kader der RAF, sondern auch einer der unermüdlichsten. Noch im Knast hatte er eine herausragende Stellung, wenn es um die Hungerstreiks ging. Aber auch in den Debatten, als die Grüne Antje Vollmer 1987/88 im Bundestag empfahl, den Dialog mit den Gefangenen zu suchen, war Pohl dabei. Butz Peters schreibt deshalb zu Recht:

»Pohl zählt zu den Vordenkern der RAF-Häftlinge.«

Sein Pech war vielleicht, dass er nie richtig zum Einsatz kam.

Seine erste Verhaftung erfolgte vor den Angriffen im Frühsommer 1972. Das Urteil lautete auf zweieinhalb Jahre. Dass er 1973 vorzeitig auf Bewährung entlassen wurde, diente dazu, die RAF, die nach der Verhaftungswelle 1972 stark ausgedünnt war, personell wieder aufzufüllen, war aber ebenfalls ein Flop, denn auch der zweite Anlauf scheiterte.

Die Gruppe, der er sich anschloss, wurde am 4. Februar 1974 in Hamburg und Frankfurt am Main verhaftet, bevor sie richtig aktiv werden konnte. So kam es, dass er auch an den Angriffen 1977 nicht teilnehmen konnte, denn seine zweite Gefängnisstrafe, die er voll absitzen musste, endete erst im September 1979.

Warum er von den Verhaftungswellen zwischen Mai 1980 und

November 1982 verschont blieb, interessiert hier nicht.[1] Um ihn nach seiner dritten Verhaftung am 2. Juni 1984 in Frankfurt am Main überhaupt einer Vereinigung zurechnen zu können, wurde die sogenannte »Pohl-Gruppe« konstruiert. Diesmal erhielt Helmut lebenslänglich, weil er angeblich an dem Anschlag auf das US- und NATO-Hauptquartier in Rammstein beteiligt war.

Der Vorfall wird inzwischen so vielen Personen in die Schuhe geschoben, dass der Flugplatz voller deutscher Guerilleros gewesen sein muss.

»Und warum bist du jetzt draußen, wenn du 1986 lebenslänglich gekriegt hast?«

Er habe Hans Magnus Enzensberger kennen gelernt, der ihn zwei Mal im Jahr besucht, sein Gnadengesuch unterstützt und seine Beziehungen genutzt habe. So sei er, schon unter Bundespräsident Herzog, schließlich begnadigt worden.[2]

»Aber nicht wegen meiner Haftunfähigkeit.«

Maßnahmen gegen Klaus und sein Büro I

Dezember 1971

Strafanzeige gegen Klaus wegen Beleidigung eines Herrn Müller. Müller, Gerichtsassessor, hatte eine Reihe von exzessiven Haftbeschränkungen gegen Margrit Schiller verhängt, darunter strenge

1 Laut Butz Peters S. 508 ff. gehörte Helmut 1980 zur »Formation Paris«, ebenso wie Mohnhaupt, Klar und Schulz. Einige Genossen dieser Gruppe wurden noch im selben Jahr in Paris verhaftet. Zwei weitere Mitglieder starben bei einem Autounfall, der vom Staatsschutz provoziert wurde. Angeblich mit Blendgranaten. Mohnhaupt, Schulz und Klar wurden 1982 verhaftet. Die Daten dürften stimmen. Alles andere, was Peters schreibt, würde ich mit Vorsicht genießen. Solange er nicht seine Quellen offen legt, ist er ein Märchenonkel.

2 19. Mai 1998, fast vierzehn Jahre nach seiner Verhaftung. Helmut hat insgesamt 21 Jahre gesessen.

Einzelhaft, Dauerbeleuchtung bei Tag und Nacht, Entzug aller Einrichtungsgegenstände, Fesselung der Hände hinterm Rücken. Klaus, der Schiller verteidigte, sah darin »Rechtsbeugung« und »Gestapo-Methoden«, die den Zweck hätten, Schiller zur Aussage zu zwingen.

März 1972

Strafanzeige gegen Klaus wegen Beleidigung von Polizeibeamten.[1]

Die Polizisten hatten eine Mandantin von Klaus (Carmen Roll) auf einem gynäkologischen Stuhl festgebunden und ihr zwangsweise eine Narkose verpasst, um ihre Fingerabdrücke zu nehmen.

Klaus hatte daraufhin am 27. März 1972 Strafanzeige gestellt. In seiner Anzeige heißt es: »Das Verhalten der Kriminalbeamten muss den Vergleich mit Methoden der ehemaligen Gestapo herausfordern.«

Mai 1972

Eine frühere Mandantin, die als Sekretärin bei der Polizei arbeitet, ruft an und teilt mit, dass Klaus überwacht werde. Nicht nur das Büro werde überwacht, sondern auch die Telefone und die Post. Klaus verabredet sich mit ihr in einer Gaststätte.[2] In der Gaststätte teilt die Frau mit, Klaus und sein Partner Lang seien nach Ansicht der Behörden »die großen Drahtzieher«. Die Polizei hoffe, mithilfe ihrer Überwachung den harten Kern der RAF zu ermitteln. Im Hinterzimmer die Firma Lausch und Horch.

Wenig später überfallen 25 Beamte einer Sonderkommission die Kanzlei und die Wohnungen der beiden Anwälte, mit der Begründung, eine Polizeiangestellte habe Klaus vertrauliche Mitteilungen

1 Am 1. August 1975 schrieb er mir aus der Haftanstalt Karlsruhe: »Du kommst doch wohl noch ab und zu nach Stuttgart? Falls es Dir möglich ist, mich in Karlsruhe zu besuchen (es eilt gar nicht), könntest Du in einem der zahlreichen Strafverfahren wegen angeblicher Beleidigung ein Mandat übernehmen.« Der erste Satz war eine versteckte Aufforderung, Andreas öfter zu besuchen. Wie zahlreich die Beleidigungsverfahren waren, habe ich nicht gezählt.

2 Chinarestaurant »Peking«, wo man sich um 21:30 Uhr traf.

gemacht. Im übrigen hätten Baader und Ensslin bei Klaus und Lang angerufen und um Beschaffung einer Wohnung gebeten. Beides war gelogen. Bild: »Polizeiangestellte gab Tip. Andreas Baader entkam.«

Juli 1972
Jörg Lang, bei Klaus angestellter Rechtsanwalt, wird verhaftet und sitzt vier Monate lang in U-Haft. Die Haftgründe waren gefälscht. Die Anschuldigungen auch. Wie haltlos die Vorwürfe waren, sieht man schon daran, dass die Justiz fast zweieinhalb Jahre brauchte, um einen Prozess gegen Lang anzuberaumen. In dieser Zeit durfte er seiner gefährlichen Tätigkeit als Verteidiger nachgehen.

Februar 1973
Ehrengerichtsverfahren wegen des Sitz- und Hungerstreiks vor dem Bundesgerichtshof (BGH). Die Aktion habe nur dazu gedient, die Justiz verächtlich zu machen und in der allgemeinen Meinung herabzusetzen.

Der Hintergrund: Vom 9. bis 12. Februar 1973 protestierten sieben Verteidiger[1] in Karlsruhe gegen den »schleichenden Faschismus« und die Sonderbehandlung der politischen Gefangenen. Sie trugen Plakate mit der Aufschrift: »BGH = Brauner Gangster-Haufen«, »BGH sagt Untersuchungshaft, vollzieht Mord«.

Auch gegen die übrigen Anwälte wurden Ehrengerichtsverfahren eingeleitet.

1. Januar 1975
Das Verbot der Mehrfachverteidigung tritt in Kraft, d.h. ein Anwalt darf nicht mehrere Angeklagte desselben Verfahrens vertreten. Da Vertrauensanwälte knapp waren, diente die neue Rechtslage dazu, das Recht auf freie Verteidigerwahl zu beeinträchtigen.

1 Becker, Bergmann, Cassel, Croissant, Demski, Groenewold, Lang.

Februar 1975
Klaus verliert auf Beschluss des Oberlandesgerichts Stuttgart sein Amt als Pflichtverteidiger in Stammheim. Es bestehe der Verdacht, dass er an Straftaten der RAF beteiligt sei. Praktisch wurde Klaus damit der materiellen Grundlage beraubt, einen oder eine der Stammheimer Angeklagten verteidigen zu können.

16. April 1975
Klaus darf in Stammheim auch nicht mehr als Wahlverteidiger (Vertrauensanwalt) auftreten, da er, so das OLG Stuttgart, sich in Form und Inhalt seiner Äußerungen der Ausdrucksweise der Angeklagten angeglichen habe und diese mit Du und Vornamen anzuschreiben pflege. Ausgeschlossen wurden auch die Verteidiger Ströbele und Groenewold. An Stelle von Klaus übernahm Hans Heinz Heldmann die Verteidigung von Andreas. Im Laufe des Stammheimer Verfahrens wurden insgesamt zehn Verteidiger ausgeschlossen.

15. Mai 1975
Gegen Klaus wird Berufsverbot beantragt.

Durchsuchungen, Ehrengerichtsverfahren

Durchsuchungen von Anwaltskanzleien sind unüblich, da sie ein grundlegendes Bürgerrecht stören, nämlich das Vertrauen der Bürger, dass Angelegenheiten, die sie mit einem Anwalt besprechen, den Strafverfolgungsbehörden nicht zugänglich werden.

Das Büro Croissant wurde oft überfallartig besetzt – natürlich stets mit Durchsuchungsbefehl. 1977 fanden ständig Durchsuchungen statt.

Im Durchsuchungsbeschluss des BGH vom 5. Oktober 1977 heißt es »Mehrfach in den letzten Wochen« und »innerhalb weniger Tage« sei das Büro durchsucht worden.

Der seit 1974/75 im Büro postierte Geheimdienstspitzel Volker Speitel musste deshalb aussagen, die Verpackung der Waffen hätten er und die IVK-Mitarbeiterin Elisabeth van Dyck nicht im Büro, sondern in einer Privatwohnung erledigt.

Ehrengerichtsverfahren wurden von den Staatsanwaltschaften nicht nur wegen der Demo vor dem BGH losgetreten.

Das Mittel wurde auch aus anderen Anlässen und auch gegen andere RAF-Anwälte eingesetzt, um sie zu konditionieren, was in vielen Fällen funktionierte.

Das Verfahren kann zum Berufsverbot führen und tatsächlich wurde diese Strafe mehrfach verhängt, so gegen Groenewold, Klaus und andere.

In der Regel sorgten Polizei und Justiz dafür, dass die Maßnahmen gegen Anwälte in den Massenmedien breiten Widerhall fanden. Dies geschah durch Pressekonferenzen, demagogische Äußerungen von Politikern, Beamten und sogenannten Sachverständigen in den Massenmedien, gezielte Indiskretionen, unerlaubte Weitergabe von Schriftstücken usw. Die staatlich gelenkte und von ausgesuchten Journalisten getragene Diffamierung der Büros wurde so gestaltet, dass der Eindruck entstand, die Anwälte seien tatsächlich Spießgesellen, wenn nicht Drahtzieher der bewaffneten Gruppen.

Was war, was bleibt I

Brigitte Tilgner lernte Klaus kennen, als sie ein Verfahren wegen einer Flugblattaktion vor einer Bosch-Fabrik hatte. Tilgner war in einer K-Gruppe.

»Jörg Lang brachte mich zu ihm. Klaus war eher unpolitisch. Politischer wurde er erst, als Lang bei ihm anfing.«

»Laut Briefpapier warst du bei Klaus in der Kanzlei tätig. Was hast du da gemacht?«

Tilgner zeigt ein lückenhaftes, gegen Ende hin immer fragmentarischer werdendes Prozessregister der Kanzlei Croissant. Schlecht geführt. Nur unpolitische Verfahren. Ob es weitere Register gibt, weiß sie nicht. Sie weiß auch nicht, wo sich die Büroakten befinden könnten.

Tilgner war als Referendarin, ab 1976 als Anwältin bei Klaus.

»Ich machte das Geld in der Kanzlei.«

»Hast du an Treffen der Bundesliga teilgenommen?«

Als Rechtsanwalt Golzem von Klaus geohrfeigt wurde,[1] sei sie nicht dabei gewesen, aber an anderen Anwaltstreffen habe sie teilgenommen, da sie auch RAF-Mandate gehabt habe.

»Worum ging es da?«

»Die Anwälte waren heillos zerstritten.«

Von einem bestimmten Punkt an hätten viele Anwälte sich von der RAF distanziert, wodurch sie automatisch kein Vertrauen mehr genossen.

Tilgner verließ die Sozietät Croissant als Brigitte Mohnhaupt am 8. Februar 1977 aus der Haft entlassen wurde und im IVK-Büro zu arbeiten begann.

»Ich war eine blutjunge Anwältin und wollte mir die Karriere nicht kaputtmachen lassen durch eine Sache, wo ich nicht dahinter stand.«

Auch zwischen ihr und den anderen beiden Anwälten habe es Probleme gegeben.

»Ich hatte den Eindruck, Arnd Müller sei von außen in das Büro delegiert worden, quasi als Aufpasser.«

Klaus habe die Kanzlei schon seit geraumer Zeit nicht mehr unter Kontrolle gehabt.

Wie wirkte Klaus auf Tilgner, als sie ihn kennen lernte?

»Mein damaliger Mann sagte, er sehe aus wie ein Heiratsschwindler.«

1 Die Ohrfeige taucht in allen Berichten über die Bundesliga auf. Später mehr darüber.

Auch sie fand ihn anfangs nicht sonderlich sympathisch, verliebte sich aber in ihn.

»Wegen seiner weichen Art.«

»Andere Frauen?«

»Während ich mit ihm liiert war, lief die alte Beziehung zu Ruth Kohler in Heidelberg weiter. Er hatte auch schon vor dem Tod von Brigitte Heinrich eine Beziehung zu Cornelia Bunge.«

»Was weißt du über Heinrich?«

»Klaus war in ihrer Wohnung in Frankfurt, als sie starb. Sie habe morgens tot neben ihm im Bett gelegen.«

»Kanntest du auch seine Frau?«

»Ich war gelegentlich bei ihnen in Berlin, um Klaus den Jungen zu zeigen.«[1]

»Bei der Beerdigung warst du auch, wurde mir gesagt. Waren viele Leute da?«

»Einige Stuttgarter Genossen wollten zur Beerdigung nach Berlin fahren.«

Frau Bunge habe das verhindert.

»Sie wollte eine Zeremonie im engsten Kreis.«

Sie, Tilgner, sei deshalb sehr verwundert gewesen, dass die Feier doch recht groß, aber christlich und gutbürgerlich war.

Sie vermute, die Witwe habe Klaus von seiner politischen Geschichte ablösen wollen.

»Habt Ihr später noch Kontakt gehabt?«

Einmal habe die Witwe sie gefragt, ob sie ihr helfen könne, das Bild von Wintersberger zu verkaufen. Sie habe sich deshalb an Niedlich gewandt. Der habe behauptet, das Bild sei nichts wert und das habe sie der Bunge mitgeteilt. Was aus dem Bild geworden sei, wisse sie nicht.

»Weißt du noch, was auf dem Bild drauf war?«

1 David. Als wir Anfang Januar 2007 nach langer Zeit wieder einmal miteinander sprachen, sagte sie, er sei vor vier Monaten Vater geworden. Also Klaus wäre jetzt Großvater.

Es habe sich um eine Arbeit aus der Serie der Verletzungsbilder gehandelt.[1] »Wie lange warst du mit Klaus zusammen?«

»Mehrere Jahre. Unser Sohn kam im Dezember 1977 zur Welt, als Klaus schon in Stammheim saß.«

»Warst du in seiner Wohnung im Asemwald?«

»Oft.«

»Erzähl.«

»Es war eine relativ teure Wohnung. Standards des besseren Mittelstands.«

»Ich frage mich, wie er das bezahlt hat.«

Klaus habe früher gutes Geld verdient.

»Weißt Du, was aus der Wohnung wurde?«

Als Klaus nach Paris flüchtete, habe er die Wohnung zunächst Ruth Kohler geschenkt. Die Schenkung sei jedoch von Rechtsanwalt Groenewold angefochten worden. Sie (Tilgner) habe die Wohnung daraufhin freihändig verkauft und Groenewold ausgezahlt.

»Was geschah mit dem Restgeld?«

Das habe Klaus erhalten.

»Was geschah mit Möbeln, Bildern, Einrichtungsgegenständen?«

Daran könne sie sich nicht erinnern.

»Sprechen wir über Stammheim.[2] du hast Klaus im Knast besucht, nehme ich an.«

»Oft.«

»Alleine oder mit Kind?«

»Auch mit Kind.«

»War das so ohne weiteres möglich? Ihr wart nicht verheiratet.«

1 Kühle, mit weichem Pinsel gemalte Bilder in sanften Farben wie aus der Make-up-Werbung. Eine Fingerkuppe, ein Skalpell, ein Schnitt, kein Blut. Nur der angeschnittene Teil des Körpers wird präsentiert. Der Schmerz ist nicht im Bild. Er findet im Kopf des Betrachters statt.

2 Der Prozess gegen Klaus fand im Mehrzweckgebäude statt. Es liegt neben dem Knast. Die martialischen Befestigungsanlagen, die man aus dem TV kennt, umfassen beide Gebäude. Ein gnadenloses Bauwerk des Schreckens, das, als Turnhalle entworfen, extra für den Prozess gegen die »erste Generation« der RAF errichtet wurde. Historischer Sondermüll.

»Ich war seine Anwältin.«
»Ach so?«
»Kempf, Baier und ich.«
»Hast du auch plädiert?«
»Natürlich.«
»Worauf?«
»Freispruch natürlich.«
»Und die anderen Anwälte?«
»Wir haben alle auf Freispruch plädiert.«
»Das interessiert mich. Hast du noch Unterlagen? Anklage, Beweisanträge, Plädoyers, das Urteil?«
»Ich habe nichts aufgehoben.«
»Was geschah nach der Haftentlassung?«
»Klaus musste die Bundesrepublik binnen dreißig Tagen verlassen, um nicht abermals verhaftet und angeklagt zu werden.«

Bereits vor seiner Entlassung habe sie deshalb mit den anderen Anwälten besprochen, in welchem Land Klaus um Asyl nachsuchen könne.

»Du hast ihn auch in Wien besucht. Hast du bei Fielhauers genächtigt?«

»Wir haben im Hotel übernachtet. Wien war eigentlich schon das Ende unserer Beziehung. Eines Morgens weckte er mich und sagte: ›Du musst mich heiraten!‹ Ich sagte: ›Du spinnst. Lass mich schlafen. Ich bin müde.‹ Er regte sich darüber auf, dass ich ihn nicht heiraten wollte. Das war der Punkt, wo ich mir sagte: Mit dem Mann will ich nichts mehr zu tun haben.«

»Wann war Eure Beziehung zu Ende?«
»Eigentlich schon, während er noch in Strafhaft saß.«
»Wusste er das?«
»Sagen konnte ich es ihm nicht. Auch nicht, dass ich einen anderen Mann kennen gelernt hatte.«
»Warum nicht.«
»Ich wollte Rücksicht nehmen.«

»Worauf?«

»Seine Situation in der Haft. Die Ungewissheit, was nach seiner Entlassung geschehen würde. Wir haben mit allem gerechnet. Dass sie ihn an der Ausreise hindern und abermals vor Gericht stellen würden. Selbst wenn er den Pass bekam, wohin sollte er gehen? In Frankreich hatte er Einreiseverbot.«

»Gab es Anzeichen für eine neuerliche Verhaftung?«

»Es gab Versuche, ihn an der Ausreise zu hindern.«

»Weißt du noch, wer die Wohnung im Asemwald gekauft hat?«

»Ein Ehepaar. Sie besitzen ein Kaffeehaus in der Stadt. Ein bekanntes Kaffeehaus. Vielleicht auch mehrere.«

»Das Café Nast?«

»Genau das.«

Das IVK-Büro

Da das IVK und die Anwaltskanzlei eine Bürogemeinschaft hatten, und die Mitarbeiter des IVK vom Staatsschutz als Unterstützergruppe der RAF betrachtet wurden, mussten die Anwälte der Kanzlei Croissant immer damit rechnen, ebenfalls kriminalisiert zu werden, obwohl, wie Arndt Müller es ausdrückt »die Rechtsanwälte und die Leute vom IVK keine Genossen waren«:

»Da zog das bürgerliche Element und das Anwalt-Sein eine Grenze.«

Natürlich klemmte es gelegentlich auch zwischen den Anwälten und den Gefangenen.

Das ist normal in Strafverfahren.

In Stammheim ging das einen Schritt weiter – wie alles in diesem Verfahren.

Die (unveröffentlichten) Briefe der Gefangenen zeigen die Not und Wut von Menschen, die davon ausgehen müssen, dass sie nicht mehr lange zu leben haben.

Den Verteidigern werfen sie Desinteresse, fehlendes Engagement und politische Inkompetenz vor.

Briefe, die ich der Korrespondenz zwischen Tilgner und Baader, Klaus und Baader oder anderen Gefangenen von Stammheim zuordnen würde, sind zum Teil recht heftig.

Die Ausschneider

Zu meinen ältesten Erinnerungen gehört ein Pressburger Schneider, den ich als junger Mann in der ersten Hälfte der fünfziger Jahre oft besuchte, weil er mir einmal im Jahr einen Anzug nähte. Mal sportlich und mal elegant, mal taubenblau, mal fischgrätgrau und mal schwarz mit silberner Weste für die Oper, den Ball, das Abitur, Hochzeiten, Kindstaufen, Beerdigungen und andere Himmelfahrtkommandos.

Die meiste Zeit saß Herr Reichbauer im Schneidersitz auf dem riesigen, mit einem dicken Filztuch bedeckten Tisch, der die Hälfte seiner Werkstatt einnahm, und nähte mit beiden Händen, denn er war ein Maßschneider.

Einmal im Monat aber stieg er herab, wuchtete die Zeitungen der vergangenen drei Dekaden auf den Schneidertisch, schnitt aus jeder Ausgabe ein Dutzend Artikel und verteilte sie auf der Tischplatte.

Seither bin ich vielen Ausschneidern übern Weg gelaufen und ihre Motive erscheinen mir klar wie Kloßbrühe. Mir scheint, das Ausschneiden und Sammeln von Zeitungsartikeln ist metaphysischer Natur. Man tut es, um sich der Welt zu versichern oder zumindest eines kleinen Teils von ihr.

Es gibt kaum etwas so Flüchtiges wie das Zeitgeschehen, nur die Zukunft verflüchtigt sich schneller, aber sortiert in Mappen, verpackt in Kartons, die gestapelt die Gewähr dafür bieten, dass nichts verloren geht, wird es zur Dauerwurst, mindestens haltbar bis zu jenem Tag, an dem der große Sammler den kleinen abberuft und die Erbinnen und Erben einen Siebenkubikmeterpapiercontainer vor die Hütte des Erblassers stellen lassen.

Ein Freund von mir namens Gerd prozessierte jahrelang gegen einen Spediteur, der sieben Kartons mit alten Zeitungen, die noch nicht ausgewertet waren, beim Recycler in den Schredder gekippt hatte, so libidinös bindet das Altpapier den Sammler an die Hoffnung auf lebenslängliche Zeitgenossenschaft, vielleicht sogar Nachruhm. Mit Schmerzensgeld nicht wieder gutzumachen.

Goethe hätte seinen Eckermann Zeitungsartikel ausschneiden lassen, wenn es damals schon so viele Printmedien gegeben hätte. Wir erkennen es an seines Faustens Ausruf:

»Verweile doch, du bist so schön!«

Unter denen, die aufs Verweilen der Gegenwart erpicht sind, gibt es Universalsammler und Konzentralsammler.

Eine zierliche Dame traf ich, um die siebzig und putzmunter – eine Konzentralsammlerin. Sie hatte bis Mitte der achtziger Jahre alle Artikel gesammelt, die etwas mit meinem Freund Klaus zu tun hatten, um sie ihm – in Klarsichthüllen verpackt und in Ordnern abgeheftet – eines Tages zu schenken. Alle Zeitungen und Zeitschriften hatte sie ausgewertet, die ihr Mann abonniert, achtlos durchgeblättert und dann in den Zeitungsständer gesteckt hatte, der neben dem Couchtisch stand, der vor dem Sofa stand, das mit dem Rücken zum Kamin stand:

Die Zeit, die Frankfurter Allgemeine, die Ärztezeitung, die Golfzeitung, Herr und Hund, Transatlantik, Spiegel, Theater heute, das Kunstwerk, das Handelsblatt, und vieles kaufte sie am Kiosk – die Bild-Zeitung und die Lokalzeitung vor allem, denn die verachtete ihr Mann zutiefst, sagte sie, als sie mir das Geschenk zeigte, das ihren Freund Klaus nie erreicht hatte.

Sie hatte mich angerufen, behauptet, sie wolle mir etwas vermachen, was für meine Arbeit von Wert sein werde, und mich in den Keller geführt.

»Hatten Sie einen Grund«, fragte ich sie, »das Zeug zu sammeln, um es Klaus zu schenken?«

»Aber ja«, hatte sie geantwortet. Sie sei davon ausgegangen, dass Klaus selbst damals keine Zeit gehabt habe, die vielen Artikel aufzuheben und angenommen, dass er eines fernen Tages dankbar dafür sein werde, dass jemand sich die Mühe gemacht habe, und dann hatte sie erzählt, wie sie manchen Abend am Esstisch gesessen habe, wenn ihr Mann spät nach Hause kam oder nebenan vorm Fernseher saß oder mit Freunden draußen auf der Terrasse, wo sie nie Zeitungen ausgeschnitten habe, da es stets ein wenig windig gewesen sei ums Haus herum, vor allem abends.

Ob sie die Artikel denn auch gelesen habe, hatte ich sie gefragt.

»Das nicht«, hatte sie geantwortet, »zumeist nur überflogen, um zu prüfen, in welche Schublade sie gehörten – Berichte gegen ihn und seine Mitarbeiter, seine öffentlichen Auftritte, der Besuch Sartres in Stammheim zum Beispiel, sein Aufenthalt in Paris.«

Dabei hatte sie auf einzelne Ordner gedeutet, die sich verzogen hatten und deshalb ein wenig schief standen, aber das weiß ich aus Erfahrung, dass Leitzordner im Keller oder auf der Bühne dazu neigen, sich zu verziehen, des wechselnden Binnenklimas wegen vermutlich.

Ein wenig traurig hatte sie mich angeschaut, als ich ihr gestehen musste, dass ich für ihre Sammlung keine Verwendung hätte, sodass ich an ihrem Blick erkannte, welches der eigentliche Schmerz des Alterns und des nahenden Todes ist, denn sie war die Witwe eines Gynäkologen mit zwei erwachsenen Töchtern.

Er wird verursacht von der täglich dahindämmernden Erkenntnis, wie viel Zeit man verplempert hat. Wie viele nutzlose Dinge getan. Wie viele Sorgen man sich hätte sparen können. Wie viele Stunden an eitlen Tand gehängt. An dumme Wünsche und Träume und Hoffnungen und Stimmungen und Trotz und Starrsinn und Rechthaberei und Maulhuberei. Wie viel Zeit für andere Menschen, denen nicht zu helfen war. Die nicht geholfen haben mochten.

Was man hätte tun können stattdessen. Wie viel besser es einem dann ergangen wäre. Wie viel mehr man erreicht hätte. Wie die Menschheit jetzt vielleicht sogar besser dastünde. Wenigstens ein bisschen.

»Wenn Sie wüssten, wie viele Zeitungsausschnitte es gibt auf der Welt«, sagte ich und wusste, dass ich ihren Schmerz durch diese Bemerkung nur vergrößern konnte, denn sie stand im letzten Lebensjahr, und dann erzählte ich, als wir in ihrer Einraumseniorinnenwohnung mit Kochecke und Nasszelle saßen und am Cointreau nippten, von der Ausschnittsammlung des Internationalen Instituts für Sozialgeschichte und des Papiertigerarchivs.

Erzählte vom Koffer des Dekans und meinen eigenen Papiergebirgen, obwohl ich wusste, es ist kein Trost für eine Närrin, wenn man ihr beweist, dass sie nicht die einzige ist, die eine Närrin ist unter Narren.

Nein, je mehr Narren ich aufzählte, desto häufiger nippte sie am Cointreau, weil, wenn schon närrisch, dann wenigstens nicht einer von vielen.

Philosophisch betrachtet ist er gering, der Unterschied zwischen den Sammlertypen, und es ist, wie die ältere Dame im Altersheim zeigt, auch unerheblich, ob der Sammler für sich sammelt oder für einen anderen.

Wissen wir überhaupt, ob sie wirklich für unseren Klaus sammelte? Ob sie es nicht in Wirklichkeit für sich selbst tat? Was ist Wirklichkeit?

Wir wissen dies und das:

Immer hofft der Sammler etwas vor dem Absturz ins Vergessen zu retten. Meistens rettet er nur die Erinnerung an das Unrettbare, das es nicht mehr oder bald nicht mehr gibt. Mal ist es das Universum, mal eine indigene Population, mal ein Volksstamm, mal ein Kohlhaase, mal eine andere bedrohte Art und mal ist es eben mein Freund Klaus.

Ich habe mich oft gefragt – in meinem Arbeitszimmer, im Keller unserer Wohnung, auf dem Speicher meiner Hütte in der Eifel, wo der Bauer früher das Heu lagerte auf die Gefahr hin, dass es sich erhitzte und zu brennen begann –, warum ich so viel Papier aufhebe, das etwas zu tun hat mit unerwünschten Methoden des Widerstands – mit dem bewaffneten im allgemeinen und einzelnen Personen und Ereignissen desselben im Besondern.

Ein paar Dutzend Bücher, Broschüren und eine Menge Zeitschriften mit rätselhaften Titeln wie Der lange Marsch, konkret, Gegen Knast, Antiimperialistisches Info, Angehörigen-Info, T*ROTZ ALLEDEM, Autonomie, informatie politieke gevangenen, Bulletin d'informations du Comité de Défense des Prisoniers Politiques en RFA, Rote Hilfe, Wir wollen alles.

Die Mappen, die ich hüte, tragen verblasste Aufschriften.

Strafsache Wackernagel, politische Maßnahmen gegen Anwälte allgemein, RAF-Hysterie Sondergesetze, Sartre u.a., Anti-RAF-Maßnahmen, Razzien, Verhaftungen, Todesschüsse, RAF u.a., SG bis Mogadischu, Buback, Mordsache Grams, Bad Kleinen, Hysterie nach Schleyer, Mescalero klammheimliche Freude, Haftbedingungen, Müller Gerhard, Wer jetzt noch von Selbstmord redet, Drenkmann und die Folgen, Mordsache Meins, Strafverfahren gegen Anwälte, versuchter Mord an Günter Sonnenberg, Klaus Haft, Klaus Paris, Prozesse gegen Klaus, Stadtguerilla Namensliste, Siegfried Haag, Prozess gegen Fantasia-Druck, Prozess gegen Agit-Druck, Vollzugsache Manfred Grashof, Vollzugssache Helmut Pohl, Nachlassverwaltung Meinhof, Todesermittlungsverfahren Baader, Kassiber aus Stammheim, Schädelöffnung Ulrike, großer Beweisantrag Stammheim, Schallplatten Andreas, alberne Fragen.

Stern in der Suppe

Die Eheleute Nast hatten neben der Buchhandlung Niedlich eine Konditorei. Die Kanzlei war nicht weit, dennoch lernten sie Klaus erst kennen, als sie 1972 Nachbarn wurden.

»Das hier ist Block C. Zunächst wurde Block A fertiggestellt, dann Block B. Block C war der letzte, da wurden die anderen beiden schon bewohnt.«

Irgendwann, das genaue Datum ist ihnen nicht erinnerlich, kauften die Nasts die Klaus gehörende Nachbarwohnung, weil ihr Sohn größer wurde und ließen zwei Durchbrüche anlegen, einen in der Ebene und einen auf der Empore.

Klaus hatte die mittlere Wohnung, die kleiner ist als die Wohnungen links und rechts, da der halbe Raum für das Treppenhaus beansprucht wird.

Hier oben, im zweiundzwanzigsten Stockwerk, dem obersten, heißen die Wohnungen Atelierwohnungen. Sie haben eine Empore und Oberlicht. Die Empore der mittleren Wohnung hat eine verglaste Dachgaube, die auf das Flachdach hinausgeht.

Frau Nast führt mich durch die Wohnung, während Herr Nast Kaffee kocht. Weit geht der Blick über die Fildern. In der Ferne die Hauptverwaltung des Daimler-Konzerns.

»Haben Sie Nebel hier oben?«

»Manchmal schaut nur der Mercedes-Stern aus der Suppe.«

Ich spüre eine leichte Euphorie. Wie immer wenn ich mich an einem Ort der Geschichte befinde. Mit den Fußsohlen im Blut klebe. Quasi. Hier also hat er gelebt. Fünf Jahre lang. Ich gäbe viel, wenn ich die Festplatte aus seinem Gehirn hätte. Vor dem Schlaganfall.

»Er war ein netter, ruhiger, freundlicher Mieter und Nachbar«, sagt Frau Nast.

»Er kam manchmal zum Telefonieren rüber, weil sein Telefon abgehört wurde.«

Über Damenbesuche sei ihr nichts bekannt. Auch Frau Tilgner, die sie erst beim Kauf der Wohnung getroffen habe, habe nicht bei ihm gewohnt.

»Vielleicht ist sie gelegentlich zu Besuch gekommen.«

Sie glaube nicht, sagt Frau Nast, dass Klaus im Asemwald gewohnt habe, um Abstand zu kriegen zu den Ereignissen in seiner Kanzlei. Eher habe er die Anonymität der großen Wohnanlage geschätzt. Er habe Leute mit heraufgebracht, die etwas mit seiner Tätigkeit zu tun hatten. In der Stadt sei von einer Geliebten die Rede gewesen, die ihn manchmal besucht habe, aber darüber könne sie nichts sagen. Eine Dame der Gesellschaft.

Kleiner Flur, rechts eine kleine Küche, links ein winziges Bad. Der Wohnraum ohne Tür zum Flur, halb überdeckt von der Empore, die etwa so tief ist wie Bad und Küche. Steht man mit dem Rücken zum Fenster, befindet sich rechts die Treppe zur Empore, links oben das Fenster zum Dach.

»Da oben stand sein Bett. In das Dachfenster hat er Panzerglas einbauen lassen. Das haben wir dringelassen. Er fürchtete, die Polizei könnte sich aus dem Hubschrauber herunterlassen und über die Empore in die Wohnung eindringen.«

Das Fenster im Wohnraum ist hoch und geht über die ganze Wand. Nach links schließt sich ein kleiner Innenbalkon an, der Platz für einen Tisch und drei Stühle bietet.

Ein paar hundert Meter weit weg: Eine Art Gestüt, drei Bauernhöfe. Links eine Großbaustelle. Die neue Fildermesse.

»Was ist das da unten?«

»Die Baracks. Die stammen noch aus der Nazi-Zeit. Da wohnen jetzt amerikanische Offiziere.«

»Wissen Sie, wie die Wohnung eingerichtet war, als er hier lebte?«

Darüber könne sie nichts sagen. Sie sei nie in der Wohnung gewesen. Auch von Kunstwerken sei ihr nichts bekannt.

Der Kaffee ist fertig. Das Nastsche Wohnzimmer ist so groß wie die gesamte Wohnung Croissant. Rechts eine lange Theke, innerhalb des Thekenraumes die Küche mit Herd, Haushaltsgeräten, Schrankwand etc. Rechts neben der Fensterwand der Durchbruch zur Nachbarwohnung. Auch die Empore ist sehr viel größer als die von Klaus. An der nördlichen Fassade grenzt an die Empore ein Innenbalkon, der von hohen Mauern begrenzt wird. Die Mauern sind an die drei Meter hoch, sodass der Balkon wie ein Innenraum wirkt. In der Außenmauer befindet sich ein schmales kleines offenes Fenster, durch das es heftig hereinzieht.

Ich blicke hinunter auf: Schönberg, wo Klaus wohnte, bevor er ins SI-Centrum zog, Birkach, fern Degerloch, Sillenbuch, den Fernsehturm auf der Wangener Höhe über dem Neckartal, die Hänge jenseits des Neckars, rechts Albtrauf.

»Da zieht's aber ganz schön.«

»Man muss die Balkontür schließen, wenn irgendwo ein Fenster geöffnet ist, sonst weht ein Sturm durch die Wohnung.«

Klaus sei ein sehr charmanter, netter Mensch gewesen, der stets gut gekleidet war. Er habe viel Besuch gehabt. Wie viele Leute das gewesen seien und ob eventuell nur eine Party stattfand, könne sie nicht sagen. Nach dem Kauf der Wohnung hätten sie vierzehn Wohnungsschlüssel erhalten. Sie vermute, Klaus habe so viele Schlüssel benötigt, weil er so viel Besuch hatte.

Einmal habe sie ihren kleinen Sohn an die Wohnungstür von Klaus gelehnt, um in der Tasche etwas zu suchen. Da sei die Tür aufgegangen und ein merkwürdiger Mensch habe herausgeschaut. Sie erinnere sich vor allem an seine Finger. Er habe stark abgenagte Fingernägel gehabt.

Ein anderes Mal habe unten zwischen den drei Blöcken ein Dorffest stattgefunden. Klaus sei sehr spät gekommen. Er habe einen seltsamen Menschen dabei gehabt. Das Essen sei bereits abgeräumt gewesen. Sie (Frau Nast) habe deshalb für Klaus und seinen Begleiter etwas aus ihrer Wohnung geholt.

Noch ein anderes Mal habe ein Mann aus Hamburg an ihrer Tür

geklingelt. Sie habe den Namen vergessen. Es sei aber ein bekanntes Gesicht gewesen. Eventuell eine polizeilich gesuchte Person.

Auch die Bildzeitung und andere Zeitungen hätten manchmal vor ihrer Tür gestanden und nach ihm gefragt. Details könne sie nicht nennen. Es sei alles so lange her.

Eine andere Asemwälderin, auch im zweiundzwanzigsten Stock, jedoch in Block A, weiß noch eine hübsche Episode.

Alle Frauen, die als Zuhörerinnen am Strafverfahren in Stammheim teilnehmen wollten, mussten bei der Eingangskontrolle die Tampons abgeben. Die Wachteln zerfledderten die Dinger, sodass sie unbrauchbar wurden. Eine Rundfunkmitarbeiterin beschwerte sich beim Gerichtsvorsitzenden. Der schickte einen Justizbeamten los, der neue Tampons holen und in den Gerichtssaal bringen musste.

Ende des Besuchs 13. Mai 2005, siebzehn Uhr.

Der Koffer des Dekans

Ich glaube zu wissen, was mich fasziniert an den Tätern und Taten, die sich hinter meinen Mappen und Kisten und Ordnern mit Anklageschriften, Anlagen zu Anklageschriften, Urteilen, Anlagen zu Urteilen, Handakten, Beiakten verbergen.

Es gab in alter Zeit, als die Könige noch göttlich waren, im Mittelmeerraum eine seltsame Sitte. Einmal im Jahr wurde der König ermordet und feierlich zu Grabe getragen und einmal im Jahr erhielt die Königin einen neuen Mann und mit ihm das Volk einen neuen König. Später, als die Unsitte der Menschenopfer sich auf diverse Schlachtfelder verlegte, wurde daraus ein Ritus, der in der Legende von Tod und Auferstehung weiterlebt, aber auch in seiner metaphorischen Version entfaltete der Ritus der alljährlichen Ermordung des Ehegatten der Königin seine reale Wirkung.

Sie bestand in einer Art Katharsis. Einer Art Großreinemachen. Einer Art Vollreinigung der Gefühle. Indem sie einmal im Jahr den ersten Beigeordneten ihrer höchsten Repräsentantin und Machthaberin, der natürlich an allem Schuld war, töteten, reinigten die Bürger ihre Stadt von allen Übeln, die das Leben so beschwerlich und oft auch unerträglich machen: Der Gängelung, der Erniedrigung, Entfremdung, Ausbeutung, Knechtung, Lieblosigkeit, Dummheit.

War dieser Akt vollzogen, konnten sie, frei von allen Sünden, die sie auf sich geladen hatten, als sie alle diese Übel ein Jahr lang erlitten, unterstützt und selbst ausgeübt hatten, ein neues Jahr in der alten Scheiße verbringen.

Ich glaube, das war es, was mich faszinierte. Dass ein paar Leute es wagten, dem Staat des Bürgertums und seiner Konzerne und Bankentrusts mit der Waffe entgegenzutreten, dem Untier, dem Monster, das sich etwas einbildet auf seine Unberührbarkeit, seine Unverletzlichkeit.

Es verwundert mich immer, mit welcher Gedankenlosigkeit meine Mitbürger diesen Wechselbalg der Neuzeit gewähren lassen, rechtfertigen, verteidigen, verklären zu einem überirdischen, gottähnlichen Lenker der Geschicke. Warum niemand einen Gedanken darauf verschwendet, dass die paar Regularien und Dienstleistungen, mit denen der Staat seine Existenz und seine Unantastbarkeit zu rechtfertigen sucht, sie davon abhält, sich darüber Gedanken zu machen, wie die paar Gemeinschaftsaufgaben in Selbstverwaltung übernommen werden könnten und wie wenig Grund besteht, sie einem Ungeheuer zu überlassen, das in erster Linie sich selbst dient, sich an uns satt frisst, mästet und von uns auch noch verlangt, dass wir es lieben.

Ich glaube, das ist es, warum ich für jene heterogene Gruppe Sympathie empfinde, die nicht bereit war, sich dem Staat zu unterwerfen.

Dass diese Begründung meine private Mythologie ist, lehrt mich der Koffer des Dekans, in den wir zum Schluss dieser kleinen Rechtfertigung bedauerlicher Vorfälle einen Blick werfen wollen.

Er ist etwa fünfzig Jahre alt, dieser Koffer, braun gesprenkelt, und aus einem Material, das ich als weiche Hartfaserplastiksubstanz mittlerer Stoßfestigkeit und minimaler Eleganz bezeichnen möchte, also der Stoff aus dem die Träume evangelischer Dekane geschaffen sind, die die areligiösen Umtriebe ihrer Töchter und Söhne mit vergebendem Lächeln als die rätselvollen Wege des Herrn erleiden und dokumentieren.

Seine äußeren Maße betragen schätzungsweise sechzig mal fünfundvierzig mal zwanzig, woraus sich ein Volumen von Nullkommanullnullfünfvier Kubikmetern errechnet, was der Raummenge entspricht, die ein protestantischer Gottesmann dank lutherisch-calvinischer Anspruchslosigkeit benötigt, um Talar, Barett, Hose, Schuhe, Bibel, Brille, Gesangbuch, Rasierzeug, Zahnbürste, lange Unterhosen wegen der Kälte in protestantischen Häusern, Wollsocken, Leibbinde und Betbrett darin auf Reisen unterzubringen.

Der Inhalt, Ordner, Mappen und die obligatorischen Zeitungsausschnitte, betrifft ausschließlich den Sohn, der schon im Elternhaus den Kosenamen Jogi hatte.

Jogi war, wie die in illustrierten Blättern abgebildeten Fotos zeigen, schon auf dem Abschlussball der Tanzschule Knoll in Schwäbisch-Gmünd ein hübsches Kerlchen und als junger Anwalt ein ausgesprochen schöner Mann mit romantischen Zügen. Große seelenvolle Augen, eine lange, kräftige Nase, eine breite Oberlippenfalte, eine wunderbar geschwungene, schmale Oberlippe, hinter der kräftige weiße Schneidezähne hervorblicken, eine fleischige Unterlippe, ein reizendes Grübchen im Kinn, dicke Augenbrauen, eine etwas ungebärdige, gleichwohl geordnete schwarze Tolle, die die Stirn, hinter der sich, dem Ausdruck nach zu urteilen, ein feinsinniges, aber auch gewitztes lyrisches Ich befinden könnte, zur Hälfte dicht bedeckt und deshalb schmal erscheinen lässt. Die Wangen glatt, gut rasiert, die kleinen Ohren hinter wuseligen Koteletten versteckt, der Hemdkragen weiß und steif, die Krawatte dezent abstrakt gemustert, der Sakko anthrazitfarben mit schmalem Revers, die makellose Robe locker über die linke Schulter geworfen.

Der dazu gehörige Artikel aus der Bunten Illustrierten, elf Bildseiten, neun Textseiten, ist betitelt: »Croissant? Lang heißt die Kanaille. Jörg Lang.« Die erste Bildunterschrift lautet: »In Düsseldorf bekamen die überlebenden Stockholm-Attentäter lebenslänglich. Der Drahtzieher des Überfalls auf die Botschaft: Jörg Lang. Er blieb im dunkeln.« Verfasser der Schmiererei: Eine der Edelfedern des damaligen westdeutschen Journalismus, Will Tremper.

Wie wichtig es dem Hause Burda war, das üble Gemisch aus Halbwahrheiten und Lügen ins Schnittmuster der Ideologie westdeutscher Dunkelmänner zu kippen, zeigt Seite 161. Da sehen wir Chefredakteur Dr. Hubert Burda mit Franz Josef Strauß in einem Flieger der Luftwaffe auf dem Rückflug aus Saudi-Arabien, wo Strauß dafür gesorgt hatte, dass ein Todeskommando der westdeutschen Streitkräfte in Somalia landen durfte.

Besorgte Mimen. Burda zu Strauß:

»Sie haben einmal gesagt, dass Terroristen absolute Lebensgarantie haben. Die Opfer nicht. Deswegen wäre das mindeste, was erreicht werden müsste, eine Gleichheit des Risikos.«

Clever umkreißt der CSU-Bonze die implizite Frage, ob es nicht an der Zeit sei, Terroristen standrechtlich zu erschießen.

Achtbar auch Seite elf. Hier muss der Alt-Nazi[1] Senator E. h. Dr. Franz Burda, der Verleger der Bunten, dem Altnazi Hanns Martin Schleyer, ein paar Krokodilstränen nachweinen, ohne der tschechischen Opfer des beweinten Bosses der Bossen Erwähnung zu tun. Der Nazi Schleyer und seine Kumpane im besetzten Prag pflegten vor 1945 nicht soviel Gedöhns um ein paar Tote zu machen.

Ein Blick in den Kalender zeigt, warum Jogi, der seit drei Jahren im Libanon lebte, plötzlich im Visier des trauernden Senators

1 Mitglied der Nazipartei schon drei Jahre vor dem Hitlerputsch 1933.

stand. Am 9. Juli war Klaus nach Paris verzogen, neue Anschrift unbekannt. Am 5. September entführte die RAF den Arbeitgeberpräsidenten Schleyer, der am 19. Oktober ermordet wurde. Es war, da der bisherige Drahtzieher Klaus sich seit zwei Monaten im Ausland aufhielt, Zeit, einen neuen Drahtzieher aus dem Hut zu zaubern und eine neue Kanaille auszurufen. Die Kanaille ist weg, es lebe die Kanaille.

Vater Langs Koffer entspricht meiner Theorie des zeitgemäßen Romans. Warum peinigen moderne Romanciers mich damit, was sie sich ausdenken? Warum müssen sie erzählen, konstruieren? Warum beschränken sie sich nicht darauf, Material zu sammeln und es mir dann vor die Füße zu kippen? Warum belästigen sie mich mit Dingen wie Sprache, Stil, Aufbau, Stoff und Form, die sie in den meisten Fällen nicht beherrschen und die vom Wesentlichen ablenken, dem Material?

Der Koffer des Dekans enthält alles, was ich von einem ordentlichen Epos erwarte. Eine Menge Lügen, Entstellungen, Übertreibungen. Eine unerhörte Begebenheit. Ein Ereignis, von dem jeder schon mal gehört hat, als wäre es der trojanische Krieg. Eine abenteuerliche Irrfahrt vom Abendland ins Morgenland und wieder zurück. Quasi eine Reise nach Jerusalem und einen wirklichen Kreuzzug, nämlich den der RAF, und einen Helden, den Sohn des Dekans, Jogi.

Ganz reduziert auf die Aussagen der Dokumente, Zeitungen, Zeitschriften, Zeitungsausschnitte erzählt der Koffer Jogis Irrfahrt.

Ein Ordner mit Studentenzeitungen, Programmen, Aufrufen, Zeitungsausschnitten und Briefen erlaubt es, das Leben eines sozial engagierten und politisch aktiven Studenten in Tübingen und Westberlin bis ins Jahr 1961 zurückzuverfolgen.

Mehrere Plastiktaschen prall gefüllt mit Zeitungsausschnitten zeigen die Wut, mit der die Studentenbewegung beschimpft und diffamiert wurde.

Eine Perle in diesem Konvolut: Die Broschüre der Kommune 1

Zerschmettert den Moabiter Pleitegeier vom September 1967 – Flugblätter, Gerichtsbeschlüsse, Knastpost, Briefe von Günter Grass und Hans Werner Richter an Horst Mahler betreffend das Flugblatt burn warehouse burn, in denen sie ausführen, dass das fragliche Dokument keine Aufforderung zur Begehung von Straftaten enthält. Korrespondenzen der Truppe um Teufel und Kunzelmann mit der Universitätsverwaltung.

Das Schreckgespenst, dessentwegen Jörg Lang für einen kurzen historischen Augenblick ins Licht der Zeitgeschichte trat, war natürlich seine Arbeit bei Klaus und dort wiederum ein Segment des Dezernats: die RAF. Sie war die Spitze des Eisbergs. Das bevorzugte Hassobjekt des Bürgertums, ihrer Presse, ihres Polizeiapparats, ihrer Justiz. Sie wird in einem schmalen Ordner vorgestellt, der im Koffer ganz unten liegt. Inhalt: Die berühmte Proklamation Stadtguerilla und Klassenkampf, 64 Seiten, die Originalausgabe, von hohem bibliophilen Sammlerwert. Der nicht minder gesuchte Text – aus dem Niemec Verlag Amsterdam – Das Konzept Stadtguerilla, 16 Seiten, ebenfalls in der originalen Druckfassung. Und schließlich, schon erheblich dünner und billiger gemacht, weil erst im Herbst 1974 produziert: Die Textsammlung Alle Macht dem Volk durch Eroberung der Gewalt, Freiheit durch bewaffneten antiimperialistischen Kampf, ebenfalls original, also keine Fotokopie.

Was sonst enthält der Koffer?

Mehrere große Stapel und einen prall gefüllten Ordner, die ein paar hundert, vielleicht mehr als tausend Zeitungsausschnitte enthalten, die alle etwas mit dem Sohn des Dekans, mit Klaus, mit RAF und anderen bewaffneten Gruppen, Prozessen, Haftbedingungen, Jogis Flucht im Herbst 1974, Mutmaßungen über seinen Aufenthalt zu tun haben.

Sie zeigen die freie Presse des demokratischen Rechtsstaates mit Schaum vorm Mund.

Immer wieder wird Lang angeblich in Westdeutschland gesehen

und immer wieder ereignet sich davor oder danach ein Anschlag mit »terroristischen Hintergrund«. Immer wieder die Suche nach dem Monster.

Eine Spinnennetzzeichnung aus der Zeitung Die Welt vom Herbst 1977. Alle Wege führen nach Stuttgart, alle Pfeile gehen von dort aus. »Stuttgart RAF-Zentrale«. Klaus ist jetzt Resident in Paris. Jörg Lang wird korrekt in Beirut verortet, nur dass er nie was mit Aktionen der RAF zu tun hatte. Pfeile gehen nach Aden (Ausbildungslager), Bagdad (Hinterland), Belfast (IRA), Mailand (Rote Brigaden), Westberlin (2. Juni und Palästinensischer Widerstand), Amsterdam (Rote Hilfe), Straßburg, Baskenland, Lissabon, Tessin, Athen (konspirative Wohnungen). In Hamburg wird angeblich noch immer das Info eingetütet, in Zürich und Stockholm hecken eine Frau Krause und ein Herr Kröcher wer weiß was aus und das Ganze verkauft uns das Verlagshaus Springer als »Die Operationsbasen des deutschen Terrorismus«.

Man könnte anhand dieser kleinen grafischen Darstellung in einer großen deutschen Tageszeitung die Hysterie der siebziger Jahre demonstrieren – Desinformationen und Machenschaften einer Horde durchgeknallter Staatsschützer zum Zweck der Aufwiegelung eines ganzen Volkes. Wahn, Wahn, überall Wahn.

Warum sammelte der alte Dekan diesen Wahnsinnspapierberg? Natürlich: Um ihn eines Tages seinem Sohn zu dedizieren. Er sammelte noch, als der verlorene Sohn nach acht Jahren wieder in Ithaka war und auch noch, als seine mühsame Wiedereingliederung ins Berufsleben geglückt war. Eine Erbschaft also, die der Sohn nicht ausschlagen konnte. Was sollte der Sohn damit anfangen? Sich erinnern vielleicht. An christliche Zusammenhänge in seinen ersten Studienjahren. An die Arbeit in der studentischen Selbstverwaltung, den Kampf um die Universitätsreform. Die träumerischen Jahre der unrealisierbaren Ideen einer permanenten Revolution nach Maßgaben des großen Vorsitzenden Mao und seiner Witwe. Die Schikanen gegen Jogi, weil er es wagte, für die Rechte einiger politischer

Gefangener zu streiten. Die Schmutzkübel der Presse, als er im Sommer 1972 endlich im Knast saß. Die Versuche in den Achtzigerjahren, ihn nicht wieder zur Anwaltschaft zuzulassen.

Zeitungsausschnitte sind eine feine Sache. Man vergisst so viel. Erst als ich für dieses Buch die Mappen mit den Zetteln aus dem Knast noch einmal las, fiel mir wieder ein, worüber ich mit Andreas und anderen gesprochen hatte. Es ging eigentlich immer nur darum, einen fairen Prozess und anständige Haftbedingungen zu erkämpfen.

Oder hatte der Dekan noch einen zweiten Grund? Vielleicht nahm er, in dem er seinen Koffer füllte, teil an den Erlebnissen seines Sohnes. Vielleicht bedauerte er insgeheim, nicht ein anderes Leben geführt zu haben. Die Maximen seines Glaubens nicht in die Tat umgesetzt zu haben. Nicht für seinen Glauben und seine Hoffnungen sein Leben eingesetzt zu haben, wie es sein großer Vorsitzender vor zweitausend Jahren getan hatte.

Vielleicht wollte er seinem Sohn genau das mitteilen: Wenn ich gekonnt hätte, hätte ich gerne so gelebt wie du. Wie Dein Freund Klaus. Wie Deine Mandanten. Vielleicht ahnte er auch nur, dass eines Tages ein verrückter Schriftsteller den Sohn nach seiner Geschichte fragen würde. Vielleicht dachte er:

»Dann reicht der Sohn den Koffer weiter an den verrückten Schriftsteller. Dann braucht der Sohn nicht so viel zu reden und der Schriftsteller hat einen Roman Nullkommanullnullfünfvier Kubikmeter stark.«

Jetzt steht der Koffer auf meiner Bühne.

Schleyer

Schleyer war Mitglied der SS seit 1. Juli 1933, zuletzt Untersturmführer (Leutnant).

Seit April 1943 in Prag mit der Arisierung und Germanisierung der böhmischen Industrie betraut.

In welchem Umfang er in die deutschen Kriegsverbrechen gegen Tschechen bei Kriegsende verwickelt war, ist meines Wissens nie geklärt worden.

Nach Kriegsende saß er drei Jahre in alliierter Haft, bevor er seine Karriere beginnen konnte, die ihn über Vorstandsfunktionen beim Daimler auf den Chefsessel der Arbeitgeberverbände und der deutschen Industrie führten.

Mit seinen Schmissen im Gesicht, seiner bulligen Figur und seinem anmaßenden Auftreten war er der Prototyp des Monopolkapitalisten.

Ihn als typischen Vertreter der eigentlichen Machthaber der BRD jener Jahre und Repräsentanten eines verhassten Systems zu attackieren, hatte eine gewisse Logik.

Dass er auf der Liste der potentiellen Opfer der RAF ganz oben stand, war allgemein bekannt. Mein Freund Dieter Löw, dessen Vorgesetzter er war, beschrieb ihn als umgänglichen, tüchtigen, kompetenten Menschen – keinesfalls unsympathisch.

Das überraschte mich nicht.

Löw bat mich, ihn noch einmal zu besuchen, kurz bevor er starb.

Er schenkte mir zum Abschied einen sehr schönen Spazierstock mit einem silbernen Knauf, den er viele Jahre zuvor in einen Antiquitätenladen im Londoner Bankenviertel gekauft habe, wie er sagte.

Leider kann ich ihn nicht benutzen.

Er ist zu wertvoll.

Ich besuchte Löw auch in seiner Garçonniere in Schwabing als wir 1960 in München Examen machten, bevor er zu Schleyer ging.

Später war er zeitweise mit dem Komponisten Stockhausen verschwägert.

Er sammelte moderne Kunst, vorwiegend Malerei, und blieb kinderlos.

In der Nähe von Köln baute er sich ein skurriles Haus, das von seinen Nichten und Neffen natürlich sofort abgerissen wurde, nachdem der Erbfall eingetreten war.

Auch der Schwiegervater, den er sich mit dem Komponisten teilen musste, war Nazi gewesen. Mediziner. Schädelforschung.

Ich habe über den Schwiegervater, der ebenfalls Schmisse im Gesicht hatte, eine Novelle geschrieben: Mein Schatz unterm Dachboden, Verlag Eremitenpresse, Düsseldorf 1995.

Löw liebte die Novelle.

Es gehörte zu unserem Alltag, dass fast alle unsere Freundinnen und Freunde Väter hatten, die Nazis gewesen waren und Schmisse im Gesicht hatten.

Auch der Vater meiner ersten Frau war ein Nazi und Corpsstudent gewesen.

Es gehörte dazu, wenn man dazu gehören wollte.

Später schrieb er für Goebbels Schmähschriften gegen das perfide Albion.

Noch später fiel er.

Den Nachruf schrieb Karl Korn, der nach 1945 einer der Herausgeber der Frankfurter Allgemeinen Zeitung war.

Wenn ich meine erste Schwiegermutter auf ihren Mann ansprach, sagte sie:

»Ich habe ihn geliebt.«

Das sagte auch Frau Schleyer.

Es ist ein Vorurteil, dass man Verbrecher nicht lieben darf.

Stoller

In einem Interview mit einer Studentenzeitung[1] sagt Klaus im Juni 1972:

»Außerdem vertreten wir einen Studienrat, Werner Stoller, der schon im Jahr 1970 über Weihnachten und Neujahr Mitglieder der B.M.-Gruppe beherbergt haben soll. Herr Stoller bestreitet diesen

1 ESG-Nachrichten, herausgegeben von den Evangelischen Studentengemeinden der Bundesrepublik, Nr. 67 vom 28. Juni 1972.

Vorwurf ganz entschieden: Er habe nicht gewusst, um wen es sich bei seinen Gästen handle. Er habe lediglich der ehemaligen Verlobten seines Bruders seine Wohnung überlassen.«[1]

Februar 2005: Wir sitzen in Stollers Bauernhaus in der Nähe von Schorndorf, nicht weit von Stuttgart. Noch etwas Schnee auf den Hängen. Er sei 1961 von der Kunstakademie Kassel an die Akademie Stuttgart gewechselt. Es ist kühl im Haus. Junggesellenwirtschaft. Stoller sollte einen Lehrstuhl in Bremen übernehmen, als er am 19. März 1971 verhaftet, zur Sicherungsgruppe des BKA nach Bonn verfrachtet, unter Druck gesetzt und zu unüberlegten Aussagen gezwungen wurde. Da sich das Strafverfahren hinzog, wurde ein anderer an seiner Stelle berufen. Seither freiberuflich Bildhauer. Daneben seit Jahrzehnten Funktionär in der Fachgruppe Bildende Kunst der Gewerkschaft ver.di und ihrer diversen Vorläufer.

Wir begegneten uns zum ersten Mal in der Frontstadt Westberlin im Winter 1962 / 63. Danach häufig.

Ich hatte damals eine primitive Ladenwohnung am Charlottenburger Schloss, nahe der Stelle, wo ich angeblich gezeugt wurde. Vorne ein kleines Geschäft für Damenoberbekleidung, die selbst in dieser spießigen öden Gegend kaum Abnehmer fand. Wir[2] bewohnten das große Zimmer dahinter und eine Kammer, beides düster. Der Ausgang, den wir als Küche benutzten, führte zum Hinterhof. Das Klo im Seitenaufgang. Natürlich kein Bad. Da wohnte ich noch, als ich Andreas kennen lernte.

Reisen in die Frontstadt in den ersten Jahren nach dem Bau der Mauer waren Reisen ins Ungewisse. Als würde der Krieg nur mal Pause machen. Die Straßen schlecht, die Kontrollen umständlich. Stundenlang hielten die Züge an den Grenzstationen. Würde man als feindlicher Agent betrachtet, festgenommen und vielleicht sogar nach Bautzen verschubt werden?

1 Marianne Herzog.

2 Meine damalige Frau, Studentin der Kunstgeschichte, und ich. Bald auch unsere zwei Söhne, geboren 1963 und 1964.

Bautzen war der Inbegriff der Diktatur des Proletariats. Wenn die holde Hilde Benjamin, Generalstaatsanwältin der DDR, die angeblich mit Walter Benjamin verwandt oder verschwägert war, einen dorthin schickte, dann konnte man nichts machen. Das war wie ein Parteiauftrag. Wie zehn Jahre später, als die BRD sich der DDR anzunähern begann, eine Verhaftung durch das BKA. Noch auf dem Ku-Damm waren die Besucher aus dem Westen ängstlich. Was wenn der Russe unvermutet durchs Brandenburger Tor brach und alle mitnahm? Ab nach Sibirien?

Eines nachts standen vier Figuren im Hof: Meine Schwäger Uve Schmidt und Uli Kasten, ein Unbekannter und Rosemarie, die Frau meines alten Freundes Dietrich Dankwart Klemm, Professor für Geologie, Spezialität Lagerstättenforschung.

Uve war Dichter, Lektor bei V. O. Stomps und hatte eine Single dabei. Marlene Dietrich singt »Sag mir, wo die Blumen sind«. Drei Tage und Nächte lang dudelte die Platte bis meine damalige Frau die Viererbande hinauswarf. Sie war schwanger und wollte mal wieder schlafen.

Uli Kasten war Maler und Flaneur. Ein Edelpenner. Großer Trinker. Ihn kannte ich seit der Quinta, Hofgeismar am Weserbergland, Realgymnasium für Jungen. In meiner Shortstory »Munich does not exist«[1] habe ich ihm ein Denkmal gesetzt.

Rosemarie hatte den Baby Blues. Sie ließ das Töchterchen beim Vater in München zurück, packte die drei Kerle ins Familienauto, einen alten VW Käfer, und fuhr durch die nächtliche Sowjetzone, während Uve und Uli sich mit Fernet Branca volllaufen ließen. Am meisten hätte sie der bittere Geruch gestört, sagte Rosi.

Der große Unbekannte trank nichts. Er hieß Werner. Er trug einen fast bodenlangen Ledermantel und sah bedrohlich aus. Wie ein Agent des NKWD aus dem Freakbuch Schreckgespenster des kalten Krieges. Meine Frau und er kannten sich aus Kassel, wo sie

1 In Peter O. Chotjewitz, All most last stories, Verbrecher Verlag, Berlin 2007.

beide in den fünfziger Jahren an der Kunstakademie studiert hatten.

Natürlich war Werner ein hochbegabter linksintellektueller Psychosomatiker mit einer Liebe zum Renovieren alter Häuser, die nach der Renovierung so aussahen, als müssten sie dringend renoviert werden, auch in Italien, mit vielen Operationen am eigenen Leib und einem pechschwarzen Bart zum Kraulen. Einer von der gastfreundlichen Sorte. Der einem Verfolgten die Lustmatratze aufbläst und am nächsten Morgen ein Spiegelei macht. Dass es möglich war, ihn wegen Unterstützung der RAF für längere Zeit festzunehmen, vor Gericht zu stellen und zu einer happigen Geldstrafe zu verurteilen, gehört allerdings zu den Schweinereien, die sich die Justiz damals ungestraft erlauben durfte.

Hauptmannsreute: Seit 1995 wohne ich zwei Häuser neben dem Haus, in dem damals etliche Leute aus der RAF bei ihm gewohnt haben sollen. Aus einem der Dachzimmer habe man eine wunderschöne Aussicht über Stuttgart gehabt, sagte meine Ex, nachdem sie ihn eines Tages besucht hatte.

Kiwus erinnert sich, wie er zu einer Fête wollte, die im Keller des Hauses stattfinden sollte. Er war wie üblich betrunken und fand die Haustür nicht. Er rutschte durch ein Kellerfenster und landete auf den Steinkohlen. Es war stockduster. Musik und laute Stimmen hinter der Wand. Ein großer, hell erleuchteter Kellerraum voller junger Menschen. Sie tanzen. Alle sind nackt. Kiwus, der Unerschrockene, erschrickt. Aber auch die Tänzer bewundern seine Erscheinung. Er sah aus wie ein Kohlenmann.

Die Geschichte wird von Dieter Göltenboth bestätigt, der an jenem Abend ebenfalls den Weg durch den Kohlenkeller nahm.

Werner sagt, in seiner Wohnung in der Hauptmannsreute seien ständig Leute gewesen und Feste gefeiert worden.

»Auch Niedlich war oft bei mir.«

Wir plaudern über eine von Niedlichs Frauengeschichten, die in Stollers Wohnung stattfand. Es war, glaube ich, so, dass er Ulrike Meinhof anzubaggern versuchte und deswegen Ärger mit Gudrun kriegte. Oder mit Andreas. Oder mit beiden. Oder Ulrike kriegte den Ärger. Werner sagt:

»Im Laufe der Jahre sind mindestens 2.000 Leute durch meine Wohnungstür gegangen.«

Der Künstler Pfahler habe mal gesagt:

»Was? Heute keine Fête?«

Die Besucher seien zumeist normale Studierende gewesen, aber auch Bohème. Dazu eine Menge bürgerliche Leute, nicht nur Subkultur. Die Klientel der Galerie Müller und der Buchhandlung Niedlich.

»Dann kannst du mir wahrscheinlich viel erzählen«, sage ich.

Werner könnte, das sagen einige in der Stadt, die ihn kannten, aber er tut es nicht. Die beruflichen Nachteile belasten ihn noch heute. Ein Schlüssel für eine alte Freundin und eine Empfehlung, deren Brisanz er nicht einschätzen konnte, haben seine Karriere ruiniert.

Klaus hat ihn verteidigt. Aber schlecht, wie Werners Bruder Diethelm findet. Sich mit dem Gericht über die Bedeutung einer flüchtigen Bemerkung gestritten, statt Werners Unschuld zu beteuern. Sie wolle ein paar Tage untertauchen, das habe Marianne Herzog ihm gesagt. Politische Argumente vorgetragen, die gefährlich waren, weil man aus ihnen Schlüsse ziehen konnte. Noch heute hadert er mit Klaus, der längst tot ist, weil dieser in seinem Plädoyer nicht noch einmal auf die entlastenden Argumente hingewiesen habe.

»Gib's zu«, sagt Werner zu mir. »Du schreibst ein Buch über die RAF.«

»Ich schreibe«, sage ich, »ein Buch über Klaus.«

Das sei nur ein Vorwand meint er. Ein unlauterer Trick.

»Du fragst mich nach Klaus und hoffst, ich würde dir etwas über die RAF erzählen.«[1]

1 In der Anlage zur Anklage gegen die fünf Stammheimer ist Werner als Zeuge aufgeführt und natürlich hätte es mich interessiert, was das Gericht von ihm wollte, doch auch das ist ihm nicht zu entlocken. So bleibt alles im Nebel. Sein Verhältnis zu Klaus, seinem Anwalt, und zu den Leuten, denen er es zu verdanken hatte, dass er überhaupt einen Anwalt brauchte.

An dieser Stelle muss ich mir von Werner erst mal seine Werkstatt im Keller zeigen lassen, denn ich weiß, ich tue ihm Unrecht. Er hätte seinen Kopf vielleicht aus der Schlinge ziehen können, wenn er andere in die Sache hereingezogen hätte.

Es gibt da einen Maler und Kunstprofessor namens Moritz Baumgartl. Manchmal treffe ich Moritz und seine Frau Hilla in der Kneipe. Im Odyssia zum Beispiel. Oder bei mir und dann frage ich sie, wie es in Stuttgart war, in den fünfziger und Sechzigerjahren.

An der Akademie, wo sie eine Clique waren.

Man könnte einen Roman darüber schreiben.

Oder wir treffen uns bei mir in der Wohnung oder bei ihm.

Die Sylvesterfeiern und die Sommerfeste bei Hilla und Moritz sind berühmt. Ihre Wohnung sieht aus wie ein Antiquariat. Voller Bücher.

Auch Hilla hat in Stuttgart Kunst studiert. Sie ist Ende sechzig. Sie ist schön.

Manchmal treffe ich sie auf der Straße, wenn sie ihre Mutter besucht. Die Mutter ist weit über neunzig.

Von Moritz stammt folgende Geschichte.

Eines Tages habe eine junge Frau bei einem Maler, der auch Kunsterzieher gewesen sei, nachgefragt, ob sie über Weihnachten und Neujahr seine Wohnung benutzen dürfe. Das ließ sich arrangieren. Der Kunsterzieher und seine Frau wollten die Feiertage in ihrem Haus auf Ibiza verbringen.

Als sie aber aus dem Urlaub zurückkamen, sei die Wohnung in einem schlimmen Zustand gewesen. Teilweise verwüstet und auf dem Parkettfußboden im Wohnungzimmer habe der Besuch Feuer gemacht.

Ich frage Moritz:

»Weißt du auch, wie der Kunsterzieher hieß?«

Natürlich erinnert er sich.

Gespräch mit Dieter Göltenboth und Irmela Röck.

Dieter ist der von Moritz erwähnte Maler und Kunsterzieher.

Irmela und ich haben uns vor ewigen Zeiten gelegentlich in Rom und Florenz getroffen und wenn wir uns sehen, unterhalten wir uns vorwiegend darüber, wo wir uns zum ersten und letzten Mal begegnet sind. Einmal auch in einem Künstlerhaus in Olevano Romano.

Die Göltenboths haben mich zu einer Lesung in einem Kunstverein am Stadtrand von Stuttgart eingeladen. Der Saal war voll und das Honorar in Ordnung. Nun sitzen wir beim Italiener, unterhalten uns mit dem Wirt über die Speisekarte und Dieter kündigt schon mal an, dass er bezahlen wolle.

»Die Rechnung geht aber auf mich«, sagt er.

»Ihr sollt«, sage ich, »mal Ärger mit Eurer Wohnung gehabt haben.«

Sie bestätigen den Ärger mit ihrer Wohnung, damals zur Weihnachtszeit 1970, und Irmela erzählt. Manchmal auch Dieter. Er hat etwa meinen Bauchumfang und arbeitet noch immer als Lehrer, obwohl er seit langem pensioniert ist. Eine meiner beiden Töchter hat kürzlich bei ihm die Abi-Klausur in Kunst geschrieben und Irmela hat schon mehrfach Lesungen von mir besucht. In Marbach am Neckar zum Beispiel.

Natürlich erzählen die Göltenboths die Geschichte etwas anders als Moritz, der ihnen die Korrekturen jedoch nicht übel nehmen wird.

Sie hätten damals in der Leibnizstraße gewohnt.

»Oben am Kräherwald.[1] Gute Wohngegend. Nur etwas spießig.«

Wie von Stoller angekündigt, kam eine Frau, die Irmela zufällig aus Paris kannte.

Sie sagt:

1 Der Kräherwald ist der bewaldete Höhenzug zwischen dem Stuttgarter Kessel und dem Feuerbacher Tal. Im Osten grenzt er an den Stuttgarter Hauptbahnhof. Dort heißt er Killesberg. Dass die Leute dort spießiger wären als anderswo ist mir nicht aufgefallen. Die Stuttgarter sind auch nicht spießiger als die Berliner oder die Römer oder …

»In der Cité Internationale des Arts in der Rue de l'Hôtel de Ville.«

Dieter ergänzt:

»Es war die Marianne Herzog, die zeitweise mit Diethelm Stoller liiert war.«

Die Göltenboths ließen also vorsorglich das Telefon sperren, zeigten Marianne den Schrank mit dem Bettzeug und den Handtüchern und fuhren über Weihnachten und Neujahr in ihr Häuschen in Spanien.

»Wusstet Ihr, dass Marianne einige Leute mitbringen würde und wer das war?«

Meine Frage löst leichtes Befremden aus.

Sie hätten nichts gewusst und auch nie jemand von der RAF gekannt.

»Wie war das jetzt mit der Unordnung?« frage ich. »Von Moritz weiß ich, dass die Wohnung total unordentlich gewesen sei.«

»Ja, ja«, sagen sie. Eine gewisse Unordnung habe geherrscht, aber nicht so schlimm, wie von Moritz beschrieben.

Schuhe hätten gefehlt, auch ein paar Kleider, aber nur Sachen, die Irmela nicht mehr getragen habe. Auch habe der Fußboden keine Brandspuren aufgewiesen. Er sei verunreinigt gewesen, ja sicher. Aber nur mit so einer schwarzen Substanz. Vermutlich Farbe. Doch auch das sei keine Affäre gewesen. Die Stollers hätten ihnen einen kleinen Geldbetrag für die Verluste und die Reinigung gezahlt.

»Und wie war das jetzt mit den Nachbarn und dem Verfassungsschutz?«

»Nun ja.«

Die Besucher hätten sich wohl etwas auffällig benommen, sodass die Nachbarn die Polizei angerufen hätten. Die habe den Verfassungsschutz zu Hilfe geholt und der habe alles fotografiert und aufgeschrieben, jedoch nicht eingegriffen.

Erst einige Zeit später, als sie schon in Degerloch gewohnt hätten, seien zwei Verfassungsschützer erschienen, um sie zu befragen.

Erst dadurch hätten sie erfahren, dass die RAF 1970 in ihrer Wohnung Weihnachten gefeiert habe. Auch diese Maßnahme sei jedoch folgenlos geblieben.

Ich sage:

»Da könnt Ihr ja richtig stolz sein.«

Wir plaudern dann noch bis weit nach Mitternacht. Der Italiener stellt die Stühle hoch und ich ergehe mich in Mutmaßungen, dass Werner Stoller vielleicht zu Unrecht beschuldigt worden sei, die RAF bei sich beherbergt zu haben.

»Woher soll ich das wissen?« fragt Irmela.

»Das glaube ich nicht«, sagt Dieter.

»Wieso sollte ein Gericht ihn verurteilen, wenn der Verfassungsschutz weiß, dass die Leute bei uns übernachtet haben und nicht bei ihm?«

»Weil die Justiz nicht wusste, dass die Weihnachtsfeier[1] bei Euch stattgefunden hat«, sage ich.

»Warum nicht?« fragt Irmela.

»Ich fürchte, der Verfassungsschutz hatte kein Interesse daran, zwei harmlose Künstler zu inkriminieren.«

»Das glaube ich auch«, sagt Irmela.

»Werner war praktischer«, sage ich, »er kannte Gudrun und Andreas von früher. Er kannte Marianne. Er spielte gerne den Helden. Er war ein bekannter Linker. Er war für Revolution.«

»Das kann ich nicht glauben«, sagt Dieter.

Irmela kann es. Sie traut den Menschen manches Böse zu.

1 Die Weihnachtsfeier der RAF 1970 in Stuttgart fehlt in keinem Standardwerk. Die Enthüllungen stammen von einer Frau, die nach ihrer Verhaftung vom Staatsschutz umgedreht wurde. Die Märchentante Butz Peters schreibt unter der Überschrift »Weihnachten bei der RAF«: »Heiligabend schmoren Gänse im Ofen. Andreas Baader öffnet eine Flasche Rotwein. Die Terrorfamilie sitzt friedlich beieinander. Ulrike Meinhof ist sichtlich erschöpft. Jetzt sind wir einmal alle zusammen, bricht es aus ihr heraus.«

Marianne

Marianne Herzog, Jahrgang 1939, war von 1957 bis 1959 mit Diethelm Stoller verlobt. Journalistin.

Gehörte zunächst zur Kulturszene Westberlin.

Ich traf sie etwa ab 1965 bei Lesungen, Vernissagen und in der Villa im Grunewald, wo Hans Werner Richter, Satrap der Gruppe 47, Hof hielt.

1969 lebte sie mit Jan Carl Raspe und Ulrike Meinhof in einer Wohngemeinschaft in Westberlin.

Sie wurde am 2. Dezember 1971 in Köln, in der Nähe der Wohnung des Journalisten Günter Wallraff verhaftet.

Anfangs wurde behauptet, Wallraff habe sie unterstützt, was er bestritt.

Wallraff bestreitet alles.

In den Geschichten der RAF kommt Herzog nur am Rande vor.

Im Prozess wurde sie von Klaus verteidigt, sagt man.

Was sie jetzt macht, weiß ich nicht.

Diethelm war bis zur Pensionierung Professor für Kulturvermittlung.

Manchmal trifft er sich mit Marianne.

»Sollen wir Dich da rauspauken?« fragte Mutter Stoller, eine resolute, kräftige niedersächsische Bauersfrau als Werner Stoller am 19. März 1971 anrief und mitteilte, er könne nicht zur Geburtstagsfeier kommen, da man ihn verhaftet und zur Sicherungsgruppe des BKA verschleppt habe.

Diethelm, pragmatischer, ließ die Feier ebenfalls ausfallen, fuhr noch am selben Tag nach Bonn und versuchte, das BKA von der Unschuld seines Bruders zu überzeugen.

Vergeblich.

Die Greifer warfen ihn raus.

Unwohltag

Mir war nicht ganz wohl an diesem grauen vierten Oktober 2004. Schuld war der Tag davor. Am Dritten Oktober pflegen ein paar Deutsche bekanntlich ihrer Wiedervereinigung zu gedenken, eine deprimierende Unsitte.

Die halbe Nacht hatte ich mit Frau Fauser verbracht, erst vor der Haustür meiner Pension in der Münchner Schellingstraße, dann in zwei lausigen Bierlokalen in der Umgebung. Ich hatte von den Jahren in Schwabing erzählt, die in meinem Fall mit dem Umzug nach Westberlin gleich nach dem Mauerbau endeten. Später kamen wir auf Jörg Fauser. Gegenseitig erzählten wir uns, wie wir ihn kennen gelernt hätten. Ich begegnete ihm 1968 in einer Wohnung in der Adalbertstraße, wo er sich und mir einen Schuss setzte. Anschließend fuhren wir Taxi. Sie las eines Nachts Gedichte von ihm. Danach rief sie ihn an und sie verabredeten sich. Wann das war, habe ich vergessen. In gewisser Weise, meinte sie, sei es mit den Männern nicht immer vorteilhaft gelaufen.

Die Geschichte seines unaufgeklärten Todes auf einer Autobahn bei München könnte von Fauser selbst stammen. Dagobert Lindlau kommt drin vor, ein Bordell in einem Industriegebiet, ein knallheißer Plot im Geheimdienstmilieu, ein verschwundener Lastwagen, ein Lokal, in dem die Schickeria verkehrt, der Schriftsteller Ulf Miehe, mit dem ich in den Sechzigerjahren in Westberlin einige Nächte verbrachte.

Eine wichtige Rolle spielt auch eine dubiose Figur, die am Morgen nach dem Mord an Fauser die Ehefrau, die eben erst von ihrer Witwenschaft erfahren hat, besucht und um Aushändigung einiger Akten bittet, und schließlich der Schriftsteller Fauser selbst, der mitten in der Nacht plötzlich weg ist und erst in den Morgenstunden als Leiche wieder auftaucht.

Es habe tatsächlich keiner der Anwesenden sich daran erinnert, wann und ob überhaupt Fauser in jener Nacht, als sein Geburtstag gefeiert wurde, vom Tisch aufgestanden sei und sich entfernt habe.

Nicht einmal der Gastwirt hatte sein Verschwinden bemerkt.

Es schien, als sei Herr Fauser aus seinem Freundes- und Bekanntenkreis einfach weggebeamt worden wie Captain Kirk, ohne ein Wort des Abschieds, ein letztes Prost.

Die Pension nenne ich meine Pension, weil ich dort immer übernachte, wenn ich in München bin. Nicht nur, weil sie billig ist. Sie liegt mitten in Schwabing, gleich neben der Uni und der Kunstakademie.

Vor den Zimmern stehen viele leere Bierflaschen, denn der kluge Tourist besäuft sich bevor er auf die Wiesn oder den Nockerberg geht, und in einem der Häuser auf der anderen Straßenseite lernte ich im August 1961, einen Tag vor dem Bau der Mauer in Westberlin, meine erste Frau kennen.

Unvergesslich wie Geburt und Tod. Eine neue Liebe ist wie ein neues Leben und man gebiert rittlings über dem Grabe.

Mindestens drei Mal sollte ich in jener Nacht aus ihrem schmalen Bett fallen, weil wir uns so ungeschickt anstellten und anderntags in der kleinen Espressobar auf der Leopoldstraße die Schlagzeile, die den Beginn einer neuen Zeitrechnung verkündete, die achtundzwanzig Jahre dauern sollte – die kürzeste Ära der Weltgeschichte.

Ich schlief schlecht in der Nacht, die ich zur Hälfte mit Frau Fauser verbracht hatte. Das Zimmer hatte wochenlang zwei polnischen Monteuren gehört und so träumte mir, in einem versifften Aschenbecher voller Kippen zu liegen. Kein Lüftchen half gegen den alten, kalten Rauch, der alles gebeizt hatte, Tapete, Handtücher, Klopapier, Bettdecke, Fußabtreter und die Glühbirne der Nachttischlampe war so braun, dass sie den kleinen Raum, in dem drei Betten standen, nur schwach erhellte.

Immer wieder wachte ich auf, ein Lastwagen schleudert mich den Abhang hinunter, Dagobert Lindlau bedrohte mich mit seinem

Krückstock oder es war meine spätere Exfrau, die mich aus dem Bett warf.

Rechtsanwalt Hartmut Wächtler, bei dem ich gegen Abend läutete, hatte Kaffee, Aspirin, einen bequemen Sessel und erinnerte sich nicht, mich jemals getroffen zu haben, so sehr ich ihn auch daran erinnerte, er sei mal zwei Tage bei mir gewesen, um alte Stammheim-Akten zu durchforsten. Er habe sogar bei mir übernachtet.

Er lebt in Bürogemeinschaft mit mehreren Anwälten, ist ein Altlinker. Die Kanzlei liegt in einem Hinterhof, gut und teuer modernisiert, hübsch eingerichtet, Kunst an den Wänden, schöne Möbel in den Räumen.

»Geschmack, Geschmack.«

»Ich verbringe die meiste Zeit hier.«

»Dann wohnen Sie im Büro.«

»Ich lebe hier.«

Klaus und Wächtler lernten sich bei der Bundesliga kennen – den regelmäßigen Anwaltstreffen zumeist in Frankfurt am Main, in den Jahren 1973 bis 1978.

Sein erster Mandant aus der Szene war Rolf Pohle.

»Das war 1973 gewissermaßen der Pilotprozess für das geplante große Stammheimer ›Hauptverfahren‹.«

»Aha«, sage ich. »Dann musste die Justiz auch erst üben, wie man einem kleinen Fisch mit gezinkten Karten einen dicken Strick dreht. Hatten Sie auch in anderen Zusammenhängen mit der Kanzlei Croissant zu tun?«

Jawohl, das hätte er. Arndt Müller und Armin Newerla hätten sich an ihn gewandt, wenn sie in München einen Verkehrsanwalt brauchten und umgekehrt, aber am häufigsten habe er die Anwälte der Kanzlei Croissant doch bei der Bundesliga getroffen. Auch Brigitte Tilgner.

»Was wurde da besprochen?«

»Anwaltverfolgungen, Informations-Austausch, Synchronisierung der Verteidigerstrategien, Fragen des Gefangenen-Infos.«

Das Info-System sei allgemein als legal und legitim betrachtet worden.

»Das machen die Verteidiger auch in unpolitischen Großverfahren mit vielen Angeklagten und Verteidigern schon wegen der Waffengleichheit von Anklage und Verteidigung.«

»Wie trat Klaus in den Sitzungen auf?«

»Klaus hatte keine Distanz zu den Mandanten. Die Mandanten aus der RAF neigten ja dazu, ihre Anwälte regelrecht aufzufressen. Klaus widerstand dem nicht. Er war zwar nicht in der RAF, ließ sich von den Mandanten jedoch einwickeln. Er unterstützte sie nicht im strafrechtlichen Sinne, bestand aber auf ihrem Recht, sich auch politisch zu artikulieren und war nicht bereit, sich von ihnen zu distanzieren. Das machte ihn so angreifbar.«

»Jemand sagte mir, er habe Büroangestellte mitgebracht. Was hatten die für eine Funktion?«

»Wir nannten sie seine Patienten. Ihre Funktion war unklar. Ob sie ihn kontrollieren oder seiner Position Nachdruck verleihen sollten, war nicht ganz klar.«

»Warum wurden sie nicht ausgesperrt?«

»Man dachte damals nicht so bürokratisch.«[1]

»Wie war der Umgangston?«

»Wir hatten hitzige, kontroverse Debatten. Klaus konnte sehr emotional sein.«

Einmal habe er Rechtsanwalt Golzem geohrfeigt. Den Grund habe er vergessen.

»Er war kein kühler Kopf und er war politisch nicht immer ganz ernst zu nehmen. Dazu rechne ich auch sein Engagement für die PDS und die DDR.«

»Wie beurteilen sie seine Flucht nach Paris?«

»Klaus war etwas paranoid.«

1 Aus einem Protokoll einer Anwaltskonferenz im Dezember 1973 geht hervor, dass die teilnehmenden Anwälte im Wege der Abstimmung entschieden, ob Externe an einer Sitzung teilnehmen durften. »Die Abstimmung ergab …« »Es bestand Einigkeit darüber …«

Andererseits habe er allen Grund gehabt, sich verfolgt zu fühlen.

»Zu der Zeit war alles möglich. Die Justiz hätte ihm auch ein Verfahren wegen Mordes anhängen können.«

Er, Wächtler, habe aber nicht nur deshalb Verständnis für seine Flucht gehabt. Sie habe Klaus auch prozessual genutzt, da er nicht wegen der schweren Vorwürfe der deutschen Justiz verurteilt werden konnte.

»Er konnte nur wegen der Delikte verurteilt werden, die im französischen Ausweisungsdekret anerkannt wurden.«

»Also doch nicht kein kühler politischer Kopf?«

Klaus sei nur dann ausgerastet, wenn es um die Rechte seiner Mandanten ging.

Rolf Pohle

Geboren 1942, starb 2004 in Athen.

Gehörte zur Münchner APO.

War AStA-Vorsitzender.

Am 1. März 1974 zu sechseinhalb Jahren Knast verurteilt.

Angeblich hatte er 1971 mit gefälschten Waffenscheinen Handfeuerwaffen gekauft.

Er bestritt, tiefgreifende Beziehungen zur RAF gehabt zu haben.

Im Gefängnis wurde er zwecks Aussageerpressung von Anfang an der Isolationsfolter und den sonstigen Haftverschärfungen unterworfen.

1975 freigepresst und in den Jemen ausgeflogen (die Lorenzentführung).

1976 in Athen verhaftet.

Wurde an die BRD ausgeliefert, obwohl er sich im Verfahren vor dem Areopag in einwandfreiem Altgriechisch verteidigte und obwohl griechische Genossen in großen Demos forderten, ihn nicht auszuliefern.

Nach seiner Haft kehrte er 1982 nach Griechenland zurück, wo er weiter von deutschen Diensten drangsaliert wurde.

Seine Beisetzung in Athen war noch einmal eine eindrucksvolle Manifestation.

»Der Staat ist der einzige Terrorist!«

Sein Lieblingslied war »Mein Name ist Mensch« und so ist auch das Buch betitelt, das 2002 bei Karin Kramer erschien.

5 STUTTGART
1969 BIS 1977

Prima Klima I

Die Jahre nach der Verabschiedung der Notstandsgesetze[1] waren geprägt von propagandistischen Bemühungen des sozialliberalen Staates, die Gesetze zu legitimieren, insbesondere durch Erschaffung eines innerstaatlichen Feindbildes.

Weniger wahrgenommen wurden die Verwaltungsmaßnahmen zur ihrer Umsetzung.

Die Aufrüstung der Bundespolizeibehörde BKA begann 1969 bevor RAF und zweiter Juni sich gebildet hatten und war der soeben etablierten Koalition aus SPD und FDP unter Kanzler Willy Brandt, ab 1974 Helmut Schmidt, ein zentrales Anliegen.

So folgte Bundesinnenminister Genscher[2] dem Rat seines neuen BKA-Chefs Horst Herold[3], die Behörde mit allen Ermittlungen zu beauftragen und ihr insoweit die gesamte Polizei der BRD zu unterstellen.

Herold verschärfte das Bedrohungsszenario noch, indem er ebenfalls im Oktober 1971 eine Sonderkommission Baader-Meinhof bilden ließ, die durch regionale Sondereinheiten ergänzt wurde. Arrondiert wurde der Sicherheitsapparat durch eine zusätzliche Abteilung TE zur »Terrorbekämpfung« am 11. April 1975, die 180 Mann und ein eigenes Budget erhielt.

Zwischen 1969 und 1981 stieg die Zahl der Mitarbeiter des BKA von 933 auf mehr als 3.500, der Jahresetat von 22,4 Millionen auf 290 Millionen D-Mark.[4]

1 30. Mai 1968. Gedacht war an den Verteidigungsfall, den Spannungsfall, den inneren Notstand und den Katastrophenfall.

2 1969–1974.

3 Ernannt am 1. September 1971. Erst 1981 nach Meinungsverschiedenheiten mit Innenminister Gerhard Baum, abgesetzt. Herold war auch ein Technik-Freak und erfand Fahndungsmethoden nach dem Big-Brother-Prinzip, zum Beispiel die »Schleppnetzfahndung«. Sein Motto: »Wir kriegen sie alle«. Buback und Herold waren Geier und Hyäne des bürgerlichen Rechtsstaats.

4 Hellmut Brunn / Thomas Kirn, Rechtsanwälte Linksanwälte, Frankfurt am Main, 2004, S. 167.

Auf jeden Kämpfer kamen zum Schluss zehn Greifer und 2,9 Millionen D-Mark Staatsausgaben. Ein erfreuliches Konjunkturprogramm für die Zulieferindustrie.

Dabei war und ist das BKA nur eine von vielen Behörden gegen die Zivilgesellschaft unter dem Vorwand ihres Schutzes.

Fast gleichzeitig mit der innerstaatlichen Feinderklärung und der inneren Aufrüstung wurden polizeiliche Manöver inszeniert, die die geschaffenen Instrumente auf den Prüfstand stellten.

Die aufmüpfige Jugend, die Reformbestrebungen in der Bevölkerung, die Agitation der neuen Linken und die Aktionen der bewaffneten Gruppen kamen da gerade recht.

Gerne vergessen wird auch, dass eine weitverbreitete Furcht vor politischen Streiks in den Betrieben und Unruhen auf den Straßen erzeugt wurde.

Selbst handzahme Blockflötenvereine wie die Jungsozialisten in der SPD galten den innenpolitischen Scharfmachern als Sicherheitsrisiko.

Auch deshalb wollte der Staat gerüstet sein – der SPD-Staat mehr als der CDU-Staat, denn die SPD musste erst noch beweisen, dass sie tatsächlich die bessere CDU war.

Hier einige herausragende Manifestationen staatlicher Schlagkraft.

Operation »Kora«, in vier norddeutschen Bundesländern am 15. Juli 1971

Die Operation hatte den Zweck, das soeben eingerichtete zentrale System zur Personenidentifikation zu checken.

Eingesetzt wurden ca. 3000 Beamte. Die Leitung hatte die Sicherungsgruppe des BKA. Geprobt wurde die Suche nach Mitgliedern der RAF in den Dimensionen einer waschechten Aufstandsbekämpfung. Straßensperren an fünfzehn Hamburger Ausfallstraßen. Überall Bewaffnete. Die Operationen erinnerten ältere Beobachter an den Krieg. Bekanntestes Opfer war die einundzwanzigjährige Petra

Schelm. Sie geriet in eine Straßensperre in Hamburg und wurde durch einen Schuss ins Auge getötet. Erste Hilfe wurde nicht geleistet. Kurze Zeit später meldete der NDR, Ulrike Meinhof sei der Polizei ins Netz gegangen und erschossen worden. Da Petra Schelm nicht polizeilich erfasst war, versagte das Identifikationssystem. So ergab sich erst in den Abendstunden, wer die Tote war. Ihr Begleiter Werner Hoppe war dagegen bereits erfasst und konnte deshalb kurzfristig identifiziert werden.

Petra war das erste tote Mitglied der RAF. Ihr Tod, vor allem das schreckliche Foto der Toten, führten damals noch zu einer öffentlichen Debatte, ob die Polizei sofort töten dürfe. Wenn die Version der beiden Schützen stimmt, dann durfte geschossen werden. Andererseits: Polizisten behaupten häufig, die Gegenseite habe zuerst geschossen. Ein Amtsrichter aus Hamburg sagte mal, wenn auch aus anderem Anlass:

»Wenn Polizisten Straftaten begehen, ist man als Bürger hilflos.«

Operation »Wasserschlag«, bundesweit am 31. Mai 1972
Ihren Namen verdankte die Operation einer Äußerung Herolds:

»Unsere Aktion hatte das erklärte Ziel, durch einen Schlag ins Wasser die Fische mal richtig in Bewegung zu bringen.«

Der Operation vorausgegangen war die »Mai-Offensive« der RAF mit Attacken in Frankfurt/Main, Augsburg, München, Karlsruhe, Hamburg, Heidelberg, auf die die Staatsschützer seit langem gewartet hatten.

Deshalb gaben endlich auch die Innenminister der Länder und der Innenausschuss des Bundestages dem Druck ihrer Lobby nach. Das BKA erhielt weitere Befugnisse und wurde personell durch Beamte des Bundesnachrichtendienstes aufgestockt.

Es durfte nun tun, was die Polizei immer schon tat, nämlich verdeckte Ermittler in verdächtige Gruppen einschleusen, die Telefone vermeintlicher Kontaktpersonen abhören, Besucher von Inhaftierten einschließlich ihrer Rechtsanwälte observieren, die Autobahnen überwachen und die Bevölkerung durch Pressemeldungen und Druckschriften gezielt desinformieren. Am 31. Mai wurde in die Welt gesetzt, was Klaus den neuen Faschismus nannte.

Ich lebte zu der Zeit in Rom, befand mich jedoch seit ein paar Tagen in der Bundesrepublik, um die Reaktion der neuen Gestapo auf die Attentate der RAF zu beobachten, von denen Freunde telefonisch berichtet hatten. Ich hatte den Fotoapparat und das Tonbandgerät dabei und fühlte mich wie ein Kriegsberichterstatter.

Der 31. Mai 1972 war tatsächlich imponierend und zeigte, dass das Konzept Stadtguerilla unrealistisch war, so lange es keinen größeren Rückhalt in der Bevölkerung hatte, keine höhere Professionalität, keine besseren Mittel.

Einen Tag lang stand die gesamte Polizei der Bundesrepublik unter dem Kommando des BKA. Herold persönlich flog mit dem Hubschrauber die Autobahnen ab. In einem Frontbericht behauptete er später, dass die Bevölkerung an den Straßensperren ihm begeistert zugewunken habe. Sämtliche Hubschrauber im öffentlichen Dienst waren an diesem 31. Mai in der Luft. Sie landeten ad libido, die Beamten sprangen heraus, errichteten eine Straßensperre, kontrollierten alle Autofahrer, flogen nach kurzer Zeit weiter und wiederholten das Spektakel an anderer Stelle. Das Fernsehen berichtete live vom Verkehrschaos.

Es ist logisch, dass »Wasserschlag« nicht einen »Terroristen« aufspürte. Die Fische taten, was sie in solchen Situationen immer tun. Sie blieben im Loch. Aber Petri Heil war auch nicht der Herolds Schlachtruf. Die Operation sollte die Bereitschaft der Blockwarte und der Kaffeetanten ermuntern, verdächtige Subjekte und Objekte zu melden. Durch dieses Aufputschmittel und Kommissar Zufall (sicher auch infiltrierte Agenten) konnte in den folgenden Tagen fast die gesamte RAF festgenommen werden. Aber vielleicht wussten die Fahnder längst, wo sie den Staatsfeind aufspüren konnten. Vielleicht war auch der »Wasserschlag« nur ein Medienspektakel.

Dümmliches aus dem Amt für soziale Desinformation

Eine der Desinformationsschriften war »Der Baader-Meinhof Report aus Akten des Bundeskriminalamtes, der Sonderkommission Bonn und des Bundesamts für Verfassungsschutz«, Mainz 1972.

Die Schrift, die von Staatsschutzjournalisten abgekupfert und auf Wunsch von den staatlichen Organen ergänzt wurde, diente dazu, dem aufgeschreckten Bürger die Geschichte der RAF von 1968 bis 1972 zu verklickern.

Dazu 150 Seiten Doku-Schmonzes.

Den Anfang bildet ein einfältiges Faltblatt im beliebten Spinnennetzformat.

Die Spinne in der Mitte ist die BM-Bande.

Von ihr führen Linien zu 35 Schubladen, die das Netzwerk bilden und ihrerseits untereinander vernetzt sind.

Entlang der Linien nisten so subversive Zellen wie die Freie Universität Berlin, die DKP, die Jusos, französische und italienische Genossen, die antiautoritären Kinderläden, der Aktionsrat Frauenbefreiung.

Das Sammelsurium belegt, was unter dem Deckmantel der Terrorbekämpfung ablief:

Die Diskreditierung und Kriminalisierung aller gesellschaftlichen Initiativen, die der reaktionären Bourgeoisie nicht in den Kram passten.

Sartre

Klaus war der rührigste Anwalt und Sympathisant, wenn es darum ging, auf Haftbedingungen aufmerksam zu machen, auf Hungerstreiks, Todesschüsse, Tötung von Gefangenen durch unzureichende medizinische Versorgung, wie in den Fällen Katharina

Hammerschmidt und Siegfried Hausner. Unermüdlich stellte er Desinformationen richtig und verwies auf Rechtsbrüche in den Gerichtssälen.

Der Hass, mit dem er verfolgt wurde, war eine Reaktion auf die Vehemenz, mit der er sich in der Öffentlichkeit für Leib und Leben der Gefangenen aus der RAF einsetzte. Für den Staat, die Bundesanwälte, die Presse und große Teile der Öffentlichkeit war er ein Nestbeschmutzer. Seine unpopuläre These war, dass auch die Gefangenen aus der RAF Anspruch auf rechtsstaatliche Behandlung hätten. Ich meine, er hat sich, wie die amtliche Formulierung lautet, um das Vaterland verdient gemacht.

Ich habe mir nicht die Mühe gemacht zu recherchieren, wie viele Vorträge und Pressekonferenzen im Inland und Ausland er organisiert und mit seiner präzisen überzeugenden, fast akademischen Art zum Medienereignis gemacht hat.

Es müssen einige hundert gewesen sein.

Fast immer schaffte er es, die Medien für sein Anliegen zu interessieren, und als im Sommer 1977 deutlich wurde, dass er von Staats wegen mundtot gemacht werden sollte, wich er aus nach Frankreich, um von dort aus seine Stimme zu erheben.

Es ist den Franzosen hoch anzurechnen, dass sie ihm diese Möglichkeit einige Wochen lang einräumten – bis der Druck aus Westdeutschland auf die französische Regierung zu stark wurde und Frankreich einlenken musste, um die mächtige Bundesrepublik nicht nachhaltig zu verärgern.

Zwei Fälle, pars pro toto.

Holger Meins

Meins lag noch in Wittlich, obwohl Plottnitz mehrfach seine Verlegung nach Stammheim verlangt hatte, weil dort die medizinische Versorgung besser war. Schon ab zwölf Uhr dreißig des 9. November 1974, als bekannt wurde, dass es Holger sehr schlecht ging, weil ihm in Wittlich seit Wochen nur die Hälfte der lebensnotwendigen

Nahrung eingeflößt wurde (noch dazu mit unnötiger Brutalität), hatte Klaus den Vorsitzenden Prinzing ersucht, sofort lebenserhaltende Maßnahmen anzuordnen. Zu der Zeit wäre Meins durch Verlegung in eine Intensivstation vielleicht noch zu retten gewesen. Prinzing, der für die Behandlung der fünf Gefangenen verantwortlich war, weigerte sich jedoch, irgendwelche Anordnungen zu treffen. Begründung: Es sei Samstag und er habe die Woche über schwer gearbeitet.[1]

Als Rechtsanwalt Siegfried Haag seinen Mandanten nach längerem Drängen endlich sehen durfte, lag er auf einer Bahre und konnte kaum reden, sodass Haag den Besuch gegen 15 Uhr abbrach, um Klaus anzurufen, und seinerseits nicht nach Heidelberg zu fahren, wo er wohnte, sondern nach Stuttgart, wo Prinzing residierte. Klaus und Rechtsanwältin Becker fuhren unterdessen zu Prinzings Privatwohnung, und versuchten, ihm den telefonisch durchgegebenen Bericht Haags zu überreichen. Prinzing näherte sich nach anfänglichem Zögern dem Gartentor, weigerte sich jedoch weiterhin, lebenserhaltende Anordnungen zu treffen.

Für den Abend war in einem Stuttgarter Saal eine Informationsveranstaltung angesetzt. An einen Augenblick dieses Abends erinnere ich mich besonders. Klaus stand auf der Bühne und sprach mit seiner leisen, eindringlichen Stimme über Holgers Zustand und zählte die wesentlichen Fakten auf.

Prinzing erst nach langem Drängen zu sprechen und nicht willens, etwas zu veranlassen. Der zuständige Anstaltsleiter der Haftanstalt Wittlich, wo Meins im Sterben lag, nicht erreichbar. Der Anstaltsarzt seit dem Vortag in Urlaub. Der Sicherheitsbeamte in Wittlich nicht bereit, Holger in eine Intensivstation verlegen zu lassen.

In dem Augenblick wurde ein Zettel hereingereicht. Ein kleiner Zettel, doch Klaus brauchte etliche Sekunden, um zu reagieren.

1 Schon fünf Tage bevor Meins an Unterernährung starb, wurde bei Andreas Baader in Stammheim die künstliche Ernährung vollständig eingestellt. Dazu der Anstaltsleiter: »Wenn er im Koma liegt, werden wir weitersehen.« Auch dafür war Prinzing zuständig.

Stille im Saal. Dann setzte er sich in Bewegung zum linken Bühnenrand. Von mir aus gesehen rechts. Stockend, stumm, gebeugt. Er war fast angekommen, da sah ich die Säule, die die Bühne begrenzte. Er hob den Arm, legte den Unterarm gegen die Säule und senkte den Kopf in die Beuge des Ellenbogen. Den rechten Arm mit dem Zettel ins Publikum gestreckt. Er schien zu glauben, wir könnten lesen, was darauf stand. Lange verharrte er so. Dann nahm er den Kopf vom Arm, den Arm von der Säule und schaute ins Publikum.

»Holger Meins ist tot«, sagte er leise und ohne Betonung.

Dann ging er zurück zur Bühnenmitte, Gesicht zum Publikum, richtete sich auf und schrie, aber erst, als er sich ganz aufgerichtet hatte:

»Mörder! Mörder!«

Totenstille im Saal. Noch immer.

Später bildete sich ein Trauerzug zu Prinzings Wohnung. Ich entsinne mich an Fackeln. Im Hause kein Licht. Gab es Sprechchöre? Eher nicht. Irgendwo im Dunkel der Nacht lauerten die Bodyguards. Irgendwo stand ein großer Mann mit einem Kamerateam.

Die Angehörigen von Holger Meins erstatteten am 19. November 1974, zehn Tage nach Holgers Tod, Strafanzeige gegen Generalbundesanwalt Buback, den Leiter der Staatsschutzabteilung des Bundeskriminalamtes (Sicherungsgruppe Bonn), den Gerichtsvorsitzenden Prinzing, sowie die drei Verantwortlichen der Haftanstalt Wittlich – den Leiter der Anstalt, seinen Sicherheitschef und den Anstaltsarzt Dr. Hutter –, wegen des Verdachts eines Verbrechens des Mordes.

Klaus in der Pressekonferenz, wo er den Strafantrag erläuterte:

»Es gibt im Strafrecht die Rechtsform des Mordes durch Unterlassung.«

Die Verfahren gegen die Mörder Holgers wurden abschlägig beschieden.

Noch auffälliger, weil von den Medien stärker beachtet als der Fall Meins, war der von Klaus inszenierte Besuch Sartres bei Andreas, der zu der Zeit – am 6. Dezember 1974, knapp einen Monat nach dem Tod Holgers – schon in Stammheim saß. Die Bilder sind noch heute im eidetischen Gedächtnis gespeichert. Ein grinsender Idiot hinterm Steuer, Fenster offen, linker Ellenbogen draußen. Im Fond der greise, zerbrechlich wirkende Philosoph und Klaus. Irgendwo auch Cohn-Bendit. Die Festung Stammheim. Klaus mit dicker Aktentasche und Sartre im kurzen Wintermantel vor hohen Betonmauern auf dem Weg zu Baader. Der Ansturm der Pressevertreter vor der Anstalt. Abends noch einmal das gleiche im Zeppelin-Hotel.

Der Besuch Sartres, naheliegend, wenn man Klaus' Liebe zur Absurdität dieser Spielart des Existenzialismus kennt, wenn man weiß, dass Klaus den Mandarin von Paris seit Kindertagen bewunderte. Überhaupt, wie er Frankreich als Quelle der Aufklärung, der Vernunft und der Menschenrechte, des Widerstands gegen die Boches, die deutschen Dickschädel, schätzte. Das Land der Revolutionen: 1789, 1830, 1871.

Wenige Ereignisse haben so dazu beigetragen, Klaus zum Buhmann der Nation zu machen wie der Besuch Sartres im Gefängnis Stammheim. Den großen Philosophen habe er missbraucht für niedere Zwecke. Ein Medienspektakel inszeniert.

»Der Philosoph vor dem Propaganda-Karren« titelte die Stuttgarter Zeitung.

Der Vorwurf geht an einer wesentlichen Tatsache vorbei.

Selbstverständlich darf ein Rechtsanwalt ein Medienspektakel inszenieren, wenn er hofft, dadurch seinen Mandanten zu helfen. Polizeiminister, Staatsanwälte und Polizisten inszenieren ständig Medienspektakel, um privilegierte Täter vorzuverurteilen.

Dass der Besuch Sartres, den De Gaulle mit Voltaire verglich, an der Prozessführung und der Haftsituation nicht viel ändern sollte, war zu erwarten gewesen. Der Nutzen lag auf anderem Gebiet.

Durch Sartre wurde die deutsche Malaise international bekannt. Es war die Aufregung im Ausland, die die Deutschen besonders ärgerte und sie veranlasste, nun auch Sartre in den Schmutz zu ziehen.

Etwas anderes war, da die »Aktion Winterreise« wenige Tage zuvor die allgemeine Hysterie noch einmal gesteigert hatte, nicht zu erwarten gewesen.

Es blieb ein Band des Süddeutschen Rundfunks.

Sende-/Haupttitel: Die Pressekonferenz von Jean Paul Sartre, französischer Philosoph, nach seinem Gespräch mit Andreas Baader im Gefängnis Stuttgart-Stammheim.

Gesamtdauer: 85 Minuten, 55 Sekunden.

Übersetzung: Cohn-Bendit, Daniel.

Sendeform: Öffentliche Veranstaltung.

Aufnahme/Prod.: 6.12.1974.

Aufnahmeort: Stuttgart-Zeppelinhotel.

Eigenproduktion.

Schlagwörter: Baader-Meinhof-Gruppe, Gefängnis, Häftling, Hungerstreik, RAF, Terrorismus, Baader, Andreas, Sartre, Jean-Paul, Presse, Pressekonferenz, Siebzigerjahre.

Band 1 (58'05")

Ab 00'00" (O-Ton) Klaus Croissant, Rechtsanwalt: Erklärung zum Zustand der Gefangenen.

Ab 08'13": (O-Ton, französisch, dazwischen deutsche Übersetzung) Jean-Paul Sartre, französischer Philosoph: Gespräch mit Andreas Baader über Ziele, Handlungsmotive und Politikverständnis der Roten Armee-Fraktion (RAF). Hält die Taten Baaders für falsch, dieser habe jedoch aufrichtig versucht, Ideen in die Tat umzusetzen. Zu Haftbedingungen, zum Zustand Baaders und zum Hungerstreik der Gefangenen.

Ab 39'53": (O-Ton) Hans Christian Ströbele, Rechtsanwalt: Erklärung der Verteidigung und der Gefangenen zum Besuch Sartres und zum Verlauf der Ermittlungen.

Ab 47'16": (O-Ton, französisch, dazwischen deutsche Übersetzung) Sartre: Aufruf zur Gründung eines Komitees zur Rettung der Gefangenen.

Ab 50'52": (O-Ton, französisch, dazwischen deutsche Übersetzung): Sartre antwortet auf die Fragen von Journalisten.

Band 2 (27'50"): (O-Ton, französisch, dazwischen deutsche Übersetzung): Sartre antwortet auf die Fragen von Journalisten.

Prinzing

Prinzing wurde am 5. Februar 1974 zum Vorsitzenden des zweitens Strafsenats des Oberlandesgerichts Stuttgart ernannt.

Die Ernennung, etwas außerhalb der Regularien, erfolgte, weil er geeignet erschien, die politischen Vorgaben für das Verfahren, das als exemplarischer Mammutprozess ausgelegt wurde, zu erfüllen.

Dennoch kam er nicht bis zum Ende der ersten Instanz, das am 27. April 1977, also mehr als drei Jahre später, endlich erreicht war.

Brav verhinderte er, dass die Gefangenen ihr Rederecht in Anspruch nehmen konnten, warf sie raus, schloss missliebige Verteidiger aus und segnete alle Haftbedingungen ab.

Nicht einmal, dass die Geheimdienste die Gefangenen in den Zellen abhören durften und die Verteidigergespräche mitgehört wurden, bereitete ihm Kopfzerbrechen.

Er stolperte über einen Fauxpas.

Er plauderte, ebenfalls gesetzeswidrig, Prozessinterna aus, die an eine große westdeutsche Tageszeitung verhökert wurden.

Nach dem Fackelzug zu seinem Haus saßen wir noch eine Weile in der Linde in dieser Nacht.

Neben mir saß Siegfried Haag, angereist aus Wittlich.

Er befand sich auf der Autobahn, als sein Mandant starb.

Der um sechzehn Uhr, nach Haags Abreise, von einem unbekannten Aufseher herbeigerufene Notarzt konnte um siebzehn Uhr fünfzehn nur noch den Tod feststellen.

Auch Haag erfuhr davon erst, als er schon in Stuttgart war.

Volker Speitel, der Unglaubliche, behauptete, Haag habe in den Monaten danach als Kontaktmann zwischen den Gefangenen von Stammheim und den Stockholm-Attentätern fungiert.

Tatsächlich blieb Haag bis zum Prozessbeginn in Stammheim als Verteidiger tätig und tauchte erst am 10. Mai 1975, also nach dem Angriff auf die Botschaft in Stockholm, unter, weil er befürchten musste, wie Klaus, Ströbele und andere Anwälte verhaftet zu werden.

Sartres Vorschlag, den er auf der Pressekonferenz machte, wurde aufgegriffen.

Gegründet wurde das IVK, Internationales Komitee zur Verteidigung politischer Gefangener in West-Europa mit Sektionen in Italien, Schweiz, Belgien und den Niederlanden.

Die deutsche Sektion residierte in Stuttgart.

Die zweite Hilfsorganisation, die auf Sartres Vorschlag zurückging, war der Rechtshilfefonds, ebenfalls in Stuttgart.

Beiräte Schlöndorff, Niedlich und ich. Kassenwart Klaus.

Mein Ordner in dieser Sache ist voller Bettelbriefe.

Wir brauchten Geld für Fotokopien, Reisekosten für die Öffentlichkeitsarbeit.

Nicht zu verwechseln sind das IVK und der Fonds mit den Folterkomittees, die es schon länger in mehreren westdeutschen Städten und Westberlin gab.

Während die Rote Hilfe, in ihrer Zusammensetzung pluralistisch, sich um alle politischen Gefangenen kümmerte, konzentrierten sich die Folterkomittees auf die RAF, was nicht zu ihrer Popularität beitrug.

Besonders ärgerte die journalistischen Dreckschleudern das IVK.

Durch das IVK wurden die skandalösen Zustände in Westdeutschland international bekannt. Deutsche Anwälte predigten im Ausland.

Umgekehrt hatte der Staatsschutz nun auch eine Menge ausländischer Anwaltsorganisationen um die Füße.

Wenn das Büro Langestraße als Zentrale des Terrors verunglimpft wurde, dann deshalb, weil von dort die Nachrichten ins Ausland liefen.

Auch die letzten zwei Meldungen aus dem Büro, als alle Anwälte und fast alle Mitarbeiter bereits im Knast saßen und die Bundesanwaltschaft die acht Büroräume nach dem Tod der Stammheimer tagelang besetzt hielt, um sämtliche Verbindungen auszuwerten, wurden auf Briefpapier des IVK verfasst. Auf mich wirkten sie wie die Notrufe eines sinkenden Dampfers.

Knastbesuche I

Alle, die ich im Knast besuchte, ein halbes Dutzend etwa, erzählten mir als erstes die irre Story ihrer Festnahme. Der plötzlich unausweichliche Gegner, der Fluchtversuch, der Griff zur Waffe, die wirren Gedanken, die gestörte Wahrnehmung, das Geballer, das Gefühl, getroffen zu sein, das Brennen am ganzen Körper, der Versuch, den Schüssen auszuweichen. Die Misshandlungen nach der Festnahme.

Als ich Andreas in Stammheim zu besuchen begann, im Juli 1975, hatten wir diesen Teil seiner Geschichte bereits hinter uns.

Ich ging nicht gerne nach Stammheim. Die Situation war aussichtslos. Ich kam mir vor, wie ein Palliativmediziner. Vielleicht deshalb sind mir nur ein paar Wahrnehmungsfetzen geblieben.

Das lange Warten in einer Holzhütte auf die Leibesvisitation, während hinter mir die anderen Besucher mit ihren Taschen und Tüten durchgewunken werden.

Endlich kommen die Kontrolleure mit eisernen Mienen. Nahezu schweigsam. Ungerührt. Blicklos.

Langsam überreicht mir ein Beamter eine leere Aktentasche, in die ich aus meiner eigenen Tasche die Handakte und die paar Dinge lege, die ich mitnehmen darf. Der Rest kommt ins Schließfach.

Das Abtasten mit der Metallsonde. Die Suche nach dem unbemerkten Metallgegenstand, der die Sonde immer wieder zum Piepen bringt.

Der Grüne, der mich am ganzen Körper abtastet. Mir kräftig in den Schnitt greift.

Der andere, der die Schuhe von innen und außen untersucht. Die Handakte durchblättert. Schnell genug, damit ich sehe, dass er nichts lesen kann. Langsam genug, um keinen unerlaubten Gegenstand zu übersehen.

Die langen trüben Gänge unten im Knast. Ein Gefangener in grauer Anstaltskleidung mit tiefen Augen und grauem Gesicht, der den Fußboden wischt. Er tut es, langsam, wie in Zeitlupe, schaut kurz hoch.

Die Stille. Das Rasseln der Schlüssel in den Gittertüren. Der große Schlüsselbund.

Von Tür zu Tür wird der Besucher an einem anderen Schließer weitergereicht.

Der Fahrstuhl in den siebten Stock in Begleitung eines Grünen.

Gudrun, die zufällig aus der Glastür kommt, erschrickt, wie sie mich sieht und dann schüchtern umarmt, bis ein Wachtel uns ermahnt, das zu unterlassen.

Die Zelle für die Anwaltsbesuche.

Ein kleiner Tisch, zwei Stühle, kein Aschenbecher.

Auf dem Tisch schrieben wir uns Nachrichten, weil wir wussten, dass der Raum verwanzt war.

Andreas kommt rein, immer ein bisschen schief, unterm Arm eine dünne Handakte, in der Hand eine flache Blechdose. Sie diente ihm als Aschenbecher, in dem er die Zettel verbrannte, wenn sie vollgekritzelt waren.

Wir umarmen uns.

Er entschuldigt sich, dass er mich hat warten lassen. Vor und nach jedem Verlassen des abgeschirmten Bereichs, in dem die Gefangenen aus der RAF leben, müssen sie sich vollständig ausziehen und die Kleidung wechseln. Werden sämtliche Körperöffnungen untersucht.

»Das dauert«, sagt er.

Ich frage nach seinem Wohlergehen, nach Gudrun und Raspe, nach besonderen Vorkommnissen in der Anstalt. Er erzählt kurz, manchmal ironisch, manchmal wegwerfend, nie laut, nie heftig, ohne große Schimpfwörter. Was mich betrifft, so interessieren ihn auch Bagatellen und Banalitäten. Frau, Kinder, die Gewerkschaftsarbeit, der Roman, an dem ich gerade arbeite. Er hat mich im Fernsehen gesehen. Ich hätte ausgesehen wie ein Mafioso in meinem dunklen Nadelstreifen.

Er nimmt meinen Tabak, den ich auf dem Weg zum Knast an der Endhaltestelle der Straßenbahn für ihn gekauft habe, und dreht sich eine.

Stockend beginnt er zu reden. Nach und nach wird seine Rede flüssiger. Verwandelt sich der dürre, verlebte, ungesund wirkende Gefangene in den witzigen, quirligen Draufgänger, den ich kannte.

Ich lasse ihn reden, unterbreche ihn wenig, antworte so knapp wie möglich, notiere mir seine Wünsche, Schallplatten, Bücher, Leute, die sich für den Prozess und die Haftsituation interessieren könnten.

Manchmal sprachen wir über seinen bevorstehenden Tod. Zwei waren bereits tot. Drei lebten noch. Er war einer von ihnen. Wir wussten beide, dass man sie irgendwann töten würde. Wenn draußen etwas geschah, das ihre Tötung als allgemein erwünschte ultima ratio erscheinen ließ.

Ich war mir dessen sicher, dass es so kommen würde, spätestens seit dem Racheakt gegen Buback, und er bestärkte mich in meiner Befürchtung.

Wir nannten es »die Gelegenheit«.

Einmal fragte er mich:

»Was werdet Ihr tun, um unser Leben zu retten, wenn die Gelegenheit da ist?«

»Nichts«, sagte ich. »Niemand wird etwas dagegen tun können. Du nicht und ich nicht.«

Einmal schnappte ich mir einen seiner Zettel, wie unabsichtlich, wie nebenbei, bevor er ihn verbrennen konnte und legte ihn in meine Handakte. Er grinste sein altes Grinsen.

Ich glaube, er nahm es mir nicht übel, dass ich diese kleine Reliquie haben wollte. Ein Andenken.

Einen knappen Monat vor der Kontaktsperre stand ich zum letzten Mal vor dem Tor. Tags drauf wollte ich mit der Familie nach Polen, um zu checken, ob es Sinn machte, dort Asyl zu beantragen.

Klaus war seit zwei oder drei Wochen in Paris, und mir wurde es auch zu ungemütlich im freiesten Staat, der je auf deutschen Boden stand.

Die ständigen Kontrollen, Festnahmen, Einbrüche im Haus, Schikanen gegen die Nachbarn. Die Straßensperren im ganzen Land, die Maschinenpistolen.

Ich stand vorm eisernen Schiebetor zur Festung Stammheim, aber sie ließen mich nicht rein.

Die Gefangenen hätten einen Hungerstreik angefangen und deshalb seien auch Anwaltsbesuche untersagt. Das war zwar gegen alle Gesetze, aber das scherte niemand mehr – Anfang August 1977 nach der misslungenen Entführung des Bankiers.

So fuhr ich ins Land meiner Väter ohne Andreas noch einmal gesehen zu haben.

Als wir zurückkamen, hatte die RAF den Arbeitsgeberpräsidenten in Obhut genommen, und auch die Kontaktsperre war nun legalisiert.

Ich fuhr trotzdem sofort hin.

Um mich abweisen zu lassen.

Wie üblich ging ich vorher ins Büro, obwohl es keinen Sinn mehr machte.

Das Büro sah nun auch von außen so aus, wie eine dieser Notunterkünfte, in denen ich das Kriegsende verbracht hatte, und es war keiner mehr drin. Nur ein wüstes Durcheinander. Jemand hatte eine Rohrbombe vor die Bürotür gelegt und die Anwälte waren verhaftet, auch einige der Mitarbeiter, die ich kannte.

Es war klar, die Gelegenheit war da, und ich konnte wirklich nichts machen.

Exkommuniziert

Golzem war der erste Anwalt, der Andreas Baader nach der Verhaftung 1972 in Düsseldorf besuchte. Andreas war in der Klinik, musste seiner Schussverletzung wegen auf dem Bauch liegen.[1]

Im selben Jahr verteidigte er Helmuth Pohl gemeinsam mit Klaus. An den Prozesstagen übernachtete er im Asemwald.

Er hatte ein Mandat von Holger Meins, der ihn zum Schluss nicht mehr haben wollte.

»1974 wurde ich exkommuniziert. Politische Differenzen.«[2]

Im sogenannten kleinen RAF-Prozess in Kaiserslautern 1975 verteidigte er Grundmann, der sich als einziger auf das Verfahren einließ und deshalb glimpflich davon kam.

»Ich habe ihm dazu geraten. Die anderen haben nur politisch agiert.«

»Wer kam zur Bundesliga?«

»Die Anwälte der ersten Stunde, also die Anwaltskollektive aus

1 Ein Scharfschütze hatte in Anwesenheit des Frankfurter Polizeipräsidenten versucht, Andreas Baader aus einer Wohnung im dritten Stock des gegenüberliegenden Miethauses mit einem Zielschuss zu erlegen. Aust, a.a.O. S. 241, beschreibt die Szene, lässt jedoch den Polizeipräsidenten weg.

2 Es ging um den dritten Hungerstreik »gegen Sonderbehandlung und gegen die Vernichtungshaft an politischen Gefangenen in den Gefängnissen der Bundesrepublik und Westberlin«, der am 13. September 1974 begonnen hatte und bis Februar 1975 dauerte. Holger starb am 9. November 1974.

Westberlin[1] und Frankfurt[2], aus Hamburg Groenewold und Reinhard, Wächtler aus München, aus Heidelberg die Beckers und der Laubscher. Später die Verteidiger, die nach und nach hinzukamen.«

»Nur Anwälte, die RAF-Mandate hatten?«

»Soweit ich mich erinnere kein 2. Juni-Fall, keine RZ.«

»Was war die Aufgabe?«

»Gemeinsame Verteidigungsstrategien entwickeln, Erfahrungen austauschen, Haftbedingungen.«

Die Bundesliga sei keine Institution gewesen. Die Fluktuation war groß. Gelegentlich gab es Protokolle. Eine Adressenliste müsse es gegeben haben.

»Die Einladungen wurden zumindest anfangs von Groenewold versandt.«

»Wie war die Stimmung in den Sitzungen?«

»In den ersten Jahren wurde meistens ein Kompromiss gefunden, sodass die konträren Positionen ausgeglichen werden konnten.«

Im Herbst 1974 sei die Stimmung schärfer geworden.

»Wie kam das?«

»Klaus besaß keine große Nervenstärke. Gelassenheit war nicht sein Ding.«

In der RAF sei er jedoch nicht gewesen. Ihm (Golzem) habe er gesagt, dafür sei er nicht sportlich und auch nicht mehr jung genug. Die RAF sei ihm zu anstrengend.

»Klaus soll Parteigänger mitgebracht haben – seine Sekretärin, eine Referendarin, irgendwelche Bürokräfte, die sich an den Debatten beteiligt hätten.«

»Das war damals basisdemokratisch üblich, dass jeder, der da war, auch mitreden und entscheiden durfte.«

1 Mahler, Eschen, Spangenberg, Ströbele, Riedel und Koch. Das sozialistische Anwaltskollektiv bestand 1969–1979. Danach gründete Eschen mit Holtfort, von Plottnitz, Schily u.a. den republikanischen Anwaltsverein, dem er auch als Vorsitzender diente. Daneben war Eschen in der Arbeitsgemeinschaft sozialdemokratischer Juristen ASJ aktiv. 1992 bis 2000 war er Richter am Verfassungsgerichtshof Berlin.

2 von Plottnitz, Golzem.

»Kann man sagen, es hätten sich ab Herbst 1974 Fraktionen gebildet?«

»Ja. Einerseits die Anwälte, die sich der 68er Bewegung und ihrer SDS-Vergangenheit verpflichtet fühlten und zum Teil schon vor der Entstehung der bewaffneten Gruppen politisiert worden sind. Andererseits die Anwälte, die erst spät zur Politik kamen, wie Croissant. Dazwischen die frei flottierenden Kielwasser-Anwälte.«

Ziemlich militant gewesen seien auch Temming und Düx.[1]

»Wo traf sich die Linke, aus der du kamst?«

»Man traf sich im Keller des Studentenheims in der Beethovenstraße, wo jeden Mittwoch der SDS tagte, im Club Voltaire oder in irgendwelchen Kneipen. Ab 1970 traten da plötzlich Leute auf, die man noch nie gesehen hatte. Die mangels einer eigenen politischen Geschichte ein schlechtes Gewissen hatten.«

Das seien dann die Sympathisanten und Unterstützer der RAF geworden, die Wohnungen beschafften etc.

»Magst du erzählen, wie es zum Eklat zwischen Klaus und dir kam?«

Er, Golzem, habe eine scharfe Rede gehalten und die Entourage von Croissant als Stimmvieh bezeichnet. Der habe sich daraufhin erregt, von Rassismus gesprochen und ihn geohrfeigt. Er habe zurückschlagen wollen, sei aber von einer Anwältin aus Stuttgart daran gehindert worden. Sie sei rasch von hinten an ihn herangetreten, habe seine Arme festgehalten und ihm ins Ohr geflüstert:

»Armin, lass es!«

Der Name der Anwältin sei ihm entfallen.

»Sie war groß, schwarzhaarig, erheblich jünger als Klaus. Eine reizende Person.«

Danach hätten die verfeindeten Gruppen sich getrennt. Er und seine Anhänger hätten in einem anderen Raum weiter getagt.

1 Henry Düx, Fliehen wäre leicht, Weinheim, 1979.

»Das war das Schisma. Für das Büro Croissant war ich von da an das Feindobjekt schlechthin.«

»Hattet Ihr auch politische Differenzen?«

»Was Klaus politisch zu bieten hatte, war mir nicht anspruchsvoll genug. Ihm fehlte die Vorgeschichte, die wir aus der Studentenbewegung hatten.«

»Ich frage mich, ob es überhaupt etwas gab, was die Anwälte für die Gefangenen tun konnten, um ihre Haftbedingungen rechtsstaatlicher und erträglicher zu machen und ihnen faire Prozesse zu ermöglichen.«

»Wir haben getan, was wir konnten, auch wenn die Mandanten meinten, es sei zu wenig. Rund zwanzig Anwälte in Robe mit Untervollmachten aus anderen Prozessen traten in der Stammheimer Verhandlung als Verteidiger auf, um die Einheit der RAF und der Verfahren gegen sie zu betonen. Es gab die Demo der Anwälte vor dem BGH. RAF-Verteidiger hielten auf Einladung französischer Anwalts- und Juristenvereinigungen mehrfach Vorträge in diversen französischen Städten, um über die RAF-Prozesse und die Haftbedingungen in Deutschland zu berichten. Es gab Treffen mit ausländischen Anwälten, die in ihrer Presse über die deutschen Zustände berichtet haben. Eine Delegation deutscher Anwälte fuhr übrigens auch zum Auslieferungsverfahren gegen Klaus in Paris.«

Schlechtes Gewissen

Ich kannte im Westend Kneipen, die man besuchte, weil Gudrun, Andreas und andere manchmal reinschauten.

Wenn ich in Frankfurt zu tun hatte, machte ich einen großen Bogen um solche Lokale, um nicht in eine Schießerei zu geraten.

Es wäre aber falsch zu glauben, der Kreis der Sympathisanten und

Unterstützer der RAF habe nur aus ein paar Biertrinkern und Polit-Voyeuren bestanden.

Es gab, seit 1970 etwa, einen weitreichenden Konsens mit dem Projekt bewaffneter Kampf/Stadtguerilla auch bei Künstlern und Intellektuellen.

Die Solidarität mit der RAF begann erst im Herbst 1974 zu bröckeln.

Die Gründe für das Bröckeln sind bekannt:

Hausdurchsuchungen und Observationen, gezielte Diffamation der Sympathisantenszene in der Presse und im häuslichen Umfeld, Festnahmen, Prozesse gegen Unterstützer, beruflicher Trouble, die strafrechtliche Ausweitung des Begriffs Unterstützung, die gezielte Verbreitung von Unwahrheiten über die Stadtguerilla.

Das altbekannte Arsenal des Staates zur Bekämpfung von Radikalopposition.

Durch die Türe

Klaus hatte Hausnummer 6. Kirste und McLeod[1] hatten Hausnummer 16, gleiche Etage. Nur durch eine Wand getrennt. Kirste war Regisseur beim Süddeutschen Rundfunk. McLeod war Geschäftsmann. Kirste kannte Klaus flüchtig. McLeod kannte er nicht. Dafür, dass Klaus und McLeod sich kannten, gibt es keinen Hinweis. McLeod befand sich im Badezimmer, als seine Wohnungstür aufgesprengt wurde. Er war nackt. Es war der 25. Juni 1972. McLeod betrat die Diele. Er sah die Gorillas. Er huschte ins Schlafzimmer und schloss die Tür.

Ahnte er, dass die Gorillas Polizisten waren?

Hielt er sie für Gangster?

Hatte er Angst?

1 In einer 1972 erschienenen Schrift des BMI heißt er MacLoid (sic!), war Geschäftsmann und Mitarbeiter eines britischen Geheimdienstes.

Hoffte er im Schlafzimmer sicher zu sein?

Wollte er sich nur etwas überziehen?

Wäre er danach zurückgekehrt in die Diele, um den Besuch zu begrüßen?

Er wurde durch die geschlossene Tür erschossen.

Er war sofort tot.

Er war noch immer nackt, als er starb.

Als der Schriftsteller Rainer Wochele, damals Volontär einer Stuttgarter Tageszeitung, am Tatort eintraf, hatte man die Leiche des peinlichen Schotten bereits abtransportiert. Von der Wohnungstür aus konnte Rainer einen Blick in die kleine Wohnung werfen. Alle Türen offen. Es waren Schnüre gespannt. Sie zeigten die Schussbahnen. Ein Strahlenbündel, aus verschiedenen Winkeln auf die Schlafzimmertür gerichtet. Dahinter wiederum strahlenförmig in verschiedene Richtungen weisend. Nummer sicher. Auskünfte wurden keine erteilt.

Durfte der Volontär Wochele über die Sache schreiben?

Vermutlich nicht.

Der Fall McLeod ist miserabel dokumentiert. Kein Untersuchungsbericht wurde veröffentlicht.

Alle Fragen offen.[1]

Wer war McLeod? Was machte er in Stuttgart? Was waren das für Geschäfte, denen er nachging?

Wieso wurde er verdächtigt, mit der RAF in Verbindung zu stehen?

Warum wurde sofort geschossen?

1 Grund für den Überfall auf das Hochhaus am Asemwald war laut BKA eine unklare Stelle in einem Kassiber, in dem es hieß, »Mac hat seine Ferien, 4 Wochen dort verbringen«. Zunächst behauptete das BKA, die Wohnung sei von der RAF als konspirative Wohnung benutzt worden. Später hieß es nur noch, der Beamte, ein Kriminalobermeister Koglin, habe gemeint, sich in einer Notwehrsituation zu befinden, da die geplante Wohnungsdurchsuchung im Rahmen einer Fahndung nach Terroristen stattgefunden habe. Gegen Koglin wurde keine Anklage erhoben. McLeod hatte definitiv nichts mit dem illegalen Widerstand zu tun.

War das Einsatzkommando so sicher, einen Kader der RAF vor sich zu haben, dass es sofort schießen durfte?

In der Regel wurden nur Kader der RAF bei der Festnahme erschossen. McLeod gehörte zu den wenigen Ausnahmen.[1] Die Taktik, erst schießen, dann Papiere zeigen lassen, wurde bis in die neunziger Jahre durchgehalten. Die letzten zwei Fälle: Ein Toter in Mecklenburg, einer in Wien. Stereotyp taucht in manchen Polizeiberichten über die Festnahme von RAF-Kadern die Bemerkung auf, der Gesuchte habe gerufen:

»Nicht schießen.«

Auch Christian Klar werden diese Worten nachgesagt.

Was hat Kirste von der Erschießung des Schotten mitgekriegt?

»Nichts.«

Die Trennwand zwischen den beiden Wohnungen sei schallisoliert.

»Man sagte mir, das Haus sei so schlecht isoliert, dass man im zweiundzwanzigsten Stock höre, wenn im Parterre jemand ein Loch in die Wand bohrt.«

Das sei richtig. Vor allem, wenn Handwerker in einer weit entfernten Wohnung zugange seien. Dennoch bleibe er dabei, dass er von der Erschießung nichts mitgekriegt habe.

»Gab es Auffälligkeiten vor dem Überfall?«

Man habe in der weiten parkähnlichen Anlage schon seit Tagen einige Herren gesehen, die er nicht vom Sehen gekannt habe.

»Verdächtige Herren in grauen Staubmänteln. Das war anders als sonst.«

»Nun soll es ja gleich nach der Erschießung einen ziemlichen Wirbel gegeben haben. Krankenwagen, Polizeiautos, polizeiliche Absperrungen.«

Auch davon habe er nichts bemerkt.

1 In München wurde am 21. Mai 1974 morgens um drei der Taxifahrer Günther Jendrian von einem Fahndungskommando erschossen. Wie viele Menschen versehentlich oder aus vermeintlicher Notwehr erschossen wurden, habe ich nicht geprüft.

Er sei vermutlich verreist gewesen.
»Wohin? Weshalb?«
Daran erinnere er sich nicht.
»Vermutlich war ich bei einem anderen Sender.«

Selbstgespräch II

»Hältst Du es für möglich, dass Gefangene in bestimmten Situationen versucht haben, ihre Anwälte in kriminelle Aktivitäten zu verstricken?«

»Jetzt hör mir mal gut zu, damit Du es endlich begreifst. Erstens: Die Anwälte, auch die sogenannten Vertrauensanwälte, hätten sich darauf nicht eingelassen. Selbst wenn einer mit dem bewaffneten Kampf sympathisiert haben sollte. Die waren allesamt nicht bereit, ihren Beruf aufs Spiel zu setzen. Dadurch stand zwischen den Gefangenen und ihren Anwälten eine Wand. Dafür gibt es genügend Belege in der Korrespondenz.«

»War Klaus von dieser Wand umgeben?«

»Auch der. Zweitens: Die Gefangenen hatten kein Interesse, dass die wenigen Anwälte, zu denen sie noch ein gewisses Vertrauen hatten, nacheinander vom Verfahren ausgeschlossen oder sogar verhaftet wurden.«

»Klaus wurde ausgeschlossen und bald darauf auch verhaftet.«

»Eben und eben deshalb rekurrierte er in jeder Situation darauf, dass er nie gegen Gesetze verstoßen habe. Das kannst Du nachlesen. Um so argumentieren zu können, musste er von Anfang an sauber bleiben. Dass die Justiz im Verlauf der Maßnahmen gegen die bewaffneten Gruppen dazu übergehen würde, legales Handeln für strafbare Unterstützung zu erklären, war ein Grund für seine wachsende Empörung.«

»In einem Interview im Jahr 1972 weigert sich Klaus, sich vom bewaffneten Kampf zu distanzieren.«

»Das bedeutet nicht, dass er daran beteiligt war. Wenn er sich distanziert hätte, hätte er das Vertrauen der Mandanten verloren. Klaus vertrat den Standpunkt, der Angeklagte habe das Recht, seine Motive zu verteidigen und sei nicht verpflichtet abzuschwören. Das ist genau meine Meinung. Dass die Justiz Leute besser behandelt, die abschwören oder andere verraten, ist ein Relikt der mittelalterlichen Rechtspflege. Lebenslänglich muss reichen.«

»Es gab aber Verteidiger, die sich strafbar machten.«

»Über die Rechtsanwälte Haag und Becker, die eine Kanzlei in Heidelberg hatten, steht einiges in der einschlägigen Literatur, der ich aber nicht traue. Mit denen ist möglicherweise die Empörung durchgegangen. Haag war der letzte Besucher bei Holger Meins. Ich habe Verständnis, wenn einer am Staat verzweifelt und in die Illegalität geht. Aber, wie gesagt, was die gemacht haben sollen, darüber mache ich mir erst Gedanken, wenn ich die Akten gesehen habe.«

»Arndt Müller?«

»Das ist eine Dreyfuß-Affäre der bundesdeutschen Justiz und es ist ein Skandal, dass ihm in der Presse auch heute, im Jahr 2007, noch Sachen angehängt werden, für die er nie verurteilt worden ist. Arndt Müller hat erreicht, dass der Spiegel eine Gegendarstellung abdrucken musste.[1] Er hat keine Waffen in den Knast geschmuggelt. Es steht nur nicht in der einschlägigen Literatur oder in einem der zahllosen Artikel, die in diesem Jahr wieder erschienen sind. Dass Newerla keine Waffen geschmuggelt hat, steht in einer 27 Jahre alten Fußnote.[2] Dass Speitel gelogen hat, geht auch aus den Beweisanträgen im Verfahren gegen Müller und Newerla hervor, die veröffentlicht worden sind.[3] In dem Verfahren haben 43 Beamte ausgesagt, dass sie es bemerkt hätten, wenn Waffen und Sprengstoff in Anwaltsakten versteckt gewesen wären.«

1 Der Spiegel Nr. 37 / 1980, S. 87.

2 Der Spiegel Nr. 33 / 1980, S. 30.

3 In: Wer jetzt noch von Selbstmorden in Stammheim spricht …, Verlag Fantasia-Druck, Stuttgart 1979.

»Fürchtete Klaus, seine bürgerliche Existenz aufs Spiel zu setzen?«

»Er hat sich niemals einschüchtern lassen. Andererseits basierte seine Moralität auf der Überzeugung, dass er selbst Recht und Gesetz wahren müsse.«

»Aber er verteidigte Straftäter.«

»Das tun alle Verteidiger.«

»Und Du, wie hast Du Dich verhalten?«

»Dass ich zur Begehung von Straftaten aufgefordert haben soll, war in dem konkreten Fall, für den ich angeklagt war, ein schlechter Witz. Deshalb habe ich es bestritten. Ich bin kein Prahlhansl. Hat mir aber nichts genutzt. Das Gericht hat mich trotzdem zur Kasse gebeten.«

»Welche Rolle spielten die Überläufer?«

»Eine große. Spitzel, Überläufer, Verräter, Kronzeugen, Maulwürfe, eingeschleuste, verdeckte Agenten. Im Grunde auch die Spätheimkehrer aus der DDR. In Stammheim spielte ein Müller, Ulrikes letzter Begleiter, eine unrühmliche Rolle.

Was diese Figuren ausgesagt haben, unterliegt der Geheimhaltung. Keiner weiß es. Von einigen wissen wir, dass sie ausgesagt haben, was die staatlichen Ermittler hören wollten und ihnen in den Mund gelegt haben. Die Verfahren gegen die RAF zeigen, dass man im Rechtsstaat auf Kronzeugen verzichten muss. Gerade wenn sie dringend verdächtig sind, eine Leiche im Keller zu haben.«

KG

Villa, geschätzte 80–100 Jahre alt, an einer ruhigen baumbestandenen Seitenstraße. Neben der Haustür ein Schild mit dem Namen Erich Fried. Ja, richtig. Der war mal bei Sabine und Kurt gemeldet. Warum eigentlich? Rückseitig ein Wintergarten. Dahinter ein winterlicher Garten, der ohne Begrenzung in einen öffentlichen Park übergeht. In etwa dreihundert Metern Entfernung ein großes Gebäude. Typ Wohnsilo.

»Das Hochhaus da drüben ist ja nicht so schön.«

»Ich bin ganz froh darüber. Das Grundstück hat früher meiner Familie gehört. Mit dem Erlös haben wir diese Villa hier gekauft.«

Eine geräumige Diele, eine große Treppe nach oben, ein Speisezimmer mit einem Tisch für ca. 24 Personen, im Salon ein weißer Flügel, ein zweiter Salon. Viel dunkles Holz, Täfelungen, alte Möbel, großmütterlich. Kleinkram auf Tischen und in Regalen, Nippes, vermutlich was wert. Es steckt viel Geld in der Hütte, nur an Dienstboten scheinen die Bewohner zu sparen. Es wirkt alles ein wenig verstaubt, wie unbewohnt.

KG werkelt auf dem Flügel.

»Wer spielt bei Euch Klavier?«

Er antwortet nicht.

»Wieso warst du eigentlich nie im Knast?«

»Einen hanseatischen Patrizier verhaftet man nicht.«

Er macht eine Packung Kekse auf, gibt das Gekrümel auf einen Teller.

»Ihr bräuchtet einen Butler.«

Später stehen wir in der geräumigen Küche und warten, bis das Teewasser kocht.

»Mein Gott, habt Ihr eine Menge Kaffeemaschinen.«

»Wir haben gelegentlich Gäste.«

Es sind mindestens zehn. Verschiedene Größen. Alle von Alessi.

»Wie ich gehört habe, wolltest du nach der Revolution Vorsitzender des Wohlfahrtsauschusses der Volksrepublik Hamburg werden.«

KG bleibt sachlich.

»Wer sagt das?«

»Vergessen.«

KG und ich, wir kennen uns, seit er im Frühsommer 1975 die Treppe der Unterführung im Bahnhof Fulda heraufkam. In der einen Hand einen Stock, in der anderen eine Plastiktüte, am Bein einen

Gehgips. Etwas verwahrlost, struppig. So wie er da die Treppe raufhumpelte, hätte ich ihn draußen vor der Tür hinsetzen können. Meinen umgedrehten Hut daneben.

Er kam von Stuttgart. Die üblichen zwei Schlapphüte im Schlepptau. Sie folgten uns in die düstere, verqualmte Bahnhofskneipe und nahmen an der Theke Platz, wo immer ein paar Berber standen. Die Berber warteten auf den Bummelzug nach Bebra, wo sich ein Auffanglager befand. Für alle, die keinen Ausweis hatten, mit dem man nach Westberlin konnte. Worauf die Schlapphüte warteten, weiß ich nicht. Das Warten der Schlapphüte ist immer ein Rätsel.

»Was gibt's«, sagte ich, »was du mir nicht am Telefon sagen konntest?«

Er solle mich herzlich grüßen von Klaus. Sie bräuchten Anwälte. Das konnte ich mir vorstellen. Es war durch die Presse gegangen, dass die Justiz die Vertrauensanwälte aus dem Verfahren gegen die Angeklagten gekippt hatte.

Ich sagte:

»Ich bin nicht zugelassen.«

»Dann mach das. Die Gefangenen erwarten das von dir.«

»Geht nicht«, sagte ich.

»Warum nicht?«

»Ich bin pleite.«

»Wie viel?«

»Zweihundert«, sagte ich. »Vierzig für die Zulassung, sechzig für die Sterbekasse. Der Rest ist für die Robe und einen Blindband der Strafprozessordnung.«

Jetzt sitzen wir in einem noch kleineren Salon, die Kekse sind alt, der Tee geht so und ich habe endlich Zeit, KG zu betrachten, den ich seit der Buchmesse nicht gesehen habe. Ich sah ihn meistens nur auf der Buchmesse am Stand des Rotbuch Verlags, wenn seine Frau Sabine wieder mal eines meiner unverkäuflichen Bücher verlegt hatte.

»Woher kanntest du Klaus überhaupt?«

Er glaube, er habe Klaus ca. 1971/72 in Heidelberg bei Rechtsanwalt Becker kennen gelernt.[1]

»Jemand sagte, Klaus sei durch Mahler in den Kreis der Anwälte aufgenommen worden.«

Das könne sein, da Mahler 1969 auch mal in Stuttgart plädiert habe. Er vermute jedoch, dass Klaus durch Becker an sein erstes Mandat gekommen sei. Sein erster Fall sei ein gewisser Bernhard Braun gewesen.[2]

KG ist ein feiner bescheidener Mensch, der ziemlich leise spricht und in der Öffentlichkeit stets auf Contenance achtet. Seine Ausdrucksweise ist gewählt, druckreif, geschliffen, fast akademisch. Er könnte wirklich aus einer patrizischen Familie stammen.

»Womit hast du dir die Zeit vertrieben, in den vier Jahren, als du Berufsverbot hattest?«

»Ich bitte Dich. Zu tun hatte ich genug. Mir blieb das gesamte Zivilrecht und dazu musste ich das Vermögen meiner Familie verwalten.«

Auch sein Äußeres weist KG als besseren Menschen aus. Er trägt einen etwas abgetragenen schwarzen Anzug, der Reißverschluss der Hose schließt nicht richtig, der Hemdkragen sitzt schlecht. In der guten alten Zeit nannte man es das Schäbigkeitsprinzip. Nur Leute aus gutem Hause konnten sich das Schäbigkeitsprinzip leisten. Er hat noch immer das fiepsige Haar von früher, das die Glatze nur spärlich bedeckt.

Später kommt Sabine wie aus dem Ei gepellt mit vielen Paketen. Weihnachtseinkäufe. Ihre Redeweise ist hanseatisch sparsam und ebenso gepflegt wie ihr Kostüm. Sie betrachtet das Tee-Arrangement, äußert sich zufrieden und zieht sich ins obere Stockwerk zurück.

1 Eberhard Becker wurde am 4.2. verhaftet. War verheiratet mit Rechtsanwältin Marieluise Becker. Die Sozietät Laubscher, Becker, Becker, vertrat anfangs RAF-Mitglieder.

2 Da Braun erst 1972 verhaftet wurde, zusammen mit Mohnhaupt, Pohl jedoch schon ein Jahr zuvor, halte ich daran fest, dass Klaus seit 1971 auf der Liste der potentiellen Anwälte stand.

»Die ersten Anwälte im Stammheimer Verfahren nach den Verhaftungen im Frühsommer 1972«, sagt KG, »waren Schily, Ströbele, Becker und ich. Ab Herbst auch Croissant. Wir vier haben das Info-System aufgebaut.«

Klaus habe sich durch sein gefühlsmäßigeres Auftreten rasch in den Vordergrund gedrängt. Vor allem die Mandanten hätten ihm vertraut.

»Wegen seines Verbalradikalismus. Die Gefangenen wollten Klaus dabei haben.«

KGs restliche drei Haare versuchen immer noch Abstand zum bürgerlichen Haarschmuck zu wahren. Klaus habe mal zu ihm gesagt, bis 1970 habe er sich vorwiegend für Kunst und Frauen interessiert.

»Er war lange ein Freund der Künstler und Künste und der schönen Frauen. Ein schwäbischer Pietist[1] und ein Schwärmer.«

Als Klaus verhaftet wurde, habe er, KG, die Kaution gestellt, und Klaus sei gegen 80.000 D-Mark Sicherheit freigekommen. Das Geld habe sein Bruder ihm geliehen. Dann sei Klaus nach Paris geflüchtet und die Sicherheit sei verfallen. Er habe das Darlehen zurückverlangt, doch Klaus habe gemeint, auch er müsse für die Revolution Opfer bringen. Er habe daraufhin eine Eigentumswohnung, die Klaus gehört habe, arrestieren lassen.

»Klaus hat versucht, mich zu bescheißen.«

»Erzähl mir lieber, wie habt Ihr die Verteidigung organisiert. Es gibt einen Bericht, der angeblich von dir stammt, über ein Verteidiger-Treffen in Frankfurt am Main Ende 1973.«[2]

Die Organisation der Verteidigung sei schwierig gewesen, weil der Staatsschutz gleich nach den Verhaftungen 1972 begonnen habe, einzelne Verteidiger zu beschuldigen, sie würden mit der RAF ge-

1 Hier irrt KG.

2 In: Dokumentation, Herausgeber: Bundesministerium des Innern, ohne Ort und Datum, S. 132 ff.

meinsame Sache machen.[1] Ein erstes Anwaltstreffen habe im Frühjahr 1973, also fast ein Jahr nach den Verhaftungen, in Frankfurt am Main oder in Hannover stattgefunden. Im Mai 1973 habe Klaus in Stuttgart eine Konferenz der Anwälte organisiert. Dabei sei über sensorische Deprivation infolge langanhaltender Isolationshaft debattiert worden.

»Was war das Info-System?«

Anfangs hätten Ströbele und er Briefe an die Gefangenen geschrieben und Artikel beigelegt. Daraus habe sich ein Rundschreiben entwickelt, das die Gefangenen und ihre Anwälte erhielten. Dieses Info sei von ihm koordiniert worden. Später, als er Berufsverbot hatte,[2] von seiner Kollegin Petra Rogge. Für den Versand habe er zwei oder drei Zeitmitarbeiter in seiner Kanzlei beschäftigt, die aus dem Folterkommitee kamen.[3] Er halte das Info auch heute noch für legal als Teil einer gemeinsamen Verteidigungsstrategie in einer Serie von Großverfahren mit vielen Angeklagten, Verteidigern und Prozessstandorten.

Ab Januar 1976 sei das Info im Büro Croissant zusammengestellt und von dort aus versandt worden. An der Legalität habe sich dadurch nichts geändert. Für Klaus, der seit dem Frühsommer 1975 ebenfalls von allen RAF-Verfahren ausgeschlossen war, sei es eine Möglichkeit gewesen, sich weiterhin für die Gefangenen zu engagieren.

»Wieso wurde das Info nach Stuttgart verlegt?«

Klaus habe ihn als BKA-Agenten beschimpft.[4] Er sei nach dem Ausschluss immer radikaler geworden. Auch in der Bundesliga habe

1 Der erste, der beschuldigt wurde, einen Kassiber von Gudrun an Ulrike geschmuggelt zu haben, war Rechtsanwalt Schily. Die Nachricht geisterte 1972 durch die Medien und wurde noch letztes Jahr wiederholt, zum Beispiel in der FAZ. Ich glaube nicht, dass Schily jemals so mutig war.

2 Seit 12. Juni 1975.

3 Komitees gab es in Hamburg, Heidelberg, Stuttgart u.a. Großstädten.

4 Die Maßnahmen gegen die Verteidiger der RAF, die im Frühsommer 1975 kulminierten, begannen schon bald Wirkung zu zeigen. Einige Verteidiger stiegen ganz aus. Andere, wie KG, wurden vorsichtiger.

es gekracht. Ulrike habe ihm (KG) vorgeworfen, dass er Arndt Müller nicht mehr in seinem Büro haben wollte. Arndt sei dann nach Stuttgart gegangen.

»Was hattest du gegen Arndt?«

»Ich hielt ihn für einen Agenten der RAF.«

Im Winter 1975 habe es eine »hochstreitige Strategiekonferenz« gegeben. Ende 1975 habe Klaus ihn noch einmal in Hamburg besucht. Im Januar 1976 habe Klaus dann ein »Rollkommando« nach Hamburg geschickt, um das gesamte Info-Material abzuholen. Nur sein Partner sei anwesend gewesen und habe die Delegation aus Stuttgart hingehalten. Er, KG, habe später an Klaus geschrieben, »Du hättest im Dezember mit mir darüber reden können. Du hattest bereits das ganze Material!«.

»Warum hat Klaus im Januar 1976 seine Öffentlichkeitsarbeit zugunsten der Gefangenen noch verstärkt, obwohl er nicht mehr als Verteidiger in Stammheim zugelassen war?«

»Er hatte nicht mehr die moralische Kraft auszusteigen.«

In den letzten Monaten vor seiner Flucht nach Paris sei er faktisch ein Gefangener seines eigenen Büros gewesen. Das sei auch der Grund für seine Flucht gewesen.

»Klaus war selbst schuld, dass er diese Leute in seinem Büro zugelassen hat.«

»Wen meinst du mit diesen Leuten?«

Er meine damit, dass Klaus RAF-Unterstützer in seinem Büro geduldet habe und deshalb in Bedrängnis geraten sei.

»Klaus war kein Täter. Er war Opfer.«

Er habe ihm leid getan. Deshalb habe er (KG), als Klaus schon im Gefängnis saß, noch für ihn Partei ergriffen, auch im Ausland.

»Warum war Klaus der einzige Anwalt, der mit soviel Tamtam verfolgt wurde? Mir fällt auf, dass du geringer bestraft wurdest, obwohl die Anklage gegen dich umfangreicher war. Auch Ströbele hat weniger abgekriegt. Schily gar nichts. Die Anwälte, die nach Euch in Stammheim auftraten, ebenfalls vergleichsweise wenig.«

»Nach den Verfahren gegen Ströbele und mich war die große Zeit der Anwaltsverfolgungen vorbei.«

Es habe zwar insgesamt an die hundert Straf- und Ehrengerichtsverfahren gegen Anwälte gegeben, aber »es kam nicht viel dabei raus«.

»Die Bundesanwaltschaft hatte ihr Pulver verschossen. Die Vorwürfe gegen die Verteidiger hatten sich als haltlos erwiesen.«

Der Strafprozess gegen ihn (KG) sei im Grunde eine Niederlage für die Bundesanwaltschaft gewesen.

»Waren dann wenigstens die Vorwürfe gegen Klaus berechtigt?«

»Nein. Auch Klaus hat sich stets legal verhalten und seine Befugnisse als Verteidiger nie überschritten.«

»Warum wurde er dann als einziger so hart bestraft?«

Dass Klaus 1979, mehr als zwei Jahre nach dem Tod der Stammheimer, in die Pfanne gehauen wurde, sei dem Rachebedürfnis der Staatsschutzorgane und der Justiz geschuldet gewesen. Besonders verübelt habe man ihm seine zahlreichen öffentlichen Auftritte im In- und Ausland, seine Ausfälle gegen die Bundesrepublik, vor allem in Frankreich nach seiner Flucht, und dass er darauf insistiert habe, die Stammheimer seien umgebracht worden.

»Habt Ihr Euch noch mal getroffen?«

»Nie wieder.«

Mich hingegen traf KG erst kürzlich wieder im Kaffeehaus des Hotel Sacher. Es war kurz nach Weihnachten 2006. Vor der Tür stauten sich die Massen. Meine Frau, meine zwei Töchter und ich schlichen uns deshalb durch die Küche und setzten uns an einen Sechsertisch, an dem noch vier Plätze frei waren. Da erst erkannte ich meine Verlegerin und ihren Mann. Er hatte den Zimmerschlüssel in der Hand und so, wie sie da saßen, hätte kein Kellner es gewagt, jemand an ihrem Tisch zu platzieren. Deshalb waren die vier Stühle noch frei.

»Was macht Ihr denn hier?«

»Wir feiern unseren zwanzigsten Hochzeitstag.«

»Wieso in Wien?«

»Weil wir hier geheiratet haben.«

Manchmal komme ich ins Grübeln:

Alle Verteidiger der RAF haben sich irgendwie arrangiert, sogar die beiden, die angeblich in den »Untergrund« gingen. Schily wurde Minister, Ströbele Bundestagsabgeordneter und KG steigt im Sacher ab, wenn er nach Wien kommt. Fehlt nur, dass wir uns nächstes Mal beim Bofinger an der Bastille treffen, in Harry's Bar an der Haltestelle Markusplatz oder im Hotel Russie an der Piazza del Popolo.

Nur Klaus …

Unverkäufliche Bücher, Rotbuch, KG nebenberuflich:

Kurt Groenewold war auch an Verlagsprojekten beteiligt, so am Verlag »Syndikat« und an der »Europäischen Verlagsanstalt« (EVA), die zuletzt von Sabine Groenewold geleitet wurde.

In den Neunzigerjahren wurde der Rotbuch-Verlag hinzugekauft.

Der wurde kürzlich an den Eulenspiegel Verlag weitergereicht.

Gerüchten zufolge stammt KG aus einer begüterten Familie, die an Immobilien beteiligt sei.

Woher die Knete stammt, habe ich nicht gefragt.

Haftbedingungen, wer vertrat wen:

Der Spiegel meldete am 24. Juli 1972, also kurz nach den Verhaftungen im Juni:

»Eine gefangene Rote Armee Fraktion wartet in Untersuchungshaft auf den größten politischen Prozeß der Nachkriegsgeschichte – hungernd, streng isoliert und mit dürftiger Lektüre aus der Gefängnisbibliothek.«

Auch in puncto Verteidiger wusste die Zeitschrift Überraschendes.

So meldete sie, die Cracks der RAF, Meinhof, Ensslin, Baader, Meins und Raspe würden nicht von Klaus vertreten.

Der habe nur Carmen Roll.

Regelrecht überfüllt mit RAF-Mandanten seien dagegen die Sozietäten Becker / Heidelberg und Ströbele-Eschen / Westberlin.

Das heißt, dass der Kontakt von Klaus und Jörg Lang zur ersten Generation der RAF vor deren Verhaftung nicht besonders eng war.

Arndt sei dann nach Stuttgart gegangen:

Arndt, der aus dem Hamburger Folterkomitee kam, war Referendar bei KG. In Stuttgart arbeitete er nach dem zweiten Staatsexamen.

Bundesliga

Die Geschichte der Bundesliga ist reichlich konfus. Angeblich organisierte KG im März 1976 zusammen mit Golzem ein Treffen in Frankfurt, an dem einhundert Anwälte teilnahmen, während der Kreis bis dahin erheblich kleiner war. Unklar ist nicht nur, wie die vorhergehenden Anwaltstreffen zu bewerten sind, sondern auch, wann der Konflikt mit der Croissant-Gruppe aufbrach. Deutlicher sind dagegen die Zielvorstellungen: Klaus verlangte, dass sich die Arbeit der Bundesliga auf die Verfahren gegen die RAF, insbesondere in Stammheim, und die dortigen Haftbedingungen konzentrieren sollte, da das Stuttgarter Verfahren für Justiz, Politik und Staatsschutz exemplarisch sei. Eschen, Golzem, Groenewold, Plottnitz u.v.a. hatten dagegen einen linken Anwaltsverein im Auge. Das war ungefährlicher.

»Rollkommando«, Material

Aus dem damaligen Umfeld von Klaus wird die Sache mit dem Rollkommando bestritten. Der Briefwechsel zwischen den Büros in Hamburg und Stuttgart sowie die Stuttgarter Memos aus den Monaten Januar und März 1976 deuten hingegen auf einen Konflikt hin. »Schickt keine Informationen mehr ans Büro Groenewold (Hamburg). Stuttgart, 2.2.1976.« (Memo) Der Vorwurf, »das kg-büro hat sich zum bka-büro entpuppt«, wurde auch im Ausland verbreitet.

Bereits im Dezember 1975 hatte Arndt Müller die zum KG-Büro gehörenden Anwälte Köncke und Rogge im Auftrag der Stammheimer aufgefordert, ihre Mandate für Andreas Baader und Irmgard Möller niederzulegen. Die Hamburger Anwälte konnten sich auch mit der Gruppe 4.2. nicht auf eine Verteidigungslinie einigen.

Hungerstreiks

Gefangene aus der RAF, später auch anderer bewaffneter Gruppen und aus dem Widerstand. Zuweilen schlossen sich einsitzende Sympathisanten an. In die Organisation und Öffentlichkeitsarbeit waren Verteidiger eingebunden. Bis Herbst 1977 spielte das Büro Croissant eine wichtige Rolle als Agentur für die Verbreitung der Hungerstreikerklärungen und der üblichen Nachrichten. Dagegen war nichts einzuwenden. Hungerstreiks sind legal. Ihre Unterstützung ist es somit ebenfalls.

Wichtige Nachrichten betrafen zum Beispiel die Methoden, mit denen die Zwangsernährung durchgeführt wurde. Sie erfolgte in einigen Anstalten unter bewusster Zufügung von Schmerzen und demütigender Bedingungen. Gelegentlich erhielten die Gefangenen keine Flüssigkeiten. Damit sollten sie zum Abbruch des Streiks gezwungen werden. Die Hungerstreiks waren grundsätzlich von den Anstalten auf Anweisung von oben provoziert. Die häufigsten Ziele, die mit den Hungerstreiks verfolgt wurden, waren der Verzicht auf besonders drastische, zeitweise folterähnliche Haftbedingungen und die Eingliederung in den Normalvollzug ohne Nachteile für die übrigen Anstaltsinsassen. Beide Forderungen wären ohne Sicherheitsrisiken erfüllbar gewesen.

Die zehn Hungerstreiks:
17. Januar bis 12. Februar 1973 – 40 Gefangene
8. Mai bis 29. Juni 1973 – 80 Gefangene

13. September 1974 bis 2. Februar 1975 – 40 Gefangene
29. März bis 30. April 1977 – 100 Gefangene
9. August bis 2. September 1977
10. März 1978
20. April bis 26. Juni 1978 – 70 Gefangene
2. Februar bis 16. April 1981 – 100 Gefangene
4. Dezember 1984 bis 5. Februar 1985
1. Februar 1989

Die ersten fünf Hungerstreiks gingen wesentlich von den fünf Gefangenen des großen Stammheimer Verfahrens aus. Die vier Streiks zwischen 1978 und 1985 waren eine Konsequenz der folgenden Verhaftungswellen, von denen vor allem die RAF betroffen war, die seit Frühjahr 1977 in Erscheinung trat. Ihr können die Stockholm-Gruppe und Teile des 4.2. zugerechnet werden. Siegfried Haag, der im November 1976 verhaftet wurde, hat sich nach meiner Erinnerung nicht sonderlich an Hungerstreiks beteiligt. Der Rückgang der Hungerstreiks seit 1985 deutet darauf hin, dass der Staatsschutz seither auf nennenswerte Fahndungsmaßnahmen verzichtet hat. Auch mit Verhaftungen waren die Staatsorgane nunmehr zurückhaltend. Im übrigen normalisierten sich die Haftbedingungen im Laufe der Jahre, ohne je normal zu werden.

In der Debatte um die Haftbedingungen wird noch heute unterschlagen, dass zum Beispiel die Gefangenen in Stammheim stets nur in kleinsten Gruppen zusammengepfercht leben mussten, außer den Anwälten nahezu keine Besuche empfangen durften und nie andere Anstaltsinsassen zu Gesicht bekamen. Zu den Nachteilen, die zu den bekannten Deformationen führen, gehörten: Keine Teilnahme an Gemeinschaftsveranstaltungen, kein Umschluss mit anderen Gefangenen, keine Möglichkeit, sich mit anderen auszutauschen.

Die Gefangenen im siebten Stock lebten, als die üblichen Schikanen der ersten Haftjahre, nicht zuletzt wegen der Hungerstreiks, nachließen, bis an ihr Lebensende in Kleinstgruppen von drei oder vier, maximal und kurzfristig sechs bis acht Personen ohne große Fluktuation.

Ich kann mir vorstellen, was es bedeutet, über Jahre hinweg immer nur dieselben paar Leute zu sehen. Immer mit denselben zu reden. Die Reduzierung des Denkens und Fühlens auf einige fixe Ideen ist vorprogrammiert, die psychosomatische Erkrankung unvermeidlich. Sie wird durch die großzügige Vergabe von Medikamenten noch befördert.[1]

Andere können sich diese Folgen offensichtlich nicht vorstellen und halten ein Bücherregal, ein paar Zeitungen, eine Schreibmaschine und einen Plattenspieler für ausreichende Kommunikationspartner. Ihnen wünsche ich von ganzem Herzen ein Jahr Kleinstgruppenisolation.

Die Hungerstreiks waren legal

Heribert Ostendorf, Das Recht zum Hungerstreik, Frankfurt 1983:

»Wer einen Hungerstreik beginnt, darf sich auf die Gewissensfreiheit berufen (Art. 4/1 Grundgesetz).«

Der Hungerstreik sei auch dann erlaubt, wenn er mit falschen Behauptungen oder übertriebenen Forderungen verbunden werde.

Vgl. auch Alexander Solschenizyn.

Er nennt in seinem Buch »Der Archipel Gulag« den Hungerstreik »das erste und natürliche Recht des Gefangenen.«

Amnesty International listete 1977 240 Hungerstreiks in vielen Ländern auf.

1 Aust, a.a.O., S. 457 ff. listet die ausgegebenen Medikamente auf und kommt zu dem Schluss: »Seit Beginn der Kontaktsperre am 5. September hatten die Gefangenen anscheinend nach Belieben Medikamente erhalten.« Weidenhammer, Mord oder Selbstmord, Kiel 1987, S. 516, nimmt an, die Gefangenen sollten in der Phase, die auf ihren Tod hinauslief, psychisch destabilisiert werden.

Man schloss daraus, der Hungerstreik sei ein fester Bestandteil des politischen Lebens. Anderer Meinung war der damalige Bundeskanzler Schmidt.

Er hielt die Hungerstreiks der Gefangenen aus der RAF für eine Nötigung von Staatsorganen. Sein Innenminister Maihofer, Professor für Rechtsphilosophie, nannte die Unterstützer der Hungerstreiks im Bundestag schon 1974:

»Handlanger und Werkzeuge dieser Kriminellen.«

Prima Klima II

Der Staatsschutz schwebte immer über uns, auch wenn wir glaubten, wir hätten ihn beim Wickel.

Während wir ums Überleben kämpften – im übertragenen Sinne und einige von uns tatsächlich – hatte der Staat das Große, Ganze im Auge und schaute weit in die Zukunft, wo größere Gefahren drohten, als wir eine waren.

Jeder, der sich mit dieser Materie beschäftigt, wird (ihren Überfluss fürchtend) lieber spekulieren als Aktenstudium betreiben wollen. Man sehnt sich nach den überschaubaren Kategorien, wie sie den Michael Kohlhaas und seine Kumpane einst aufs Rad brachten.

Änderungen des Strafgesetzbuches, die verabschiedet wurden, seit Klaus sich für die Rechte der Gefangenen von Stammheim einsetzte, erlaubten nun folgendes nicht mehr:

Die verfassungsfeindliche Befürwortung von Straftaten.

Die schriftliche Anleitung zu Straftaten.

Die Verherrlichung von Gewalt.

Die Billigung von Straftaten.

Kriminelle und terroristische Vereinigungen, deren Zweck oder Tätigkeit auf die Begehung von Straftaten gerichtet war, zu gründen und durch Werbung, Beteiligung oder Mitgliedschaft zu unterstützen.

Man fragt sich, warum so entsetzliche Dinge bis dahin erlaubt waren.

Auch die Strafprozessordnung wurde unter sozialliberaler Federführung endlich dereguliert.

Wer dringend verdächtig war, konnte nun auch ohne die üblichen Haftgründe (Fluchtgefahr und Verdunkelungsgefahr) verhaftet werden.

Ermöglicht wurden ferner:

Verhandlungen in Abwesenheit des Angeklagten, wenn dieser sich vorsätzlich und schuldhaft in einen seine Verhandlungsfähigkeit ausschließenden Zustand versetzt hatte.

Ausschluss der Angeklagten von der Verhandlung wegen ordnungswidrigen Benehmens, wenn zu befürchten war, dass die Verhandlung in schwerwiegender Weise beeinträchtigt werden würde.

Abgelehnt wurde 1977 lediglich die unbefristete Sicherheitsverwahrung nach Verbüßung der Strafe.

Beschlossen hingegen die Kontaktsperre.

Restriktive Besuchsregelungen, Kleinstgruppenisolation und Totalisolation wurden seit jeher praktiziert. Nun bestand die Möglichkeit die Verteidiger ganz auszusperren, damit niemand mehr erfuhr, wie mit den Gefangenen umgesprungen wurde.

Dass alle diese Repressionsgesetze nicht geeignet waren, einen Gerechtigkeitsfanatiker wie Klaus in einen Staatsfreund zu verwandeln oder in die innere Emigration zu verbannen, versteht sich von selbst.

Entsetzliche Dinge

22. Juni 1972: drei verfassungändernde Gesetze zur inneren Sicherheit – Haftrecht, Waffenrecht, Polizeirecht
20. Dezember 1974: Antiterror-Paketgesetz
22. April 1976: Strafrechtsänderungsgesetz
18. August 1976: Antiterrorgesetz
28. September 1977: Kontaktsperregesetz
16. Februar 1978: Gesetze zur Bekämpfung des Terrorismus

Man kann sich streiten, ob der gesetzgeberische Eifer nicht nur der Profilierungssucht des Bundestags geschuldet war, der sich angesichts der Fahndungswut der Staatsschutzbehörden nutzlos vorkam.

Bundesanwaltschaft und Bundeskriminalamt hätten lieber auf die Gesetze verzichtet.

So erklärte Buback, Generalbundesanwalt im Spiegel am 16. Februar 1975:

»Zwischen Herrn Herold, dem BKA-Chef, und mir funktioniert die Zusammenarbeit reibungslos.

Leute, die sich für den Staatsschutz engagieren, wie Herold und ich, finden immer einen Weg. Wenn sie eine gesetzliche Regelung haben und sie mal strapazieren müssen, funktioniert sie ja meistens doch nicht.«

Man kann nie wissen

Man kann nie wissen ist ein Euphemismus, denn genau genommen besagt die Redewendung, dass man nichts wissen kann, nämlich nie.

Daran musste ich denken, als ich irgendwann vor zwei Jahren

an Nägele dachte, an den ich zunächst auch nur dachte, weil Frau Kloos auf meine erstaunte Bemerkung, dass ja wohl das halbe Personal meines Romans im Asemwald gewohnt habe oder noch wohne, beiläufig sagte, der Nägele wohne auch im Asemwald.

Wer oder was ist Nägele?

Sollte diese mir namentlich nichts sagende, wenngleich in Württemberg aufgrund ihres Diminutivs naturwüchsig zu erwartende Persönlichkeit wirklich etwas mit meinem Freund Klaus zu tun haben?

Aber dann beruhigte ich mich mit den Worten:

»Man kann nie wissen!«

Sagen wir es so:

In den Siebzigerjahren des vorigen Jahrhunderts gab es gelegentlich ein Gedränge vor den Toren der Festung Stammheim. Grüne zu Fuß versuchten die drängelnde Menge in die vorgesehenen Bahnen zu lenken. Berittene zu Pferde sorgten für den nötigen Überblick der Staatsmacht. Im Hintergrund wartete ein Peloton martialischer Figuren auf den Einsatzbefehl. Durch die Menge drängten sich vereinzelt Personen, die man aus dem Fernsehen und anderen Massenmedien kannte. Im wesentlichen Rechtanwälte, medizinische und psychiatrische Gutachter und andere Zelebritäten, die sich als Prozessbeobachter oder Besucher angekündigt hatten.

Natürlich passierte dergleichen nicht täglich. Es ereignete sich, wenn ein Angeklagter abgelebt hatte oder mit einer der üblichen Sensationen zu rechnen war. Mal sollte über die weiße Folter Beweis erhoben werden, mal hatte der Vorsitzende mit einem Bundesrichter gekungelt, der mit einer Zeitung gekungelt hatte, mal kündigte sich ein französischer Existenzialphilosoph an, mal sollten Verteidiger aus- oder eingeschlossen werden und so weiter.

Der Stammheimer Prozess war, was längst auch staatstragende Justizkritiker zugeben, »reich an Skandalen und Rechtsmissbräuchen«,[1]

1 Deutsche Welle, Kalenderblatt vom 14. April 2007.

»ein Alptraum der Justiz«,[1] »das Zerrbild eines rechtsstaatlichen Verfahrens«.

Wann immer das ruchbar war, ragte aus der Gemengelage ein Mann heraus. Er war vielleicht nicht einmal besonders groß, aber er fiel auf. Eventuell hatte er einen Schnurbart, aber wahrscheinlich suggerierten sein Gesichtsausdruck, seine Körperhaltung und eine gewisse Aura auch nur, dass er über Mittel gebot, die dem Ereignis schon bald, in den Abendnachrichten oder den Schlagzeilen des nächsten Tages, eine gewisse Weihe verleihen würden.

Stammheim, die Verfolgung und Vernichtung der RAF und möglichst auch ihrer Verteidiger, war, das sollte nicht vergessen werden, in erster Linie ein Medienspektakel, das einer Menge Beamter und Politiker dazu diente, sich ins rechte Licht zu rücken, und während einige dabei umkamen, machten andere durch ihre Präsenz Karriere. Herr Maihofer, der damalige Innenminister zum Beispiel, wird für alle Zeiten nur in Erinnerung bleiben, weil er auf einem weitverbreiteten Foto eine Knarre so in der Hand hält, als wollte er seiner Tischdame Feuer geben.

Umgeben war der auffallende Mann immer von anderen Männern, die an langen Stangen befestigte Mikrofone in die Höhe hielten oder in die Menge streckten, ferner Männern, die eine Handkamera auf der Schulter trugen, Kabelträgern et cetera, wie man sie aus dem Fernsehen kennt, weil sie für das Fernsehen sorgen, aber dass er zu einem dieser Fernsehteams gehörte oder vielleicht sogar über allen stand, hätte ich damals bestenfalls vermuten können. Gewissheit gab's nicht, denn im Fernsehen sah ich ihn nie. Was er damals vor den Toren des Superkerkers und Sondergerichtsgebäudes zu tun hatte, das erfuhr ich erst, als ich an einem Nachmittag des Jahres 2005 gegen vierzehn Uhr wie so oft das Café König in Stuttgart besuchte.

Das Kaffeehaus, das es inzwischen nicht mehr gibt, war eine Institution im Stuttgarter Bohnenviertel. Nicht nur weil es schon so alt

1 Neue Zürcher Zeitung.

war. Nicht nur wegen seiner guten Kuchen und Torten oder weil es so verwinkelt war und ein bisschen abgenutzt aussah. Nein, es gehörte zu den immer weniger werdenden Orten, die man aus liebgewordener Gewohnheit frequentiert, weil man schon immer hingeht, weil ein paar Leute, die man kennt und vielleicht sogar mag, ebenfalls hingehen, weil es einen an einiges erinnert: Menschen, Gespräche, eine Liebschaft oder den Beginn einer wunderbaren Feindschaft. Klaus soll öfter dort gewesen sein.

Es gehört zu den Alterserscheinungen, dass überall Leute sitzen, die einen nicht kennen, während die, die einen kannten, inzwischen woanders sitzen oder liegen, wo man nicht so ohne weiteres hinkommt.

Ich durchquerte also den großen halbschattigen Raum hinter dem Ladengeschäft, wo sich eine zweite Kuchentheke befand, schaute in den langen, schmalen Raum hinten rechts, der zur Querstraße hinausging und einem französischen Bistro ähnelte, und trat dann in den überdachten Raum im Hinterhof, der mich an einen Wintergarten erinnerte, und da saß der Mann, der mir vor dreißig Jahren gelegentlich aufgefallen war.

Als wir uns telefonisch verabredet hatten, ein paar Tage zuvor, war er gesichtslos geblieben.

Jemand hatte gesagt, ich solle mal den und den anrufen. Der sei beim Fernsehen gewesen, habe Klaus seit den frühen Sechzigerjahren gekannt, im selben Haus gewohnt und sei oft mit ihm zusammen gesehen worden.

Jetzt wusste ich, wer der Geheimnisvolle gewesen war. Nägele. Angeblich ein alter Bekannter von Klaus.

Ich bestellte, wie üblich, eine Sachertorte. Dazu grünen Tee, obwohl noch nicht Teatime war, sondern erst vierzehn Uhr. Zückte Bleistift und Stenoblock, schaute ihm kollegial ins Auge und sagte:

»Wir haben uns lange nicht gesehen. Erinnerst du Dich an Klaus?«

Er stieg sofort voll ein und seine Worte sprudelten förmlich aus ihm heraus.

Klaus habe ihn zumeist am Sonntagmorgen angerufen und stets begrüßte er auch die Herren vom Geheimdienst.

»Tag Nägele, einen schönen Sonntagmorgen. Ich begrüße auch den Amtmann der mithörenden Geheimdienste.«

»Woher kanntet Ihr Euch?«

Nägele, der Jura studiert hatte, war 1970 Referendar bei Klaus,[1] quittierte aber den Justizdienst wegen einer alltäglichen Episode. Er sollte einen Kleptomanen verteidigen, der die Angewohnheit hatte, Regenschirme zu klauen.

»Ein armer Kerl. Ein seltsamer Mensch.«

Als Nägele erfuhr, dass der Angeklagte im zweiten Weltkrieg Fallschirmjäger gewesen war, beantragte er ohne Rücksprache mit dem Vertreter der Anklage ein psychiatrisches Gutachten, da er vermutete, der Mann sei nur beschränkt schuldfähig. Der Oberstaatsanwalt war deshalb sauer auf den Referendar Nägele, drohte ihm mit disziplinarischen Maßnahmen und Nägele ergriff die günstige Gelegenheit und quittierte den Justizdienst.

»Hatte Klaus ein großes Büro?«

Die Kanzlei in der Königstraße habe seiner Erinnerung nach aus mehreren Räumen bestanden. Es hätten dort mehrere Anwälte gearbeitet.

»Wie war Klaus?«

»Klaus war ein eher stiller, sanfter Mensch, der sich in der Diskussion und der Öffentlichkeit aber auch sehr krass ausdrücken konnte.«

Politisch sei er ein bisschen naiv gewesen.

»Du bist dann also zum Fernsehen.«

»Ja.«

In den Siebzigerjahren habe er, Nägele, als freier Mitarbeiter für die Abendschau regional und die ARD gearbeitet. Unter anderem habe er über den Besuch Sartres bei Andreas Baader im Frühjahr

1 Möglicherweise kam Nägele durch Jörg Lang zu Klaus. Die beiden hatten in den fünfziger Jahren zusammen in Paris studiert.

1975 berichtet – von der Ankunft Sartres am Stuttgarter Flughafen bis zur anschließenden Pressekonferenz.

Als Klaus im Spätherbst 1977 in Frankreich vor Gericht stand, weil die Bundesregierung seine Auslieferung beantragt hatte, sei er, Nägele, mit einem Fernsehteam nach Paris gefahren, um zu berichten. So habe er auch den französischen Anwalt Jacques Vèrges kennen gelernt.

Die Informationsveranstaltung im November 1974, wo Klaus mitgeteilt habe, dass Holger Meins in Wittlich verhungert sei, habe er ebenfalls gefilmt. Der Auftritt von Klaus sei sehr theatralisch gewesen.

»Ein bisschen übertrieben, würde ich sagen.«

Nach der Versammlung habe sich spontan ein Schweigemarsch zur Wohnung des für den Tod verantwortlichen vorsitzenden Richters Dr. Prinzing formiert, an dem etwa dreißig bis vierzig Personen teilgenommen hätten.

Insgesamt habe er einige hundert Nachrichtenbeiträge geliefert und auch viel moderiert.

Ab 1974 habe er den persönlichen Kontakt mit Klaus gemieden, um unabhängig berichten zu können.

»Du warst später Leiter der Hauptabteilung Kultur und Gesellschaft. Wieso hast du nicht in der politischen Redaktion Karriere gemacht?«

»Nach dem Tod der Gefangenen von Stammheim und der Filbinger-Affäre hatte ich die Schnauze voll von der Politik.«

»Bis 1974 hattest du also regelmäßig Kontakt zu Klaus und danach nicht mehr? Wo habt Ihr Euch getroffen?«

»Es gab einen Stammtisch von Künstlern in einem Lokal namens Träuble in Gablenberg. Wir trafen uns auch in der Weinstube Widmer, wo Künstler, Schriftsteller und Theaterleute verkehrten, und in der ›Kiste‹, einem Lokal in einem kleinen alten Haus mit winzigen Zimmern und typisch schwäbischer Küche nahe dem Schlossplatz.

Klaus war an Kunst und Literatur interessiert. Kein trockener Jurist. Eher ein Flaneur und Schöngeist, der zum Vergleich tendierte. Nicht zur Konfrontation. Eigentlich ein lascher Typ. Nicht besonders elegant und auch nicht sehr attraktiv.«

»Kanntet Ihr Euch schon, als du 1970 bei ihm Deine Referendarstation machtest?«

Er, Nägele, habe Klaus schon in der ersten Hälfte der 60er Jahre durch seine Frau Aiga, eine geborene Rasch, kennen gelernt. Ihr Vater, Bodo Rasch, sei Architekt gewesen. Ihre Mutter, Lilo, befreundet mit Baumeister, Schlemmer, Wagenfeld. Auch mit weniger bekannten Künstlern.

Zerrbild eines rechtsstaatlichen Verfahrens

Der Journalist Hanno Kühnert urteilte einen Tag nach dem erstinstanzlichen Urteil gegen Baader, Ensslin, Raspe im Südfunk:

»Es waren so viele Häufungen an Fehlern und Rechtsmängeln, dass man ihn bei Gott keinen Musterprozess nennen kann.«[1]

Es waren diese Rechtsfehler, die dem Verteidiger von Gudrun, Otto Schily, Hoffnungen auf die nächste Instanz machten.

Der Tod der drei noch lebenden Angeklagten von Stammheim verhinderte ein Urteil des BGH, der nach Kühnerts Meinung entschieden hätte, dass das Verfahren noch einmal aufgerollt werden müsse.

Hätte der BGH so oder so entschieden, er hätte den Justizskandal von Stammheim komplett gemacht.

So gesehen rettete der Tod das Ansehen der westdeutschen Justiz.

1 Deutsche Welle a.a.O.

Dezember 2004, grau, nasskalt

Später wird Ströbele mich durch das Jakob-Kaiser-Haus[1] führen und ich werde an Michel Foucault denken. Der Gefangene als Sinnbild des Bürgers. Die Idee, dass Freiheit sich nur unter den Bedingungen der Überwachung, Manipulation, Einschüchterung, Bestrafung und Belohnung entfalten kann. Die Welt ein Knast.

Die modernen Bürotrakte, durch die Ströbele mich führen wird, sind der Zuchthausarchitektur des neunzehnten Jahrhunderts nachempfunden. Zwischen den Gängen, an denen die Zimmer der Bundestagsabgeordneten liegen, klafft der breite Spalt vom Parterre bis unters Dach, der es den Wärtern einst ermöglichte, sämtliche Etagen vom Mittelpunkt aus, dort wo die Trakte zusammenliefen, zu überwachen.

Aus der Vogelperspektive sind diese altertümlichen Architekturen am besten zu erkennen – das Gefängnis am Tiber in Rom zum Beispiel, vom Janushügel aus betrachtet. Da erst erkenne ich ganz die sinnreiche Anlage, deren Seitenstränge auf den Mittelbau zulaufen. Das Gefängnis hat die Gestalt einer Spinne, wie der Staat.

Wer aber sitzt im Abgeordnetensilo in jenem runden Mittelbau, von dem aus die ganze Gesellschaft eingesehen werden kann?

Muss dort jemand sitzen?

Müssen die Abgeordneten noch überwacht werden?

Sind sie nicht perfekt dressiert?

Dressieren, Dressing, Salatsoße.

Ich werde Ströbele fragen, aber das wird später sein.

Erst einmal wird er vom Fahrrad steigen, während ich schon an der Schleuse im Inneren des Eingangs in der Obhut etlicher Gorillas beteuere, wirklich mit dem Abgeordneten Hans-Christian Ströbele[2]

1 Gebäude für Bundestagsabgeordnete. Berlin, unweit der Bundestag, Kanzleramt.

2 Partei: Die Grünen. Wahlkreis: Kreuzberg.

in seinem Bundestagsbüro zu einem vertraulichen Gespräch verabredet zu sein.

Eigentlich hätte ich schon hier an Foucault denken müssen, denn es ist nicht schwieriger, in ein Gefängnis zu gelangen, als in das Haus der Bundestagsabgeordneten in Berlin, das ebenfalls an einem Fluss liegt.

Aber da kommt er schon, scheint mich zu kennen, begrüßt mich freundlich, tut so, als ob die Security-Leute in Putativnotwehr nicht auch auf ihn schießen würden.

Immer, wenn ich in solchen Gebäuden gefangen bin, frage ich mich, ob andere ebenfalls ein Gefühl der Beklemmung verspüren und wenn nicht, woher sie die Gabe nehmen, keine Angst zu haben.

Ströbele war bis zum Verbot der Mehrfachverteidigung als Verteidiger in etlichen Verfahren gegen die RAF tätig. Ursprünglich hatte keiner was gegen die Kollektivverteidigung. Alle Verteidiger hatten mehrere Mandanten und alle Gefangenen hatten mehrere Verteidiger. Es diente der Verfahrensvereinfachung und lag auch im Interesse der Justiz. Vor allem bei gleichgearteten Anklagen gegen mehrere Angeklagte ist es sinnvoll, schon um Waffengleichheit zwischen Anklage und Verteidigung herzustellen – wesentliche Voraussetzung für einen fairen Prozess. Sofern mal ein Verteidiger ausfiel, konnte ein anderer für ihn einspringen. Aber so sollte es nicht sein. Die Vertrauensanwälte sollten diffamiert und aus den Verfahren geworfen werden.

Ströbeles Büro im Bundestag ist winzig. Im Vorzimmer zwei Mitarbeiterinnen. Riesige Schreibtische füllen fast den ganzen Raum aus. Er trägt den üblichen roten Shawl und auf dem dürren Hals das Gesicht, das wir aus dem Fernsehen kennen, wenn er über das Wirken der Geheimdienste und andere Bedrohungen für den Rechtsstaat spricht. Buschige Augenbrauen, Lachfurchen, zwei parallele Falten über der scharfen Nase, Ohren von den Mundwinkeln bis zum Scheitel, weißes Haar mit dunklen Strähnen drin. Zur Seite gekämmt.

Er schaut, jetzt da wir nur noch zu zweit sind, nicht ganz so sorgenvoll in sich hinein. Manchmal lächelt er sogar. Dann sieht man blendend weiße Zähne, die den Apfelesser verraten.

Ich benutze, wie stets, kein Aufnahmegerät und einen besonders kleinen Zettel. Ich tue das, weil ich weiß, manche Leute kriegen den Mund nicht auf, wenn ein Tonband läuft. Schon ein normaler Notizblock flößt ihnen Angst ein.

Aber meine Vorsicht ist unnötig. Ströbele sagt nicht viel. Er deutet an, dass er sich nie so weit vorgewagt habe wie Klaus. Dass er stets auf seine anwaltliche Unabhängigkeit geachtet habe. Auch und gerade seinen Mandanten gegenüber.

Ausführlicher wird er nur, wenn es um kalte Eisen geht.

Wie war das damals, als die meisten Anwälte in Deutschland Schiss hatten, Gefangene aus der RAF zu verteidigen? Weil sie fürchteten, dass ihnen die reichen Klienten davonlaufen? Ständig observiert zu werden? Alle paar Monate eine polizeiliche Durchsuchung der Kanzlei?

Ströbele gehörte mit Schily, Groenewold, Klaus zu den zwei Dutzend Anwälten, die sich in den ersten Jahren dem Druck stellten. Zeitdruck, Arbeitsdruck, Verfolgungsdruck, Diffamierungsdruck. Die Ihre Existenz aufs Spiel setzten. Mit einem Bein im Gefängnis. Fast unerträglich der Zeitaufwand. Woche für Woche die Rundreise durch die westdeutschen Knäste. Ziegenhain, Wittlich, Kaiserslautern, Stuttgart, Köln, Düsseldorf und wieder zurück. Drei Tage lang. Die restlichen vier Tage Dezernat, Sprechstunden, Gerichtstermine. Dazu die politische Arbeit. In den Furchen im Gesicht ruht die Asche der erloschenen Feuer. Die Augen sind unergründlich. Keine Fenster.

»Seid Ihr mal in einem Verfahren zusammen aufgetreten?«

»In Düsseldorf. Im Verfahren gegen die Stockholm-Attentäter. Klaus vertrat Karl Heinz Dellwo, ich Bernd Rössner. In der Freizeit gingen wir manchmal am Rhein spazieren. Von Klaus konnte man viel lernen. Nicht nur Juristisches.«

»Was?«

»Klaus hatte Lebensart. Er war ein Genießer. Mit ihm habe ich zum ersten Mal in meinem Leben Hummer gegessen. Er hat mich dazu animiert.«

»War Klaus RAF?«

»Keinesfalls. Es wäre nicht gegangen, selbst wenn er gewollt hätte. Die RAF wollte ihn nicht dabei haben.«

»Aber er hat sie unterstützt.«

»Er war auch kein Unterstützer.«

»Was ist mit dem Info-System?«

»Das Info-System war korrekt und nicht gesetzwidrig. Da kannst du jeden fragen.«

Weiß Ströbele, wie Klaus dazu kam, Gefangene aus der RAF zu verteidigen?

Er weiß, wer seine ersten beiden RAF-Fälle waren: Carmen Roll und Helmut Pohl.

»Jemand schrieb, Klaus sei durch Mahler angeworben worden.«

Das halte er für ausgeschlossen. Er vermute, dass Leute aus der RAF sich direkt mit Klaus in Verbindung gesetzt haben.

»Wie würdest du Klaus politisch einordnen?«

Klaus habe die politische Sozialisation gefehlt, die er (Ströbele) und andere Anwälte gehabt hätten. Er habe vor 1970 nicht zur politischen Bewegung gehört. Er, Ströbele, habe mit Baader über die politische Wirkung von Aktionen reden können. Klaus hätte da nicht mitreden können.

»Er kam aus der anderen Richtung: Moralisches Engagement, Gerechtigkeitssinn.«

»Du hast auf der Beerdigung die Trauerrede gehalten. Das heißt, dass Ihr auch nach dem bewaffneten Kampf noch Kontakt hattet.«

»Klaus hatte in den Achtzigerjahren eine Wohnung in Kreuzberg, direkt über der Mauer. Er war damals bei der AL.«[1]

In Moabit habe er zeitweise eine Bürogemeinschaft mit einer Anwältin gehabt. »Später arbeitete er alleine.«

1 Alternative Liste.

»Was heißt, direkt über der Mauer?«

»Zwischen dem Haus und der Mauer war nur der Bürgersteig, sodass man von oben herab auf die Mauer schauen konnte. Klaus machte sich einen Spaß daraus, dass der Bürgersteig vor dem Haus schon nicht mehr zu Westberlin gehörte. Er sagte: Komm mit, wir gehen in die DDR. Dann führte er den Besucher in den Alkoven vor seinem Wohnzimmer.«

Ströbele und Klaus trafen sich alle paar Wochen. Auch als Klaus wegen des Stasi-Verfahrens saß, besuchte Ströbele ihn. Er habe ihn auch nach seinem Schlaganfall manchmal getroffen.

»Ich hätte gerne das Manuskript Deiner Trauerrede.«

Das habe er nicht mehr.[1]

»Wie war die Beerdigung?«

Er sei überrascht gewesen, dass die Witwe erklärt habe, sie wolle keine politischen Freunde des Toten auf dem Friedhof.

Wir schauen uns an. Ich sitze auf einem Sofa. Er sitzt auf einem Stuhl. Lässig, leger, unbeteiligt. Er scheint keine Augen zu haben. Sie müssen irgendwo dahinten in seinem Kopf liegen, aber ich kann sie nicht finden und so kann ich nicht sagen, wohin sein Blick geht. Vielleicht ist seine Teilnahmslosigkeit eine Art mir zu signalisieren, dass ich gehen könne. Gleichzeitig habe ich das Gefühl, dass er noch lange dort sitzen könnte, sich meine Fragen anhören, kaum antworten.

»Wie kam Klaus zur Staatssicherheit?«

Klaus sei vermutlich durch den DDR-Anwalt Kaul zum MfS gekommen. An sich sei er grün-alternativ gewesen.

»Und wie fandest du die Sache? Wie hast du reagiert, als die Sache rauskam?«

Die Stasisache habe er ihm nicht übelgenommen. Nur dass Klaus Intimitäten aus seinem Bekanntenkreis ausgeplaudert habe, sei peinlich gewesen.

1 Eschen behauptet, es habe nie ein Manuskript gegeben. Ströbele habe frei geredet. »Sehr ordentlich.«

»Was für Intimitäten?«

Ströbele wendet den Kopf, als wollte er mich anschauen. Wieder begegnen sich unsere Blicke nicht.

Später werde ich feststellen, dass es ein Fehler war, anzunehmen, er habe keine Augen. Er wird in der Auguststraße aus einem Hauseingang kommen und zu seinem Fahrrad gehen. Es wird nicht mehr regnen. Wir werden noch ein paar Worte wechseln. Wir werden uns verabschieden und ich werde in seine Augen schauen. Er wird davonfahren. Seinem Gewissen folgen. Die Welt wird immer noch grau sein. Ich aber werde die U-Bahn nehmen. Schlesisches Tor. Archiv Papiertiger.

Noch später werde ich ihm schreiben. Es sind viele Fragen offen geblieben. Zum Beispiel: Was für Intimitäten? Über wen? Was? Zum Beispiel: Denkst du manchmal noch an ihn? Klaus und er waren Freunde. Er wird nicht antworten.

Maßnahmen gegen Klaus und sein Büro II

23. Juni bis 8. August 1975

Erste Verhaftung von Klaus.

Der Haftbefehl wurde außer Vollzug gesetzt, nicht aufgehoben. Klaus musste eine Kaution von 80.000 D-Mark zahlen, sich fortan zwei Mal die Woche bei der Polizei melden und Personalausweis und Reisepass abgeben. Die Kaution zahlte Rechtsanwalt Groenewold. Im Haftbefehl hieß es, Klaus habe die RAF durch seine Öffentlichkeitsarbeit und Kampagnen gegen die Justiz unterstützt.[1]

1 Das OLG Stuttgart hat seit 1975 mehrfach in Verfahren gegen Klaus den Gebrauch bestimmter Begriffe als Indiz für Unterstützung und Werbung angesehen. Später wurde daraus das Konstrukt einer legalen RAF. Schon Briefkontakt zu Gefangenen begründete eine Mitgliedschaft in dieser legalen RAF.

Erschwerend komme hinzu, dass er auch im Ausland Pressekonferenzen veranstaltet habe. Unmittelbarer Anlass war wohl die Pressekonferenz fünf Tage zuvor, wo Klaus das Bundeskriminalamt beschuldigt hatte, den Gefangenen Siegfried Hausner ermordet zu haben. Das Büro, das von anderen Anwälten mitbenutzt wird, die ebenfalls in Stammheim verteidigen, wird drei Tage lang durchsucht. Die Durchsuchung wurde von Bereitschaftspolizei und dem Kommando T des BKA gesichert. Akten, Bücher, Tonbänder werden beschlagnahmt. Verteidigungsunterlagen und noch nicht gestellte Anträge wurden gelesen. Bundesweit waren Kanzleien in Stuttgart, Hamburg, Heidelberg und Westberlin Ziel der Schikanen der Bundesanwaltschaft und mehrerer Staatsanwaltschaften. Auch die Wohnungen der Anwälte und ihrer Angestellten wurden durchsucht. In Stuttgart war sogar eine Putzfrau betroffen. Erkennungsdienstlich behandelt auch die Referendare und Angestellten. Ströbele befand sich im Kriminalgericht Moabit, als er verhaftet wurde. Marie-Luise Becker wurde in Stuttgart auf der Straße verhaftet. Klaus wurde ins Landeskriminalamt gerufen, um Becker zu verteidigen. Dort wurde er selbst festgenommen. In Hamburg wurden auch die vier Eingänge einer nahegelegenen U-Bahn-Station abgeriegelt und sämtliche Fahrgäste überprüft. Der 23. Juni 1975 war der bis dahin heftigste Schlag der Justiz gegen die Freiheit der Advokatur.

16. Juli 1976

Klaus stellt beim Verwaltungsgericht einen Antrag auf einstweilige Anordnung gegen das Innenministerium Baden-Württemberg. Er beantragt, die offene Observation zu beenden, der er seit einigen Wochen ausgesetzt ist. Akribische Auflistung der KFZ-Kennzeichen der Wagen, die ihn verfolgt haben. Am gleichen Tag erhebt die Staatsanwaltschaft Stuttgart Anklage gegen Klaus wegen Unterstützung vor der Staatsschutzkammer des Landgerichts Stuttgart, die indessen nie einen Termin für eine Hauptverhandlung anberaumt hat. Die Anklage umfasst 263 Seiten, von denen nur vier auf die Vorwürfe entfallen. Der Rest enthält die bekannten Vorwürfe gegen die RAF. Klaus habe mit den Rechtsanwälten Groenewold und Ströbele für die kriminelle Vereinigung Baader-Meinhof-Bande geworben.

16. Juli bis 16. August 1976 [1]

Klaus' zweite Verhaftung gegen 22 Uhr 50 in der Gaststätte Pfiff, wo er gerade ein Bier und eine Portion Fleischküchle bestellt hatte.

Den Vorwand hatten fünf Tage zuvor die Stuttgarter Nachrichten geliefert, in dem sie ihren Lesern mitteilten, Klaus habe von Rechtsanwalt Groenewold »die Schaltstelle« der RAF[2] übernommen. Der Verfassungsschutz habe zudem bemerkt, dass »eine ganze Reihe neuer Mitarbeiter« bei Klaus aufgetaucht seien. Neben Akten würden auch »Pakete von unterschiedlicher Größe« hinein und heraus getragen. In und um Stuttgart seien konspirative Wohnungen angemietet worden. Was das für neue Mitarbeiter waren, was sich in den Paketen befand, wer die Wohnungen angemietet hatte, und warum sie nicht sofort von der Polizei geräumt wurden, teilte das Blatt nicht mit. War ja auch nicht nötig. Der eigentliche Grund für die Verhaftung war, dass Klaus mitgeteilt hatte, er werde eine internationale Kommission zur Untersuchung des Todes von Ulrike Meinhof organisieren.

21. Juni 1977

Die Bundesanwaltschaft erstattet Strafanzeige gegen die Anwälte des Büros Croissant, Arndt Müller und Armin Newerla. Sie hätten nichts gegen einen Hungerstreik der Gefangenen Sabine Schmitz und Verena Becker unternommen. Klaus erstattet Gegenanzeige wegen Verfolgung Unschuldiger.

1 Aus meiner Botanisiertrommel: »Man wirft mir die alten Kamellen vor, Informationssystem und Öffentlichkeitsarbeit«, schrieb er mir am 14.8., zwei Tage vor seiner Freilassung, aus dem Knast Karlsruhe.

2 Tatsächlich übernahm Klaus Anfang 1976 lediglich die Verschickung des sogenannten »Info«.

27. Juni 1977
Das Landgericht Stuttgart, vor dem Klaus seit Sommer 1976 angeklagt war, erlässt gegen ihn ein vorläufiges Berufsverbot. Klaus war damit aus allen Strafverfahren ausgeschlossen, nicht nur den politischen.

11. Juli 1977
Klaus setzt sich über das gerichtliche Verbot, die Bundesrepublik zu verlassen, hinweg und reist nach Paris, um die Öffentlichkeitsarbeit von dort weiterzuführen. Seine beiden Partner Arndt Müller und Armin Newerla machen weiter. Unter den Büromitarbeitern macht sich Panik breit. Elisabeth von Dyck taucht unter, weil sie fürchtet, abermals verhaftet zu werden. Sie wurde am 4. Mai 1979 beim Betreten ihrer Wohnung in Nürnberg von einem Polizeikommando vorsorglich erschossen, kann also nicht mehr widerlegen, dass sie mit Speitel Akten zu Containern für Waffen umgebaut habe. Witzig: Auch zwei Mitglieder des Gerichts, das Speitel wegen des angeblichen Waffenschmuggels als Kronzeugen vernahm, kamen auf wenig natürliche Weise ums Leben. Der eine Richter erschoss sich, der zweite stürzte im Gebirge ab. Wussten auch sie, dass Speitel log?

Eine Dame

Eine unbekannte Dame.

In der Stuttgarter Charlottenstraße.

Beim Buch-Julius, den es leider nicht mehr gibt.[1]

»Woran arbeiten Sie gerade?«

Die Dame ist etwa Mitte sechzig, weißhaarig, gepflegt, gut angezogen und sie scheint zu wissen, wer ich bin oder wer ich war.

1 Nicht nur weil er stets meine Bücher neben die Kasse stellte, sondern weil in seiner Buchhandlung auch gejazzt wurde, obwohl nicht immer ganz nach meinem Geschmack.

O Spott, o Hohn, o Musensohn.

Also bin ich vorsichtig.

»Arbeiten? Wie meinen Sie das? Nachher will ich Mittagessen kochen. Meine Töchter kommen um halb zwei aus der Schule.«

»Nein, ich meine, schreiben Sie mal wieder was? Wann kann man mal wieder etwas von Ihnen lesen?«

Ich beschließe, die Dame nicht mit einem unüberlegten Dichterwort zu brüskieren.

»Ach so, ja, ich arbeite an einem Roman über den Stuttgarter Rechtsanwalt Croissant. Wenn Sie aus Stuttgart sind, müssten Sie den Namen des Herren schon mal gehört haben.«

Die Dame erschrickt. Das wollte ich nicht. Also muss ich ein paar Minuten dranhängen. Für die Verarbeitung des Erschreckens. Sie erledigt das wie in einer ordentlichen Gesprächstherapie. Sie erzählt.

Wie viel reicher wäre die Welt, wenn die Menschen ihr Leben für sich behalten könnten. Ich zum Beispiel hätte nie eine Zeile schreiben können. Egal wo, im Bus, am Tresen, an jeder Straßenecke – überall steht eine oder einer und versucht, mir seine oder ihre Geschichte zu erzählen.

»He, Alter! Haste ma'n Euro?«

»Hab selber kein Geld.«

»Versteh ich.«

Zur Strafe muss ich mir seine oder ihre Geschichte erzählen lassen.

Ich immer gentlemanlike. Oberhemd, Fliege, Weste, Sakko, dunkelgraue 100-Gramm-Hose, aber jeder Penner am Wegesrand hält mich für einen seinesgleichen, winkt mir zu, quatscht mich an, erzählt mir seine Geschichte.

Seit ich an Klaus arbeite, sind es mehr geworden.

Ich frage mich, woher plötzlich alle wissen, dass ich ein Buch über Klaus schreiben will. Nicht nur Redakteure. Sie rufen mich an. Sie lauern mir auf. An Plätzen, wo ich mich aufzuhalten pflege. Zumeist in Zusammenhang mit Literatur und Getränken.

Sie erzählen mir von Hochstaplern, die die linke Szene unterwandert haben, um ihren dunklen Geschäften nachzugehen. Waffen und Drogen. Unterschlagungen, Päderastie. Manche sitzen im Gefängnis, ziehen dort an den Strippen. Manche werden von oben gedeckt und brauchen nicht hinein. Einer war drin. In einer Zelle mit einem bekannten Terroristen. Den Namen zu nennen, wäre gefährlich. Was er da alles mitgekriegt hat!

Die Dame beim Buch-Julius an der Kasse erzählt, sie sei mit einem Terroristen befreundet gewesen, über den sie mir viel erzählen könne. Sie habe viel falsch gemacht in ihrem Leben. Sie bedauere das jetzt. Auch Klaus habe sie gekannt. Als einmal ein Strafverfahren gegen sie angestrengt worden sei, habe sie sich an ihn gewandt. Er habe den Fall jedoch an seinen Partner Jörg Lang abgegeben.

Sie schüttelt sich. Markante Züge wie eine Herme. Gaius Julius wurde so dargestellt. Das graue Fellchen auf ihrem Cäsarenhaupt rührt sich nicht. Manche Menschen sehen aus, als hätten sie einen Charakter.

»Was war das für eine Sache?«

Das wisse sie nicht mehr.

»Waren Sie auch mal bei Klaus in der Wohnung?«

Sie sei mal in einer Wohnung gewesen, könne aber nicht mehr genau sagen, ob es seine Wohnung gewesen sei.

»Aber wie der Terrorist hieß, das müssen Sie noch wissen. Wenn Sie mit ihm liiert waren.«

»Ach wissen Sie, es gibt Dinge, über die spricht man nicht so gerne. Über die sollte man den Mantel des Schweigens decken nach so vielen Jahren. Darf ich fragen, wie alt Sie sind?«

»Einundsiebzig.«[1]

»So alt schon?«

1 Das Gespräch fand nach dem 14. Juni 2005 statt.

Nicht nur Erinnerungen an Svende Merian

Ein eisigkalter Tag im Winter 2004/2005 um die Mittagszeit: Spaziergang über die fast leere Reeperbahn, dann zu Gabriele Rollnik (Ella) und Karl-Heinz Dellwo (KHD).

Einst wohnte ich mit Merian am Anfang der Wohlersallee.

Svende war kommunistischer Bund, Buntbuch.

Erinnerungen an Nächte in einer winzigen Kneipe auf'm Kiez. Ein Seemann wird erst verprügelt, dann ausgeraubt. Der kleine Käseladen um die Ecke.

Manchmal auch am Schulterblatt, dem einstigen Kommunistenkiez, wo noch die Straßenschlachten mit der SA in der Luft hingen.

Jetzt, zwanzig Jahre später, übernachte ich bei Ella und KHD am Ende der Wohlersallee, in einem großen Appartementhaus. Kinderschuhe vor den Wohnungen, Bücher im Treppenhaus.

Ella: wer ein Buch gelesen hat, stellt es raus für die anderen.

Eine helle geschmackvoll eingerichtete Wohnung. Gepflegt, ordentlich. Ella macht Tee. KHD kommt rein, wuchtet einen Karton auf den Tisch. Wein. KHD ist groß kräftig. Beiden sieht man die lange Zeit im Knast nicht an.[1] KHD erzählt von dem Boot, das sie haben. Ella von ihrer Arbeit. Sie war 1975 an der Gefangennahme des CDU-Vorsitzenden Peter Lorenz beteiligt.

KHD hat bei einigen Ehemaligen einen schlechten Ruf. Nicht dass die RAF ein abgeschlossenes Kapitel ist, sei das Problem, sagen sie. Das sehe keiner anders. Das Problem sei die Art, wie er darüber spricht.[2]

KHD argumentiert, die RAF sei für ihn eine notwendige Phase seiner Entwicklung gewesen. Ohne den bewaffneten Kampf hätte er nicht weiterleben können. Manchen Ehemaligen wirft er vor, sie

1 Ella fast siebzehn Jahre, Karl-Heinz zwanzig Jahre. Er hatte zweimal lebenslänglich und kam 1995 raus. Ella ist seit 1992 draußen.

2 Karl-Heinz Dellwos »Kein Ankommen, kein Zurück« in: Nach dem bewaffneten Kampf, herausgegeben von Angelika Holderberg, Gießen 2007, S. 97 ff.

seien nicht bereit, darüber zu reden, welche Bedeutung der bewaffnete Kampf für sie gehabt habe. Ella schweigt dazu.

Gespräch, locker, am Küchentisch.

KHD ist Bruder von Hans-Joachim Dellwo (HJD), der bei Klaus als Hilfskraft beschäftigt war.

»Mein Spitzel-Bruder.«

Auf ihn[1] und Volker Speitel stützt sich die Behauptung, Arndt Müller habe die Waffen in den siebten Stock geschmuggelt und Klaus habe das Rekrutierungsbüro der RAF und die Zentrale des Schreckens geleitet. Werschak[2] erzählt, dass HJD in der Beweisaufnahme eine untergeordnete Rolle gespielt habe und nur kurz vernommen wurde. Speitel dagegen habe tagelang gesungen.

Was Speitel im Prozess gegen Müller/Newerla ausgesagt hat, wird unter Verschluss gehalten. Was Speitel an den Staatsschutz verraten hat, wird man vermutlich niemals erfahren. Ein wesentliches Detail hat ein Staatsanwalt versehentlich ausgeplaudert. Die Staatsschützer hätten bereits einige Tage vor der Todesnacht durch Speitel erfahren, dass die Gefangenen Waffen besaßen.[3] Wer wollte, dass die Waffen in den Zellen blieben?

KHD hat 1975 am Angriff auf die westdeutsche Botschaft in Stockholm mitgewirkt.[4] Im Strafverfahren in Düsseldorf wurde er von

1 Hans-Joachim Dellwo erhielt Spitzelrabatt und war nach zwei Jahren draußen.

2 Verteidiger im Prozess gegen Müller / Newerla.

3 Das würde erklären, warum Manfred Schüler, der als Staatssekretär im Kanzleramt über Geheimdienstwissen verfügte, behauptet, er habe einen Tag vor dem Tod Baaders nach Stammheim fliegen wollen, am Morgen der Abreise jedoch einen Anruf erhalten, in dem man ihm von der Reise nach Stammheim abgeraten habe. Befürchtete er, die Stammheimer könnten ihn dank ihrer Waffen als Geisel nehmen?

4 Klaus und ich auf dem Küchensofa in meinem Haus in der Vorderrhön, Tagesschau gucken. In den TV-Nachrichten kommt die erste Meldung über den Angriff auf die Botschaft des »Kommandos Holger Meins«. Klaus offensichtlich überrascht, hatte keine Ahnung, dass da was geplant war. Es war logisch, dass eine Aktion zur Befreiung von Gefangenen geplant war. Er meinte dann nur, man müsse jetzt abwarten, welche Forderungen die Botschaftsbesetzer erheben würden. Die Frage erübrigte sich, da das Unternehmen in der selben Nacht scheiterte. Klaus war stinksauer, als er hörte, dass zwei Botschaftsangehörige ums Leben gekommen seien.

Klaus verteidigt. Bernhard Rössner sei von Ströbele vertreten worden. Ein weiterer Anwalt sei Temming gewesen – der bis zu seinem Ausschluss auch im Stammheimer Verfahren tätig war (für Gudrun).

»Wie kamst du zur RAF?«

»Ich kam aus einem der Anti-Folter-Komitees, die sich im Anschluss an die Demonstration in Straßburg gebildet hatten.«[1]

»Soweit ich weiß, hatte das Kommando Holger Meins eine Vorgeschichte, an der Volker Speitel nicht unbeteiligt war.«

Der Gedanke der Aktion in Stockholm sei maßgeblich von Speitel gewesen, der damals zu den Illegalen gehört habe.

Eines Tages mussten Speitel und ein anderer befürchten, in eine Polizeikontrolle zu geraten. Der andere habe die Schusswaffe gezogen, und Speitel sei ausgestiegen und davongelaufen.

Irgendwann sei Speitel wieder aufgetaucht und habe erklärt, dass er an dem Kommando nicht teilnehmen könne. Er habe nicht die Nerven dazu. Er sei eine Zeit lang im Ausland untergetaucht. Danach habe er sich in der Legalität zurückgemeldet und fortan im Büro in Stuttgart gearbeitet. Er, KHD, habe daraufhin Speitels Stelle im Stockholm-Kommando eingenommen.

Nach seiner Verhaftung hatte KHD zunächst keinen Anwalt. Kurt Groenewold konnte angeblich nicht kommen. Stattdessen kam seine Kollegin Petra Rogge.

Dann im Mai 1975 kam Klaus, den er nur vom Hörensagen kannte, in seine Zelle. Er kam unerwartet und erklärte, dass er mit der Stockholmer Aktion Probleme habe. Tatsächlich war der Angriff ein ziemlicher Pfusch.

Klaus habe auch mit Gudrun und Andreas Probleme gehabt. Er habe auf Andreas geschimpft. Andreas habe versucht, ihn fertig zu machen. Seine große Liebe sei Ulrike gewesen. Sein (Dellwos) Eindruck sei gewesen, dass Klaus den bewaffneten Kampf nicht grundsätzlich abgelehnt habe.

1 Januar 1973.

»Wie war Euer Verhältnis?«

»Klaus war beliebt bei den Gefangenen. Sie nannten ihn ›Mutter Croissant‹. Er brachte Fresspakete mit.«[1]

»Welche Aufgaben hatte Klaus in Eurem Verfahren?«

»Er hatte die Aufgabe, die wesentlichen Motive für das Kommando darzustellen: Den Tod von Ulrike und Holger Meins, die Haftbedingungen, die permanenten Rechtsbrüche der Justiz in den Verfahren gegen die RAF. Zu thematisieren war auch die Schuld der Justiz am Tod von Siegfried Hausner.«

»Klaus zog vor Urteilsverkündung nach Paris. War das mit Euch abgesprochen?«

»Kurz vor den Plädoyers erfuhr Klaus, dass er damit rechnen müsse, erneut verhaftet zu werden. Er wollte deshalb nach Frankreich ausweichen. Wir verständigten uns darauf, dass er noch plädieren und dann ausreisen solle. Also noch vor den Urteilen am 20. Juli 1977.«[2]

»Die Besetzung der Botschaft in Stockholm nahm ein trauriges Ende.«

»Die Besetzung begann gegen elf Uhr fünfzig. Der Sprengstoff war in einem Kühlschrank gelagert und hätte nicht von selbst explodieren können. Kurz vor 24 Uhr wurde das Gebäude gesprengt. Die Sprengung konnte nach Lage der Dinge nur von Polizeiagenten ausgelöst werden.«[3]

»Wie war Klaus als Anwalt?«

»Er hatte so einen pastoralen Ton«.

»War er ein Schauspieler?«

»Sein Tun kam aus seiner Moral. Er liebte den hohen Ton, die

1 Die Angeklagten waren Dellwo, Rößner, Krabbe und Taufer.

2 Klaus plädierte als erster am 27. Juni 1977. Er unterrichtete auch Ströbele davon, dass er sich zum Exil entschlossen hatte.

3 Zu den deutschen Spezialisten, die in Stockholm eingesetzt wurden, gehörte der Leiter des mobilen Einsatzkommandos, der bei der Verhaftung des 4.2. die Sprengung der Wohnungstür leitete – also ein Sprengstoffexperte.

Emphase. Im Verfahren rief er: Herr Bundesanwalt, sie sind der Mörder von Siegfried Hausner! Der Bundesanwalt[1] und sein Adlatus[2] verließen daraufhin den Saal. Der Vorsitzende ließ das Ereignis protokollieren. Fürs Ehrengericht! Er fragte Klaus, ob er seine Worte zurücknehme. Klaus nahm kein Wort zurück, sagte nur: Da fehlt ein Komma!«

Gegen Abend, schon Dämmerung, gehe ich noch einmal die Wohlersallee hinunter oder hinauf, bis zu dem Haus, wo ich von Herbst 1983 bis ins Frühjahr 1985 bei Svende Merian zu wohnen versuchte. Viele Monate lebten wir zwischendurch in Florenz und Umgebung. Sie schien sich manchmal zu langweilen. Ich war auf der Flucht, wie Klaus Jahre zuvor. Tagelang lag ich auf dem Bett oder ich missbrauchte die Landschaft als Meditationsfläche. Ich trauerte um unsere gescheiterte Revolution.

Nicht, dass ich mir jemals große Hoffnungen gemacht hätte.

Mein Verhältnis zur RAF und zum bewaffneten Kampf war nie emphatisch.

Ich wusste vom ersten Tag an, dass ihr Unternehmen keinen Erfolg haben konnte. Dass viele von ihnen dabei draufgehen würden.

Wenn eine von ihnen oder einer mich fragte, wie ich zu ihrer Sache stünde, riet ich ab.

»Laßt die Finger davon, Leute. Sie werden euch alle umbringen.«

Heute überrascht es mich, dass nur die Hälfte von ihnen umgebracht wurde.

Alle Staaten sind verbrecherische Organisationen. Es gehört zu ihrem Wesen.

Das ist der Grund, warum ich mich niemals von Menschen distanzieren würde, die den Mut und die Kraft haben, den Staat zu bekämpfen.

Warum ich sie stets bewundern werde.

1 Krüger.

2 Nehm. Später lange Jahre Generalbundesanwalt.

Es hätte auch wenig Zweck. Wer seine Lage erkannt hat, wie sollte der aufzuhalten sein. Königsmörder und selbsternannte Revolutionäre wird es immer geben. Alle Revolutionäre sind stets selbsternannt. Revolution ist Naturrecht. Wer zur Waffe greift, gehorcht einem Naturgesetz.

Ich selbst könnte es nicht. Mein Leben ist mir lieber als das der anderen. Zu sterben im Kampf gegen den Staat und die Exponenten einer herrschenden Klasse erscheint mir absurd. So absurd wie das ganze Leben, das ich auch seiner Absurdität wegen liebe.

Manchmal schäme ich mich. Ich habe, denke ich dann, die RAF an meiner Stelle kämpfen und sterben lassen. In einem Brief Ulrikes kurz vor ihrem Tod im Mai 1976, von dem ich auf ihren Wunsch hin einen Durchschlag erhielt, regt sie an, mich zu bitten, über ihre Isolationshaft in Köln-Ossendorf zu schreiben.

»Wenn Chotjewitz zu faul ist, ist das natürlich Scheiße«, heißt es in dem Brief.

Ich war zu faul.

Hausners Tod

Klaus vertrat Siegfried Hausner seit dessen erster Verhaftung 1971.

Im Juni 1972 wurde Hausner erneut verhaftet, diesmal der RAF zugeschlagen und zu drei Jahren Haft verurteilt.

Im Dezember 1974 entlassen, schloss Siegfried sich dem »Kommando Holger Meins« an.

Die Vergeblichkeit seiner Bemühungen, das Leben Hausners zu retten, hat Klaus offensichtlich sehr beschäftigt.

Hausner hatte durch die Explosion in der Botschaft nur leichte Verletzungen erlitten. Angehörige einer deutschen Spezialtruppe, die das Gebäude nach der Explosion stürmten, vermöbelten den Wehrlosen mit den Kolben ihrer Maschinenpistolen, sodass er mehrere Schädelbrüche erlitt.

Bei der Einlieferung ins Krankenhaus war er bewusstlos.

Als er nach vier Tagen zu sich kam, war sein Zustand kritisch.

Er hing am Tropf und atmete durch eine Kanüle in der Luftröhre.

Die Bundesrepublik ließ ihn sofort ausfliegen, obwohl die schwedischen Ärzte erklärten, er sei nicht transportfähig und den Transport als Todesurteil bezeichneten.

In Westdeutschland wurde er auf Betreiben des BKA mit Zustimmung des Generalbundesanwalts, der zwei Jahre später erschossen wurde, nicht wie erforderlich in eine Spezialabteilung verlegt, sondern ins Gefängniskrankenhaus, wo weder seine Schädelverletzungen, noch seine Verbrennungen behandelt werden konnten.

Immerhin konnte Hausner noch an Klaus schreiben, er möge ihn besuchen.

Die Notiz trägt das Datum 30. April 1975, wurde von den Gefängnisbehörden jedoch erst am 5. Mai 1975 an Klaus weitergeleitet.

Zu dem Zeitpunkt war Hausner bereits tot.

Er starb am 4. Mai 1975, ebenfalls in Stammheim.

Klaus stellte Strafanzeige wegen des Verdachts der vorsätzlichen Tötung, die er am 18. Juni 1975 in einer Pressekonferenz veröffentlichte.

Fünf Tage später wurde er verhaftet.

Die Strafanzeige wurde irgendwann im Herbst 1975 zurückgewiesen, da keine strafbare Handlung ersichtlich sei.

Klaus saß wegen seiner Unbotmäßigkeit fast zwei Monate in U-Haft und wurde erst am 8. August 1975 gegen Sicherheit und unter strengen Auflagen einstweilen freigelassen.

In seinem Engagement für das Leben der verbliebenen drei Stammheimer wurde er wesentlich durch den vermeidbaren Tod Hausners bestärkt.

Prima Klima III

»Aktion Winterreise«, 26. November 1974
Bundesweite Fahndungsaktion von Polizeieinheiten der Länder und paramilitärischer Verbände des Bundesgrenzschutzes (BGS) – just in time zur Erhebung der Anklage im Stammheimer RAF-Verfahren.

Abermals Straßensperren, Durchsuchung von Wohnungen, Büros, Druckereien, Anwaltskanzleien, Verlagen.

Die Zahl der Verhaftungen wurde nie bekannt gegeben. Klaus' spätere Lebensgefährtin Brigitte Heinrich gehörte zu den Verhafteten.

Die Aktion verursachte eine breite Spur der Verwüstung in den durchsuchten Räumen.

Zerstörungen und Misshandlungen aller Art.

Angeblich wurden dreiundzwanzig ungenannte Personen wegen Mitgliedschaft in einer kriminellen Vereinigung gesucht. Gefunden wurden sie nicht.

Tatsächlich hatte die Maßnahme einen anderen Zweck.

So freute sich der damalige Bundesinnenminister Maihofer (FDP), die Aktion habe das Image und Selbstbewusstsein der Polizei gestärkt.

Sein Staatssekretär Fröhlich erklärte, es habe sich darum gehandelt, nach der Ermordung des Kammergerichtspräsidenten von Drenkmann ein Zeichen der Funktionstüchtigkeit der Sicherheitskräfte zu setzen.

Die Winterreise sollte, wie polizeistaatliche Propagandaaktionen davor und danach, den Bürgern suggerieren, die BRD befinde sich in einem offenen Bürgerkrieg mit einem nahezu unsichtbaren, jedoch gefährlichen Gegner. Sie sollte die Linke einschüchtern, die nach dem Hungertod von Holger Meins in der Haftanstalt Wittlich eine gewisse Anteilnahme am Schicksal der Gefangenen zeigte. Überhaupt hatte der Hungerstreik der Gefangenen kleinere Besorgnisse in der Öffentlichkeit erzeugt, gegen die nun vorgegangen werden musste.

Operation Deutscher Herbst, 5. September 1977 ff.
Die zunächst bundesweite, dann auf das Ausland ausgedehnte Alarmfahndung wurde sofort nach der Entführung Schleyers ausgelöst, also etwa gegen 17 Uhr 45.

Bölling, Regierungssprecher: »Dies ist die Stunde der Fahndung.« Das hieß: Polizeistaat.

Eine Stunde später wurde auch die Bevölkerung über sämtliche Rundfunk- und Fernsehstationen zur Fahndung aufgerufen.

In Stammheim wurde ab 20 Uhr reagiert. Die Gefangenen mussten Radios und Fernseher abgeben und wurden in andere Zellen verlegt. Die bisherigen Zellen wurden vom LKA unter Führung von Bundesanwalt Widera bis gegen drei Uhr morgens durchsucht.

Am nächsten Morgen übergab Herold der Bundesregierung das Fahndungsprogramm. Er brauchte es nur aus seinem Computer herunterzuladen.

Polizisten an Fernstraßen, Bahnhöfen, Flugplätzen. Maschinengewehrnester. Auch Feldwege und Stadtbusse wurden kontrolliert. Handzettel mit den Fotos der Gesuchten, die nicht mit den Entführern identisch zu sein brauchten, in allen Briefkästen, Postämtern, Behörden, Kantinen, Supermarktkassen.

»Fahndung total, die in der Kriminalgeschichte nicht ihresgleichen hat« (Süddeutsche Zeitung).

Hilfspolizisten befragten bundesweit Taxifahrer, Briefträger, Zeitungsausträger, Stromableser. Küstenschutzboote und NATO-Jagdflugzeuge suchten in küstennahen Gewässern der Nordsee und des Ärmelkanals. Dutzende von Yachten wurden aufgebracht.

»Doch außer einigen älteren Herren in der Begleitung junger Damen blieb nichts im Netz der Fahnder hängen.«[1]

1 Der Spiegel. Fundstelle nicht gefunden.

Nur im Ausland war man besorgt:

»Eine Fahndung in der Größenordnung, wie sie in unserem Nachbarland stattfindet, birgt vielfältige Gefahren.«[1]

Die angebliche Fahndung nach Schleyer und seinen Entführern war die Apotheose aller bisherigen Fahndungen. Zwar wurde Schleyer erst nach seinem Tod wiedergefunden, aber das war, gewissen Indizien zufolge, beabsichtigt.

Dafür wurde das Bauwerk der Staatssicherheit noch am Tag nach der Entführung durch zwei völlig neuartige Machtzentren gekrönt, die im Laufe der nächsten sechs Wochen durch einen wahren Tagungsmarathon ihre Tauglichkeit in zukünftigen Situationen der tatsächlichen oder vermeintlichen Gefährdung der Klassenherrschaft unter Beweis stellen konnten.

Der »große Krisenstab«, das eine der beiden neuartigen Instrumente, tagte erstmals gegen 23 Uhr. Er umfasste Spitzenpolitiker aller Bundestagsfraktionen, Mitglieder der Bundesregierung, die Ministerpräsidenten der Länder, in denen RAF-Gefangene einsaßen, und wurde von Kanzler Schmidt moderiert. Parallel dazu wurde ein »kleiner Krisenstab« eingerichtet, der aus Schmidts engsten Beratern bestand. In beiden Gremien kraft Amtes der Generalbundesanwalt[2] und der Präsident des BKA. Mit der Einrichtung der beiden Gremien war die Notstandsdiktatur komplett. Die Presse war gleichgeschaltet. Wesentliche Grund- und Bürgerrechte waren während der nächsten sechs Wochen außer Kraft gesetzt.

Die Fahndungsmaßnahmen nach der Schleyer-Entführung zeigten eine Verrohung der politischen Diskurse, die auf den Totalitarismus der Nazi-Zeit zurückverwies. Im »deutschen Herbst« wurde Realität, was Klaus seit Jahren den »neuen Faschismus« nannte. Es stimmt nicht, was seither behauptet wird, der Rechtsstaat habe sich damals behauptet. Gezeigt hatte sich am Ende, dass er nur eine

1 Eine schweizerische Tageszeitung.

2 Kurt Rebmann.

fragile Fassade ist, solange er dem Schutz der bürgerlichen Hegemonie dient. Für die Zeit danach sind Prognosen verfrüht.

Wie lange der Belagerungszustand und der öffentliche Fahndungsdruck anhielten, ist Ansichtssache. Für mein Gefühl überdauerte die Notstandsdiktatur den Tod der Protagonisten am 18. Oktober 1977 und ließ erst nach den beiden Beerdigungen etwas nach.

Es sollte Jahre dauern, bis unter Gerhard Baum[1] eine gewisse Normalisierung stattfand und uns der gewohnte, liebgewordene alltägliche Faschismus wieder umfing.

Aber dieses finstere Kapitel der deutschen Geschichte hatte nicht mehr viel mit Klaus zu tun. Der war seit Juli in Paris und saß nun auch schon im Gefängnis.

Die Anklage im Stammheimer RAF-Verfahren

Die von Generalbundesanwalt Buback abgezeichnete Anklage gegen Baader, Ensslin, Meinhof, Meins und Raspe ist auf den 24. September 1974 datiert und umfasst 354 Seiten. Dazu ebenso viele Seiten Anlagen.

28 Urteile sollten verlesen werden.

Zig Sachverständige.

997 Zeugen.

1.247 Überführungsstücke.

Eine eindrucksvolle Aufstellung von Dingen, die man so braucht für einen professionellen Widerstandskampf (Waffen, Sprengstoff, Karten, Gebrauchsanweisungen, Autokennzeichen, Blankopässe, Geld, Kopfschmerztabletten).

Andererseits waren die vielen tausend Mosaiksteinchen, die die Ermittler in mehr als zwei Jahren gesammelt hatten, größtenteils

1 Bundesinnenminister seit 8. Juni 1978.

belanglos und insgesamt ungeeignet, konkrete Tatbeiträge der einzelnen Angeklagten zu beweisen – ein Problem, das für alle RAF-Verfahren typisch war und das Staatsanwälte wie Richter lösten, indem sie mit Vermutungen, Hypothesen und unbewiesenen Indizien operierten.

Häufig wurde auf Beweiserhebung verzichtet, weil die Tatsachen »offenkundig« seien.

Diese Rechtsfigur der Offenkundigkeit hat eine lange Tradition in politischen Prozessen.

So war es nach 1933 »offenkundig«, dass die SPD eine hochverräterische Partei war, sodass jeder, der mit ihr sympathisierte, ein Hochverräter war.

Das brauchte nicht länger bewiesen zu werden.

Ein Blick durch die Glastür

Victor Pfaff und der erheblich ältere Hans-Heinz Heldmann hatten seit August 1975 in Darmstadt eine Kanzlei. Es war eine problematische Beziehung.

Ich traf Pfaff an der Fahrstuhltür im siebten Stock.

»Was machst du denn hier?«

Wir redeten ein paar Takte.

Unsere Wachteln drängelten.

Von Andreas hörte ich bei meinem nächsten Besuch, dass Pfaff beim KBW sei.

»Warum hast du mir nichts von ihm gesagt?«

»Ich dachte, Ihr sitzt den ganzen Tag zusammen und überlegt Euch, wie Ihr verhindern könnt, dass wir umgebracht werden.«

»Das tun wir nicht«, sagte ich. »Wie ist er so?«

»Die KBW-Leute sind nicht übel«, sagte er.

Das brauchte sich nicht auf die Linie dieser merkwürdigen Zwerg-

Partei zu beziehen. Andreas und ich beurteilten fast alles danach, ob es den Gefangenen nutzte oder schadete.

Wenn wir uns trafen, betraten wir das Paralleluniversum, in dem auch Klaus lebte.

Ende 1979 ging Pfaff nach Frankfurt/Main, Heldmann nach Bremen.

Wenn ich Pfaff heute sehe, sitzt vor seinem Schreibtisch eine Familie, die Ärger hat mit dem Bleiberecht.

Ich stehe in einer geräumigen Diele mit viel Licht und ein paar alten Möbeln. Ich schaue durch die Glastür in sein Büro. Er sieht mich und winkt. Auch im Wartezimmer sitzen Armenier oder Kurden, Iraker, Iraner.

1982 bis 1984 hatten Pfaff und HH noch einmal eine Kanzlei. Danach die endgültige Trennung.

»Heldmann war kein einfacher Mensch.«

In München war HH Scheidungsanwalt. Er politisierte sich durch einen iranischen Mandanten. Klaus und er ähnelten sich. Beide hatten ein Manko in marxistischer Theorie. Beide reagierten bestürzt, fast panisch auf die permanenten Rechtsbrüche der Justiz und anderer staatlicher Organe. Beide waren Genussmenschen, liebten die Frauen, gutes Essen und Trinken.

War Heldmann ein Linker?

Er war eher ein bürgerlicher, konservativer Mensch. Reagierte empfindlich auf staatliche Eingriffe in die private Rechtsphäre. Das sah man schon an seinem wichtigsten juristischen Interessengebiet: Das Ausländerrecht.

Wie war sein Verhältnis zu den Exponenten der RAF?

Für Ulrike empfand HH eine starke Zuneigung. Ihr Tod ging ihm nahe. Auch das Schicksal der anderen berührte ihn sehr. Aber er identifizierte sich mit der RAF nicht so stark wie Klaus.

Heldmann vertrat Andreas seit Klaus vom Verfahren ausgeschlossen war, also Mai 1975.

»Woher kannten sich HH und Klaus?«

»Ich nehme an, Klaus profitierte von Heldmanns Fachwissen.«

»Warum habe ich Dich damals am Fahrstuhl getroffen, wenn Heldmann Andreas vertrat?«

Ursprünglich wollten HH und Pfaff sich ablösen, aber HH fuhr immer seltener nach Stammheim.

»Andreas liebte es, Anwälte quasi zum Rapport einzubestellen, und das konnte er mit Heldmann nicht machen. Also musste ich fahren.«

»Hattet Ihr Probleme mit dem Staatsschutz? Kanzleidurchsuchungen, Strafverfahren, Ehrengericht?«

Soweit Pfaff weiß, war keiner der Anwälte, die nach dem Sommer 1975 in Stammheim als Vertrauensanwälte tätig waren, größeren Verfolgungen ausgesetzt.

»Wie kam das?«

Beide Seiten waren vorsichtiger geworden.

»Kanntest du die Gründe für Heldmanns Selbstmord?«

»Schwer zu sagen.«

Die Erfahrungen mit dem Rechtsstaat mögen ihn deprimiert haben. Eine private Problematik in Bremen sei ein schwerer Schlag gewesen.

»Weißt du Einzelheiten?«

»Er hatte ein Kind, das er nicht sehen durfte.«

»Das ist kein Grund.«

»Wahrscheinlich war er depressiv.«

Heldmann, Ehrengericht

Aus diversen Schreiben der Staatsanwaltschaft beim OLG Frankfurt/Main an RA Heldmann: »Am 24.6.1975 bezeichneten sie den Generalbundesanwalt abschätzig als Meister Buback. Am 20.6. bezeichneten Sie den früheren Generalbundesanwalt als früheren Meister Martin. Am 4.9. richteten Sie an den Vorsitzenden Richter Dr. Prinzing die beleidigende Frage:

›Sind wir hier in einem Strafprozeß oder im Entmündigungsverfahren?‹

Am 3.12. störten Sie den Fortgang der Hauptverhandlung durch Zwischenrufe, bezeichneten die Prozeßleitung des Vorsitzenden Richters als Hausmannskostrezeptur und permanente Unverschämtheit und erteilten ihm in diesem Zusammenhang den Rat, die prozessualen Entscheidungen nächstens nach dem Vogelschutzgesetz zu begründen.

Am gleichen Tag warfen Sie dem Gericht mehrfach Willkür vor.

Am 4.12. blieben Sie ohne zwingenden Grund der Hauptverhandlung fern.

Am 17.12. störten Sie den Ablauf der Hauptverhandlung durch mehrfache eigenmächtige Wortergreifungen.

Am 12.2.1976 blieben Sie ohne Entschuldigung der Hauptverhandlung fern.

Am 4.3. forderten Sie Oberstaatsanwalt Zeis in beleidigender Weise auf, sein dummes Grinsen zu lassen.

Am 11.3. warfen Sie dem Gericht richterliche Willkür vor.

Standesrechtliche Verfehlungen gemäß §§43, 113 BRAO in Verbindung mit §§1,9 und 10 der Grundsätze des anwaltlichen Standesrechts.«

Dazu Kommentar des hessischen Rundfunks:

»Man wird das Gewicht solcher Äußerungen nur vor dem atmosphärischen Hintergrund des Stammheimer Verfahrens richtig bewerten können.

Der Anspruch jedes Angeklagten auf einen Rechtsbeistand seiner Wahl kann leicht zur Farce werden, wenn die Verteidigung für seinen Rechtsanwalt zum untragbaren Berufsrisiko wird.«

Heldmann, Jahrgang 1930, also wenig älter als Klaus, erschoss sich 1996 mit seiner Pistole. Seltsame Koinzidenz:

Fast gleichzeitig erlitt Klaus den Gehirnschlag, der ihn lähmte und sein Sprachzentrum ausschaltete.

Knastbesuche II

Seit dem Frühjahr 1977, als die qualvolle erste Instanz sich dem Ende zuneigte,[1] sprachen wir mehr als früher über gewisse Ereignisse im siebten Stock.

Mit Prozessende hatten die Gefangenen keine Möglichkeit mehr, ihre Situation im Gerichtssaal vorzutragen und so auch die Öffentlichkeit zu unterrichten.

Damit wurde das Internationale Verteidigungskomitee IVK immer wichtiger. Zugleich steigerte sich der staatliche Druck auf beide Büros. Die Öffentlichkeitsarbeit der Verteidigung wurde in den Massenmedien mehr und mehr als illegale Unterstützung der RAF dargestellt. Verständlich, dass die IVK-Mitarbeiter verunsichert wurden. Elisabeth von Dyck ging »in den Untergrund«, Klaus versuchte die Öffentlichkeitsarbeit von Paris aus fortzusetzen.

Die Herausgabe der Schriften der RAF wurde jetzt dringlicher. Ich traf mich mit Christoph Wackernagel, um das Material durchzugehen. Es gibt ein Foto von uns an meinem Schreibtisch. Tagsüber sortierten wir Texte,[2] abends gingen wir ins Kirmeszelt im Nachbardorf, wo sich bald herumsprach, mein Freund sei ein Terrorist. Es war ein schöner Sommer, als die Hoffnung starb.

Klaus, Arndt Müller, Newerla und die anderen Vertrauensanwälte im Stammheimer Verfahren, verstärkten ihre Reisetätigkeit – Pressekonferenzen, Informationsveranstaltungen, Presseerklärungen. Die IVK-Mitarbeiter stellten das Informationsmaterial zusammen, fungierten als Kofferträger und Chauffeure.

1 Das erstinstanzliche Urteil wurde mir erst zwölf Tage vor dem Tod meines Mandanten Andreas Baader, noch dazu während einer Kontaktsperre, zugestellt. Also kaum genug Zeit, eine Revision gegen das Urteil zu begründen. Verblüffend ist die lange Zeit zwischen mündlichem Urteil (28. April 1977) und Zustellung der schriftlichen Urteilsbegründung (5. Oktober).

2 texte: der RAF, herausgegeben vom IVK, Sektion BRD, Stuttgart, Verlag Bo Cavefors, Malmö Oktober 1977.

Finanziell stand die Situation nun ständig vorm Kippen.

Die Eskalation war unübersehbar. Der fünfte Akt hatte begonnen. Die umfangreichen dramatischen Schriftstücke des IVK zeigen es. Auch die lakonischen Mitteilungen der Justiz, die offensichtlich gelangweilt war.

Am 14. März schlägt der Anstaltsarzt, Regierungsmedizinaldirektor Henck, dem Oberlandesgericht vor, »alle zwischenmenschlichen Kontaktsmöglichkeiten, soweit irgend angängig zu erweitern«, um die bedrohliche gesundheitliche Situation der Stammheimer Gruppe zu verbessern. Diese bestand aus den drei Angeklagten Baader, Ensslin und Raspe, die seit 1974 in Stammheim saßen, Ingrid Schubert, die 1976 hinzukam, sowie Irmgard Möller, die man im Januar 1977 nach Stammheim verlegt hatte.

Henck beruft sich auf ein psychiatrisches Gutachten, wonach eine »Vermehrung sozialer Interaktionen aus psychologischer Sicht durchaus wünschenswert wäre, am ehesten in Form der kleinen Gruppenlösung«.[1]

Am 21. März schließt das Gericht sich der ärztlichen Forderung an und beantragt beim Justizministerium, »die Gruppe, in der die Angeklagten des anhängigen Verfahrens leben, auf wenigstens fünfzehn gleichgeartete, politisch motivierte Häftlinge zu vergrößern.«

Am 29. März treten die Gefangenen in Hungerstreik, um der Forderung nach Vergrößerung ihrer Gruppe Nachdruck zu verleihen.[2] Dem Hungerstreik, der bis zum 30. April 1977 dauert, schließen sich bundesweit etwa hundert Gefangene an.

Am 14. April erlaubt das Gericht den zeitweiligen Umschluss der drei Gefangenen Baader, Ensslin und Raspe mit den Gefangenen

1 Der Gutachter Rasch hatte schon 1976 vorgeschlagen: »Durch Zusammenlegung einer Gruppe von 15 bis 20 Häftlingen würde ein soziales Feld angeboten, das ein realisierbares Maß an Interaktion erlaubt.« Ähnliche Vorschläge lagen seit 1975 auf dem Tisch.

2 Gesprächsvermerk des Anstaltsleiters vom 30. März 1977. In der HS-Erklärung wurde darüber hinaus die »Abschaffung der Isolation und der Gruppenisolation« sowie die »Auflösung der besonderen Isolationstrakte« gefordert.

Irmgard Möller und Ingrid Schubert,[1] lehnt einen weitergehenden Antrag jedoch ab, den »Umgang der Angeklagten mit anderen Anstaltsinsassen« zu gestatten. Der Kontakt mit anderen Gefangenen könnte dazu missbraucht werden, diese zu agitieren, »ja zu Revolten« aufzuhetzen.

»Es kommt also von vornherein nur eine abgesonderte Unterbringung der Angeklagten und eine Einschränkung des Verkehrs mit anderen Anstaltsinsassen in Betracht.«[2]

In seinem Plädoyer, das allerdings nicht im Gerichtssaal, sondern in einem Stuttgarter Hotel vorgetragen wurde, nannte Rechtsanwalt Heldmann, Baaders Verteidiger, die Verfügung »das Todesurteil für die Gefangenen«.

Der Hungerstreik war überschattet von hysterischen Reaktionen auf die Erschießung des Generalbundesanwalts am 7. April. Das Gericht ordnete Totalisolation und Verbot von Verteidigerbesuchen an – nahm die Gefangenen also praktisch in Geiselhaft. Am 20. April wurden auch Zwangsernährungsmaßnahmen genehmigt. Am 26. April diagnostizierten die medizinischen Sachverständigen Lebensgefahr für Gudrun Ensslin.

Es folgten Proteste. Amnesty International schaltete sich ein. Es protestierten gegen die Haftbedingungen achtzig Theologen, 128 amerikanische Rechtsanwälte, 100 französische und belgische Richter, 28 englische Verteidiger. Sie alle unterstützten die Forderung nach Zusammenlegung.

Am 30. April ließ das Justizministerium schließlich durchblicken, dass man geneigt sei, »eine gewisse Konzentration von Gefangenen, die wegen Straftaten nach den §§129 und 129a StGB verfolgt werden«, in Stuttgart-Stammheim vorzunehmen, woraufhin der Hungerstreik abgebrochen wurde.

Die Rede war von sechzehn Gefangenen, für die allerdings erst

1 9:30 bis 11 Uhr und 13 bis 16 Uhr.

2 Verfügung des OLG vom 15. April 1977.

Platz geschaffen werden müsse. Da das Strafverfahren nun abgeschlossen sei und zur Verhinderung einer Verdunklungsgefahr eine strenge Einzelhaft nicht mehr erforderlich sei, sei die Zusammenlegung vertretbar.

Die angeblich erforderlichen Umbauarbeiten begannen im Mai und zogen sich wochenlang hin. Sie sollten später – nach dem Tod der drei Stammheimer – als Ausrede gelten, da man sich fragen musste, woher die Gefangenen Werkzeug und Material hatten, um die Wandverstecke für Waffen und Sprengstoff anzufertigen.

Was von der Zusage des Ministeriums zu halten war, zeigte sich schon bald. Nicht einmal Verena Becker und Sabine Schmitz, die ebenfalls wegen § 129 in Stammheim saßen, bekamen sofort Umschluss mit den Gefangenen im siebten Stock. Dieser wurde erst am 26. Juni gewährt, ohne dass die beiden in den gleichen Trakt verlegt wurden und beschränkte sich auf Möller und Ensslin. Erst als am 6. Juli Pohl, Beer und Hoppe hinzukamen, war im siebten Stock die halbe Sollstärke erreicht.

Die Idylle dauerte keinen Monat. Mit der Erschießung des Bankiers Ponto am 30. Juli 1977 nahmen auch die Intrigen und Aggressionen des Gefängnispersonals wieder zu. Den Höhepunkt dieser Phase der Repression bildete am Morgen des achten August 1977 ein Überfall von etwa vierzig Beamten auf den siebten Stock,[1] bei dem die acht Gefangenen misshandelt und in ihre Zellen weggesperrt wurden.

Das war zu erwarten gewesen. Schon zwei Tage vor der misslungenen Entführung Pontos stand in der Frankfurter Neuen Presse zu lesen:

»Bereits von Ende Juli datiert ein bislang geheimgehaltenes Schreiben des BKA an die Landesjustizminister, größere Haftgruppen zu vermeiden.«

Das heißt, während das Justizministerium aus gesundheitlichen

1 Laut Aust nur etwa 20 bis 30.

Gründen eine interaktionsfähige Gruppe zu bilden versuchte, wollte die Bundespolizei die Kleinstgruppenisolation in Vorbereitung der Maßnahmen, die am 17./18. Oktober 1977 kulminieren sollten, und das sicher nicht ohne politische Rückendeckung.

Am 12. August erfolgte die Rückverlegung von Beer, Pohl und Hoppe nach Hamburg. Als Vorwand diente der Hungerstreik, den die Gefangenen am 9. August als Reaktion auf den Überfall vom 8. August begannen.[1] Schubert wurde am 18. August ebenfalls wegen des Hungerstreiks nach München-Stadelheim verschubt, wo sie am 13. November, knapp einen Monat nach ihren Genossen, ums Leben kam. Natürlich Selbstmord. Bakker Schut hat die Indizien zusammengestellt, die für Fremdeinwirkung sprechen – darunter ein Gutachten des bayerischen Landeskriminalamtes vom 15. November 1977, in dem Zweifel an der Selbstmordversion substantiiert werden.[2] Er hat auch einige der Indizien aufgelistet, die dagegen sprechen, dass die drei Stammheimer sich selbst töteten.[3]

Mit der Entführung Schleyers durch das »Kommando Siegfried Hausner« am 5. September 1977 hatte der Staatsschutz sein Ziel erreicht: In der Bevölkerung mehrten sich die Stimmen, die für eine Geiselerschießung plädierten.

Gerichtliche Verfügung vom folgenden Tag:

»Die Maßnahme der Anstaltsleitung, den Angeklagten im Hinblick auf die Entführung von Dr. Schleyer Rundfunk- und Fernsehgeräte wegzunehmen, sowie die Tageszeitungen vorzuenthalten, wird gebilligt. Ebenso werden Umschluß und Zusammenschluß der Angeklagten untereinander und mit anderen Häftlingen vorläufig ausgesetzt.«

Die Wegnahme des Plattenspielers, wurde durch Verfügung des

1 Der HS dauerte bis 2.9.1977 und wurde abgebrochen »weil die Situation total verhärtet ist« und die Gefangenen »zu Geiseln des Staatsschutzes« erklärt worden seien (Presseerklärung Raspe).

2 In: Bakker Schut, Todesschüsse … S. 127.

3 In: Bakker Schut, Stammheim, S. 494 ff.

Vorsitzenden vom gleichen Tage vorsorglich auf vier Wochen beschränkt, sodass Andreas das Gerät rechtzeitig zum vorgesehenen Selbstmord zurückerhielt. Interessant auch, dass keiner der Beamten, die den Plattenspieler wegnahmen, bemerkte, dass darin eine Waffe versteckt gewesen sein soll.

Noch in der Nacht nach der Entführung Schleyers hatte man etwa hundert Gefangene ohne rechtliche Grundlage einer totalen Kontaktsperre unterworfen. Ein entsprechendes Gesetz verabschiedete der Bundestag erst am 30. September.

Aus einer Dokumentation:

»Mit dem Kontaktsperregesetz kann man die Gefangenen wegschaffen.«[1]

Tatsächlich ist alles, was wir über die letzten vierundvierzig Tage der Gefangenen von Stammheim wissen, durch den Staatsschutzfilter passiert worden, da auch die Anwälte keinen Zugang zu den Gefangenen erhielten.

Dazu gehören insbesondere folgende in der Presse und in einschlägigen Büchern verbreitete Behauptungen:

Dass die Gefangenen sich vom bewaffneten Kampf lossagen und nicht in die Bundesrepublik zurückkehren wollten, wenn man sie gegen Schleyer austauschen würde.

Dass sie gesagt hätten, die Bundesregierung habe nur die Wahl, sie auszutauschen oder irgendwann umzubringen.

Dass sie große Mengen diverser Arzneimittel erhalten hätten.

Dass man sie schon am Tag der Entführung Schleyers und auch in den letzten Tagen vor ihrem Tod mehrfach in andere Zellen verlegt und ihre Zellen mehrfach gründlich durchsucht, aber nie etwas entdeckt habe.

Dass auch der Plattenspieler noch einmal von Beamten hin- und hergetragen worden sei, ohne dass jemand das ungewohnte Gewicht aufgefallen sei.

1 Ein deutscher Herbst, Verlag Neue Kritik, Frankfurt/Main 1978.

Dass die vier Häftlinge im siebten Stock trotz der Kontaktsperre miteinander kommuniziert hätten.

Dass sie in ihren Zellen Waffen und Sprengstoff gehabt hätten.

Dass Andreas am 13. September von Zelle 719 in Zelle 715 verlegt worden sei. Dass sich in Zelle 715 in einem Versteck eine Waffe befunden habe. Dass Andreas diese Waffe aus dem Versteck genommen und in seinen Plattenspieler deponiert habe. Dass er am 4. Oktober mit Plattenspieler wieder in Zelle 719 verlegt worden sei.

Dass noch im Dezember 1977 in diversen Zellen Waffen, Sprengstoff und andere verbotene Gegenstände gefunden worden seien.

Dass Raspe am 6. Oktober einen völlig deprimierten Eindruck gemacht, über Schlafstörungen geklagt, Tränen in den Augen gehabt und über Selbstmord gesprochen habe.

Dass die Gefangenen aus der RAF in Stammheim schon seit dem 16. August nachts mehrfach geweckt worden seien, um zu prüfen, ob sie noch leben.

Dass Baader am 8. Oktober gegen 18 Uhr mit Selbstmord gedroht habe, wenn die Kontaktsperre nicht bald beendet werde.

Dass ein BKA-Beamter dem Anstaltsleiter und dem BKA-Präsidenten mitgeteilt habe, er befürchte, die Gefangenen könnten Selbstmord begehen.

Dass der Baden-Württembergische Justizminister den Anstaltsleiter gebeten habe, alles vertretbare zu tun, um Selbstmorde zu verhindern.

Dass Gudrun den beiden Anstaltsgeistlichen am 17. Oktober mitgeteilt habe, die Gefangenen sollten hingerichtet werden.

Dass die beiden Geistlichen das Wort Hinrichtung nicht als Selbstmord gewertet hätten.

Dass Andreas Baader, Gudrun Ensslin und Jan-Carl Raspe in der folgenden Nacht Selbstmord begangen hätten.

Dass Irmgard Möller versucht hätte, sich zu töten.

Möllers Version, die sie bis heute vertritt, lautet anders. Gegen fünf Uhr früh habe sie ein zweimaliges leises Knallen wie Pistolenschüsse und das Quietschen einer Tür gehört. Dem habe sie keine Bedeutung beigemessen und sich wieder hingelegt. Danach sei sie eingeschlafen. Später habe sie ein starkes Rauschen im Inneren des Kopfes wahrgenommen. Sie sei erst wieder zu sich gekommen, als jemand ihre Augenlider hochgezogen habe. Sie habe auf einer Bahre gelegen, Schmerzen gehabt und gefroren. Sie habe sich ihre Verletzungen nicht selbst beigebracht.[1]

Bevor noch die Mordkommission der Kripo ihre Arbeit aufnehmen konnte, ließ die Bundesregierung das Ermittlungsergebnis mitteilen.

Eindeutig Selbstmord.

Wie die Waffen in den siebten Stock gelangt seien, versuchte der neue Generalbundesanwalt Rebmann Monate später mithilfe einer selbstgebastelten Anwaltsakte vor der Presse zu demonstrieren.

Der Trick funktionierte nicht.

Hangmen

Nach der Schleyer-Entführung sprachen sich fast 70 Prozent der Bundesbürger dafür aus, Terroristen mit dem Tode zu bestrafen.

Der Mob war los. Die staatliche Hetze hatte ihr Ziel erreicht.

Dregger,[2] CDU, empfahl Terroristenjagdkommandos.

Geiselerschießungen und Standrecht wurden gefordert.

1 Protokoll der Vernehmung vor dem Untersuchungsausschuss des Landtags von Baden-Württemberg am 16.1.1978 in: Bakker Schut, Todesschüsse ... S. 287. Diese Angaben wiederholte Möller im Gespräch mit Oliver Tolmein in »Ein Gespräch mit Irmgard Möller ...« S. 112 ff., 117, 129. Die Version Tolmein S. 113 unten weicht geringfügig ab von Bakker Schut S. 287. So fehlen die beiden Schüsse. Der Mord ist laut Möller von einem Geheimdienst ausgeführt worden (Tolmein S. 135). Am eindrucksvollsten hat sich RA Weidenhammer in seinem Buch mit der staatlichen Selbstmordversion auseinandergesetzt.

2 Fraktionsvorsitzender, hessischer Landesvorsitzender, Bundesinnenminister, Kanzlerkandidat des Großkapitals.

Man brauche nur jede Stunde eine Gefangene standrechtlich zu erschießen.

Dann würde das Kommando den entführten Schleyer bald freilassen.

Angesehene Intellektuelle schlossen sich der Forderung an.

Der Schriftsteller Golo Mann erklärte, die BRD befinde sich im Krieg.

Bundeskanzler Schmidt im Bundestag:

»Es erreichen uns vielerlei Ratschläge, bis hin zu Vorschlägen, die sich gegen das Leben einsitzender Terroristen richten.«

Vom wem der Vorschlag kam, den er am Ende billigte und wie dieser Vorschlag lautete, wird immer ein Geheimnis bleiben. Schmidt selbst hat erst kürzlich wieder in einem Interview mit dem Chefredakteur der Bildzeitung betont: »Die damalige Bundesregierung hat den Rechtsstaat nicht verletzt.« Sie habe lediglich die »Lüge darüber aufrecht erhalten, dass wir angeblich den Austausch vorbereiteten.« Das sei eine moralisch gerechtfertigte Lüge gewesen. Den Fehler, der ihm im Falle Lorenz unterlaufen sei, die Gefangenen auszutauschen, habe er nicht wiederholt.

6 PARIS, WIEN 1977 BIS 1980

Klaus privat

Das Büro in der Öde der Neubauten im Frankfurter Gerichtsviertel: Modern und geschmackvoll eingerichtet. Stephan Baier hat Klaus schon während der ersten zwei Verhaftungen 1975 und 1976 vertreten.

Baier, Jahrgang 1943, war im KBW (Kommunistischer Bund Westdeutschland). Redigierte die Juristenzeitschrift Rote Robe. Jetzt Bürogemeinschaft mit Victor Pfaff. Schwerpunkt Ausländerrecht.

»Wie war Klaus privat?«

»Er war ein geradezu barocker Mensch. Mit einer großen Freude an schönen Dingen und schönen Menschen.«

»War er für die Revolution?«

»Für eine soziale, nicht für eine sozialistische.«

»Auch für die Anwendung von Gewalt?«

»Es gibt keine Revolution ohne Blutvergießen. Klaus war für eine revolutionäre Veränderung der sozialen Verhältnisse und er wusste, dass das nicht ohne Gewalt möglich ist.«

»Eine schwer verständliche Haltung für einen Bourgeois.«

»Er ging sicher davon aus, dass er bei einer gewaltsamen Umwälzung nicht verschont bleiben würde.«

»Wie konnte er überhaupt annehmen, dass es in Deutschland jemals eine soziale Revolution geben würde?«

»Das glaubten damals viele. Das große Vorbild war Marighela.[1] Wenn es in Uruguay möglich ist, den Staat zu attackieren, Polizeibüros zu überfallen, warum nicht auch in Deutschland? So dachten die meisten.«

»Dann bejahte Klaus die Gewalt der RAF?«

»Das hat er nie getan.«

1 Carlos Marighela, Handbuch des Stadtguerillero, lag damals auf jedem Küchentisch als Kochbuch.

»Wie war Klaus, ich meine psychologisch und verbal, wenn er etwas erreichen wollte? Von dir zum Beispiel?«

»Klaus konnte einen rumkriegen. Er konnte einen dazu bringen, etwas zu tun, was man eigentlich nicht wollte.«

»Wie?«

»Er konnte Druck machen, indem er einen ins Unrecht setzte. Er konnte auch ziemlich drastisch werden. Er sagte zum Beispiel: ›Du bist ein Schwein. Du gehörst zum Regime.‹ Und dann geschah es, dass man das machte, was er wollte, aus Angst, zum Regime zu gehören.«

»Warum ist Klaus im Sommer 1977 nach Paris geflüchtet? Hatte er Panik wegen der ständigen Observation und der vielen polizeilichen Übergriffe? Fürchtete er, verhaftet zu werden?«

»Von Flucht kann man nicht sprechen. Er ging am helllichten Tag ganz offen über die Rheinbrücke bei Kehl. Von deutscher Seite wurde er nicht daran gehindert und auf der anderen Seite wurde er bereits erwartet. Klaus hatte keine Angst.«

»Warum ist er dann nach Frankreich?«

»Er erwartete in Paris einen größeren Widerhall für das, was er zu sagen hatte. In Westdeutschland fand er fast kein Gehör mehr. In Frankreich war das anders. Dort war es einfacher, die Öffentlichkeit über die permanenten Rechtsbrüche in Westdeutschland aufzuklären. Er konnte hoffen, dass die Berichte in den französischen Medien nach Deutschland überschwappen würden und so war es dann auch. Die deutsche Presse war gezwungen, über seine Aufklärungsarbeit in Frankreich zu berichten.«

»Dann war die Öffentlichkeitsarbeit schon in Vorbereitung, als er nach Frankreich kam?«

»Soweit ich weiß, ja.«

»Auch die Demos?«

»Auch die.«

»Eine letzte Frage, Paris betreffend, das für mich bisher ein schwarzes Loch ist. Ich weiß nur, was in den Zeitungen stand. Die Pressekonferenz, die militanten Demos zu seinem Schutz. Wer hat das organisiert? Wer hat ihn untergebracht, versorgt, er wurde ja polizeilich gesucht.«

»Das musst du die Leute fragen, die das gemacht haben.«

Er schiebt mir eine Adresse rüber.

»Und in welcher Sprache?«

»Die Dame spricht deutsch.«

Ich schaue auf den Zettel. Der Vater der Dame war in den Sechzigerjahren Generalstaatsanwalt in einem westdeutschen Bundesland.

Draußen ein grauer Tag im Dezember. Ich trete ans Fenster, während Baier Kaffee kocht. Ich nehme eine Nuss vom bunten Teller. Die letzten Weihnachtsgeschenke verlassen die Innenstadt. Der Kaffee kommt. Ich sage:

»Wie ist Klaus mit dem Knast klargekommen?«

»Schlecht. Du weißt, was für Haftbedingungen er hatte?«

»Die Geschichte kenne ich.«

»Auch die Sache mit der Rasierklinge?«[1]

»Ja, die hat er mir gleich geschrieben. Ich habe nicht begriffen, was das sollte.«

»Jemand hoffte offensichtlich, er würde Selbstmord begehen. Eine alte Masche. Erst setzt man einen Gefangenen so unter Stress, dass er ausrastet und dann legt man ihm eine Pistole auf den Tisch oder eine Rasierklinge.«

»Wie realistisch war der Plan?«

»Völlig unrealistisch. Klaus war nicht labil. Er war kein Michael Kohlhaas. Er war taktisch geschickt. Er war furchtlos. Er besaß ein

1 Klaus schilderte den Vorfall so: »Kurze Zeit danach entdeckte ich als derart politisch Selbstmordgefährdeter am Kopfende meines Bettes eine Rasierklinge, die an der schmalen Seite des Schrankes an einem rostigen Nagel hing. Ich erklärte dem Überwachungsbeamten, der doch meinen Selbstmord verhindern sollte, ich müsse ihm eine wichtige Mitteilung machen und bat ihn, diese Mitteilung sofort an die Anstaltsleitung weiterzugeben. Der Überwachungsbeamte stellte die am Nagel hängende Rasierklinge fest, nahm sie an sich und benachrichtigte seine Vorgesetzten, während ich meinen Verteidiger und dieser die Presse benachrichtigte. Die Anstalt räumte den Vorfall ein und erklärte, er sei ihr ein ›Rätsel‹.«

tiefes Vertrauen in die Belastbarkeit seiner Überzeugungen. Wenn man so überzeugt ist, wie er, hält man auch Exil und Knast aus. Mit und ohne Rasierklinge.«

Post von Klaus

Lieber Pit, POC,

Dein Rotbuch habe ich bekommen. Den Stein des Anstoßes habe ich gleich gelesen und auch sonst einige Passagen.

Dass Du wegen der besagten Stelle Schwierigkeiten bekommen hast, ist nicht weiter verwunderlich.[1]

Meine Kritik ist, dass der Text so eine Art Hohelied der Angst zu sein scheint. Das ist beschissen, weil es ja auch darum geht, dieses kaputte Bewusstsein, das aus den Zwängen des Systems entsteht, hinter sich zu lassen (ist nicht einfach, ich weiß).

Wehr Dich Mann. Laß Dich nicht in Arsch machen (ich hoffe, ich tu Dir bitteres Unrecht mit meinen Vorstellungen).

Hast du Christoph Wackernagel besucht?

Was ist mit Schlöndorff?[2]

Jetzt schreib ich nicht mehr weiter, weil ich über die zukünftige Entwicklung des Prozesses gegen mich nicht reden will wegen der Gefahr, dass Schriftsteller wie Du meine Darstellungen verzerrt weitergeben könnten.

Grüße bitte an Renate und Deine Söhne

Klaus

1 Chotjewitz, P. O.: Die Herren des Morgengrauens, Westberlin 1978, S. 67 ff.

2 Es gibt einen Brief von Schlöndorff an mich vom Spätherbst 1977, in dem er mitteilt, dass der Parteivorstand der SPD ihn abgekanzelt habe wegen seiner Kontakte zu Klaus und dass er deshalb seine Tätigkeit im Beirat des Verteidigungsfonds aufgeben müsse.

Was war, was bleibt II

Brigitte Tilgner begleitete Klaus zum Zug, als er Stuttgart Richtung Paris verließ.[1] Der IVK-Mitarbeiter Volker Speitel leistete ihm Gesellschaft bis zur Grenze, was für den Staatsschutz den Vorteil hatte, dass er nicht nach Klaus zu suchen brauchte.

»Seit wann kanntest du Speitel?«

»Seit etwa drei Jahren. Seit er anfing im Büro für das IVK zu arbeiten.«

Sie kannte auch Angelika, seine Frau.

»Die war in Andreas Baader verliebt, obwohl sie ihm nie begegnet war. Paradox.«

Klaus sei zu Fuß über die grüne Grenze gelaufen.[2] Er habe Wanderkleidung getragen, um nicht aufzufallen.

Dass er, wie behauptet wird, auf französischer Seite erwartet wurde, sei ihr nicht bekannt. Auch nicht, wer sich in Paris um ihn gekümmert habe. Als sie ihn in Paris besucht habe, sei sie von einer Marie[3] in sein Quartier geführt worden. Die Adresse sei ihr nicht erinnerlich. Klaus habe im Souterrain gewohnt und sich kaum auf die Straße getraut, aus Angst, von deutschen Touristen erkannt zu werden. Er habe auch befürchtet, observiert zu werden. Die U-Bahn zum Beispiel habe man erst in letzter Minute besteigen oder verlassen dürfen, um eventuelle Verfolger abzuschütteln.

»Für mich war das sehr anstrengend, da ich hochschwanger war.«

Eventuell habe Klaus auch Kontakt zu Ralf Baptist Friedrich[4]

1 Am 11. Juli 1977.

2 Nach einer Version ging Klaus über die Rheinbrücke bei Kehl und wurde nicht kontrolliert.

3 Name geändert.

4 Friedrich steht auf der von Klaus geführten Liste der Mitarbeiter des IVK. Dazu der Vermerk: »Machte auch Buchhaltung.« Friedrich war an der Schleyer-Entführung beteiligt, packte aus und kam bald wieder frei.

gehabt. Der habe sie in Stuttgart angerufen und ihr mitgeteilt, dass Klaus ins Gefängnis Santé eingeliefert worden sei.

In Paris habe Klaus nach seiner Ankunft eine Pressekonferenz veranstaltet. Später Fernsehauftritte und Zeitungsinterviews. Nach seiner Verhaftung habe es eine militante Bewegung gegeben, die sich für seine Freilassung und gegen die Auslieferung in die BRD eingesetzt habe. Großdemos in mehreren französischen und belgischen Städten, nicht nur in Brüssel und Paris. Autos hätten gebrannt. Eine französische Spezialität. Wer alle diese Veranstaltungen organisiert und den Kontakt zu Klaus gehalten habe, könne sie nicht sagen. Möglicherweise ebenfalls die erwähnte Marie und ihr Kreis.

»Woher weißt Du, dass sie einen Kreis von Leuten um sich geschart hatte?«

»Das nehme ich an.«

»Hast du eine Adresse von ihr?«

»Ich weiß nicht, ob ich die aufgehoben habe.«

Klaus wurde am 30. September 1977 in Paris festgenommen. Sie sei erneut nach Paris gefahren, um an der entscheidenden Sitzung des Auslieferungsverfahrens teilzunehmen. Michael Knöss[1] habe sie begleitet – auch in die Santé. Ihr Sohn David kam am 22. Dezember 1977 zur Welt, als Klaus schon wieder in Stuttgart war.

»Ich bin sobald wie möglich nach Stammheim, um ihm unseren Sohn zu zeigen.«

»Mit dem Säugling?«

»Das sage ich doch.«

»Was weißt du über Vergès?«[2]

»Vergès trat nach meiner Erinnerung erst gegen Ende der Haftzeit im Herbst 1979 auf, als es darum ging, Klaus wegen der 30-Tagefrist im Ausland unterzubringen. Durch ihn kam der Kontakt zur algerischen Regierung zustande.«

1 Lebt in Frankfurt/Main.

2 Vgl. Abschnitt »Vergès«.

Sie glaube nicht, dass Klaus und Vergès sich vorher gekannt hätten. Vergès habe Beziehungen zur algerischen Regierung gehabt. Sie sei dann mit Klaus, als er schon in Wien lebte, nach Algerien geflogen.

»Ich dachte, er sei alleine geflogen.«

»Nein, ich hatte das Kind dabei. Ich wollte eine Art Badeurlaub machen und er wartete auf den Justizminister. Ein Herr Hoffmann, soweit ich mich erinnere.«

»Es heißt, er wollte in Cuba Asyl beantragen.«

»Das auch. Aber das war nichts für ihn. Algerien, Cuba – die kulturellen Unterschiede waren zu groß.«

»Jemand erzählte mir, er wollte auch mal checken, ob die Möglichkeit realistisch wäre, sich in der DDR niederzulassen.«

»Ja, ich sollte mit ihm und dem Kind die Weihnachtstage[1] in Ostberlin bei Prof. Kaul verbringen, aber das kam für mich nicht in Frage. Die Vorstellung, mit denen unterm Weihnachtsbaum zu sitzen. Mir war diese ganze DDR-Bourgeoisie zuwider.«

»Was war nach seiner Rückkehr aus Wien?«

»Er wohnte erst eine Zeit lang im SI-Center, dann reiste er wieder nach Frankreich.«

»Also gab es die Wohnung noch?«

»Juristisch gesehen gehörte sie mir, aber er konnte natürlich drin wohnen. Sie stand praktisch leer. Ich habe sie nie benutzt.«

»Dann dürfte er irgendwann im Herbst 1981 nach Frankreich zurückgekehrt sein.[2] Was machte er da?«

»Er studierte Jura, wollte sich in Frankreich als Anwalt niederlassen.«

»Wie lange?«

»Nicht lange. Ein paar Monate vielleicht.«

1 Vermutlich Weihnachten 1980.

2 Im Frühjahr 1981 wurde Mitterand Staatspräsident. Sein Justizminister, Badinter, öffnete die Grenzen für politisch Verfolgte. Der Spiegel Nr. 49 vom 30.11.1981, S. 27: »Klaus Croissant hatte einfach Pech. Er kam zu früh. Er kam in Haft und wurde ausgeliefert. Heute könnte das nicht mehr passieren.« Diese Franzosen!

»Dann war er wieder in der BRD?«

»Er zog bald nach Westberlin.«

»Wie hast du reagiert, als du von seinen Gesprächen in der DDR erfuhrst?«

»Ich war stocksauer.«

»Du hättest ihn auch nicht verteidigt?«

Klaus habe ihrem Sohn, der inzwischen vierzehn Jahre alt war, einen langen, dreiteiligen Brief geschrieben, in dem er versucht habe, dem Jungen zu erklären, warum er für die Erhaltung der DDR gekämpft habe.

»Kann ich den Brief lesen?«

»Er ist verschollen.«

»Verschollen?«

»Ich habe ihn nicht aufgehoben.«

»Er war an Euren Sohn gerichtet.«

»Er war peinlich, ideologisch und platt.«

Stuttgart, 18.1.2007

Liebe Yvonne!

Dass Du Klaus gekannt hast, konnte ich mir denken.

Dass Du über die Zeit in Paris Bescheid weißt und Ihr Euch auch danach getroffen habt, hat mich hingegen elektrisiert.

Du sagtest, dass er Dir sogar einiges erzählt hat.

Die Zeit in Paris ist für mich nicht ganz aufgeklärt.

Würdest Du darüber mit mir ein Gespräch führen?

Ich habe für den Roman schon eine Menge solcher Gespräche geschrieben, die zum Teil auf tatsächliche Unterhaltungen zurückgehen, aber in erster Linie der alten griechischen Tradition folgen, Ereignisse und Ideen in Dialogform darzustellen.

Der Dialog ist m. E. eine noch heute brauchbare literarische Form, vor allem im Roman, auch wenn die meisten Autoren Angst davor haben.

Inhaltlich enthalten die Gespräche Details zur Biografie – wo war Klaus, wann war er da, was hat er da gemacht, was war er für ein Mensch.

Auch private Details können wichtig sein.

In der diffamatorischen Literatur erscheint Klaus als Monster.

Ich will nicht nur darstellen, was er geleistet hat, sondern auch, wie ein Mensch beschaffen sein muss, der sich so engagiert und so unerschrocken kämpft.

Wie er sich entwickelt hat, wie er gewirkt hat.

Postkarte genügt. Ich könnte nach … kommen oder wo liegt Euer Kaff?

Gruß, auch dem Lebensmann, Dein

Pit Chotjewitz

Vogliamo tutto

2. Februar 2007, Ristorante Pirelli, Via Marmorata, Rom

Wir nehmen als Vorspeise jeder eine Artischoke auf römische Art. Danach: Er Innereien vom Schaf,[1] ich knusprigen sardischen Schweinebraten, dazu Puntarelle.[2]

Das Pirelli ist ein hohes, geräumiges Lokal, wo es noch ein paar der ursprünglichen Gerichte gibt. Die Marmorata führt am Aventin[3] entlang und verbindet den Tiber auf der Höhe der Porta Portese, wo der Flohmark beginnt, mit der Cestus-Pyramide und dem Heidenfriedhof, der sich an die aurelianische Stadtmauer schmiegt – einer der schönsten Orte Roms. Auf dem Friedhof liegen Berühmtheiten wie Gramsci und Unbekannte wie Goethes Sohn. Hinter dem Pirelli liegt der antike Scherbenberg (der Monte Testaccio). Früher befand sich hier auch der riesige Schlachthof. In seinen Gebäuden befinden sich heute diverse kulturelle Einrichtungen – ein hübsches Gleichnis.

Die Gegend um den Testaccio ein plebejisches Stadtviertel. Einst. Heute sehen die Verkäuferinnen und Portokassenjünglinge so aus, als würde ihnen der ganze Laden gehören.

Balestrini ist Künstler und Dichter. Seine Romane sind auf deutsch erhältlich.[4] Sie handeln von Arbeitern, die ihre Fabriken besetzen, von Mafia, Hooligans, Autonomen, die im Knast verrotten, einem berühmten italienischen Verleger und Multimillionär, der eine revolutionäre Tat plant und dabei ums Leben kommt. Der Stil der

1 Coratella d'abacchio.

2 Die »puntarelle« werden, was Übung erfordert, aus den Strünken einer Pflanze geschnitzt, die zur Familie der Löwenzahngewächse gehört, und »catalonia« genannt wird. Auf italienisch »cicoria«. Man isst die Späne mit Öl, Zitrone, Pfeffer, Salz und in Öl eingelegten Sardellen, die mit Knoblauch zermanscht werden.

3 Einer der sieben Hügel.

4 Im Verlag Assoziation A.

Romane ist das gesprochene Wort, ohne Punkt und Komma, eiskalt, unverbindlich, unprosaisch. Sein erster großer Erfolg 1972: Vogliamo tutto – Wir wollen alles.[1]

Als der italienische Staatsschutz 1979 ein paar hundert Autonome aufgriff, um den »Sympathisantensumpf« trocken zu legen, wurde er wie Toni Negri mit lächerlich übertriebenen Vorwürfen belästigt. Wie Klaus flüchtete er nach Paris. Als die Luft raus war aus der allgemeinen Hysterie, kehrte er nach Italien zurück. Das Verfahren gegen ihn wurde eingestellt, der Haftbefehl aufgehoben. Also auch insofern eine Parallele zu meinem Freund Klaus.

»Cosa fai a Roma?«

»Ich arbeite an meinem Roman.«

»Su che cosa?«

»Un certo Klaus Croissant.«

»Allora un personaggio inesistente?«

»Esiste, esiste.«

»Wie lange bleibst du in Rom?«

»Nächsten Monat fahre ich nach Paris.«

»Cosa fai a Parigi?«

»Ich treffe einen ehemaligen Justizminister, der Klaus damals geholfen hat. Einen gewissen Badinter. Robert Badinter.«

»Ah, Badinter! Das ist ein Genosse!«

»Genosse ist vielleicht ein bisschen zu viel gesagt.«

»Er hat vielen italienischen Genossen geholfen, die damals in Paris waren. Ende der 70er, Anfang der 80er. Die aus Italien fliehen mussten.«

1 Damals Trikont Verlag, jetzt Assoziation A. Wir wollen alles hieß in den Siebzigerjahren auch eine gern gelesene linksradikale Zeitung, die ebenfalls in München erschien.

Ein Briefwechsel

Robert Badinter
c/o Senat
15, rue de Vaugirard
F 75291 Paris, Cedex 06

Mein Herr!

Ich bin Schriftsteller und würde gerne ein kleines Gespräch mit Ihnen führen – eine halbe Stunde höchstens.

Ich schreibe einen Roman über den deutschen Rechtsanwalt Dr. Klaus Croissant, den Sie 1977/78 verteidigt haben. Ich war damals Anwalt und mit Klaus auch befreundet.

Ich könnte Ende Februar oder Anfang März nach Paris kommen.

In welcher Sprache können wir reden? Englisch, italienisch, deutsch? Mein französisch ist miserabel. Ich könnte eine Übersetzerin mitbringen oder einen Übersetzer.

Zweite Frage: Können sie mir vorab die Namen und Adressen von Personen nennen, die sich damals um Dr. Croissant gekümmert haben?

Hochachtungsvoll
Chotjewitz

Republique Française
M. Peter O. Chotjewitz
Paris, le 29 janvier 2007

Monsieur,

J'ai bien reçu votre courrier en date du 21 janvier dernier.

Nous pourrons nous entretenir par téléphone en anglais, et pour ce faire je vous invite à m'appeler fin février afin de fixer un rendez-vous téléphonique.[1]

Je tien néanmoins á vous rappeler que je suis lié par le secret professionnel concernant cette affaire dont je n'ai plus le dossier qui figure aux archives de mon ancien cabinet.

J'aurai donc peu d'information á vous fournier, au-delá des comptes rendus possibles dans la presse.

Je vous prie de croire, Monsieur, en l'expression de ma considération la meilleure

Robert Badinter

Anmerkung:

Badinter war in der Riege der Verteidiger – Dank seiner engen Beziehung zum Chef der Sozialisten, François Mitterand – der Strippenzieher. Er vertrat Klaus im sechswöchigen Auslieferungsverfahren[2] und im anschließenden Strafprozess in Stuttgart.

1 Eigentlich wollte ich ja nur mal sehen, wie ein Senator der Republique Française wohnt.

2 Weitere Verteidiger waren nach einem von Klaus verfassten Memo: Marie-France Schmidlin, Jean Denis Bredin und Joe Nordmann, sowie von deutscher Seite Baier, Hauser, Kempf und Tilgner. In der deutschen Presse wurde ein Maître Roland Dumas, ebenfalls Sozialist und Intimus Mitterands, als Hauptverteidiger genannt. Andererseits schrieb der Spiegel (Nr. 46 / 1977), Klaus sei »umrahmt von einer Phalanx linker Anwälte aus halb Europa, die hektisch bemüht waren, den angeblichen Widerstandskämpfer Croissant auch weiterhin vor den Klauen des Bonner Staates zu retten.«

Seine Karriere war einzigartig. 1951, mit 23 Jahren, Anwalt. Mit 38 Juraprofessor, zuletzt an der Sorbonne. Einer der bekanntesten Redner des linken Flügels der Sozialisten. 1974 und 1978 in Mitterands Wahlkampf-Team. Erzfeind der Rechten, auch wegen seiner jüdischen Herkunft. Ab 1981 Justizminister und Initiator einer Justizreform. Unter anderem wird in seiner Amtszeit das Sondergericht zur Aburteilung staatsgefährdender Straftäter aufgelöst. »Badinter auf den Friedhof« skandierten die Demonstranten, als es ihm gleich zu Beginn seiner Amtszeit gelang, die Todesstrafe abzuschaffen. Aus seiner Rede vor der Nationalversammlung am 18. September 1981:

»Eine Demokratie, die gegen Terroristen die Todesstrafe vollstreckt, macht sich die Werte ihrer Feinde zu eigen.«

Auf seine Initiative hin ist das Verbot der Todesstrafe in Frankreich seit dem Februar 2007 auch Verfassungsnorm.

1986 ernannte Mitterand ihn zum Präsidenten des Verfassungsrates. Seit 1995 ist er Senator.

Ins Visier der westdeutschen Presse gerieten er und die anderen französischen Verteidiger, als sie sich im Hauptverfahren gegen Klaus in Stuttgart weigerten, die Hosen herunterzulassen. Dies sei, da die Staatsanwälte nicht im Intimbereich untersucht wurden, eine nicht hinnehmbare Diskriminierung. Die Aufregung in der westdeutschen Presse steigerte sich, als Badinter 1981 binnen sechs Monaten die französische Justiz reformierte – Amnestien, Schließung der Hochsicherheitstrakte, Aufhebung einiger Sondergesetze zur politischen Repression. Badinter selbst sagte, er wolle »die Bastillen der Justiz zu Fall bringen.« Die deutsche Besorgnis steigerte sich noch, als er das Asylrecht stärkte. »Wird Frankreich zum Zufluchtsland für alle Terroristen?« fragte der Spiegel entsetzt[1] und malte ein besorgniserregendes Bild an die Bretter vor deutschen Köpfen. »Paris ist heute das Zentrum des internationalen Terrorismus.« Den

1 Spiegel Nr. 48/1981.

rhetorischen Fragen folgte die bekannte Latte französischer Sünden in Sachen Asylrecht. Wer hatte nicht alles seit dem Vormärz in Paris Unterschlupf gefunden. So fand mein Freund Klaus sich plötzlich auf einer honorigen Liste von Flüchtlingen. Sie reichte von Heine und Börne über die deutschen Emigranten der Nazi-Zeit bis zu den Untergrundkämpfern der RAF.

Kaum weniger umtriebig war (oder ist) Madame Badinter, Professorin für Philosophie und Soziologie und Präsidentin des Aufsichtsrates einer von ihrem Vater gegründeten Kommunikationsfirma. Was ihr Mann für die Justizpolitik ist, ist sie für die Frauenbewegung. Sie gilt als pragmatische Feministin. Zahlreiche Veröffentlichungen seit 1980. Schon ihr erstes Buch »Mutterliebe« sorgte für Aufregung. Gelesen habe ich es nicht. In der Weltwoche behauptete sie kürzlich, der Feminismus »sei auf dem Holzweg«. Das hört man gerne.

Die Auslieferung

Am 11. Juli 1977 traf Klaus in Frankreich ein, um Asyl zu beantragen, doch erst am 30. September wurde er festgenommen und es dauerte abermals fast sieben Wochen, bis er am 16. November ausgeliefert wurde.

Das zweimalige Zögern der Franzosen beunruhigte die Deutschen.

Sie waren einen weniger zögerlichen Umgang mit Staatsfeinden gewöhnt.

Wird Klaus überhaupt richtig gesucht, fragten nicht nur die Leitartikler.

Frankreich tue zu wenig zu seiner Ergreifung, hieß es.

François Mitterand (damals noch nicht Staatspräsident) protegiere ihn sogar.

Unterdessen bemühte sich Klaus, den Argwohn der Franzosen gegen den bedrohlichen Nachbarn im Osten zu schüren.

Unterstützer griffen seine griffigen Anklagen auf und verbreiteten sie in großem Stil.

Demonstrationen, Versammlungen, Pressekonferenzen, Fernsehauftritt, viel Zeug in den Printmedien.

Klaus genoss die Sympathien, die er in Frankreich empfing. Wo immer er auftauchte, winkten die Leute ihm zu. Manchmal jubelten auch Tausende.

Sein gutes Französisch und seine gallische Lebensart schmeichelten mal der einen, mal der anderen Seele in der französischen Brust.

Die These, in Westdeutschland habe sich ein neuer Faschismus etabliert, war nicht nur richtig, sondern auch plausibel und der französischen Linken durchaus willkommen.

Jean Genet: »Dieses unmenschliche Deutschland.«

Le Monde: »Die Affäre Croissant ist eine Beschränkung der Freiheit, eine Intoleranz, eine Tochter der Furcht im Europa des Komforts und des Konformismus.«

Besorgt teilte die in Sachen RAF und Croissant gleichgeschaltete westdeutsche Presse ihren besorgten Konsumenten mit, in Frankreich dränge sich die »Crème der Intellektuellen, antideutsche Manifeste dutzendweise zu unterschreiben: Françoise Sagan, Simone de Beauvoir, Jean-Paul Sartre, Yves Montand, Jean-Louis Barrault, Simone Signoret.«

Mit Empörung empfing man in der BRD die Nachricht, »dass ernstzunehmende linke Blätter« wie der Nouvel Observateur die »Selbstmorde von Stammheim mit ironischen Anführungszeichen« versehen habe und dass »die noch linkere Zeitung Libération die Anklagereden der deutschen Terroristen nahezu wörtlich« übernehme.

Der westdeutsche Staatsschutz musste die Windmaschine anwerfen. Zunächst ließ man Alfred Grosser und einen ehemaligen Bonner Botschafter im französischen TV wahrheitswidrig behaupten, dass Westdeutschland »eine authentisch liberale und demokratische Gesellschaft« sei.

Danach musste Helmut Schmidt ran. Er intervenierte am 13. September 1977 beim französischen Staatspräsidenten Giscard d'Estaing und forderte die Auslieferung. Wenige Tage später, am 21. September 1977, empfängt Schmidtchen den ehemaligen französischen Innenminister Poniatowsky und lässt sich vom amtierenden Innenminister bestätigen, Klaus werde nun intensiv gejagt. Zur Beruhigung der Franzosen tritt er eine Stunde lang zur besten Sendezeit im französischen Fernsehen auf und präsentiert sich als stiller, nachdenklicher Krautvater mit einem Hang zum Schnupftabaksabusus. Die anschließende Umfrage bestätigt, dass er nicht wie ein preußischer Oberfeldwebel gewirkt habe, sondern ganz natürlich und amerikanisch.

Zugleich wurden an der deutschen Heimatfront nach den wochenlangen Uppers ein paar Downer verabreicht.

Die beste Idee hatte der Staatsschutz. Er gab in Frankreich eine demoskopische Untersuchung in Auftrag. Das Ergebnis war beruhigend. Zweiundsechzig Prozent der Franzosen stimmten für die Auslieferung Croissants.

Die Umfrage ergab auch kollateral viel Nützliches. Die Franzosen bewunderten die Westdeutschen wegen ihrer Disziplin und verachteten die Ostdeutschen wegen ihrer Armut. Zweiundachtzig Prozent sprachen sich für eine Freundschaft mit Westdeutschland aus und sechsunddreißig Prozent hielten Klaus für einen »Komplizen der Terroristen«.

Der Spiegel widmete dem guten Ruf der Westdeutschen zweiundzwanzigtausend Zeichen und eine Menge Tabellen.

Mehrere Haftbefehle, alle in derselben Sache, lagen zu der Zeit gegen Klaus auf diversen Tischen:

1. Der Haftbefehl vom Juni 1975, der im August 1975 aufrechterhalten, jedoch außer Vollzug gesetzt worden war. Er wurde im Juli 1976 anlässlich der Fertigstellung der Anklageschrift vom 16. Juli 1976 wieder aktiviert und im August unter den gleichen Auflagen wie 1975 abermals außer Vollzug gesetzt.

2. Der Haftbefehl vom 15. Juli 1977. Er diente der Begründung des Auslieferungsantrages. Diesen Antrag stellte die Bundesregierung am Tag, an dem Klaus in Paris eintraf, bevor seine Ankunft noch öffentlich geworden war.

Der »Auslieferungshaftbefehl« vom 15. Juli 1975 fuhr ein schwereres Geschütz auf – vermutlich, um die französische Justiz weich zu kochen.

So wurde nun behauptet, Klaus habe in einem besonders schweren Fall gemeinsam mit Ströbele und Groenewold für die RAF geworben und sie unterstützt. Diese RAF sitze zwar in Haft, bestehe jedoch fort, da sie Dank der drei Anwälte aus der Haft heraus agieren könne.

Die Unterstützung bestand laut Haftbefehl im wesentlichen aus drei Tätigkeiten.

Zum einen das sogenannte Infosystem, das dem Fortbestehen der RAF gedient habe.

Zum anderen habe Klaus im Rahmen dieses Nachrichtensystems an die Gefangenen ein sogenanntes Schulungsprogramm verteilt.

Er habe auch für Disziplin unter den Gefangenen, insbesondere bei Hungerstreiks, gesorgt.

Schließlich habe seine Öffentlichkeitsarbeit nicht allein der Verteidigung gedient, sondern auch der Unterstützung der ersten RAF.

3. Der Haftbefehl vom 30. September 1977.[1] An diesem Tag hatte man Klaus in Paris festgenommen und es kam dem deutschen Staat darauf an, die hohen Hürden, die das französische Auslieferungsrecht setzte, zu überspringen.

So hatte Klaus nun »als mitverantwortlicher Chef seines Anwaltsbüros« auch »einen Mitgliederkreis der als Haag-Mayer-Bande bezeichneten terroristischen Vereinigung« maßgeblich unterstützt. Die Justiz weiß zwar bis heute nicht, wer zu der Bande gehörte

1 Faksimiles der Haftbefehle vom 15.7. und 30.9.1977 und der Anklage vom 16.7.1976 abgedruckt in »Der Prozeß gegen Klaus Croissant«, Stuttgart 1979, Herausgeber: Fantasia Druck-Kollektiv.

und ob es sie überhaupt gab. Am 30. September 1977 wurde sie gebraucht, um ihr einige aufsehenerregende Ereignisse der Jahre 1975 bis Ende 1977 in die Schuhe zu schieben – vor allem die Fälle Buback, Ponto und Schleyer.

Die drei Haftbefehle vermittelten somit ein uneinheitliches Bild von der Gefährlichkeit des Verfolgten und wenn die französische Justiz auch nur die zwei letzteren zur Beurteilung vorliegen hatte, so war doch hinreichend klar, dass die Vorwürfe gegen Klaus vorwiegend aus heißer Luft bestanden.

Insbesondere der Haftbefehl vom 30. September 1977 war der Auslieferungskammer suspekt. Er warf ein schlechtes Licht auf die Kompetenz der deutschen Justiz.

Das Auslieferungsverfahren auf der Seine-Insel verschaffte den Parisern einen Hauch von Deutschland im Herbst. Mannschaftswagen der Polizei, Straßensperren, einige Hundertschaften. Rechnet jemand wirklich mit einer Befreiungsaktion? Mit gewalttätigen Ruhestörern?

Der französische Staat ließ sich, Schmidt zuliebe, von seinem obersten Ankläger vertreten, Sadon mit Namen, ein echter Sadonist und Wadenbeißer. Klaus wiederholt »ich bin ein politischer Flüchtling« und parliert wieder so geschliffen und französisch, dass ihm die Herzen zufliegen.

Der Sozialist Bourdet brüskiert das neue Deutschland mit der seltsamen Frage:

»Welcher Pontius Pilatus wird nach dem seltsamen Tod von Ulrike Meinhof und nach dem seltsamen Tod von Baader, Ensslin und Raspe den Mut haben, Croissant in ein Gefängnis jenseits des Rheins zu stoßen?«

Nicht nur Linke protestieren gegen die Auslieferung. Ein bekannter Royalist verfasst eine Philippika gegen »die obszönen Gesänge der deutschen Massen«.

Klaus hat offensichtlich den Nerv eines Teils der Öffentlichkeit getroffen und wieder mal Gespür für Effekte gezeigt.

Vorsorglich tagt der Gerichtshof in einem viel zu kleinen Saal, bis Sadon eine größere Aula verlangt. Er will nun selbst das Wort ergreifen.

Auch draußen steigert sich die Schlacht. Die eine Partei skandiert:

»Befreit Klaus Croissant!«

Der andere:

»Erschießt Klaus Croissant!«

Molotows explodieren. Autos brennen. Große Demos in kleinen Käffern. Alte Freunde aus Clermont-Ferrand laden mich ein, in der Uni zu reden. Abends gedünstete Chicorée und Fenchel mit Schinken umwickelt in Käse-Sahne-Soße, dazu, als Hommage an Deutschland, Salzkartoffeln.

Am 16. November 1977 ist Showdown im Gerichtssaal auf der Seine-Insel. Die Stuttgarter Zeitung, kein Freund des schwarzen Schafs der Schwaben, lässt sich Äußerlichkeiten melden:

Klaus »im blauen Rollkragenpulli und brauner Wildlederjacke, eiligen Schrittes ... entspannt, manchmal geradezu heiter ...«, »etwa achtzig Zuschauer, die Hälfte davon weiblichen Geschlechts ...«

Sein Verteidiger Dumas, »ein Mann mit sicherem Auftreten und nackenlanger Mähne ...«

Das Gericht »einsilbig, sachlich, durch Emotionen unberührt ...«

»Einer der Richter trägt auf seiner Robe die Auszeichnung der Ehrenlegion und Kriegsdekorationen.«[1]

Für Deutschland ist das Auslieferungsdekret eine Enttäuschung. Die BRD kriegt Klaus, aber sie kann ihn nicht anklagen wie gewünscht. Das französische Gericht erkennt die Vorwürfe des zweiten Haftbefehls vom 30. September 1977 nicht an und die Beschuldigungen des ersten vom 15. Juli 1977 nur teilweise.

Im Detail erschließt sich, dass das Dekret eine Backpfeife ist. Der deutsche Haftrichter habe sich, fanden die Franzosen, entweder im

1 Vermutlich erworben im Kampf gegen Nazi-Deutschland.

Konditionalis ausgedrückt oder die Verbformen »er scheint« und »er soll« verwendet. Die Auslieferung sei unzulässig, da der ersuchende Staat (also die BRD), wenn er gegen Croissant Vermutungen vorbringe, gegen § 129 a StGB verstoßen zu haben, »seine Überzeugung auf die hypothetische oder konditionale Form stütze, in der die Handlungen (die Klaus begangen haben soll) geschildert werden oder auch auf die Feststellung, daß sie auf Vermutungen beruhen, die sie aufgrund von Vermutungen, die andere Personen in den Prozeß einbeziehen, Croissant zur Last legen.«

Übrig blieben Vorwürfe wie der, Klaus habe eine öffentliche Erklärung Ulrike Meinhofs neuerlich veröffentlicht und dem Spiegel ein Interview mit den Gefangenen von Stammheim vermittelt.

Der Kernsatz des Dekrets lautete:

»Die Auslieferung wird auf den Vorwurf beschränkt, Croissant habe zum Aufbau und Funktionieren eines Informationssystems ›Info‹ durch Broschüren, Bücher, Notizen, Anweisungen und Unterlagen aller Art beigetragen und durch Lieferung von Korrespondenz die Handlungen einer kriminellen Vereinigung begünstigt.«

An anderer Stelle dekretiert der Gerichtshof, dass dem Ersuchen der Bundesregierung, Klaus auszuliefern, da ihm vorgeworfen werde, »die kriminellen Machenschaften der Haag-Mayer-Bande begünstigt zu haben, nicht stattzugeben ist«.

Das zu verstehen, fällt schwer im vogelfreiesten Land, das je auf deutschen Boden existiert hat.

Ausführlich verklickert der Spiegel seinen Lesern, warum der große Drahtzieher, der Oberkommandierende des Ersatzheeres der RAF, der Staatsfeind Nummer eins, in Deutschland nur wegen ein paar Kinkerlitzchen angeklagt und verurteilt werden kann, die zum Anwaltsgeschäft gehören.

Noch am selben Abend gegen 21 Uhr, ein Bußtag, wird Klaus »aus seiner Zelle gezerrt« (Klaus) und zum Militärflughafen Straßburg gebracht »mit einem Sicherheitsaufwand und einer Eskorte, die – nach den Worten meiner unmittelbaren Begleiter – größer war, als die des französischen Staatspräsidenten« (aus einem Schreiben von Klaus).

In Entzisheim wartete ein Hubschrauber des BGS, »von einer Kompanie Soldaten in khakifarbener Uniform geschützt« (Klaus). In Stammheim morgens um drei abermals großer Bahnhof – Landeskriminalamt, GSG 9.

Klaus war wieder daheim.

Presseerklärung

Wir, die Rechtsanwälte Stephan Baier, Armin Golzem und Hans Heinz Heldmann, sind gestern, Donnerstag, 3.11.1977, am Grenzübergang Saarbrücken durch den Bundesgrenzschutzoberkommissar DAWO drei Stunden lang ohne eine Begründung festgehalten worden. Der Anlaß dazu war anscheinend, daß wir als Verteidiger und als Prozeßbeobachter von der Auslieferungsverhandlung gegen Klaus Croissant in Paris kamen.

Nach Abschluß einer halbstündigen Zollüberprüfung hat der Grenzschutzbeamte DAWO unsere körperliche Durchsuchung bei vollständiger Entkleidung unter Androhung direkten körperlichen Zwangs verfügt. Der Grenzschützer DAWO verweigerte jegliche Angabe einer Rechtsgrundlage hierfür. Auf unsere Weigerung, uns zu körperlicher Untersuchung zu entkleiden, gab er an: ›er müsse die freiheitlich-demokratische Grundordnung erhalten und würde sich von uns nicht davon abhalten lassen‹.

Vor unserer Ankunft am Grenzübergang Saarbrücken hatte der Grenzschützer DAWO bereits die Rechtsanwältin Brigitte Tilgener und Rechtsassessor Gerhard Knöss, die ebenfalls von der Auslieferungsverhandlung Croissant in Paris kamen, über zwei Stunden lang ohne Angabe einer rechtlichen Begründung festgehalten. Er hat Herrn Kollegen Knöss zu totaler Entkleidung gezwungen. Er hat Gründe dafür verweigert.

Er hat schließlich Frau Tilgener gegenüber auf diese körperliche Durchsuchung lediglich verzichtet: ›weil sie hochschwanger sei‹.

Auf die Einwendung von Rechtsassessor Knöss, weshalb es solche Durchsuchung nicht auch beim Grenzübertritt des Herrn Kappler gegeben habe, der über 300 Menschen in Rom ermordet hat,[1] hat der Grenzschützer DAWO geantwortet: ›er freue sich über die Entführung KAPPLERs in die Bundesrepublik‹. Danach haben zwei Zollbeamte, die bei der körperlichen Durchsuchung des Herrn Knöss anwesend waren, gegenüber Herrn Knöss sich von dieser Äußerung des Grenzschützers DAWO ausdrücklich distanziert.

Wir erstatten gegen den Grenzschützer DAWO, der einreisende Bürger der Bundesrepublik ihrer Freiheit beraubt und ihre Demütigung anordnet und gleichzeitig seine Freude über die ungestörte Heimreise des Massenmörders KAPPLER bekennt,

STRAFANZEIGE.

Diese Strafanzeige wird erwartungsgemäß keinen Erfolg haben. Deshalb wenden wir uns an die ausländische und an die inländische Presse:

Der Bundesgrenzschutz »freut« sich über die illegale Einreise eines Massenmörders, während er die legale Einreise inländischer Rechtsanwälte behindert.

gez. Rechtsanwalt Stephan Baier, Rechtsanwalt Armin Golzem, Rechtsanwalt Hans Heinz Heldmann

1 Herbert Kappler, geboren 1907 in Stuttgart, gestorben 1978 in Soltau, war Offizier der SS (Obersturmbannführer) und seit 1939 in Rom stationiert. 1943 deportierte er die römischen Juden nach Auschwitz. 1944 ermordete er in den ardeatinischen Steinbrüchen 335 Geiseln. In der Festung Gaeta verbüßte er seit 1948 eine lebenslange Freiheitsstrafe. Im Sommer 1977 verhalfen ihm Freunde zur Flucht nach Westdeutschland, wo er ein dreiviertel Jahr später verstarb. Einer seiner Komplizen, der SS-Offizier Priebke, war nach dem Krieg Leiter der deutschen Schule in Bariloche in Argentinien. Seine Nazivergangenheit war bekannt. Die westdeutsche Botschaft deckte ihn. Trotz seiner Morde erhielt er 1952 einen westdeutschen Pass. Erst 1993 verlangte die BRD seine Auslieferung. 1995 wurde er nach Italien überstellt, wo er seither unter Hausarrest steht.

Der Generalbundesanwalt

…
Herrn
Peter O. Chotjewitz
…

Betrifft: Früheres Strafverfahren gegen Dr. Klaus Croissant

Sehr geehrter Herr Chotjewitz,

Ihrer Bitte um Einsichtgewährung in die Anklageschrift, das Urteil sowie den Haftbefehl gegen Dr. Klaus Croissant vermag ich zu meinem Bedauern nicht zu entsprechen. Nach § 475 Abs. 1 und Abs. 4 der Strafprozessordnung können an Privatpersonen derartige Auskünfte aus den Akten erteilt werden, wenn ein berechtigtes Interesse an der Auskunftserteilung schlüssig dargelegt wird. Dem genügt die von Ihnen nur schlagwortartig vorgetragene Begründung bislang nicht. Die Umsetzung ihres Ersuchens würde aber auch einen unverhältnismäßigen Aufwand erfordern. In der Anklageschrift und in dem Urteil, die mehr als 70 Textseiten umfassen, werden mehr als zehn Personen namentlich genannt und in ihren unterschiedlichen Beziehungen sowohl zur Roten Armee Fraktion, als auch zum früheren Ministerium für Staatssicherheit geschildert.[1] All diesen Personen steht als Betroffenen gemäß § 478 Abs. 3 Satz 1 der Strafprozessordnung das Recht zu, gegen die Gewährung von Akteneinsicht gerichtliche Entscheidung durch den 3. Strafsenat des Bundesgerichtshofs zu beantragen. Hierüber wären sie von mir zu belehren, was zunächst einmal die Ermittlung ihrer aktuellen Erreichbarkeit voraussetzen würde. Sodann wäre eine Abwägung

1 Ich hatte um Einsicht in die Akten beider Strafverfahren gebeten. Deshalb sind hier sowohl die RAF, als auch das MfS aufgeführt.

der Interessenlagen vorzunehmen, die sich zu den individuell verschiedenen Graden der Beeinträchtigung des Persönlichkeitsrechts der Betroffenen zu verhalten hätte. Für diese Maßnahmen sind hier vor dem Hintergrund immer knapper werdender personeller und finanzieller Ressourcen keine Kapazitäten vorhanden.

Die Bundesanwaltschaft verfügt auch nicht über die personelle Ausstattung, um in den Strafakten die von Ihnen erbetenen Nachforschungen zu Unterlagen des ehemaligen Ministeriums für Staatssicherheit anzustellen. Ein Ersuchen um Einsichtnahme in die hier verwahrten Akten, das nur über einen Rechtsanwalt gestellt werden kann und die Darlegung eines berechtigten Interesses erfordert, hätte voraussichtlich ebenfalls keine Aussicht auf Erfolg, da zuvor wiederum die betroffenen Personen ermittelt und beteiligt werden müssten.

Mit freundlichen Grüßen

...

Flashback Fantasia

Auf einmal ist da wieder dieser Anruf um die Weihnachtszeit 1977, kurz nach der Auslieferung.

Wir verabreden uns in einer gutbürgerlichen Gastwirtschaft in Frankfurt/Main, um nicht so aufzufallen.

Am Tisch:

a) Ein hübscher sanfter junger Mann mit kurzem lockigem Haar, die Wangen blass, zerstochene Unterarme.

b) Eine junge Frau zum Verlieben, klein, eventuell brünett, in meiner Erinnerung dunkeläugig.

c) und d) Zwei junge Frauen, die eine vollschlank, die andere etwas fülliger, deren Namen ich vergessen habe.

Das Wort hat b):

c) und d) seien vom Fantasia-Druck-Kollektiv in Stuttgart. Ob ich ein paar Akten bei mir einlagern könne.

Ich überlege kurz:

Irgendwer muss ihnen gesteckt haben, dass ich ein Haus in der Vorderrhön besitze.

»Was für Akten?«

Ein Teil der Akten der Kanzlei Klaus Croissant, der jetzt in U-Haft sitzt und einen Amtsverweser hat, der die Akten loswerden will.

Ermittlungsakten aus dem Strafverfahren gegen die fünf Stammheimer.

»Kein Problem«, sage ich großspurig.

Die vier freuen sich, betätscheln mich, loben mich.

Einige Tage später halten zwei Polizeiautos vor der Einfahrt.

Dazwischen ein Kleinlaster.

Die zwei Genossinnen der Firma Fantasia steigen aus.

Auch die Polizeibeamten.

Ob man mal meinen Ausweis sehen könne?

Ob der Laster zu mir wolle?

Ob ich damit einverstanden sei, dass der Laster vor meiner Einfahrt halte.

Was soll ich davon halten?

Zur Erläuterung:

In Westdeutschland herrschte zu der Zeit zwar noch der bürgerkriegsähnliche Ausnahmezustand, wie jeden Tag seit dem Tod der Prota- und Antagonisten vom 17./18. Oktober 1977, aber keine Panik:

Wer für die Revolution ist, fürchtet keine Passkontrolle.

»Schon Recht, Herr Wachtmeister. Die Damen arbeiten für mich. Sie können Feierabend machen.«

Gemeinsam schleppen die zwei Fantastinnen und ich die Ermittlungsakten auf den Speicher. An die siebenhundert.

Nach dem Abendessen geht's zurück nach Stuttgart.

Der Kleinlaster ist ein Leihwagen.

In der Nacht lautes Ächzen im Gebälk.

Die Akten sind zu schwer für mein altes Haus.

Gleich um sieben Uhr früh rücke ich an mit schwerem Gerät, schneide dicke Stempel, um die Decke abzustützen, Keile. Sechzehnzollnägel.

Das hält ewig.

Muss es aber nicht.

Eben mal zehn oder fünfzehn Jahre später werden die Akten geklaut. Während ich verreist bin. Oder besser genau:

Ohne mein Einverständnis aus dem Haus getragen und auf einen Laster verladen.

Von zwei Personen, die ich kaum kenne. Eine Frau und ein Mann.

Zur weiteren Erläuterung:

Die Frau hatte Aussicht auf eine wie auch immer dotierte Position in einer Institution, die sich angeblich mit Sozialforschung beschäftigt. Da dachte sie wohl, wenn sie siebenhundert Leitzordner mitbringt, verbessert sie ihre Chancen.

Der Mann war ihr Freund.

Das muss reichen.

Fantastisch.

Der Prozess

Ich sagte:

»In der Hauptverhandlung, die ab Frühjahr 1978 in Stammheim stattfand, hatte Klaus mehr französische Verteidiger als deutsche, wie es scheint.«

Baier faltet die Hände überm Bauch und streckt sich in seinem bequemen Anwaltssessel. Er ist fast so klein und rundlich wie ich.

»Er hatte die Anwälte schon in Paris nach einer Art Richtungsproporz ausgesucht«, sagt er.

»Badinter: Sozialist, linker Flügel.

Jean Denis Bredin: mehr rechts.[1]

Marie-France Schmidlin: Konservativ.

Joe Nordmann: Kommunist, Präsident einer internationalen Juristenvereinigung.«

»Und Jacques Vergès? Wo wäre der einzuordnen?«

»Vergès wurde erst aktiv, als sich die Frage aufdrängte, in welches Land Klaus nach Verbüßung seiner Haftstrafe ausreisen könnte. Man konsultierte Vergès wegen seiner Tätigkeit als Berater der algerischen Regierung. Natürlich auch wegen seiner juristischen Position. Sie lautete in etwa:

Der Verteidiger muss seinem Mandanten politisches Gehör verschaffen, er ist Beistand des Angeklagten, nicht Teil der Justiz Der Angeklagte hat das Recht, auch das System, das ihn inkriminiert, verbal anzugreifen.

Vergès war um 1960 bekannt geworden, als er Angeklagte vertrat, die von der französischen Kolonialverwaltung in Algerien mit dem Tode bedroht wurden. Jeder, den er vor der Hinrichtung rettete, war für ihn ein Erfolg. Er war ein entschiedener Antikolonialist.«

»Warum war Klaus so verhasst? Justiz, Staatsorgane, Massenmedien, sogar viele alte Freunde haben ihn gehasst.«

»Weil er im Prozess gegen die erste Generation der RAF, der 1975 in Stammheim begann, eine besonders unbeliebte Position vertrat.

Die Verteidiger der RAF zerfielen grosso modo in drei Gruppen.

Die erste Gruppe wollte ihre Mandanten rein rechtlich verteidigen. Sie wurde von den Angeklagten ziemlich bald abgelehnt.

Die zweite Gruppe nahm eine Mittelposition ein. Ein bisschen Politik, viel Juristerei, wenngleich aggressiv.

Klaus Croissant und Hans Heinz Heldmann waren dagegen der

1 Bredin gehörte zur Kanzlei von Badinter.

Meinung, die Angeklagten hätten das Recht, ihre politischen Standpunkte darzustellen und ihre Gegnerschaft zum herrschenden politischen System in der BRD zu begründen.«

Indem sie diese Position rückhaltlos vertraten, seien sie fast automatisch zur Zielscheibe des Staates und der Justiz geworden.

»Aber nur Klaus wurde fertiggemacht. Warum nicht auch Heldmann?«

»Auch Heldmann war Schikanen ausgesetzt.«

»Aber er war nie im Knast wie Klaus.«

»Heldmann stieß relativ spät zur Verteidigung. Da hatte die Justiz die erste Riege der Anwälte – Groenewold, Ströbele, Croissant – bereits abgeräumt. Heldmann auch noch zu eliminieren, erschien wohl nicht ratsam«.

Die deutschen Anwälte im Strafverfahren gegen Klaus 1978:
Stephan Baier, Eberhard Kempf und Brigitte Tilgner als Vertrauensanwälte, die vom Gericht auch beigeordnet wurden, dazu als Pflichtverteidiger RA Hauser. Seine Beiordnung erfolgte, um das Verfahren nicht zu gefährden, falls die Vertrauensanwälte den Prozess boykottieren sollten.

Hauser habe sich anständig verhalten, sich nicht dem Gericht gebeugt und zum Schluss erkannt, dass Klaus zu Unrecht angeklagt wurde.

Die Stimmung im Gerichtssaal:

»Der erste Vorsitzende, ein gewisser Schiebel, war jovial und locker, betrachtete Klaus als irregeleiteten Sympathisanten. Dadurch war eine einigermaßen faire Verhandlung möglich. Sein Stellvertreter, Strohbuch, war der schärfere. Als er nach einiger Zeit den Vorsitz übernahm, wurde es erheblich ungemütlicher im Saal. Strohbusch betrachtete Klaus als Kriminellen. Aus dessen Sympathie für den bewaffneten Kampf schloss er, dass Klaus die ihm zur Last gelegten strafbaren Handlungen tatsächlich begangen habe. Er holte

Dinge wieder hervor, die sein Vorgänger Schiebel bereits als unerheblich eingestuft hatte.«

»Was war der Hosenladenerlass?«

»Das Gericht hatte schon gleich zu Beginn des Verfahrens verfügt, dass die körperliche Durchsuchung der Verteidiger auch den Intimbereich zu umfassen habe. Wir lehnten das ab und riefen das Bundesverfassungsgericht an. Klaus war damit einverstanden. Es ging um das Recht der ungehinderten Verteidigung. Erst als Karlsruhe den Hosenladenerlass für rechtmäßig erklärte, nahmen wir unsere Arbeit wieder auf.«

»Auch die Franzosen?«

»Die blieben auf Geheiß ihrer Standesvereinigung weiterhin fern.«

»Welche Bedeutung hatte das Problem für das Verfahren gegen Klaus?«

»Das Problem war: Es war viel Presse da am Eröffnungstag, auch internationale, schon wegen der Franzosen. Dazu eine Menge Prozessbeobachter und Besucher. Klaus sollte eine vorbereitete Prozesserklärung abgeben und darüber hätten die Medien natürlich berichtet. Als die Verhandlung dann endlich begann, war keiner mehr da. Klaus gab seine Erklärung quasi im luftleeren Raum ab.«

»Dann war es ein Fehler, die Hosen anzubehalten.«

»Das war ein großer Fehler. Ein Paukenschlag wurde verpasst.«

»Was hältst du von dem Urteil gegen Klaus?«

»Ein glattes Fehlurteil. Wir haben auf Freispruch plädiert. Klaus hat gegen kein Gesetz verstoßen.«

»Aber hätte Klaus nicht einschreiten müssen, wenn Mitarbeiter des IVK strafbare Handlungen begingen? Hatte er nicht die Herrschaft über sein Büro in Stuttgart?«

»Eben nicht soweit es das IVK betraf. Es kam vor, man rief an und wollte etwas von Klaus. Dann sagte einer der Mitarbeiter: ›Dafür ist der nicht zuständig. Das macht der und der.‹

Im übrigen: Wer sagt uns, dass das stimmt, was über die IVK-Leute in seinem Büro behauptet wird?

Für uns, die Verteidiger, waren alle Anklagepunkte im Prozess gegen Klaus nicht haltbare juristische Konstrukte. Das Info-System war nicht strafbar. Wenn eine Gruppe von Straftätern derselben Straftaten bezichtigt wird, müssen die einzelnen Angeklagten ihre Verteidigung miteinander abstimmen können und das kann nur über ihre Verteidiger laufen.«

»Warum kriegte Klaus zweieinhalb Jahre? Warum mehr als andere Rechtsanwälte, zum Beispiel Groenewold oder Ströbele?«

»Damit das Gericht ihm keine Bewährung geben konnte.«

»Warum sollte er keine Bewährung kriegen?«

»Weil er schon so lange in Untersuchungshaft saß. Du kannst einen Menschen nicht monatelang in U-Haft halten und dann auf Bewährung freilassen. Noch dazu, wenn du ihn zum Staatsfeind erklärt hast. Gegen Kurt Groenewold wurden erheblich schwerere Vorwürfe erhoben, aber er saß nicht in U-Haft und er stand nicht so im Rampenlicht wie Klaus.«

»Und er hat abgeschworen.«

»Man kann es aus seiner juristisch verklausulierten Erklärung herauslesen, aber das war nicht entscheidend. Die Vorwürfe gegen ihn waren unhaltbar und trotzdem wurde er verurteilt.«

»Du kennst auch die Ereignisse in Zusammenhang mit seiner Entlassung aus der Haft.«

»Ja.«

Schon vor der Entlassung Anfang Dezember 1979 hätten sich mehrere Verteidiger getroffen: Wohin mit Klaus? Wegen der 30-Tage-Frist. Das Treffen habe in der Wohnung im SI-Center stattgefunden. In Frankreich hatte Klaus Einreiseverbot. Rechtsanwalt Kempf sei herumgereist. Nach Algerien, auch nach Griechenland. Schließlich hätte sich Österreich bereit erklärt, Klaus aufzunehmen. Am 5. Dezember 1979 habe er Klaus vor den Toren von Stammheim abgeholt.

»Natürlich mit reichlich Staatsschutz im Gefolge?«

Baier erinnert sich nicht, ob der Abtransport observiert wurde und wohin Klaus gebracht wurde, nicht ob es Tag war oder Nacht, nicht, wer dabei war, nicht wann, wo und wie Klaus nach Österreich reiste.

Erst beim Prozess gegen Brigitte Heinrich sahen sie sich wieder.

Die Frage der Ausreise

Das französische Auslieferungsdekret verbot es den deutschen Verfolgungsbehörden zwar, Klaus wegen der Beschuldigungen, die das französische Gericht nicht anerkannt hatte, anzuklagen, aber dieser Vorbehalt galt nur für die Dauer von dreißig Tagen.

Nach Verbüßung der Strafe plus dreißig Tage – also ab Anfang Januar 1980 –, stand es der westdeutschen Justiz frei, die bis dato quasi unerledigten Vorwürfe erneut zur Anklage zu bringen.

Klaus musste also rasch ein Asylland finden.

Dort hätte die BRD zwar abermals die Auslieferung beantragen können, aber nachdem Frankreich die Haltlosigkeit der deutschen Vorwürfe bereits höchstrichterlich festgestellt hatte, bestand Hoffnung, nicht erneut ausgeliefert zu werden.

Offensichtlich kam die westdeutsche Justiz im Laufe der folgenden Monate zur Vernunft und beendete die Verfolgung klammheimlich.

Sehr zum Leidwesen des Generalbundesanwalts Rebmann.

Der sagte zu Klaus noch 1992 am Rande einer Fernsehdebatte: »Herr Croissant, Sie hätten wir damals gerne gehabt.«

Maßnahmen gegen Klaus und sein Stuttgarter Büro III

11. Juli 1977
Klaus setzt sich über das gerichtliche Verbot, die Bundesrepublik zu verlassen, hinweg und reist nach Paris, um die Öffentlichkeitsarbeit von dort weiterzuführen. Seine beiden Partner Arndt Müller und Armin Newerla machen weiter.

12. Juli 1977
Klaus gibt im Büro seines Anwalts de Félice bekannt, dass er in Frankreich politisches Asyl beantragen werde. Er wird in den folgenden drei Monaten in etlichen Interviews mit Tageszeitungen und dem französischen Fernsehen über den Ausnahmezustand berichten, in den sich die BRD hineinmanövriert hat. Er wird über die Situation seiner ehemaligen Mandanten aufklären und über die Lebensgefahr, in der sie sich befinden. Auf deutscher Seite werden diese Einlassungen die Hetzkampagne gegen ihn noch verstärken. In einem Fernschreiben an die französischen Behörden wird das BKA ihn als »eine Zentralfigur des internationalen Terrorismus« bezeichnen.

14./15. August 1977
Anschlag auf das Stuttgarter Büro. Schwere Verwüstungen. Schaden ca. 100.000 Mark. Ermittlungen 1980 eingestellt, weil angeblich kein Täter ermittelt werden konnte. Vermutungen gehen dahin, dass die Rohrbombe vom Staatsschutz gelegt wurde.

20. August 1977
Rechtsanwalt Armin Newerla von einer Antiterroreinheit des BKA festgenommen. Er hatte in Frankfurt am Main an einer Konferenz des Russel-Tribunals teilgenommen und über die Lage in

Stammheim gesprochen. In seinem Fahrzeug saßen drei Teilnehmer des Treffens. Außerdem hatte einer der Fahrzeuginsassen eine linksradikale Zeitschrift namens Mob bei sich. Ich lebte fortan in Angst, ebenfalls festgenommen zu werden. Seit meiner Rückkehr aus Polen in diesem Sommer stand immer ein Köfferchen neben der Wohnungstür. Nachthemd, Zahnbürste, Unterhose, Seidenkordel zum Aufhängen et cetera. Das Dorf, in dem ich damals lebte, war mehrfach von Polizei abgeriegelt und erlebte mehrere Razzien, genau wie einige Dörfer der Umgebung, in denen ich Freunde hatte.

30. August 1977

Newerla erneut verhaftet wegen der Zeitschrift Mob, obwohl einer der Zeugen aussagte, die Zeitschriften hätten ihm gehört. Newerla wurde wegen Unterstützung der RAF verurteilt und saß bis 1981 im Gefängnis.

25. September 1977

Der Justizminister Baden-Württemberg entzieht Klaus die Anwaltslizenz.

30. September 1977

Klaus wird in einem Appartement in der Avenue du General Leclerc 110 im 14. Arrondissement verhaftet.[1] Währenddessen wurden in Stuttgart auch sein Sozius Rechtsanwalt Arndt Müller und die Sekretärin Gabriele Helm festgenommen. Das Büro wird stundenlang besetzt und durchsucht.

1. Oktober 1977

Bundesrichter Kuhn erlässt Haftbefehle gegen Müller und Helm. Gegen Arndt wegen Unterstützung. Bei Helm wurde angeblich ein Zeitungsartikel aus »Le Monde Diplomatique« vom Juli 1976 gefunden.

1 Teile des Vierzehnten waren damals eine Hochburg des Widerstands. Die Behörden beseitigten das Problem in den Achtzigerjahren mit der Abrissbirne.

Beiden wurde im Hafteröffnungstermin das Recht auf anwaltlichen Beistand versagt wegen angeblichen übergesetzlichen Notstands. Müllers Anwalt Reder: »Ein derart gravierender Eingriff in die Grundrechte ist in der Justizgeschichte der BRD einmalig.«

3. Oktober 1977
Der Staatsschutzspitzel Volker Speitel bei Wiedereinreise in die BRD verhaftet.

5. Oktober 1977
Die letzte Nachricht aus dem Büro, die ich per Post erhielt, klang wie das SOS eines untergehenden Dampfers:

»Gegen 14 Uhr 30 wurde das Stuttgarter Anwaltsbüro wieder von den Bundesanwälten Widera und Lampe gestürmt.«

In ihrer Begleitung befanden sich rund zwanzig Beamte des Bundeskriminalamts Abt. T und des Landeskriminalamtes.

Nach der Verhaftung der Rechtsanwälte Klaus Croissant, Arndt Müller und Armin Newerla und den Mitarbeitern Hans Dellwo, Gabriele Heim und Volker Speitel waren nur zwei Mitarbeiterinnen im Büro.

Die Durchsuchung endete am 6. Oktober 1977 um 19 Uhr.

Während die Beamten über Nacht im Büro blieben, mussten die Zeuginnen das Büro verlassen, angeblich um Gerüchten vorzubeugen, die Beamten hätten mit weiblichen Personen gemeinsam übernachtet. Auch Rechtsanwältin Tilgner, die Lebensgefährtin Croissants, durfte nicht bleiben. Auf ihre Leibesvisitation wurde verzichtet, da sie hochschwanger war. Professor Azzola, der die Kanzlei betrat, wurde dagegen mit Verhaftung bedroht. So erging es auch den beiden Büroangestellten. Ein Mandant von Rechtsanwalt Müller, der das Büro betrat, um eine Akte abzuholen, wurde durchsucht und erkennungsdienstlich behandelt. Nachts zeigte sich, dass die Beamten Schlüssel des Hauses und der Kanzlei besaßen. Über die Herkunft der Schlüssel wurde keine Auskunft gegeben. Das Gebäude und die acht Büroräume waren die Nacht über von Beamten besetzt, die bewaffnet waren und über Funkgeräte kommunizierten.

Auch die Daten sind ausdrucksstark. Speitel wurde am 3. Oktober 1977 festgenommen und unter anderem von Bundesanwalt Lampe, der an der Durchsuchung am 5./6. Oktober beteiligt war, vernommen. Lampe beging dann den Fehler zu gestehen, dass Speitel ihm schon nach seiner Festnahme gestanden habe, dass er die Waffen für die Gefangenen in Stammheim verpackt habe. Offensichtlich diente die Durchsuchung am 5./6. auch dazu, Beweismittel in der Kanzlei zu deponieren, auf die später jedoch nicht zurückgegriffen werden konnte, da vor dem 18. Oktober (»die Nacht von Stammheim«) niemand wissen durfte, dass die Gefangenen Waffen besaßen. Speitel musste dann behaupten, er habe die Waffen nicht im Büro verpackt, während Lampe sein erste Aussage widerrufen musste.

16. November 1977

Die »Chambre d'Accusation de la Cour d'Appel à Paris« erkennt nur einen Teil der von der bundesdeutschen Justiz erhobenen Anklagen gegen Klaus an, verfügt jedoch unter Zuhilfenahme eines Übersetzungsfehlers[1] seine Ausweisung. In einem ausführlichen Brief an mich vom selben Tage aus dem französischen Knast schreibt Klaus:

»Über jeden Akt der Solidarität, die hier sehr stark und breit ist, freue ich mich. Weiß, wie schwer das in der BRD ist, habe gelesen, welche Namen bei den Schriftstellern fehlen.«[2]

Am Tag drauf sitzt Klaus im Gefängnis Stammheim.

1 Nach französischem Recht genießen politische Straftaten ein besonderes Privileg. In der Übersetzung des deutschen Auslieferungsbegehrens wurde deshalb eine Formulierung weggelassen, aus der sich ergab, dass die Vorwürfe gegen Klaus politischer Natur waren.

2 Die Bemerkung bezieht sich auf den Versuch, die westdeutschen Schriftsteller dafür zu gewinnen, eine Solidaritätsadresse, für Klaus zu beschließen.

9. März 1978
Beginn der Hauptverhandlung gegen Klaus vor der Staatsschutzkammer des Landgerichts Stuttgart in der Gerichtsfestung Stammheim mit großer, auch internationaler Öffentlichkeit.

16. Februar 1979
Die Kammer verurteilt Klaus zu einer Gefängnisstrafe von zweieinhalb Jahren und zu vier Jahren Berufsverbot. Die Revision wird am 14. November 1979 drei Wochen vor Verbüßung der Haftstrafe zurückgewiesen. Die übliche Aussetzung zur Bewährung nach zwei Dritteln der Haftzeit erfolgt nicht.

5. Dezember 1979
Freilassung. Klaus begibt sich nach Wien.

18. Juni 1980
Klaus ist wieder in Stuttgart. In einem Brief vom Tage schreibt er, er kümmere sich »relativ intensiv um einen neuen Job«. Er habe das Problem mit Volker Schlöndorff und Margarete von Trotta erörtert. Schlöndorff wolle darüber auch mit dem Schriftsteller Alexander Kluge reden. Als Absender gibt er die Büroanschrift von Brigitte Tilgner an.

Der Zugriff

Klaus hatte sich an diesem 30. September 1977, an dem in der BRD das »Kontaktsperregesetz« verabschiedet wurde, in seinem Versteck mit Charles Blanchard von der sozialistischen Tageszeitung Le matin verabredet, um ihn über die Haftverschärfungen in Westdeutschland zu unterrichten.

Blanchard erzählte einem Kollegen, dass er sich mit Klaus treffen wolle und dass Gewährsleute ihn zum Versteck bringen würden.

Blanchards Kollege benachrichtigte die politische Polizei.

Blanchard wurde daraufhin beschattet.

Eine Stunde nachdem der Journalist Klaus verlassen hatte, griff die französische Polizei zu. Wie es scheint, hatte Blanchard deshalb ein schlechtes Gewissen.

Klaus meinte jedenfalls in einem Schreiben, der Journalist sei bestimmt bereit, im Auslieferungsverfahren zu seinen Gunsten auszusagen und zu bestätigen, dass er bereit gewesen sei, sich – auf die Gefahr seiner Verhaftung hin – »für die Gefangenen, die ich verteidigt habe, einzusetzen«.

Ja, jetzet! Lasset Se's!

Das Hauptverfahren gegen Klaus, das im März 1978 im Mehrzweckgebäude in Stammheim begann und sich 72 Verhandlungstage lang hinschleppte, war eine Enttäuschung für die Presse. Die Vorsitzenden der Staatsschutzkammer (der zwölften Strafkammer), erst Helmut Schiebel, dann Wolfgang Strohbusch, seien eine Fehlbesetzung. Zu unvoreingenommen. Zu schwäbisch, bedächtig. Gelassen lasse Schiebel die Anwälte ins Leere laufen, monierte der Spiegel. Als ein Staatsanwalt ihn dafür rügte, dass er sich wegen des Hosenladenerlasses selbst vom Saalschutz untersuchen lassen wolle, habe er den Vertreter der Anklage schwäbelnd abgefertigt:

»Ja, jetzet, wollet sie mi etwa belehren?«

Es war nicht der einzige Lapsus, der dem journalistischen Aufpasser sauer aufstieß.

Eines Tages hätte ein Dutzend junger Leute sich im Gerichtssaal in einer Reihe aufgestellt und die Hemden und Pullis über den Kopf hochgezogen. Da habe man auf ihren Unterhemden lesen können:

»Laßt Croissant frei!«

Der Saalschutz habe sofort mit der gewaltsamen Räumung der Aula begonnen, doch Schiebel habe die eifrigen Grünen zurückgepfiffen:

»Lasset Se's!«

Auch die Anwälte sorgten nicht für Stimmung. Überhaupt keinen richtigen Terroristenprozess hätten sie zugelassen.

Anwalt Kempf habe gesagt:

»Hier ging es nie um Terroristen und meinem Mandanten wird auch nicht vorgeworfen, mit Waffen gehandelt zu haben, sondern allenfalls mit Papier.«

Sogar französisch könne der Vorsitzende, bemerkte ein Reporter und das, wo er geglaubt habe, dass »die Gerichtssprache hier Deutsch beziehungsweise Schwäbisch ist.«

Nur drüben im Knast wurde noch mit harten Bandagen gekämpft. Klaus, den ich einmal besuchen durfte, klagte:

Neonbeleuchtung Tag und Nacht.

Eine Spezialtür, in der sich ein Fenster befinde. Natürlich Panzerglas. Damit der Wachposten nicht zu stehen brauche, habe man außen vor die Tür ein handgeschreinertes Podest gesetzt.

So könne der Wärter jeden Winkel der Zelle einsehen.

Sein Antrag, die Überwachung während der Verrichtung der Notdurft zu unterbrechen, sei abgelehnt worden.

Verlassen der Zelle nur in Begleitung von zwei Beamten.

Vor jedem Verlassen der Zelle und nach jeder Rückkehr vollständige Entkleidung, Kontrolle sämtlicher Körperöffnungen und Ausgabe neuer Bekleidung.

Der Vorgang habe sich an manchen Tagen zwölf Mal wiederholt.

Infolge der dauernden Stresssituation sei er erkrankt und ins Gefängniskrankenhaus auf die Festung Hohenasperg verlegt worden – später in ein städtisches Krankenhaus, wo die Erkrankung als psychosomatische Folge der Dauerbeleuchtung und der Dauerüberwachung diagnostiziert wurde.

Erst danach seien die Isolation und die Überwachung schrittweise zurückgenommen worden.

Den härtesten Schlag versetzte Richter Schiebel der Staatsanwaltschaft, als er nach langem Hin und Her einen rechtlichen Hinweis des Gerichts verkündete, mit dem er, wie eine Zeitschrift der entsetzten Öffentlichkeit verklickerte, »den Positionen der Verteidiger näher war, als denen der Staatsanwaltschaft.«

Kein Wunder, dass Schiebel erkrankte und den Vorsitz abgeben musste.

Dabei hatte Schiebel nur verkündet, was rechtens war.

Klaus durfte nach dem Auslieferungsdekret nicht mehr als Drahtzieher der RAF verurteilt werden.

So kam, was kommen musste, nach etwa tausend mal Anziehen und Ausziehen:

»Hat sich für BM-Anwalt Croissant die Flucht nach Frankreich trotz seiner Auslieferung etwa doch gelohnt?«

Und ein Mann des Spiegels verriet traurig, was ein Richter ihm angeblich noch im Gerichtssaal gesteckt habe:

»Dieser Croissant war entweder in allem, was er getan hat, über die Maßen clever, oder die Anklage hat geschlampt.«

Nach soviel Schlamperei blieb nur noch Hoffnung auf die Justizverwaltung, der Klaus nach dem Endurteil am 16. Februar 1979 zwecks Verbüßung einer Haftstrafe von 2½ Jahren ausgeliefert wurde.

Sie setzte nach sorgfältigem Rechnen (da die lange Untersuchungshaft berücksichtigt werden musste) das Ende der Haftzeit auf den 5. Januar 1980 fest.

Die Rechnung war einer Besonderheit des Gnadenrechts geschuldet. Es gab damals in Deutsch-Südwest eine sogenannte Weihnachtsamnestie. Sie befahl der Justizverwaltung, alle Gefangenen, deren Haftzeit am 4. Januar 1980 endete, am 28. November 1979 freizulassen. Da Klaus jedoch bis 5. Januar in Strafhaft saß, fiel er nicht unter die Weihnachtsamnestie.

Doch das Ministerium hatte die Rechnung abermals ohne den Klaus gemacht. Der rechnete nach und stellte fest, dass er am 4. Januar 1980 zu entlassen war.

Also raus mit ihm.

Die Justiz legte zwar noch ein paar Tage drauf, doch am Abend des 5. Dezember 1979 öffneten sich die Tore von Stammheim und Klaus fiel seinem Anwalt Baier und Brigitte in die Arme.

So endete sein erstes Strafverfahren wie das zweite vierzehn Jahre später als Justizposse und deutsche Farce.

Unterstützer

Klaus wird also aus'm Knast entlassen. Die letzten drei Angeklagten des Fünfer-Prozesses in Stammheim sind seit über zwei Jahren tot. In den Todeszellen wurden angeblich Waffen, Sprengstoff und anderes Unerlaubtes gefunden. Baader und Raspe erschossen, Ensslin erhängt. Möller lebensgefährlich verletzt, aber wo ist das Messer? Wie kamen die Waffen in die Zellen? Sie wurden angeblich in einer anwaltlichen Handakte versteckt, die von Arndt Müller im Gerichtssaal an dessen Mandantin Gudrun Ensslin weitergereicht wurde. Gudrun gab dem Anwalt eine Akte, die sie aus der Zelle mitgebracht hatte. Der Anwalt gab ihr die Akte mit der Waffe und fertig war die Laube. Man könnte auch rekonstruieren, wann das geschah. Da der Prozess gegen Baader, Ensslin, Raspe am 28. April 1977 zu Ende war, muss die Übergabe früher erfolgt sein. Da alles stets protokolliert wurde, könnte man sogar feststellen, an welchen Tagen Gudrun im Gerichtssaal war und an welchen Tagen Müller sich gleichzeitig im Gericht aufhielt. Am 31. Januar 1980, während Klaus in Wien lebt, endet der Prozess gegen Arndt Müller und Armin Newerla, in dem ausführlich auch über den angeblichen Waffentransport Beweis erhoben wurde. Mehr als vierzig Justizbedienstete haben ausgesagt, dass sie den Transport bemerkt hätten, wenn er sich so ereignet hätte, wie vom Bundesanwalt Rebmann beschrieben. Die aufwendig präparierten Handakten wurden nie gefunden. Zu dem Zeitpunkt hat die Überlebende Möller bereits vor einem Untersuchungsausschuss erklärt:

»Wir hatten keine Waffen.«

Monate später muss auch der Spiegel einlenken.

I. Fußnote zu einem Artikel im Spiegel:[1]

»Das Urteil des Stuttgarter Oberlandesgerichts gegen Armin Newerla vom 31. Januar 1980 legt dem Anwalt nicht zur Last, er habe Waffen oder Sprengstoff in die Stammheimer Haftanstalt eingeschmuggelt.«

II. Gegendarstellung im selben Käseblatt:[2]

»Der Spiegel veröffentlichte unter der Überschrift Wir wollten alles und gleichzeitig nichts, Nr. 33/80 auf den Seiten 30 ff. einen Bericht von ›Ex-Terrorist Volker Speitel über seine Erfahrungen in der Westdeutschen Stadtguerilla‹, der sich auch mit mir beschäftigte.

1. Auf Seite 30 heißt es, als Transportmittel für die Waffe, die die Gefangenen haben wollten, sei nur die Handakte in Frage gekommen. Wörtlich heißt es weiter: ›Die Äußerungen von Arndt Müller dazu sprachen davon, dass er die Akte vor den Durchsuchungsbeamten durchblätterte.‹ Diese Behauptung ist unwahr: Ich habe niemals Waffen, auch nicht in einer Handakte, in die Vollzugsanstalt Stuttgart-Stammheim gebracht.

2. Auf Seite 30 wird weiter behauptet, ich habe entweder in der Handakte oder in der Unterhose Sprengstoff in den Knast gebracht. Weiter heißt es wörtlich: ›Die Transporte zogen sich über Wochen hin, weil es viel anderes an Transportgut und Bestellungen aus dem

1 Der Spiegel Nr. 33 / 1980, S. 30.

2 Der Spiegel Nr. 37 / 1980, S. 87.

Knast gab, sodass die Anwälte nicht mehr nachkamen mit reinschaffen.‹ Diese Behauptungen sind unwahr: Ich habe weder Sprengstoff noch ›anderes Transportgut und Bestellungen‹ in die Vollzugsanstalt gebracht.

3. Auf Seite 31 heißt es: ›Wenn die Anwälte Post für die Illegalen mitbrachten, das war die Regel eigentlich, sie sofort in ein Depot zu bringen, bis man sie dann zu den Illegalen brachte. Einmal klappte es nicht, da war Arndt Müller vormittags im Knast und brachte ein dickes Paket für die Illegalen mit.‹ Diese Behauptungen sind unrichtig: Ich habe niemals Post oder ein dickes Paket von den Gefangenen für die Illegalen mitgebracht.

Stuttgart, den 28.8.80

Arndt Müller«

Wien kann sehr kalt sein

Später Vormittag, erster Weihnachtsfeiertag, die Gassen leer. Durch die Praterstraße pfeift der Wind. Der Italiener führt seinen Pudel aus, wie am Vortag. Auch er macht Urlaub in Wien. Es ist saukalt. Ich parke mein Auto im Müll der Straße hinter einer Messehalle. Leer auch der Wurstelprater. Lächerlich und ohne Reiz die primitiven Fratzen, schrillen Figuren, bunten Aufbauten der Jahrmarktsbuden. Alles geschlossen. Kein Aufreißer preist ein Kind mit drei Beinen an. Horror, Titten, Muff und Nepp liegen im Winterschlaf. Geöffnet nur das Riesenrad, unbewegt, ohne Besucher.

Das Café Heine im zweiten Bezirk (Leopoldstadt) ist geräumig, plüschig, fast leer. Im Saal nebenan einige Herren ohne Getränke um zwei Kaffeehaustische gruppiert wienern ihren Schmäh. Leger gekleidet.

Gerhard Oberschlick dürfte Mitte sechzig sein. Er bestellt Geselchtes, ich nehme ein kleines Gulasch. Er berichtet von Scharmützeln mit Jörg Haider und anderen Rechtsradikalen.

O. war nur zeitweise in der sozialistischen Partei SPÖ. Lernte Mitte der 60er Jahre den Publizisten Günther Nenning kennen, der damals das Kulturmagazin FORVM (mit »V«, statt mit »U«) in Alleinregie übernommen hatte.

»Nenning suchte einen Büroorganisator, weil seine Frau die Sekretärin rausgeworfen hatte.«

Etwa ab 1973 war O. für den Verlag als Anzeigenakquisiteur tätig, was Reisen erforderlich machte, unter anderem nach Stuttgart, wo er von Klaus empfangen wurde.

1985 kaufte Oberschlick die Zeitschrift und führte sie bis 1996. Danach wurde das Blatt eingestellt.

»Wie kam es zu dem Besuch bei Klaus?«

Er habe Klaus von sich aus angerufen, der zu der Zeit, etwa 1974, auch in Österreich eine bekannte Persönlichkeit gewesen sei. Unter anderem habe er (Oberschlick) Presseberichte über die Haftbedingungen und den bevorstehenden Prozess in Stammheim verifizieren wollen und sich für die Ziele und Methoden der RAF interessiert. Diese seien in Wien viel diskutiert worden und das FORVM habe sich mehrfach mit der Materie befasst.

Das Treffen habe im Büro Croissant stattgefunden. Ein Mitarbeiter, möglicherweise ein Rechtsanwalt, habe ihn zu einem Lokal bestellt, von dort in eine Tiefgarage usw. Eine Schnitzeljagd. Er (Oberschlick) habe den konspirativen Aufwand übertrieben gefunden, zumal das Büro überwacht wurde. Im Büro habe es mehrere Mitarbeiter gegeben. Er sei sofort zu Croissant geführt worden. Möglicherweise heiße der Rechtsanwalt, der ihn ins Büro gelotst habe, Haag.

»Wie kam Klaus nach seiner Entlassung im Dezember 1979 nach Wien?«

Gerhard Oberschlick berichtet, er habe eines Morgens einen Anruf erhalten, ob er Klaus unterbringen könne. Anderntags um acht

Uhr in der Früh' habe er in der Villa des österreichischen Bundeskanzlers Bruno Kreisky angerufen.

»Kreisky antwortete ohne zu zögern: Rufen Sie heute Nachmittag um drei den Erwin an, aber nicht vorher.«

Er habe sich mit Lanc[1] im Café Eiles verabredet. Sie hätten Würstchen mit Senf und Kren bestellt.

»Lanc sagte: Das machen wir. Sag dem Dr. Hermann[2] wann und wo dein Dr. Croissant einreisen wird und sag dem Dr. Croissant, er solle nicht erschrecken, wenn er feststellt, dass er observiert wird.«

Er (Gerhard Oberschlick) habe die Person angerufen, die ihn am Vorabend angerufen habe und ihr mitgeteilt, was er mit Kreisky und Lanc verabredet hatte.

»Dann müssen Sie aber gewusst haben, von wem der Anruf kam. Warum wissen Sie es heute nicht mehr?«

»Das war nicht wichtig.«

»War es vielleicht ein deutscher Anwalt?«

»Das weiß ich nicht.«

»Vielleicht eine Frau?«

»Das weiß ich nicht.«

»Kannten Sie den Innenminister persönlich?«

»Nein.«

»Aber er duzte Sie.«

»Er duzte mich, ohne mich zu kennen.«

»Woher hatten Sie die Privatnummer vom Kreisky?«

»Die stand im Telefonbuch, das wusste man. Bei dem konnte jeder anrufen. Sein Motto lautete: Ich bin für alle Österreicher da.«

»Woher wussten Kreisky und Lanc, wer Sie sind?«

»Mein Entree war das FORVM.«

»Kam Klaus allein oder wurde er gebracht?«

1 Erwin Lanc, Jahrgang 1930, wie Klaus, war für die Sache als Innenminister zuständig. Unter ihm wurde das »Gendarmerieeinsatzkommando« (GEK) als bundesweite Antiterror-Einheit eingerichtet.

2 Ein Beamter des Unterrichtsministeriums. Unklar, was der hier zu suchen hat.

»Das weiß ich nicht.«

»Haben sie es vergessen?«

»Ich werde es nie gewusst haben.«

Oberschlick bringt Klaus in einem kleinen Hotel im sechsten Bezirk unter, unweit vom Naschmarkt gleich beim Café Sperl. Das Auto der Zivilbeamten, die ihn observieren, parkt in der zweiten Reihe. Jedes Mal, wenn ein Fahrzeug die schmale Gasse passieren will, beginnt ein Hupkonzert und das Polizeiauto muss einmal um den Block fahren. Klaus zieht entnervt zu Oberschlick, wo er aber nicht bleiben kann. Oberschlick wendet sich an ein befreundetes Ehepaar in der Vorstadt, Otto und Alice Fielhauer.

Später habe Klaus auch bei Kuno Knöbl gewohnt, der damals eine Villa in Hinterbrühl besessen habe. Knöbl sei ein wichtiger Mann beim Fernsehsender ORF 2 gewesen. Auch seine Frau sei fürs Fernsehen tätig, soweit er wisse. Sie sei die Tochter eines bekannten westdeutschen Juristen namens Möhring gewesen.

»Ich kenne Frau Möhring, nicht jedoch Hinterbrühl.«

»Sie kennen Hinterbrühl nicht?«

»Sprechen wir vom Geld. Wovon lebte Klaus? Haben Sie ihn unterstützt?«

»Am Anfang werde ich ihm etwas geliehen haben, aber später hatte er Geld. Einmal rief er mich an: ›Ich brauche ein Bankkonto. Am besten du machst zwei Konten, eins für den Großteil, das andere für die laufenden Ausgaben.‹ Er gab mir einen Scheck und ich richtete zwei anonyme Sparbücher ein. Das war damals noch möglich. Ein Nummernkonto. Also nicht auf seinen Namen. Man brauchte nur ein Losungswort. Das Losungswort war, glaube ich, ›Kipferl‹.«

»Nicht ›Hörnchen‹?«

»Sie haben Recht. Es war ›Hörnchen‹.«

»Woher kam das Geld?«

»Keine Ahnung.«

»Aber Sie sind sicher, dass es ein Scheck war?«

»Vielleicht war es auch Bargeld.«

»Wie viel?«

»Viel war es sicher nicht.«

»Geben Sie es zu: Sie hielten es für möglich, dass das Geld aus einer strafbaren Handlung stammte.«

»Ich war mir nicht sicher.«

»Hatte er Besuch? Hat er telefoniert, schrieb er Briefe?«

»Nicht, dass ich wüsste.«

»Kennen Sie diesen Herrn hier?«

»Wer ist das?«

»Ein bekannter französischer Anwalt, Maître Vergès.«

»Ja, den habe ich einmal gesehen. Der war mal da.«

»Was hat Klaus denn nun so getan, den lieben Tag lang?«

»Keine Ahnung.«

»Alice Fielhauer sagte mir, Sie hätten sich ein wenig um ihn gekümmert. Mal ins Theater oder so.«

»Das muss ein Irrtum sein.«

»Ins Kaffeehaus, ins Kino. Meinetwegen auf den Wurstelprater.«

»Im Winter auf den Prater?«

»Hat er gelesen?«

»Ich weiß nicht. Einmal sah er bei mir die Erstausgabe von Musils Mann ohne Eigenschaften. Er wurde ganz euphorisch. Als Junge, sagte er, habe er die gleiche Ausgabe besessen.«

»Hatten Sie den Eindruck, dass er sich langweilte?«

»Ja sicher.«

»Wegen der erzwungenen Untätigkeit?«

»Am meisten litt er unter der ständigen Observation. Sie blockierte ihn total.«

»Dann wurde er auch bei Ihnen überwacht?«

»Bei mir, bei Fielhauers, bei Knöbl. Solange er in Wien war. Nicht durchgängig, aber wenn, dann sehr intensiv und äußerst lästig.«

Zu Fuß zum Nestroyplatz, von dort mit der U-Bahn ins Beisl, Dorotheergasse beim Graben. Eine Palatschinke mit Konfitüre gegessen. Danach ins Quartier, husten. Abends mit Cordula lange umhergeirrt durchs menschenleere, bitter kalte Wien auf der Suche nach einem Lokal, während die Töchter daheim auf ihren Instrumenten üben. Gegen zweiundzwanzig Uhr Familientreffen beim genagelten Stock an der Kärtnerstraße. Aus lauter Verlegenheit ins Gulaschmuseum hinterm Stephansdom. Unhöfliche Bedienung, mäßiges Essen. Gegen Mitternacht ins Hilton, wo sich ein Jazzclub befinden soll. Ein arroganter Portier: »Sie meinen den Djähsclöb?«

Die Töchter lachten sich scheckig über den aufgeblasenen Heini, auch wenn der Djähsclöb natürlich geschlossen war.

Nenning, FORVM, Torberg

Der Name Nenning, 1921–2006, verstärkt durch seine Zeitschrift FORVM, dürfte die Aufnahme Croissants in Österreich erleichtert haben, auch wenn Knöbl angibt, Nenning habe gekniffen.

Wer war Nenning?

Publizist, »Querdenker«, »Polarisator«, langjähriger Moderator der ersten Talkshow in deutscher Sprache – des legendären »Club 2«.

In Westdeutschland schrieb Nenning für Die Zeit und den Spiegel.

Von 1982 bis 1985 gehörte er zur Moderatorenriege der Talkshow 3 nach 9 des TV-Kanals von Radio Bremen.

N., berüchtigt für seinen Schmäh, war 1960–1985 auch Vorsitzender der österreichischen Journalistengewerkschaft.

Schon unter Friedrich Torberg Mitarbeiter der Zeitschrift FORVM, verfasste N. 1984 mit Jörg Mauth das »Schönheitsmanifest«, das als Inkunabel der österreichischen Grünen gilt, deren Gallionsfigur er wurde.

Motto: »Wen der Pfeil des Schönen je getroffen …«

Zitat »Schönheitsmanifest«:

»Das Schöne ist ein fundamentaler Maßstab menschlichen Tuns und Denkens. Die pausenlose Verhäßlichung unserer Welt ist ein Skandal.«

Im gleichen Jahr nahm N. die »Saure Gurke« für »die frauenfeindlichste Sendung« entgegen. Gegen Ende seines Wirkens war ein gewisser Rechtsruck mit nationalanarchistischen Zügen bemerkbar. Sich selbst bezeichnete N. als »rot-grünen Halbschwarzen«.

Fest steht, Gefangene aus der RAF lasen das FORVM im Knast und sowohl Nenning als auch seine Zeitschrift standen auf der Mailinglist der potentiellen Multiplikatoren von Informationen, die von der gleichgeschalteten bundesdeutschen Presse unterdrückt wurden. Unter Nenning vollführte das FORVM ab 1966 einen Doppelaxel und propagierte nun prokommunistische, später auch intransigent grüne Theoreme.

Das FORVM wurde Anfang 1954 von Friedrich Torberg als Monatsschrift »für die Freiheit der Kultur« gegründet.

Torberg, Wiener, 1908–1979, Schriftsteller und Journalist, schlug sich nach der Besetzung Österreichs durch die Nazis über Prag, Zürich, Paris, Bordeaux nach Lissabon durch und emigrierte 1940 in die USA.

1951 kehrte er nach Wien zurück, blieb aber Staatsbürger der USA.

Das FORVM war unter seiner Ägide militant antikommunistisch.

Sich selbst bezeichnete er als »Jud vom Dienst«.

Gemeinsam mit Hans Weigel erreichte Torberg, dass die Werke von Bertolt Brecht bis 1962 auf keiner österreichischen Bühne aufgeführt werden konnten.

Seine literarischen Werke sind immer noch lesenswert.

Gründe

Lisette Buchholz hat einen kleinen Verlag[1] in der Schwetzinger Vorstadt, ihr Mann Gernot ist Anwalt. Sie hat ein Bändchen mit poetischen Texten der Italienerin Geraldina Colotti verlegt, die wegen Mitgliedschaft in einer bewaffneten italienischen Einheit lange im

1 Persona Verlag, Mannheim.

Gefängnis saß. Gernot kenne ich seit dreißig Jahren. Genau gesagt, seit er und Birgit Hogefeld zwei Tage auf meinem Speicher damit zubrachten, in den Akten aus der Stuttgarter Kanzlei auf Hinweise dafür zu suchen, dass Arndt Müller und Armin Newerla zu Unrecht beschuldigt wurden, Waffen und Sprengstoff in den Gerichtssaal in Stammheim geschmuggelt zu haben.

Lisettes Wohnung in einem Altbau aus wilhelminischen Tagen ist gemütlich mit alten Möbeln eingerichtet. Auf dem Tisch Kekse, Tee, Kaffee, Obst. Sie schwärmt von Anna Rheinsberg, deren Texte und Gedichte sie verlegt.

Mit Gernot rede ich darüber, warum auf Heidelberger Boden so viele linke Anwälte zur Welt kamen. Er kann es mir erklären. Er selbst kam von liberalen Studentenbund, war zeitweise bei Rechtsanwalt Ammann in Heidelberg und kam deshalb mit politischen Strafverfahren in Berührung. Ammann scheint so eine Art Ziehvater gewesen zu sein.

»Was mich interessieren würde, wäre die Aussage von Volker Speitel«, sage ich. »Meinst Du, dass ich die irgendwo herkriegen könnte?«

»Die müsste ich noch irgendwo haben«, sagt Gernot. »In irgendeiner Kiste.«

Vier oder fünf Tage lang habe die Vernehmung gedauert.

Sechzig Tage lang sei verhandelt worden.[1]

Foth, der schon das Verfahren gegen die Stammheimer geleitet habe, sei der Vorsitzende gewesen.

So sehr habe sich Speitel in Widersprüche verwickelt, dass die Staatsanwaltschaft gezwungen war, einen Teil der Anklage fallen zu lassen.

1 Arndt Müller und Armin Newerla wurden in einem skandalösen Verfahren wegen Unterstützung verurteilt. Arndt erhielt vier Jahre, acht Monate Haft und fünf Jahre Berufsverbot, Armin Newerla drei Jahre, sechs Monate Haft und fünf Jahre Berufsverbot. Als Unterstützung wurde unter anderem die Herausgabe der Schriften der RAF gewertet, die 1978 im schwedischen Verlag Bo Cavefors erschienen sind. Doch auch daran waren die beiden Verteidiger, wenn überhaupt, nur am Rande beteiligt.

»Kennst du die Dokumentation, die das Fantasia Druckkollektiv veröffentlicht hat?« fragt er.

»Ich kenne sie«, antworte ich. »Ich habe mich gefragt: Warum haben die Angeklagten den Zeugen nicht ins Kreuzverhör genommen? Sie hätten aufstehen müssen und sagen: Man versucht uns hier etwas anzuhängen! Warum haben sie nicht ausgesagt?«

»Das musst du die beiden Angeklagten fragen.«

»Hast du ihnen nicht geraten, sich offensiver zu verteidigen?«

»Wir haben darüber diskutiert. Sie hatten ihre Gründe. Daran musste ich mich halten. Der Anwalt hat die Interessen seiner Mandanten zu respektieren. Lies unsere Beweisanträge. Sie enthalten alles, was die Verteidiger sagen konnten, um die beiden Angeklagten zu entlasten.«

»Und was hat das Gericht dazu gesagt?«

Gernot schweigt.

Lisette sagt: »Du hast doch …«

Alle, die sich darum bemüht haben, die Beweisanträge aus dem Verfahren gegen Müller/Newerla publik zu machen, sind wegen Unterstützung einer terroristischen Vereinigung verfolgt worden. Die Buchhändler, die die Dokumentation vertrieben haben. Die Drucker. Schon der Besitz der Broschüre wurde als strafbare Handlung verfolgt. Gernot kann von Glück sagen, dass er nicht ebenfalls verfolgt wurde.

Zweiter Weihnachtsfeiertag

»Mich erreichte eines Tages ein Anruf, ich will hier, um nichts Falsches zu sagen, keine Namen nennen, es ging darum, dass Fluchtburgen bereitgestellt wurden.«

»Für Leute aus der Bundesrepublik.«

»Ja, auch.«

»Wurden Namen genannt?«

»Nein, das nicht.«

»Wie war die Resonanz in Ihrem Freundeskreis?«

»Gut. Der Franz [1] zum Beispiel sagte: ›Ja, das machen wir. Selbstverständlich.‹ Bloß, dass sie hinterher allesamt gekniffen haben.«

»Was war mit Günther Nenning?«

»Hat auch gekniffen.«

Es ist Dienstag, der 26. Dezember 2006. Wir sitzen in einem schummrigen italienischen Restaurant im 18. Bezirk.

Er ist schlank, fast asketisch, Ende sechzig, graue kurze Haare. Auf seiner Visitenkarte steht Dr. Konrad Knöbl-Kastellitz. Er stochert beiläufig in einem Teller Risotto mit Tomatensoße. Schiebt den halbleeren Teller beiseite.

K. ist der Erfinder des »Club 2«, der ab 1974 zwei bis drei Mal die Woche ausgestrahlt wurde, insgesamt mehr als zweitausend Mal. Die Sendung, die auch in der BRD gerne gesehen wurde, hatte ein offenes Ende, scharfe Moderatoren, schockierende Gäste und packte auch heiße Eisen an.

»Bei mir im Club 2«, sagt K., »war auch der bewaffnete Kampf ein Thema.«

Die Eltern Ensslin seien in der Sendung gewesen, auch die Rechtsanwälte Schily, Ströbele und Mahler. Im übrigen hätten seine Frau und er Freunde gehabt, die ihrerseits RAF-Kontakte hatten.[2]

»Wir waren ein Freundeskreis, der versucht hat, den linken Intellektualismus zu fördern.«

»Wie war das nun mit Klaus?«

»Das war seltsam. Eines Tages erhielt ich Besuch von zwei Beamten des Gendarmeriepostens Hinterbrühl,[3] die ich flüchtig kannte.«

»Sie hatten da eine Villa?«

1 André Heller, der Spektakelmacher.

2 Es gab in Wien drei Hanseln. Ihr größter Coup: Die Palmer-Entführung. Danach fuhren sie unverzüglich ein.

3 Hinterbrühl, etwa dreißig Kilometer vor Wien, war oder ist berühmt durch seine berühmten Feriengäste.

»Ein Riesenhaus, Jugendstil, mit einem großen Garten, achttausend Quadratmeter, und einem Tennisplatz. Eine imponierende Immobilie, auch wegen des Jaguar, der davor stand, wenn ich zuhause war.«

»Was wollten die Gendarmen?«

»Sie fragten, ob ich eine Waffe hätte und ob mir irgend etwas aufgefallen wäre.«

»Hatten Sie eine Waffe?«

»Sogar einen Waffenschein.«

»Das war alles?«

»Warten Sie es ab. Eine Stunde später klingelte es abermals und Klaus Croissant kam den Gartenweg hoch.«

»Ohne Anmeldung, ohne alles?«

»Völlig unangemeldet.«

»Aber es muss doch jemand angerufen haben. ›Du, da kommt demnächst einer bei dir den Gartenweg hoch ...‹«

»Nichts dergleichen. Nur die zwei Gendarmen eine Stunde zuvor, die aber nicht sagten, was sie wollten, und dann gleich er.«

»Kam er mit dem Taxi oder wurde er gebracht?«

»Keine Ahnung.«

»Hatte er wenigstens Gepäck dabei?«

»Nur eine Reisetasche, soweit ich mich entsinne.«

»Er tauchte also völlig unerwartet, unangemeldet und ohne Gepäck bei Ihnen auf. Woher wussten Sie, wer er war?«

»Auch das wusste ich erst, als er seinen Namen nannte. Da erst begriff ich, was die zwei Gendarmen bei mir gewollt hatten.«

»Was haben Sie daraufhin gemacht? Haben Sie Ihre Freunde angerufen und ihnen mitgeteilt: der Fall X ist eingetreten?«

Als erstes habe er (Knöbl), den Pressesprecher des Innenministeriums angerufen, und ihn vom Besuch der beiden Gendarmen informiert, aber der habe nur geantwortet: »Das wissen wir bereits.«

Auch die Anwesenheit von Klaus sei für das Innenministerium keine Neuigkeit gewesen.

Er (Knöbl) habe Klaus daraufhin in der Einliegerwohnung im Dachgeschoss des Küchenanbaus einquartiert.

Die Mahlzeiten hätten sie gemeinsam eingenommen, im Übrigen aber kaum Kontakt gehabt, sodass er nicht wisse, womit Klaus sich die Zeit vertrieben habe.

Zuweilen hätten sie sich über politische Themen unterhalten, aber dabei habe es sich eher um akademische Smalltalks gehandelt.

Klaus habe nicht zum damals üblichen Verbalradikalismus geneigt.

Einmal habe er Klaus fünfhundert oder tausend Schilling angeboten, die dieser unfreiwillig und mehr aus Höflichkeit angenommen habe.

Post habe Klaus nicht bekommen und, der Rechnung nach zu urteilen, auch nicht viel telefoniert.

Mit dem Personal, dem Chauffeur, dem Dienstmädchen, habe er (Klaus), soweit ersichtlich, nicht verkehrt.

Was Klaus in Hinterbrühl gemacht habe, sei ihm unbekannt. Vielleicht spazieren gegangen. In die Hedwigsmühle vielleicht, in der sich damals ein Gasthaus befand, wo Franz Schubert eine Zeit lang gewohnt und komponiert habe – »Am Brunnen vor dem Tore« und das »Forellenquintett«.

Bundeskanzler Kreisky und Innenminister Lanc hätten gewusst, dass Klaus bei ihm in der Villa gewohnt habe.[1]

Als junger Mensch sei er (Knöbl) in der kommunistischen Partei gewesen, 1956 jedoch ausgetreten, als die Rote Armee die Demonstrationen in Ungarn niederschlug.

Mitte der sechziger Jahre habe er ein vielgelesenes Buch über den Krieg in Vietnam geschrieben. Dadurch sei er so bekannt geworden, dass die ORF ihm die Chefredaktion des zweiten Kanals übertragen habe.

1 Knöbl gehörte zum Kreis um Bundeskanzler Kreisky. Er sagt: »Ich halte ihn noch heute für einen bedeutenden Politiker, den bedeutendsten vielleicht, den Österreich nach 1945 hervorgebracht hat.«

Wie lange Klaus bei ihm gewohnt habe, sei ihm nicht erinnerlich. Einige Wochen lang. Eines Tages sei er fort gewesen.

»Auch die Reisetasche?«

»Die auch.«

»Ohne sich zu verabschieden?«

»Ohne sich zu verabschieden.«

»Ohne sich zu bedanken und zu sagen wohin?«

»Ohne alles.«

»Dann hat er Ihnen vielleicht geschrieben, später, als seine Lage sich normalisiert hatte.«

»Auch das nicht.«

»Finden Sie das normal?«

»Was?«

»Dass jemand bei Ihnen Unterkunft und Verpflegung erhält und sich dann aus dem Staub macht ohne auf Wiedersehn und Dankeschön?«

»Ich fand nichts dabei in der damaligen Situation. Es war ja kein Freundschaftsbesuch.«

Er steht auf und greift zu einem Stock mit zierlichem Knauf. Ein prächtiges Stück. Mit Spazierstöcken kenne ich mich aus. Erst jetzt sehe ich: Er hinkt.

»Die Hüfte? Der Rücken?«

»Der ganze Körper.«

»Was haben Sie?«

»Agent Orange, Dioxin. Ich habe 1965 ein Jahr in Südvietnam gelebt. Der Liebe wegen. Ich hatte sie hier in Wien kennen gelernt, als die vietnamesische Befreiungsbewegung eine Art Gesandtschaft eröffnen wollte. Wegen ihr bin ich nach Südvietnam gezogen. Heute ist sie Vizepräsidentin.«

Zu jener Zeit sei er versehentlich in einen flächendeckenden Giftgasangriff der amerikanischen Luftwaffe geraten.

Besuch bei A. Dreyfus[1]

14. 1. 2007, 16 bis 21 Uhr

Das Café im Städelmuseum, wo wir verabredet sind, ist voll. Dito: Die Cafeterien in den angrenzenden Museen. Sonntagnachmittag, sonnig, nicht zu kalt. Wir peripatieren in eine Bäckerei mit Kaffeeausschank und einem Dutzend Tischen in der Schweizer Straße. Auch hier Kaffeetanten, wenngleich plebejischer.

Zum letzten Mal sahen wir uns vor zwölf Jahren in der Kölner Südstadt, erst bei mir auf dem Sofa, dann spazierend im Volksgarten. Die Töchter noch ziemlich klein, aber er erinnert sich. Er ist deutlich gealtert, auch etwas dicker geworden, aber kein Problem, ihn wieder zu erkennen. Viele kleine Fältchen und die Augenlider etwas erschlafft.

Er nimmt Kaffee und Kuchen, ich Tee und Laugenbrezel mit Butter. Um 18 Uhr schließt der Laden und so setzen wir das Gespräch in der Apfelweinwirtschaft Wagner fort. Rappelvoll und sehr laut.

Wir bestellen Apfelwein, Eier in grüner Soße mit Bratkartoffeln. Ich danach noch meinen geliebten Handkäs mit Musik. Gegen neun: Er begleitet mich zum Parkhaus am Theater, ich fahre ihn nach Ginnheim, wir schlendern bis vor die Haustür, »der Hund braucht Bewegung, ist nicht meiner, gehört meiner Tochter«, sage ich, und bis zuletzt palavern wir.

Das Gespräch mäandert. Am Ufer winken Arbeit, Interessen, Krankheiten, Gewohnheiten, die kurze Phase des bewaffneten Widerstands und die lange Zeit danach.

Über Klaus. Auf den Arndt nichts kommen lässt:

»Was ihn antrieb, war die Verteidigung der Rechte der Gefangenen.«

1 Name geändert.

Über die Eskalation.

Ich sage:

»Wir konnten immer nur reagieren. Die Gewaltspirale.«

Er widerspricht:

»Gewaltspirale stimmt nicht. Der Staat hat von Anfang an voll reingehauen. Es gab höchstens mal taktische Schwankungen.«

Über die Frage, wie man die RAF juristisch interpretieren könnte. Ich plädiere für die Version Bürgerkrieg. Er ist für Hochverrat.

»Das Projekt RAF war Hochverrat, auch wenn die Mandanten den Begriff in ihrer Situation abgelehnt haben. Auch der Staat wollte das nicht wahrhaben. Wenn eine Gruppe sich bewaffnet und den Staat angreift, so ist das Hochverrat.«

Arndt spricht ruhig, abgewogen, nur zuweilen erregt. Dann verhaspelt er sich etwas. Ich meine, das tat er schon damals.

Er hat in Köln am Waidmarkt das altsprachliche Gymnasium besucht, der Vater war Anwalt, die Familie ist von irgendwoher zugewandert. Die Schule in Köln nennt er evangelisch-jüdisch. Nicht katholisch also und nicht infiziert vom kölschen Klüngel. Nach dem Abi Jurastudium, Examen in Kiel, Referendariat in Hamburg, unter anderem bei Kurt Groenewold, zweites Examen 1975, da schon engagiert in einem Antifolter-Komitee.

Seit Januar 1976 Rechtsanwalt in Stuttgart in Bürogemeinschaft mit Klaus.

Verhaftung, Strafprozess in Stuttgart-Stammheim wegen »Unterstützung einer terroristischen Vereinigung«.

Die Vereinigung saß zwar schon lange im Gefängnis, konnte deshalb nicht mehr existieren, und folglich auch nicht mehr unterstützt werden, aber Juristen finden immer einen Weg.

Nach der Entlassung Umschulung. Seit vielen Jahren kunsthistorische Studien (Kunst der Renaissance und des Barock). Veröffentlichungen, Vortragstätigkeit. Vorliebe für das Nördlinger Ries und Oberschwaben. Arndt war nie verheiratet und ist kinderlos. Er lebt bewusst bescheiden, fast ärmlich, um seinen Etat klein zu halten.

»Kurt Groenewold behauptet, du seist ein guter Pianist gewesen.«

»Da muss er was falsch verstanden haben.«

»Darf ich dir ein Buch von mir schenken?«

»Du lass mal. Ich versuche, die Regalfläche möglichst klein zu halten.«

Die Kämpfer von einst hätten sich in drei Gruppen aufgeteilt. Die einen tingeln durch die Talkshows, die anderen behalten für sich, was Sie wissen. Er habe sich bis 1989 in der antiimperialistischen Bewegung engagiert. Danach sei Schluss gewesen.

Ich:

»Wir sind gescheitert auf der ganzen Linie.«

»Wir sind nicht gescheitert. Die bürgerliche Gesellschaft ist gescheitert. Seit dem Herbst 1977 ist der Staat nicht mehr der gleiche.«

Er redet sich in Rage, wenn er über die Bourgeoisie spricht, die er nicht nach ihren Sitten und Gebräuchen beurteilt, sondern nach ihrer politischen Macht, die sich von ihrer Herrschaft über die Produktionsmittel herleitet. Man dürfe die Kontinuität des Faschismus nicht nur personell begreifen. Sie bestehe vorrangig in der Kontinuität des Kapitalismus, der Existenzform der Bourgeoisie. Der Faschismus kein Gegenentwurf, sondern ihr immer schon immanent.

»Die heutige Form des KZ heißt Hartz IV.«

»Und was ist mit Klaus?«

Über Klaus sind wir uns einig. Er war nicht in der RAF, er war kein Revolutionär, er war ein Bürger. Einer vom alten Schlag.

»Ein Achtundvierziger.«

»Ein Jakobiner?«

»Meinetwegen auch ein Jakobiner.«

Der sich nicht verbiegen ließ. Ein Verteidiger, der für seine Mandanten alles aufs Spiel setzte. Der für ihre Rechte und ihr Leben stritt, ohne Rücksicht auf sich selbst und andere. Ohne Rücksicht auf Familie, Freunde und Bekannte. Der sich die Hacken abrannte, seine Existenz dabei verlor.

Wahrscheinlich sei das einer der Gründe gewesen, weshalb man ihn mit einem solchen Hass verfolgt hätte.

»Es gibt keine Klasse, die so rachsüchtig ist, wie die Bourgeoisie.«

In der Kanzlei machte Klaus vor allem die Zivilsachen. Newerla und er machten die Strafsachen. Drogendelikte, was kam. Die meisten Akten hatten wenig mit Politik zu tun.

»Wir waren eine ganz normale Kanzlei, auch wenn es nicht so aussah, wenn man die Zeitungen aufschlug. Die paar politischen Prozesse waren zwar ungeheuer zeitaufwendig, aber davon hätten wir nicht leben können.«

Im Juli 1977 sahen sich Klaus und Arndt zum letzten Mal.

»Danach nie wieder?«

»Es hat sich nicht ergeben.«

»Hältst du es für möglich, dass Volker Speitel ein Polizeispitzel war?«

»Ausgeschlossen. Seit wann?«

»Schon vor seiner Verhaftung 1977.«

»Wer sagt das?«

»Es würde manches erklären.«

»Wenn es Anzeichen dafür gegeben hätte, wäre er nicht im Büro beschäftigt worden.«

Arndt ist davon überzeugt, dass Speitel erst nach seiner Verhaftung unter Druck gesetzt wurde, als Kronzeuge auszusagen.

»Was hatten sie gegen ihn in der Hand?«

»Sie werden gedroht haben, ihm einen Mord anzuhängen.«

»In welcher Sache?«

»In der Stockholm-Sache im April 1975.«

»Da war er nicht dran beteiligt.«

»Er wusste, dass der Überfall geplant war. Sie werden ihm gedroht haben, ihn als Mittäter anzuklagen.«

»Warum habt Ihr das nicht zur Sprache gebracht, in Eurem Strafverfahren? Wie viele Jahre hast du gekriegt?«

»Fünf Jahre.«

»Ich habe alle Eure Beweisanträge gelesen. Aus jeder Zeile geht hervor, dass Ihr beweisen wolltet, dass nicht du die Waffen [1] ins Gefängnis geschmuggelt hast, mit denen Andreas und Jan sich angeblich erschossen haben. Warum seid Ihr nie aufgestanden und habt gesagt:

›Wir waren es nicht. Nicht wir haben die Waffen in den Knast geschmuggelt.‹ [2]

Oder wenigstens:

›So wie die Anklage es darstellt, können die Waffen nicht in den Knast gelangt sein.‹«

Arndt stockt.

»Wir haben die Frage diskutiert, auch mit den Anwälten. Es hätte bedeutet, dass wir uns auf das Niveau der Justiz begeben hätten. Dass wir das Gericht und das Verfahren gegen uns anerkannt hätten. In politischen Verfahren sollen die Angeklagten immer dazu gezwungen werden, sich dem Prozessritual zu unterwerfen, indem sie aussagen und wenn die Angeklagten auch nur sagen: ›Wir waren es nicht‹. Du kannst aber nicht dem bürgerlichen Staat die Legitimität verweigern, ihn bekämpfen und zugleich seine Gerichtsbarkeit anerkennen. Im Übrigen hätte es keine Bedeutung gehabt. Die Urteile standen vorher fest.«

Wir sprechen über das Verhältnis zwischen Mandant und Anwalt. Muss der Verteidiger sich an die Vorgaben seines Mandanten halten?

Arndt meint, der Anwalt müsse beraten, aber die Entscheidung liege beim Mandanten. Ob man sich auf die Anklage einlasse oder nur eine politische Erklärung abgebe, ob der Angeklagte zur Sache aussagt, vom Schlusswort Gebrauch macht, ob der Verteidiger plädiert, das alles müsse zwar besprochen werden. Letztlich je-

1 Irmgard Möller, die einzige Überlebende der Todesnacht hat zweimal ausgesagt, die Gefangenen im siebten Stock hätten keine Waffen besessen. Vgl. Fußnote 1 auf S. 359.

2 Sie haben es gesagt. Vgl. Abschnitt »Unterstützer«.

doch könne und dürfe kein Verteidiger gegen den ausdrücklichen Willen seines Mandanten agieren. Das folge schon aus dem Recht jedes Mandanten, seinen Verteidiger jederzeit zu entlassen – sofern es sich nicht um einen vom Gericht bestellten Pflichtverteidiger handelt.

Um zehn bin ich wieder auf der Autobahn, blinken da vorne schon die nächtlichen Lichter der ersten Raststätte Richtung Basel. Der investigative Romancier ist always on the road. Das macht sein Leben so faszinierend. Er kennt sämtliche Autobahntoiletten.

Warum soll eine Frau kein Verhältnis haben?

Später führt Alice Fielhauer mich durch die Wohnung. Die Wohnung ist zu klein für ein Ehepaar und drei kleine Kinder, das älteste vierzehn Jahre alt. Zwei Kinderzimmer, ein Schlafzimmer, eine winzige Küche, ein winziges Bad, der Flur recht geräumig, aber dunkel und vollgestellt.

»Wo hat Klaus gewohnt?«

»Hier. Aber die meiste Zeit saß er drüben im Wohnzimmer.«

Wir stehen in einem schlauchartigen Zimmer, zehn bis zwölf Quadratmeter groß, ein Fenster zur Straße. Auf der anderen Straßenseite eine kleine Jugendstilvilla.

Alice deutet auf ein Paidibett.

»Da hat er geschlafen. Ich meine, da stand sein Bett.«

»Hatte Ihr Sohn nichts dagegen, dass er sein Zimmer hergeben musste?«

»Nein, er war sogar stolz darauf.«

»Und die Kinder haben ihn nicht gestört?«

»Wen? Klaus? Nein, er war immer sehr lieb zu den Kindern.«

Später sitze ich im Wohnzimmer und frage mich, wo Klaus gesessen haben mag. Alice kocht Kaffee, bringt Kekse, bedauert, dass sie mir kein belegtes Brot machen könne. Klaus habe immer nur bei ihr gewohnt, die ganzen vier Monate lang.

»Bei Knöbl hätte er ebenfalls unterkommen können, aber das erwies sich als unnötig.«

Der Raum ist eingerichtet à la bohème, halbdunkel, ein Schaukelstuhl, ein Flügel, Bücherwände. Katzen schleichen umher. Es soll auch einen Hund geben.

Alice Fielhauer hebt ihren Fuß und riecht daran.

»Ah, deshalb«, sagt sie. »Ich hab mich schon gewundert, warum mein Fuß so nass ist.«

Sie trägt ein weites, langes T-Shirt mit einer gelben Aufschrift. Das T-Shirt hat eine sanfte, rötliche Farbe. Spielsachen liegen herum.

»Die Enkelkinder«, sagt sie.

Automatisch kommt mir der Gedanke, dass Ruth Kohler, Alice Fielhauer und seine letzte Frau sich ähnlich sein könnten. Alle drei nicht ganz schlank, alle drei haben Kinder, sind warm, weich, anschmiegsam, fürsorglich, charmant, intelligent, herzlich, großzügig.

»Möchten Sie lieber hier sitzen?« frage ich Alice, die ihren Schaukelstuhl verlässt und im Raum steht, während ich sie fotografiere.

»Nein, bleiben Sie nur«, sagt sie, »Ich freue mich, dass Sie dort sitzen.«

»Warum?«

»Auf dem Sofa ist der Otto gestorben.«

Sie geht zu einem der Wandregale, holt fünfzig Jahre alte Zeitschriften hervor, die Ottos Zeichnungen enthalten. Karikaturen, Cartoons. Im Stil der damaligen Zeit. Sie sagt:

»Otto war Journalist, müssen Sie wissen. Die meiste Zeit bei der Arbeiter-Zeitung. Zum Schluss bei der Krone.«[1]

»Und hier hat er also gewohnt«, sage ich.

»Ja«, sagt sie und hat offensichtlich keinen Zweifel, wen ich meine.

1 Sie meint die Kronenzeitung, die besser zahlen konnte, als das Zentralorgan der SPÖ.

»Drüben im Kinderzimmer, aber die meiste Zeit hat er hier gesessen.«

Durch den halb geöffneten Vorhang sehe ich einen winzigen Balkon, dahinter eine akkurat gemähte Grünfläche, auf der einige Bäume stehen. Schon herbstlich bunt und leuchtend in der spätsommerlichen Sonne. Dann das nächste Haus. Keine tolle Aussicht.

»Ist er spazieren gegangen oder mal ins Wirtshaus?«

Er sei eigentlich nur weggegangen, wenn sie ihn mitgenommen habe. Überall habe sie ihn mitgenommen, zu ihren Freundinnen, zum Einkaufen. Er sei ihr gefolgt wie ein Hündchen.

Wir sprechen über den abwesenden Hund und die anwesenden zwei Katzen und darüber, warum ihre Tiere sich so gut vertragen und dann wieder über Klaus und Alice erzählt eine Anekdote.

»Klaus wollte verreisen, stand am Bahnhof, hatte seinen Pass vergessen.«

»Und Sie, was haben Sie gemacht?«

Sie sei noch einmal nach Hause gefahren, um den Ausweis zu holen.

»Er war nicht sonderlich organisiert. Hatte nicht alles im Griff und er war auch nicht sehr eigenständig. Er war wie mein viertes Kind.«

Ich habe meine Zweifel.

Die Wohnung passt nicht zu Klaus. So wenig wie die Wohnung, die er in Frankfurt mit Brigitte Heinrich hatte, oder die Wohnung seiner letzten Frau in Berlin.

Jede Wohnung war anders, aber jede sah aus, als habe er da nur vorübergehend Unterschlupf gefunden. Als sei es nicht seine Wohnung. Als könne er jeden Augenblick verschwinden.

»Und wie war Ihr Verhältnis zu Klaus?« frage ich stupide. Sie sieht mich herausfordernd an.

»Wir hatten ein Verhältnis, wenn Sie das wissen wollen«, sagt sie.

»Und der Otto? Was hat Ihr Otto dazu gesagt?«

Sie lächelt.

»Der hatte auch seine Sachen laufen.«

Verlegen betrachte ich den niedrigen Couchtisch mit dem Kaffee und den Keksen.

Vor mir liegt ein dünner Aktendeckel.

»Für Sie«, sagt Alice. »Die Sachen habe ich Ihnen gleich rausgesucht, wie Sie damals angerufen haben. Ich dachte, Sie würden bald kommen.«

Die Mappe enthält Briefe von Klaus und Fotos, wie man sie auf Ausflügen macht. Zwei Briefe aus Algerien vom 26. Februar und vom 17. März 1980, einer aus Stuttgart vom 18. Juni 1980, in dem er sich für nachgesandte Post bedankt.

Die Fotos zeigen Klaus, wie ich ihn kenne. Getönte Brille, Glatze, etwas rundlich, weich, leptosom, unsportlich, zierlich, fast immer schmunzelnd oder lächelnd, ein gutmütiger, charmanter Bursche von knapp fünfzig. Auch die Kleidung so unauffällig wie immer. Lederjacke, Popelinehose oder Jeans, Rollkragenpullover, elegantes Schuhwerk, am Wasser, am Wirtshaustisch, am Steuer eines grünen Mittelklassewagens, an der Thaya direkt an der tschechischen Grenze. Im Holzfällerhemd neben einem roten Rucksack mit einer Wanderkarte in der Hand rücklings auf dem Waldboden liegend. Im modischen Skianzug, mit kniehohen dicken roten Socken und roter Zipfelmütze im Schnee, auf Skiern, am Lift hängend oder vor einer Skihütte.

Einige Fotos zeigen ihn mit Alice Fielhauer und Ruth Kohler im Frühling in Salzburg, andere mit Andrea Kohler im Winter. Andrea sieht ihm tatsächlich ähnlich. Der auffälligste Unterschied: Sie hat einen dichten schwarzen Wuschelkopf, aber der Rest könnte stimmen. Das herzförmige Gesicht mit dem etwas spitzen Kinn, die schlanke Nase, die zierliche Figur.

Ein Foto zeigt Brigitte Tilgner mit einem großen Blumenstrauß und ihren kleinen Sohn, etwa zwei Jahre alt.

Brigitte Tilgner lächelt. Fast strahlend.

Ein Foto zeigt Klaus mit Brigitte Heinrich, offensichtlich innen, vielleicht am Wirtshaustisch.

Brigitte Heinrich wirkt gehetzt, Klaus ruhig, gelassen.

»Sagt Ihnen der Name Berggasse etwas?« frage ich vorsichtig.

»Aber ja«, platzt sie heraus. »Heidelberg, Ruth Kohler.«

Die Kohlers hätten in der Berggasse eine kleine Villa besessen.

»Eine schöne Gegend.«

»Woher wissen Sie das?«

»Weil ich sie besucht habe«, sagt sie.

Jahre später, als Klaus schon in Westberlin gewohnt habe, habe sie mit Otto einen kleinen Abstecher nach Heidelberg gemacht.

Auch Klaus habe sie gelegentlich wiedergetroffen. In seiner Wohnung in der Humboldtstraße in Frankfurt am Main zum Beispiel, wo er mit Brigitte Heinrich zusammengelebt habe. Brigitte Heinrich habe noch Haftverschonung gehabt. Zuletzt habe sie Klaus in Berlin im Juli 1996 nach seinem Schlaganfall besucht. Ein schöner Tag, im Garten hätten sie gesessen, seine Frau habe eine kleine Jause aufgetischt.

»Klaus hatte Tränen in den Augen.«

Nachdem Klaus gestorben war, habe sie bei Frau Kohler angerufen und gefragt, ob sie zur Beerdigung komme. Ruth habe aber aus gesundheitlichen Gründen absagen müssen. Daraufhin sei auch sie nicht hingefahren.

»Was wissen Sie über das Verhältnis zwischen Klaus und Ruth Kohler?«

»Ich glaube, sie haben sich geliebt. Klaus hatte ja auch zwei Kinder mit ihr. Zwei Töchter.«

»Und Brigitte Tilgner? Was war mit der?«

»Die hat er auch geliebt, aber mich hat es nicht überrascht, als ich später erfuhr, dass sie nicht mehr zusammen waren.«

Ich überlege, warum Alice die Erinnerungen an vier Frauen aufgehoben hat, wenn es ihr so wichtig war, mit ihm ein Verhältnis gehabt zu haben. Vielleicht, denke ich, war ihr alles wichtig, was ihm etwas bedeutete.

Auch sie scheint nachzudenken, sagt:

»Er hatte eine große Anziehungskraft, vor allem auf Frauen.«

»Was hat Klaus denn nun so gemacht, den lieben langen Tag«, sage ich, »wenn Sie ihn nicht gerade zum Einkaufen mitgenommen haben?«

Zum Skilaufen sei sie mit ihm gefahren, zum Teil auch mit den Kindern, nach Brünn, wo man sie sogar verhaftet habe, weil gerade das Attentat auf den Papst stattgefunden hatte. Da Klaus kein Geld hatte, habe sie für ihn bezahlt. Auch die Unterkunft. Ein bisschen peinlich sei immer die Hotelanmeldung gewesen.

»Doppelzimmer wurden damals nur an verheiratete Paare abgegeben.«

Einmal sei auch Brigitte Tilgner zum Skiurlaub gekommen.

»Frau Tilgner?« sage ich.

»Klaus machte sich halt immer noch Hoffnungen«, sagt sie.

»Und sonst?« drängele ich. »Was hat er sonst gemacht, wenn Sie nicht in Skiurlaub waren?«

»Nicht viel.«

»Wie erklären Sie sich das? Ein dermaßen aktiver, dynamischer und anpassungsfähiger Mensch.«

»Er war wie geschockt nach allem, was ihm in Deutschland widerfahren war. Das Verbot, als Anwalt zu arbeiten, hat ihn furchtbar getroffen. Er war kein Mensch, der das einfach so weggesteckt hat und er hatte wohl auch Angst vor der Zukunft.«

»Wurde er auch in der Dornbacher Straße observiert?«

»Gelegentlich.«

Einmal hätten zwei Geheimpolizisten in der Wohnung gestanden. Ihr Mann habe deshalb eines abends ein paar Leute eingeladen, darunter den Innenminister, Charlie Blecha.

»Daraufhin wurden diese Belästigungen eingestellt.«

»Ich dachte, der Innenminister hieß Erwin Lanc«, sage ich.

»Nein, nein, das war der Blecha. Ich sehe ihn doch noch da sitzen. Das ganze Wohnzimmer war voll.«[1]

»Also noch mal: Hat er viel gelesen? Geschrieben? Ist er ausgegangen?«

Dass er viel gelesen habe, könne sie nicht sagen, aber viel geschrieben. Briefe und anderes. Auf Ottos Schreibmaschine.

»Haben Sie auch über Politik gesprochen.«

»Eigentlich nur.«

»Welche Themen?«

»Die meiste Zeit redete er über die Bundesrepublik.«

»Was?«

»Die Bundesrepublik war für ihn ein faschistischer Staat, deshalb empfand er Sympathien für die RAF. Otto sagte dagegen: ›Deutschland ist kein faschistisches Land.‹ Manchmal gerieten sie aneinander. Klaus war kein Linker wie wir, nicht aufgewachsen mit der Partei, nicht geschult von der Partei. Er war unerfahren in der Tradition der politischen Kämpfe. Die RAF hatte ihn überrascht wie das Christkind. Er hatte keine Ahnung von der Politik, ein Träumer, der von etwas träumte, was es nie geben wird. Daher auch seine Enttäuschung, als er aus Algerien zurückkam.«

»Wie war das mit der Algerien-Reise?«

»Irgendwo musste er hin. Er konnte nicht ewig hier rumsitzen.«

»Erzählen Sie.«

Jacques Vergès sei aus Paris gekommen und habe einen oder zwei Tage in Wien verbracht.

»Ich sehe ihn noch da sitzen. Wie zwei Schulbuben haben sie da gesessen auf meinem Sofa, der Klaus und der berühmte französische Maître.«

Sie hätten auch ein paar Ausflüge ins Umland gemacht.

Vergès habe Klaus dann veranlasst, nach Algerien zu fahren, und

1 Fielhauer irrt. Karl Blecha, Jahrgang 1933, Vertrauter Kreiskys, war 1980 Zentralsekretär der Sozialistischen Partei. Innenminister war er erst ab 1983. Zur Zeit ist er Präsident des österreichischen Seniorenrates und des Pensionistenverbandes.

dort Asyl zu beantragen, aber auch Algerien sei eine Enttäuschung für ihn gewesen.

»Alles war ihm fremd. Ein Scheitern auf der ganzen Linie.«

»Warum wollte Klaus Österreich überhaupt verlassen, wo er doch unter dem Schutz der Regierung stand und relativ sicher war?«

Er habe wieder arbeiten wollen. Politisch und als Anwalt. Schließlich habe Volker Schlöndorff angerufen und gesagt, er wolle ihn aus Österreich herausholen. Sie habe für Klaus in Bregenz ein Hotelzimmer gebucht. Dort habe Schlöndorff ihn abgeholt und in die Bundesrepublik gebracht.

»Klaus hat nichts selbst gemacht.«

Später schaue ich mir das Haus von außen an. Eine öde, langgestreckte Fassade, in die in gleichmäßigen Abständen zu kleine Fenster eingelassen sind. Baujahr 1971. Die Dornbacher Straße, eine verlassene Nebenstraße, mündet in eine Allee. Im Hintergrund der Wienerwald. Auch er schon bunt. Dort, wo die Allee einen länglichen Platz bildet, an der Straßenbahnhaltestelle, ist über dem Portal eines älteren Hauses ein Schild eingelassen. Hier lebte Franz Schubert.

»Mozart, Beethoven, Schubert haben in Wien überall gelebt.«

Vergès

Klaus und er waren sich ähnlich.

Vielleicht waren sie sogar befreundet.

Konfrontation oder Anpassung. Verteidigungsstrategien in politischen Prozessen von Vergès erschien 1979 in der Europäischen Verlagsanstalt.

Insoweit lagen sie auf einer Linie.

Berühmt wurde der Franzose in Westdeutschland allerdings erst später.

»Des Teufels Advokat« (ZDF), Sohn einer thailändischen Lehrerin und eines französischen Arztes, 1925 in Indochina geboren, auf einer Insel im indischen Ozean aufgewachsen, als junger Mann Kommunist, Mitglied der Résistance, war dem Spiegel (1987 Nr. 11) ein zweiseitiges Interview wert.

Seinen vierseitigen Schwerpunkt »Der Meister und die Monster« garnierte der Spiegel (2002 Nr. 36) mit einer eindrucksvollen Fotostrecke:

Der siebenundsiebzigjährige Maître mit dicker Zigarre am Schreibtisch vor einem barocken Gobelin.

Mit Terrorist Carlos.

Mit Cheyenne Brando.

Mit seinem Mandanten Klaus Barbie (»der Schlächter von Lyon«).

Mit Mao Tse Tung.

Auf einer Demo 1961 anlässlich der Ermordung des kongolesischen Freiheitshelden Patrice Lumumba.

Auch lifestylemäßig machte er was her.

Mitten in Paris hatte er angeblich eine Villa voller Kunstschätze.

Dennoch ist er vor allem aus politischen Gründen interessant.

Vergès, der auch mit Pol Pot befreundet war, verteidigte Milosevics und Saddam Hussein und einige schreckliche Menschen, doch wäre es falsch, ihm, wie es die deutschen Medien tun, zu unterstellen, er habe es nur auf Geld und Ruhm abgesehen.

Es ging ihm wesentlich darum, seine eigenen Landsleute, die französische Justiz und die europäische Selbstgerechtigkeit vorzuführen.

In den Prozessen gegen die Widerstandskämpfer der algerischen Befreiungsfront bekämpfte er den französischen Kolonialismus.

Mitterand war damals Justizminister.

Zweimal lagen ihm Pläne vor, Vergès umzubringen.

Beide Male lehnte Mitterand ab.

Eine der algerischen Widerstandskämpferinnen, die Vergès vor der Guillotine bewahrte, wurde seine Ehefrau.

In den Siebzigerjahren war er lange verschollen.

Man munkelte, er sei bei den roten Khmer in Kambodscha oder bei der Stadtguerilla.

Als er wieder auftauchte, verteidigte er den Massenmörder Barbie, um die Kollaboration seiner Landsleute mit den Nazis anzuprangern.

Ein internationales Kriegsverbrechertribunal, soll er gesagt haben, könnte eine feine Sache sein, wenn ein Vietnamese den US-Kriegsminister oder ein Chilene den US-Außenminister anklagen dürfe. Er soll auch gesagt haben:

»Was ist abscheulicher: Eine Bombe in ein Kaffeehaus zu werfen oder eine ganze Stadt mit Bomben aus der Luft auszuradieren?«

7 WESTBERLIN, FRANKFURT AM MAIN, BRÜSSEL 1981 BIS 1987

Topografie III

Auf alten Stadtplänen von Berlin sind Vorstädte eingezeichnet, deren Namen man kaum noch kennt:

Die Dorotheenstadt von 1674, die Friedrichsstadt von 1688, erweitert 1734, die Königsstadt und die Stralauer Vorstadt von 1690, die Luisenstadt 1695, erweitert 1840.

Durch die Luisenstadt, die ihren Namen 1802 erhielt, zog sich ein 1848 erbauter Kanal, den Friedrich Wilhelm III., dessen Gattin Luise hieß, persönlich in das überwiegend noch unbebaute Gebiet einzeichnete.

Der Kanal, den man heute vergeblich suchen würde, verdankt sich ökonomischen und politischen Gründen. Zum einen sollte er dem Transport von Baumaterial dienen, zum anderen Aufstände verhindern helfen, wie den von 1848. Arbeitsplätze sollte er schaffen und dadurch soziale Unruhen eindämmen, was nur halb gelang, denn wie so oft, löste die Großbaustelle neue Unruhen aus.

Als ab 1891 der Urbanhafen entstand, entwickelte sich der Kanal, der die Spree mit dem Landwehrkanal verband, zu einem wichtigen innerstädtischen Transportweg. 1926, als Berlin fertig war, wurde er zugeschüttet. Die Brücken über den Kanal, bis auf eine, abgerissen.

Übrig blieb ein Name am südlichen Ende der einstigen Wasserstraße. Der Wassertorplatz – dort wo einst die Berliner Stadtmauer durchstoßen wurde.

War es Zufall oder Kalkül, dass Klaus sich an diesem längst verschwundenen Ort einstiger Klassenkämpfe niederließ, als er anfangs der achtziger Jahre nach Westberlin zog?

Eine alternative Interpretation ist möglich.

Der geschwungene Bethaniendamm, der dem zur Spree hin gelegenen Teil der einstigen Wasserstraße folgt, lag bis 1990 komplett auf Ostberliner Gebiet.

Die Vorderfront der Häuser bildete die Grenze. Kein Bewohner der auf Westberliner Stadtgebiet gelegenen Häuserzeile hätte seine Wohnung durch die Haustür betreten können, wenn die Mauer dort entlang erbaut worden wäre, wo sie eigentlich hingehört hätte.

Einem gnädigen Grenzpolizisten dankten es die Einwohner der Häuserzeile, dass sie wenigstens den Trottoir vor ihren Wohnungen benutzen durften.

Es kann kein Zufall gewesen sein, dass Klaus sich in einem dieser Häuser einmietete. Nie unterließ er es, wann immer ein Besucher erstmals seine Wohnung betrat, ihn in einen der beiden Erker zu führen und zu erklären:

»Sie betreten jetzt den demokratischen Sektor.«

Oder:

»Sie verlassen jetzt den faschistischen Sektor.«

Denn da die Grenze zwischen den zwei Stadthälften, wie gesagt, direkt am Fuß der Häuserzeile verlief, ragten die Erker des Hauses zwangsläufig in den Hoheitsbereich der Hauptstadt des ersten Arbeiter- und Bauernstaates auf deutschem Boden.

So war die Wohnungswahl, auch wenn sie ihm im Falle eines polizeilichen Angriffs nichts genutzt hätte, symbolisch.

Im Erker seiner Wohnung entrann Klaus den Bütteln des verhassten Klassenfeindes. Diente er sich der Schutzmacht aller Linken an. Hier war er sicher. Etwas lästig waren nur die Touristen, die das nahegelegene Mauerbesichtigungspodest (Klaus) erklommen und den Bürgersteig entlang der Mauer fotografierten. Es dauerte eine Weile, bis Brigitte und er nicht länger in jedem Japaner mit Fotoapparat einen Staatsagenten des Westens sahen.

Indem Klaus sich über die Mauer setzte, bezog er sich jedoch nicht nur auf einen aktuellen sicherheitspolitischen Aspekt des vielleicht nicht schönsten, aber ausdrucksstärksten Bauwerks, das sich je auf deutschem Boden befand. Er bezog sich auf eine bis 1990 offene Wunde der deutschen Geschichte.

Die Berliner Mauer war ja nicht nur ein ärgerliches Hindernis, wenn man sich von einem Teil der Stadt in den anderen begeben wollte.

Sie war auch der stärkste Ausdruck der zwei historischen Optionen des zwanzigsten Jahrhunderts. Der Option für das Ausbeutersystem, wie es ab 1949 im Westen Deutschlands und Berlins restauriert wurde, und der Option für eine Gesellschaft, die Krieg, Ausbeutung, Faschismus und Totalitarismus zu überwinden versuchte.

Zu hausen über der Mauer, zu Hause sein auf dieser Wunde, hieß, sich täglich die ungelöste Klassenfrage ins Bewusstsein zu rufen.

Ich nahm gerne den Weg über den Bürgersteig auf dem Bethaniendamm, als ich Mitte der siebziger Jahre einen Sommer lang eine Wohnung im Georg von Rauch-Haus am benachbarten Mariannenplatz hatte.

Es war die Idylle, von der ich im Augenblick meines Todes träumen werde.

Im großen Garten hinter dem einstigen Krankenhaus Bethanien, lebte die Erinnerung an die bewaffneten Kämpfe des Jahres 1848, die Theodor Fontane, selbst ein alter Achtundvierziger, mit angesehen hatte.

Die damals noch unbemalte Mauer, die den Platz zum Stadtteil Mitte hin begrenzte, versprach Hoffnung, dass es dem Imperialismus, der nach Lenin als »höchstes Stadium des Kapitalismus« zu interpretieren war, nicht gelingen würde, die Welt zu erobern und zu behaupten, er sei keiner mehr.

Jeden Nachmittag sammelten sich in der brütenden Hitze jenes fernen Hochsommers, in dem der Prozess in Stammheim begann, viele türkische Frauen mit ihren Kindern auf dem Platz vor meinem Arbeitszimmer, in dem ich über die bewaffneten Kämpfe des süditalienischen Subproletariats gegen die piemontesische Kapitalistenklasse nachdachte.

In großen Kreisen ließen sie sich nieder, schwatzten, drängten ihren spielenden Kindern Nahrung auf, die sie großen Kühltaschen entnahmen. Männer, die von der Arbeit kamen, gesellten sich zu ihnen, entfachten kleine Feuer, brieten Fleisch und rösteten Fladenbrote.

Die Menschen vor meinem Fenster erweckten die Hoffnung auf eine freundlichere, plebejische Kultur, der sich die starre, polizeistaatliche deutsche Kultur anverwandeln könnte. Deutschland als Vielvölkerstaat, das schien einen historischen Augenblick lang eine berechtigte Hoffnung zu sein – damals als die ersten Anatolier in Massen nach Kreuzberg hereindrängten und die Häuser bezogen, aus denen die deutschen Spießer flohen, weil sie zu nahe an der Mauer standen, wie das Haus am Bethaniendamm, wo Klaus wohnte.

Ein paar hundert Meter vom Bethaniendamm entfernt hatte eine maoistische Sekte ihr Stammlokal. An der Fassade klebten mirakulöse Manifeste, die keiner las. In einem der Flyer erfuhr der überraschte Leser, dass der bekannte Widerstandskämpfer und Rechtsanwalt Horst Mahler sich endlich von der irregeleiteten Sekte RAF losgesagt und in einer mächtigen Partei der Arbeiterklasse eine neue politische Heimat gefunden habe.

Ich liebte auch diese hilflosen Versuche, der Entfremdung zu entrinnen, von der die Menschen vor meinem Fenster nichts wussten, aber am meisten liebte ich die Mauer. Nicht als ästhetische Verselbständigung des Schönen, sodass ich nicht an ihr herumzumäkeln brauchte, wie Josef Beuys es tat, als er verkündete, er habe sie der Länge, Breite und Höhe nach vermessen, die Maße zueinander in Beziehung gesetzt, das Ergebnis mit den Maßgaben des goldenen Schnittes verglichen und festgestellt, dass sie knapp drei Zentimeter zu niedrig sei.

Ich interpretierte sie als Denkmal, schön und hässlich zugleich wie alle Denkmäler, diffus und somit vielseitig interpretierbar und doch ein Sujet, dessen Facetten darauf hinausliefen, sie als trefflichsten Ausdruck des deutschen Wesens und des Wesens der Welt zu betrachten.

Der sehnliche Wunsch eines Großteils der Weltbevölkerung, mit seiner Wirtschaftsweise zu Grunde zu gehen, manifestierte sich in diesem Denkmal. Denn soviel stand ebenfalls fest, dass es nicht möglich sein würde, den globalen Imperialismus aufzuhalten, dass uns nur ein Menetekel gegönnt war. Nur eine kleine welthistorische Atempause.

Wanderungen absolvierten wir, um sie zu genießen, entlang dieses Bauwerks, das zu bewundern uns eben mal siebenunddreißig Jahre lang gegönnt war. Nicht mehr als ein Menschenleben.

Alleine wanderte ich an der Wand entlang und auch in kleinen oder großen Gruppen. Mal nur ein paar hundert Meter weit und mal zehn oder zwanzig Kilometer.

Mein Lieblingslokal war Der alte Fritz. Nicht nur, weil es nicht nur das Fritzische in der Geschichte war, das es uns verwehrt hatte und auf alle Zeiten verwehren wird, in angenehmerer Gesellschaft zu leben, sondern der Lage des Hauses wegen, in dessen Parterre die heruntergekommene kleine Gaststätte lag. Soleier und Buletten auf dem Stullenturm allezeit und die kleine Rentnerlage für'n Appel und 'n Ei.

Das Haus befand sich, wie der Bethaniendamm, an der Schnittstelle. Wer rausflog, rannte sich an der Mauer den Kopf ein.

Kürzlich war ich mal wieder dort. Das erste Mal seit dem Abriss. Jahrelang hatte ich Angst, den Bethaniendamm entlangzugehen. Es würde mir das Herz zerreißen, fürchtete ich.

Vor dem Gebäude, in dem Klaus wohnte, erstreckt sich heute eine Brache. Links die Michaelskirche, die der Kanal einst umrundete, sodass sie auf einer Landzunge zu stehen schien. Ein kleines Bidonville ragt aus der Brache, etwas, das aus irgendeinem Grund nicht plattgemacht werden konnte, ein Stück Rio de Janeiro, eine winzige Favela, eine verschachtelte Nissenhütte. Ineinander verkeilte und übereinander geschichtete Schuppen, mit winziger Veranda, in den Boden betonierten Tischbeinen, umgeben von einem Gemüsegarten. Ein Funken Hoffnung.

Erst, wenn die ganze Welt so favelisiert sein wird, wie dieses Eckchen auf dem Bethaniendamm, wird man daran gehen, eine lebhaftere Gesellschaft zu gründen.

Die kleine Favela vor Klaus' Haus gab der Brache einen Sinn.

Die Wunde war vernarbt, aber die Narbe war noch gut sichtbar.

Langsam stolperte ich über den Todesstreifen. Schaute mich um. Dort die Erker, in denen Klaus Zuflucht gesucht hatte. An jedem Stockwerk zwei.

Er hatte sich im einzigen Haus mit Erkern eingemietet.

Das war kein Zufall.

19.10.2004

Elfferding vertrat den Schriftsteller Peter Paul Zahl. PP saß in Werl, später in Tegel, zu Unrecht verurteilt wegen einer Schießerei mit zwei Polizisten 1972 in Düsseldorf. Der Staatsschutz behauptete, PP habe versucht, eine »Rote Ruhr Armee« aufzubauen. Tatsächlich war er auf der Flucht, weil er wegen seiner Arbeit als Drucker der Zeitschrift 883 alle gemacht werden sollte.

Elfferding und andere Anwälte machten das Juristische, ich kümmerte mich um die Geschäfte des inhaftierten Autors, der 1982 nach zwei Dritteln freikam und seither in der Karibik wohnt. PP treffe ich manchmal.

»Woher kanntest du Klaus?« frage ich Elfferding.

»Wir sind uns Anfang der 80er Jahre in Berlin-Kreuzberg gelegentlich übern Weg gelaufen.«

»Warst du in seiner Wohnung?«

»Im Bethaniendamm 19?«

»Ja.«

Klaus sei bürgerlich eingerichtet gewesen.

»Auch in Frankfurt/Main habe ich ihn besucht. In der Humboldtstraße. Wo er mit Brigitte Heinrich wohnte.«

»Wie war ihre Beerdigung?«

»Eine Riesenveranstaltung.«

Befreiungsbewegungen aus aller Welt hätten Traueradressen verlesen.

Nach Brigitte Heinrichs Tod sei er Klaus nur noch selten begegnet.

»Klaus war verbittert.«

Klaus habe unter der RAF gelitten. Die RAF habe ihn schlecht behandelt. Ihm die Kanzlei aus der Hand genommen. Er habe eine undankbare Aufgabe gehabt.

»Wieso undankbar?«

»Stimme der RAF zu sein, ohne in der RAF zu sein.«

»Keine Identifikation?«

»Er war ihr Instrument.«

Klaus selbst habe sich als Sprachrohr verstanden.

»Dann kanntest du ihn schon in den Siebzigerjahren.«

E. kannte Klaus aus der Bundesliga.[1]

»Als Golzem seine Ohrfeige kriegte, war ich nicht dabei. Ich kam zu spät zu der Sitzung.«

»Kanntest du auch die beiden anderen Anwälte, die bis zum Schluss mit Klaus zusammengearbeitet haben?«

»Wen?«

»Müller und Newerla.«

»Ich kannte Newerla. Wir waren zusammen in der Basisgruppe Jura.«

Über Klaus Anfang der 80er Jahre:

»Seine Hinwendung zu den Grünen habe ich nicht verstanden. Ich war Anarcho.«

»Wusstest Du, dass er mit dem Ministerium für Staatssicherheit der DDR Kontakt hatte?«

»Natürlich nicht. Davon habe ich erst nach seiner Verhaftung erfahren.«

1 Also vor 1977.

»Wie war Deine Reaktion?«

»Die Kontakte mit der Stasi konnte ich nachvollziehen, auch wenn ich davon nicht begeistert war. Er hätte Brigitte Heinrich da rauslassen sollen.«

»Warum?«

»Zu ihr passte das nicht. Zu ihm schon. Klaus war verzweifelt.«

»Wie kommst du da drauf?«

Diesen Eindruck habe Klaus bei ihren gelegentlichen Treffen gemacht.

»Weißt Du, wer die Kanzlei weitergeführt hat, nachdem Klaus den Schlaganfall hatte?«

»Ein Rechtsanwalt von Schliefen hat ihn vertreten, als er im Koma lag.«

»Wie lange?«

»Das weiß ich nicht.«[1]

Geschichte der Bundesrepublik Deutschland – Kurzer Abriss

Der erste Feind der Bundesrepublik, dessen Profil man durch das Zeitfenster der Jahre 1949 bis 1969 betrachten kann, war die DDR. Sie wurde kurz und knackig besiegt:

März 1970: Willi meets Willy in Erfurt.

August 1970: Moskauer Vertrag. Anerkennung der Oder-Neiße-Linie. Verzicht auf gewaltsame Änderung der innerdeutschen Grenzen.

Dezember 1970: Willys Kniefall in Warschau.

Dezember 1971: Transitabkommen zwischen DDR und BRD.

Mai 1972: Bundestag billigt Ost-Verträge.

August 1972: Die DDR darf wie ein souveräner Staat mit bonbonfarbenen Uniformen und massenhaft eigenen Fahnen ins Olympia-

1 Anruf bei Schliefen. »Ich arbeite an einem Roman über Klaus Croissant.« Schliefen erteilt keine Auskünfte.

stadion in München einziehen. Noch im Vorjahr hatten westdeutsche Verfassungsschützer die DDR-Fahne während einer großen Sportveranstaltung in Köln von der Wand gerissen.

Dezember 1972: Grundlagenvertrag zwischen BRD und DDR.

Mai 1973: Breschnew in Bonn.

Fazit: Der Feind war weg. Ein neuer Feind muss her. Also: Paradigmenwechsel.

SPD proudly presents: the new enemy!

Der Aufbau der bewaffneten Widerstandsgruppen vollzieht sich in den Jahren 1969 bis 1972.

Herbst 1969: Ensslin und Baader »gehen in den Untergrund.«

März, Mai 1970: Baader verhaftet und wieder freigelassen. »Gründung« der RAF und anderer bewaffneter Widerstandsgruppen.

Frühjahr 1972: Die ersten großen Angriffe der RAF.

Die Widerstandsbewegung ist der neue Feind. Gegen sie richtet sich die innerstaatliche Feinderklärung. Gegen sie werden die Streitkräfte in Stellung gebracht. Ein völlig neues Konzept der Definition des hauptsächlichen Gegners und seiner Bekämpfung muss entworfen werden. Der Altar des Bösen steht nicht mehr in Pankow, sondern in Stuttgart. Sein hoher Priester heißt nun Klaus. Die erste Generation der RAF wird einen Monat nach Verabschiedung der Ost-Verträge in die Gefängnisse geworfen. Mit seiner Festsetzung erhält der neue Feind ein präsentables Gesicht. Er steht nun jederzeit für Schlagzeilen zur Verfügung.

Dass ein bürgerlicher Verteidiger des Rechtsstaats wie Klaus zum Repräsentanten des new enemy proklamiert werden muss, erklärt sich aus der relativen Harmlosigkeit des neuen Feindes. Er muss auch im Bürgertum verankert sein.

Das zweite Zeitfenster, durch das der stets notwendige Feind besichtigt werden kann, ist so groß wie das erste. Zwanzig Jahre. 1969 bis 1989.

1989 erfolgt der erste Schritt zur Gründung einer neuen Bundesrepublik, die nun im globalen Gesangverein mitträllern darf.

RAF ist nun Kleckerkram. Folgerichtig beginnt der Verein Anfang der neunziger Jahre bedrohliche Auflösungserscheinungen zu zeigen. Das Land darf sich mit denselben Feinden schmücken wie die Großen. England, Frankreich, USA. Klaus ist nur noch ein kleiner Teil eines großen Entsorgungsverfahrens.

CDU/SPD proudly presents: the new enemy.

Irak, Serbien, Libyen, Nordkorea, Somalia, Palästina, Afghanistan, Irak, Iran, Syrien, Fortsetzung folgt.

Weihnachten in Stammheim

8. April 2005, bei mir zum Essen.

Sigi ist Drucker. Arbeitete unter anderem beim Fantasia Druck-Kollektiv in Stuttgart und kam so zur Politik – etwa gleichzeitig mit Heidi. Die Druckerei befand sich ab 1. Juli 1976 in der Schlosserstraße. Gedruckt wurde »alles mögliche«, zum Beispiel die Dokumentation Der Prozeß gegen Klaus Croissant, Stuttgart 1979, und Wer jetzt noch von Selbstmord spricht …, Dokumente aus dem Prozess gegen die Rechtsanwälte Arndt Müller und Armin Newerla.

Die Fantasia-Leute waren mehrfach Strafverfahren wegen Unterstützung der RAF ausgesetzt. Der Prozess wegen des Buches Wer jetzt noch von Selbstmord spricht …, in dem zwei Mitarbeiter der Fantasia und drei Mitarbeiter des IVK in Stuttgart-Stammheim vor Gericht standen, wurde wie ein Verfahren gegen die RAF durchgeführt.

Heidi und Sigi saßen mehrere Monate in U-Haft als Verteiler von Flugblättern und Teilnehmer an einer Demonstration in Frankfurt/Main. Beides wurde von der Justiz als Unterstützung eines angeblichen legalen Arms der RAF gewertet.

Sie trafen Klaus 1980 oder 1981 bei der Fantasia. Vorher kannten sie ihn nur vom Hörensagen. Auch als sie 1981 selbst vor Gericht standen, kümmerte sich Klaus um sie.

Die Information zeigt, dass Klaus nach seiner Rückkehr aus Wien im April 1980 zunächst noch zu alten politischen Zusammenhängen Kontakt hatte, bevor er nach Westberlin zog, wo sich andere politische Aufgaben stellten.

Heidi und Sigi treffe ich gelegentlich. Mal im bedingt autonomen Zentrum (BAZ), mal in ihrer Wohnung.

Einmal war Januar.

»Was habt Ihr Silvester gemacht?« fragte ich sie.

Sie seien mit ein paar Genossen nach Stammheim, um mit den Gefangenen Silvester zu feiern.

»Wie? Man kann Silvester in den Knast?«

»Natürlich nicht.«

Es gebe da so einen Acker hinterm Knast. Von dort aus könne man sich mit den Gefangenen in ihren Zellen durch Zuruf verständigen.

»Was ruft man da?«

»Ei, gutes neues Jahr!«

Feuerlöscher I

Brigitte Heinrich:

»Wie für die meisten von uns, war für mich der Beginn politischen Denkens eng verknüpft mit der jüngeren Geschichte Deutschlands.

Die Begegnung mit dieser Geschichte erregte zunächst blankes Entsetzen darüber, was unter der Herrschaft des Faschismus geschehen war: Die Ausrottung der Juden, Zigeuner und Kommunisten, die Ausmerzung aller Kultur, die den Nazis nicht in die Linie passte, die Diskriminierung von Andersdenkenden, von Minderheiten, von Ausländern, die Verrohung von Umgangsformen und Sprache.

Dann begriffen wir, dass diejenigen, die mit einem solchen System gelebt hatten, die es gestützt und getragen hatten, unsere Lehrer und

Nachbarn waren, die Industriellen und Politiker dieses Landes – die Gedenktafeln von Nazi-Richtern hängen heute noch wenige Meter von hier entfernt im Bundesgerichtshof.

Diese Generation, die unser Vorbild sein wollte, konnte nichts anderes, als zu unseren Fragen zu schweigen. Informationen über Auschwitz wurden als Lügen abgetan und die entsetzlichen Bilder der geschundenen und ermordeten Menschen als Fälschung oder als Werk eines einzelnen wahnsinnigen Herrschers bezeichnet.

Diese Generation, mit der wir aufwuchsen, die uns prägte und die darüber hinaus unser Denken und Handeln für alle Zeit zu beeinflussen versuchte, hat zum Teil den Faschismus getragen, beklatscht oder schweigend überdauert.

Für uns war das nicht einfach ein Generationsproblem.

Es war Anlaß, aufmerksam zu beobachten, was nach der Ära des Faschismus aus diesem Land wurde.

Denn wir erlebten den Faschismus nicht als eine Epoche, die von innen her überwunden worden wäre.«

(Rede vor dem Landgericht Karlsruhe 1979)

Der Berufsrevolutionär

Kennen lernte ich ihn nach der Vorstellung vorm Deutschen Theater in Ostberlin, es war noch hell. Eine linde Mittsommernacht so um 1983/84.

Er war Anfang dreißig, ziemlich mager, trug Sandalen, keine Strümpfe, und war auch sonst leger gekleidet. Ausgebeulte Hose, sportliches Hemd. Sein Haar war struppig.

Ob er auch in der Vorstellung gewesen sei.

Nein, nein, er habe die Inszenierung schon zigmal gesehen. Er habe ein Büro im Theater.

Was er da mache? Was er von Beruf sei?

»Revolutionär.«

»Das kann jeder sagen.«

»Ich bin Berufsrevolutionär.«

Er interessierte mich.

Ich hatte ihn in Verdacht, eine Art ideologischer Aufpasser zu sein. Für den Staatsschutz der DDR zu arbeiten. Also eine schlichte Selbstverständlichkeit in der Phase des noch nicht etablierten Sozialismus.

Etwas störte das Bild, das ich mir machte.

Er war ein ganz und gar Linker. Einer aus der Zukunft, in der es längst keinen Staat mehr geben würde. Keine Ähnlichkeit mit den Linken, die ich bis dahin kennen gelernt hatte. Auch den Leuten vom Staatsschutz, die ich kannte, nicht vergleichbar. Ich kannte einige in der Provinz und in der Hauptstadt. Man tuschelte über sie. Hinter vorgehaltener Hand. »Das ist unser Mann von der Firma.« Mit mir redeten sie, wenn ich sie anquatschte. Sie hatten ein technokratisches, fast wissenschaftliches Verhältnis zu ihren Aufgaben. Ideologiefrei und undialektisch. Klare Zielvorstellungen und Methoden, die eigentlich in jedes System gepasst hätten. Keine unnötigen Worte.

Er hingegen wirkte missionarisch. Glühte emphatisch, wenn er die Verdienste der Sowjetunion und der sozialistischen Bruderländer aufzählte. Sie hatten sich schon lange um die Menschheit verdient gemacht. Doch in seinem Vokabular fehlten die üblichen Kampfbegriffe.

Ich, naiv wie immer, türmte die Feinde auf. Die Probleme. Die Schwierigkeiten, die noch vor uns lagen. Die bevorstehenden Klassenkämpfe, während sich die Nacht über den großen Platz vor dem Theater senkte.

Wir saßen auf einer der Steinbänke. Bäume in angenehmer Entfernung.

Er widersprach mit leiser Stimme in klaren Worten. Er wischte meine Bedenken beiseite. So wie er sprach, durfte ich annehmen, dass der Sozialismus bereits gesiegt habe.

Er glaubte es nicht nur. Er wusste es.

Ich fragte nicht nach seinem Namen und er nicht nach meinem.

Nur ein biografisches Detail vergaß ich nie in all den Jahren, die seither vergangen sind. Ein Vierteljahrhundert fast. Dass er für Kaul tätig gewesen sei, bevor er beim Theater angefangen habe.

Daran erinnerte ich mich, als ich mich letzten Winter fragte, wer mir Auskunft geben könnte über die zwei oder drei Begegnungen zwischen Klaus und dem berühmten Ostberliner Rechtsanwalt Kaul, der 1981 starb und auf dem Zentralfriedhof in Berlin-Friedrichsfelde begraben wurde.[1]

Jetzt sitzen wir uns abermals gegenüber. In einer billigen römischen Speisegaststätte. Er ist fülliger geworden, glatzköpfig, auch ordentlicher gekleidet.

»Was waren Deine Hauptaufgaben für Kaul.«

»Ich war Mädchen für alles, obwohl ich Jura studiert hatte. Kofferträger, Chauffeur, Aktenhengst, Kaffeeholer, Zigarrenabschneider, Stichwortgeber. Wenn ihm mal ein Wort oder ein Name nicht einfiel rief er:

›Sino,[2] wie heißt doch gleich der Soundso?‹

Mal trug ich die Tasche mit der Robe und mal durfte ich eine Kiste Wein schleppen.«

»Er war nicht nur Kommunist, habe ich mir sagen lassen, sondern auch ein großbürgerlicher Lebemann.«

»Er war ein Relikt aus einer anderen Zeit. In seiner Person mischten sich die Meriten und Marotten der Bourgeoisie des Fin du siècle mit der rhetorischen Brillanz der linken Intelligenzia vor 1933, die die Arbeiterbewegung groß gemacht hat.«

1 Friedrich Karl Kaul geboren 1906, Kommunist. 1933 von Gestapo verhaftet und im KZ interniert. 1937 Emigration. Nach 1945 für die DDR in Westdeutschland als Rechtsanwalt tätig, unter anderem 1956 im Prozess gegen die KPD. Im Frankfurter Auschwitz-Prozess und in vielen anderen Strafverfahren gegen Nazi-Verbrecher als Vertreter der Nebenkläger tätig. In der BRD wurde er deshalb nur als Agitator der DDR verunglimpft. Klaus bezog sich mehrfach auf ihn. Er war sein Vorbild.

2 Anspielung auf einen Mitarbeiter Lenins.

»Wie hast du Klaus Croissant kennen gelernt?«

»Durch Kaul. Wir haben ihn gemeinsam am Flughafen in Westberlin abgeholt. In Tegel.«

»Kaul ist mitgefahren, um ihn abzuholen?«

»Er hatte eine Dauererlaubnis zur Aus- und Einreise. Ohne ihn hätte ich nicht so ohne weiteres in den Westen fahren können. Außerdem: Klaus Croissant war was besonderes. Kaul hatte ihn eingeladen nach Ostberlin. Er war sein persönlicher Gast.«[1]

»Wann war das?«

»Das muss im Sommer 1980 gewesen sein, denn mein Chef war noch gut auf den Beinen.«

»Er war ziemlich beleibt, nehme ich an. Ich kenne ihn nur von Fotos. Der dicke Kopf, die große Brille, die buschigen Augenbrauen, die gewaltige Glatze, die kräftigen Hände, die kurzen, dicken Finger, das provozierende Grinsen. Ich stelle mir vor, dass er ziemlich arrogant war.«

»Eigentlich nicht. Er war nicht sonderlich groß. Auch nicht dick. Eher ein Pygniker, rundlich, würde ich sagen.«

»Dann habt ihr Klaus also in Berlin-Tegel abgeholt.«

»Ja, mit dem Wagen.«

»Großer Bahnhof nehme ich an.«

»Nein, nur wir beiden, Kaul und ich. Ich fuhr. Kaul und Klaus saßen hinten.«

»Kanntest du Dich denn aus in Westberlin?«

»Das war kein Kunststück. Zwei Fahrzeuge vom Westberliner Verfassungsschutz haben uns bis an den Grenzübergang Heinrich-Heine-Straße begleitet.«

»Die Schlapphüte des westlichen Palastes wussten Bescheid.«

1 Major Voigt vom MfS schreibt am 29. November 1984: »Taler (Klaus, d. Verf.) unterhielt langjährige persönliche Kontakte zu dem verstorbenen Prof. Dr. Kaul. Auf Vermittlung von Prof. Dr. Kaul wurde nach der Haftentlassung von Taler der operative Kontakt hergestellt und die Bereitschaft erzeugt, als Berater bei der Aufklärung der linken Szene im Operationsgebiet tätig zu sein.«

»Die haben sämtliche Besuche überwacht.«

»Auch später?«

»Klaus wurde bei allen Einreisen in die DDR über Westberlin von westlichen Staatsschützern nahezu hautnah bis zur Lehrter Straße, der letzten Station der S-Bahn im Westen, begleitet.«

»Wie lange blieb Klaus in der Hauptstadt?«

»Mehrere Tage. Mein Chef konnte ein rührender Gastgeber sein. Klaus wohnte bei ihm und lernte dadurch eine Menge interessanter Leute kennen. Schriftsteller, Künstler, Wissenschaftler. Kaul nahm ihn mit in seine Kanzlei. Sogar in den Sender nahm er ihn mit, wo er eine beliebte Rubrik hatte, abends gleich nach dem Sandmännchen.«

»Wie hieß die Sendung?«

»›Fragen sie Professor Kaul‹.«

»Warst du oft dabei, wenn Klaus bei Kaul war?«

»Ich wohnte praktisch in seiner Villa. Ich war sein Mädchen für alles. Wenn er eine Akte brauchte oder ein Buch, musste ich es ihm bringen.«

»Hat Klaus von sich erzählt?«

»Viel.«

»Was?«

»Seine Erfahrungen als Anwalt in Stammheim, in Paris, seine Zeit im Gefängnis, den Prozess gegen ihn, die Suche nach einem geeigneten Asylland. Er sagte, in Ostberlin hätte er das Gefühl, sich in einem befreiten Teil von Deutschland zu befinden. Er war froh darüber, dass es einen deutschen Staat gab, der ihn nicht verfolgte, nicht wegsperrte, nicht verurteilte, nicht mit Berufsverbot belegte, sondern ihn gerade wegen seiner Verfolgung in einem Staat, der sich seiner freiheitlichen Verfassung rühmte, freundschaftlich empfing.«

»Gut. Das war der Sommer 1980. Das nächste Mal, wann war er das nächste Mal bei Kaul?«

»Ich denke im gleichen Jahr. Im Herbst etwa. Aber da war er die meiste Zeit nicht mit Kaul zusammen.«

»Sondern?«

»Mit einem Genossen vom ZK.«[1]

»Kanntest du den Herrn.«

»Natürlich. Er war ein alter Bekannter.«

»Der brachte ihn dann mit einem Genossen vom MfS zusammen?«

»Nicht dass ich wüsste.«

»Was hat er stattdessen mit ihm gemacht?

»Der Genosse vom ZK? Ah, das war ein ganz ungezwungener, lockerer Typ. Die zwei vertrugen sich auf Anhieb. Der Genosse führte ihn aus, zeigte ihm die Sehenswürdigkeiten, unterhielt sich mit ihm. Begleitete ihn nach Potsdam, nach Rheinsberg, nach Sachsenhausen. Klaus war immer noch fix und fertig von dem, was er in Westdeutschland erlebt hatte.«

»Und du immer dabei?«

»In Vertretung von Kaul gewissermaßen. Der hatte nicht soviel Zeit, dass er sich ständig um seinen Gast kümmern konnte.«

»Er hätte ihn an den Genossen vom ZK weiterreichen können.«

»Das ist ja dann auch geschehen, soweit ich das sehe.«

»Du meinst, Klaus hat sich von da an immer mit dem Genossen vom ZK getroffen?«

»Mit dem oder mit irgendwelchen Referenten.«

»Mit was für Leuten traf Klaus denn nun zusammen, wenn er später in die Hauptstadt kam?«

»Du, das weiß ich nicht. Das kann ich dir beim besten Willen nicht sagen.«

»Klaus selbst hat vermutet, dass sie vom MfS gewesen sein könnten.«

»Warum nicht? In den Achtzigerjahren fanden mehrmals im Jahr interne Gespräche zwischen Parteipolitikern aus der Bundesrepublik und Vertretern der SED statt. Da saß immer jemand vom MfS und

1 Zentralkomitee der SED.

vom westdeutschen Verfassungsschutz dabei. Die haben sogar Verträge ausgehandelt. Das ist allgemein bekannt.«[1]

»Weißt Du, ob er Berichte abgeliefert hat, vielleicht sogar Material, das der Geheimhaltung unterlag?«

»Soweit ich weiß, hat dein Freund Klaus mit seinen Kontaktleuten in Ostberlin immer nur allgemeine politische Gespräche geführt. Was geht in Westberlin, in Frankfurt am Main, in Stuttgart, in Brüssel? Wie ist das Verhältnis der politischen Kräfte, mit denen er zu tun hatte, zur DDR, zur Friedensfrage? Wir hatten ein Interesse daran, die Linke in der BRD kennen zu lernen, um sie besser einschätzen zu können, denn sie war ein potentieller Bündnispartner, und Klaus konnte uns mit seinen Erfahrungen beratend zur Seite stehen. Da musste er notgedrungen auch mal eine Erklärung abgeben, wie dieser oder jene Politiker politisch einzuschätzen war. Ich denke, das wird der ständige Vertreter auch gemacht haben, wenn er seinen Amtskollegen von drüben traf, dass sie sich über die diversen politischen Strukturen und Standpunkte ihrer Leute unterhalten haben.«

»Dann bejahte Klaus die DDR?«

»Natürlich. Er war ein Anhänger der strikten Zweistaatlichkeit.«

»Hältst du es für möglich, dass Klaus irgendwie Landesverrat oder Geheimnisverrat begangen haben könnte?«

Das halte er eigentlich für ausgeschlossen. Klaus habe seines Wissens keinen Zugang zu Geheimnissen gehabt. Das hätte er auch nicht akzeptiert.

»Klaus reiste immer ganz offen in die DDR ein. Tote Briefkästen und so Geheimdienstzeug hätte er nicht mitgemacht.«

»Ihr habt darüber gesprochen?«

1 Gemeint sein könnte die Vereinbarung zur gemeinsamen Sicherheit zwischen SPD und SED. Der Text erschien unter anderem im Neuen Deutschland. Vertreter beider Parteien trafen sich seit 1983 regelmäßig, um über politische Übereinstimmungen zu beraten. Es gab auch Treffen zwischen Ost- und West-CDU. Das Ganze lief unter einem Schlagwort, das Egon Bahr (SPD) geprägt hatte: »Wandel durch Annäherung.«

»Andeutungsweise. In den Achtzigerjahren haben wir mal zusammen in Südfrankreich Urlaub gemacht. Wir haben uns auch in Brüssel und Rom getroffen, als ich an den dortigen Botschaften der DDR tätig war.«

»Du bist in Rom geblieben. Wolltest du nie zurück nach Deutschland?«

»Ich bin hier verheiratet. Meine Kinder gehen hier zur Schule. Mir geht der deutsche Muff auf den Senkel. Die Hysterie, mit der jeder verfolgt wird, der die DDR bejaht hat.«

»Ich finde Italien auch ziemlich muffig. Gut finde ich hier die hohe Konzentration von Kokain in der Luft. Die Menschen sind alle ein bisschen high hier. Das ist echt billig.«

WG-Geschichten

12. Mai 2005 13 Uhr.

Klaus lebte von 1981 bis Ende Dezember 1987 nicht nur in Kreuzberg, sondern zeitweise auch bei Brigitte Heinrich in der Humboldtstraße in Frankfurt/Main.

Brigitte lebte 1972 bis 1974 bei Remi und Jürgen Roth[1] im gleichen Stadtteil.

Remi: Sie habe Brigitte rausgeschmissen, weil sie asozial war. Brigitte sei dann in ein Haus in der Humboldtstraße gezogen, das dem Sänger Lerryn[2] gehört habe.

»Was heißt asozial?«

Brigitte habe sich um nichts gekümmert.

1 Jürgen ist Sachbuchautor. Schwerpunkt organisiertes Verbrechen, Korruption. Er bestätigt mit seinen Materialsammlungen und Analysen die unserer Gesellschaft naturwüchsig innewohnende Tendenz zur Kriminalität gerade in den gehobenen, staatstragenden Gruppen.

2 Diether Dehm, jetzt Bundestagsabgeordneter der PDS.

»Nie brachte sie ihre alten Zeitungen weg. Der Stapel im Flur wurde immer höher.«

Den Müll habe sie erst nach vielen Ermahnungen hinuntergetragen. Als einmal eine Mülltüte im Treppenhaus aufplatzte, habe sie den Dreck einfach liegen gelassen. Sie (Remi) habe den Abfall aufgehoben und in Brigittes Zimmer abgelegt.

»Immer hatte sie Ausreden. Es gehe ihr schlecht, sie sei krank.«

Ihr Alkoholkonsum sei auch für damalige Verhältnisse extrem hoch gewesen.

Einen lächerlichen Selbstmordversuch habe sie unternommen.

»Jürgen musste sie ins Krankenhaus bringen. Magen auspumpen. Aber es waren nicht so furchtbar viele Tabletten, die sie genommen hatte.«

»Gab es keine ernsthafteren Probleme?«

Einmal habe Brigitte einen Feuerlöscher voll Sprengstoff im Haus gelagert.

Sie (Remi) habe zu ihr gesagt:

»Wenn das Zeug nicht binnen vierundzwanzig Stunden weg ist, fliegst du raus.«

»Wozu brauchte Brigitte Sprengstoff?«

Das wisse sie nicht. Wahrscheinlich habe das Zeug einem ihrer Freunde aus der Dritten Welt gehört.

»Vielleicht war es für die portugiesische Revolution bestimmt.« (Jürgen)

»Brigitte hatte viele Freunde. Jeden Revolutionär wollte sie ins Bett kriegen.« (Remi)

»Soweit ich weiß, soll sie Waffen oder Sprengstoff für den iranischen Widerstand gegen das Schah-Regime geschmuggelt haben.«

Das könne sein, brauche aber nicht zu stimmen.

»Brigitte war ein Plappermaul.«

»Sie hatte ein großes Selbstdarstellungsbedürfnis. Redete mit Hinz und Kunz. Fühlte sich als die große Revolutionärin.«

»Was hat sie denn nun gemacht, wenn sie sich nicht an der Hausarbeit beteiligt hat?«

Brigitte habe publizistisch gearbeitet, viel geschrieben, meint Remi. Ihr Arbeitsgebiet sei der Imperialismus gewesen. Sie habe internationale Kontakte gehabt. Auch mit Jürgen habe sie ein Buch geschrieben. Über die staatliche Folter in der Türkei.

Jürgen hält es für möglich, dass sie die RAF unterstützt hat, andererseits habe sie eventuell auch Informationen an Staatsschutzorgane weitergegeben.

Einmal, als sie in Urlaub gewesen seien, habe Brigitte zwei Frauen aus der RAF mit in die Wohnung gebracht.

Sie habe Leuten die Pässe abgeluchst, angeblich um sie portugiesischen Genossen zu geben, die auf der Flucht waren.

Die Pässe seien später bei der RAF gefunden worden.

»War sie eine Intellektuelle?«

Jürgen:

»Sie war sehr gut informiert. Eine große Theoretikerin.«

»Wie war sie als Rednerin?«

»Scharfzüngig, analytisch, eine rhetorische Begabung.«

Ihre Reden seien dramaturgisch hervorragend aufgebaut gewesen.

Remi wirft ein:

»Aber Cohn-Bendit war besser.«

»Dann habt Ihr Euch also im Herbst 1974 getrennt. Hattet Ihr danach noch mal Kontakt?«

Remi sagt:

»Indirekt. Brigitte hat weder die letzte Telefonrechnung bezahlt, noch sich um die polizeiliche Abmeldung gekümmert.«

Ich sage:

»Ich meine politisch, zum Beispiel als sie im November 1974 verhaftet wurde und lange im Knast saß. Ihr gehörtet quasi zu ihrem sozialen Umfeld.«

Remi sagt: Ja, nach der Aktion Winterreise sei die Polizei bei ihnen gewesen und habe die Wohnung durchsucht.

Ich sage:

»Wart Ihr auf Brigittes Beerdigung?«

Jürgen sagt: Da seien sie verreist gewesen.

»Klaus Croissant – kanntet Ihr den?«

Er (Jürgen) habe ihn mal wegen einer Komitee-Angelegenheit in Stuttgart aufgesucht.

»Wie war die Kanzlei?«

»Eher bescheiden, würde ich sagen.«

»Danach, als er mit Brigitte in der Humboldtstraße wohnte, hast du ihn da noch mal getroffen?«

»Wir werden uns hier und da gesehen haben. Von weitem.«

»Was war das für ein Komitee?«

»Was für ein Komitee?«

»Wegen dem du ihn besucht hast.«

»Das Komitee gegen polizeiliche Willkür, von dem ich dir erzählt hab.«[1]

Der Feuerlöscher II

Golzem kannte Brigitte Heinrich aus diversen Zusammenhängen.

Sie sei immer und überall präsent gewesen.

»Wo?«

»Zum Beispiel in der ›Feuerbachschenke‹ am Kettenhofweg, wo Krahl[2] seinen Doppelkorn trank. Nach 24 Uhr durfte man ihr nicht begegnen.«

»Warum nicht?«

Sie sei eine »Quasseltante« gewesen, die auch mit Leuten vom Verfassungsschutz geredet habe.

1 Im April 1974 organisierte Jürgen Roth mit anderen ein Tribunal gegen polizeiliche Willkür, Misshandlungen und Folter.

2 Frankfurter Studentenführer.

»Der durfte man nichts anvertrauen, die erzählte alles weiter.«

Sie sei auch unvorsichtig gewesen. Einen Jugendrichter namens Möller, der mit ihrer Cousine verheiratet war, habe sie in Schwierigkeiten gebracht. Brigitte habe einen Schlüssel zur Wohnung ihrer Cousine besessen.

»Als die Möllers verreist waren, verlieh sie den Schlüssel an Astrid Proll.«[1]

Die Möllers hätten deshalb Ärger mit dem Staatsschutz gehabt.

»Brigitte war die klassische Sympathisantin.«

Ein anderes Mal habe sie einen Feuerlöscher voll Sprengstoff mit sich herum geschleppt. So Sachen hätten damals viele gemacht.

»Beinahe jeder hatte eine Tüte Sprengstoff im Schlafzimmer. Ich kenne einen heute wohlbestallten Anwalt, der damals mit Mollis im Auto rumfuhr.«

Auch Rechtsanwalt Baier kannte Brigitte Heinrich. Ich sitze in seinem Büro, um Akten zurückzubringen und ihn noch einiges über Klaus zu fragen.

»Kanntest du seine Lebensgefährtin Brigitte Heinrich?«

»Heldmann und ich haben sie in ihrem Strafprozess vertreten, wo es darum ging, dass sie angeblich Waffen geschmuggelt hatte, die dazu dienen sollten, den Schah von Persien zu liquidieren.«

»Wer wollte das?«

»Ein Iraner.«[2]

»In der einschlägigen Staatsschutzliteratur heißt es, die Waffen seien für eine Aktion der westdeutschen Stadtguerilla bestimmt gewesen.«

»Das wurde behauptet, weil die Bundesrepublik mit dem Schah verbündet war. Man wollte nicht zugeben, dass Aktionen gegen das Schah-Regime auf deutschem Boden vorbereitet wurden.«

Baier blättert in einem alten Prozessregister.

1 Astrid war Anfang der siebziger Jahre kurz bei der RAF.

2 Khanbaba Teherani.

»Da haben wir es. Der Prozess ging vom 3. Oktober 1979 bis Juli 1980. Erstmalig wurde sie in der Sache im November 1974 während der ›Aktion Winterreise‹ verhaftet. Sie saß mehrere Monate lang.«

Wir plaudern über die Sache. Brigitte sei mit diesem Iraner liiert gewesen. Es wird nicht ganz klar, ob Brigitte wusste, dass sie Waffen schmuggelte und ob überhaupt ein Waffenschmuggel stattfand. Unklar auch, ob der Iraner im Prozess erwähnt wurde oder nicht.

Ich kannte Brigitte nur vom Hörensagen. Die Gefangenen schätzten ihre Studien zum D-Mark-Imperialismus und zur Einbindung der Bundesrepublik in das imperialistische Weltsystem. Dass Klaus mit ihr zusammenlebte, erfuhr ich erst, als ich ihn im Sommer 1983 in Brigittes Wohnung in der Humboldtstraße 86 zum ersten Mal besuchte, um seine Situation zu checken.

Sie hatten gerade angefangen, mit dem Staatsschutz der DDR Informationen auszutauschen. Es war eine kurze Begegnung. Es war klar, dass er dabei war, beruflich wieder auf die Füße zu kommen und sich politisch neu zu orientieren. Brigitte interessierte mich nicht. Klaus erzählte vom Urlaub. Die RAF, Stammheim, die Toten, waren nicht mehr Thema Nummer eins.

Wir sprachen auch darüber, wie er Brigitte kennen gelernt hatte. Es war eine Liebesbeziehung, die, wie alles bei ihm, auf weltanschaulichen Gemeinsamkeiten beruhte und andere Frauen nicht ausschloss. An ökonomischer, politischer und internationaler Kompetenz war sie ihm überlegen, was er nicht als Nachteil empfand.

Was weiß ich über sie?

Sie kam am 29. Juni 1941 zur Welt und starb am 29. Dezember 1987. Die Beisetzung fand am 6. Januar 1988 ab 13:30 auf dem Frankfurter Hauptfriedhof statt. Als Hinterbliebene zeichneten ihre Mutter, ihr Bruder mit Frau und zwei Kindern und Klaus.

Ihr Lebenslauf im Archiv der Grünen besteht praktisch nur aus Stichworten und nimmt trotzdem eine dichtgedrängte Schreibmaschinenseite ein.

Diplom-Volkswirtin seit 1969, Tutorin im Fachbereich Wirtschaftswissenschaften, Lehrbeauftragte im Fachbereich Sozialwissenschaften, Schwergewicht Dritte Welt, 1975 Berufsverbot. Auslandsreferentin des Frankfurter AStA, 1976 bis 1981 dann Präsidentin des Studentenparlaments.

Seit 1980 in der Auslandsredaktion der taz.

Die Latte ihrer politischen Aktivitäten, Reisen, vor allem Türkei und Naher Osten, und Publikationen ist ellenlang. Ihre Zielvorstellungen für das Europa-Parlament enthalten drei Dutzend Schwerpunkte, die um Fragen der politischen Ökonomie und Imperialismus – Globalisierung – kreisen. Ihre Interessenfelder entsprechen dem politischen Problembewusstsein einer autonomen Linksintellektuellen der Siebziger und frühen achtziger Jahre.[1] Zu erledigen wäre davon selbst mit einem gut ausgestatteten Staff nur weniges gewesen, aber ihr Staff bestand nur aus Klaus. Die Partei ließ ihre Parlamentarier ziemlich allein.

Man könnte Ergänzungen zu ihrem westlichen, gewissermaßen offiziellen Lebenslauf anhand ihrer Stasi-Akte konstruieren.

Klaus hatte Brigitte in den Siebzigerjahren nach einer öffentlichen Veranstaltung in Frankfurt am Main kennen gelernt. Er besuchte sie und sie ihn in Stuttgart. Nach seiner Rückkehr aus Wien 1980, nahm er gelegentlich an ihrer Verhandlung in Karlsruhe teil. In Paris, wo Klaus nach Mitterands Wahlsieg[2] auf Einladung von Vergès und Badinter studierte, trafen sie sich mehrfach. Während ihrer Knastzeit von Mai 1983 im offenen Vollzug bis Februar 1984 hielt Klaus sich häufig in Frankfurt am Main auf, um sie auch emotional zu stützen.

Von seinen Gesprächen mit Vertretern der SED wusste sie von Anfang an. Es schmeichelte ihr, dass man sich in der DDR nach ihr erkundigt habe.

Er habe nur Gutes über sie berichtet, erzählte Klaus.

Sie antwortete:

1 »Den linken Gruppen ging es somit immer wieder um Chile, Palästina und Iran. Das bedeutete radikale Gegenöffentlichkeit.« (Brigitte Heinrich 1979).

2 Mai 1981.

»Na, hoffentlich.«

Im Frühjahr 1982 reiste sie zum ersten Mal mit ihm in die DDR nach Erfurt. Dass ihre Freunde drüben dem Ministerium für Staatssicherheit angehörten, war inzwischen ausgemachte Sache, auch wenn letzte Unklarheiten blieben.

»Ich musste Brigitte weder zu Begegnungen mit meinen Gesprächspartnern in der DDR motivieren, noch sie dazu überreden«, sagte Klaus, als ihm vorgehalten wurde, er habe als Instrukteur der Europa-Abgeordneten Heinrich fungiert.

»Brigitte war kein Mensch, der sich irgendwie hätte disziplinieren oder manipulieren lassen. Ich habe das nie versucht. Es gehört nicht zu meiner Art, mit anderen Menschen umzugehen.

Im Gegensatz zu mir war Brigitte nicht nur ein politischer, sondern auch ein politikfähiger Mensch. Sie ermahnte mich zum Beispiel, bei den Grünen nicht so unverhüllt als Verteidiger der DDR und der Sowjetunion aufzutreten. Ich wisse doch, wie tief der Antikommunismus in den grün-alternativen Köpfen stecke.«

Im Oktober 1982 zog Klaus von Paris nach Westberlin.

Brigitte und er wohnten im selben Haus oder sogar in derselben Wohnung.

Ganz klar ist das nicht.

In einem Stasi-Bericht heißt es, Heinrich wohne mit einem Journalisten zusammen, der ebenfalls für das MfS arbeite.

Major Voigt berichtete am 18. Juli 1984:

»Seit 1982 unterhält der IMB enge Kontakte zum IMB Taler.«

Der IMB ist Beate Schäfer, alias Brigitte.

Auch weibliche informelle Mitarbeiter werden in den Berichten der Stasi-Offiziere fast immer maskulinisiert.

Der Spiegel Nr. 35 berichtete erstmals am 26. August 1991, dass Brigitte unter dem Pseudonym B. Schäfer informelle Mitarbeiterin des MfS gewesen sei.

Ein Major Kind habe gegenüber einem Bundesrichter bestätigt, ihre Reisespesen beglichen zu haben.

Kind sei in der Abteilung Linksextremismus / Linksterrorismus in Westeuropa für Heinrich zuständig gewesen.

Der Artikel wiederholt im Übrigen die bekannten Staatsschutzlügen über Brigitte und regt sich darüber auf, dass einige Aussteiger in der DDR Asyl gefunden hatten.

Bereits in Nr. 16 hatte der Spiegel gemeldet, ein Oberst Günter Jäckel behaupte, er habe 1979 versucht, Klaus als »Abschöpfkontakt« für das MfS zu gewinnen.

Die Anwerbung sei unterblieben.

Klaus, so heißt es in diesem Artikel, habe bestätigt, zwei oder drei Wochen lang erwogen zu haben, sich vorübergehend in der DDR aufzuhalten.

Dann aber habe er sich für Österreich entschieden.

Die Information des Spiegel steht in Gegensatz zu der Tatsache, dass Klaus erst im Sommer 1980, nach seinem Wien-Aufenthalt in der DDR war und im Herbst 1980 mit einem Mann zusammentraf, den er für einen Genossen vom ZK der SED hielt.

Mit Leuten vom MfS traf er sich erst nach seiner Cuba-Reise im Januar 1981.

Sollten irgendwo noch Tagebücher, Kalender oder Aufzeichnungen von Klaus existieren, so ließe der Widerspruch sich eventuell aufklären.

Heinrich, Waffenschmuggel

Brigitte Heinrich selbst teilte mit, das Ermittlungsverfahren aus dem Jahre 1974 sei 1976 eingestellt worden.

Gleichzeitig sei ein neues Verfahren gegen sie eingeleitet worden.

Der einzige Entlassungszeuge sei verhaftet worden, obwohl man ihm »freies Geleit« zugesichert hatte, da er sich geweigert habe, die Anklage gegen sie zu bestätigen.

Mehr als fünf Jahre lang habe sie sich wöchentlich bei der Polizei melden müssen.

Ihr Pass sei eingezogen worden.

Sie habe Ausreiseverbot gehabt, um ihre internationalen Kontakte zu unterbinden.

Das Urteil: Einundzwanzig Monate ohne Bewährung.

Verbüßung im offenen Vollzug.

Haftentlassung 27. Februar 1984 nach zwei Dritteln.

Die Staatsschutzversion lautete:

Brigitte habe, gutgläubig, 1971 der RAF eine Wohnung vermittelt.

In U-Haft habe sie Raspe als Kontaktperson identifiziert.

Deshalb sei sie von der linken Szene kritisiert und verdächtigt worden, mit dem Staatsschutz zu kollaborieren.

Um sich zu rehabilitieren habe sie im Winter 1973/74 in Zürich Waffen und Sprengstoff für den 4. Februar übernommen und geholfen, das Material in zwei Speditionen über die Grenze zu schmuggeln.

Vgl. Petition für Brigitte Heinrich, Komitee für Grundrechte, Sensbachthal 1982.

Dort auch Informationen zur Haltlosigkeit des Urteils gegen Brigitte und zu ihrer Krankheit, die während der fünfmonatigen U-Haft 1974/75 ausbrach.

In ihrer Erklärung vom 3. Oktober 1979 zum Prozessauftakt, bestritt Brigitte den Vorwurf des Waffenschmuggels.

Sie habe sich im deutsch-schweizerischen Grenzgebiet aufgehalten, um Wanderwege auszukundschaften.

Auf diesen Wegen sollten in der BRD lebende oppositionelle Iraner über die Grenze gelangen, um in der Schweiz am Urlaubsort des Schahs von Persien gegen das verbrecherische Schah-Regime zu demonstrieren.

Das ergebe sich auch aus der Tatsache, dass sie sich bei einer Polizeikontrolle mit ihrem richtigen Namen vorgestellt habe.

Im Bericht von Major Voigt vom 18. Juli 1984 heißt es über IMB »Beate Schäfer« (Brigitte Heinrich):

»Anfang der 70er Jahre gehörte er (sic!) einer militanten Gruppe an, die in Verbindung mit einer schweizer Gruppierung den Schah von Persien aus dessen Schweizer Ferienobjekt entführen bzw. töten wollte.«

Woher Major Voigt sein Wissen hatte, ist aus der Akte nicht ersichtlich.

Berater

Benedikt Härlin, Jahrgang 1957, ist noch bei den Grünen: ZSL (Zukunftsstiftung Landwirtschaft). Er ist »Experte für Gentechnik in der Landwirtschaft seit 1987«, NGO-Vertreter beim »Agricultural Science and Technology Assestment for Developement« bei den Vereinten Nationen und war Leiter der internationalen Greenpeace Kampagne zur Gentechnik. Seine Homepage heißt »Rettet unseren Samen«. Seine Arbeitsgebiete sind die EU, das internationale Recht und die globale Entwicklung der Gentechnik.

Härlin und der Student Michael Klöckner gerieten in die Schlagzeilen, als der Staatsschutz 1983 einen Presseskandal verursachte. Zwölf Leute aus der Alternativen Liste (AL) wurden kriminalisiert, darunter der verstorbene Dirk Schneider – wie Dieter Kunzelmann einer der Frontleute der AL. Angeklagt und verknackt wurden nur Härlin und Klöckner, der jetzt verheiratet ist mit der Sängerin Marianne Rosenberg und im Musikgeschäft arbeitet.

Es ging um Pressefreiheit. Die Kampagnen gegen die Gruppen des bewaffneten Widerstands erforderten parallele Maßnahmen gegen Buch- und Zeitschriftenverlage, Redakteure, Drucker, Autorinnen, Buchhändlerinnen. Agit 883, radikal, Informationsdienst zur Verbreitung unterdrückter Nachrichten (ID), Das Blatt. Etliche Dutzend, zumeist regionale oder lokale Informationsblätter wurden verfolgt.

Ich habe nicht geprüft, in welchem Zusammenhang Härlin und Klöckner mit der in Westberlin erscheinenden Zeitschrift »radikal« standen. Wie es scheint, hatten sie das Blatt zeitweise redigiert oder an Redaktionssitzungen teilgenommen. Beide stellten sich freiwillig der Polizei am 13. und 14. Juni 1983, als sie merkten, dass sie gesucht wurden.[1]

Das Kammergericht verurteilte sie trotz zahlloser Proteste und Petitionen, auch aus dem bürgerlichen Lager, zu je zweieinhalb Jahren ohne Bewährung. Sie hätten, urteilte das KG, Straftaten gebilligt und zur Begehung von Straftaten aufgefordert. Am Rande spiele auch Sympathiewerbung für eine terroristische Vereinigung herein.[2]

Die bürgerliche Presse heulte auf, weil die Angeklagten keinen der inkriminierten Texte verfasst hatten. Es war zweifelhaft, ob sie überhaupt Einfluss darauf hatten, dass die Texte ins Blatt gerückt wurden. Devise: Wehret den Anfängen!

Vor allem für die Grünen war es ein Fall der Empörung. Sie hatten gerade das Feld der Errungenschaften der bürgerlichen Revolutionen besetzt, das die etablierten politischen Parteien zur politischen Brache verkommen ließen. Härlin und Klöckner eigneten sich, wie zuvor schon Brigitte Heinrich, als Gallionsfiguren der Kampagne »Rettet die Bürgerrechte«. Am 3. März 1984 nominierte eine Bundesdelegiertenkonferenz der Grünen sie für die Europa-Wahlen und demonstrierte so gegen das Urteil des KG. Das ging der Bourgeoisie nun doch etwas zu weit: »Hobby-Revoluzzer«, »Bedenkenlose Instrumentalisierung mutmaßlicher Straftäter«.

Am 17. Juni 1984 wurden beide ins europäische Parlament gewählt.

1 Vgl. Thomas Wenzel, Der radikal-Prozeß in Berlin 1983/84, Magisterarbeit Freie Universität Berlin.

2 radikal hatte u.a. Bekennerschreiben von roten Zellen veröffentlicht. Der Fall war auch juristisch reizvoll, da man logischerweise nur für eine existente Vereinigung werben kann und niemand wusste, für welche Vereinigung radikal angeblich geworben hatte. Ein klarer Fall von Gesinnungsjustiz.

Sie konnten somit nicht weiter verfolgt werden, da das Europa-Parlament sich weigerte, ihre Immunität aufzuheben. Am 25. Juli 1984 wurden die Haftbefehle gestrichen.

Wir sprechen über Klaus.

Härlin und er begegneten sich erstmals im Vorfeld zu den Wahlen zum europäischen Parlament. Dort traf man sich dann ständig. Klaus gehörte zum Mitarbeiterstab, beteiligte sich aber auch an den politischen Debatten der linken deutschen Abgeordneten.

Besondere Merkmale habe er nicht besessen.

»Er war vermutlich ein persönlicher Mitarbeiter von Brigitte Heinrich.«

Er (Härlin) habe keine persönlichen Kontakte zu Brigitte und Klaus gehabt. Nach seinem Eindruck waren beide orthodoxe Linke.

»In Fragen DDR fielen sie nicht auf. Ich war deshalb überrascht, als sie enttarnt wurden.«

»Welchen Eindruck hattest du von Klaus?«

»Klaus Croissant war eine etwas belächelte Figur.«

»Bist du ihm später noch mal begegnet?«

»Ja, nach der Zeit im Europäischen Parlament, nachdem Brigitte tot war, in Westberlin, gelegentlich. Aber ich hatte nie etwas mit ihm zu tun.«

»Weißt du jemand, der mir etwas über die Zeit erzählen könnte, als Klaus und Brigitte beim EP in Straßburg und Brüssel waren?«

»Der Schwalba-Hoth vielleicht.«

Er treffe ihn gelegentlich, wenn er in Brüssel zu tun habe.

Schwalba-Hoth sei dort als Berater tätig für irgendwelche Regierungen und Organisationen, die Kontakte zum EP suchten.

Also rüber ins Kaffeehaus Einstein. Nieselregen. Wie grausam graut mich das gräuliche Grauen. Wer war Schwalba-Hoth? Es dauert immer eine Weile, bis ich in meinem verwüsteten Schädel den richtigen Karteikasten finde. Es gibt auch ein paar mentale Techniken beim Suchen nach verschütteten Schlagworten. Das gesuchte

Dossier tauchte auf, als ich einem Gigolo ziemlich gründlich auf den Arsch guckte.

Flashback 1983, als der hessische Landtag aufgelöst werden sollte, fand am Vorabend im Wiesbadener Landtagsgebäude ein Empfang statt, zu dem ein hochrangiger General der US-Army als Ehrengast geladen war. Die Grünen waren damals noch gegen die NATO und das Militär überhaupt, und so galt die Verbundenheit der Sozialdemokraten unter Ministerpräsident Holger Börner mit den Amis als Affront gegen die Grünen, wo damals noch Leute wie Jutta Ditfurth Einfluss hatten.

Ein Grüner schritt deshalb zur Tat, ließ sich von einem Mediziner eine Menge Blut abzapfen, füllte es in ein Fläschlein und bespritzte, öffentlich, vor laufenden Kameras, den Mörder in Uniform, den amerikanischen General, den Gorilla des Großkapitals mit seinem Eigenblut. Große Aufregung. Auch Ditfurth empört, da die Aktion weder mit der Partei noch der Landtagsfraktion abgesprochen war.

Der Name des Spritzers: Der Marburger Studentenfunktionär Frank Schwalba-Hoth.

Na, bitte. Geht doch.

Ich verabrede mich mit Schwalba-Hoth in Brüssel in der gemütlichen, dunklen Bierkneipe, wo es an die zwei Dutzend hervorragende Biere gibt und wo man mich bisher jedes Mal raustragen musste.

Beziehungskiste nach Aktenlage

»Vom vorderen Erkerzimmer im 3. Stock, das Brigitte bewohnt, haben wir volle Sicht auf DDR-Territorium«, teilt Klaus am 12. Oktober 1982 seinen Gesprächspartnern vom MfS mit. Dem gleichen Schreiben zufolge ist Brigitte Heinrich die Mieterin der Wohnung. Er (Klaus) ihr Untermieter.

Dem Bericht des Staatsschutzagenten Major Voigt über das Treffen im »Objekt See« Ende April 1985 entnehme ich, dass Klaus und Brigitte wieder getrennt wohnten – er weiterhin am Westberliner Bethaniendamm, sie in der Frankfurter Humboldtstraße 86 – sich jedoch häufig gegenseitig besuchten.

Voigt war zu dem Zeitpunkt eventuell schon Oberstleutnant, also fast so oben wie Jäckel.[1]

Die Wohn- und Lebenssituation der beiden wurde in etlichen Gesprächen und Berichten erörtert. So im Bericht Voigts vom 10. Juli 1984, wo er schreibt: »Deutlich wurde ein großes Interesse des IM Beate Schäfer an einer ständigen Verbindung zu IM Taler. Sie empfindet die örtliche Trennung von ihm als belastend. Daraus resultiert auch ihr Versuch, Taler eine Tätigkeit im Europäischen Parlament als Berater oder Gutachter zu beschaffen.«

Mehrfach scheint Brigitte gedroht zu haben, die Gespräche mit den Beamten des MfS zu beenden, falls Klaus sie verlassen sollte.

Major Gebhardt, Brigittes zweite Kontaktperson (hinter Voigt),[2] teilt am 29. April 1985 mit: »Die Beziehung der Beate Schäfer zu Taler bildet die Grundlage für ihre Bereitschaft zur Zusammenarbeit mit uns, auf der ihre inoffizielle Arbeit aufgebaut wurde. Wenn ihre Verbindung zu Taler durch unsere Arbeit zerstört wird, will sie nicht mehr für uns arbeiten.«[3] Auch Klaus plauderte offensichtlich aus dem Nähkästchen.

IMB »Taler« (Klaus) benötige, schreibt Voigt am 6. Mai 1985, »einen gewissen persönlichen Freiraum«. Er beanspruche »eigene Freiheiten und Bewegungsmöglichkeiten«. IMB »Beate Schäfer« (Brigitte) hingegen dränge »mehr auf ein engeres Zusammensein«.

1 Oberst Jäckel war Klaus' Kontaktperson und hatte Brigitte mit Voigt bekannt gemacht.

2 Brigitte hatte Gebhardt erst nach langem Gezerre akzeptiert. Sie wollte den Kreis klein halten, um undichte Stellen zu vermeiden.

3 Major Voigt hatte sich dagegen ausgesprochen, Klaus einen Job beim EP zu beschaffen. Wahrscheinlich wollte er seine Überprüfung durch westliche Geheimdienste vermeiden, denn er brauchte Klaus als Kurier für Brigitte.

Voigt wörtlich: »In der Weiterführung beider IM-Vorgänge muss beachtet werden, dass eine Trennung beider IM letztlich eine schwere Schädigung der Zusammenarbeit mit sich bringen würde. Es sollte daher stets darauf geachtet werden, die Beziehung zwischen beiden IM zu erhalten.«[1]

Geradezu dramatisch klingt dann, was Voigt über das Treffen im »Objekt 80« von 20. bis 22. März 1987 (Brigittes Todesjahr) schreibt:

»Den Hauptteil des Gesprächs bildete das persönliche Verhältnis beider IM. Beide brachten zu Beginn zum Ausdruck, dass sie nicht mehr zusammen leben könnten.

Von Taler wurde vorgebracht: Mangelnde Zeit für Gemeinsamkeiten und bewusstes Ausklammern bei Treffen mit anderen Personen.

Von B. Schäfer wurde vorgebracht: Mangelnde Fähigkeit, sich politisch anders Denkenden anzupassen, z.B. ständige vordergründige Offenlegung seiner positiven Haltung zur DDR. Mangel bei der Ordnung im persönlichen Bereich.«

Das MfS als Beziehungsberater.

Makaber: »Für die bisherige gute Arbeit wurde den IM ein Sachgeschenk (Kaffeeservice) übergeben.«

Doch auch das Porzellan ging bald zu Bruch.

Am 19. Dezember 1987, zehn Tage vor Brigittes Tod, traf man sich letztmalig mit Oberst Jäckel, Oberstleutnant Voigt und Major Gebhardt im »Objekt 80«.

»Der Treff war überschattet von den persönlichen Problemen der IM.«

Was war passiert?

Wir werden es nie erfahren.

1 Somit ist es logisch, warum Voigt Brigittes Weigerung akzeptiert, einen zweiten Kurier für sie einzusetzen und Verständnis dafür zeigt, dass Brigitte keine Bürokraft haben will. Brigitte möchte, dass Kurierdienste und Büroarbeit nur von Klaus besorgt werden, um ihn an ihrer Seite zu haben, während Klaus lieber wieder als Rechtsanwalt arbeiten möchte.

Die BStU hat Namen und Tätigkeit gnädig geschwärzt.

So lesen wir nun:

»Taler hatte Ende November …, was zu ernsthaften Zerwürfnissen führte.«

Nehmen wir an, die geschwärzte Stelle hätte folgendermaßen gelautet:

»… mit Hannelore im Bett gelegen …«

Das wäre naheliegend.

Der Schluss jedoch versöhnlich:

»Aus Anlaß des Jahreswechsels wurde den beiden IM für geleistete Arbeit der Dank ausgesprochen und ihnen ein Sachgeschenk sowie Reisekosten übergeben. Nächster Treff: IMB Taler 6.1.1988. IMB Schäfer Februar 1988.«

Den sollte Brigitte nicht erleben.

Auch Klaus konnte am 6. Januar nicht kommen.

An diesem Tag war die Beerdigung.

Erst zwei Tage später traf man sich wieder.

Voigt schreibt:

»Insgesamt hat der Tod von B. Schäfer den IMB Taler stark mitgenommen. Er machte einen relativ aufgelösten und hilflosen Eindruck. Ernsthafte Probleme zu besprechen war nicht möglich. Ihm wurde entsprechend unseren Möglichkeiten Hilfe zugesichert und versucht, ihn zu beruhigen.«

Sieg im Volkskrieg!

Frank Schwalba-Hoth (FSH) hat sich in Afghanistan einen eleganten Anzug schneidern lassen, auf den er stolz ist.

Er betritt die riesige Lobby an der Rue Wiertz in Begleitung des armenischen Botschafters beim Europäischen Parlament, als gehörte der Schuppen ihm.

Er stellt mich als bedeutenden europäischen Autor vor.

Der Armenier sieht aus wie ein Filmschauspieler, der einen Clanchef aus altem Gestüt spielt. Groß, schlank, elegant, graue Mähne, scharfe Gesichtszüge, gute Manieren, vollendete Handbewegungen. Derart edle Herren sind in Europa seit Jahrzehnten ausgestorben.

Kurz und knapp erklärt FSH was die Armenier vom EP erwarten und warum sie einen Lobbyisten brauchen, während ihr Botschafter in den Höhen und Tiefen des vollverglasten Gebäudes entschwindet. Auch das Dach ist verglast.

Armenien liegt nur geografisch weiter entfernt als die Türkei, werde ich belehrt. Die armenische ist eine der ältesten christlichen Kirchen. Wir sollten aufpassen, dass uns da hinten niemand zuvor kommt.

Der Armenier wird zusehends zweidimensionaler, bis er eindimensionaler wird.

Einen Moment lang steht er noch als Komma in den endlosen Weiten, die wir durchqueren. FSH grüßt huldvoll junge Schönheiten. Manchmal auch hässliche Beamte.

Überall stehen Eimer und Wannen herum.

Das Dach sei undicht, erklärt mein Vergil.

Wir passieren etliche Sicherheitsschleusen ohne uns auszuweisen. FSH kommt überall durch. Mit seinem Anzug würde er nicht einmal auf der Oxford Street auffallen. Türen öffnet er mit einer Art Kreditkarte. Manchmal gibt er einen Code ein. Manchmal müssen wir auch einen Umweg machen. Manchmal etwas beiseite räumen, um an die Tür zu gelangen, die auf sein Sesam reagiert.

Kurz bevor wir das Restaurant erreicht haben, winkt es aus der Tiefe des Raumes. Also kehrt marsch. In der Lobby steht eine Person, erst eindimensional, dann zweidimensional, dann immer hübscher. FSH schleust sie mit Anzug und Karte durch die Sicherheitsschleuse und entlässt sie an einem Fahrstuhl. Eine marokkanische Praktikantin, die sich um ein Praktikum bewerben möchte. Kluge

Marokkaner wenden sich nicht an französische Lobbyisten, sondern an deutsche.

Wir betreten den weitläufigen Speisesaal. FSH lobt vorsorglich schon mal die ausgezeichnete Cuisine, die wir in einem unmerklich abgetrennten Bereich einnehmen werden. Bevor wir den Saal ganz betreten, halten wir inne. An allen Tischen Praktikantinnen und Praktikanten. Hier wächst eine neue europäische Spezies heran. Hier und da ein aufregender Parlamentarier, ein Mandarin, ein Lobbyist. An den Lobbyisten erkennt FSH, worüber voraussichtlich geplaudert wird.

Er stellt sich in Positur und ruft mit lauter Stimme in den Speisesaal, soeben betrete ein bedeutender europäischer Dichter das Restaurant. Er zählt meine Hauptwerke auf. Damit hatte niemand gerechnet, was ihn nicht zu stören scheint.

Wir sitzen. FSH empfiehlt bestimmte Speisen, die nur in diesem Bereich verzehrt werden.

Abermals winkt junge Dame. Wir winken ebenfalls. FSH erhebt sich und stellt vor. Eine Ukrainerin. Sie muss ihren Verlobten in Kiew anrufen. FSH bringt sie mal eben in ein Büro, wo sie kostenlos telefonieren kann. In Kiew ist es schon später.

Dann plaudern wir wieder. Ich höre gut zu. Es ist alles so neu für mich. Seine Tätigkeiten, Beziehungen, Kontakte. Wer in Brüssel etwas erreichen will, muss sich mit FSH verabreden.

Was er tut, bleibt so rätselhaft wie seine Fähigkeit, die Türen zu öffnen. Ist er irgendwo angestellt? Wohl kaum. Woher hat er den Ausweis? Parlamentarier ist er seit siebzehn Jahren nicht mehr. In seiner Wohnung veranstaltet er regelmäßig Abendessen im kleinen Kreis, wo sich Leute treffen, die Geld brauchen. Jeder in diesem Hause hat ein paar Projekte im Feuer und muss das Eisen schmieden, bevor ein anderer es tut.

Langsam leert sich das Restaurant und die Serviererinnen werden ungeduldig. Draußen regnet es. Es tropft schon wieder von der Decke.

Irgendwann sage ich abrupt:

»Nun lass uns mal das Thema wechseln. Was weißt du über Klaus? Was hat er gemacht im EP? Was hatte er für eine Funktion? Wer hat ihn bezahlt?«

Er antwortet ohne zu zögern:

»Du, das weiß ich selbst nicht. Das habe ich mich damals auch manchmal gefragt.«

Ich erschrecke. Bin ich deswegen von Berlin nach Brüssel ohne anzuhalten?

Doch dann weiß FSH doch so einiges, denn auch ihm ist klar, dass ich mir dieses Kapitel nicht aus den Rippen schneiden kann.

Vermutlich habe Klaus einen Vertrag gehabt. Wahrscheinlich als Brigittes persönlicher Assistent. Politisch sei es damals so gewesen, dass keiner rausflog, der reinkam.

»Wer dabei saß, saß dabei und durfte auch reden. Niemand fragte nach seiner Legitimation, Kompetenz. Klaus saß einfach immer dabei. Nahm an allen Sitzungen teil.«

»Wie war er persönlich?«

Auch in der Hinsicht hat FSH eine Episode parat. Wenn Klaus und er sich auf einem der endlosen Gänge trafen, hoben sie den Arm, ballten die Hand zur Faust und begrüßten sich mit den Worten:

»Sieg im Volkskrieg!«

»Erzähl mir was von Brigitte.«

Über Brigitte könne er nicht viel sagen. Sie kannten sich von früher, hatten jedoch nie ein privates Verhältnis.

»Wir kannten uns durch die Studentenpolitik. Sie in Frankfurt, ich in Marburg.«

»Auch durch die Grünen?«

»Das weniger. Ich war schon bei der Gründung der hessischen Grünen dabei. War im Vorstand. Gehörte seit 1983 dem hessischen Landtag an. Sie kam erst kurz vor den Europa-Wahlen 1984 dazu.«

»Wo wohnten Klaus und Brigitte, wenn sie in Brüssel waren?«

»Soweit ich weiß, hatten sie eine Wohnung, aber ich war nie da. Ich weiß nicht einmal, ob sie an den Wochenenden in Brüssel blieben.«

»Keine persönlichen Kontakte?«

»Ich entsinne mich nicht, sie jemals außerhalb des EP getroffen zu haben.«

Er habe zu keinem der Parlamentarier private Kontakte gehabt.

»Keine Kneipen, keine Partys?«

»Das EP tagte schon damals von Montag bis Freitag, teils plenar, teils in Ausschüssen, fraktionell, interfraktionell et cetera. Parlamentspausen gab es nur im Sommer sechs Wochen, und zwei im Winter. Da waren die Parlamentarier froh, wenn sie am Freitag in ihre Wohnorte und Wahlkreise zurückkehren konnten.«

»Du auch?«

»Ich blieb fast immer in Brüssel.«

»Wie war das Verhältnis zwischen Brigitte und Klaus?«

Da habe es öfter mal geknallt.

»Wie war das mit der Rotation und der Abgabe eines Teils der Diäten an die Partei?«

»Die Grünen sollten an sich nach zwei Jahren rotieren. Die Ausscheidenden sollten dann den Nachrückern als Assistenten dienen. Außerdem sollten alle einen Teil ihrer Diäten an die Fraktion und die Partei abtreten.«

»Und? Was war damit?«

In der Praxis hätten nur er (FSH) und ein zweiter sich an die Abmachung gehalten.

»Brigitte wollte nicht rotieren und hatte auch Probleme mit der Abtretung von Diäten.«

»Aber du bist noch immer da.«

Er sei dageblieben als Berater der Fraktion. Eine Aufgabe, die er noch immer gelegentlich wahrnehme.

Wir sitzen in einem Büro der Regenbogenfraktion. Auf dem Gang viele stabile Metallkisten.

»Da kommen die Fraktionsakten rein, wenn das Parlament einmal im Monat eine Woche lang in Straßburg tagt.«

»Wem gehört das Büro, in dem wir hier sitzen?«

»Einem der Abgeordneten.«

»Hast du kein eigenes Büro?«

Er sitze mal hier und mal da.

Ich sage:

»Da ist ein Punkt, der mich besonders interessieren würde. Hat keiner von Euch gemerkt, dass Brigitte und Klaus Kontakte zu Beamten der DDR hatten?«

Er (FSH) habe nichts gewusst und nichts gemerkt. Rückblickend habe er jedoch Verdacht geschöpft. Einmal wollte die Regenbogenfraktion des EP eine Delegation nach Prag entsenden, die Dissidenten aus der DDR offiziell begrüßen sollte. Das hätten Klaus und Brigitte verhindert. Sie hätten auch Resolutionen der Fraktion im Sinne der DDR beeinflusst. Sie hätten sich auffällig für Dritte-Welt-Staaten eingesetzt, die auf DDR-Linie lagen. Sie hätten sich für Fragen interessiert, die nicht in Brigittes Aufgabengebiet fielen, jedoch für die DDR von Interesse waren.

»Zum Beispiel?«

»Die amerikanischen Flugplätze in Portugal.«

Das alles aber sei ihm erst viele Jahre später aufgefallen, als Klaus enttarnt wurde.

»Ging das denn, dass von einem Parlamentarier NATO-Materialien angefordert wurden?«

Im Prinzip hätte ein Parlamentarier auch diese Möglichkeit gehabt, es sei jedoch unüblich gewesen.

Im übrigen habe er in Klaus und Brigitte stets die ehemaligen RAF-Mitglieder gesehen.

Es dämmert schon und das riesige Haus Spinelli an der Rue Wiertz ist fast leer, als wir unseren Spaziergang fortsetzen. Überall muss ich meine Nase reinstecken. In kleine und größere Sitzungssäle, in die Suite, wo die Ehrengäste der Ruhe frönen und in die Lounge, wo die Praktikantinnen chillen und die erste Generation Global entsteht.

Im großen Sitzungssaal muss ich auf dem Sessel des Parlamentspräsidenten Platz nehmen. Dort das Rednerpult. Da das halbe Rund, wo die Regierungsvertreter sitzen, wenn sie mal da sind.

»Da sitzt Tony Blair. Da Jacques Chirac. Da sitzen die Vorsitzenden der Fraktionen. Cohn-Bendit. Schulz.«

Ich muss in einem kleineren Saal auch auf dem Sessel Probe sitzen, auf dem Valérie Giscard d'Estaing saß, als er die Beratungen über die erste europäische Verfassung leitete, die dann kaum einer wollte.

Der Saal ist leer, die einzige Putzfrau verlässt den Raum als wir hereinkommen. Schon von der Tür aus, verkündet mein Führer den Abwesenden, was für ein bedeutender Autor soeben den Saal betreten habe, um ein paar Minuten ihrer welthistorischen Debatte zu lauschen. Da der Saal leer ist, finde ich seinen Auftritt nur halb so peinlich.

Es ist dunkel, als wir zu meinem Auto gehen, um ins Haus der vielen guten Biere zu fahren. Ich schaffe leider nur fünf oder sechs Sorten und auch FSH muss nach drei Stunden aufbrechen.

Leise singend torkele ich über den ausnehmend schönen Marktplatz von Brüssel auf der Suche nach einem Plätzchen in einem akzeptablen Speisehaus, muss dann aber aus einem Schnellimbiss eine Tüte voll Junkfood aufs Zimmer ins Hotel Opera mitnehmen.

Alle Lokale brechend voll und mir wurde an diesem Abend auch bald übel.

Also noch mal raus. Mitternacht, freies Feld.

Libérez Croissant!

Dräuend, eine gigantische dunkle Masse, erhebt sich, ein Trumm im übelsten wilhelminischen Stil, der Justizpalast, am Rand der Einöde eines unentwirrbaren Systems von Autostraßen.

Ich, übellaunig durch die verregnete Winternacht zwischen Bauzäunen trottelnd, nach einem Zugang suchend.

Diffuses Streulicht verleiht den Baumassen unscharfe Ränder.

Schlierenwolken am schimmligen Himmel.

Da eine breite Freitreppe. Eine Galerie, düster, leer, drei Stockwerke hoch.

Breite Treppen im Inneren der Vorhalle und noch immer keine Türen.

Kaum erkennbar ein himmelhohes Portal, dunkel, fast schwarz, so breit wie ein Fußballtor.

Ängstlich ertasten die Finger den senkrechten Spalt in der Mitte der verschlossenen Pforte.

Kein Lichtstrahl erhellt die gespenstische Szenerie.

So etwa stellte sich der eingeschüchterte Knabe das Portal vor, das er nur anzustoßen brauchte, um es zu öffnen. In diesem Justizpalast scheinen Kafkas Nachtmahren zu hausen.

Das ich nie zu öffnen wagte, solange ich nur träumte.

Also Taschenlampe raus.

Taschenlampe, Taschenuhr, Taschentuch, Taschenmesser, Taschenbuch, Taschenflasche, Taschenvorrat, Taschenkompass, Bandmaß, Bindfaden, Chair-and-Umbrella-Pipe, Toilettenpapier gehören seit Jahrzehnten zu meiner Ausrüstung.

Langsam gleitet der dünne Strahl in Augenhöhe waagerecht über die Oberfläche. Holprigkeiten treten hervor, doch keine Schrift.

Wo überhaupt suchen?

In Schulterhöhe vermutlich, in Türmitte, also halb rechts und halb links der schmalen Spalte zwischen den beiden überdimensionalen Flügeln, einen Meter nach links, einen Meter nach rechts.

Lange führt auch diese Vermutung ins Leere.

Dann tauchen, schwer erkennbar doch sichtbar, Hinweise auf Farbreste auf. Farbreste, die darauf hinweisen, dass Farbe beseitigt wurde. Längliche, senkrechte Farbspuren. Die Überbleibsel von senkrechten und waagerechten Lineamenten. Zweimal auch Krümmungen links der Spalte, etliche Krümmungen rechts.

Eine paranoide Vermutung zuckt durch mein noch immer von fünf oder sechs Biersorten geschädigtes Gehirn.

Sollten jene, die hier einst eine Schrift beseitigten, vielleicht auch Werkzeuge benutzt haben, um die tiefer ins Holz eingedrungenen Farbreste auszuschaben wie eine unerwünschte Leibesfrucht?

Behutsam führt die linke Hand den Zeigefinger zu einem der etwas längeren Farbreste.

Tatsächlich, eine kaum spürbare Vertiefung, die die Fingerkuppe aufnimmt. Die ihr den Weg zeigt.

Rauf und runter. Unten ein rechter Winkel. Eine kürzere waagerechte Linie.

Ein großes »L«.

Unruhe, Hektik, Benommenheit.

Neben dem »L« ein »I«.

Wahnsinn. Die Pforte enthält ein Geheimnis. Schon enthüllt sich ein »B«. Ein »É«. Ein »R«. Ein »E«.

»Libérez«?

»Libérez!«

Libérez wen?

»Libérez«: »C«, »R«, »O«, »I«, »S«, »S«, »A«, »N«, »T«.

Das ist doch nicht die Möglichkeit!

»Befreit Croissant!«

Am Portal der Brüsseler Justizpalastes, dieser finsteren Zitadelle der Justiz einer skrupellosen Kolonialmacht, verbirgt sich, dem Auge bei Tageslicht verborgen, die kriminelle Aufforderung:

»Befreit Croissant!«

Auf einer Treppenstufe vor dem Tor lasse ich mich nieder, um nachzudenken.

Links taucht behende ein Schatten auf. Fällt mich an wie ein schwarzer Panter. Rechts noch einer.

Der rechte packt mich links, der linke rechts. Gemeinsam reißen sie mich hoch.

»Was tun Sie da?«

Erleichterung. Auch sie sind Menschen.

»Ich lese!«

»Bei dieser Dunkelheit?«

»Mit den Fingern.«

Sie schleppen mich in eine Wachstube. Sie fragen mich aus. Sie verdächtigen mich. Ich muss ein Terrorist sein, der eine der Bastionen der justizförmlichen Unterdrückung der Menschheit in die Luft sprengen will. Ich fasele etwas von einer Inschrift am Tor. Sie können nicht glauben, was ich erzähle, zumal ich mich nicht traue, ihnen zu beichten, was ich entdeckt habe.

Tief in der Nacht erreichen sie einen alten Pförtner, der längst den Dienst quittiert hat.

Ihm kann ich mich anvertrauen.

Er weiß, was einst geschrieben stand an diesem Portal.

Er weiß, dass die Schrift nie ganz beseitigt werden konnte.

Er weiß:

Noch heute kommen manchmal alte Leute auf der Suche nach Spuren einer lange vergangenen Vergangenheit, die nicht vergehen kann.

Er vergibt mir.

Er erzählt seinen beiden jungen Kollegen eine wortreiche Geschichte, die ich nur halb verstehe.

Die Aufforderung zur Begehung von Straftaten verschweigt er. Befreit.

Auch den Namen. Croissant.

Er geleitet mich hinaus.

Sein Blick, sein Händedruck, unter einer weit entfernten Straßenlaterne, verraten, er hätte damals mit mir sympathisiert.

Es ging nicht.

Er konnte nicht.

Also gehen wir.

Weil wir nicht können.

Zur Hölle mit der Justiz und ihren Palästen!

8 FRANKFURT AM MAIN, WESTBERLIN 1988 BIS 1993

Staatsbegräbnis, Stimmen

Die Beisetzung am 6. Januar 1988 auf dem Frankfurter Hauptfriedhof sei von Klaus organisiert worden.

»Obwohl er nicht mehr mit Brigitte zusammen war.«

Ihr Deckname sei Beate Schäfer gewesen.

»Eine bombastische Veranstaltung. Ein Bayreuth des antiimperialistischen Kampfes. Sechs Stunden Grußadressen aus aller Welt.«

Brigittes Mutter habe in der ersten Reihe gesessen, zusammengesunken.

»Die hat gelitten. Die musste sich das ganze Multikultizeugs anhören.«

Die Halle, »völlig überfüllt«, im klassizistischen Stil, erbaut Mitte des 19. Jahrhunderts, hoch, ca. 15 mal 15 Quadratmeter, davor Putten.

»Der Sarg stand vorne.«

Vor dem Sarg ein Foto der Verstorbenen.

Viele Blumen und Kränze.

»Natürlich kein Pfarrer.«

Schrecklich viele Leute.

»Mehr als hundert.«

»Alle Frankfurter Altlinken.«

Nach der Trauerfeier sei sie mit Lothar Baier[1] in ihre Wohnung. Dort hätten sie einen Text für ein Testament entworfen, um zu verhindern, dass ihnen nach ihrem Tod ähnliches widerfahren könnte.

Massenhaft Grußbotschaften.

Von der Vereinigung der Verfolgten des Naziregimes.

Auch von Katharina Focke (SPD).[2]

1 Frankfurter Autor. Lebte zuletzt in Kanada, wo er Selbstmord beging.

2 Unter Willy Brandt Bundesfamilienministerin.

Mehrere Sozialdemokraten hätten das Kondolenzschreiben an die Mutter unterzeichnet.

Andere Sozialdemokraten hätten sich geweigert, den Brief zu unterschreiben.

Grußbotschaften von Vertretern vieler Befreiungsbewegungen.

Iraner, Iraker, Kurden, Palästinenser, Basken, mehrere Lateinamerika-Staaten.

Vom Europa-Parlament habe ein niederländischer Abgeordneter gesprochen.

»Ein Europa-Abgeordneter der SPD hielt sein Gesicht in die Kameras.«

»Die Beerdigung dauerte mehrere Stunden. Croissant, der sprang auch da rum. Sämtliche Befreiungsbewegungen hielten lange Reden und erklärten die Welt.«

Später sei am Haus, wo Brigitte wohnte, eine Tafel angebracht worden:

»Die Stärksten kämpfen ihr Leben lang.«[1]

Bei der Beerdigung sei eine schwarze Sängerin aufgetreten.

Theaterleute hätten zwei Gedichte von Inge Müller aufgesagt.

»Die Beerdigung war grässlich.«

Sie sei zwischendurch mal weggegangen, ins Café gegenüber mit Harry Oberländer.[2] Dort hätten sie sich über die Veranstaltung aufgeregt.

»Die Gedenkplakette ist nicht mehr am Haus.«[3]

»Vertreter zahlreicher ausländischer Organisationen sprachen lange Grußworte und beschworen den antiimperialistischen Kampf und die internationale Solidarität.«

Sie sei auch zu der späteren Urnenbestattung eingeladen gewesen. Das sei aber widerrufen worden. Ein Journalist habe über die

1 Könnte von Brecht sein.

2 Frankfurter Autor. In den Siebzigerjahren zeitweise RK (Revolutionärer Kampf).

3 Gemeint ist die Humboldtstraße 86, wo Klaus und Brigitte die Wohnung hatten.

Trauerfeier kritisch berichtet und sie mit einer abschätzigen Bemerkung zitiert. Klaus habe daraufhin bei ihr angerufen, ihr Vorhaltungen gemacht und sie ausgeladen.

Die Nachbarin

Die Nachbarin ist sehr aufgeregt, spricht schnell.

Sie habe damals in Frankfurt am Main im Nachbarhaus gewohnt.

»Ich mochte sie sehr.«

Zwischendurch blättert sie in Aufzeichnungen. Liest vor. Manchmal kaum verständlich.

Klaus sei ihr weniger sympathisch gewesen.

Er sei viel in seiner Wohnung in Westberlin gewesen, während Brigitte Heinrich in Frankfurt alleine war.

Sie habe mit beiden über ihre Probleme gesprochen.

Brigitte habe ihr im November 1987 gesagt, Klaus habe in Westberlin eine andere Frau.

Klaus habe ihr gesagt, Brigitte wolle keinen Verzicht auf eine sexuelle Beziehung.

Brigitte habe gesagt:

»Wir wollten zusammen alt werden.«

Sie habe sich ein Kind gewünscht.

»Brigitte war ein mütterlicher Typ. Warmherzig.«

Außerdem habe die Partei von Brigitte verlangt, einen Teil ihrer Abgeordneten-Diäten abzuführen und in der Halbzeit ihr Mandat niederzulegen.

Insgesamt habe die Partei 18.000 D-Mark beansprucht.

»Das sagte Klaus nach ihrem Tod auch, dass sie darunter gelitten habe.«

Er habe den Ausdruck »Stressfaktor« gebraucht.

Sie hingegen (die Nachbarin), habe zu der Zeit mit den Fundamentalisten sympathisiert und die Rotation[1] bejaht.

»Ich war mit Brigitte in einem Lokal, als sie wegen der Kandidatur für das Europa-Parlament angesprochen wurde.«

Brigitte habe keine Ahnung gehabt, was das sein könnte: Ökologie.

»Sie wusste auch nicht, wer oder was die Grünen waren.«

Sie habe erst eine Fortbildung machen müssen.

»Ich glaube in Wiesbaden. Die kannte nur ihre Anti-Imperialismus-Bündnisse.«

Vom Feminismus habe sie nur den Begriff gekannt.

Nachdem Brigitte Europa-Abgeordnete war, hätten sie sich seltener gesehen.

»Zwei oder drei Mal wollte Klaus mich auch wegschicken. Dann gab es Krach mit Brigitte.«

Nach Brigittes Wahl[2] hätten die zwei viel Geld ausgegeben. Brigitte habe in Boutiquen eingekauft und sei zum Friseur gegangen.

»Sie hatte plötzlich andere Haare.«

Klaus habe kistenweise teuren Weißwein angeschleppt. An manchen Tagen seien die zwei schon morgens um zehn Uhr blau gewesen.

Brigitte habe eine unglaubliche Veränderung durchgemacht. Eine heruntergekommene Linke, die sich binnen kurzer Zeit durch das Geld zur Dame entwickelt habe.

»Vom Knast ins Parlament. Was es alles gab zu unserer Zeit!«

1 Auch Oberstleutnant Voigt riet Brigitte Heinrich zu rotieren. Er wollte vermeiden, dass Brigitte sich in der Partei mit ihrer Weigerung unbeliebt machte. Nach seiner Vorstellung sollte sie sich als Grüne profilieren und im Bundesvorstand oder der Bundestagsfraktion der Grünen einen Spitzenposten anstreben, vielleicht sogar grüne Bundestagsabgeordnete werden. Kurz bevor sie starb, hatte er sie endlich rumgekriegt.

2 1984. Gewählt wurden für die Grünen: Friedrich-Wilhelm Graefe (Platz eins), Brigitte Heinrich (Platz zwei), Benedikt Härlin (Platz drei), Undine von Plottnitz (Platz vier), Frank Schwalba-Hoth (Platz fünf), Michael Klöckner (Platz sechs), Dorothee Piermont (Platz sieben).

Die Frankfurter Wohnung habe sie behalten. Die wurde auch regelmäßig bewohnt bis zu ihrem Tod. Mit Eisschrank, Telefon, Schreibtisch.

Am 18. Dezember 1987 sei Brigitte zu Klaus nach Berlin gefahren. Das Jahresende hätten sie in Frankfurt verbracht.

Sie hätten ein richtiges Weihnachtsferienprogramm geplant.

»Mit Besuch in Heidelberg. Tags drauf wollten sie in die Pfalz. Wein kaufen.«

»Am 26.«, habe Brigitte geschwärmt, »gehen wir ins Konzert. Stell dir vor, ich war noch nie in einem Konzert.«

Am 29. Dezember 1987 habe sie tot im Bett gelegen. Neben Klaus. Die Todesursache sei ein Loch im Zwerchfell gewesen.[1] Das habe er ihr erzählt.

»Natürlich war die Kripo da.«

Sie (die Nachbarin) sei gleich nach dem Tod in der Wohnung gewesen und habe sich umgeschaut.

»Die Wohnung war versifft. Dazwischen teure Parfums und teure Kleider.«

Klaus sei außer sich gewesen.

»Es war eine unheimliche Stimmung. Ich habe mir überlegt, ob Klaus sie wohl umgebracht hat.«

Dauernd habe das Telefon geläutet und Klaus habe lange telefoniert.

»Grau im Gesicht und gebeugt.«

Die Leiche sei schon fort gewesen.

»Mein erster Gedanke war damals: Misstrauen gegen Klaus. Mein Gefühl sagte mir, dass hier nichts mit rechten Dingen zugegangen war. Klaus hatte den totalen Verfolgungswahn. Er hätte am liebsten meine Umhängetasche durchsucht, weil ich durch die Wohnung gegangen war, während er telefoniert hatte. Er schlich sich an mich ran. Vermutlich dachte er: Jetzt kriegen sie mich.«

1 Voigt notiert zweimal, Klaus habe ihm gesagt »Herzinfarkt«. In der Todesanzeige schreibt Klaus: »... nach kurzer, schwerer Krankheit ...«

Erst Jahre später, als bekannt wurde, dass Brigitte und er Informanten der Stasi waren, habe sie manches begriffen.

»Wahrscheinlich dachte er damals, ich könnte irgendetwas finden.«

Einmal habe sie ein Buch aus dem Regal genommen.

Er habe es ihr aus der Hand gerissen und ins Regal gestellt.

»Total schizophren.«

Sie vermute, dass hinter den Büchern etwas verborgen war. Wahrscheinlich habe auch Ostberlin Druck gemacht, alle Spuren zu beseitigen.

Auch in den folgenden Tagen habe sie Klaus getroffen. Zum Beispiel, wenn er zur Post gegangen sei, um Todesanzeigen zu verschicken.

»Klaus musste die Beerdigung schultern. Später die Abwicklung in Brüssel.«

Für die Organisation habe die Partei ihm zwei Assistentinnen beigeordnet.

Sie sei auch wieder in die Wohnung gegangen, um Klaus zu besuchen.

»Er war ja Brigittes Nachlassverwalter. Ihr politischer Erbe.«

Da seien noch Brigittes Katzen gewesen.

Klaus habe gesagt:

»Ich halte das nicht aus mit den Viechern.«

Sie frage sich auch, wo die Bibliothek geblieben sei.

»Klaus wollte etwas damit machen.«

Er habe gesagt:

»Die nehme ich mit nach Berlin.«

Den Nachlass habe die VVN bekommen.

Objekt cleanen

Oberstleutnant Voigt erfuhr von Heinrichs Tod »aus westlichen Massenmedien«.

In seinem Vermerk vom 4. Januar 1988 heißt es:

»Die erste Überprüfung hat ergeben, dass wie geplant IMB Taler mit B. Schäfer zusammen war und so durch ihn die erforderlichen Maßnahmen eingeleitet werden können.«

Später vermerkt Voigt:

»Durch den IMB Taler wurden alle erforderlichen Maßnahmen, sowohl die persönlichen, als auch die politisch-operativen und sicherheitsmäßigen, problemlos realisiert.

Die wichtigen persönlichen Unterlagen wie Adressbücher, Telefonbücher usw. wurden sichergestellt.

Mit dem Datum 1. Juli 1988 wurden die Bücher, Zeitschriften usw. aus dem Besitz des IM (Brigitte Heinrich, d. Verf.) an die VVN Frankfurt/Main übergeben und die Wohnung in Frankfurt/Main aufgelöst.«

10. Oktober 1984

Auf einer Brücke nahe der Museumsinsel Berlin-Mitte, wo wir verabredet sind, werde ich von einem Herren angesprochen, einem smarten Menschen Ende dreißig, der in keiner Hinsicht aussieht wie ein Bürger der DDR. Anzug, Frisur, Schuhe, Aktenköfferchen, alles deutet auf einen mittleren Angestellten eines württembergischen Schraubenimperiums hin.

Ob ich Mark der deutschen Notenbank kaufen wolle. Sieben Ostmark für eine Westmark.[1]

1 Der übliche Kurs war damals (1984) 4:1.

Das hört sich gut an. Vereinbart war, dass jemand mich checken werde.

Ich lehne ab.

Auch das war vereinbart.

Wie zwei gewöhnliche Staubsaugervertreter mit Tagespassierschein schlendern wir ins Pergamon-Museum, wo mein Begleiter zwei Eintrittskarten löst, das Stück zu 1,18 Ostmark.

Zwischen Friesen und Toren aus uralter Zeit sage ich vertraulich:

»Kommen wir zu unserem gemeinsamen Freund Klaus Croissant.«

Er nickt. Ich sage:

»Was wollen Sie wissen?«

Er seufzt und beginnt dann etwas weitschweifig auszuführen, er (Klaus) habe angegeben, am 24. Mai 1931 in Kirchheim unter Teck geboren worden zu sein, ob ich das bestätigen könne.

Er hält ein kleines Notizbuch in der Hand. Winzig ist seine Schreibbewegung sobald ich antworte. Vermutlich macht er einfach nur Häkchen oder Kreuzchen.

Hauptwohnsitz sei Frankfurt am Main, Nebenwohnung Westberlin.

»Stimmt.«

»Rechtsanwalt, Dr. jur., Vater Drogist, Abitur 1951 in Kirchheim unter Teck, Studium in Tübingen und Heidelberg.«

Ich bestätige auch das.

»1960 Anwalt in Heidelberg, 1961 Anwalt in Stuttgart, 1963 eigene Kanzlei in Stuttgart.«

Ich zögere einen Augenblick, in einen Schlangendrachen vertieft.

»Is' was?« fragt mein Begleiter. »Stimmt was nicht?«

»Nein, nein«, sage ich. »Es ist alles in Ordnung. Ich weiß nur nicht, ob man da wirklich schon von einer eigenen Kanzlei sprechen konnte. 1963, das war doch …«

»Das hat er aber so angegeben.«

»Mag ja sein«, sage ich. »Soweit ich weiß, war er da aber nur angestellt. Weil der eigentliche Chef keine Lust hatte, sich andauernd mit Ladendieben und Verkehrsündern rumzuärgern.«

»Verstehe«, sagt mein Begleiter und kritzelt etwas ausführlicher.

»Kommen wir zum Profil«, sagt er. »Was können Sie dazu sagen?«

»Was haben sie?« frage ich.

Er liest vor.

Seine hervorstechendsten Eigenschaften seien Fleiß, Pflichtgefühl und Menschlichkeit. Ein guter Anwalt sei er. Ursprünglich Sympathisant der FDP, habe er etwa Mitte der 60er Jahre Sympathien für die APO an den Tag gelegt. Ab 1972 sei er als RAF-Verteidiger in Erscheinung getreten. Dadurch habe er begonnen mit Terroristen zu sympathisieren.

»Sein Anwaltsbüro war nach Darstellung der gegnerischen Organe …«

»Moment mal«, unterbreche ich ihn. »Sagten Sie FDP?«

»Das sagte ich.«

Er lächelte verbindlich.

»Was dagegen einzuwenden?«

»Nein, nein. Wahrscheinlich gibt es auch in der FDP ein paar vernünftige Leute. Ich persönlich kenne da eine Stadträtin in Regensburg …«

»Sie behaupten also, dass das mit der FDP nicht stimmt?«

»Ich weiß nur eins. Das erste Käseblatt, in dem stand, er täte mit dieser Fallschirmspringerpartei sympathisieren, war der Spiegel und da haben die anderen Käseblätter und Buchautoren es abgeschrieben.«

»Dann werden wir es vermutlich aus derselben Quelle haben.«

»Eine ziemlich trübe Quelle würde ich sagen.«

Er greift in die Brusttasche seines gepflegten Ulsters und steckt etwas in die Seitentasche meines schmuddligen Raglans.

Während ich das Ischtar-Tor von Babylon durchschreite, bemerke ich, dass er mir fehlt. Der Briefumschlag in meiner Manteltasche enthält einen Voucher für ein Kännchen Kaffee oder Tee und ein Stück Sachertorte. Der übliche Agentenlohn im gesamtdeutschen Nachrichtendienst. Wir sind alle mehr oder weniger Patrioten. Patrioten, Kojoten, Idioten, Zeloten.

Die Mauerspringer

David Boris Tilgner – Sohn von Brigitte Tilgner, Rechtsanwältin, und Klaus, Rechtsanwalt – geboren 22. Dezember 1977, also nur gut einen Monat nachdem man Klaus in Stammheim empfangen hatte, wo er die Vorzugsbehandlung eines Mitglieds der RAF genoss: Dauerbeleuchtung, Totalisolation, leere Zellen links und rechts, Verteidigergespräche nur mit Trennscheibe, Hofgang mit anderen Gefangenen erst nach mehreren Monaten.

Da Klaus auch keine Besuche empfangen durfte, war Tilgner, seine Anwältin, eine der wenigen Personen, die er zu Gesicht bekam. Natürlich brachte sie stets den neugeborenen David mit.

Später, in den Achtzigerjahren, kam Klaus regelmäßig nach Stuttgart, um den Sohn und die frühere Lebensgefährtin Tilgner zu sehen.

»Mindestens zweimal im Jahr.«

Als der kleine David größer wurde, reiste er zu Klaus nach Westberlin, anfangs mit Begleitperson.

Gut erinnert er sich an das Haus am Bethaniendamm, wo er zwischen Hauswand und Mauer spielte. Gut auch an seinen Spielgefährten, den kleinen Ali, der sieben Geschwister hatte.

»Klaus war fast der einzige Deutsche in dem Haus, die übrigen Bewohner waren Türken. Er war sehr beliebt bei ihnen.«

Wenn David mit seinem Vater die Treppe herunterkam, wurden sie manchmal in eine Wohnung eingeladen, vor allem von Alis Sippschaft.

Man trank Tee, die Frauen bedienten, Alis Mutter verrichtete eine Handarbeit.

»Klaus schien das normal zu finden, die türkische Rollenverteilung. Er akzeptierte die andere Kultur.«

Zwischen Vater und Mutter erlebte der Junge gewisse Unterschiede. Brigitte Tilgner kam von der KPD, lebte mit dem Kind in einer WG. Gewaltfreiheit. Kein Kriegsspielzeug.

»Bei meiner Mutter durfte ich nie Cowboy spielen, höchstens mal Indianer.«

»Und bei Klaus?«

»Klaus propagierte die antistaatliche Gewalt. Bei ihm waren Waffen nicht tabu. Wissen Sie, warum ich David Boris heiße?«

»Klaus sagte, weil mein jüngster Sohn David heißt. Angeblich wurden Sie in meinem Haus in der Vorderrhön gezeugt.«

»Das erzählt meine Mutter anders.«

»Was erzählt Ihre Mutter?«

»David heißt auf hebräisch der Geliebte. Mit dem Namen David gedachte sie der Schuld der Deutschen am jüdischen Volk. Ihr Vater war ein hoher Nazi-Richter gewesen, ein besonders schlimmer.«

»Und Boris?«

»Sollte mich für immer an meinen Vater erinnern. Boris bedeutet im Russischen der Kämpfer. So heiße ich mit Vornamen: der Geliebte, der Kämpfer.«

»Haben Sie mitbekommen, wo Ihr Vater politisch stand?«

»Klaus hasste den Staat Bundesrepublik Deutschland. Er rastete aus, wenn er einen Polizisten sah. Sein Verhältnis zu den westdeutschen Staatsorganen war ziemlich gestört. Andererseits zeigte er keine Aversion gegen die bewaffneten Organe der DDR. Fahrten durch die DDR versetzten ihn in gute Laune. Die Volkspolizei fand er ganz toll. Wollen Sie eine Episode hören?«

»Ich liebe Episoden.«

»Also gut. In Berlin, vor 1989, wenn ich bei ihm zu Besuch war, am Bethaniendamm. Gelegentlich kletterten DDR-Grenzer über die

Mauer, um zu demonstrieren, dass die Straße zwischen Mauer und Häuserfront noch zur DDR gehörte. Wenn Klaus das sah, war er begeistert, lief hinunter, um den DDR-Grenzern wie zufällig über den Weg zu laufen, und sie zu begrüßen.«

»Die Grenzer kletterten über die Mauer und Klaus rannte runter, um ihnen einen guten Tag zu wünschen?«

»Genau so war es.«

»Wissen Sie, wie lange er da wohnte?«

»Bis er nach Schöneberg zog.«

»Haben sie ihn da besucht?«

»Ein paar Male.«

»Wie war seine Frau?«

»Sympathisch, warmherzig, aber eher unpolitisch.«

Deshalb verstehe er auch ihre Weigerung, meine Arbeit zu unterstützen. Sie wolle nicht, dass etwas über die politische Vergangenheit ihres Mannes publik werde und das müsse man tolerieren.

»Ich fürchte, sie ist ein bisschen bürgerlich. Kann das sein?«

Das könne so sein und deshalb habe Klaus sie vermutlich geheiratet.

»Mein Vater kam aus einem bürgerlichen Milieu und ist in die Bürgerlichkeit zurückgekehrt.«

»Wie war Klaus nach seinem Schlaganfall? Wie stark war er behindert?«

Er habe seinen Vater auch nach dem Schlaganfall regelmäßig besucht.

»Er hat mich sofort wiedererkannt und gewusst, wer ich war. Er konnte nur nicht reden und zunächst nicht laufen. Später konnte er auch etwas laufen.«

Er (David) sei nach Berlin gezogen, um in seiner Nähe zu sein.

»Ich wusste nicht, dass er wieder laufen konnte.«

»Laufen konnte man das nicht nennen. Ich musste ihn stützen und wir gingen etwa tausend Meter weit. Es war mehr ein Tappen und Tasten. Einmal lief er sich Blasen an die Füße. Seine Frau war deshalb sehr ungehalten. Sie warf mir vor, ich würde ihn überanstrengen.«

»Haben Sie ihn überfordert?«

»Klaus hatte einen starken Willen. Er wollte wieder auf die Beine kommen.«

Er (David) habe sich dann aus Studiengründen in Trier niedergelassen.

»Als ich wieder nach Berlin ziehen wollte, starb er.«

Brief an David

Klaus hat selten über sich gesprochen.

Zu den wenigen autobiografischen Texten, die ich besitze, gehört ein Teil eines Briefes an seinen Sohn David.

Verfasst wurde der Brief im September 1992 im Gefängnis in Berlin, Alt-Moabit. Und er ist weniger peinlich, als Brigitte Tilgner meint.

Er erinnert mich an die Briefe, die der Mailänder Verleger Giangiacomo Feltrinelli, auch er tödlich verstrickt in den bewaffneten Kampf, an seinen Sohn schrieb. Offensichtlich wissen weder Klaus noch Giangiacomo, wie alt ihre Söhne sind.

Feltrinelli unterrichtet seinen eben neunjährigen Sohn Carlo in plumpem Ton darüber, dass es Klassengesellschaften und faschistische Gewalt gebe und seine wenigen emotionalen Zeilen zeigen den schwerbeschäftigten Manager, der dem Kind am Wochenende mal übers Haar streicht.

»Lieber Carlino, Mami hat mir also gesagt, dass du jetzt eine Brille brauchst. Du wirst ja ganz wie der Papi …«

Klaus schreibt an seinen vierzehnjährigen Sohn David:

»Mein lieber großer Junge, Dein Vater schuldet Dir eine Erklärung. Du sollst ja verstehen, warum ich nun das vierte Mal in meinem Leben verhaftet worden bin …«

Dann skizziert er nicht etwa seine eigene Biografie, sondern die deutsche Geschichte von 1933 bis zum zweiten Weltkrieg, so, als ob es in seinem Leben sonst keine prägenden Ereignisse gegeben hätte.

Seltsam kalt wirkt der Brief, wie aus dem Schulbuch »Deutsche Geschichte in Kurzfassung« und auch was er selbst erlebt hat – die Zeit als Pimpf, die Judenverfolgungen, die Nazi-Aufmärsche, die Bombenangriffe, den Einmarsch der Amerikaner, die zerstörten Städte – schildert er so emotionslos, dass an keiner Stelle deutlich wird, dass in diesen Ereignissen der Schlüssel für sein Leben lag.

Etwas Rührung kommt nur in den ersten Absätzen auf.

Da beschreibt er die Begegnungen im Knast:

Vor jedem Besuch wird der Säugling nackt ausgezogen, denn er könnte dazu missbraucht werden, Waffen und Sprengstoff ins Gefängnis zu schmuggeln.

Die Mutter beschreibt er, die das schlafende Baby in einem Körbchen in die Besucherzelle mitbringt und auf dem kleinen Tisch in der Zelle die Windeln wechselt.

Monate später das schreiende Kind, das schon krabbeln kann und rauswill und gegen Ende der Haftzeit das fast zweijährige neugierige Kind, das nicht versteht, warum der Vater hinter einer Scheibe sitzt.

»Ich weiß noch, wie Du mit Deinen kleinen Fäusten gegen die Scheibe getrommelt und Papa, Papa gerufen hast!« schreibt Klaus.

Nachhilfeunterricht

1989

13./14. August
Seit achtundzwanzig Jahren: »Die Mauer« in Westberlin.
7. September
Seit vierzig Jahren: Zwei deutsche Staaten. Deutsche Demokratische Republik (DDR), Bundesrepublik Deutschland (BRD). Westdeutsche Synonyme für DDR: Zone, SBZ, Unrechtsstaat, KZ, Gefängnis.
18. Oktober
Erich Honecker, Generalsekretär der sozialistischen Einheitspartei (SED) tritt zurück. Sein Nachfolger: Egon Krenz.
7./8. November
Der Ministerrat der DDR und das Politbüro der SED treten zurück.
9./10. November
»Die Mauer« weg.
28. November
Zehn-Punkte-Plan zur deutschen Einheit von Westkanzler Helmut Kohl.
3. Dezember
Rücktritt Egon Krenz.
6. Dezember
DDR-Staatsrat tritt zurück.
8., 16., 17. Dezember
Parteitag der SED. Neuer Vorsitzender Gregor Gysi.

19. Januar
Delegiertenkonferenz der PDS für den Bezirk Hauptstadt der DDR (Ostberlin) – Gründung der Ostberliner PDS. Erster Landesbezirksvorsitzender wird Dr. Wolfram Adolphi, ein kaum bekannter Dozent der Humboldt Universität.
10. Februar
Sowjetunion für »Wiedervereinigung«.
18. März
Vorgezogene Wahlen zur Volkskammer der DDR. Die Parlamentswahl sollte ursprünglich erst am 6. Mai stattfinden. Ein Rechtsbündnis verfehlt knapp die absolute Mehrheit. Die CDU stellt den Ministerpräsidenten der DDR. Damit ist der Weg zur Annexion geebnet.
6. Mai
Wahl des Ostberliner Magistrats. PDS etwa 30 %, SPD etwas stärker. Oberbürgermeister ein gewisser Tino Schwierzina.

In Westberlin seit 1989 Regierungskoalition aus SPD und GAL (Grün-Alternative Liste). Regierender Bürgermeister Momper. »Gallionsfigur« der GAL Renate Künast.

Zwecks Gleichschaltung des Ostens mit dem Westen wird ein gemeinsamer Ausschuss gebildet, in dem der West-Senat das Sagen hat. In Ostberlin regiert faktisch ein CDU-Mann namens Pieroth, früher Wirtschaftssenator in Westberlin, nun Stadtrat für Wirtschaft in Ostberlin.
18. Mai
Staatsvertrag zwischen DDR und BRD. Die DDR gibt Hoheit über Geld und Finanzen ab und übernimmt pauschal die wichtigsten Bundesgesetze.
1. Juli
Wirtschafts-, Währungs- und Sozialunion. Die DDR führt die Mark der BRD als offizielle Währung ein.

23. August
Die Volkskammer der DDR beschließt Beitritt zur BRD.
3. Oktober
Die DDR tritt der BRD bei.
14. Oktober
Landtagswahlen in der ehemaligen DDR. Wahlsieger die CDU.
2. Dezember
Wahlen zum ersten »gesamtdeutschen« Bundestag und zum (Gesamt-) Berliner Abgeordnetenhaus. Wahlsieger CDU. Kanzler wieder Kohl. Die Parteien booten nach und nach alle Spitzenpolitiker aus, die sie aus der DDR übernommen haben. Die Enteignung der Bevölkerung der DDR übernimmt eine westdeutsche Superbehörde namens »Treuhand«.

1991

19. Januar
Erster Landesparteitag der (Gesamt-)Berliner PDS. Landesbezirksvorsitzender bleibt zunächst Adolphi (bis August 1991).

Alles im Kalender

Wolfram Adolphi hat alles im Kalender. Er muss wissen, was wann wo und mit wem, warum, weshalb, wofür und wo gegen. Dr. Adolphi war von Januar 1990 bis August 1991 Landesvorsitzender der PDS – erst der Ostberliner, dann der Gesamtberliner. Zur Zeit assistiert er einem Bundestagsabgeordneten. Später Mittagessen in einem Steakhaus gleich nebenan. Er bestellt tatsächlich ein Steak. Ich bestelle etwas Fischiges. I hate steak-houses.

Wir plaudern über die Zustände in Ostberlin im kurzen Zeitraum 1990 zwischen 6. Mai, Wahl des Ostberliner Magistrats und der Annexion am 3. Oktober. In Ostberlin regiert proforma ein

Tino Schwierzina als Oberbürgermeister. In Westberlin steht ihm als Regierender Bürgermeister ein Sangesbruder namens Momper gegenüber, der seit 1989 so tut, als hätte er was zu sagen. Schwierzina war SPD-Ost, Momper SPD-West, also dieselbe opportunistische Chose.

»Erzähl mir was von den Machtverhältnissen.«

»Schwierzina war Rosenzüchter. Völlig ahnungslos. Momper steckte ihn in die Tasche. Die Stadtverordneten im Osten waren nur beschränkt frei. Hinter jedem Abgeordneten saß ein Beamter aus dem Westsenat als Berater. Pieroth, ein CDU-Politiker aus dem Westen, zeitweilig Wirtschaftssenator in Westberlin, war jetzt Stadtrat für Wirtschaft im Magistrat von Ostberlin. Eine Ostberliner Verfassung wurde erarbeitet, die natürlich nie in Kraft trat. Es gab auch schon massive Polizeieinsätze zur Räumung besetzter Wohnungen in der Mainzer Straße.«

»Sprechen wir über Klaus.«

Der Name Klaus Croissant steht erstmals am 12. Juli 1990 in Adolphis Kalender.

»Wie war die Lage der PDS, früher SED, in jenem Sommer?«

»Wir wollten uns nach Westberlin ausdehnen, aber wir hatten keine Ahnung, was im Westen los war.«

Als Adolphi sich im Sommer 1990 auf die Suche macht, findet er nur einen DDR-Bürger, der über Westkenntnisse verfügt und als Fachmann für Westfragen gilt.

Mit ihm trifft er sich am 12. Juli. Zwar hat der Mann auch nicht viel Ahnung, aber er kennt einen, der welche hat. Es ist mein Freund Klaus.

»Du musst Dich mit Klaus treffen«, sagt Adolphis Mann.

Adolphi erfährt noch mehr.

Klaus gehöre zu einer Gruppe von etwa sechzig Leuten »aus unterschiedlichen Zusammenhängen«, die sich Gedanken darüber machten, wie die Zukunft der Linken im Westen aussehen könnte.

»Was waren das für Gruppen, mit denen Klaus sich traf?«

Adolphi blättert in seinen Akten. Wir sitzen in einem Büro der Rosa-Luxemburg-Stiftung nicht weit von einem großen Berliner Bahnhof, der den Weltrekord in Namensumbenennungen hält. Zur Zeit heißt er mal wieder Ostbahnhof.

Adolphi hat gefunden, was er sucht. Er sagt:

»Linke Liste Westberlin, kommunistischer Bund, deutsche kommunistische Partei und andere linke Splittergruppen. Sie standen dem über Jahrzehnte gewachsenen linken Block im Osten gegenüber.«

»Was war das Problem?«

»Es gab bei den West-Linken Vorbehalte gegen die PDS. Sie fragten sich deshalb: Sollen wir mit der Ost-PDS zusammengehen oder versuchen, eine eigene linke politische Kraft zu bilden?«

»Welche Position nahm Klaus ein?«

»Wir von der PDS waren damals noch ziemlich naiv. Klaus war souverän. Er sagte zu mir: Du hast keine Ahnung, wie Linke in der Diaspora ticken!«

»Was heißt das?«

»Er war für ein Zusammengehen mit der Ost-Partei, mit der PDS, aber ihm war auch klar, dass er nicht Repräsentant oder Wortführer sein konnte.«

»Aber die Vorbehalte gab es doch wohl auf beiden Seiten.«

Das sei richtig.

Die Westler fürchteten von der PDS majorisiert zu werden und die PDS fürchtete, durch die Westler ihre Identität zu verlieren.

»Gut. Das war Deine Ausgangsposition. Wie ging es weiter?«

Zum zweiten Mal steht der Name Klaus Croissant am 5. September 1990 in Adolphis Kalender.

Treffen im Parteibüro in der Großbeerenstraße (wo Klaus mit Rechtsanwalt Hejhal bis zu seinem Schlaganfall die Kanzlei hatte).

Die Sitzung geleitet habe ein Pfarrer Tom Veerkamp.

»Ein Wessi.«

»Wer war sonst noch anwesend?«

Adolphi blättert in seinen Akten, liest vor.

»Till Meyer, Klaus Croissant, Gabi Eisenberger (Sozialistische Initiative, SI, früher SEW), Laura von Wimmersperg (Friedensbewegung, ist heute noch aktiv), Michael Venedey (Friedenskoordination), Harald Wolf (bis August 1990 GAL, jetzt Wirtschaftssenator), Dirk Schneider (früher GAL, jetzt verstorben), Ludger Lob (autonome Kommunisten).«

»Worüber wurde gesprochen?«

»Zwei Fragen. Erstens: Wo wollen wir politisch hin. Zweitens: Was ist wahlrechtlich erforderlich?«

»Und? Seid Ihr zu Potte gekommen?«

»Mit Ach und Krach. Beschlossen wurde, eine Gründungsversammlung für ein Wahlbündnis Linke Liste/PDS einzuberufen.«

»Welche Aufgaben übernahm Klaus in dieser Vorbereitungsphase?«

»Ich verdanke ihm einiges. Er gab mir das Rüstzeug mit.«

»Er war nicht aktiv?«

»Er agierte hinter den Kulissen. Telefonierte viel rum, trat aber nicht öffentlich auf. Verließ sich auf einen Kreis von Unterstützern. Er wollte sich nicht exponieren. Er hatte in der Vergangenheit schon genug einstecken müssen.«

»Du sagst, du verdanktest ihm viel. Worin bestand das Rüstzeug, von dem du sprachst?«

»Er mahnte die PDS-Vertreter, die geplante Gründung einer Westberliner Wahlplattform nicht durch übertriebene Forderungen zu torpedieren. Er verstand die Probleme der Ostler, wollte gegenüber den Westlern aber nicht als deren Sprachrohr auftreten. Er war der ideale Mediator.«

»Was steht über die linke Wahlplattform für Westberlin in Deinem Kalender?«

»14. September 1990, Schultheiss-Säle, ca. 100 Teilnehmer. Um 21:54 wurde das Gründungsprotokoll unterzeichnet. Die Partei Linke Liste/PDS war gegründet.«

»Dann gab es also in Berlin vorerst noch zwei Parteien.«

»Formaljuristisch ja. In Ostberlin: die PDS. In Westberlin: die Linke Liste/PDS. Die Brücke bildete ein Koordinierungsrat.«

»Übernahm Klaus irgendein Amt?«

»Er war im Koordinierungsrat. Er war ideal für das Gremium. Er wusste, was eine politische Partei ist und wodurch sie sich von einer Sekte unterscheidet. Er meinte, man müsse sich kennen und immer im Licht der Öffentlichkeit stehen. Sonst bestünde die Gefahr der Unterwanderung. In der Hinsicht unterschied er sich von vielen Westlern. Ab Januar 1991, als die Gesamtberliner PDS gegründet wurde, beteiligt er sich auch an der Gründung der Untergliederungen. Er meinte, es müsse verhindert werden, dass die Kreisverbände vom Verfassungsschutz gegründet werden.«

»Ich habe gehört, Klaus sei strikt gegen die sogenannte Wiedervereinigung gewesen und habe öffentlich dagegen agitiert. Er soll auch ein Gegner der Reformisten in der PDS gewesen sein. Weißt du etwas darüber?«

Darüber sei ihm nichts bekannt.

Er kenne nur die erste PDS-Fraktion im Berliner Abgeordnetenhaus.

»Wie war die?«

»Viele bunte Vögel. Bunter als ihre eigene Basis.«

Es ist mal wieder saukalt draußen. Wir schlendern durch eine öde Stadtlandschaft. Adolphi erzählt von Japan und China, wo er viele Jahre verbracht habe. Seine damaligen Berichte für die Auslandsaufklärung des MfS hätten seine innerparteilichen Gegner im Hochsommer 1991 besonders ärgerlich gefunden.

»Wer?«

»Leute, die später zugeben mussten, selbst mit dem MfS zusammengearbeitet zu haben.«

»Hast du jemals darüber geschrieben?«

»Das nicht. Anderes war mir wichtiger.«

»Was zum Beispiel?«

Er empfiehlt mir sein Buch über China.

»In der Buchhandlung im Karl Liebknecht-Haus hatten sie letzte Woche noch ein paar davon liegen.«

Doch dann empfiehlt er mir doch noch ein Buch über die Partei, die heute nach Oskars Pfeife tanzt. Michael Schumann, »Hoffnung PDS«, herausgegeben von Adolphi, Dietzverlag 2004.

Journalistische Agententätigkeit

Der Spiegel[1] konnte dank seiner Beziehungen zum Verfassungsschutz bereits elf Tage später einen zweiseitigen Artikel über das Treffen vom 12. Juli 1990 publizieren – mit Fotos von Klaus und PDS-Vize André Brie.

Klaus sieht schlecht aus auf dem Foto, schmal, eingefallen mit vielen Sorgenfalten.

Im Artikel wird er als »West-PDS-Aktivist« tituliert.

Natürlich wird auch seine RAF-Geschichte wiedergekäut.

Sie dient nun dazu, die Abartigkeit der neuen Partei zu untermauern.

Die PDS werde, behauptete der Spiegel, versuchen, über Direktmandate in den Bundestag zu gelangen, als sei dieser Weg nicht verfassungskonform.

Titel des Artikels:

»Durch die Hintertür«.

Klaus wird mit der Bemerkung zitiert, er wolle »das kapitalistische System in der Versenkung verschwinden lassen.«

An anderer Stelle wird sein Lebenslauf in vier Etappen aufgeteilt:

1. APO-Aktivist. 2. RAF-Unterstützer. 3. Landesverräter. 4. PDS-Kader.

1 Nr. 30 vom 23. Juli 1990.

Auch den weiteren Verlauf seiner Bemühungen hätte Adolphi dem Spiegel entnehmen können.

Im September 1990 sei eine PDS-Erneuerungskonferenz geplant, die in einen »Bündnis-Parteitag« umfunktioniert werden könnte.

Stasi-Akten

»Klaus bestreitet, sich jemals verpflichtet zu haben, für das MfS tätig zu werden. Auch den Namen Taler habe er erstmals 1992 gehört. Was weißt du darüber?«

»Eine Menge. Die Bundesbeauftragte für die Unterlagen des Staatssicherheitsdienstes der ehemaligen DDR, kurz BStU, hat eine dünne Akte produziert, die aus zweiunddreißig Seiten besteht, von denen einige leer sind. Ich könnte dir was darüber erzählen.«

»Bitte.«

»Also gut. Drei Blätter enthalten Kolonnen von Kalender-Daten, handschriftlich. Das sind möglicherweise die Daten der Treffen, die vermutlich überwiegend in sogenannten konspirativen Wohnungen stattfanden. Eine der Wohnungen hatte den Decknamen Kiew. Nach diesen Zahlen zu urteilen hätte sich Klaus zwischen 12. August 1980 und 10. November 1989 knapp hundertfünfzig Mal mit den Genossen vom MfS getroffen. Nachgetragen ist der 6. März 1990 nach einer viermonatigen Pause.

Es geht aus den Blättern mit den Zahlenkolonnen jedoch nicht hervor, wer sich mit wem traf und ob es sich wirklich um Treffdaten handelt. Es könnte auch sein, dass ein Sesselfurzer notierte, an welchen Tagen er Ärger mit seinem Chef hatte. Die Blätter sind leer bis auf die Daten. Offensichtlich einfaches Schreibpapier. Keine Formulare. Auf den Seiten steht nicht ein Wort.«

»Unterschriften? Paraphen?«

»Fehlmeldung.«

»Könnte es sein, dass Klaus sich mit jemandem traf, der hinterher einem von der Stasi Bericht erstattete und der machte daraus ein Treffen?«

»1980 und 1981 könnte das so gewesen sein. Später wusste Klaus, für welche DDR-Behörde seine Gesprächspartner tätig waren.«

»Warum traf er sich trotzdem mit ihnen?«

»Er nahm offensichtlich an, seine Gesprächspartner würden die zuständige politische Ebene von seinen Informationen informieren.«

»Reichlich naiv.«

»Finde ich nicht. Klaus war auch Staatsrechtler. Er kannte die Dienstwege und Informationskanäle der staatlichen Bürokratie. Manchmal reicht ein kleiner Fachreferent, wenn man oben was erreichen will.«

»Interessant. Sonst noch was?«

»Ja. Interessant sind auch die jährlichen Varianten, die mit biografischen und politischen Faktoren abzugleichen wären. Folgende Treffen fanden statt:

1980: Zwei Treffen.
1981: Zehn Treffen.
1982: Sechs Treffen.
1983: Drei Treffen.
1984: 24 Treffen.
1985: Acht Treffen.
1986: 22 Treffen.
1987: 21 Treffen.
1988: 27 Treffen.
1989: 23 Treffen.
1990: Ein Treffen.

Das Treffen am 6. März 1990, wenige Tage vor der Volkskammerwahl in der DDR, dürfte im Hinblick auf das absehbare Ende der DDR der Beendigung der Gespräche gedient haben.

Da die Treffen nach Brigittes Tod am 29. Dezember 1987 noch etwas zunahmen, dürfte klar sein, dass der beiderseitige Gesprächsbedarf sich nicht auf das EP beschränkt hatte.

Auffällig überhaupt, die vergleichsweise dichte Besuchsfolge ab 1986. Die Destabilisierung der DDR durch Gorbatschow nach 1985 scheint das Interesse der ostdeutschen Staatsschutzbehörden an eigenen und authentischen Informationen aus dem westlichen Ausland gesteigert zu haben.

Auffällig ferner einige mehrtägige Treffen, so in 1981, 1982.

Auch diese Mutmaßungen unter dem Vorbehalt, dass die im Übrigen schlecht lesbaren Daten überhaupt Besuche darstellen.

Einige Eintragungen schließen aus, dass es sich um Besuchsdaten handelt. So die Eintragung »18.3.–2.5.1983«.

Es wäre mir aufgefallen, wenn Klaus sich solange in der DDR aufgehalten hätte.

Zwölf Seiten der Akte nennen sich »Avisierung«. Sie lauten auf den Namen Dr. Klaus Croissant. Als Geburtsdatum wird teils das Jahr 1941 angegeben (falsch), teils 1931 (richtig). Sie betreffen Einreisen in die Hauptstadt der DDR (Ostberlin). Einige Avisierungen gelten für mehrere Tage. Einmal wurde Klaus von Brigitte Heinrich begleitet. Die erste Avisierung ist vom 19. April 1982, die letzte vom 24. November 1989. Meistens reiste Klaus über Bahnhof Friedrichstraße ein (also S-Bahn), die letzten drei Male im Oktober und November 1989 (nach Wegfall der »Mauer«) über die Bornholmer Straße.

Dass Klaus nur zwölf Mal in der Hauptstadt war, ist dagegen unvorstellbar. Die übrigen »Einreisen« sind vermutlich ohne Avisierung erfolgt.

Spannend sind einige Eintragungen auf den Formularen der Avise. Sie nennen sich »durchzuführende Maßnahmen« und sind nummeriert.

Nummer 910 bedeutet: »Im Pass sind keine Abfertigungsvermerke anzubringen.«

Nummern 917, 918, 920 bedeuten zusammengefasst:

»Das Visum ist als Ein- und Wiederausreisevisum mehrmalig zu erteilen. Die Dokumente sind so zu kennzeichnen, dass die Person von der Meldepflicht befreit ist. Die Visaerteilung hat ohne Gebühren zu erfolgen.«

Nummern 960 und 962 bedeuten zusammengefasst:

»Die Person ist vom verbindlichen Mindestumtausch befreit. Die Abfertigung hat ohne Zollkontrolle zu erfolgen.«

Das hieß, Klaus konnte alles mögliche rein- und rausbringen und das tat er. Soweit ich weiß, brachte er sogar große Elektrogeräte mit in die DDR und kistenweise Weißweine raus.

Er genoss also die üblichen Privilegien für VIPs bei der Ein- und Ausreise, die nicht zwangsläufig auf eine Zusammenarbeit mit Schwert und Schild[1] der Partei verweisen. Ich habe dieselben Privilegien stets genossen, wenn ich bei einem DDR-Verlag, beim staatlichen Rundfunk oder bei einem Theater zu tun hatte, beim Berliner Ensemble zum Beispiel. Die DDR war auch in dieser Hinsicht ein stinknormaler Staat. In die USA kam ich 1966 auch erst hinein, als eine bedeutende Persönlichkeit des literarischen Lebens bestätigt hatte, ich sei ein VIP.«

»War Klaus jetzt Taler oder nicht?«

»Es kann nicht bestritten werden, dass das MfS Klaus unter dem Decknamen ›Taler‹ führte. Es ergibt sich aus zwei Aktenblättern vom 12. August 1981 zum Aktenzeichen XV 5231/81, aber das sind nicht die eigentlich interessanten Seiten der Akte.«

»Welches sind die interessanten Seiten?«

»Zwei Blätter beispielsweise enthalten teils hand- teils maschinenschriftliche Notate zur Person Croissant, wie ›Ist als Nachfolgekandidat der Grünen im Bundestag vorgesehen‹ oder ›Wird als linksradikal eingeschätzt‹.[2]

1 Das MfS.

2 Deutlicher wird die Identität von Klaus mit dem ominösen IM »Taler« in der BStU-Akte »Beate Schäfer«, vgl. ebenda.

Ein Blatt enthält Exzerpte aus der Feindpresse – Die Welt, Frankfurter Rundschau. Die Zitate sind bekannt. Wichtig erscheint dem Exzerpienten die Tatsache, dass Klaus den Bart vom Lew Kopolew nicht leiden konnte.

Auf einem Blatt ist eine Pariser Telefonnummer notiert – von der BStU aus unerfindlichen Gründen geschwärzt, sodass ich nicht sagen kann, wann Klaus von Paris aus mit den Herren Jäckel und Voigt in Kontakt treten wollte.

Rätselhaft ist folgender handschriftlicher Vermerk, wahrscheinlich von einem Beamten des MfS notiert:

Klaus habe ›der Carlos-Gruppierung‹ mitgeteilt, er sei 1979 aus der Haft entlassen worden.

Weiter heißt es auf dem Blatt:

›Aus gegenwärtiger Sicht will die Carlos-Gruppierung keine direkten Aktivitäten bezogen auf Croissant durchführen. Im Fall einer Gefahr für C. besteht jedoch die Absicht, entsprechend der Möglichkeiten, ihm umfassende Hilfe zu gewähren.‹«

»Ein Rätsel?«

»Ja. Will der unbekannte Stasi-Beamte sagen, ›die Carlos-Gruppierung‹ wolle Klaus an die Hammelbeine? Aber warum? Weiß Carlos, dass Klaus mit der DDR liebäugelt? Tat er das nicht selbst? Unklar auch, wie es kam, dass der Sachbearbeiter zu wissen behauptet, was Carlos und seine Mannen planen.«

»Und das ist die ganze Akte Taler?«

»Fast die ganze.«

»Ziemlich wenig.«

»Ja. Natürlich ist es bedauerlich, dass die eigentliche Akte ›Taler‹ nicht gefunden wurde.«

»Was fehlt?«

»Zu jeder ordentlichen Akte gehören zwei Arten von Berichten gegebenenfalls mit Anlagen:

Die Berichte der informellen Mitarbeiter über dieses und jenes und die Berichte der tatsächlichen Agenten über das, was die informellen

Mitarbeiter ihnen mitteilen. Beides fehlt in der Akte, die die BStU konstruiert hat. Entweder die Berichte wurden vernichtet oder jemand ließ sie nach 1989 verschwinden. Ein Grund dafür könnte gewesen sein, dass nichts Heimliches drinstand.«

»Du sagtest, das sei die ganze Akte fast. Warum?«

»Weil angeblich doch was erhalten blieb.«

»Was?«

»Zwei sogenannte Treffauswertungen sind überliefert. Die Treffen ereigneten sich am 14. September und am 16. Oktober 1989, also kurz vor dem ›Fall der Mauer‹. ›Taler‹ wird darin als IMB bezeichnet. Ich glaube, das ist ein besonderer informeller Mitarbeiter. Vielleicht weil er im Westen lebt.«

»Warum sind diese zwei Berichte erhalten geblieben?«

»Beide Berichte hat die BStU vermutlich deshalb in die Akte aufgenommen, weil sie zwei Details enthalten, aus denen hervorgeht, dass Klaus unter dem Namen Taler geführt wurde.«

»Details? Welche?«

»Im ersten heißt es, Taler habe nicht, wie angekündigt, kommen können. Er habe in der ersten Septemberwoche nach Brüssel müssen, um seinen Schreibtisch im Europa-Parlament leerzuräumen. Das heißt, dass er zwanzig Monate nach Brigittes Tod noch Fraktionsassistent war. Das wusste ich bis dahin nicht.«

»Das zweite Detail? Wie lautet das?«

»Ich zitiere: ›Durch die Quelle ist für den 29.9.–1.10.1989 eine Flugreise nach Paris geplant.‹«

»Wieso verweist das auf Klaus?«

»Weil in dem Bericht steht, dass die ›Quelle‹, also ›Taler‹, beabsichtigt, in Paris mit jemand von der Action Direct zusammenzutreffen.«

»Mit wem?«

»Die BStU hat den Namen geschwärzt. Ich vermute deshalb, dass es sich um die in Frankreich lebende Tochter eines damals schon verstorbenen bundesdeutschen Generalstaatsanwalts handelte. Sie scheint Klaus geholfen zu haben, als er 1977 in Paris lebte, und wurde in den Achtzigerjahren tatsächlich von der französischen Justiz verdächtigt, der action direct anzugehören, einer Widerstandsgruppe, die mit der RAF liiert war.«

»Sonst noch was, was aus den zwei Berichten hervorgeht?«

»Naja. Juli und August 1989 hat Klaus in Schweden Urlaub gemacht. Dann, Anfang Oktober 1989, scheint Klaus sich besorgt nach der Zukunft der DDR erkundigt zu haben. An einer Stelle heißt es auch, man müsse das Verbindungssystem überprüfen. Offensichtlich ahnt der Mann vom MfS, dass die Mauer nicht mehr lange stehen wird.«

»Was antwortet er? Antwortet er überhaupt.«

»Seine Antwort war typisch. Er schreibt: ›Im weiteren Treffverlauf wurde dem IMB noch einmal ausführlich unser Standpunkt und die sich aus der gegenwärtigen Situation ergebenden Aufgaben erläutert.‹

Sehr hilfreich wie ich finde.

Klaus fragt besorgt, ob die DDR durchhalten wird und der Mann vom MfS erläutert noch mal den Standpunkt seiner Dienststelle.

Ich verstehe, warum die Akten Schäfer und Taler intern nur mit der Note befriedigend bewertet wurden.«

»Also alles nicht aufregend.«

»Eigentlich doch. Ich glaube, es war auch der merkwürdige Erzählstil der Stasi-Berichte, weshalb Klaus ex tunc keinen Bock auf Geheimdienst mehr hatte. Da heißt es zum Beispiel, Taler habe ›entsprechend dieses generellen Auftrags‹ irgendeine Broschüre übergeben. Oder ›die Quelle‹ habe ›aufgrund des geringen Zeitfensters keine bedeutsamen Informationen zur Lage‹ erarbeitet. ›Beim nächsten Treff erfolgt konkrete Beauftragung.‹

Lauter Worthülsen, die einen Staatsanwalt und erst recht einen westdeutschen Geheimdienstler natürlich an ein Auftragsverhältnis zwischen dem MfS und Klaus denken lassen.«

»War es nicht so?«

»Vielleicht nicht. Vielleicht sagt der ostdeutsche Schlapphut: ›Wäre schön, wenn Sie nächstes Mal ein paar Zeitungen oder einen neuen Kühlschrank mitbringen könnten.‹ Und dann schreibt er in seinen Treffbericht: ›Die Quelle wurde beauftragt, Material für die konspirative Wohnung Kiew zu besorgen.‹«

»Meinetwegen. Was ist jetzt mit meiner Frage?«

»Welche Frage?«

»Klaus bestreitet, sagte ich, sich jemals verpflichtet zu haben, für das MfS tätig zu werden. Auch den Namen Taler habe er erstmals 1992 gehört. Was weißt du darüber?«

»Du, woher soll ich wissen, ob Klaus wusste, dass er Taler genannt wurde. Eine Verpflichtungserklärung habe ich nicht gefunden.«

»Ja und seine vielen Besuche in Ostberlin?«

»Du, wenn ich in Westberlin war, bin ich mindestens einmal die Woche in den Osten.«

»Was hast du da gemacht?«

»Theater, gut essen, Buchhandlung, Havannas kaufen, Schriftsteller treffen, im Presseclub sitzen, in Köpenick Pflaumenkuchen essen, nackt baden, Museen anschauen, befreundete Verlage besuchen, im Rundfunk Geld verdienen, bei der Staatsbank in der Behrenstrasse Geld abheben. Ich kannte da auch ein nettes Schwulenlokal. Ostberlin war eine stinknormale Großstadt.«

»Wo konnte man in Ostberlin denn gut essen?«

»Ich ging meistens ins Ganymed, gleich neben dem Theater am Schiffbauerdamm. Die Kellner servierten im Frack.«

Nie wieder Deutschland!

Frühstück mit Stefan Ripplinger, in einem Kaffeehaus am Schlesischen Tor.

»Du hast abgenommen«, sage ich.

Mein Freund Ripplinger hat ein unfehlbares literarisches Urteil. Er bestätigt meine Beobachtung.

Es gibt wenige, denen ich ein Roman-Projekt vortragen würde.

Er ist ein exzellenter Essayist und Autor und er hat die Gabe der Einfühlung.

Ich glaube, er fühlt, dass ich das Gefühl habe, den Roman über Klaus schreiben zu müssen.

»Was hältst du von meinem Plan?« frage ich ihn.

Er scheint nachzudenken. Dann sagt er:

»Mach mal, mach mal.«

Ich schaue ihm nach, bevor ich den Hochbahnhof betrete. Ripplinger umgibt sich, wie mit einer Aura, mit einer Menschenmenge, die sich vor einem offenen Obst- und Gemüsestand befindet, aber ich weiß, er wird wieder auftauchen.

Am Halleschen Ufer weht ein eiskalter Wind um die Ecken.

Der linksradikale Grieche hat zu.

Bleiben und frieren oder gehen und warmlaufen?

Mir fällt auf, dass ich in diesen drei Jahren der Recherche nach der verlorenen Zeit nie von jemand versetzt worden bin.

Auch Till Meyer [1] versetzt mich nicht an diesem scheußlichen Tag.

Er hat einen großen schönen Hund dabei.

Auf der Suche nach einem Lokal plaudern wir über das Kiffen.

»Es bekommt mir nicht mehr«, sage ich.

Er hat keine solchen Probleme.

Vor dem Haus Großbeerenstraße Nummer 89 bleiben wir stehen.

»Da drin«, sagt er, »war das erste Stadtteilbüro der PDS. Später hat die Partei den Laden zugemacht. Seitdem hatte Klaus hier die Anwaltskanzlei. Bis zu seinem Schlaganfall.«

Er deutet auf ein Schild. Tilo Hejal, Rechtsanwalt.

»Sein letzter Partner hat hier immer noch seine Kanzlei. Wollen wir reingehen?«

1 Till Meyer war an der Lorenz-Entführung beteiligt. Veröffentlichungen: Staatsfeind, Erinnerungen, Hamburg, 1996 und Radikales Amerika mit Bommi Baumann, Hamburg, 2007. Einiges über Till Meyer auch in Gabriele Rollniks Buch, Keine Angst vor niemand, Hamburg, 2003, S. 16ff, 37, 40ff, 45, 48, 51 etc.

Ich will nicht. Ich habe Hunger. Mir ist kalt.

»Ein gemütliches Kneipchen wäre mir lieber.«

Wir betreten auf Geratewohl ein gemütliches Kneipchen neben dem Parteigebäude der SPD.

Ich bestelle Spaghetti mit Kräutern. Dazu einen Rotwein.

Er hat schon gegessen. Nimmt nur einen Rotwein.

Am Nebentisch drei nicht mehr ganz junge Damen.

In ihrer Mitte ein sozialdemokratischer Mensch, den ich seit mehr als vierzig Jahren kenne. Ich winke ihm zu. Wenn mir nur sein Name einfallen würde. Er winkt zurück.

»Ich glaube, den kenne ich«, sage ich stupide. »Ich glaube, er ist Verleger.«

»Macht nichts«, sagt Meyer.

Der Verleger steht auf.

»Ich glaube, er war mal Europa-Abgeordneter.«

Ich erhebe mich ebenfalls und schieße los.

»Sag ihm, ich hätte mal eben auf Toilette gemusst, falls er fragen sollte.«

Man lässt sich Zeit auf'm Klo in solchen Situationen. Es ist nicht nur der fehlende Name, der mich irritiert. Ich frage mich:

»Was ist eigentlich so schlimm daran, dass einer meiner Studienfreunde bei der SPD Karriere gemacht hat? Ist SPD aberwitziger als bewaffneter Kampf? Und wenn es das ist, was ist dann CDU oder Zeitsoldat, Finanzbeamter, Unternehmensberater, Großaktionär?«

Der sozialdemokratische Verleger ist weg, als ich vom Klo zurückkomme, dafür steht jetzt ein Teller Spaghetti mit Kräutersoße auf dem Tisch.

Till sagt beiläufig:

»Er musste schon mal gehen. Ich soll Dich grüßen.«

»Sehen gut aus, die Spaghetti. Willst du wirklich nichts essen?«

»Nee, nee.«

Während ich mit drei Fingern am Griff der Gabel drehe, kommen wir ins Gespräch.

»Wann bist du eingefahren?« frage ich.

»Das erste Mal 1972 in Bielefeld, dann endgültig am 2. Juli 1975.«[1]

Nach seiner Entlassung 1987 wohnte Till Meyer bei Klaus im Bethaniendamm.

»Direkt an der Mauer. Ich habe ein Foto davon. Er hat mir auch mal seine Doktorarbeit geschenkt.«

»Woher kanntet Ihr Euch?«

»Wir kannten uns nicht. Klaus hat nach mir gesucht, als ich noch im Knast saß. Wir haben korrespondiert.«

»Was wollte er von Dir?«

Klaus habe ihm wegen eines Artikels geschrieben, den er (Till) in der Frankfurter Rundschau veröffentlicht habe.

»Nach meiner Entlassung hat auch das MfS Kontakt zu mir aufgenommen.«

»Wie kamen die auf Dich?«

»Angeblich wegen des Artikels in der Rundschau, vermutlich aber auf Empfehlung von Klaus.«

»Das war doch nun aber sicher kein Fulltime-Job bei der Stasi.«

Nach seiner Entlassung habe er bei der taz gearbeitet, dann, so etwa von 1991 bis 1994, als Autor für Spiegel-TV.

»Bis zu Deiner Enttarnung?«

Sein Chef habe ihn nach Hamburg kommen lassen und ihm auf den Kopf zugesagt:

»Du bist IM Taler.«

Er (Meyer) habe den Vorwurf mit gutem Gewissen zurückgewiesen – auch weil er die wahre Identität von IM Taler gekannt habe.

Er habe die Frage deshalb verneint, doch der Chef habe insistiert.

Er (Till Meyer) habe schließlich erwidert, dass er nicht IM Taler sein könne, da er einen anderen Decknamen habe.

»Du hast Dich praktisch selbst geoutet.«

1 Rollnik gibt den 6. Juni an.

»Kann man so sagen.«

»Damit warst du beim Spiegel weg vom Fenster.«

»Mitnichten.«

Nachdem seine Stasi-Connection bekannt geworden sei, habe er unter dem Pseudonym Paul Sommer gearbeitet.

»Für Stefan Aust?«

»Der Aust hat mich weiterarbeiten lassen, um mein Insiderwissen auszunutzen.«

Ich sage:

»Damit sind wir schon nach der Wende. Wie seid Ihr damit umgegangen, Klaus und du?«

»Wir haben einem Offizier des Ministeriums für Staatssicherheit zur Flucht verholfen. Den Mann, der für uns zuständig war, haben wir sechs Wochen lang versteckt. Dann haben wir ihn nach Griechenland geschafft. Klaus' Motto war: Gegenhalten.«

»Und sonst? Sonst habt Ihr nichts gemacht? Ihr hättet den Kohl entführen können. Kohl wird erst freigelassen, wenn die BRD auf die Annexion der DDR verzichtet.«

»Wir haben gemacht, was möglich war.«

Mindestens einmal die Woche hätten sie sich getroffen: Klaus, Cornelia Bunge, Dirk Schneider, er (Meyer), Hoppmann, Bernd Binjah.

»Entweder bei Klaus oder beim Griechen in der Großbeerenstraße.«

Am 12. Dezember 1989 hätten sie eine Demo gegen die Wiedervereinigung veranstaltet – Klaus auf dem Podium. Vor der Volkskammerwahl im März 1990 hätten sie eine Demo mit 20.000 Leuten gegen die Wiedervereinigung organisiert. Bei den Wahlen zum Abgeordnetenhaus habe »auf Vorschlag von drüben« eine linke Liste kandidiert, die mit sechs Leuten ins Abgeordnetenhaus gekommen sei, darunter »vier Leute von uns«.

»Was heißt uns?«

Er (Till), Klaus und Bernd Binjak seien das linke Dreigestirn gewesen, das gegen die anpasslerische Politik von Gysi und Brie gestänkert habe.

»Unser Ziel war die Beibehaltung der Zweistaatlichkeit.«

»Was war nach der Wiedervereinigung?«

»Danach verlagerten sich unsere Aktivitäten.«

1991 hätten sie in Frankfurt/Main am Kongress »Nie wieder Deutschland« teilgenommen.[1]

»Erinnerst du Dich an Einzelheiten?«

Auf der Rückfahrt von Frankfurt nach Berlin, in der Nähe von Leipzig, habe jemand vorgeschlagen, die Autobahn zu verlassen und in der Stadt etwas zu essen.

Klaus sei gegen den Vorschlag gewesen. »Ich esse kein Heldengemüse!« habe er gesagt.

»Das war seine Art von Sarkasmus.«

»Den Satz soll Wiglaf Droste gesagt haben.«

»Vielleicht war es Wiglaf Droste. Der war auch dabei.«

Ich sage:

»Kommen wir zum nächsten Drama. Die Stasi-Kiste. Wie hat er die Sache aufgenommen?«

»Klaus wusste, dass man ihn enttarnt hatte, rechnete aber nicht mit seiner Festnahme.«

Die Verhaftung habe ihn nicht so schwer getroffen, wie die erste Gefangenschaft in den Siebzigerjahren. Nach der Freilassung habe er bald wieder als Anwalt gearbeitet.

»Erzähl mir was über den Schlaganfall.«

»Der Schlaganfall hat, soweit ich mich entsinne am 3. Mai in zeitlichem Zusammenhang mit einer Veranstaltung zum 20. Todestag von Ulrike Meinhof stattgefunden. Frag Monika Berberich, die den Kongress organisiert hat. Eine große Sache mit viel Reklame.«

»Was hatte der Kongress mit dem Schlaganfall zu tun?«

1 12.5.1990 Frankfurt/Main Demonstration »Nie wieder Deutschland!« Vgl. Deutschland? Nie wieder? Kongreß der Radikalen Linken, Frankfurt am Main, 1990, und Die radikale Linke, Reader zum Kongreß vom 1.–3. Juni 1990 in Köln, Hamburg, 1990.

Irgendwelche Leute hätten verhindert, dass Klaus sprechen konnte. Sie hätten gedroht, die Veranstaltung zu stören und ihn vom Podium zu holen. Wegen der Stasi-Kiste. Klaus habe sich sehr darüber aufgeregt. Die Diskussion über seine Teilnahme habe mehrere Tage gedauert. Vielleicht auch Wochen.

»Wie ging der Streit aus?«

Zum Schluss habe sich gezeigt, dass nur eine kleine Minderheit gegen seine Teilnahme war. »Die Mehrheit wollte ihn auf dem Podium haben.«

»Na, bitte.«

Klaus habe trotzdem nicht mitgemacht.

»Und deshalb hatte er den Schlaganfall.«

Das wisse er nicht. Der Schlaganfall sei zumindest davon geprägt gewesen.

»Wo ist es passiert?«

»Im Auto auf der Potsdamer Straße / Ecke Yorckstraße. Er verursachte einen Unfall. Ein zufällig anwesender Arzt erkannte, dass Klaus einen Gehirnschlag hatte und veranlasste die Einweisung in die Klinik Havelhöhe.«

»Hast du ihn besucht?«

»Gleich am übernächsten Tag. Er sah furchtbar aus.«

»Ich weiß. Infarktpatienten sehen schrecklich aus. Fast so schlimm wie Leberzirrhose. Ich hatte selbst letztes Jahr ein Schlägle und lag ein paar Tage in einer neurologischen Klink. Wurde er nicht rehabilitiert?«

»Es hat nicht viel gebracht.«

Die Halsaorta sei verstopft gewesen.

»Kanntest du seine Frau?«

»Wir sind uns oft begegnet.«

Sie sei immer dabei gewesen, auch bei den politischen Debatten, habe allerdings wenig gesprochen.

»Es war aber auch schwierig, zu Wort zu kommen, wenn Klaus am Tisch saß.«

»Was ist sie für ein Mensch?«

Sie sei berufstätig und stamme vermutlich aus einer bürgerlichen Familie. Zwei erwachsene Söhne. Einer der Söhne sei befreundet mit einem seiner Söhne.

»Klaus soll sie erst kurz vor seinem Schlaganfall geheiratet haben.«

»Ja, soweit ich weiß.«

»Weißt Du, was aus dem Bürokram geworden ist?«

Nach dem Schlaganfall hätten Bernd Binjah und er alles, was in der Kanzlei war, in Kisten gepackt und in den Keller geschleppt. Etwa zwanzig Umzugskartons.

»Meinst du, der Hejal hat das Zeug noch?«

»Ist anzunehmen.«

»Meinst Du, er lässt mich da dran?«

»Das musst du ihn fragen.«[1]

»Erzähl mir noch ein bisschen was über Klaus. Manche behaupten, dass er sich nur für Politik interessiert habe.«

»Das ist natürlich Blödsinn. Der hat nicht nur für die Politik gelebt. Der kochte auch gerne. Klaus liebte pompöse, exzellente Essen bei sich zuhause. Ich habe mal gesagt: Er war am innigsten bei sich selbst, wenn er den Lachs tranchierte.«

Dirk Schneider

Gehörte 1969, noch als Student der Publizistik, zum Redaktionskollektiv eines berüchtigten »Kampf- und Anzeigenblattes« namens Agit 883, in dem 1970 das erste Papier der RAF abgedruckt wurde und im Mai 1971 der erste ausführliche Thesenblock (»Die rote Armee aufbauen« und »Das Konzept Stadtguerilla«).

1 Hejhal bestätigt, dass sich die Papiere nach wie vor im Keller befinden, behauptet jedoch, er könne mir ohne Zustimmung der Witwe keine Akteneinsicht gewähren. Das gilt auch für die Klinik, wo Klaus behandelt wurde.

Drucker der Agit 883 war zeitweise der Schriftsteller Peter Paul Zahl.

Alle, die irgendwie mit dem viel gelesenen Blatt zu tun hatten – Redakteure, Kneipenverkäufer, Anzeigenkunden – wurden permanent inkriminiert, auch wenn nicht alle so heftig verfolgt wurden, dass sie flüchten mussten, wie PPZ.

Die Gruppe um Schneider, die ein pluralistisches Konzept vertrat, wurde im Juni 1970 von einer Gruppe »Kommunistische Rebellen« abgelöst, die die »Kneipenzeitung 883« für tot erklärten und das Blatt in den Dienst der sich formierenden Stadtguerilla stellen wollten, was aber misslang.

Einer der Wortführer der Usurpatoren war Holger Meins.[1]

1975 begannen Schneiders Kontakte zum Ministerium für Staatssicherheit der DDR.

In den Achtzigerjahren gehörte er zunächst der »Alternativen Liste« an, später den Grünen, um sich dann, nach der Annexion der DDR durch das westdeutsche Finanzkapital, für die PDS zu engagieren.

Unübersehbar sind mithin Parallelen der politischen Biografien von Klaus Croissant und Dirk Schneider.

Auch andere Gesprächspartner bestätigen ihre Zusammenarbeit.

Über persönliche Beziehungen ist mir nichts bekannt.

Belletristik IV

Ich blättere gedankenlos in den Papieren. Keine durchgängige Paginierung. Er nimmt sich ein Blatt, schaut drauf, reicht es mir zurück und fragt:

»Du sagtest, dass die Akte Schäfer im Prozess gegen Klaus vor dem Kammergericht eine maßgebliche Rolle gespielt habe.«

1 Vgl. Agit 883. Bewegung Revolte Underground in Westberlin 1969–1972, Hamburg/Berlin, 2006.

Ich, noch immer etwas zerstreut:

»Im Grunde ist Klaus vom MfS verknackt worden.«

Er:

»Das kann nicht Dein Ernst sein.«

Ich:

»Man könnte auch sagen, westdeutsche Beamten glauben einfach alles, was die Beamten der Stasi in ihren Treffberichten und Treffauswertungen behauptet haben. Die Stasi scheint in den Augen vieler Westler eine Behörde gewesen zu sein, die nie etwas erfunden hat, nie verfälscht, gelogen oder übertrieben hat. Man nimmt alles für die reine Wahrheit, was in den Stasi-Akten steht.«

»Gut«, sagt er, »aber was kann man der Akte Schäfer entnehmen?«

Ich bin froh, dass wir endlich beim Thema sind.

»Dass Klaus unter einem Decknamen geführt wurde«, sage ich. »Es gibt da ein Blatt vom 10. Juli 1984, darauf steht: ›Streng geheim‹. Darunter: ›Sachstand zum IM-Vorgang XV 5231/81 IMB Taler. Darunter: Dr. Croissant, Klaus, geboren am 24.5.1931 in Kirchheim/Teck‹.

Für die Kammerrichter, für die Siegerpresse, war das ein klares Signal. Klaus hat sich geheimdienstlich betätigt. Obwohl dieser Zettel nicht besagt, dass Klaus wusste, dass er einen Decknamen hatte.«

»Ist das nicht befremdlich und unprofessionell, dass ein Geheimdienst Klarname und Deckname auf einem Blatt Papier verzeichnet? Da nutzt doch der ganze Deckname nichts.«

»Das musst du die Bundesbeauftragte für die Staatsschutzunterlagen der DDR fragen.

Ich verstehe nichts davon.«

»Weitere Fallstricke der Akte Schäfer?«

»Ja.«

»Zum Beispiel, dass Klaus die Genossin Heinrich dem MfS zugeführt habe. Fünf Blätter enthalten Memos, die angeblich von Taler stammen, also von Klaus, in denen er darlegt, dass und warum das MfS gut daran täte, sie als Gesprächspartnerin zu gewinnen. Das erste Memo ist aus dem Juni 1981, als Brigitte Heinrich in Nicaragua war. Er wolle sie nach ihrer Rückkehr besuchen, teilt Klaus mit.«

»Was schreibt er so?«

»Ein Bericht über Heinrich ist besonders ausführlich. Zitate daraus:

›Ich meine, dass Brigitte bereit ist, der DDR mit dem Wissen, über das sie verfügt, insbesondere mit ihren Einschätzungen antiimp. und konterrevolutionärer Prozesse in der BRD, zur Seite zu stehen.‹

Andererseits schränkt er ein:

›Ich könnte mir vorstellen, dass Brigitte mit dem Abfassen von schriftlichen Berichten, in denen Namen und Einschätzungen der linken Szene eine Rolle spielen, Schwierigkeiten haben könnte.‹

Konkret schreibt er über ›Besorgnis, Berichte könnten dem Gegner in die Hände fallen und in der BRD veröffentlicht werden‹.

Da formuliert er eindeutig eine Sorge, die er selbst hat und auf die beide, Brigitte und Klaus zu sprechen kommen, als sie mit Jäckel und Voigt am Tisch sitzen:

›Die Verbindung zur DDR‹, notiert Voigt, hätten sie gesagt, könne daher für beide (Brigitte und Klaus) nutzbringend nur sein, ›wenn sie konspirativen und geheimen Charakter trägt, da sie ihr Ansehen und ihre Wirksamkeit in der linken Szene verlieren würde (sic).‹

Zum letzten Mal drängt Klaus seinen Oberst Jäckel im Februar 1982, Brigitte sei ›bestimmt bereit, hier ein Gespräch mit Genossen zu führen, zumal sie an einem Buch über den neuen BRD-Imp. arbeitet‹.«

»Weiß man, wann es zum ersten Treffen kam?«

»Darüber gibt es einen vierseitigen Bericht vom 3. Mai 1982. Brigitte wurde ›von Taler am 22. April 1982 mit in die DDR gebracht.‹«

»Was geschah da?«

»Die beiden waren im Interhotel Kosmos in Erfurt untergebracht. Brigitte Heinrich lernte Klaus' Kontaktmann Oberst Jäckel[1] kennen, man beschnuppert sich und zieht Helmut hinzu, hinter dem sich Voigt verbirgt, der fortan als Brigittes Schutzengel fungiert.«

»Geht aus dem Bericht hervor, worüber geredet wurde?«

»Aber Hallo! Jäckel und Voigt erläutern, warum sie Berater im Westen brauchen und Brigitte zeigt sich bereit, der DDR unter die Arme zu greifen.

Sie referiert ihre Vita und die beiden Offiziere erkennen, dass Brigitte mit ihrem Wissen und ihren Erfahrungen durchaus geeignet ist, den Horizont des MfS zu erweitern.«

»Sprach man auch über nachrichtendienstliche Mittel, tote Briefkästen, Codes, Verschlüsselungen von Nachrichten?«

»Natürlich nicht. Es ging nie um Spionage, weder militärisch, noch industriell oder wirtschaftlich und es wurden auch nie geheime Strategiepapiere erwartet.«

»Worum ging es dann?«

»Jäckel und Voigt wollten sich ein Bild machen. Wo steht dieser oder jener Grüne oder Sozialdemokrat politisch? Kann man mit dem vernünftig reden oder ist das ein Betonkopf?«

»Also keine Konspiration?«

»Das wohl. Konspiration war das A und O des MfS. Konspirative Verabredungen, konspirative Wohnungen, die man ›Objekte‹ nannte, konspirative Postwege, also nur persönliche Übergabe von Berichten und schriftlichem Material durch Klaus als Kurier. Mehrfach müssen die zwei IMB ermahnt werden, die Konspiration zu wahren, schon in ihrem eigenen Interesse.«

»Gib mal ein Beispiel.«

1 Oberstleutnant Lothar Jäckel war stellvertretender Leiter der Abteilung 5 in Hauptabteilung XX, die dem Ministerstellvertreter Generaloberst Mittig unterstand. Minister war Erich Mielke. Die Abteilung Jäckel war zuständig für die Arbeit im Operationsgebiet. Sie bestand aus fünf Referaten und hatte 28 Planstellen. Als Operationsgebiet bezeichnet man jeden Aktionsraum eines Nachrichtendienstes außerhalb der eigenen Landesgrenzen. Jäckels Operationsgebiet war offensichtlich Westberlin.

»Naja, Jäckel und Voigt ermahnen die beiden zum Beispiel, sich nicht mehr mit Leuten aus dem bewaffneten Kampf zu treffen und Klaus wird ständig gebeten, seine Begeisterung für die DDR etwas vorsichtiger zu artikulieren. Einmal soll Klaus für einen Reader der Elefantenpresse einen Artikel über die RAF schreiben. Da bitten die Herren, das zu unterlassen.«

»Die Grünen waren ja wohl ziemlich antikommunistisch damals?«

»Natürlich. Die kamen entweder aus der rechten Ecke wie der Gruhl oder aus maoistischen Pseudoparteien, die nicht weniger reaktionär waren, also knallhart gegen die DDR und die SU. Deshalb durften viele Grüne nicht in die DDR.«

»Ich denke, Brigitte war bei den Grünen.«

»Genau das war das Problem. Da kamen sich zwei Abteilungen in die Quere. Die eine wollte Brigitte nicht reinlassen, weil sie bei den Grünen war. Da musste die andere Abteilung der einen schreiben, bei Brigitte müsste sie eine Ausnahme machen.«

»Das steht alles in der Akte Beate Schäfer?«

»Steht alles in der Akte. Die Akte ist ein literarisches Dokument erster Güte. Voller privater Konflikte, aber auch sehr welthaltig. Du solltest dieses Kapitel ›Belletristik IV‹ nennen.«

»Wie verlässlich waren denn nun solche Gespräche?«

»Nun ja, es wurden Vereinbarungen getroffen. Die IMB erklärten sich zu bestimmten Dingen bereit und die Leute vom MfS machten bestimmte Zusagen.«

»Zusagen?«

»Ja, Brigitte wollte sich zum Beispiel immer nur mit Voigt treffen. Sie kriegte ein Treffquartier, wo sie übernachten und arbeiten konnte. Die Beamten halfen ihr, in der Ostberliner Bibliothek bestimmte Unterlagen zu kriegen, die sie für ihre wissenschaftliche Arbeit brauchte. Sie erhielt Reisekosten und sonstige Auslagen, allerdings nur teilweise.«

»Auch Agentenlohn?«

»Blödsinn. Das sind Projektionen der Bundesanwaltschaft, um Klaus und Brigitte mies zu machen. Brigitte hat mal für eine Urlaubsreise 1.500 D-Mark gekriegt. Das sind Peanuts für eine Europa-Abgeordnete.«

»Was für Aufgaben übernahmen Klaus und Brigitte?«

»Harmloses Zeug. Ich nehme an, das meiste, was sie schrieben, waren Homestories. Im Grunde sollten sie mitteilen, wie gewisse Leute zur DDR standen. Wer plant Maßnahmen gegen die DDR. Solche Sachen standen im Westen in den Tageszeitungen. Das haben die beiden einfach abgeschrieben.«

»Wie sehen die Berichte aus, die Klaus und Brigitte abgaben?«

»Du, das weiß ich nicht.«

»Sind die nicht in der Akte?«

»Die sind nicht in der Akte. Da kann ich nur den Berichten vor allem von Voigt entnehmen, dass zuweilen auch über Personen und Ereignisse berichtet wurde.«

»Schreibt Voigt denn nicht, was ihm berichtet wurde?«

»Ne!«

»Sind die Berichte vielleicht Anlagen zu den Treffauswertungen, die Voigt verfasste?«

»Kann sein. Weiß ich nicht. Gelegentlich schreibt er, er hätte was gekriegt und das hätte er an eine andere Abteilung weitergeleitet.«

»Nun wurde Brigitte im Juni 1984 ins Europa-Parlament gewählt.«

»Ja, da herrschte natürlich helle Aufregung in Ostberlin. Da legte das Huhn plötzlich goldene Eier. Dachte man.«

»Wieso, legte Brigitte keine goldenen Eier?«

»Weder sie noch Klaus. In vielen Berichten herrscht eine gewisse Enttäuschung. Andererseits sind Beamte geduldige Menschen und man betrachtete das EP auch nur als ersten Schritt auf der Karriereleiter.«

»Wie äußerte sich die Aufregung über die Wahl?«

»Einer der Stellvertreter des Ministers, ein Generalleutnant Gerhard

Neiber,[1] machte sich wichtig. Auch vom Genossen Generaloberst Wolf[2] werde das Ergebnis hoch eingeschätzt. Es müsste sofort eine qualifizierte Einsatz- und Entwicklungskonzeption für den IMB (Brigitte) erarbeitet werden. Man müsse versuchen, Brigitte in Spitzenpositionen zu hieven. ›Das Verbindungssystem muß höchsten Ansprüchen gerecht werden. Alle beteiligten Mitarbeiter sind auf ihre große Verantwortung richtig einzustellen.‹«

»Und Klaus immer mittendrin.«

»Naja. Er war halt Brigittes Kurier und da sie nichts beibrachte, konnte er auch nicht viel übermitteln.«

»In der Presse stand was von NATO-Basen.«

»Das steht auch in einem Treffbericht. Ob Klaus da was aus Brüssel mitbrachte, wissen wir nicht. Ich nehme an, Brigitte und er hatten da einfach was aus dem Militarisierungsatlas der Bundesrepublik abgekupfert, den man in jeder Buchhandlung kaufen konnte. Aber auf die Richter vom Kammergericht und die Tusse vom Spiegel machte der Aktenvermerk natürlich großen Eindruck.«

»Du hältst die Stasi-Kiste offenbar für einen Flop.«

»Geheimdienste floppen immer. Aber vielleicht waren Klaus und Brigitte besonders ungeeignet für den Job. Mehrfach heißt es, Brigitte habe Angst, irgendwelche Aufträge auszuführen. Sie kommt nicht zu den Treffen und findet unglaubliche Ausreden. Eine Bekannte, die sie mehrfach besucht, verdächtigt sie, für den Verfassungsschutz der BRD zu arbeiten. Bevor sie ihre Strafe dann doch antritt, erwägt sie nach Nicaragua zu flüchten. In vielen Dingen scheint sie einfach nur faul gewesen zu sein.«

1 Neiber, Chef der Hauptabteilung acht, war Herr über 2319 Beamte und herrschte über eine Armada von Abteilungen und Unterabteilungen. Voigt war Leiter der (Unter-)Abteilung acht – linksextremistische-terroristische Organisationen. Ihm unterstanden 40 Planstellen in vier Referaten.

2 Markus Wolf, Hauptverwaltung Aufklärung (HV A), also Geheimdienste. Sein Nachfolger Großmann war zugleich einer der Stellvertreter des Ministers. Dass Wolf von Neiber informiert wurde, zeigt, dass Brigitte Heinrich an einer Schnittstelle zu geheimdienstlichen Aktivitäten angesiedelt war.

»Ein Beispiel.«

»Voigt rügt mehrfach, dass sie sich nicht in die grüne Parteiproblematik einarbeitet und dass sie so auf Abstand zur SPD hält. ›Sie muss aber‹, schreibt Major Gebhardt ein Jahr nach der Wahl, ›um für den Bundestag gewählt zu werden, eine Kandidatur in Frankfurt erreichen‹.

Das ist eine Anspielung darauf, dass dort Joschka Fischer herrscht.

Weiter moniert er:

›Sie ist bisher, obwohl von den Grünen nominiert und für diese Partei gewählt, aus Zeitmangel noch nicht dazu gekommen, sich mit den inhaltlichen Fragen grüner Politik zu befassen.‹

Es sei, schreibt er, ›ihre politische Konzeptionslosigkeit, zurückzuführen auf ungenügende Kenntnisse grüner Politik.‹«

»Ein Offizier des MfS wollte, dass Brigitte sich mit der SPD gut stellt und sich stärker als Grüne ausgibt?«

»Er hatte Recht. Wie wollte Brigitte bei den Grünen Karriere machen, wenn sie sich als Frankfurterin nicht an die Fischer-Bande ranschmiss.«

»War Klaus nicht ihr Instrukteur?«

»Das war ja das Problem. Klaus war erst Recht kein Grüner. In einem Bericht heißt es, er sei ›aufgrund einer gewissen pseudorevolutionären und zum Teil unkonsequenten Haltung nicht in der Lage, umfassende ideologische Arbeit zu leisten. Brigitte brauche dringend einen anderen Instrukteur.«

»Und?«

»Brigitte wollte keinen neuen Instrukteur. Also blieb sie ein Sorgenkind. Drei Jahre nach ihrer ersten Begegnung versucht Voigt immer noch, sein Entwicklungskonzept abzuarbeiten, die Arbeit zu qualifizieren und ›die Tendenzen zur Spontanität in der inoffiziellen Arbeit zurückzudrängen‹.

Er versucht im August 1986, die Bereitschaft zur Erfüllung der Hauptrichtung zu erreichen und ihre ›teilweise Inaktivität und Spontanität‹ zurückzudrängen. Er versucht im April 1987 vergeblich, weitere Personen in den Kontakt einzubeziehen und legt ihr nahe, ›eine exakte Ordnung mit ihrer Bürokraft zu vereinbaren‹. Er beklagt im Jahr ihres Todes, dass sie nur selten ›Aktivitäten entwickelt‹ und ›nur die Aufgaben erledigt, die im Rahmen ihrer Tätigkeit mit zu realisieren sind‹.

Das gleiche Problem im August. Keine zielstrebige operative Arbeit. ›Falscher Arbeitsstil, Spontanismus und auch Inkonsequenz‹. Die Leute vom MfS standen wieder am Anfang.«

»Inwiefern?«

»Am Anfang der Zusammenarbeit heißt es irgendwo sinngemäß über Brigitte und Klaus, dass sie den Sozialismus, die DDR, die SU und so weiter zwar gefühlsmäßig bejahten, jedoch Probleme damit hätten, sich dem Comment des MfS und den Enzykliken der Partei anzupassen.«

»Ich würde Major Voigt gerne mal treffen und mit ihm darüber plaudern, ob Brigitte und Klaus wirklich so ineffizient waren.«

»Ja, dann mach das mal.«

Angehörigenarbeit

Wir telefonierten gelegentlich. Keine enge regelmäßige Bekanntschaft. Erinnerungen an ein Fertighaus in der Nähe von Gießen in den späten Siebzigerjahren. Auch Nina Baader war da. Die Katze brachte Mäuse. Wenn Wienke von der Arbeit nach Hause kam, lagen immer ein paar tote Mäuse vor der Haustür. Sie war Sonderschulrektorin. Ist seit 1981 frühpensioniert. Sie hat nie etwas über ihre Schwester geschrieben.[1]

Im Januar 2005 nachmittags, auf der Durchfahrt nach Berlin, sitze ich in ihrer Dachwohnung in einem Stadtteil von Hannover, angenehm möbliert, großer Tisch.

1 Ulrike Meinhof.

Hannover, auch so eine Stadt. Etwas abseits vom Zentrum erträglicher.

Ein schön und einfach ausgebauter Dachstuhl in einem Altbau voller Krimskrams und Bücher. Eine angenehme Unordnung. Tee.

Wienke Zitzlaff könnte Anfang 70 sein, raucht Selbstgedrehte, hat sich gut gehalten. Rauchige Stimme. Eine alte Kämpferin: Gefangenenbetreuung, Angehörigen-Info, Angehörigenarbeit. Die rote Hilfe in Person. Knastbesuche, Briefe in Knast, Kongresse, Tagungen.

Das Buch »Todesschüsse ...« wurde im wesentlichen von Wienke erarbeitet. Offizieller Herausgeber der Doku, die für einen Menschenrechtsausschuss der UNO zusammengestellt wurde, war Pieter Bakker Schut. Die BRD wird darin scharf kritisiert. Gehört in jedes Archiv des bewaffneten Kampfes.

Ich berichte ihr von meinem Plan, einen Roman über Klaus zu schreiben.

Wie beurteilt sie mein Projekt?

Wienke vertritt nicht die Milieutheorie, derzufolge Eindrücke im Elternhaus einen Menschen prägen, sodass er fähig wird, Widerstand zu leisten.

»Aber wie wird einer zum Widerstandskämpfer?«

Sie kann es nicht sagen. Vielleicht, weil sie über sich selbst reden müsste.

Ich denke:

Man kann es nicht erzwingen und nicht verhindern.

Manchmal sind es mehr, die dazu fähig sind. Manchmal ist es kaum einer. In Deutschland nach 1945 waren es immer zu wenige.

Wir reden über die Anwälte.

Klaus und Eberhard Becker seien die aktivsten Reiseanwälte der RAF gewesen.

»Klaus war einer der letzten Anwälte, die noch für die Menschenrechte gekämpft haben.

Sein Engagement war antifaschistisch.«

Nach Ulrikes Tod habe sie intensiv mit Klaus zusammengearbeitet.

»Klaus war vom Stammheimer Verfahren ausgeschlossen, hat aber die Initiativen zur Untersuchung der Todesumstände angeleiert und begleitet.«

Nach seiner Haftentlassung 1979 sei Klaus irgendwann in Cuba gewesen. Etwa vierzehn Tage lang. Er habe überlegt, nach Lateinamerika auszuwandern. Freunde hätten ihm abgeraten. »Andere Welt.«

Ich sage:

»Aus einer marginalen Notiz in einer Stasi-Akte habe ich entnommen, man habe ihm geraten, sich nicht mehr so stark für die Gefangenen aus der RAF zu engagieren, um den westdeutschen Verfassungsschutz nicht auf sich aufmerksam zu machen.«

»Davon weiß ich nichts. In den Stasi-Akten steht vieles, was nicht stimmt.«

Es sei aber richtig, dass Klaus sich kaum mehr in RAF-Kreisen bewegt habe.

»Auch am Angehörigen-Info oder in der Gefangenenhilfe hat er kaum mitgearbeitet.«

Er sei jedoch auch nach seiner Rückkehr aus Wien politisch sehr aktiv gewesen.

»Woher weißt du das?«

»Weil ich ihn manchmal getroffen habe.«

»Wo?«

»Bei der radikalen Linken in Köln, bei der Demonstration Nie wieder Deutschland in Frankfurt am Main. Bei allen möglichen anderen politischen Veranstaltungen.«

Mitte der 80er Jahre habe sie in seiner Wohnung am Bethaniendamm übernachtet.

»Eine schöne, große Wohnung im zweiten oder dritten Stock. Man rannte praktisch gegen die Mauer, wenn man rauskam.Er wohnte da mit Brigitte Heinrich.«

Klaus sei damals bei der Alternativen Liste Westberlin gewesen.

»Aber er hat keine grünen Positionen vertreten, sondern radikal linke.«

»Wie war er privat? Im häuslichen Umgang?«

»Klaus hatte Lebensart.«

»Warst du auch mal in der Wohnung in Frankfurt am Main, wo er mit der Heinrich gewohnt hat?«

»Sicher.«

Auch in Brüssel habe sie die beiden besucht.

»Brigitte hatte mich eingeladen, an einem Hearing über Menschenrechtsverletzungen in Spanien teilzunehmen. Klaus war ihr Sekretär.«

Wir sprechen über den Staatssicherheitsdienst.

Brigitte Heinrich, meint Wienke, habe die Gefahren unterschätzt, die von der Zusammenarbeit mit der DDR ausgingen.

Einmal habe sie ihren Gesprächspartnern zum Beispiel Nachrichten über eine Frau von den Roten Zellen übermittelt.

»Ganz arglos.«

Der Staatssicherheitsdienst habe diese Information an einen französischen Geheimdienst übermittelt und die Franzosen hätten die Nachricht dann an die Justiz der BRD geliefert. Dadurch sei die Frau in Schwierigkeiten geraten. Objektiv habe Heinrich also für den westdeutschen Geheimdienst gearbeitet.

Klaus seinerseits habe nach Ostberlin Informationen geliefert, die »unter die Gürtellinie« gegangen seien.

»Woher weißt du das? Ich kenne die Stasi-Akten. Da steht nichts darüber.«

»Ich weiß es von Ströbele.«

»Den habe ich auch schon danach gefragt.«

»Was sagt er?«

»Dass er nicht mehr wüsste, wo er das gelesen hätte.«

»Ströbele kennt das Gerücht ebenfalls und weiß nicht mehr, woher es stammt?«

»Angeblich.«

»Seltsam.«
»Wirklich seltsam.«
»Und du bist sicher, dass du die ganzen Stasi-Akten hast?«
»Angeblich gibt es nicht mehr.«
»Die haben Dich reingelegt.«

Jetzet II

Auch mit dem zweiten Hauptverfahren gegen Klaus war Der Spiegel ziemlich unzufrieden. Er schickte eine Gisela vor, die auf vier Seiten Kaffeeklatsch verbreitete.[1] Die Richter des ersten Strafsenats des Berliner Kammergerichts, monierte Frau Friedrichsen (so Giselas Familienname), hätten mehrere Fehler gemacht.

Das Kammergericht habe den Haftbefehl gegen Klaus außer Vollzug gesetzt und sei erst vom Bundesgerichtshof korrigiert worden, der »sogleich Haftfortdauer« angeordnet habe.

In seiner Urteilsbegründung habe »der Vorsitzende, Frithjof Kubsch, 57«, an Klaus appelliert, in seinem Urteil[2] »ein Angebot zur Versöhnung« zu sehen.

Das müsse man, meckerte sie, wohl so verstehen, »dass die Justiz an Croissant etwas wieder gutzumachen hat, dass sie ihm etwas schuldig ist. So erkennt man ein Martyrium an.«

Richter Kubsch war offensichtlich eine Fehlbesetzung.

Er habe ausgeführt, teilte Friedrichsen indigniert mit, Klaus »solle die Chance haben, sich in die Gesellschaft einzuordnen. Die Meinungsfreiheit solle ihm nicht genommen werden.« Auch habe der Vorsitzende geäußert, Klaus sei »ein kluger Kopf von außergewöhnlicher Intelligenz«.

1 Nr. 10, 1993, Seiten 101 bis 104.

2 Ein Jahr und neun Monate auf Bewährung und 10.000 D-Mark Geldbuße.

Ein klarer Fall von Justizirrtum.

Um darzutun, dass nicht viele Menschen so naiv sind wie die Berliner Kammerrichter, eröffnet Kammerjägerin Friedrichsen ihren Giftschrank mit dem Hinweis auf einen Stuttgarter Lokalreporter,[1] der 1977 in der Zeit behauptet habe, Klaus habe versucht dem Rechtsanwalt Mahler nachzueifern und sein Vorbild sei der Rechtsanwalt Schily gewesen.

»Eine forensische Begabung, ein großer Mann des Strafprozesses ist Croissant nicht«, habe damals in der Zeit gestanden.

Es stand auch in der Stuttgarter Zeitung.

Was der kleine Hinweis auf den Stuttgarter Kollegen in Giselas Prozessberichterstattung zu suchen hatte, leuchtet ein: Ein Gericht, dass einem Angeklagten, den die Zeit und die Stuttgarter Zeitung für »kläglich« halten, Klugheit und Intelligenz attestiert, hat nicht alle Tassen im Schrank.

Frau Friedrichsens Prozessbericht ist eine Kläglichkeit rundum.

Vom Verfahren gegen Klaus handelt er am Rande. Im Mittelpunkt stehen die Legenden, die seit fünfzehn Jahren verbreitet wurden und schon damals (auch prozessual) widerlegt waren. Zum Beispiel die Legende, dass Klaus der Ziehvater aller bewaffneten Kämpfer gewesen sei, die 1977 und danach »im blutigen Sumpf der RAF untergingen oder untertauchten«.

»Die Fäden des Terrors liefen durch das Büro Croissant.«

Was Klaus tatsächlich vor das Kammergericht geführt hatte, erfährt der Leser nicht. Nur, dass er keinen Landesverrat begangen habe, sondern »nur ein Vergehen der geheimdienstlichen Agententätigkeit« und dass er dafür sei, »dass ein vereinigtes Deutschland einen international garantierten und überwachten entmilitarisierten Status erhält«.

Die von Klaus reklamierte »Sicherungsverwahrung« für das zukünftige Großdeutschland erboste die Spiegel-Macher so sehr, dass

1 In der Branche gilt als offenkundig, dass 5% aller deutscher Redakteure von einer Staatsschutzbehörde instruiert werden.

sie das bei Reaktionären ansonsten beliebte Instrument der Prävention sogar in den Titel aufnahmen.

»Sicherungsverfahrung für die BRD«, fordere Klaus, hieß es.

»Er will«, schockiert Friedrichsen ihre Leser, »weiterhin für den Sozialismus kämpfen, gegen die Vernichtung der Spuren, die die DDR hinterlassen hat; er will sich für die Freilassung derer einsetzen, die ich einst verteidigt habe, und so fort.«

Klaus stand, könnte ich sagen, wieder einmal vor Gericht, weil er in nationalen Fragen das Gegenteil der Werte verteidigte, die der Klientel des Hamburger Käseblattes am Herzen liegen und, wenn's ernst wird, auch mal am Arsch vorbeigehen.

Wie die Anklage gegen Klaus lautete, wie das Urteil, muss aus den erwähnten Gründen von anderen Schriften abgeleitet werden.[1]

Dem Gericht lag, wie es scheint, die Akte Beate Schäfer (Brigitte Heinrich) vor.[2] Dazu 32 Blatt Taler (Klaus), also das bisschen, was angeblich nicht verschollen ist.[3]

Über die beiden Aktenstücke könnte ich viel erzählen.

Vor allem die Akte Beate Schäfer, die zu großen Teilen von Taler handelt, dürfte Klaus im Prozess reingeritten haben.

Das Gericht scheint überdies Zeugen gehört zu haben. Dabei dürfte es sich um Personen gehandelt haben, die behaupteten, von Brigitte und Klaus ausgespäht worden zu sein[4] – ein Fakt, der sich möglicherweise ergab, als die fragwürdigen Personen bei der BStU anfragten, ob das MfS ein Dossier über sie geführt habe.

Derartige Berichte können natürlich nur die Betroffenen einsehen

1 Auch die Anwälte waren nicht hilfreich. Klaus wurde von Pieter H. Bakker Schut und Matthias Zieger verteidigt. Zieger war unter Berufung auf das Anwaltsgeheimnis (gegenüber einem Verstorbenen?) nicht bereit, Auskunft zu erteilen. Bakker Schut, behauptete er sei zu krank, um mich zu empfangen.

2 Gemeint ist die Akte der BStU. Vgl. den Abschnitt Beate Schäfer.

3 Vgl. den Abschnitt Stasi-Akten.

4 Namen dieser Personen und die angeblichen Berichte über sie sind in der Akte Schäfer nicht vorhanden, sodass man insoweit auf Latrinengerüchte angewiesen ist.

und deshalb können auch nur sie sich vor Gericht wichtig gemacht haben. Warum Klaus 1992/93 abermals vor Gericht stand, wissen die Halbgötter in schwarz.

Einem öffentlich gemachten Auszug aus der Anklageschrift des Generalbundesanwalts vom 10. Dezember 1992 zufolge wurde Klaus angeklagt, »von Januar 1981 bis Ende 1989 in Berlin und an anderen Orten – von 1982 bis 1987 gemeinschaftlich handelnd mit der am 29. Dezember 1987 verstorbenen Brigitte Heinrich – für den Geheimdienst einer fremden Macht eine geheimdienstliche Agententätigkeit gegen die Bundesrepublik Deutschland ausgeübt zu haben, die auf die Mitteilung oder Lieferung von Tatsachen, Gegenständen oder Erkenntnissen gerichtet war.«

Er habe den Decknamen »Taler« gehabt.

Zielgruppe seiner Tätigkeit sei das »linke Spektrum« gewesen, insbesondere »Personen aus dem Umfeld der RAF«, die Alternative Liste und die Autonomen in Westberlin und die Grünen in Frankfurt am Main.

1982 habe er dem MfS »seine damalige Lebensgefährtin Brigitte Heinrich als Mitarbeiterin« zugeführt. Als Brigitte im Knast saß, also bis Februar 1984, habe er die Rolle eines Kuriers und Instrukteurs« für sie übernommen.

»In dieser Funktion überbrachte er u.a. von ihr erlangte interne NATO-Unterlagen.«

Woher Brigitte diese Unterlagen hatte, sagt die Anklageschrift nicht. Brigitte saß, wie gesagt, in Strafhaft und war noch nicht im Europa-Parlament.

Als Brigitte dann Europa-Abgeordnete war, sei Klaus etwa einmal im Monat nach Ostberlin gereist, um Berichte zu überbringen. Etwa einmal im Jahr sei Klaus in die DDR zu mehrtägigen Führungstreffen gereist.

Seine Tätigkeit habe die Note gut bis befriedigend erhalten.

Um seine Kontakte zum MfS nicht zu gefährden, habe er »seine Kontakte zu Personen aus dem terroristischen Umfeld« reduziert.

Für seine Tätigkeit habe er 71.000 D-Mark erhalten. Das MfS habe sich seine Tätigkeit noch mal 45.000 Ostmark für Sachgeschenke und Verköstigung vor Ort kosten lassen.

In der Presse wurde kolportiert, Klaus nehme an, er werde abermals verfolgt, weil die BAW aus RAF-Zeiten noch ein Hühnchen mit ihm zu rupfen habe. Das Theorem von der Siegerjustiz wurde so häufig bemüht und von den zuständigen Staatsanwälten prompt dementiert, dass der Eindruck entstehen musste, Presse und Staatsschutz hätten gerne gehört, wenn Klaus es behauptet hätte.

Klaus, vom Spiegel dazu interviewt,[1] hatte sich freilich differenzierter geäußert. Das westdeutsche Staatsschutzrecht werde vom Gedanken der Abschreckung bestimmt. Da der Staat DDR nicht mehr existiere, gebe es nichts mehr abzuschrecken. Folglich müsse man vermuten, die Verfahren gegen ehemalige DDR-Bürger und Leute wie ihn (Klaus) dienten nur noch der »Vergeltung«.

Klaus:

»Und das ist ein vornehmer Ausdruck für den etwas primitiven Begriff der Rache.«

Darauf der Spiegel, stupide:

»Die Bundesanwaltschaft bestreitet, dass mit ihnen – etwa wegen Ihrer früheren Tätigkeit als RAF-Verteidiger – alte Rechnungen beglichen werden sollten.«

Darauf Klaus:

»Es gibt eine neue Rechnung. Ich habe die Bundesanwaltschaft in den letzten Jahren mit zahlreichen politischen Erklärungen und Aufsätzen vielleicht zu sehr genervt.«

Um Klaus überhaupt anklagen zu können, war es zunächst erforderlich, einen Paragraphen zu strapazieren – den § 99 StGB. Er wurde,

1 »Da kommen mir die Tränen, Der inhaftierte Anwalt Klaus Croissant über Agenten, Stasi und Terrorismus«. Gespräch mit Bruno Schrep und Uly Foerster in Spiegel Nr. 43, 1992. Vier Seiten Text mit zwei großen Fotos von Klaus und einem von Kaul. Ein viertes Foto zeigt eine lachende Brigitte Heinrich, die während eines Polizeieinsatzes gegen eine Protestaktion in Brüssel 1986 von zwei Polizisten weggeschleppt wird.

entgegen den erklärten Absichten des Gesetzgebers im Jahr 1968, so ausgelegt, dass er sich in eine gallertartige Masse verwandelte.

Folgende neue Rechtslage ergab die wendekonforme Interpretation des § 99 StGB:

Jede Weitergabe von Informationen an einen fremden Nachrichtendienst war strafbar, auch wenn diese Informationen offen und nicht durch kriminelle oder geheimdienstliche Aktivitäten erlangt wurden.

Man brauchte dem fremden Geheimdienst nicht anzugehören, um ein Agent zu werden und es genügte, dass man ihm fahrlässig etwas zukommen ließ.

Schließlich war die Weitergabe auch dann strafbar, wenn die Informationen und Gegenstände belanglos und jederzeit offen erhältlich waren und nicht heimlich beschafft und abgeliefert wurden.

Klaus hätte sich also auch strafbar gemacht, wenn er seinen Freunden in Ostberlin die jeweils aktuellen Preise für Frühkartoffeln in der Brüsseler Großmarkthalle auf einer Postkarte mitgeteilt hätte.

Klaus hätte am Bahnhof Zoo eine Bildzeitung kaufen und sie in der Jackentasche nach Ostberlin verbringen können.

Er wäre trotzdem wegen geheimdienstlicher Agententätigkeit bestraft worden.

Auf die Gesinnung kommt es an.

Klaus lag neben der Problematik, wenn er sich bemühte, dem Gericht zu verklickern, dass er jeder Zeit ganz unheimlich zu Werke gegangen sei, der Bundesrepublik nicht geschadet und kein brisantes Material übermittelt habe.

Es sei ihm bei seinen Gesprächen in Ostberlin nur um die Bildung von Vertrauen gegangen. Missverständnisse zwischen Ost und West habe er abbauen wollen, um ein geregeltes und friedliches Nebeneinander – damals hieß das »friedliche Koexistenz« – der beiden deutschen Staaten herbeizuführen.

Vergeblich zählte er seine politischen Initiativen in den Achtzigerjahren auf, die alle nur erreichen wollten, dass die BRD und die DDR so harmlos nebeneinander vegetieren konnten, wie die anderen Staaten Westeuropas.

Vergeblich beteuerte er, er sei für den Sozialismus und den Erhalt der DDR aus Überzeugung eingetreten, nicht, weil ein MfS ihn dazu verdonnert hätte.

Aus Überzeugung sei er gegen die Wiedervereinigung und für die Neutralisierung Deutschlands gewesen, nicht weil ihn die Genossen in der Hauptstadt dazu angestiftet hätten.

Ihr Verhältnis zur SPD sei sogar noch pragmatischer gewesen als seines.[1]

Vergeblich zerrupfte er das Märchen vom angeblichen Agentenlohn und legte dar, dass ihn seine Gespräche mit Vertretern der DDR mehr gekostet hätten, als die gelegentlichen Geschenke, die Erstattungen von Reisekosten, die Freikarten für eine Bootsfahrt von Treptow zum Müggelsee ihm eingebracht hätten.

Für Geschenke habe er sich stets mit Geschenken revanchiert. Einmal habe er sogar eine komplette Mahlzeit aus dem Westen mitgebracht.

Klaus' Erwiderung auf die albernen Beschuldigungen der Bundesanwaltschaft liegt mir vor. Sie zeigt einen blauäugigen, naiven Klaus.

Wie schon in den RAF-Verfahren scheint er zu glauben, dass man einen Juristen, der auf einen vermeintlichen oder tatsächlichen Staatsfeind eindrischt, belehren könne.

Er zählt auf, an welchen Kiosken im Westen man die Zeitschriften kaufen konnte, die er seinen Gastgebern in Ostberlin mitbrachte.

Beschreibt, dass und wie alle seine Reisen vom westlichen Geheimdienst observiert wurden.

1 Über den Pragmatismus der Genossen im Osten könnte man viel erzählen. Annette Rosskopf berichtet in ihrem Essay über Kaul (in: Beiträge zur juristischen Zeitgeschichte der DDR, Berlin 2005, Band 12 der Schriftenreihe der Berliner Stasi-Unterlagenbehörde), dass das Politbüro untersagt habe, nachzuweisen, dass Franz Josef Strauß unzurechnungsfähig sei, um die Anerkennung der DDR durch den Westen nicht zu gefährden.

Berichtet, dass Brigitte und er überhaupt keinen Zugang zu geheimdienstlich relevantem Material gehabt hätten.

Beschwört, dass er nichts mit den RAF-Aussteigern in der DDR zu tun gehabt habe.

Dass er Brigitte nicht angeworben habe.

Dass er keine Redaktionsinterna der taz gekannt oder weitergeleitet habe.

Dass er keine Persönlichkeitsprofile erstellt habe.

Dass er aus dem europäischen Parlament nur offen ausgelegtes Material mitgebracht habe, das bestimmungsgemäß an die Öffentlichkeit und staatliche Stellen in ganz Europa gelangen sollte.

Dass er vom MfS nie Weisungen oder gar Befehle entgegengenommen hätte.

Es half nichts.

Es konnte nichts bewirken.

Die Tatsache, dass jemand wie er sich mit Personen unterhalten hatte, die er für Vertreter der Staatssicherheit der DDR halten konnte, reichte aus, ihn zu bestrafen.

Nichts wäre ihm passiert, wenn er als Bürger der DDR mit westdeutschen Verfassungsschützern geplaudert hätte.

Resümee:
Verhaftung: 14. September 1992.
Beginn der Hauptverhandlung: 10. Februar 1993.
Urteil: 4. März 1993. Einundzwanzig Monate Gefängnis auf Bewährung wegen geheimdienstlicher Agententätigkeit und 10.000 D-Mark Geldstrafe.

In seinem Schlusswort führte er folgendes aus:

Er wolle weiter als Anwalt arbeiten.

Er werde weiterhin politisch tätig sein.

Es sei unrichtig, wenn behauptet werde, er beabsichtige nach seiner Freilassung für den KGB zu arbeiten.

»Mein Bedarf nach Geheimdiensten ist für den Rest meines Lebens gedeckt.«

Er werde auch in Zukunft für die Schaffung einer sozialistischen Gesellschaft eintreten.

Er werde ein Schwarzbuch verfassen, in dem er die Vernichtung der DDR dokumentieren werde.

Er werde weiter für die Freilassung aller Gefangener aus der RAF eintreten.

Er freue sich, endlich seine Familie und seine vielen Freundinnen und Freunde wiederzusehen.

Klaus, politische Initiativen in den Achtzigerjahren

In Westberlin schloss Klaus sich 1982 der Alternativen Liste (AL) an, für die er auch im Kreuzberger Bezirksparlament saß.

Seine politischen Aktivitäten (neben seiner Arbeit als Anwalt und, ab 1984, als Assistent in Brüssel) kann ich nur andeuten.

1983 Teilnahme an einem antifaschistischen Bündnis gegen die ultrarechte »Konservative Aktion«.

1985 Delegierter der AL Westberlin beim Bundesparteitag der Grünen.

Klaus und andere brachten dort den Antrag »Raus aus der NATO« ein, der angenommen wurde und für Aufregung in der Öffentlichkeit sorgte.

Klaus galt fortan als Element der Moskau- und DDR-Fraktion.

Auf einer internationalen Friedenskonferenz in Kopenhagen im gleichen Jahr durfte er deshalb weder im Namen des grün-alternativen Bündnisses im Europa-Parlament, noch im Namen der AL auftreten, da seine Positionen nicht konsensfähig seien.

Im Jahr drauf gehörte Klaus zu den Verfassern der »Zwanzig Thesen zu Westberlin«, die von der sogenannten Mittwochsrunde der AL propagiert wurden.

Reichlich verklausuliert sah das Papier ein friedliches, gut geregeltes Miteinander zweier neutraler deutscher Staaten mit unterschiedlicher Gesellschaftsordnung vor.

Westberlin konnte danach zur DDR gehören.

Den gleichen Standpunkt vertrat Klaus in mehreren Publikationen und zahllosen Reden.

1987 schrieb er, Westberlin müsse sich zunächst von einer »Frontstadt des Kalten Krieges in eine Brücke des Friedens zwischen Ost und West« verwandeln.

Auf einer Veranstaltung in Brüssel zum zwanzigsten Jahrestag der Achtundsechziger sagt er: »Es reicht nicht aus, ein Grüner zu sein.«

1988 kandidiert Klaus für die AL Kreuzberg als Direktkandidat für das Westberliner Abgeordnetenhaus.

Er bekam 25 Prozent der Stimmen und unterlag dem SPD-Kandidaten nur knapp.

Offensichtlich konnte er nirgends einfach nur mitsingen.

Der ewige Dissident.

9 WESTBERLIN 1996 BIS 2005

Alte Paranoia

Auf dem Weg ins Café im Frankfurter Westend ist es auf einmal wieder hellwach: Das Gefühl, das vor dreißig Jahren ständiger Begleiter war mit allen Symptomen – Umdrehen, Sichern, Schnuppern, Taktieren, Transpirieren, Delirieren. Dem Wunsch abzutauchen, vom Erdboden zu verschwinden, unsichtbar zu werden, wegzulaufen, und die mahnende Stimme im Kopf: nicht so rennen, langsamer gehen, gleichmütig wirken, keine falsche Bewegung.

Quer übern Parkplatz, über die Straße und dann los. Möglichst unbeteiligt, als wäre ich nicht der Gesuchte, Beobachtete, Verfolgte.

An der nächsten Kreuzung steht der erste Aufpasser, kommt mir entgegen, spricht mich an, mitten auf der Straße, gleich ist Rot.

»Suchen Sie was?«

Erklärt mir den Weg.

»Da sind Sie in der falschen Richtung.«

Mustert mich überhaupt nicht, wie ich ihn.

»Kommen sie. Ich begleite Sie ein Stück. Ich will in die gleiche Richtung.«

Ein Kleiner. Zierlich. Billig angezogen. Typ verhärmter Trinker auf Entzug.

Wirkt betroffen, enttäuscht, als ich drei Ecken weiter an der Ampel Abschied nehme.

»Schönen Dank, jetzt find' ich's schon von alleine.«

Links die Bockenheimer Warte. Er halb rechts. Ich Umweg.

Wie ich von unten hochgehe, kommt er mir von oben entgegen, sodass unsere Wege sich kreuzen müssten. Tun sie aber nicht, weil: Ich rein. Er hinterher.

Monika sitzt in einem der hinteren Räume. Eine Art Wintergarten. Ich setze mich zu ihr. Mein Aufpasser zwei Tische weiter. Wo schon einer sitzt. Gleiche Firma. In Lauschweite.

»Ich glaub' du hast einen Schatten.«

»Wo?«

»Der da.«

»Und wer ist der andere?«

»Meiner.«

Sie schaut zur Seite, sagt nichts. Er scheint sie nicht zu interessieren.

Monika Berberich wurde am 8. Oktober 1970 in Berlin-Charlottenburg verhaftet, als sie ein paar Leute besuchen wollte. Brigitte Asdonk, Irene Goergens, Horst Mahler, Ingrid Schubert.[1] Die Greifer waren schon drin.

»Die Polizei hatte mich nicht auf der Liste. Die waren ziemlich überrascht, als ich da reinkam.«

Es war die Gründungsphase der RAF. Außer der Baader-Befreiung und ein paar Banküberfällen war noch nichts passiert. Erschossen wurde damals noch keiner, wenn er eine Wohnung betrat.

Monika, die soeben das zweite juristische Staatsexamen abgelegt hatte, saß mehr als drei Jahre in Iso-Haft. Im Januar 1974 war sie verhandlungsunfähig.[2] Am 27. September 1975 verlas sie die Erklärung, durch die Mahler aus der RAF ausgeschlossen wurde. Am 7. Juli 1976 gelang ihr die Flucht. Nach zwei Wochen war sie wieder drin. 1988 entlassen. Seither in der Gefangenenbewegung tätig. In den letzten zehn Jahren gehörte sie zur Gruppe der Ehemaligen, die sich, auch therapeutisch, mit der eigenen Geschichte auseinandersetzen.

»Du hast in der Kanzlei des später so genannten sozialistischen Anwaltskollektivs in Westberlin gearbeitet.«

»Ja.«

1 Medizinerin. War seit Beendigung der Bauarbeiten (Mai 1977) im siebten Stock. Im Zuge der radikalen Verkleinerung der Stammheim-Gruppe am 18. August 1977 nach Stadelheim verschubt, wo sie knapp einen Monat nach dem Tod der Stammheimer in ihrer Zelle in München-Stadelheim tot aufgefunden wurde. Die Indizien deuten auch in diesem Fall auf Mord. Vgl. Bakker Schut, Todesschüsse, S. 127ff. Weidenhammer S. 126: »Obwohl ihr Tod genauso rätselhaft ist wie der von Baader …«

2 Die Justiz hängte ihr Zugehörigkeit zur RAF und die Baader-Befreiung an.

»Du hast an der Dokumentation der polizeilichen Terrorattacken am 2. Juni 1967 mitgearbeitet.«

»Ja.«

»Warum hast du nach dem zweiten Staatsexamen keinen juristischen Beruf ergriffen? Du hättest als Anwältin einen Beitrag zu den politischen Kämpfen nach 1968 leisten können, wie Ströbele, Schily, Eschen und andere es getan haben. Die neue Linke brauchte dringend Anwälte. Du hättest in der Justiz und in justizpolitischen Organisationen mithelfen können, den reaktionären Geist in diesem staatlichen und gesellschaftlichen Segment zu vertreiben.«

»Nach den Erfahrungen, die ich gemacht hatte, wäre es für mich nicht mehr möglich gewesen, zu einer Art Normalität zurückzukehren. Eine berufliche Perspektive als Juristin mit revolutionärer Zielsetzung war für mich genauso wenig vorstellbar wie der lange Marsch durch die Institutionen. Beides hätte bedeutet, mich in das Milieu zu begeben, dem ich entronnen war. Der Schritt zum bewaffneten Kampf war damals eine logische Konsequenz.«

Was Monika Berberich sagt, ist die Quintessenz etlicher Gespräche mit Genossinnen und Genossen, die damals dieser logischen Konsequenz gehorchten.

Man kann die Frage nicht von heute her beantworten. Ob es richtig war sich zu bewaffnen, muss von damals her beantwortet werden. Es gibt immer mehrere Optionen. Für einige war der Weg in den bewaffneten Kampf plausibel und konsequent. Er bezeichnete eine reale Möglichkeit, auch wenn andere nicht daran glaubten. Sie hätten nicht weiterleben können, ohne diesen Weg. Man kann ihnen nicht vorhalten, dass andere nicht diesen Weg gegangen sind. Dass der Weg falsch war. Hinterher ist man immer klüger. Wer nicht im bewaffneten Widerstand war, hat gut lachen.

Für Klaus (wie für mich und viele andere) ergab die Unbedingtheit der RAF eine fatale Paradoxie, die nicht auflösbar war. Wir hatten es mit Genossen, teilweise sogar Freunden zu tun, deren Handeln wir nicht in jeder Hinsicht gutheißen konnten, für die wir uns jedoch nicht einsetzen konnten, wenn wir uns von gewissen Handlungselementen öffentlich distanzierten. Jeder Akt der öffentlichen Distanzierung erleichterte es dem Gegner, sie zu eliminieren. Andererseits hatte die staatliche Propaganda von Anfang an die Unschuldsvermutung außer Kraft gesetzt und die Beweislast, die im Rechtsstaat bei der Justiz liegt, umgekehrt. Das einzige Mittel der Exkulpation, das öffentlich anerkannt wurde, war die Distanzierung – ein Grund dafür, warum jeder, der sich irgendwie zum Thema bewaffneter Kampf äußern wollte, seine Rede mit einer Distanzierung beginnen musste. Klaus konnte das nicht bringen, wenn er seinen Mandanten helfen wollte. Deshalb wurde er verteufelt.

»Du warst bis 1970 bei Rechtsanwalt Mahler. Du hättest Klaus kennen können. Kanntest du ihn?«

»Nein.«

»Weißt du, ob Mahler und Klaus sich vor 1970 jemals begegnet sind?«

»Nein.«

»Weißt du, ob Mahler in Stuttgart oder Heidelberg zu tun hatte?«

»Nein.«

»Weißt Du, wie Klaus an seine RAF-Mandate kam?«

»Nein.«

»Wann hörtest du seinen Namen zum ersten Mal?«

»Im Knast.«

»Was sagte man über ihn?«

»Er galt bei den Gefangenen als zuverlässig.«

»Ihr hättet Euch nach seiner Entlassung gelegentlich in Frankfurt treffen können.«

»Haben wir. In der Humboldtstraße 86. Brigitte war erst kurz zuvor gestorben. Klaus war dabei, die Wohnung zu entrümpeln. Das Haus gehörte dem Sänger und Musikmanager Diether Dehm. Hausverwalter war ein Rechtsanwalt Düx.[1] Düx versprach mir die

1 Der zeitweise auch in RAF-Verfahren tätig war.

Wohnung und ich hatte schon angefangen, die Räume zu renovieren, als er den Vertrag ohne Grund widerrief und mir lediglich ein limitiertes Wohnrecht von neun Monaten einräumte.«

»Du hast in der Wohnung von Klaus Croissant gewohnt? Wo Brigitte Heinrich starb?«

»Nur einen Tag lang und ich konnte die ganze Nacht nicht schlafen. Die Wohnung war voller Katzenhaar und ich hatte eine entsetzliche Katzenhaar-Allergie.«

»Wie war die Wohnung?«

»Klein. Drei Zimmer und düster. Parterre, davor ein großer Baum.«

»Bei welchen Gelegenheiten habt Ihr euch getroffen? Klaus und du?«

»Bei Veranstaltungen. Ich erinnere mich nicht an die konkreten Anlässe.«

»Hattet Ihr private Kontakte?«

»Nein, nie.«

Auf Befragen:

»Ich traf Klaus erst 1996 wieder, als ich das Podiumsgespräch zum 20. Todestag von Meinhof in Berlin organisierte. Klaus sollte einer der Teilnehmer sein. Ein schriftliches Referat lag nicht vor. Er sollte nur seine Erinnerungen an Ulrike schildern. Eine gewisse Esther Dayan-Ulivelli ließ verlauten, sie und andere würden die Veranstaltung stören, wenn Klaus teilnehmen sollte. Sie würden ihn vom Podium holen. Klaus sagte daraufhin von sich aus seine Teilnahme ab. Ob die Aufregung über diese Auseinandersetzung unmittelbar zu seinem Gehirnschlag geführt hat, kann ich nicht sagen. Mir ist nicht bekannt, wann sich der Gehirnschlag ereignete. Ich hörte davon erst später.«

Auf weiteres Befragen:

»Die Publikation der Wortbeiträge unterblieb, weil Ali Jansen seinen Beitrag umschreiben wollte. Dann schrieb er etwas gänzlich neues, was eine Kritik eines Beitrags von Karl Heinz Dellwo war.«

Auf weiteres Befragen:

»Ich erinnere mich nicht, ob Klaus jemals an der Gefangenenarbeit oder an Angehörigentreffen teilgenommen hatte. Ich kann auch nicht sagen, ob und in welcher Weise Klaus nach seiner Entlassung 1979 noch mit Gefangenen aus der RAF oder Angehörigen zu tun hatte.«

Monika schwankt ein wenig beim Hinausgehen. Draußen eins von diesen dreirädrigen niedrigen Fahrrädern, auf denen man liegt, wenn man fährt.

»Wieso fährst du mit so einem Ding?«

Sie habe Gleichgewichtsstörungen.

Ich schaue ihr nach. Jetzt in der schönen Jahreszeit arbeitet sie manchmal im Garten.

Zuweilen schreiben wir uns. Ich schreibe, wie weit ich mit meinem Roman bin.

Sie schreibt, ihre Gleichgewichtsstörungen seien Folge von Komplikationen nach einer Operation.

In der Anthologie Nach dem bewaffneten Kampf benennt sie ihre Enttäuschung über die »Spaltung in der RAF«.

Sie schreibt: »Was ich vor allem unterschätzt hatte, waren die physischen Spätfolgen der langen Haft und deren psychische Wirkungen.«

Sie kommt zurück auf die Tatsache, dass gegen die Gefangenen in Westdeutschland Methoden oder Instrumente angewandt wurden, die die Therapeuten in anderen Ländern als Folter bezeichnet hätten. Dass es lange gedauert habe, bis sie »den Zusammenhang zwischen der Zeit im Knast und der Krankheit noch mal ganz anders begriffen habe«.

Ich schreibe von meiner blöden Paranoia. Dass ich mir albern und kindisch vorkomme.

»Freundschaften gab es wenige in der RAF«, sage ich, wenn ein Journalist mich danach fragt. »Was uns miteinander verband, war die gemeinsame Idee. Die gemeinsame Sache. Ein Verhaltenskodex.

Ein paar Methoden des Kampfes. Ein paar Tugenden – Verlässlichkeit, gründliche Arbeit, Verschwiegenheit, Mut, Nervenstärke, Furchtlosigkeit.«

Nach dem Kampf erloschen die Gemeinsamkeiten.

Ich verstehe die Leute, die nicht daran erinnert sein wollen.

21. Oktober 2005

Frau Berger redet wie ein Wasserfall, lässt sich kaum unterbrechen. Ihr Nachbar habe gesagt, ich bräuchte gewisse Informationen. Sie, Berger, habe Dokumente einen gewissen Kapeller[1] betreffend, der im Knast sitze. Ich möge dazu auch den Artikel lesen, der letzte Woche in der Stuttgarter Zeitung gestanden habe. Sie duzt mich, obwohl ich sie standhaft sieze.

Sie, Berger, könne beweisen, dass die Gräber der drei Stammheimer leer seien. Die drei seien auf einen Stück Ödland hinter der Universität Tübingen verscharrt worden.

Das Stück Ödland diene normalerweise dazu, Leichenteile zu entsorgen, wie sie bei jeder gerichtsmedizinischen Obduktion anfallen.

»Warum hätte man das tun sollen, Frau Berger?«

»Um zu vermeiden, dass jemand sie ausgrub, um mit den Knochen einen Reliquienhandel zu betreiben.«

»Aber sie wurden auf einem Friedhof beigesetzt und bisher hat niemand versucht, ihre Gräber zu schänden – soweit ich weiß.«

»Ja, schon, aber das konnte man damals nicht wissen. Damals dachte man eben …«

»Frau Berger, Sie wollten mir Informationen über einen Herrn Kapeller verkaufen.«

1 Name geändert.

Das sei richtig, aber es gehe ihr nicht ums Geld, sondern um die historische Wahrheit. Der Staatsschutzagent, der die Bestattung der drei Stammheimer veranlasst habe, sei in der Nazizeit bei der SS gewesen.

»Und was hatte Herr Kapeller damit zu tun?«

Auf den sei sie im Zuge ihrer Ermittlungen gestoßen. Kapeller arbeite ebenfalls mit dem Staatsschutz zusammen, der ihm gelegentlich Sonderaufgaben übertrage, und so habe er vor fast vierzig Jahren den Auftrag gehabt, den Stuttgarter Club Voltaire zu infiltrieren.

»Interessant. Was sind das für Dokumente, von denen Sie sprachen?«

Sie sei auf Umwegen an irgendwelche Akten gekommen, in denen sie einen Zettel mit einem Darlehensvertrag gefunden habe. Klaus Croissant und andere leihen dem Club Voltaire Geld, etwa 2.000 D-Mark. Datum 27. Mai 1970.

»Erklären Sie mir das bitte.«

»Es bedeutet, dass Klaus Croissant und Herr Kapeller sich gekannt haben, denn in dessen Akten hat sich die Quittung befunden.«

»Ich verstehe. Ist das irgendwie von Bedeutung, dass die beiden sich gekannt haben?«

»Aber ja. Herr Kapeller war um 1970 in städtischen Diensten und leitete ein Jugendheim. Es gab damals eine Fraktion der Linken, die Widerstand als Therapie predigte, wie das Sozialistische Patientenkollektiv (SPK) und diverse Release-Einrichtungen. Der Verein, für den dieser Kapeller tätig war, besaß auch einen Jugendhof, und der wiederum war für Gudrun Ensslin und Andreas Baader interessant.«

Die beiden hätten damals versucht, Mitstreiter aus Kreisen randständiger Jugendlicher zu rekrutieren. Einer von Kapellers Zöglingen sei Volker Speitel gewesen und das bedeute, dass Speitel vermutlich schon damals vom Staatsschutz geführt worden sei.

Gudrun Ensslin sei gelegentlich auch bei anderen Einrichtungen

Kapellers aufgetaucht. So in einem ausrangierten Rathaus in der Nähe von Stuttgart, das ihm gehört habe. Das Gebäude sei später abgebrannt und man vermute, dass es sich um Brandstiftung gehandelt habe. Vermutlich seien in dem Gebäude außer Rauschgift auch Waffen gelagert worden.

»Wie kommen Sie jetzt auf Rauschgift, Frau Berger?«

»Ganz einfach. Kapeller war einer der Gründer von Release Stuttgart.«

Tatsächlich sei es ihm jedoch nicht darum gegangen, drogenabhängige Jugendliche zu therapieren, sondern darum, sie mit Rauschgift zu versorgen, um sie für den bewaffneten Kampf gefügig zu machen. Im übrigen gebe es auch von Release eine Verbindung zu Klaus Croissant.

Der Schauspieler Christoph Wackernagel, der später im Büro Stuttgart tätig war, sei einer der Gründer von Release gewesen.

Release Stuttgart sei deshalb von dem gleichen Staatsschützer gesäubert worden wie das SPK und der wiederum habe die geheimnisvolle Beerdigung veranlasst. Bei der Säuberung der Stuttgarter Release hätten Wackernagel und ein gewisser Blaczyk eine Druckmaschine gerettet. Mit dieser Druckmaschine sei dann die Fantasia-Druckerei ausgestattet worden, die später als RAF-Unterstützergruppe angeklagt wurde.

»Interessant«, sage ich noch einmal und überlege mir einen möglichst unauffälligen Abgang. Wenn ich alle Räuberpistolen, die mir im Laufe der Recherchen aufgetischt wurden, ein bisschen umschreiben und zusammenfassen würde, könnte ich einen ganz netten Schwaben-Krimi daraus machen.

»Das kannst du laut sagen«, bestätigt Frau Berger und setzt ein Gesicht auf, das sie vermutlich für ein Pokerface hält.

»Was würdest du zahlen, wenn ich dir erlauben würde, ein paar der Dokumente zu fotokopieren, die sich in meinem Besitz befinden?«

»Bezahlen?« frage ich und tue so, als müsste ich nachdenken.

»Ja«, sagt Frau Berger. Es stelle sich da zum Beispiel die Frage, warum Kapeller nie für seine kriminellen Handlungen verfolgt wurde.

»Zum Beispiel?«

»Betrug, Unterschlagung, Brandstiftung, Missbrauch Schutzbefohlener und so weiter.«

»Und warum wurde er nicht verfolgt?«

»Ganz einfach«, sagt Frau Berger und schüttelt einen Schuhkarton, in dem sich angeblich eine Menge Knöchelchen aus einem der Geheimgräber hinter der Tübinger Anatomie befinden.

Sie würde, hatte sie eingangs gesagt, mir den Karton für umsonst überlassen, sofern wir handelseins werden. Der Karton rasselt wie eine Maraka.

»Kapeller weiß«, sagt sie, »welche Stuttgarter damals die RAF unterstützt haben und hat sie dazu veranlasst, bei der Polizei zu seinen Gunsten zu intervenieren. Die Anzeigen gegen ihn (Kapeller) seien daraufhin niedergeschlagen und nicht weiter verfolgt worden.«

»Dann müssen das aber einflussreiche Leute sein.«

»Sind's ja auch.«

Sie schaut mich jetzt triumphierend an wie ein Junkie, der das Perpetuum Mobile erfunden hat.

Ich schaue zurück und pflichte ihr bei.

»Nicht schlecht, die Story«, sage ich und gehe nun auch zum kollegialen Du über.

»Warum schreibst du sie nicht selbst?«

»Mir ist mein Leben lieber.«

»Aha. Dass ich dabei draufgehe, stört Dich nicht.«

»Dir tun sie nichts. Du bist berühmt.«

»Wer sollte Dich überhaupt umbringen?«

»Der Staatsschutz.«

»O, ja, der Staatsschutz. Den hab' ich vergessen.«

»Die schrecken vor nichts zurück.«

»Wieso ist Dein Kapeller überhaupt beim Staatsschutz gelandet?«

»Ich vermute, sie haben ihn umgedreht. Gudrun Ensslin besucht ihn. Die Schlapphüte verfolgen sie, schnappen sich Kapeller und drehen ihn um.«

»Trotzdem sitzt er jetzt im Gefängnis.«

»Nicht mehr lange, glaub' mir. Nicht mehr lange.«

Rechtsanwalt Hejhal

13. Januar 2005 16 Uhr:
Treffen in seiner Kanzlei nicht weit vom Landwehrkanal.

Noch Schöneberg? Oder schon Kreuzberg?

Eines dieser Häuser aus der Gründerzeit mit vornehmem Eingang.

Kanzlei ehemals Wohnung Beletage.

Modern eingerichtet. Kaltes Licht.

Gab es schwarze Ledersessel? Unwichtig.

An den Wänden Kunst.

Die Verfallserscheinungen des sozialistischen Realismus.

Eventuell Inzahlungnahme oder die Lebensgefährtin malt.

Wir tauschen Autobiografien aus.

Ich referiere seine aus der Erinnerung rund zweieinhalb Jahre später.

Hejhal war Richter in Oranienburg, 1989–1991.

Familiengericht?

Undeutlich, warum er den Job geschmissen hat.

Die Wohnung war nach der Wende Stadtteilbüro der PDS.

Hejhal hatte ab September 1995 gemeinsames Büro mit Klaus, dann der Gehirnschlag. Also nur etwa sieben Monate.

»Wie stark war Klaus behindert?«

»Er konnte kaum laufen, brauchte den Rollstuhl, konnte die Hände nur wenig bewegen, nicht reden, war ein Pflegefall.«

»Kam er noch mal ins Büro?«

»Undenkbar. Er war schwerstbehindert. An Arbeit nicht zu denken.«

»Geistiger Zustand?«

»Er hat die Leute erkannt, die er traf.«

Einmal sei es um eine notarielle Vollmacht gegangen. Klaus habe offensichtlich verstanden, worum es ging. Vielleicht interpretiere er (Hejhal) aber auch manches in seine Reaktionen hinein.

»Ich springe mal ein paar Jahre zurück. Durfte er denn als Rechtsanwalt arbeiten nach dem Geheimdienstprozess?«

»Wegen der Gefängnisstrafe lief gegen ihn ein standesrechtliches Verfahren. Man wollte ihm die Zulassung entziehen. Das Verfahren wurde durch den Schlaganfall beendet.«

»Er saß ja ziemlich lange im Knast. Von Spätsommer 1992 bis Frühjahr 1993. Wie kam er damit klar?«

Während er im Gefängnis saß, habe es eine große Bewegung für seine Freilassung gegeben: »Klaus muss raus!«

Diese Bewegung habe ihn stabilisiert.

»Wer hat das organisiert? Die PDS?«

»Klaus war bis zum Schluss PDS.«

»Wie kam es zu diesem Engagement? Parteimitgliedschaft wäre bei ihm früher undenkbar gewesen.«

»Dass er sich für die PDS engagierte, das ging vor allem gegen die alte Bundesrepublik. Er konnte sich maßlos erregen über die Kolonialherrenmentalität der Westdeutschen.«[1]

»Kannten Sie seine Frau?«

»Nicht besonders gut. Ich war etwa drei bis vier Mal bei ihm zuhause.«

1 Die PDS scheint Vertrauen in Klaus gesetzt zu haben. Es kursiert das Gerücht, dass er als »Promi« auf Gysis PDS-Liste für die Bundestagswahl 1994 gestanden habe.

Klaus sei ein großartiger Koch gewesen. Er entsinne sich eines Essens im toskanischen Stil.

»Das Essen war gigantisch.«

»Wie war die Frau?«

»Eher unpolitisch würde ich sagen.«

Er vermute eine großbürgerliche Herkunft.

»Was ist aus seinen Akten geworden, die er hier im Büro hatte? Ich würde die Sachen gerne mal durchsehen.«

»Wozu?«

»Ich erhoffe mir Hinweise auf seine politische und berufliche Biografie in den letzten fünfundzwanzig Jahren.«

Hejhal lehnt ab.

Es gebe ein paar Umzugskartons mit Akten im Keller.

Da dürfe er mich nicht dranlassen.

Da müsse er erst die Witwe fragen.

»Was wissen Sie über politische Kontakte in den letzten Jahren?«

Klaus habe ein paar Freunde gehabt, die er als Berufsrevoluzzer bezeichnen würde.

»Namen? Adressen?«

»Dazu kann ich nichts sagen.«

Er schreibt etwas auf einen Zettel, schiebt ihn mir rüber.

»Fragen sie mal nach den zwei beiden.«

Auf dem Zettel steht:

»Charles. Carlos Antoniazzo. Tommi Weißbecker-Haus.«

»Was sind das für Leute?«

»Ich glaube Mandanten. Später haben sie sich angefreundet.«

Kein Weg zurück.

Statistik

Ein Sohn – David Boris

Sieben Frauen – Ruth, Ingrid, Brigitte, Charlotte, Alice, Brigitte, Cornelia

Viele Freunde

Fünf Jahre Knast

Viele Feinde

Keine Heimat

Kein Nachlass

Ein Grab in Dahlem-Dorf

Eine Hoffnung

Dahlem-Dorf

Der Eingang zum U-Bahnhof Dahlem-Dorf ist reetgedeckt, die Wände Fachwerk. Ein Stück Disney-Land im Westberliner Vorgarten.

Nebendran steht eine kleine alte Kirche und auch deren Nachbarschaft wirkt immer noch etwas dörflich – der Gasthof vor allem, schräg gegenüber.

Ich stelle mir vor, wie die Dahlemer Rüpel früher dort beim Frühschoppen über die Teltower Rübchen diskutierten, während ihre Frauen sich auf der anderen Straßenseite das Gelalle des Popen anhörten. Heute, infolge der Gleichberechtigung, müssen die Männer wahrscheinlich auch in der Dorfkirche sitzen.

An drei Seiten ist das Kirchelein von zwei Friedhöfen umgeben, die, als ich zum letzten Mal dort war, so öde, grau und langweilig aussahen, wie deutsche Friedhöfe immer aussehen, vor allem in der sogenannten kalten Jahreszeit. Italienische Friedhöfe sind mir lieber, und das ist auch der Grund, warum ich bereits verfügt habe, auf dem akatholischen Friedhof am Scherbenberg in Rom verscharrt zu werden.

Links vom Portal, gleich wenn man reinkommt, ist der zur Kirche gehörende, winzig kleine Totenacker mit Grabsteinen gepflastert, die zum Verweilen einladen. Man versinkt lieber in vergänglichen Gedanken an den Gräbern von Rudi Dutschke und Helmut Gollwitzer, die beide mittelbar ja auch was mit Klaus zu tun haben – genauer gesagt mit den Untaten, die man ihm anzuhängen versucht hat.

Auf der anderen Seite des Kircheleins und dahinter erstreckt sich, weiträumig, dafür fast unprominent, der zweite Friedhof, der von der Stadt betrieben wird.

Hier liegt Klaus.

Hier ist seine letzte Anschrift: Abt. 1, U 30.

Wer danach sucht, muss sich lange umtun. Deshalb hier ein kurzer Wegweiser.

Sie steuern zielstrebig auf das alte Holzhäuschen hinter dem Gotteshaus zu, wo sie alles finden, was man auf einem Gottesacker benötigt: Toiletten, Mülltonnen für benutzte Papiertaschentücher und Butterbrotpapiere, und einen winzigen, muffigen, schlecht beleuchteten Raum zur Aufbewahrung von Särgen, vulgo Aussegnungshalle.

Ich umkreiste also misstrauisch das Büdchen, überlegte, warum stets der Sarg mit dem Leichnam drinnen in der Aussegnungshalle stehen darf, obwohl Regen und blauer Himmel, Kälte und Hitze ihm nichts mehr anhaben können, während die Mehrheit der Trauerbeschauer draußen bleiben muss, weil die Halle so klein ist, eigentlich nur ein Hällchen.

Wie oft schon sah ich Menschen vor Beisetzungshallen in Ohnmacht fallen, der sommerlichen Hitze wegen, oder bibbernd und durchnässt auf den grippalen Infekt warten und sich auf ein heißes Fußbad freuen.

Im Karree, das vom Büdchen und der der Hauptverkehrsstraße abgewandten Seite des Kirchenschiffes gebildet wird, liegt eine kaum auffindbare Zone mit je acht oder zehn Urnengräbern zu beiden Seiten einer schmalen kiesbedeckten Wegzeile. Eine Hecke begrenzt das Areal. Heckchen grenzen die Grabstellen voneinander ab, in denen vermutlich die Urnen verbuddelt wurden. Irgendwie erinnert die Anlage an eine Reihenhaussiedlung. So möchte ich nicht beerdigt werden. Dann schon lieber in der großen libyschen Wüste verbleichen.

Ach, Klaus.

Auf dem winzigen Fleckchen Heimat, das Dir blieb, liegt ein kleiner länglicher Vierkant, nicht größer als zwei Pflastersteine von der Sorte, wie sie vor vierzig Jahren als Argumentbeschwerer in Mode kamen.

Grob behauen, dunkelgrau, gesprenkelt.

Granit? Basalt? Grauwacke?

Ich kenne mich nicht aus mit Gesteinen.

Wäre nicht ein winziges Schild in der rechten hinteren Ecke der Grabstelle mit Deiner derzeitigen Anschrift, ich hätte Dich nicht gefunden.

Kaum lesbar ist Dein Name, den man in weißlicher Schreibschrift auf Deinem doppelten Pflasterstein angebracht hat:

Klaus Croissant.

Ich packte also mein Butterbrot aus und biss hinein und begann zu kauen.

Eine liebe alte Gewohnheit, die ich von meinen römisch-etruskischen Ahnen geerbt habe.

Es war guter Brauch, damals bei uns am Mittelmeer, am Grabe der Toten eine korrekte Mahlzeit einzunehmen, so wie manche Leute im Norden noch heute ein Gedeck mehr auflegen, wenn die Oma gerade mal eben verstorben ist.

In den etwas besseren Grabstätten gab es sogar einen Vorraum, wo das Mahl mit den Toten eingenommen wurde.

Ich hiergegen musste, zeitgemäß, im Stehen die Stulle verzehren, so gut meine falschen Zähne es mir erlaubten.

O, tempora. Sic transit.

Auch das gehört zum Untergang des Abendlands.

Die Grabstelle fand ich korrekt, wenn ich das so sagen darf, ohne die Witwe zu kränken. Nicht wie einer stirbt und liegt, ist von Bedeutung, sondern wie er gelebt hat und was er getan hat. Für sich und für die anderen.

Aufwendige Beisetzungen und Grabstätten erwecken fast immer den Argwohn, der Verblichene möchte nicht so groß gewesen sein, wie der Aufwand seiner Beerdigung nahe legen soll. Die Edlen und Gerechten sind wahrhaft unsterblich. Was aber unsterblich ist, stiften die Dichter.

Besuch bei Klaus

Es war ein unvergesslicher Tag im Frühjahr 2001 und das Foto des Tages zeigt mich in einem Anzug, auf dem sich die Wasserflecken abzeichneten. Den Mantel hatte ich kurz abgelegt, um mich als Naturbursche zu präsentieren, und ich grinste unverschämt durch den Wolkenbruch, um gute Laune zu demonstrieren.

Kurz:

Es nieselte, als ich morgens vom Quartier zur S-Bahn ging, es schiffte, als ich von der U-Bahn zu dem kleinen Bistro am Winterfeldtplatz lief, und es schüttete geradezu, als ich vom Museum Kreuzberg zu Ellis Bierbar hastete. Das Wasser stürzte vom Himmel, als ich durch die Kantstraße irrte und jedes Klingelschild trocken wischte, es regnete Hunde und Katzen, als ich am Innsbrucker Platz durch lange Vorstadtstraßen rannte, vorbei an sterbenslangweiligen Kleinbürgervillen, und ein Wasservorhang empfing mich abends vor dem S-Bahnhof Griebnitzsee, als ich wieder ins Quartier eilte.

Es war der Tag der nassen Socken. Mein Hut tropfte, mein Mantel wog das Zehnfache und die nächste Erkältung war absehbar. Mir war kalt und ich fror erbärmlich, aber es war vor allem die Nässe, die den Tag so unvergleichlich machte, ein Meilenstein auf dem barbarischen deutschen Sonderweg. Sogar die Currywurst, die ich mir unter freiem Himmel am Amtsgerichtsplatz gönnte, war nass und auch meine Zettel waren unlesbar geworden vor Nässe.

Das Wetter entsprach meinem Programm, das von der gnadenlosen Kälte des Lebens handeln sollte, aber das wusste ich noch nicht. Am Winterfeldtplatz wollte ich meinem Freund Ripplinger zeigen, wo ich ab 1940 die Volksschule besucht hatte, wo unser Haus stand, das 1943 bei einem Fliegerangriff in Flammen aufging, und vor Ellis Bierbar sollte ich fotografiert werden. Die Schule sah völlig anders aus, als in meiner Kindheit, mein Elternhaus war noch immer eine Baulücke, und die legendäre Kneipe der alten Elli war seit langem geschlossen. Dreck lag auf den Stufen, alles irgendwie abbruchreif, und keine Spur vom hedonistischen Zauber durchzechter Nächte vor vierzig Jahren.

Ich fragte mich, was wir damals an dem Schuppen gefunden haben mochten, denn das einzige Bild, das mir jemand an die äußere Rinde gepinnt hatte, zeigte zwei keuchende Männer an der Wand neben dem Handwaschbecken im Klo. Alle sonstigen Erinnerungen getilgt.

Mein Cousin in der Kantstraße, dessen Wohnung ich doch noch fand, heißt Lennart, hat die multiple Sklerose und jedes Mal, wenn ich in Berlin bin, suche ich seine Hausnummer und wundere mich, wie sich der Zustand eines völlig gelähmten Menschen, der nicht mal mehr die Hände bewegen kann, immer noch verschlechtern kann.

Ich begnüge mich deshalb mit einigen Andeutungen.

Eine Pflegerin schob ihm zuweilen einen Löffel Brei ins starre Schiefmaul und nach dem Essen durfte er einen Joint rauchen.

»Hello, fellow«, sagte ich zur Begrüßung, »ist das nicht langweilig, den ganzen Tag im Rolli zu sitzen, nur damit sie Dich nicht zu tragen brauchen?«

Ein Lächeln glitt über seine Lippen und seine leuchtenden Augen verrieten eine große Freude über meinen Besuch. Er war drauf und dran, etwas zu sagen, das war unverkennbar, aber das hieß auch, dass er inzwischen sogar das Sprechen verlernt hatte.

Die Pflegerin begann zu buchstabieren, »A, b, c, d«. Beim Buchstaben »m« schloss er die Augen. Offensichtlich bildete er die Wörter, indem er jeden Buchstaben einzeln bestätigte. Beim »a« blinzelte er abermals. »Mach«, sagte die Pflegerin fragend. In meinem durchnässten Gehirn formten sich Sätze, die mit »mach« anfingen, also »mach die Mücke, Pit, mach keine Witze, mach den Fernseher an!« Aber Lennart blinzelte zweimal, ohne sonst irgendetwas zu bewegen. »Nicht mach?« fragte die Pflegerin. Er blinzelte einmal.

»Aha«, sagte ich zu mir selbst, »einmal blinzeln heißt Ja, zweimal blinzeln Nein.«

Er senkte ergriffen die Augenlider.

Mein Cousin Lennart war früher ein berüchtigter Schwätzer gewesen und es freute mich, dass er wenigstens noch nein und ja sagen konnte.

»Das freut mich für Dich«, sagte ich ehrlich, »Du bist ja heute richtig gesprächig. Und wie ist das jetzt mit der Langeweile?«

Nach etwa fünf Minuten hatte ich seine Antwort:

»Manchmal wäre ich lieber tot, aber wenn ich dann ein altes Arschloch sehe wie dich, ist das Leben wieder lebenswert.«

Das Raten ging vor allem deshalb so schnell, weil die Pflegerin nach den ersten zwei Buchstaben meistens schon das ganze Wort wusste. Nur für das Wort lebenswert musste er drei Mal blinzeln.

Ich zog die Schuhe aus, stopfte sie voll Zeitungspapier, wrang die Socken aus, schlürfte einen heißen Tee, rauchte ihm etwas Shit weg und überlegte mir ein paar Fragen, die er nicht einfach mit »Ja« oder »Nein« beantworten konnte. Nachdem wir etwa fünf Mal das Wort gewechselt hatten, verabschiedete ich mich höflich mit der üblichen Beteuerung, bald wieder vorbeizuschaun.

»Ich will noch auf einen Sprung zu Klaus«, sagte ich. Er blinzelte träge und ich erstarrte im Sprung. Nach weniger als einer Minute war es raus:

»Wer ist Klaus?«

Ich antwortete großspurig:

»Wer er momentan ist, weiß ich nicht. Früher haben wir viel miteinander gemacht.«

Die Pflegerin buchstabierte bis »w«, dann sagte sie: »Was?«

Mein Cousin blinzelte einmal.

»Na, was wohl«, sagte ich.

»Was man so macht, um sich nicht zu langweilen. Bombenleger unterstützen, Flugzeuge kapern, falsche Pässe besorgen, Bonzen entführen.«

Die Pflegerin sagte »A«.

Mein Cousin blinzelte zweimal. Sie sagte: »Ach so.«

Ich sagte: »Das haben Sie jetzt aber falsch übersetzt.«

Draußen der schon erwähnte Regen und ich beschloss, demnächst einen Roman zu schreiben, der nur aus den vielen Millionen verschiedenen Möglichkeiten des Regnens besteht oder mit Hilfe eines Augenblinzelns den Roman von Marcel Proust vorzulesen.

Mein Freund Klaus wohnte jetzt, wie sich herausstellte, als ich mich seiner Behausung näherte, in einem Eigenheim der gehobenen Einkommensklasse, ruhige Villengegend.

Ich hatte angerufen, die Anschrift notiert, die wegen des Regens nicht mehr leserlich war, wie gesagt, sodass ich auch in dieser langen Straße sämtliche Briefkästen abklappern musste, und »kommen Sie einfach gegen fünf, wenn ich von der Arbeit zurück bin«, hatte die freundliche Frauenstimme gesagt, und »nein, nein« hinzugefügt, »er ist immer da und hat Zeit« und »nein, nein, das wäre sinnlos«, als ich gefragt hatte, ob sie ihm nicht wenigstens sagen wolle, wer ich sei, oder ob ich etwas mitbringen solle, eine Flasche Medoc zum Beispiel.

Klaus war Zeit seines Lebens ein Frankophiler und hatte ja auch eine Zeit lang im französischen Exil verbracht, aber sie antwortete mit Bestimmtheit:

»Er weiß bestimmt nicht, wer sie sind, aber kommen Sie ruhig.

Vielleicht erkennt er sie ja, wenn er sie sieht«, und das klang so, wie sie es sagte, also irgendwie heiter. Nichts besonderes und vor allem: kein Grund, sich Sorgen zu machen.

Sie öffnete die Tür, als ich das Haus endlich gefunden hatte, vor dem allerlei Dinge herumstanden, die Leute mit einem Garten meistens vor der Tür stehen haben, schaute zu, wie ich das Wasser aus meinen Schuhen laufen ließ, holte alte Zeitungen, um sie auszustopfen, stellte meinen Schirm unter das Vordach, half mir, meinen Mantel und das Jackett zum Trocknen aufzuhängen, brachte Wollsocken und Filzlatschen, eilte ins Haus, als ich versorgt war, »na, dann wollen wir mal« sagte, und »wo steckt er denn« hinzufügte, und rief, schon in einiger Entfernung, vermutlich beim Betreten des Wohnzimmers:

»Schau mal, wer da ist. Du hast Besuch, Klaus.«

Ich hinterher. Es war angenehm warm in der guten Stube, und ich war fürs erste im Trockenen.

Klaus saß in einem Sessel an einem Esstisch in einem Wohnzimmer, das irgendwie nicht zu ihm passte. Es sah so aus, als sei er nur zu Besuch, und die Frau, die mich eingelassen und so freundlich versorgt hatte, eine freundliche Frau, die ihn bei sich aufgenommen hatte. Andererseits wusste ich ja nun schon, er schätzte diese charmanten, fürsorglichen, mütterlichen Frauen und achtete nicht sonderlich auf das Ambiente, das sie für ihn bereithielten, Hauptsache, es gab einen Stuhl auf dem er sitzen und einen Tisch, auf dem er das Buch ablegen konnte, in dem er gerade las und Tisch und Stuhl und Buch, das hatte er. Ja.

Er saß da, als hätte man ihn irgendwie festgeklemmt, damit er nicht umfalle, und er stand nicht auf und wandte mir nicht den Körper zu, nur das Gesicht, und die Frau sagte noch einmal »schau, Klaus, wer da ist«, und er schien mich wirklich nicht zu erkennen, was mich weiter nicht störte.

Ich begegne oft Leuten, mit denen ich früher intim war oder eng zusammengearbeitet habe, die ich nicht gleich wiedererkenne, einfach weil sie sich mit dem Alter derart verändert haben, dass ich erst eine Weile in ihr Gesicht blicken und ein paar Worte mit ihnen wechseln muss, um zu ihrem Wesen vorzudringen, das unter all dem Schutt verschüttet liegt, den das Leben im Laufe der Jahrzehnte auf uns niederrieseln lässt.

Ich nahm also instinktiv seine linke Hand, denn irgendwie spürte ich wegen der Art, wie er die rechte Hand hielt, und wie er dasaß, dass er die rechte Hand nicht ordentlich bewegen konnte, und sagte:

»Ich bin's, Pit Chotjewitz, erinnerst du dich? Ich wollte nur mal nach dir schauen. Arbeitest du immer noch bei der Stasi? Die ganzen Jahre wollte ich dir sagen, dass du von all den Sachen, die du geleistet hast, dir mit dieser Sache den größten Respekt erworben hast, bei mir jedenfalls.«

Die Freundlichkeit und das Lächeln in seinem fast junggebliebenen Gesicht verstärkten sich nun etwas und er sagte weise »Jaja«, aber so wie er »Jaja« sagte und mich anlächelte, war immer noch ungewiss, ob er mich wiedererkannt hatte, also redete ich weiter, hastig, und mit einer gewissen Erregung.

»Wir haben damals in Stuttgart, weißt du noch«, sagte ich, »wie die Schweine Dein Büro in die Luft gesprengt haben? Wir sind immer in die Tiefgarage gegangen bei der Neuen Brücke, wenn wir was zu besprechen hatten und nicht abgehört werden wollten oder in einen der Sexschuppen am Hans-im-Glück-Brunnen. Wir setzten uns direkt unter die Lautsprecher, wo das Stöhnen der Paare auf der Leinwand über der Bar so laut war, dass man uns unmöglich abhören konnte.«

Er sah mich unbeirrt lächelnd an und sagte: »Jaja.«

Er sah so aus, wie er immer ausgesehen hatte. Freundlich, interessiert, wohlwollend, gutmütig und nachdenklich, wie ein Mensch, der sich über die Welt eigentlich nur noch wundern kann, und er sagte »Jaja«, wie einer, der sagen will, »Ja, so ist das eben«, sich dadurch aber nicht davon abhalten lassen möchte, die Welt zu verändern und das mit eben den Mitteln, die dafür erforderlich sind.

Ich überlegte, dass in seinem Kopf die selben toten Genossen wohnen mussten wie in meinem, abgesehen von den paar Überlebenden, und dass er mir einmal erzählt hatte, eines seiner Kinder habe er mit Sicherheit im Gästebett meines Hauses in der Hügellandschaft zwischen Knüll und Rhön gezeugt und wollte weiterreden, eine Episode unserer gemeinsamen Zeit nach der anderen abhaspeln, doch bevor ich noch weiterreden konnte, erinnerte ich mich schon daran, dass ich ihm einmal auf dem Autobahnrastplatz Pfungstadt erzählt hatte, dass Andreas mir erzählt habe, dass es einen Wachtel gebe, der ihnen Waffen beschaffe und bereit wäre, ihnen notfalls ein großes Geschütz zu besorgen, und dass ich ihn immer schon hätte fragen wollen, warum diese Nachricht ihn damals im Frühsommer 1977, als die Kacke langsam hoch kochte, so erregt hätte.

Aber er schien bereits zu wissen, was mir plötzlich so alles durch den Kopf schoss, sodass die Erinnerungen sich in meinem Kopf förmlich überschlugen und sagte nachsichtig: »Jaja.«

Ich schwieg, betroffen. Mein Blick fiel auf das großformatige Buch, das vor ihm auf dem Esstisch lag. Es lag so da, als würde es immer dort liegen und als wäre es das einzige Buch, in dem er las. Es bestand überwiegend aus Abbildungen, die ich wegen meiner Kurzsichtigkeit nicht erkennen konnte.

»Was liest du da?« sagte ich. »Ist das Buch interessant?«

Er hob die linke Hand, deutete mit dem Zeigefinger auf eines der Bilder und sagte wieder: »Jaja.«

Seine Frau, die neben mir Platz genommen hatte, sagte:

»Es ist ein Kochbuch. Am liebsten liest er Kochbücher.«

Ich beugte mich weit vor, schaute in das großformatige Buch, richtete mich wieder auf und sagte:

»Ich besitze auch eine Menge Kochbücher, wenn ich das nächste Mal komme, bringe ich dir eins davon mit.«

Wir saßen dann noch eine Weile zusammen, eine Stunde mindestens. Seine Frau brachte den Tee und ich redete und redete. Er lächelte freundlich und schien alles zu verstehen und wie zur Bestätigung dessen sagte er in nahezu regelmäßigen Abständen:

»Jaja.«

Er sagte »Jaja«, wenn ich redete und er sagte es, wenn ich stumm dasaß, ihn aufmerksam ansah und aus seinen Gesichtszügen, die mir seit dreißig Jahren so vertraut waren, herauszulesen versuchte, ob er inzwischen wusste, wer ich war, ob er meine Worte begriff und ob er irgendwelche Erinnerungen besaß.

Später, als wir uns schon verabschiedet hatten, und ich in der Küche saß, um meine nicht mehr ganz so nassen Sachen wieder anzuziehen, unterhielten wir uns noch etwas. Seine Frau besaß – das behauptete sie jedenfalls – keine Aufzeichnungen darüber, wer er gewesen war, bevor sie ihn geheiratet hatte, kurz bevor ihn der Tannewetzel umwarf.

Sie wusste auch nicht, was in seinem Kopf vorging. Nicht einmal die Ärzte wussten es. Vielleicht, so meinten sie, seien nur ein paar Segmente erhalten geblieben, die für die affektiven Regungen zuständig seien. Seine große Freundlichkeit etwa.

Immerhin wusste sie, was passiert war. Eines Tages, als er das Schlimmste hinter sich zu haben schien, die Nachstellungen wegen der RAF-Prozesse, die Vernichtung seiner Existenz, seines Büros, die Wiedervereinigung, den Hochverratsprozess, die Grundtorheiten der Antikommunisten, verursachte er auf einer breiten Berliner Straße einen Auffahrunfall. Der Fahrer des anderen Fahrzeugs stieg aus, besah sich den Blechschaden, aber er war ein etwas unüblicher Autofahrer.

Er brüllte nicht rum, »Wo haben Sie denn den Führerschein gemacht?«, er versuchte nicht, meinen Freund Klaus aus dem Wagen zu zerren und zur Rechenschaft zu ziehen. Er sah mit einem Blick, dass er einen Schlaganfall erlitten hatte. Er eilte zu seinem eigenen Wagen, öffnete sein Köfferchen, gab Klaus eine Spritze und rief dann über Mobiltelefon das Klinomobil. Der Mann war zufällig Kardiologe.

Ich will hoffen, dass er 25 Jahre zuvor das gleiche getan hätte. Sicher ist es nicht.

Wer auch immer

Wir telefonierten eines schönen Tages.

Ich erwähnte nur, dass ich ein Foto von ihr und Klaus besäße und gehört hätte, er sei gut befreundet gewesen mit ihrer Mutter.

Sie sagte, ja, das Foto kenne sie. Es sei gemacht worden, als sie Klaus im Skiurlaub besucht habe.

»Als er bei Frau Fielhauer war.«

Auch bei seiner Frau in Berlin sei sie gewesen.

Umgekehrt sei Klaus nach seinem Schlaganfall in Heidelberg gewesen. Vermutlich habe er seine Schwester besucht. Seine Frau habe ihn gefahren.

Etwa seit ihrem dritten oder vierten Lebensjahr habe sie viele Erinnerungen an ihn.

In späteren Jahren habe sie ihn als fanatisch empfunden.

Sie wisse nicht, ob sie jetzt darüber reden könne.

Es sei eine Familiengeschichte.

»Meine Mutter war immerhin verheiratet. Sie standen sich sehr nahe.«

Sie empfiehlt Bodo Schütt zu befragen.

Ich insistiere nicht.

»Ich werde Ihnen schreiben. Danach können sie entscheiden, ob sie mit mir reden wollen.«

Aus meiner Brieftasche

Hallo Herr Chotjewitz,

Danke für Ihre Zeilen. Ich bin noch etwas hin- und hergerissen, ob ich im Moment über diese Vergangenheit sprechen will. Da die Zeit mit Klaus auch sehr mit meiner Mutter verbunden ist und meine Mutter erst gestorben ist, bin ich mir da nicht so sicher.

Ich vermisse meine Mutter sehr und wenn ich von früher erzählen würde ... weiß nicht, ob mir das im Moment gut tut. Vielleicht wäre es andererseits auch ganz schön! Ich habe meiner Schwester von Ihrem Vorhaben erzählt – sie wäre wohl bereit, mit Ihnen zu sprechen. Sicher wird sie einiges so sehen wie ich, aber manches sicher auch anders erlebt haben. Bei Geschwistern ist das ja immer so: man hat dieselben Eltern, aber lebt trotzdem in unterschiedlichen Welten.

Soweit erstmal!

Grüße

Sehr geehrter Herr Chotjewitz,

zum Gespräch bin ich schon bereit. Einen Ort und einen passenden Tag werde ich noch vorschlagen. Vielleicht geht das auch kurzfristig, sobald ich in der augenblicklichen dichten Terminsituation (2–3 Wochen Pfingstferien und deshalb angestaute dringende Termine) einen Überblick habe.

Mit freundlichen Grüßen

Pfarrer Rieder

Rieder hatte seinen welthistorischen Augenblick, als Gudrun sich einen Tag vor ihrem Tod daran erinnerte, dass er und sein evangelischer Kollege sich in den vergangenen vier Jahren mehrfach um ein seelsorgerisches Gespräch mit den Gefangenen aus der RAF bemüht hatten. Wohlwissend, dass sie in Lebensgefahr schwebte, bat sie die beiden Popen in den siebten Stock und sprach mit ihnen angeblich neunzig Minuten lang.

Das Ereignis bescherte Rieder einen Platz in etlichen Werken, die die Staatsschutzversion der letzten Stunden der Stammheimer zum Gegenstand haben.

Natürlich bleibt auch in diesen Werken unerwähnt, was Gudrun zu sagen hatte, nur dass sie darum gebeten habe, drei Briefe zu befördern, die nie ihre Adressaten erreichten, und dass die beiden Geistlichen alsbald einen Bischof von der Unterredung in Kenntnis setzten, der wiederum seinen Kartellbruder, den Bundesjustizminister, unterrichtete.

Worüber der Bischof den Minister unterrichtete, erfuhr die Nachwelt nicht.

Sie erfuhr lediglich, dass beide Pfarrer sich einen Dreck drum scherten, dass Gudrun damit rechnete, umgebracht zu werden und dass sich keiner der beiden Geistlichen aus Protest gegen die Kontaktsperre öffentlich mit Benzin überschüttete und anzündete, wie ihre Glaubensbrüder in der DDR das in jenen Jahren zu tun pflegten.

Ich erfuhr etwa fünfundzwanzig Jahre nach Gudruns Ableben, dass der an mich gerichtete Brief, um dessen Beförderung Gudrun die Popen gebeten hatte, verschollen sei.

Da man vor der Beseitigung des Briefes eine teilweise Kopie angefertigt habe, könne man mir jedoch mitteilen, dass das Schreiben unter anderem eine testamentarische Verfügung enthalten habe, durch die Gudrun Arndt Müller und mich zu ihren Testamentsvollstreckern bestimmt habe.

Bei mir rief Pfarrer Rieder etwa 2005 an, um mitzuteilen, was ich seit langem wusste, nämlich dass er in den Siebzigerjahren einer der beiden Anstaltsgeistlichen in Stammheim gewesen sei, und um mir einige Märchen aufzutischen, mit denen er seither in Büchern und im Fernsehen einen gewissen Ruhm erntet.

Das verwundert nicht, wenn man weiß, was er behauptet.

Die Medien hören immer gerne, wenn jemand, der nicht dabei war, verkündet, die Gefangenen aus der RAF seien besser behandelt worden als andere U-Häftlinge.

Sie hätten ihre Anwälte verachtet und die Wachteln beleidigt.

Auch Klaus habe sich in Stammheim von seinen Mandanten beschimpfen lassen – was Rieder nicht wissen kann, da Klaus seit Mai 1975 keine Gefangenen mehr besuchen durfte und Rieder nur einmal im siebten Stock war – siehe oben.

Ferner versuchte er mir weiszumachen, aus seinem Zimmer in einer Kirchheimer Pfarrei habe er als junger Vikar, vor seiner Versetzung nach Stammheim, beobachtet, wie Klaus seine alte Mutter liebevoll am Arm geführt habe.

Klaus sei ein Beau gewesen (nachweislich falsch), seine Mutter groß und schlank (falsch).

Eine seiner Episoden aus Stammheim war witzig.

Wenn er im Gottesdienst das Lied »Macht hoch die Tür, das Tor macht weit« angestimmt habe, hätten die Knackis gelacht.

Tractatus logico-philosophicus

1
Die Welt ist alles, was der Fall ist.

7
Worüber man nicht sprechen kann,
darüber muss man schweigen.

NACHWORT ZUR ÜBERARBEITETEN NEUAUSGABE

Verlag und Autor danken der verehrten Leserschaft für den Waschkorb voller Briefe und die ungezählten Hinweise, die zu den erforderlichen Korrekturen geführt haben. Hinweise auf weitere, bislang unentdeckte Fehler sind willkommen und werden in der dritten Auflage berücksichtigt werden. Der Autor selbst entschuldigt sich bei allen Personen, die im Buch nicht vorkommen oder nicht ausführlich genug dargestellt werden, obwohl es erforderlich wäre. Besonders willkommen sind hieb- und stichfeste Angaben darüber, wen oder was Klaus an seine Kontaktpersonen vom MfS verraten hat. Der Autor bittet um Verständnis dafür, dass gewisse, teilweise auch politische Debatten, die das Buch ausgelöst hat, auch in zukünftigen Auflagen nicht in den Roman eingearbeitet werden können. Die Massenmedien bleiben aufgefordert, die im Buch gelieferten Informationen als Anregung für eine Korrektur ihrer bisherigen Falschmeldungen zu verwenden.

Peter O. Chotjewitz
Stuttgart, Januar 2008

VERBRECHER VERLAG

Peter O. Chotjewitz

Urlaub auf dem Land

Erzählung
128 Seiten
12 €
ISBN: 3-935843-35-6

Aus Anlass seines 70. Geburtstages veröffentlichte der Verbrecher Verlag diese Erzählung von Peter O. Chotjewitz, Ende der Achtzigerjahre geschrieben, in dem eine Journalistin während des Aufenthaltes in ihrer Provinzstadt in einen Mordfall verwickelt wird. Bei der Recherche merkt sie, wie die Vertreter von Polizei und Presse den Fall benutzen, um ihre eigene Politikkarriere vorantreiben zu können. Die Provinz ist nicht schlechter als die Stadt, doch wird in ihr vieles schneller sichtbar. Heinz Ludwig Arnold sagte über Chotjewitz, es gebe »kaum einen deutschsprachigen Schriftsteller, dessen Werk zwischen stilistischem Experimentieren und politischem Engagement weiter gespannt« und »in den Formen vielfältiger« sei.

Peter O. Chotjewitz

Fast letzte Erzählungen

224 Seiten
13 €
Broschiert
ISBN: 978-3-935843-84-3

Seit 1986 hat die verehrte Leserschaft kein neues Buch mehr in Händen halten können, das Erzählungen von Peter O. Chotjewitz enthält. Dabei hat der Romancier und Novellist auch in den letzten zwanzig Jahren in Zeitungen, Zeitschriften und Anthologien der Öffentlichkeit einen reichhaltigen erzählerischen Korpus präsentiert, anderes ist vom Funk gesendet worden. Höchste Zeit also, die besten veröffentlichten und unveröffentlichten Texte der verflossenen Dezennien zu sammeln! In »Fast letzte Erzählungen« schildert der Autor die Folgen des Mauerfalls, schreibt über seine Freunde Andreas Baader und Günther Bruno Fuchs, über literarische Außenseiter und Fluxus, über Sinowjews Verhältnis zur Religion und über die verwirrte Tochter eines nationalsozialistischen Schädelforschers. Kurz: Über die bewohnte Welt und sein Sosein in selbiger.

Verbrecher Verlag Gneisenaustr. 2a 10961 Berlin
www.verbrecherei.de info@verbrecherei.de

VERBRECHER VERLAG

Peter O. Chotjewitz

Saumlos

Roman
240 Seiten
14 €
ISBN: 3-935843-30-5

Am Anfang des Romans erwägt ein Mann mittleren Alters, in einem kleinen hessischen Dorf, nicht weit von Kassel, ein Haus zu kaufen, am Ende ist er immer noch nicht viel weiter. Er weiß nur: »Irgendwo muss der Mensch ja wohnen.« Was ihn zögern lässt, ist die Geschichte des Dorfes Saumlos, die er im Laufe des Sommers 1973 kennen lernt. Zu Beginn des 20. Jahrhunderts hatte der Ort eine jüdische Mehrheit, 1938 war Saumlos, wie alle deutschen Dörfer und Kleinstädte, »judenfrei«. Mit allen Mitteln, die das Strafgesetzbuch kennt, hatten der Pfarrer, der Lehrer und ein paar Hitlerjungen sie vertrieben und die guten Leute von Saumlos hatten keinen Finger gerührt für ihre jüdischen Nachbarn, mit denen sie seit dem 30-jährigen Krieg einträchtig nebeneinander gelebt hatten. Scheinbar ein Heimatroman, der dem Entsetzen nachspürt, das unter der Idylle lauert, leistet Saumlos doch mehr als das Genre: Der Ort steht für das ganze Deutschland, und so erklärt sich die Schlussfrage, ob und wie man in einer Gesellschaft mit einer derart verbrecherischen Vergangenheit überhaupt leben kann. Dass der Roman weitgehend autobiographisch ist, versteht sich in Anbetracht dieser Frage von selbst. Dass er heute nicht mehr geschrieben werden könnte, ist nicht nur eine Folge der Ära Kohl-schröder. »Saumlos« erschien erstmalig 1979.

Verbrecher Verlag Gneisenaustr. 2a 10961 Berlin
www.verbrecherei.de info@verbrecherei.de